W0207762

Ammianus-Verlag

Der Autor

Rolf Thum wurde 1952 in Heidelberg geboren. Nach seinem Studium und der Promotion an der Universität Heidelberg im Fach Mineralogie/Geologie war er zweitweise in der Industrie und einem Entwicklungsprojekt tätig. Von 1988 bis 2017 war er Forschungskoordinator für die Hochschulen für Angewandte Wissenschaften in Baden-Württemberg. Seit 1993 hat er einen eigenen Verlag (»Larimar-Verlag«) mit einem Schwerpunkt auf Reiseliteratur. Er ist Mitbegründer der Autorengruppe »LeseZeit« der Rhein-Neckar-Metropolregion und wirkt gelegentlich als Organisator bei Poetry und Science Slams mit. Er ist verheiratet und hat zwei Töchter. Rolf Thum lebt in Hockenheim.

Rolf Thum

Der Gaukler aus der anderen Welt

Tagebuch einer unfreiwilligen Zeitreise

Impressum

Erste Auflage November 2017

© 2017 Ammianus GbR Aachen

Alle Rechte vorbehalten. Der Druck, auch auszugsweise, die Verarbeitung und Verbreitung des Werks in jedweder Form, insbesondere zu Zwecken der Vervielfältigung auf digitalem oder sonstigem Wege sowie die Verbreitung und Nutzung im Internet dürfen nur mit ausdrücklicher und schriftlicher Genehmigung des Verlags erfolgen. Jede unerlaubte Verwertung ist unzulässig und strafbar.

Umschlaggestaltung: Thomas Kuhn

Copyright des Coverfotos: »Blitze innerhalb der Wolken«, Fotograf: André Karwath, Creative-Commons, Lizenz CC BY-SA-2.5, erstellt 22. Juni 2005, aufgerufen 25. August 2017; Link: https://de.wikipedia.org/wiki/Blitz#/media/File:Lightning_cloud_to_cloud_(aka).jpg, das Bild wurde beschnitten und farblich leicht verändert.

Lektorat: Melanie Kaesler
Korrektorat: Vivien Kruck
Satz: Michael Mingers

Printausgabe-ISBN: 978-3-945025-80-2

www.ammianus.eu
www.facebook.com/AmmianusVerlag

Für Christine, Andrea und Sabine
mit Dank für all die Tipps und die Geduld

Vorbemerkung

Ich begann mit dem Verfassen dieser Abhandlung am 23. April *anno domini* 1039 auf Anraten des Bischofs Reginbald von Dillingen. Es geschah in der Hoffnung, jemand möge diese Aufzeichnungen eines Tages finden und verstehen, was mir widerfahren ist.

Ich bin gewiss weder einem Teufelswerk aufgesessen noch Werkzeug eines göttlichen Willens geworden, wie die Menschen hier behaupten. Abergläubisch sind sie jedoch alle, ganz gleich, wie sie mein Schicksal deuten.

Ich nenne sie im Folgenden *die Anderen.* Das ist nicht abwertend gemeint. Vielmehr will ich damit andeuten, dass ich nicht weiß, in welchem Verhältnis ich zu ihnen stehe. Aus ihrer Sicht bin natürlich *ich* der Andere, auch wenn ich nun schon über ein Jahr bei ihnen lebe und mich ihrer Lebensweise angepasst habe.

Es gibt immer wieder Tage, da zweifle ich an allem, selbst an meiner Existenz, und hoffe, alles sei nur ein Spuk und ein Trugbild. Dann wieder bemühe ich mein spärliches Wissen um Physik und Astronomie und versuche, rationale Erklärungen für das zu finden, was mir geschehen ist. Aber ich möchte nicht vorgreifen, sondern alles der Reihe nach berichten. Ich beginne mit dem Tag, den ich in meiner eigenen Zeitrechnung als den »Tag Null« bezeichne. Ich werde versuchen, diesen Tag so zu schildern, wie ich ihn mir in Erinnerung rufen kann. Dies geschieht nicht zuletzt, um *den Anderen*, falls jemand von ihnen den Text je lesen wird, begreiflich zu machen, wie ich einst gelebt habe und was mir selbstverständlich gewesen ist.

Leser, die in späteren Zeiten diese Aufzeichnungen finden, werden sich gewiss wundern, warum ich mit der Hand auf Pergament und mit Federkiel und Tusche geschrieben habe. Nun, es blieb mir keine andere Wahl. Ich besitze derzeit weder einen Kugelschreiber noch Papier und muss mit dem Vorlieb nehmen, was *sie* mir geben. Echtes Papier, wie wir es kennen, haben sie zwar auch, doch es ist sehr teuer und nur schwer zu erwerben. Da ich es gewohnt war, meine Texte am Computer zu tippen, bereitete es mir kein sonderliches Vergnügen zur Handschrift zurückzukehren. Es ist mühselig, nach jedem dritten Wort den Kiel in die Tusche zu tauchen. Dieses Verfahren hat allerdings den Vorteil, dass ich mir jeden Satz, jedes Wort, vor der Niederschrift genau überlegen muss. Korrekturen sind nur schwer anzubringen. Doch ich fühle mich in guter Gesellschaft: Schließlich haben die Klassiker wie Goethe und Schiller ihre ellenlangen Texte auch mit der Hand verfasst. Ein weiterer Vorteil mag sein, dass das Pergament Beständigkeit verspricht und nicht wie unser Kopierpapier nach einigen Jahrzehnten vergilbt und zerfällt. Wir kennen die alten Handschriften aus den Klöstern, die viele Jahrhunderte unbeschadet überdauert haben. So hoffe ich, auch dieses Manuskript übersteht die kommenden Jahrhunderte und wird – wie eingangs erwähnt – von verständigen Menschen gefunden.

Freitag, 9. Juli 2010 – Tag Null

Es war ein ganz normaler Tag: Die innere Uhr warf mich wie jeden Werktag um sechs Uhr aus dem Bett. Gang zum Kühlschrank, die Butter herausstellen, ins Bad, Zähne putzen, unter die Dusche, abtrocknen, föhnen, rasieren (elektrisch), anziehen, Kaffee kochen, Toastbrot in den Toaster schieben, frühstücken.

Ich packte Proviant ein: eine Flasche Mineralwasser, ein paar Bananen und Kekse. Weiterhin kamen eine Tasche mit Utensilien für Gartenarbeit ins Auto sowie Arbeitsklamotten und alte Turnschuhe.

Gegen sieben Uhr verließ ich das Haus und machte mich auf den Weg zu meiner Dienststelle an der Hochschule. Meine Frau schlief noch.

Entschuldigung, ich habe mich noch gar nicht vorgestellt: Ich heiße Rudolf Andres. Ich stamme aus Heidelberg, genauer gesagt aus dem Stadtteil Handschuhsheim. Seit einigen Jahren wohne ich jedoch in Hockenheim. Seit über dreißig Jahren bin ich verheiratet. Meine Frau heißt mit Vornamen Miriam. Ich will behauten, wir führen eine glückliche Ehe. Viele unserer Freunde und Verwandten, die geschieden sind oder nie den richtigen Partner fürs Leben gefunden haben, beneiden uns darum. Wir haben zwei erwachsene Töchter, Marianne und Petra. Sie sind berufstätig, beide seit Kurzem verheiratet und wohnen in unserer Nähe. Enkel sind derzeit nicht in Sicht.

Studiert habe ich Geowissenschaften an der Universität Heidelberg. Einige Zeit habe ich auch auf diesem Gebiet gearbeitet, doch seit knapp zwanzig Jahren bin ich Forschungsreferent an der Hochschule für Angewandte Wissenschaften in Mannheim. Es ist eigentlich ein Verwaltungsjob, der mir jedoch gefällt, da ich immer wieder mit spannenden Themen und interessanten Menschen zu tun habe. Einmal im Semester habe ich auch einen Lehrauftrag: Ich zeige den Studierenden, wie sie wissenschaftliche Texte für verschiedene Zielgruppen formulieren, richtig zitieren und ihre Thesen auf Kongressen präsentieren können.

Auch an diesem Tag stand eine solche Lehrveranstaltung an.

Auf der Fahrt ins Büro hatte ich wieder einmal den Eindruck, jede Ampel würde immer auf Rot schalten, wenn ich näher kam.

Unterwegs hörte ich die Nachrichten im Deutschlandfunk: Attentate in Bagdad, ein ehemaliger südamerikanischer Diktator wurde wegen Geldwäsche angeklagt, das Europäische Parlament beschloss ein Gesetz, das Bonuszahlungen für Banker begrenzen sollte, der Wetterbericht, Verkehrsfunk ... Kann das EU-Parlament überhaupt ein Gesetz beschließen, fragte ich mich. Sind Gesetze nicht Sache der Mitgliedsstaaten? Die EU kann doch nur Richtlinien verabschieden.

Der Wetterbericht meldete eine Gewitterfront, die von Eifel und Hunsrück nach Südosten zog. Sie sollte das Rhein-Neckar-Dreieck am Spätnachmittag erreichen. Das beunruhigte mich, denn ich hatte vor, nach dem Dienst an der Hochschule in unseren Garten an der Bergstraße zu fahren und dort die Wiese zu mähen.

Als ich im Hörsaal ankam, war von den zwanzig Teilnehmerinnen und Teilnehmern des Seminars erst die Hälfte anwesend. Ich wartete das akademische Viertel ab. Immerhin kamen in dieser Zeit noch zwei Teilnehmer und ich startete mit meiner Vorlesung. Doch mitten in meinen Redeschwall platzten die übrigen Fehlenden herein, entschuldigten sich lautstark – die Straßenbahn hätte nicht fahren können, weil ein LKW die Gleise blockiert habe –, rückten die Stühle, warfen sich stöhnend auf ihre Sitze, packten ihre Unterlagen und Laptops aus und schwätzten. Es war wie schon zu meiner Studienzeit, mit dem einen Unterschied, dass wir damals während der Vorlesungen nicht auf Handys oder Laptops gestarrt, sondern Zeitungen oder Heftchen gelesen hatten.

Meine Studierenden sollten Pressemitteilungen über ihre Studienarbeiten verfassen: über die Steuerung von Kraftanlagen, über die Regelung einer Biogasanlage, die Vorteile einer Absorptionskühlanlage, Datenübertragung mittels Lichtwellenleiter aus Kunststoff.

In einer der Kaffeepausen sah ich auf dem Tisch einer Studentin aus Kamerun ein Buch liegen mit dem Titel »Konrad der Salier – Kaiser dreier Reiche«. Ich fragte sie, ob das ein Geschichtsbuch sei.

Sie schaute mich mit etwas wehmütigen Augen an. »Ja«, gestand sie, »das ist eines über das europäische Mittelalter. Ich interessiere mich sehr für die europäische Geschichte. Am liebsten hätte ich Geschichte studiert, aber in meinem Land werden Ingenieure gebraucht, keine Historiker.«

»Und warum interessiert Sie gerade das Mittelalter?«, fragte ich weiter.

»Weil es heißt, es sei eine finstere Zeit gewesen«, gab sie zur Antwort, »und weil ich in Deutschland immer wieder zu hören bekomme, in Afrika herrsche noch vielerorts das Mittelalter. Ich will heraus bekommen, was die Leute mit diesem Vergleich meinen. Deshalb befasse ich mich mit dieser Epoche.«

Ich fühlte mich ein wenig beschämt und musste ihr insgeheim Recht geben. Wir Deutschen urteilen in der Tat oft leichtfertig über andere Kulturen und Nationen und ziehen unpassende Vergleiche. Ich sagte aber nichts mehr, sondern nickte ihr nur anerkennend zu.

Nach der Lehrveranstaltung verließ ich das Gebäude, so schnell es ging. Es war drückend heiß, doch vom angekündigten Gewitter war noch nichts zu sehen. Bis es eintreten würde, dürfte die Wiese gemäht sein.

Allerdings musste ich zuerst noch einen Abstecher bei meiner Mutter machen, die in Heidelberg wohnte. Sie war seit einiger Zeit gehbehindert und hatte mich gebeten, vorbeizukommen und ihr ein Medikament zu besorgen. Mein Vater war vor einigen Jahren gestorben – plötzlich und unerwartet, wie es so schön heißt. Seitdem lebte sie allein, hatte aber einen großen Bekanntenkreis und fast täglich Besuch. Auch an diesem Nachmittag saßen zwei Damen in ihrem Wohnzimmer, beide in ihrem Alter, also in den Achtzigern, doch rüstig, und nicht auf den Mund gefallen. Ich musste mir einige spitze Bemerkungen über mein gestresstes Aussehen gefallen lassen:

»Wenn Sie so weitermachen, fallen Sie noch von den Rippen!«

»Kocht Ihnen Ihre Frau nichts Vernünftiges?«

Ich schnappte mir das Rezept für die Tabletten und verabschiedete mich. Auf dem Rückweg vom Garten würde ich das Medikament vorbeibringen, versprach ich.

In der Apotheke erstand ich noch für die Hausapotheke eine Packung Aspirin und Nasentropfen – vorsorglich gegen meinen Heuschnupfen. Außerdem besorgte ich noch eine Packung Toilettenpapier und ein Päckchen Papiertaschentücher. Endlich ging es in den Garten. Dieser lag nördlich vom Ortsausgang Heidelbergs, oberhalb des Stadtteils Handschuhsheim, hinter dem großen Friedhof, direkt am Waldrand. Die Landschaft nannte sich »Bergstraße« und zog sich den ganzen westlichen Rand des Odenwalds hin. An den Hängen reihten sich Weinberge und Obstgärten aneinander, viele verwildert oder nur wenig gepflegt, entweder, weil die Besitzer nicht mehr in der Gegend wohnten und keine Pächter fanden, oder weil sie die Arbeit nicht mehr machen konnten oder wollten. Viele Gärten waren auch nicht oder nur notdürftig eingezäunt, so dass sich alle möglichen Tiere des angrenzenden Waldes darin tummelten: Rehe, Füchse, Dachse und leider immer wieder Wildschweine. Die vermaledeiten Säue zerwühlten den Boden und richteten erhebliche Schäden an.

Der Weg zum Garten war einspurig. Er schlängelte sich den Hang entlang bis zu einer kleinen Terrasse, einem Wende- und Parkplatz. Die Terrasse war nur teilweise geteert, ansonsten mit Gras bewachsen. Wenn viele Leute in den Gärten waren, war es mitunter schwierig zu parken. Doch wir kannten uns untereinander und wenn nötig, rangierten wir hin und her, damit sich die Einen hinstellen und die Anderen wegfahren konnten. An diesem Tag blieb mir das Rangieren erspart, denn außer mir war niemand da.

Ich wendete und stellte den Wagen mit der Frontseite Richtung Weg, damit ich nach der Arbeit gleich wieder hinunterrollen konnte. Danach verschnaufte ich erst einmal und genoss die Aussicht auf das Rheintal. Im Süden lag die Altstadt von Heidelberg, verdeckt durch den Steinberg und den Heiligenberg. Von den Stadtteilen Handschuhsheim und Neuenheim waren nur die Neubaugebiete und der große Friedhof Heidelberg-Nord zu sehen, die älteren Wohngebiete waren ebenfalls hinter den Bergen verborgen. In meiner Kindheit, in den 1950er und frühen 1960er Jahren hatte es noch das »Neuenheimer Feld« gegeben, doch dort standen jetzt die funktionalen Gebäuden der Universität und des Universitätsklinikums. Dazwischen erhob sich wie ein überdimensionaler Phallus der Kamin einer Klinikmüllverbrennungsanlage. Richtung Norden lag Dossenheim, ebenfalls schon weit in die Ebene hineingewuchert, zwischen diesem und Heidelberg-Handschuhsheim erstreckte sich ein Gewerbegebiet. Unmittelbar an der Grenze der Bergstraße verlief eine stark befahrene Bundesstraße, parallel dazu lagen die Gleise einer Regionalbahn. Ein Autobahnzubringer zerschnitt die Landschaft Richtung Westen, wo sich noch Gärtnereibetriebe erstreckten, die das berühmte »Handschuhsheimer Gemüse« anbauten. Die meisten Ländereien lagen unter Glas und Folien. Dahinter waren die Silhouetten von Ladenburg, Mannheim und Ludwigshafen zu erkennen. Wenn es nicht zu dunstig war, waren auch Speyer nebst den Kühltürmen des Kernkraftwerks Philipsburg oder gar die Windkraftanlagen bei Alzey zu sehen. Doch an diesem Tag war die Sicht nicht sonderlich gut. Dunst und Smog lagen über dem Land.

Ich holte meinen dreirädrigen Wiesenmäher aus dem Gartenhäuschen und startete den Zweitaktmotor. Das Gerät knatterte und stank, aber für das steile und unebene Gelände gab es nichts Besseres.

Gegen 17 Uhr 30 zogen die ersten schwarzen Wolken über der Rheinebene auf; das vorhergesagte Gewitter braute sich zusammen. Mein Ehrgeiz, unbedingt an diesem Tag die gesamte Wiese mähen zu wollen, ließ mich weiterarbeiten. Als ich endlich fertig war und das Gerät wieder in den Schuppen gestellt hatte, setzten Fallwinde ein. Hastig schloss ich das Tor zu meinem Grundstück und eilte zum Auto. Einzelne Regentropfen klatschten auf meinen Kopf, und kaum saß ich in meinem Wagen, ging es richtig los: Hagelkörner, manche so groß wie Taubeneier, prasselten nieder. Der Wind schüttelte die Apfel-, Birn- und Kirschbäume, ein Blitz folgte auf den anderen. Es machte nun keinen Sinn, den Motor zu starten und hinunterzufahren, denn der Regenguss verwandelte den Weg in eine Schlammpiste. Leicht käme da der Wagen ins Rutschen und von der Fahrbahn ab. Ich beschloss, das Gewitter abzuwarten.

Ich schaltete das Radio an, um die Nachrichten zu hören, doch Regen und Hagel waren zu stark. Es war fast nichts zu verstehen. Ich vernahm nur noch etwas wie »Zu den Selbstmordattentaten in Bagdad hat sich bisher niemand bekannt ...«

Der Schlag, der nun folgte, übertraf alles, was ich jemals zuvor bei einem Gewitter erlebt hatte. Für einen Sekundenbruchteil war ich in ein gleißendes Licht gehüllt, dann wurde es – wiederum nur für Sekundenbruchteile – völlig finster. Es ertönte ein weiteres Krachen, doch dieses Mal gedehnt, wie ein Paukenschlag in Zeitlupentempo, danach rauschte es, als fegte jemand mit einem Reisigbesen über mein Auto: Whuschsch!

Ich umklammerte das Lenkrad meines Wagens, starrte zur Windschutzscheibe hinaus und sah nur noch Blätter und Zweige. Zweifellos: Ein Blitz hatte in einen nahen Baum eingeschlagen und diesen auf mein Fahrzeug geworfen.

Der Regen ließ nach. Es tröpfelte nur noch vereinzelt. Über dem Land lag dichter Dunst, fast schon Nebel. Die Sicht war gleich null. Die Schwüle war stärker geworden.

Ich startete den Wagen, setzte ein wenig zurück und versuchte, von dem umgestürzten Baum freizukommen. Nein, da war nichts zu machen. Die Äste hatten sich um den Wagen geklammert, sodass ich nicht wegfahren konnte. Das hatte gerade noch gefehlt! Meine Mutter wartete auf ihr Medikament und zu Hause saß Miriam mit dem Abendessen. Ich stieg aus, um den Schaden zu betrachten. In Gedanken war ich schon dabei, die Motorsäge zu holen, um mir den Weg freizuschneiden.

Als ich den Wagen verließ, überkam mich das vage Gefühl, dass irgendetwas nicht stimmte. Es war nicht nur der Baum, der auf dem Fahrzeug lag, nein, irgendwie war alles um mich herum verändert. Es wirkte grüner als zuvor: mehr Gestrüpp, mehr Hecken überall. Zäune und Gartentüren waren keine mehr zu sehen.

Der Blitz muss mehr als nur einen Baum umgehauen haben, ging es mir durch den Kopf. Ich war unter einer Flut von Blättern, Zweigen und Ästen begraben. Dort, wo das große Stahltor zu meinem Grundstück stehen sollte, war ebenfalls nur dieses Grün und das Häuschen, das sich dahinter befinden sollte, war ebenfalls verdeckt.

Ich drehte mich um und schaute in Richtung des Weges, den ich hinunterfahren wollte. Er war verschwunden! Ich rieb mir die Augen. Nein, das waren keine umgeworfenen Bäume, das waren Sträucher, die an der Stelle wuchsen, wo der Weg beginnen sollte.

Nun lichtete sich der Dunst.

Die Ebene war noch da. Zweifellos, es war das Rheintal. Und zweifellos waren die Berge, die sich jetzt am Horizont abzuzeichnen begannen, die des Pfälzerwaldes. Doch die Rheinebene war leer. Keine Gebäude, keine Straßen, nichts. Das heißt nicht »nichts«, sondern überall Grün: Gestrüpp, Sträucher, niedrige Bäume, wild wuchernde Natur.

Hoppla, dachte ich. Jetzt halluzinierst du. Hat dich der Blitz derart verwirrt? Ich schaute auf mein Auto: Das stand hier ganz so, wie ich es erwartet hatte – abgesehen von diesem dicken Ast des umgeworfenen Birnbaums, der das Fahrzeug umklammerte. Im Wagen selbst war alles in Ordnung: Meine Kleider lagen da, genauso die Werkzeugtasche, meine Aktentasche, mit der ich aus dem Büro gekommen war, die Packen mit Papiertaschentüchern und Toilettenpapier. Der Wagen stand auf einem Flecken Asphalt. Drum herum wuchs niedriges, vor kurzem erst gemähtes Gras – auch alles, wie es sein sollte. Doch schon einen halben Meter hinter mir, dort, wo der Parkplatz sein sollte, wucherte eine dichte Hecke. Eine Hecke, die gewiss noch nicht da gewesen war, bevor der Blitz eingeschlagen hatte.

Wieder starrte ich in die Ebene hinunter. Wo waren die Häuser, wo die Kamine der Kraftwerke und der Klinikmüllverbrennungsanlage? Wo waren die Straßen und die Felder?

Und diese Stille! Abgesehen vom Grollen des abziehenden Gewitters und gelegentlichem Vogelgezwitscher war es absolut still. Keine Autos, keine Flugzeuge ... Flugzeuge? Ich spähte in den Himmel: Keinerlei Kondensstreifen waren zu sehen. Der Himmel, den die abziehenden Wolken frei gaben, war makellos blau.

Moment, sagte ich mir, das kann nicht sein. Mitunter sieht man etwas oder eben nichts, weil einem das Gehirn einen Streich spielt. Der

Blitz musste mich derart geblendet haben, dass ich jetzt nur noch grüne Flecken sehen konnte und selbige in meinem Kopf zu Sträuchern und Bäumen zusammenfantasierte. Ein paar Minuten Ruhe, die Augen schließen, an nichts denken – danach würde der Spuk vorbei sein.

Ich setzte mich in den Wagen und schloss die Augen. Ich zählte bis zehn. Vorsichtig öffnete ich die Augen wieder, wagte aber noch nicht, hinauszusehen. Vielmehr schaltete ich das Radio an – halt, das Radio war bereits angeschaltet! Aber es sendete nichts. Nicht einmal ein Rauschen war zu hören. Die Uhr am Display meines Wagens zeigte 18 Uhr 10. Meine Armbanduhr zeigte die gleiche Zeit.

Ich kramte mein Handy aus der Aktentasche, um zu Hause anzurufen und um mitzuteilen, dass es später werden würde. Bis ich den Baum weggeschafft haben würde, würde gut eine halbe, wenn nicht gar eine ganze Stunde vergehen.

Ich schaltete das Gerät an und wartete auf das Netz. Es tat sich nichts. Kein Netz. Eine schreckliche Ahnung überkam mich. Nun hielt ich es nicht mehr auf meinem Sitz aus. Ich riss die Autotür auf und sprang hinaus.

Draußen war alles wie zuvor. Nein, nicht wie vor dem Blitzschlag, sondern wie vor dem Zeitpunkt, als ich mich in den Wagen zurückgesetzt hatte: Keine Häuser, keine Straßen, keine Gärten, dafür Wildnis, Büsche, Sträucher, Hecken.

Ich schloss abermals die Augen und sagte laut: »Das kann nicht sein! Nein, das ist nicht möglich, absolut unmöglich!«

Ich riss die Augen wieder auf, starrte in die Ebene hinunter: Nur Wildnis, ein Teppich aus scheußlichem Grün.

Ich ohrfeigte mich, schüttelte den Kopf, drehte mich einmal um die eigene Achse. War ich tot? Hatte mich der Blitz ins Jenseits befördert? Aber warum war das Auto immer noch da, mit all dem Zeug, das ich darin transportiert hatte? Warum stand es immer noch auf dem kleinen Parkplatz, warum war da immer noch dieser Baum, den es niedergerissen hatte und – zu meiner Verwunderung – sogar unter dem umgestürzten Baum noch ein Stück Zaun, der eindeutig zu jenem Garten gehörte, in dem der Baum gestanden hatte?

Nein, wäre ich tot gewesen, wäre mir doch nicht mein Wagen mit ins Jenseits gefolgt.

Blieb noch die Möglichkeit, dass ich träumte. Es gibt einen Trick, um herauszufinden, ob man träumt oder nicht. Es gilt hochzuspringen: Fällt man normal auf den Boden zurück, ist man wach, bleibt man in der Luft schweben, träumt man. Ich sprang einige Mal hoch, doch kam ich jedes Mal ganz den Gesetzen der Physik entsprechend wieder auf der Erde auf. Also kein Traum, sondern Realität!

Ich kam mir vor wie betrunken. Wirre Gedanken umkreisten mich. Ich versank in Apathie.

Ich setzte mich in den Wagen. Wie lange ich so dasaß und einfach darauf wartete, es möge etwas geschehen, weiß ich nicht mehr. Die Sonne ging unter, es wurde düster. Die Nacht war angenehm warm. Myriaden von Leuchtkäfern umschwirrten mich. Außer dem Zirpen von Grillen war nichts zu hören.

Die Uhr im Wagen stand weiterhin auf 18 Uhr 10. Meine Armbanduhr aber verriet mir, es war bereits Mitternacht geworden. Ich verließ kurz den Wagen, schlug mich abseits in die Büsche, um meine Blase zu erleichtern, schaute in die Ebene hinunter, die sich pechschwarz vor mir ausbreitete und kehrte schnell in das Fahrzeug zurück, da es mir draußen zu unheimlich war und ich urplötzlich von Stechmücken umsurrt war. Hunger- und Durstgefühl stellten sich ein. Ich aß eine der Bananen, ein paar Kekse und nippte an meinem Mineralwasser. Gegen Morgen schlief ich ein.

Tag 1 (Samstag?)

Als ich erwachte, mit steifen Gliedern und einem metallenen Geschmack im Mund, überkam mich Panik. Die Landschaft hatte sich nicht verändert: Um mich herum war weiterhin nichts als Wildnis.

Jäh durchfuhr mich der Gedanke: Ich komme nicht mehr nach Hause. Meine Mutter hatte vergeblich auf ihr Medikament gewartet, Miriam vergeblich mit dem Essen. Sicher würden sie spätestens jetzt die Polizei benachrichtigen, eine Suchmeldung aufgeben. Man würde vielleicht auf dem Parkplatz Veränderungen vorfinden, die den Schluss zuließen, dass mir dort etwas Schlimmes passiert war. Vielleicht würden sie aber auch nichts finden, außer den Reifenspuren meines Wagens. Sie würden Hypothesen aufstellen, was mit mir geschehen sein konnte: Entführung, Ermordung oder Flucht, weil ich vielleicht ein Verbrechen begangen hatte ...

Ich hämmerte wie wild auf das Lenkrad ein. Nein, nein, das konnte nicht sein! Der Spuk musste ein Ende haben. Ich schrie, ich tobte und heulte wie ein kleines Kind.

Es nutzte nichts. Nachdem ich mich abreagiert hatte, versuchte ich nüchtern zu denken. Angenommen, der Blitz hatte irgendeine bisher unbekannte Kraft entfaltet, die das Stück Gelände, auf dem er eingeschlagen war, in ein Paralleluniversum befördert hatte? Wenn die Gesetze der Physik, wie ich sie kannte, immer und ewig gelten sollten, musste ich wohl das Opfer eines sehr unwahrscheinlichen, doch nach der Quantentheorie durchaus möglichen Ereignisses geworden sein.

Ich musste lachen. Gerade mir musste das passieren. Vielleicht gab es ja noch ähnliche Fälle? »Es wurde kein Knochen mehr von ihm gefunden ...«, hatte einmal ein Schweizer von einem Landsmann erzählt, der in den Bergen mitsamt seinem Auto verschwunden war, ohne dass jemals wieder eine Spur von ihm entdeckt wurde. Und wie war das mit den berühmten »Ich-gehe-nur-mal-schnell-Zigaretten-holen«? Was aber nutzte es mir zu wissen, dass es vielleicht anderen ähnlich ergangen sein mochte? Nichts! Ich war hier allein, verloren in einer fremden und sicher feindlichen Welt.

Das Radiogerät war noch angeschaltet. Mir war, als rauschte es plötzlich. Ich drehte den Lautstärkenregler soweit auf, wie es ging. Nein, das Rauschen kam nicht aus dem Radio, sondern vom Wind, der durch die Bäume und Hecken fegte. Eine dicke Wolke zog über mich hinweg; es begann nochmals zu regnen.

18 Uhr 10 auf dem Display des Autoradios – immer noch! Meine Armbanduhr dagegen zeigte 7 Uhr 30. Die Zeit schritt voran, auch in diesem seltsamen Universum, in dem es scheinbar keine Menschen gab, vielleicht auch keine größeren Tiere, sondern nur dichtes, grünes Gestrüpp.

Ich aß eine weitere Banane und einen Apfel. Dabei kam mir zum ersten Mal der unangenehme Gedanke, dass ich nicht allzu viel Proviant dabeihatte und ich mir wohl oder übel früher oder später Nahrung beschaffen musste. Dazu musste ich den Wagen verlassen und die Gegend erkunden. Also stieg ich aus, ging einige Schritte auf das Gestrüpp zu – und blieb stehen.

Nein, ich konnte nicht so einfach drauflosslaufen. Ich musste mich gegen unangenehme Überraschungen wappnen, sprich: mich bewaffnen. Doch womit? Ich schaute mich im Wagen um. Was hatte ich denn überhaupt aus meiner Welt retten können? Acht Rollen Toilettenpapier, Papiertaschentücher, ein paar Klamotten, ein Paar Halbschuhe, das Päckchen Antibiotika, eines mit Aspirin, ein Fläschchen Nasentropen, meine Tasche mit Gartenwerkzeug, wie eine Rebschere oder einen Drahtschneider, eine Packung Streichhölzer (immerhin!), meine Aktentasche mit Notizen über das Seminar – und dann solche Dinge wie eine kleine Digitalkamera, das Handy, meinen Geldbeutel mit ein wenig Bargeld und einigen Kreditkarten, eine Straßenkarte und ein paar Musik-CDs – Dinge, die mir in dieser Welt sicher nicht viel nutzten. Immerhin: Ein Schweizer Messer war mir auch noch geblieben. Ich steckte es in die Tasche, im irren Glauben, es könne mir im Notfall als Waffe dienen.

In Gedanken überflog ich rasch, was ich nicht mehr hatte: Seife, Shampoo, Zahnpasta und Zahnbürste, Rasierapparat, Handtücher, Waschpulver (von einer Waschmaschine ganz zu Schweigen!), einen Herd, Kochgeschirr, Besteck (wenn man vom Schweizer Messer absah), Wäsche zum Wechseln, einen Computer, das Internet, etwas zu Lesen und natürlich jemanden, mit dem ich reden konnte.

Nun, es gab Menschen, die in der Wildnis gestrandet waren und die bedeutend weniger dabeigehabt hatten als ich. Allerdings hatten diese immer noch die Hoffnung, eines Tages in die Zivilisation zurückzukehren. Ob ich eine solche Hoffnung haben durfte, wusste ich nicht.

Als ich losgehen wollte, sah ich auf dem Rücksitz mein Fernglas liegen. Ich griff danach, stieg auf das Wagendach und schaute in die Ebene. Dort, wo eigentlich der Heidelberger Friedhof sein sollte, erkannte ich eine Lichtung, die einen nahezu quadratischen Umriss hatte. Was konnte das sein? Ja, die Lichtung hatte einen sehr regelmäßigen Grundriss. Hier wuchs nur niedriges Gras. Ich ließ den Blick weiter in die Ebene schweifen und sah nun weitere, ähnliche Lichtungen. Waren das dort draußen, wo noch einen Tag zuvor die Gebäude der Universität gestanden hatten, eventuell Felder? Gab es doch Anzeichen von menschlichem Tun?

Ich schaute Richtung Neckar. Das grau glitzernde Band, das sich zwischen den Bäumen im Flachland schlängelte, musste er sein; ungebändigt, träge dahinfließend, zum Rhein, der sich irgendwo weiter draußen seinen Weg bahnte. Das Gebiet musste ein gigantischer Sumpf sein, sicher voller Stechmücken, Blutegel und anderem unangenehmen Getier. Dort gab es keine Rodungen; auch schienen die Bäume höher zu sein und dichter zu stehen als entlang der Hänge der Bergstraße.

Aber da, Richtung Südwesten, nahe am Horizont, stand da nicht ein Gebäude? Durch das Fernglas sah ich einen groben rechteckigen Klotz, der sich aus der Rheinaue erhob. Das konnte kein natürlicher Felsen sein.

Eine Ruine? Plötzlich war sie wieder da, die Panik. Wenn das eine Ruine war – vielleicht von einem Kraftwerk oder einem Häuserkomplex, war ich dann vielleicht in eine ferne Zukunft geworfen worden? War die Zivilisation untergegangen, der Mensch so gut wie ausgestorben und die wenigen Überlebenden zurückgekehrt zu einer bescheidenen Landwirtschaft? Allerdings schien es mir seltsam, nur diese eine Ruine zu sehen. All die Betonbauten der Universität, die Hochhäuser, Kamine und Kirchtürme, sie hätten doch auch Relikte in der Landschaft hinterlassen müssen, zumindest als Erd- und Schutthügel. Nein, das war nicht die Zukunft, das war eine Parallelwelt, in der die Menschen – so es überhaupt Menschen waren – nicht mehr zu Stande gebracht hatten, als jenes eine kastenförmige Gebilde am Ufer des Rheins.

Ich fixierte das merkwürdige Gebäude, konnte aber aufgrund der Lichtverhältnisse nichts Genaues erkennen. Doch glaubte ich, neben dem Gebäude Rauch aufsteigen zu sehen. Ja, auch weiter östlich stieg Rauch auf. Ich wandte mich Richtung Norden und bemerkte einen Weg, der sich direkt am Berghang entlang von Norden nach Süden zog. Er folgte ungefähr dem Verlauf der Bundesstraße B3, die Heidelberg mit

Dossenheim verband. Eindeutig, irgendjemand – etwas? – lebte hier, das fähig war, Wege anzulegen. Der Weg war nicht allzu breit und nicht asphaltiert; in seiner Mitte wuchs eine Grasnarbe. Mein Auto hätte wahrscheinlich darauf fahren können, wenn es mir möglich gewesen wäre, es hinunterzubefördern.

Am späten Nachmittag entschied ich mich endlich, das Risiko einzugehen, den Wagen zu verlassen und ein Stück den Hang hinunterzusteigen, um herauszufinden, ob hinter den Hügeln, die mir nach Norden und Süden die Sicht versperrten, nicht doch Siedlungen lagen. Neben dem Schweizer Messer nahm ich die Rebschere mit, denn an einigen Stellen war das Gestrüpp so dicht, dass ich mir den Weg freischneiden musste. Es war ein seltsames Gefühl, durch ein Gelände zu gehen, das noch tags zuvor mein Garten gewesen war und das jetzt einem feucht dampfenden Bergurwald glich. Über mir kreisten große Vögel, sicher Bussarde. Irgendetwas Braunes huschte vor mir durch das Gebüsch. Es war sehr schnell. Ich konnte nicht erkennen, was es war. Vielleicht ein Hase?

Nach Nordosten zu wurde der Hang sehr steil. Das war die Stelle, wo die Gärten aufhörten und sich ein Streifen Wald entlang des Hellenbachs zog. Unten, in der Talsohle, befand sich ein so genannter Waldspielplatz. Hier tobten vor allem an Wochenenden immer wieder Kinder herum, kreischten, plärrten, lachten, weinten. So jedenfalls verhielt es sich in meiner Welt, dachte ich, als ich den Hang hinunterrutschte. Jetzt war alles still. Selbst die Singvögel verstummten in der heraufziehenden Dämmerung.

Unten, dem Verlauf des Baches folgend, der überraschend viel Wasser führte, erkannte ich einen Trampelpfad. Es konnte ein Wildwechsel sein. Ich folgte dem Pfad ein Stück bergauf und bemerkte, wie er sich immer wieder verzweigte. Plötzlich stand ich auf einer kleinen Lichtung. Hier war vor noch nicht allzu langer Zeit etwa ein Dutzend mittelgroßer Bäume gefällt worden. An den Stümpfen waren eindeutig Spuren von Axthieben zu sehen, daneben lagen Späne und gröbere Holzstücke im Gras. Die gefällten Bäume mussten wegtransportiert worden sein.

Plötzlich war mir, als beobachte mich jemand. Mir wurde es unheimlich. So schnell ich konnte, machte ich mich auf den Weg zurück zu meinem Wagen.

Ich setzte mich hinein und verriegelte von innen die Türen.

Was bedeutete das alles? Trampelpfade, gefällte Bäume, Wege, Lichtungen, die vermutlich Felder waren, schließlich der Rauch über der Ebene, das merkwürdige, klotzartige Gebäude. Ich war nicht allein in dieser fremden Welt. Ich hoffte, die Bewohner dieser Welt waren menschlich – und gleichzeitig hoffte ich es auch wieder nicht. Aber was wünschte ich mir dann? Aufrecht gehende Saurier? Affen? Androiden?

Wieder saß ich stundenlang da und sinnierte vor mich hin. Es wurde dunkel. Nun sangen Vögel. Nachtigallen? Die Leuchtkäfer erschienen wieder über dem Parkplatz und umschwirrten das Auto. Grillen zirpten. Ich kippte den Fahrersitz zurück und lehnte mich nach hinten. Ich machte es mir ein wenig bequemer als in der Nacht zuvor, legte ein Nackenkissen unter meinen Kopf und deckte mich mit meinem Pullover zu. Zum Glück war es immer noch warm. Das Fenster auf der Fahrerseite ließ ich einen winzigen Spalt offen, der frischen Luft wegen. Frische Luft – in der Tat: Es roch angenehm nach Erde und irgendwelchen Blüten.

Der Mond erschien am Horizont. Mir war, als riefe ein Käuzchen. Hinter dem Wagen raschelte es. Ich drehte mich vorsichtig um – und erblickte zwei Gestalten.

In der Dunkelheit konnte ich zunächst nicht klar erkennen, ob sie wirklich menschlich waren, zumal die eine Gestalt etwas auf ihrem Rücken trug, das ihr den Anschein gab, als habe sie eine gorillabreite Schulter.

Es waren zwei Männer. Derjenige mit der Last auf dem Rücken war der kleinere der beiden, doch auch der andere war nicht sonderlich groß, maß vielleicht 1,60 Meter. Er trug ein langärmeliges Hemd, das ihm bis fast zu den Knien reichte. Um den nicht gerade schlanken Bauch hatte er einen Gürtel geschnallt, an dem etwas baumelte, das ein Messer sein konnte. Genaueres konnte ich im Finstern nicht ausmachen. Seine Beine steckten in enganliegenden Hosen; die Füße wiederum in Stiefeln. Ob diese aus Leder oder anderem Material waren, war in der Dunkelheit nicht zu erkennen. Beeindruckend waren seine langen Haare, die ihm über die Schultern fielen, sowie sein Bart, der bis zur Brust reichte. Die Haare waren mit einem Stirnband gebändigt. Über der einen Schulter trug er ein seltsames Gerät, eine Art Kreuz, der längere Stiel nicht größer als einen halben Meter. Ich hatte Ähnliches bereits gesehen, konnte mich aber nicht mehr erinnern bei welcher Gelegenheit. Der Kleinere, jener mit der Last auf dem Buckel, war kurz geschoren und hatte keinen Bart. Auch er steckte in einem hemdartigen Gewand, das an ihm seltsam schlaff herunterhing. Anscheinend trug er keinen Gürtel. Sein Kleid erinnerte an einen Schlafrock aus der Biedermeierzeit. Beine und Füße schienen nackt zu sein. Ja, ich erkannte es nun ganz deutlich: Der Bursche war barfuß.

Der Bärtige nahm das Gerät von der Schulter und deutete damit auf meinen Wagen. Dabei sagte er ein paar Worte in einer mir unbekannten Sprache. Der andere antwortete schüchtern. Beide schienen über die Erscheinung auf der Lichtung sehr erstaunt zu sein. Sie wechselten weitere Worte; schienen sich nicht ganz einig zu sein, wie sie das alles deuten sollten.

Ich verhielt mich still, wagte kaum zu atmen. Ob sie mich sehen konnten? Wenn ja, wie würden sie reagieren, sollten sie in diesem ihnen vermutlich völlig fremden Gebilde auch noch einen Menschen erblicken? Besser ich wartete ab, wie sich die beiden verhielten.

Nun erkannte ich auch, was es war, das der Bärtige geschultert hatte: eine Armbrust. Gleichzeitig konnte ich sehen, dass der Kleinere auf dem Rücken ein totes, halbwüchsiges Reh trug. Ich schlussfolgerte, die beiden waren Jäger, oder besser gesagt, der Bärtige war der Jäger, sein Begleiter wohl nur ein Gehilfe.

Die beiden drehten sich urplötzlich um und verschwanden im Gestrüpp. Wohin würden sie gehen? Wo war ihr Zuhause? Was würden sie jetzt dort erzählen? Sie hätten am Waldrand, oberhalb des Baches, wo sie auf der Jagd gewesen sein mochten, etwas entdeckt, von dem sie sich nicht erklären konnten, wie es dorthin gekommen war: Auf einer Lichtung stand ein Fahrzeug, halb verdeckt von einem umgestürzten Baum. Selbst wenn sie in ihrer Welt Autos wie wir besaßen, so blieb es ihnen sicher ein Rätsel, wie ein solches auf den Hang gelangen konnte, obwohl dort keine Straße hinaufführte. Möglicherweise würden sie weiterhin berichten, ihnen sei es so vorgekommen, als befände sich in diesem Fahrzeug ein Mensch, doch wären sie sich dessen nicht sicher, da die Scheiben spiegelten. Scheiben? Vielleicht kannten sie gar keine Scheiben aus Glas, und wussten nicht, dass die glänzenden Flächen Fenster waren?

Sicher würden sie die Neugierde bei ihren Zeitgenossen wecken und mit Verstärkung bei Tagesanbruch zurückkommen. Was dann?

Immerhin: Die Bewohner der Welt, in die ich gelangt war, waren menschlich.

Meine Armbanduhr zeigte kurz vor 22 Uhr. Auf der Uhr am Display des Wagens war es weiterhin noch 18 Uhr 10. Seltsamerweise schien das Thermometer im Wagen, im Gegensatz zur Uhr, noch zu funktionieren. Er stand nun auf 18 °C, was meiner gefühlten Temperatur entsprach. Bei dem Gedanken an den Ausdruck »gefühlte Temperatur« musste ich lachen. Es war ein bitteres Lachen. Meiner, der nach Perfektion schreienden Welt genügte es nicht, eine messbare Temperatur vorherzusagen: Wir wussten auch, wie wir sie empfinden würden. Wobei mir stets schleierhaft geblieben war, wer dafür den Maßstab setzte. Wieso sollten 20 °C sich einmal wie 18 °C, dann wieder wie 22 °C anfühlen? Überhaupt: Wie fühlen sich 18/20/22 °C an?

18 °C fühlten sich, nach der Schwüle des Tages, angenehm an. Ich versuchte zu schlafen, was mir aber nicht gelang. Ich war zu nervös, lauschte auf jedes Geräusch, hoffte erneut, der Spuk würde irgendwann vorbeigehen und diese unheimlich fremde Welt sich in Wohlgefallen auflösen.

Tag 2 (Sonntag?)

Gegen Morgen musste ich doch eingeschlafen sein. Ich rieb mir die Augen und schaute mich vorsichtig um. Nein, die Wildnis war nicht gewichen. Ich stand immer noch mit meinem Auto auf einer kleinen Lichtung, halb verdeckt von einem Baum, der vom Blitz getroffen worden war.

Ich hatte das Bedürfnis nach einer Tasse Kaffee, musste aber mit kaltem Mineralwasser Vorlieb nehmen.

Ich aß zwei Kekse. Mehr gönnte ich mir nicht.

Schließlich verließ ich den Wagen.

Wieder erschreckte mich die Stille. Keine Motorengeräusche, keine Stimmen.

Tau lag auf dem Gras. Die Luft war frisch, doch es versprach ein weiterer warmer Sommertag zu werden.

Ich entfernte mich einige Schritte vom Wagen und schlug mich ins Gestrüpp. Kaum war das entsprechende Geschäft verrichtet, umschwirrten mich unzählige Fliegen. Verdammt, ging es mir durch den Kopf, ich würde mir eine Art Latrine einrichten müssen! Und das ganz ohne einen Spaten!

Ich ging zurück zum Wagen, setzte mich wieder hinein und versuchte meine Gedanken zu ordnen. Was sollte ich als Nächstes tun? Die Latrine graben (womit?), Wasser und etwas zu essen besorgen (wo?), vielleicht ein Feuer machen, die Gegend erkunden?

Da hörte ich Stimmen.

Ich verließ den Wagen und stieg wieder auf das Dach, das Fernglas in der Hand. Doch auch ohne das Hilfsmittel konnte ich sie sehen: Sie kamen die Piste entlang, die ich tags zuvor am Rand des Hanges ausgemacht hatte. Sie kamen zu Fuß, von Süden her, dort wo Heidelberg hätte liegen sollen.

Durch das Fernglas gewahrte ich Einzelheiten. Wenn die Lage nicht so befremdlich und ernst gewesen wäre, hätte ich über ihre Erscheinung lachen können, sahen sie doch aus, als kämen sie von einem Kostümfest, besser gesagt einem Lumpenball. Voraus gingen ein halbes Dutzend Männer in langärmligen, tunikaartigen Hemden, einige mit Gürtel, andere ohne (erneut erschienen mir die Gewänder wie Nachthemden). Bei einigen schauten Hosenbeine unter den Tuniken hervor, einige trugen lederne Stiefel, manche liefen barfuß. Alle trugen eine Kopfbedeckung: Kappen oder Mützen; nur einer, jener Dickbauch, den ich als denjenigen erkannte, der in der Nacht vor meinem Wagen gestanden hatte, bändigte seine Haare weiterhin lediglich mit einem Stirnband. Nahezu alle Männer waren bärtig. Die Bärte wirkten ungepflegt, ebenso die Haare, sofern sie nicht bis fast auf die Kopfhaut geschoren waren. Skinheads und Freaks, ging es mir durch den Kopf. Hinter den Männern liefen einige Frauen, auch sie in schlichte, fast bodenlange Gewänder gehüllt, auch bei ihnen manche mit, manche ohne Gurt. Wie die Männer trugen auch sie Kopfbedeckungen, nämlich Hauben, Kopftücher oder Kapuzen. Es war mir nicht möglich, festzustellen, ob sie ihre Haare lang trugen oder kurz. Hinter den Frauen erblickte ich Kinder. Sie hatten nur einfache Hemdchen an, allesamt keine Schuhe. Ihre Haare waren ungekämmt, standen wirr in alle Richtungen. Kopfbedeckungen trugen die Kinder nicht.

Es war auffallend, wie farblos allesamt gekleidet waren. Ihre Tuniken waren weiß, allenfalls leicht bräunlich getönt; die Kappen und Mützen waren grau bis braun. Nur eine der Frauen hatte einen blau gefärbten Umhang um die Schultern gelegt. Je näher sie kamen, umso mehr erkannte ich, dass die bräunlichen Farbtöne wohl eher Schmutz waren als echte Farben. Ja, diese Leute waren schmutzig, insbesondere die Kinder.

Was mich aber am meisten beunruhigte, waren die Waffen, die die Männer mit sich führten: Der Dickwanst trug nicht nur seine Armbrust, sondern hatte am Gürtel auch ein längeres Messer; andere hatten Spieße, Lanzen, Knüppel, einer auch eine Mistgabel. Selbst einige Frauen trugen Stöcke oder hatten Messer an ihren Gürteln.

Wie sollte ich mich verhalten? Ich erinnerte mich, in einem Seminar über Kommunikation einmal gehört zu haben, es gäbe Gesten und Mimik, die überall auf der Welt das Gleiche bedeuteten. Nur mit Handgesten müsse man vorsichtig sein: Was in einem Kulturkreis das Friedenszeichen sein mag, deutet man anderswo als obszön.

Ich stieg vom Wagen herunter. Letztlich konnten sie es als Provokation auffassen, wenn ich mich über sie stellte.

Da alle Erwachsenen etwas auf dem Kopf trugen, beschloss ich, meine blaue Schildkappe aufzusetzen, die im Fahrzeug lag. Sie war zwar enorm verwaschen und ausgebleicht und wurde nur noch bei Gartenarbeiten getragen, doch viel schlimmer als die Kopfbedeckungen der Leute sah sie nicht aus. Heimlich öffnete ich bei meinem Schweizer Messer die größte Klinge, beließ das Messer aber in meiner Hosentasche. Das Fernglas hängte ich mir um den Hals und postierte mich mit verschränkten Armen neben den Wagen. So konnten mich alle sehen.

Die Gruppe kämpfte sich nun quer über den Hang durch das Gestrüpp. Je näher die Leute kamen, desto leiser redeten sie. Als sie auf etwa zwanzig Meter herangerückt waren, verstummten sie und blieben stehen. Ich sah Unsicherheit in ihren Augen, ja, sogar Angst.

Eine Weile verharrten wir und fixierten uns gegenseitig. Der Dicke mit der Armbrust hatte eine Kordel um den Hals, an der ein Bündel Vogelfedern baumelte. Ich vermutete einen Talisman. Mit der linken Hand griff er danach und fummelte daran herum. Er schien nervös zu sein. Mit der Rechten hielt er krampfhaft seine Armbrust fest. Er richtete sie aber nicht gegen mich.

Ein kleinwüchsiger Mann, überraschenderweise ohne Kopfbedeckung und mit Glatze, trat aus der Menge und hielt mir ein Kruzifix entgegen. Ich vermutete in ihm einen Priester, wenngleich er ansonsten nicht anders gekleidet war als die übrigen Männer: Stiefel, Pluderhose, langärmeliges Hemd, Gürtel.

Was sollte ich tun? Das Kruzifix deutete darauf hin, dass sie Christen waren. Also machte ich das Kreuzzeichen. Daraufhin ging der Kleine wieder zurück in die Reihen seiner Landsleute und raunte ihnen ein paar Worte zu. Der Dickwanst nickte.

Ich trat einen Schritt vor, öffnete die Arme und hielt die Handflächen nach oben.

»Friede!«, sagte ich laut und deutlich.

Sie zeigten keine Reaktion. Nur die Frauen im Hintergrund tuschelten.

»Peace, Freedom, Paz, Paix, Pace!«, versuchte ich es in den Sprachen, die mir geläufig waren, und lächelte.

»Pax? Fridu?«, antwortete der Dicke und machte eine ebenfalls beschwichtigende Bewegung mit der freien Hand, während er mit der anderen weiterhin seine Armbrust umklammerte. Er deutete dem Kleinen, wieder vorzutreten und mich anzusprechen.

»Quis estis? (Wer seid ihr?)«, fragte dieser. *»Ex quo venisitis? (Wo kommt ihr her?)«*

Anscheinend sprach der Mann Latein. Latein – wie viele Jahre war es her, seit ich in der Schule dieses Fach abgewählt hatte, um danach nie wieder etwas in dieser Sprache zu lesen, (abgesehen von Inschriften auf Grabsteinen oder in Kirchen, die ich aber kaum richtig verstand), geschweige denn zu sprechen?

Da ich nicht gleich antwortete, fragte er weiter: *»Loquistis lingua Latina? (Sprecht ihr Latein?)«*

Ich mobilisierte mein Gedächtnis und antwortete, wie es mir gerade einfiel: »*Pauci, poco*, wenig ... *sum de mundo aliter (komme aus einer anderen Welt)*, aus anderer Welt ... *veni per vis naturae (durch eine Naturgewalt) ... per ... per...*« Das Wort für Gewitter oder Blitz fiel mir nicht ein. Ich versuchte es mit Spanisch: »*tempestad, relámpago*«, wobei ich eine entsprechende Bewegung machte.

Die Leute schauten sich fragend an. Ihre Verwunderung war eher größer geworden. Sie murmelten etwas in ihrer Sprache, die keineswegs wie Latein klang.

»Tempestas?«, fragte der Kleine schließlich. *»Fulgur?«*

»*Ja, si, fulgur*«, bestätigte ich. Das musste das lateinische Wort für Blitz sein.

Der Kleine schüttelte ungläubig den Kopf.

»Quando abit? Quando excedit? (Wann geht ihr wieder?)«, fragte er nun und setzte eine Miene auf, die zu sagen schien: Hoffentlich verschwindest du bald! Wir können mit dir nichts anfangen.

Ich schaute zum Himmel und zuckte mit den Schultern: *»Non possum ... vis naturae ... non es mea culpa ... (Ich kann nicht ... eine Naturgewalt ... es ist nicht meine Schuld ...)«*

Wieder schauten sie sich gegenseitig an und berieten sich in ihrer eigentümlichen Sprache. Da sie nun lauter sprachen – vermutlich wich ihre Furcht – verstand ich nun das eine oder andere Wort. Irgendwie kam mir ihre Sprache vertraut vor, doch richtig einordnen konnte ich sie nicht.

Ich ergriff nun meinerseits die Initiative und fragte sie: *»Quis sunt illes? Ubi sum? Non habo idea ubi sum. (Wo bin ich? Ich weiß nicht, wo ich bin?) «*

Sie schienen die Frage nicht zu verstehen. Vielmehr schritt nun der Dicke auf mich zu, wobei er aber nach drei Schritten stehen blieb und seine Armbrust dem Nächsten, der hinter ihm stand, in die Hand drückte. Er hielt beide Hände in die Höhe, um anzuzeigen, dass er jetzt unbewaffnet war, und kam bis auf drei, vier Meter zu mir heran. Nun sah ich, wie sehr seine Haare und sein Bart verfilzt waren. Er tat mir ein wenig leid, anscheinend kannte er weder Kamm noch Haarwaschmittel. Über seinen dunklen, wachen Augen wölbte sich eine markante Stirn mit buschigen Augenbrauen. Seine Nase war fleischig, leuchtete rot, vielleicht aufgrund der Aufregung. Er lispelte, was dem Fehlen eines Schneidezahns geschuldet war. Körperlich machte er einen erbärmlichen Eindruck, doch er strahlte uneingeschränkte Autorität aus.

Er zeigte auf meinen Wagen und fragte nun in seiner Sprache: »Wat sin dit wiz ding?« Da ich nicht gleich reagierte, übersetzte der Kleine: *»Quid es causa alba? (Was ist das weiße Ding?)«*

»Vehiculum«, antwortete ich und deutete auf die Räder. *»In mundo meo vehiculum est. (In meiner Welt ist das ein Fahrzeug.)«*

Der Dicke nickte, als würde er verstehen.

Er drehte sich zu seinen Leuten um und rief laut:

»Sin ein reitawagen, nit als reitawagen. Mag sin ein fahranti folk.«

Es klang wie eine nordische Sprache, erinnerte entfernt an Dänisch oder Schwedisch. War das ein urtümliches Deutsch oder ein germanischer Dialekt?

Ich versuchte es deshalb nochmals auf Deutsch und sprach ganz langsam:

»Ich weiß nicht, wo ich bin. Ich komme aus einer anderen Welt.«

Weder der Dicke noch einer seiner Gefährten zeigte irgendeine Reaktion, also klaubte ich nochmals mein Latein zusammen: *»No habeo cognito ubi sum. Veni de mundo aliter, de tempus aliter. (Ich weiß nicht, wo ich bin. Ich komme aus einer anderen Welt, einer anderen Zeit.)«*

Wieder übersetzte der Kleine, worauf der Dicke urplötzlich lachte, sich zu seinen Leuten wandte und sinngemäß – wie man mir später erklären sollte – rief: »Er muss ein Gaukler sein! Ein Narr! Er gibt an, nicht zu wissen, wo er sich befindet.«

Alle stimmten in sein Lachen ein, während ich ratlos dastand.

»Ihr scheint mir ein gerissener Geselle zu sein«, sagte der Dicke ernst und trat einen weiteren Schritt auf mich zu. »Hoffe, Ihr seid ebenso ein guter Christ! Ihr verstehet unsere Sprache nicht?«

»Doch, wenn Ihr langsam redet«, erwiderte ich. »Mir scheint, Ihr sprecht so ähnlich wie wir, in meiner Welt.«

»In Eurer Welt«, wiederholte der Dicke und verzog verächtlich den Mund. »Bei der Heiligen Dreifaltigkeit, was seid Ihr für einer? Wie nennt Ihr Euch?«

Ich sagte meinen Namen, wobei ich einer unbestimmten Eingebung folgte, meinen Vornamen latinisierte und mich Rodolfo nannte.

»Das klingt nach einer Herkunft aus Italien«, brummte der Dicke. »Damit Ihr wisset, mit wem Ihr es zu tun habt: Mein Name ist Ingbert. Ich bin Freier Bauer auf der Gemarkung Hendesham, habe das Jagd- und Fischereirecht, betreibe außerdem die Herberge zum Bachlenz und stehe ansonsten im Dienste des Bischofs von Spirum. Das Stück Land, auf dem Ihr stehet, ist mein Eigentum. Ihr stehet hier ohne meine Erlaubnis. Seid Ihr Euch dessen bewusst?«

Er musste seine Ansprache dreimal wiederholen, bis ich dahinterkam, was er meinte. Ich war nahe dran zu sagen, der Grund gehöre eigentlich mir, doch ich wollte ihn nicht herausfordern, sondern stammelte erneut zur Entschuldigung, ich sei unfreiwillig hier.

Der, der sich Ingbert nannte, fuhr fort: »Was meint Ihr, Herr Rodolfo, was nun geschehen soll? Ihr müsst doch sicher Helfer gehabt haben, den Karren hierhergebracht zu haben. Sagt Euren Leuten, sie sollen ihn wieder wegschaffen!«

»Aber nein, ich habe keine Gehilfen!«, sagte ich mit Nachdruck. »So glaubt mir doch: Es war eine Naturgewalt! Ein Blitz hat mich hierher befördert. Seht doch, der umgestürzte Baum ...«

Er betrachtete nachdenklich den Baum und überlegte wohl, ob er schon immer da gestanden haben mochte oder auch erst zusammen mit meinem Reisewagen gekommen war.

Ich deutete auf den Boden ringsum meinen Wagen, das kurz gemähte Gras und den kleinen Flecken Asphalt.

Ingbert runzelte die Stirn. Er kämpfte mit sich: Den Wagen konnte jemand hergetragen haben, vielleicht auch den Baum, doch die Fläche um den Wagen zu roden und mit kurzem Gras zu versehen, das schien ihm doch recht sonderbar.

»Ein seltsam Ding«, murmelte er. Mit ratlosem Blick starrte er mich an und fuhr leise fort: »Ich weiß nicht, was ich davon halten soll. Es scheint mir eine doppelte Narretei, den Wagen unter einem Baum zu begraben. Wieso tatet Ihr dies? Was bezwecket Ihr damit? War es Arglist oder Dummheit? Ihr seid in edle Tücher gekleidet, doch in den Farben eines Narren. Ihr traget feste Schuhe wie die Freien und Edelleute, aber Euer Bart ist geschoren und Euer Haupthaar gestutzt wie bei einem Knecht oder einem Pfaffen. Letztendlich das Gefährt, mit seinen vier Rädern aus einem mir unbekannten Stoff, glänzend weiß, als sei es aus Schnee und Eis. Überhaupt ...«

Er schüttelte erneut den Kopf und betrachtete abermals den darniederliegenden Baum.

»Wieso habet Ihr den Wagen zur Hälfte unter einem Baum begraben?«, wiederholte er seine Frage, jedoch mehr zu sich selbst als an mich gewandt. »Wieso habet Ihr hier oben, auf meinem Hang, einen Platz dafür geebnet? Wieso habet Ihr das Gefährt nicht in einen der hiesigen Orte gebracht, auf einen Marktplatz, wo es jeder sehen und bestaunen kann? Wolltet Ihr den Wagen verstecken? Wenn Ihr das vorgehabt hättet, wäre doch ein Platz droben in den Wäldern geeigneter gewesen. Ich bringe das alles nicht zusammen.«

Ein wenig lauter, und wieder direkt an mich gewandt, fuhr er fort: »Ich wiederhole meine Frage von soeben: Wann beabsichtigt Ihr, wieder zu gehen?«

»Bald, sobald es die Natur erlaubt ... Ich weiß es nicht ... Ich bin unfreiwillig hier, versteht Ihr, völlig unfreiwillig. Gegen meinen freien Willen. *Contra voluntatem meam*!« Die letzten Worte schrie ich regelrecht.

Er erschrak und trat einen Schritt zurück. Er schien seine Armbrust packen zu wollen. Instinktiv griff ich in die Hosentasche nach meinem Messer.

Da lachte eine der weiter hinten stehenden Frauen – ein junges Ding, vielleicht zwanzig Jahre alt – und rief:

»Da, seht, was er macht: Er greift in sein Gewand!«

Andere lachten ebenfalls und Ingbert hielt in seiner Bewegung inne. Ich nahm die Hand sofort wieder aus der Tasche und hielt ihnen die offene Handfläche entgegen. Sie aber lachten weiter. Da erkannte ich, dass keines ihrer Gewänder eine Tasche oder dergleichen besaß, weder die Röcke noch die Hosen. Hosentaschen waren ihnen fremd und sie hielten die meinen für Teil meines Narrenkleides.

»Ihr seid fürwahr sonderbar gekleidet«, sagte Ingbert. »Solche Hosen hat es allenfalls im fernen Byzanz oder bei den Mauren. Ihr möget in Euren Taschen manch Ding verborgen tragen, was ein redlicher Mann offen an seinem Gürtel zu tragen pflegt. Doch sei es drum. Ich verlange, dass Ihr Eure Gehilfen rufet und Euch davonmacht!«

Ich schüttelte den Kopf und wiederholte:

»Keine Gehilfen. Ich komme aus einer anderen Welt. Ich kann Euch meine Welt zeigen, wenn Ihr wollt. Ich habe Bilder dabei.«

»Bildnisse?«, fragte er, neugierig geworden. »Welcher Art?«

Ich hob beschwichtigend die Hand, ging zum Wagen und holte meine Digitalkamera heraus. Ich schaltete sie an und stellte auf Wiedergabe am Display. Ich hatte noch einige Bilder von einem Kurzurlaub in Paris auf der Speicherkarte, außerdem einige Fotos von einer Radtour und einer kleinen Familienfeier in einem Café in Speyer.

»Hier«, sagte ich und hielt dem Mann das Display hin. »Das ist eine Straße in der Stadt Paris. Hier seht Ihr viele solcher Fahrzeuge wie das meine.«

Der Mann schüttelte den Kopf und behauptete, außer einigen bunten Flecken nichts zu sehen. Ich stellte ein anderes Bild ein, doch auch hier konnte er nichts erkennen. Ich merkte, wie er beim Versuch das Display zu betrachten, mit dem Kopf ein wenig zurückging. Allem Anschein nach war er weitsichtig. Ich bat ihn um einen Augenblick Geduld und kramte meine Lesebrille hervor.

»Nehmet diese Brille, dann erkennet Ihr vielleicht etwas«, bat ich ihn.

Er wusste mit der Brille nichts anzufangen, so zeigte ich ihm, wie man sie aufsetzt. Nun verklärte sich sein Blick.

»Welch Wunderdinge habet Ihr in Eurem *vehiculum* derer noch!?«, rief er aus, drehte sich zu seinen Landsleuten und verkündete stolz, dass er mit dem Gestell vor Augen nun wieder Dinge sehen könne, die sich in unmittelbarer Nähe befänden. Sogleich schaute er wieder auf das Kameradisplay. Ich klickte die Bilder durch und erklärte ihm, was es zu sehen gab: Straßen und Metrostationen in Paris, den Montmartre mit der Kirche Sacré-Cœur, den Eiffelturm. Dort, wo Autos auf den Bildern waren – es waren nur wenige, weil ich es normalerweise vermied, Autos mit abzulichten – zoomte ich sie heran, Gleiches tat ich mit Fahrradfahrern.

Doch der Mann schien nicht zu verstehen, was er sah, trotz Brille. Erst als ich ihm ein Bild von meiner Familie beim Kaffeetrinken zeigte, weiteten sich seine Augen.

»Hier, schaut«, erklärte ich, »das ist ein Bild aus der Stadt Speyer. Meine Familie: meine Frau, meine beiden Töchter, der Mann meiner jüngeren Tochter, mein Schwiegersohn, meine Mutter ... Wir hatten eine kleine Feier. Das Bild wurde in einer Gaststätte aufgenommen.«

»Familie? Aha, Ihr habt also eine Familie dabei? Also haben diese Leute Euch geholfen ...«

»Nein, nein! Die Familie lebt nicht hier, sondern in der anderen Welt. Hier bin ich allein. Versteht Ihr, ich bin hier *allein*!«

»Allein«, murmelte er. »Ihr seid allein ...« Dabei schaute er nach links und rechts in die Landschaft um uns herum, als suche er nach den vermeintlichen Helfern, die sich irgendwo versteckt haben mussten.

»Ein seltsam Ding«, sagte er schließlich erneut und zeigte auf die Kamera. »Wie kann ein solch klein Ding derart viele Bilder in sich tragen? Wie kamen sie da hinein und mit welch Zauberei lockt Ihr sie wieder daraus hervor?«

»Technik«, sagte ich. »Keine Zauberei. Ich kann Euch zeigen, wie ein Bild hineingelangt. Ich werde nun eines von Euch erstellen.«

Ich schaltete auf Aufnahmemodus und hatte im Nu ein Foto von ihm geschossen. Ich hielt es ihm hin, doch er zeigte keine Regung.

»Erkennt Ihr Euch nicht?«, fragte ich.

Er aber winkte eine der Frauen herbei.

»Traudel«, forderte er sie auf, »sag mir, was du auf dem Bild siehst! Es zeigt einen alten, bärtigen Mann.«

Die Frau war recht hübsch, um die dreißig Jahre alt. Sie war jene, die als Einzige einen blauen Umhang trug und deren Füße in besserem Schuhwerk steckten als die all der anderen Frauen. Sie trat näher und beugte sich über das Display. Jäh schrie sie auf:

»Das bist du, Vater! Das bist du, ohne Zweifel!«

Ihre Begleiterinnen drängten heran, wollten ebenfalls einen Blick auf das Bild werfen. Doch Ingbert hieß sie zurücktreten.

»Genug, genug!«, rief er. »Ihr macht mich vollkommen irre mit Euren Kunststücken! Möget Ihr kommen von woher auch immer, Ihr seid ein wahrhaftig mächtiger Gaukler. Vielleicht seid Ihr auch gar ein Zauberer. Ich weiß mit Euch nichts anzufangen, so werde ich mich mit dem Abt bereden und auch mit dem Vogt. Solltet Ihr die Möglichkeit haben, den Lobdengau zu verlassen, so tut dies, wann Ihr wollt. Waget aber nicht, in die Ortschaften zu kommen, weder nach Hendesham noch in einen der benachbarten Orte im Gau! Nicht, bevor ich mit den Oberen gesprochen habe.«

Er winkte seinen Leuten zu, sie sollten ihm folgen. Geschwind eilten sie den Hang hinunter, die Hecken und das Brombeergestrüpp nicht achtend. Im Nu stand ich wieder allein auf dem Platz, starr und verwirrt, wie unter Schock.

Verdammt, wo war ich nur? Ich wusste immer noch nichts Genaues, nur, dass es wohl eine Welt war, in der die Zeit noch nicht so weit fortgeschritten war wie in meiner. War es nun eine Welt in einem Paralleluniversum oder doch die meine, irgendwo in meiner eigenen Vergangenheit?

Meine Geschichtskenntnisse waren spärlich, doch, wenn ich alles zusammenreimte, so musste ich mich – vorausgesetzt, ich war noch im selben Universum – im frühen Mittelalter oder der Spätantike befinden. Die Leute sprachen ein urtümliches Deutsch, manche beherrschten Latein, sie gingen mit der Armbrust zur Jagd, erwähnten einen Abt und einen Vogt als Obrigkeit, sie trugen Kleidung, wie ich sie von unseren Mittelaltermärkten her kannte, nur dass diejenigen, die bei uns Mittelalter spielten, stets so adrett sauber gekleidet waren, mir die Leute hier aber schmutzig und ungepflegt erschienen.

Inzwischen war die Sonne so weit hinter den Bergen hervorgekommen, dass ich im vollen Sonnenlicht stand und mir warm wurde. Auch verspürte ich Durst und leichten Hunger. Ich setzte mich in den Wagen, wobei ich die Fahrertür offen ließ. Ich trank von meinem Mineralwasser und aß weitere Kekse.

Die Zeit schlich dahin und ich wusste nicht, was ich tun sollte. Das Auftreten des Mannes, der sich Ingbert nannte, und seines Gefolges, hatte mich verunsichert. Sie wollten, dass ich ihr Gebiet wieder verließ und mich auf keinen Fall in eine ihrer Ortschaften begab. Er hatte Hendesham gesagt – war dies etwa der Heidelberger Stadtteil Handschuhsheim?

Ich musste handeln. Ich hatte das Bedürfnis, mich zu waschen und wollte den Wasservorrat in meinem Wagen nicht ohne Not aufbrauchen. Also begab ich mich zunächst, wie am Abend zuvor, hinunter zum Hellenbach. Dieses Mal gelangte ich weiter runter ins Tal. Unmittelbar am Fuß des Berges erblickte ich ein Gehöft. Es bestand aus einem gemauerten, einstöckigen Haus mit Schindeldach und zwei weiteren kleineren Butzen, die strohgedeckt waren. Zwischen den drei Gebäuden befand sich ein Platz mit fest getrampeltem Lehmboden. Der Platz war von einem niedrigen Holzzaun umgeben. Den Zugang zum Platz konnte ich nicht erkennen; er lag vermutlich hinter dem Haupthaus. Unmittelbar neben dem Anwesen verlief die Piste, die dem Verlauf der späteren Bundesstraße folgte, und weiter draußen erkannte ich einige Felder, die verstreut in der Ebene lagen.

Das Anwesen irritierte mich: In meiner Welt gab es dort kein Gebäude, vielmehr kreuzten sich dort die Bundesstraße und die Bahnlinie mit der Fahrstraße, die dem Hellenbach folgte und in den Wald hinaufführte.

Auf dem Lehmplatz rannte ein zotteliger Hund umher, der, da er mich witterte, zu bellen begann. Auf den Feldern arbeiteten Leute. Mir schien, als schauten sie zum Waldrand hinauf. Genaueres konnte ich nicht ausmachen. Ich ärgerte mich, dass ich das Fernglas nicht mitgenommen hatte.

Rasch begab ich mich wieder hangaufwärts, gelangte bald an die Stelle, wo die Bäume gefällt worden waren und folgte von dort einem der Schleichpfade weiter in den Wald. Überraschenderweise sah der Wald nicht viel anders aus, als ich ihn kannte: Kastanienbäume wechselten mit Buchen und Eichen, bedeckt mit Lianen von wildem Wein und überwuchert mit Efeuranken. Was jedoch vollkommen anders war, war das Gelände: Ich kannte das Hellenbachtal als ein weites Tal. Teile der Hänge waren abgetragen und weggesprengt worden, da man das Gestein, das dort anstand – einen hellen Porphyr – für Straßenschotter gebraucht hatte. Hier aber war das Tal eng, fast schluchtartig. Nein, die Leute hier hatten mit dem Porphyr nichts anzufangen gewusst.

An einer Stelle, an der der Bach auf natürliche Weise gestaut war, konnte ich mich waschen. Das Wasser war angenehm kühl. Als sich jedoch ein Blutegel an meiner Hand festsaugte, fand ich den Bach nicht mehr annehmlich.

Ich ging querfeldein zurück zum Wagen. Unterwegs aß ich einige kümmerliche Brombeeren. Wieder beschlich mich ein ungutes Gefühl: Wie sollte ich mir in dieser Welt etwas zu essen beschaffen? Mit den spärlichen Resten an Keksen und dem wenigen, was die Natur mir bot, würde ich kaum eine Woche überstehen.

Den Rest des Tages verbrachte ich in unmittelbarer Nähe des Wagens. Es wurde wieder sehr heiß, doch Gewitter zogen keine herauf. Ich nahm die Picknickdecke aus dem Kofferraum und breitete sie neben dem Wagen aus, streckte mich darauf aus und döste.

Als es dämmerte und das Rascheln im umliegenden Gestrüpp immer unheimlicher wurde und mich zudem Stechmücken überfielen, begab ich mich wieder in den Wagen. Schlafen konnte ich so gut wie nicht. Bei jedem noch so kleinen Geräusch zuckte ich zusammen und dachte, Ingbert und seine Leute seien zurückgekehrt. Doch vorerst kam niemand. Ich blieb unbehelligt und allein.

Tag 3 (Montag oder ein anderer Sonntag?)

Die Nacht war wunderbar: Wieder tanzten unzählige Glühwürmchen über den Hängen der Bergstraße. Ich hörte den Ruf eines Nachtvogels. Gegen Mitternacht verstummten die Grillen und es wurde still, unheimlich still. Myriaden von Sternen funkelten über der Rheinebene. Hell zerschnitt das Band der Milchstraße den Himmel.

Der Morgen versprach nichts Gutes: Bauchgrimmen und gleichzeitig ein hohles Gefühl im Magen. Ich schlug mich in die Büsche, weitab von meinem Fahrzeug. Danach aß ich die letzten Kekse und den Apfel, der mir geblieben war. Ich trank die letzten Tropfen meines Mineralwassers.

Ich schaltete das Radio ein, in der Hoffnung einen Sender einzufangen. Vielleicht gab es in dieser Welt doch jemanden, der die Übertragung von Informationen mittels elektromagnetischer Wellen zu nutzen wusste. Doch mehr als ein vages Rauschen war nicht zu hören. Die Uhr auf dem Display des Wagens zeigte immer noch den neunten Juli und 18 Uhr 10.

Abermals kletterte ich auf das Dach meines Wagens und spähte mit dem Fernglas in die Gegend. Auf der Piste unterhalb des Berges bewegte sich etwas: Ein zweirädriger Karren kam von Norden, von zwei Rindern, vermutlich Ochsen, gezogen. Auf dem Bock vorn saßen ein Mann und ein halbwüchsiger Junge. Beide armselig bekleidet, ähnlich den Männern, die tags zuvor jenen Ingbert begleitet hatten. Auf dem Karren war Grünzeug geladen. Ich blickte dem Karren nach, bis er hinter der nächsten Bergkuppe verschwunden war.

Wieder und wieder suchte ich die Ebene ab, konnte aber nicht viel Neues entdecken. Am Horizont stieg erneut hier und da Rauch auf. Auf den Feldern, die sich kaum merklich aus dem Brachland abhoben, arbeiteten vereinzelt Menschen, Männer wie Frauen, nur mit Hacken oder bloßer Hand, nie mit Maschinen. Über dem Sumpfland, dort, wo der

Neckar in den Rhein fließen musste, flogen große Vögel auf. Es mochten weiße Reiher gewesen sein oder Störche.

Ich wurde wütend: Hier saß ich fest, an einem Platz, der von Hecken und ekelhaftem Gestrüpp umgeben war, am Rand des Odenwaldes, fernab jeglicher Zivilisation, ohne Möglichkeit eines Kontakts nach Hause! Dort waren sie gewiss außer sich vor Sorge. Die Polizei würde meine Familie beschwichtigen und behaupten, sie hätte Ermittlungen aufgenommen. Allerdings würden sie auch Miriam, meiner Mutter und all meinen Verwandten und Bekannten unangenehme Fragen stellen: Ob ich berufliche oder private Probleme gehabt hätte, irgendwelche Kontakte zu Kreisen der Halbwelt oder eine Geliebte.

Ich begann erneut meine Lage zu durchdenken: Angenommen, ich befand mich in keiner Parallelwelt, sondern weiterhin in meiner Welt, jedoch in ihrer Vergangenheit. Wäre es dann nicht möglich, eine Nachricht zu deponieren, die jemand in meiner Zeit finden würde, um auf diesem Weg meiner Familie mitzuteilen, dass ich noch lebte und vielleicht irgendwann zurückkommen würde? Wie aber sollte ich vorgehen? Die Nachricht musste einerseits vermutlich Jahrhunderte überdauern, sollte aber andererseits nicht vor meinem Verschwinden entdeckt werden. Würde sie früher gefunden werden, würde sie niemand verstehen, nicht einmal ich selbst, da ich ja noch nicht verschwunden war. Der anfänglich so kluge Gedanke kam mir auf einmal absurd vor. Nein, das konnte nicht gehen.

Ich verbrachte den Vormittag mit Grübeln und Zweifeln und wurde immer nervöser. Aus weiter Ferne hörte ich ein Glöckchen läuten. Urplötzlich packte mich Tatendrang: Ich konnte unmöglich hier verharren, bis man sich meiner annahm, sei es als Gast oder als Feind. Die Sonne stand hoch, meine Armbanduhr zeigte kurz vor Mittag. Ich griff nach meinem Schweizer Messer, meinem Fernglas, der Digitalkamera und der leeren Wasserflasche, Letzterer in der Hoffnung, sie an einer Quelle mit Trinkwasser füllen zu können. Doch als ich aufbrechen wollte, sah ich drei Reiter, die sich auf dem Karrenweg von Süden her näherten. Ich schaute durch das Fernglas und erkannte in einem der Männer Ingbert.

Seine beiden Begleiter waren ähnlich wie er gekleidet, mit langärmligen Hemden, die ihnen fast bis an die Knie reichten und mit breiten Gürteln zusammengehalten wurden, darunter weite Hosen, an den Füßen hohe Stiefel. Beide trugen lange Haare, doch nur einer, ein rothaariger Kleinwüchsiger, hatte einen Vollbart. Das Kinn des Dritten, ein eher hagerer Typ, zeigte dagegen lediglich die Andeutung eines Dreitagebarts. Der Vollbärtige hatte seine Haare ähnlich wie Ingbert mit einem Stirnband gebändigt, der Geschorene aber trug eine spitz zulaufende Mütze, unter der die Haare wie Rattenschwänze hervorschauten. Sämtliche Kleidung war grau oder graubraun und wirkte verwaschen. Sie waren bewaffnet: Ingbert mit seiner Armbrust und dem Messer am Gürtel, die beiden Gefolgsleute mit kurzen Schwertern (oder waren es eher längere Dolche?). Ledermanschetten an den Handgelenken und eine Kette mit einem gewaltigen Zahn, der möglicherweise von einem Keiler stammte, gaben dem Hageren ein martialisches Aussehen.

Als ich sah, wie sie abstiegen und zu Fuß den Hang heraufkamen, beschloss ich, meine Kleider zu wechseln, denn zweifellos war es eine offizielle Gesandtschaft, die mir nun die Aufwartung machte. Auch wenn Ingbert am Tag zuvor meine Klamotten für die Gartenarbeit als »edle Tücher« bezeichnet haben mochte, so fühlte ich mich trotzdem nicht wohl darin. Meine Kleidung, mit der ich normalerweise an die Hochschule ging, entsprach nicht unbedingt dem Dress-Code der Business World des 21. Jahrhunderts. Doch kamen mir meine hellbraune Bundfaltenhose und mein gelbes, kurzärmliges Hemd ein wenig gediegener vor als meine ausgebeulten Trainingshosen und das verwaschene T-Shirt, das ich trug. Auch nahm ich meinen Pullover und legte ihn mir über die Schultern. Ich bildete mir ein, dies gäbe mir ein etwas würdigeres Aussehen. Nur meine Turnschuhe behielt ich an. Möglicherweise würden sie mich wegführen, und ich verspürte keine Lust, den überwucherten Hang in Halbschuhen hinunterzulaufen. Die Kappe setzte ich ebenfalls wieder auf.

Als die drei fast schon auf meiner Terrasse angekommen waren, gewahrte ich eine Menge Fußvolk, das in gebührendem Abstand hinter ihnen her trottete. Die Neugierde der Leute war wohl zu groß, um bei der Feldarbeit oder den anderen Tagesgeschäften zu bleiben. Dieses Mal aber trug das gemeine Volk keine Waffen, zumindest nicht solche, die ich von weitem erkennen konnte.

Ingbert und der Rothaarige blieben zurück, der Hagere kam bis auf wenige Meter zu mir heran. Er sagte kein Wort, sondern schaute nur misstrauisch abwechselnd zu mir, zum Wagen und zum umgestürzten Baum, schließlich wieder zu mir. Sein Blick kam mir argwöhnisch, gleichzeitig ein wenig überheblich vor.

Ich hob grüßend die rechte Hand und einer spontanen Eingebung folgend sagte ich:

»In nomine Christi, salve!«

»In nomine Christi«, erwiderte er mit einem spöttischen Zug um die Lippen.

»Fremder, der sich Rodolfo nennt«, begann er sogleich in seinem urtümlichen Kauderwelsch, das ich aber hier im Deutsch meiner Zeit wiedergeben möchte, »was sucht Ihr hier? Wie seid Ihr hierhergekommen?«

»Wer seid Ihr, dass ich Euch Antwort schulde?«, erwiderte ich in meiner Sprache, wobei ich jedoch den Eindruck hatte, er verstünde mich nicht. Ohne auf mich einzugehen, wiederholte er seine Frage und so begann ich, wie schon am Tag zuvor, umständlich zu erklären, was mir widerfahren war.

Er lauschte meinen Erklärungen regungslos, stellte keine Zwischenfragen, sondern nickte nur ab und zu, wohl, um zu verstehen zu geben, dass er mir folgen konnte.

Ganz unvermittelt unterbrach er mich und fragte nach den Bildnissen. Ich zeigte ihm die Digitalkamera; hier seien sie enthalten. Ob er welche sehen möchte? Er nickte.

Schnell schoss ich ein Foto von ihm und ein weiteres von den Leuten hinter ihm. Mittlerweile war das erwähnte Fußvolk aufgerückt; wie tags zuvor, vorn die Männer, dahinter die Frauen, zuletzt die Kinder. Es folgte ein Foto vom Wagen und eines von der Landschaft.

Ich schritt auf ihn zu und hielt ihm das Display vor die Augen. Regungslos betrachtete er die Bilder. Mit ausdruckslosem Gesicht wandte er sich an Ingbert und nickte, während jener verlegen grinste, als wollte er sagen: Seht, ich habe Recht gehabt, doch was es damit auf sich hat, das müsst Ihr selbst ergründen.

»Höret, Fremder«, sagte der Hagere schließlich. »Ich weiß nicht, sendet Euch Gott oder der Teufel, oder seid Ihr doch nur ein malefizischer Gaukler, wie Meister Ingbert behauptet. Es wird sich mit der Zeit zeigen, wer oder was Ihr wirklich seid. Welch Wunderdinge besitzet Ihr noch außer diesem Kästchen, das Bildnisse erzeugt? Was hat es mit dem *vehiculum* auf sich?«

»Es könnte fahren, wenn es eine Straße oder einen Weg zur Verfügung hätte. Es fährt ohne Pferde oder andere Zugtiere. Wir nennen es deshalb Automobil, das Von-allein-Fahrende. Ich könnte Euch zeigen, wie es funktioniert, nur leider ...« Ich deutete auf den Baum.

Er verstand sofort. Augenblicklich winkte er einige der Männer herbei, denen er auftrug, den umgestürzten Baum zur Seite zu schaffen. Erst zögerten sie, doch als der Hagere den Befehl wiederholte, machten sie sich an die Arbeit. Sie hatten das Fahrzeug in wenigen Minuten frei. Verwundert zerrten sie auch das Stück Maschendrahtzaun beiseite, das unter dem Baum zum Vorschein kam. Der Wagen selbst hatte nicht einmal merkliche Kratzer bekommen. Jetzt, da er so frei dastand, erschien er den Leuten noch befremdlicher als zuvor. Respektvoll schritten sie zurück.

Ich setzte mich ans Steuer und startete den Motor. Die Reaktion der Leute war wie erwartet: Sie sprangen eilig in Deckung, die einen hinter den umgestürzten Baum, andere zwischen die Brombeerhecken. Die Kinder und Frauen kreischten. Nur der Hagere blieb unbeweglich stehen, als sei für ihn der Start eines Motors ein alltägliches Ereignis.

Ich setzte den Wagen soweit es ging nach vorn. Sodann legte ich den Rückwärtsgang ein und fuhr zurück. Ich drückte auf die Hupe, bediente die Scheibenwaschanlage und schaltete die Lichter ein und aus. Zu guter Letzt ließ ich den Motor aufheulen und den Wagen wieder nach vorn springen. Dicker Qualm stieß aus dem Auspuff.

Ich stieg aus, schloss die Tür und betätigte einige Male hintereinander die Fernbedienung für die Verriegelung, wobei die Blinklichter ringsherum aufleuchteten und das typische klackernde Geräusch ertönte. Nun wich auch der Hagere einige Schritte zurück, musste es ihm doch vorgekommen sein, als spreche das *vehiculum* mit mir.

»Genügt Euch diese Demonstration?«, fragte ich. »Gäbe es einen Weg, würde ich Euch gern ein Stück spazieren fahren. Wir wären zehn Mal schneller in Eurem Dorf als mit dem Pferd. Ihr seht aber, es ist kein Weg vorhanden. Somit müsst Ihr mir glauben, dass ich nicht hierher gefahren kam, sondern durch eine Naturgewalt ...«

Ich merkte, er verstand mich nicht, sah jedoch, dass er wieder Mut fasste und näher kam. Auch seine Begleiter kamen einer nach dem anderen aus ihren Verstecken gekrochen. Doch sie sahen verstört aus, selbst Ingbert und der Rotschopf.

Der Hagere sagte etwas zu seinen Leuten, doch diese zuckten zusammen, schüttelten den Kopf, protestierten. Der Hagere ließ sich nicht erweichen. Seine Stimme wurde lauter und bestimmender. Er deutete auf die Männer, die zuvor den Baum weggeschleift hatten. Mit verängstigten Blicken näherten sie sich dem Wagen. Ich blieb stehen und war gespannt, was ihnen aufgetragen worden war. Ich hatte es geahnt: Sie griffen an verschiedenen Stellen an das Fahrzeug, teils an der Vorderfront und dem Heck unter den Stoßstangen, teils auch an den Seiten. Sie versuchten den Wagen hochzuheben. Obwohl es am Ende sicher sieben oder acht Mann waren, gelang es ihnen gerade einmal, den Wagen wenige Zentimeter zu liften. Erschöpft ließen sie wieder davon ab und begaben sich rasch außer Reichweite des ihnen so unheimlichen Gefährts.

»Man kann das *vehiculum* nicht einfach davontragen«, sagte ich. »Dazu ist es zu schwer. Aber es kann fahren. Von selbst. Es ist ein *automobilium*.«

»*Automobilium*?«, fragte der Hagere argwöhnisch. »Von selbst fahren? Aber nur mit Euch darinnen. Oder kann es auch fahren, wenn Ihr nicht darinnen seid?«

»Nein. Es braucht einen Menschen, der es steuert.«

»Dann ist es weniger wert als ein Gaul«, spottete der Hagere. »Dies kann auch ohne Reiter zurück zu seinem Stall finden. Was nutzt Euch ein Gefährt, welches ohne Euch nicht fahren kann? Und überhaupt: Was nutzt es Euch jetzt hier? Hier oben am Hang?«

»Wenig«, gestand ich. »Aber in meiner Zeit, in meiner Welt, ist hier ein Weg. Er führt hinunter in die Stadt. In meiner Zeit nützte mir das Fahrzeug sehr viel.«

»Jedenfalls scheint es nicht hergetragen worden zu sein«, sagte der Hagere, wobei er sich an seine Landleute wandte. »Es sei denn, der Fremde hat Helfer mit übernatürlichen Kräften.«

Ingbert erwiderte ein paar Worte, die ich nicht verstand, worauf der Hagere abwinkte und sich mir erneut zuwandte.

»Sollte es stimmen, Fremder«, begann er, »dass Euch eine Gewalt der Natur hierhergebracht hat und Ihr aus freien Stücken nicht mehr in Eure Gefilde zurückkehren könnt, was gedenket Ihr zu tun?«

»Ich weiß nicht«, antwortete ich. »Ich bin von Eurem Wohlwollen abhängig.«

Er nickte. Eine Weile starrte er noch auf den Wagen. Endlich bewegte er sich, schritt zu Ingbert und dem Rothaarigen und besprach sich eine Weile mit ihnen. Ich blieb bei meinem Fahrzeug stehen und versuchte so gelassen wie nur möglich zu erscheinen. Schließlich kam er zu mir zurück und offenbarte mir, er und seine Landsleute würden mich als Gast betrachten. Er hoffe in der Tat, dass mich kein Teufel oder anderer Unhold geschickt habe und ihnen keine Gefahr drohe. Sollte es doch so sein, würden sie sich schon gegen das Böse zu wehren wissen.

»Ich verstehe Euch«, erwiderte ich. »Doch ich kann Euch versichern: Ich hege keine bösen Absichten. Ich bin ein Christ, so wie Ihr.« In diesem Punkt sagte ich nicht ganz die Wahrheit, war ich doch schon in jungen Jahren aus der Kirche ausgetreten. »Wenn ich kann, will ich Euch auch von Nutzen sein.«

Das Gesicht des Hageren entspannte sich. Nun lächelte er mild und sagte: »Es wird am besten sein, Ihr schließt Euch uns an und geht mit uns hinüber auf den Aberinsberg zum Kloster. Morgen erwarten wir Abt Reginbald, der Euch sicher zu sehen und zu sprechen wünscht. Wir werden ihm einen berittenen Boten entgegenschicken, der ihm von Eurem Erscheinen berichtet. Seid Ihr bereit, uns zu folgen?«

Ich nickte. Nicht nur die Furcht, sie könnten eine Ablehnung missverstehen, nein: Auch die Aussicht, auf diese Weise mehr über ihre Welt zu erfahren, veranlasste mich zur Zustimmung. Auch hoffte ich, ihre Gastfreundschaft würde so weit gehen, mir eine Mahlzeit anzubieten.

Ich bat nur darum, einige Dinge mitnehmen zu dürfen, was mir gewährt wurde. Also packte ich ein, was in meine Bürotasche passte – eine sehr geräumige Tasche mit vier durch Reißverschlüsse verschließbaren Fächern und einem Tragegurt: Kamera, Fernglas, die leere Plastikflasche für das Trinkwasser, sämtliche Medikamente (auch die Antibiotika für meine Mutter), Sonnencreme, Lesebrille, vorsorglich eine Rolle Toilettenpapier und noch weiteren Kram, alles, was ich greifen konnte. Als ich die Tasche schulterte, näherte sich der Rothaarige, fuhr mit einem Finger über den Stoff und schaute mich anerkennend an.

»Nichts Besonderes in meiner Welt«, sagte ich. Ich zog die Reißverschlüsse zu. Der Rothaarige öffnete den Mund zu einem staunenden »Oh!« Er hatte wohl noch nie einen Reißverschluss gesehen.

Ich verriegelte den Wagen und deutete an, Schreckliches mochte geschehen, sollte sich jemand ohne mein Wissen und ohne meine Erlaubnis daran zu schaffen machen. Der Hagere versicherte mir, es werde sich gewiss niemand dem *vehiculum* nähern. Ich sei schließlich sein und seiner Landsleute Gast, und das Gastrecht gelte viel unter Seinesgleichen. Fremdes Eigentum werde geachtet. Ich war mir allerdings sicher, dass es weder das Gastrecht noch der Respekt vor fremdem Eigentum war, der sie von dem Fahrzeug abhalten würde, sondern schlichtweg die Furcht vor dem Unbekannten.

Wir schritten den Hang hinunter. Meine Entscheidung, die Turnschuhe anzulassen, erwies sich als richtig. Erneut wunderte ich mich, wie behände diese Leute barfuß durch das Gestrüpp laufen konnten.

Am Fuß des Berges angekommen, sah ich, dass der Weg, der entlang der Bergstraße verlief, gar nicht einmal so schlecht war wie von oben angenommen. Es gab zwar eine Grasnarbe in seiner Mitte, doch die Spuren waren weitgehend geschottert. Tiefe Schlaglöcher gab es keine. Vermutlich hätte hier sogar mein *vehiculum* fahren können, zumal die Spurbreite der eines Autos entsprach.

Die drei Pferde waren an einem verkrüppelten Baum angebunden und wurden von einem jungen Mann bewacht.

»Könnt Ihr reiten?«, fragte der Hagere, und als ich verneinte, befahl er seinen Begleitern, es ihm gleichzutun, nämlich nicht aufzusteigen, sondern zu Fuß zu gehen und ihre Pferde am Zaum zu führen.

So liefen wir nun Richtung Süden, nach Handschuhsheim zu, das sie in ihrer Alltagssprache Hendesham nannten. Wie ich später erfuhr, schrieben sie es aber – sofern sie des Schreibens überhaupt mächtig waren – Handscueshejm oder Handescushejm.

Der Hagere schritt voran, Ingbert und der Rothaarige folgten in drei, vier Metern Abstand. Ich rätselte, ob dieser Abstand zufällig sein mochte oder der Hierarchie der dreien entsprach. Ich lief zusammen mit den beiden Letztgenannten, dann folgte das übrige Volk, voran die Männer, schließlich die Frauen und Kinder.

Auf halbem Weg begann Ingbert ein Gespräch:

»Damit Ihr es wisset: Der, der vorausläuft, trägt den Namen Gernot und ist der *advocatus ecclesiae*, Vorstand der Vogtei der Abtei in Lauresham und somit auch oberer weltlicher Vertreter des Klosters Sanctus Michaelis auf dem Aberinsberg. Er untersteht unmittelbar dem Abt. Ihr habt großes Glück, denn er vertraut Euch. Wäre es nach mir gegangen, ich hätte Euch Eurem Schicksal überlassen. Ihr seid mir nämlich nicht geheuer, mit all Eurer Zauberei.«

Der Rotschopf hatte zugehört und sagte grinsend:

»Meister Ingbert hätte Euch am liebsten gleich ins Jenseits geschickt. Ich aber habe auch für Euch gesprochen. Ihr gefallt mir. Wie mir gar jegliche Gaukelei gefällt.« Er nuschelte, da ihm einige Zähne fehlten. Sein Alter schätzte ich aber auf allenfalls vierzig Jahre.

»Weil du selbst ein halber Gaukler bist«, schnarrte Ingbert. Es klang aber nicht böse, eher nach einer Spur Anerkennung.

»Wisset nämlich, Fremder«, wandte sich Ingbert an mich, »Jener, der sich Arnulf nennt und mein Vetter ist ...« Er zeigte auf den Rotschopf »... ist ein Unfreier aus eigenem Willen. Er übt die Tätigkeit eines *Centenarius* aus, eines Eintreibers des Zehnten für den König. Als solcher ist er zuständig auch für die Verwaltung eines königlichen Gutes, unten am Fluss *Nicarius*. Er hat sich der Krone angedient, da er nicht in den Krieg ziehen wollte, da er fürwahr ein Feigling ist.«

Dem Mann, der Arnulf geheißen wurde, schien es nicht viel auszumachen, ein Feigling genannt zu werden. Er lachte und sagte:

»Das Leben ist kurz, *vita brevis*, mein Freund. Wenn ich in meiner kurzen Lebensspanne dem König einen Dienst erweisen kann, so tue ich dies. Ein lebender *Centenarius* ist nun mal besser als ein toter Krieger. Was nun unseren Meister Ingbert angeht, so hat auch er seine Freiheiten verpfändet. Für sein Seelenheil, wie er sagt. Die Ländereien, die er sein Eigen nennt, sind längst nicht mehr alle die seinen. Er hat etliche dem Kloster vermacht und ist jetzt Lehnsmann der Pfaffen.«

»Rede keine Narreteien«, konterte Ingbert. Aus der Art, wie er antwortete, schlussfolgerte ich, dass sich die beiden wohl häufiger solche Wortgefechte lieferten. »Das Seelenheil erlangt einer nicht durch Schenkungen an die Kirche. Es waren ganz praktische Erwägungen, die Gemarkungen abzutreten. Mir fehlte die notwendige Anzahl Knechte, sie zu bewirtschaften. So gab ich sie dem Kloster, damit dieses sie bestelle. Was kann ich dafür, wenn das Kloster die Ländereien brachliegen lässt? Mir bleiben immer noch hinreichend Besitztümer, um mich einen freien Bauer zu nennen, eben einen Franken.«

»Wobei der gute Meister Ingbert sich eh nur noch um seine Herberge kümmert, kaum mehr um seine Ländereien. Von wegen, dass das Kloster sie brachliegen lässt! Er selbst tut keinen Handstreich auf seinen Feldern und in seinen Weinbergen.«

»Mein Vetter redet derart, weil er mir die Herberge neidet. Seit das Kloster Lauresham auf dem Berg oberhalb unseres Dorfes eine Niederlassung erbauen ließ, kommen Pilger aus aller Herren Länder bei uns vorbei, die auf dem Weg nach Rom oder Sant Jago hier Rast machen. Zudem galt es, die Bauherren zu beherbergen, die die Klostergebäude errichten. Die war letztlich gar meine Pflicht.«

»Die er auf seine Tochter Traudel abwälzet«, lästerte Arnulf weiter. »Er hat keine Frau mehr und seine Tochter ist Witwe. So steht sie ihm in der Herberge zur Seite.«

»Was soll sie sonst tun, das arme Geschöpf? Mit zwanzig Jahren schon Witwe mit zwei Kindern. Doch saget, Gaukler: Seid Ihr überhaupt ein freier Mann? Welche Stellung habet Ihr inne in Eurem Land, sofern es denn stimmt, dass Ihr aus einem anderen Lande kommet.«

»Ich bin frei«, antwortete ich. »In dem Land, das sich im Jahr 2010 hier befindet, sind alle Menschen frei. Es gibt keine Sklaven oder Leibeigene. Im Übrigen komme ich nicht aus einem anderen Land, ich komme nur aus einer anderen Zeit, einem anderen Universum.«

Zu meiner Überraschung nickte Ingbert und wiederholte mit spöttischem Unterton:

»Aus einem anderen Universum, fürwahr, so redet Ihr daher. Nicht nur Eure Sprache klingt wie von einer fremden Welt, auch alles, was Ihr saget.«

Inzwischen waren wir um den Steinberg herumgekommen. Neben dem Weg erstreckten sich nun mehr und mehr kleine Felder, die unterschiedlich bestellt waren. Am Hang waren auch einige Weinberge angelegt. Die meisten Leute, die uns begleitet hatten, verstreuten sich in die angrenzenden Gefilde, liefen auf schmalen Trampelpfaden, die vom Karrenweg abzweigten, in die Ebene hinaus oder verschwanden urplötzlich irgendwo zwischen den Büschen und Sträuchern.

Nun sah ich es, das Dorf, das sie Hendesham nannten: Mein Handschuhsheim, Heidelbergs nördlichster Stadtteil. Besser gesagt, ich sah das, aus dem es vielleicht eines Tages entstehen würde: Eine Ansammlung armseliger Holz- und Fachwerkhäuser, besser gesagt Hütten, die meisten mit Stroh gedeckt, nur wenige mit Ziegeldächern, dicht an dicht, die sich den Hang das Mühltal hinaufwanden. Es mochten vielleicht einhundert Häuser sein, doch sie nahmen alle zusammen sicher nicht mehr Platz ein als fünf Häuserblocks im Handschuhsheim des 21. Jahrhunderts. Es war ein faszinierender Anblick, doch ein trauriger zugleich. Die Ansammlung der Hütten erinnerte mich an Elendsviertel in Rio de Janeiro oder Port-au-Prince, nur, dass hier die Wellblechdächer fehlten. In der Tat war mein erster Gedanke, als ich ihre Butzen sah: Sie besitzen nicht einmal Wellblech!

Wir überquerten auf einer Holzbrücke einen Bach. Das musste der Mühlbach sein. So nannten wir ihn jedenfalls in meiner Zeit wegen der Wassermühlen, die einst hier standen. Wie *die Anderen* ihn nannten erfuhr ich nie. Den Bach hatte man im 20. Jahrhundert unter die Erde in eine Betonrinne gelegt, um Straßen Platz zu machen. Hier war der Bach wild und frei. Der Fahrweg kreuzte einen weiteren Weg, der von den Feldern kam und in das Dorf hinaufführte. Vor dem Dorf erstreckte sich eine große Wiese, auf der ein Dutzend Ziegen und ein paar Schafe weideten. Von der Burg, der so genannten Tiefburg, die hier stehen sollte, war nichts zu sehen. Auch eine Kirche entdeckte ich zunächst nicht. Erst später sah ich am südlichen Ausgang der Siedlung eine kleine Kapelle. Sie war immerhin aus Stein errichtet. Daneben befand sich ein kleiner Friedhof, auf dessen Gräbern nur Holzkreuze standen.

Arnulf verabschiedete sich von uns. Er müsse zu seinem Gutshof, der neben dem Fischerdorf liege, das die Bewohner das Neue Heim, Neienham, nannten, weil das alte Dorf dereinst vollkommen abgebrannt war. Es sei ein schlimmes Nest, schimpfte er, bewohnt von gottlosen Gestalten, Fischern eben, die sich zu keinem Herrn bekannten. Aber sein Gutshof sei wohl gepflegt, er hätte Kühe und Schweine. Ich solle ihn einmal besuchen kommen. Ingbert lästerte derweil, es sei gar nicht sein Gut, sondern er verwalte es lediglich. Auch wiederholte er spöttisch, Arnulf sei kein freier Mann mehr. Wie könne einer nur so dumm sein, sich an den König zu verkaufen!

Ich hätte gern gewusst, wer ihr König war, doch Gernot, der Vogt, drängte zum Weitergehen. Er hatte den ganzen Weg über geschwiegen. Doch nun sprach er:

»Fremder, Ihr habt die Wahl, gleich mit auf das Kloster hinaufzusteigen oder in der Herberge zum Bachlenz unterzukommen. Das Kloster ist nicht so komfortabel eingerichtet wie die Herberge, doch wie ich Meister Ingbert kenne, wird er für Kost und Logis einen gehörigen Preis verlangen. Wie steht es um Eure Geldkatze, ist sie denn gut gefüllt?«

Ingbert winkte ab:

»Dem Fremden sei Kost und Logis für heute frei. Und wie wir morgen verfahren, wird sich zeigen, je nachdem, wie der Abt über ihn befindet.«

Obwohl mir bewusst war, dass mir Ingbert nicht sonderlich freundlich gesinnt war, war ich neugierig auf die Herberge und sagte zu. Die Geldkatze, fürwahr: Sie war prall gefüllt. Doch selbst wenn ich tausend

Euro in Scheinen dabeigehabt hätte, was hätte es mir genutzt? Welche Art der Währung sie auch haben mochten, mit den Blechmünzen und Papierscheinen des 21. Jahrhunderts würde ich bei ihnen nichts kaufen können.

Der Vogt bestieg sein Pferd und verkündete, er reite nun ins Kloster hinauf, werde aber noch heute von dort besagten Boten dem Abt entgegenschicken, der aus dem Herzogtum Schwaben komme und am Abend in der Stadt Spirum, bei der Dombaustelle, erwartet würde.

Spirum? Dombaustelle? Mir dämmerte, was der Vogt meinte: Speyer und den Dom. War er noch im Bau? Was konnte ich daraus schließen? Wann wurde der Dom zu Speyer errichtet? Ich wusste es nicht.

Doch während ich noch grübelte, blickte ich hinauf auf den Berg und sah das Kloster. Es thronte ganz oben, auf der höheren der beiden Spitzen des Heiligenbergs, den sie Aberinsberg nannten. Es war ein beeindruckendes Gebäude: Zwei Türme an dessen nördlichem Ende und ein weiterer am südlichen stachen besonders markant hervor. Wie hatten es Menschen, die in solch armseligen Häusern lebten, nur geschafft, dort oben ein derartiges Bauwerk zu errichten?

Da die Hänge ziemlich kahl waren – allenfalls mit niedrigem Strauchwerk und Gestrüpp überwuchert, wie schon die Hänge entlang der Bergstraße –, war der Weg hinauf deutlich zu erkennen. Auf halber Höhe des Berges war eine Mauer gezogen. Ein eindrucksvoller Torbogen überspannte den Weg.

Ich holte das Fernglas hervor, um Einzelheiten zu betrachten. Ingbert und die wenigen Leute, die noch bei uns geblieben waren, schauten mich verwundert an. Ich reichte Ingbert das Gerät und zeigte ihm, wie sich die Schärfe einstellen ließ. Kaum hatte er das Fernglas angesetzt, rief er laut, fast hysterisch:

»Bei der Heiligen Jungfrau! Abermals ein Wunderwerk! Erst Gläser, mit denen man in die Nähe schauen kann, nun eines für die Ferne. Mich würde nicht wundern, wenn Ihr auch ein Gerät Euer Eigen nennen würdet, mit dessen Hilfe Ihr in die Herzen der Menschen schauen könnt, um zu erspähen, was sie denken.«

»Nein, solch ein Gerät habe ich nun doch nicht«, gab ich ihm zur Antwort. »Zudem sind es nicht die Herzen, die denken, sondern die Köpfe, besser gesagt die Gehirne.«

Er reichte mir das Fernglas zurück. Das mit den Herzen und Köpfen hatte er natürlich nicht verstanden. Ich beließ es dabei.

»Gehen wir weiter!«, forderte er mich auf. »Es ist schon später Mittag und Ihr werdet hungrig sein, da Ihr doch, wie Ihr behauptet, von sehr weit hergekommen seid. Wir haben vor zwei Tagen ein Reh geschossen und es ist noch etwas davon vorhanden. Möget Ihr Wildbret?«

Einen Augenblick lang ging mir durch den Kopf, dass sie sicher keine Trichinenschau kannten und genauso wenig einen Kühlschrank, in dem sie bei der Sommerhitze das erlegte Tier vor Verwesung schützen konnten. Doch was blieb mir anderes übrig? Ich hatte mit eigenen Augen gesehen, wie sie das gerade erst erlegte Tier weggetragen hatten, und ich vermutete – hoffte! – es sei gebraten und auf irgendeine Art haltbar gemacht worden. Also nickte ich.

Wir kamen in das Dorf. Es roch nach kaltem Rauch von Holz- und Kohlefeuern, tierischen Abfällen und Moder, der aus den Häusern und engen Gassen kam. In der Tat waren vor den Häusern kleine Gräben gezogen, in denen eine kaum definierbare Brühe floss. Doch hatten sie ihre Gräben so eingerichtet, dass die Brühe nicht in den Bach gelangte, der der Hauptstraße folgte – sofern man den ausgetretenen, ungepflasterten Weg, der sich das Tal hinaufzog, überhaupt als Straße bezeichnen konnte. Immerhin, er war so breit wie der Karrenweg, den wir hergekommen waren, und zeigte keine Grasnarbe in der Mitte.

Katzen und Hunde dösten vor den Häusern in der Sonne, kleine Kinder liefen halbnackt umher, spielten mit Steinen und Holzstöcken, zwei Jungs badeten im Bach, eine alte Frau kam uns entgegen und trug ein Reisigbündel auf dem Rücken. Sie grüßte mit »Gelobt sei Jesus Christus« und schenkte mir nicht mehr Beachtung als jedem anderen Menschen, der ihres Weges kam.

Schließlich standen wir vor der Herberge. Sie lag auf der anderen Seite des Baches, erreichbar über eine breite Holzbrücke. Es war ein stattliches Anwesen, bestehend aus drei Gebäuden, die hufeisenförmig um einen mit groben Steinen gepflasterten Platz gruppiert waren: das Haupthaus zweistöckig, im Parterre durchgängig gemauert, der Stock darüber ein Fachwerk, das Dach mit roten Ziegeln gedeckt; von der Straße aus rechts davon ein niedriges Holzhaus mit einem Strohdach und links davon Stallungen für Pferde, ebenfalls ein strohbedecktes Gebäude. Am meisten beeindruckte mich jedoch die riesige Linde, die mitten auf dem Platz stand.

Ingbert musste mein Erstaunen bemerkt haben.

»Ja, Fremder, das ist die Herberge.« Er klang stolz. »Es ist das größte Anwesen hier, abgesehen vom Kloster. Ihr seid davon angetan, nicht wahr?«

»Es ist der Baum«, antwortete ich. »Der Baum lässt mich erstaunen. Wie alt mag er sein?«

»Oh, er ist fürwahr sehr alt. Er wurde gepflanzt, als Pippin König war. Das war zu einer Zeit, als wir Franken daran gingen, uns das Land hier zu eigen zu machen. Sicher wisset Ihr, dass hier zuvor die Schwaben gehaust haben und davor die Römer.«

»Und wann war es, als König Pippin herrschte? Wie lange ist das her?«, fragte ich weiter.

»Ich kann es nicht mit Genauigkeit sagen«, gab er zur Antwort. »Gewiss sind es aber mehr als dreihundert, vielleicht schon vierhundert Jahre. So lange steht nun schon der Baum. Und so lange besteht unser Ort. Befriedigt Euch die Antwort, Fremder?«

Von einem Pippin hatte ich immerhin schon einmal gehört. Den seltsamen Namen vergaß man nicht so schnell. Gab es nicht sogar mehrere Könige mit diesem Namen? Sie herrschten im Frankenreich im frühen Mittelalter, im siebten oder achten Jahrhundert. Daraus schloss ich, dass *die Anderen* derzeit das zehnte oder elfte schreiben mussten. Bevor ich jedoch weiter fragen konnte, feixte Ingbert: »Ihr müsstet das doch alles wissen, Fremder, da Ihr doch weit herumgekommen seid mit Eurem *vehiculum*, nicht wahr?«

»Als ich geboren wurde«, erwiderte ich, »war König Pippin schon mehr als tausend Jahre tot und dieser Baum stand längst nicht mehr.«

»Ach so, ich vergaß: Ihr kommet aus einer anderen Welt«, spöttelte er weiter, »aus einer Welt, in der alles anders ist. Wo es einen Weg auf den Berg gibt, auf dem das obskure *vehiculum* hat fahren können. Und wo

Ihr Eure Augen auf wundersame Weise vergrößern könnt. Ihr werdet mir mehr von Eurer Welt berichten müssen, meine Neugierde wächst.« Seine Stimme wurde urplötzlich ernst. »Doch nun solltet Ihr Euer Gemach beziehen. Ich werde für heute Abend ein besonderes Mahl herrichten lassen. Das Gastrecht gilt, selbst wenn Ihr aus dem Hunnenlande kämet.«

Wir überquerten die Holzbrücke. Ingbert übergab sein Pferd einem Burschen, der es in den Stall führte. Sodann wies er einen anderen Burschen an, mir meine Unterkunft zu zeigen. Er mochte knapp zwanzig Jahre alt sein. Er hinkte leicht, an seiner rechten Hand fehlten die drei äußeren Finger. Sein Kinn war geschoren, doch die Haare trug er lang.

Er führte mich über eine enge, steile Treppe in das obere Stockwerk des größeren Gebäudes, dort einen fensterlosen Korridor entlang und öffnete eine von mehreren Türen, die von hier abgingen. Der Raum dahinter war hell: Er hatte ein großes Fenster, das mit einer Lade verschlossen werden konnte. Scheiben gab es keine. Zu meinem Erstaunen stand ein richtiges Bett im Raum, aus hellem Holz gefertigt, gerade so, als käme es direkt aus einem bekannten Möbelhaus. Statt einer Matratze jedoch lagen Schafsfelle in der Bettstatt. Eine Wolldecke diente zum Zudecken in kalten Nächten. Außer dem Bett gab es nur noch eine Truhe. Auf ihr stand ein randvoll mit Wasser gefüllter Krug.

Der Bursche sagte etwas, das ich zunächst nicht verstand. Er sprach sehr undeutlich. Es klang eher wie das Gequake von Fröschen als nach einer menschlichen Sprache. Nach mehrfachem Nachfragen erfuhr ich, was es mit ihm auf sich hatte: Er hatte an einem Kriegszug teilgenommen, gegen irgendwelche Barbaren im Osten, wie er sagte, war dort unter ein Pferd geraten, hatte sich mehrere Knochenbrüche zugezogen, darunter einen Kieferbruch, und letztlich auch die drei Finger verloren. Aber er sei gut genesen, versicherte er mir. Der Krug enthalte Trinkwasser, erklärte er. Sollte ich zu baden wünschen, könne ich gern das Badehaus benutzen, das sich hinter dem Haupthaus befinde. Jetzt, im Sommer, mache man aber kein Feuer, sondern leite lediglich das Bachwasser, so wie es aus dem Wald komme, in die Zuber. Wenn ich eine Notdurft verrichten wolle, so gebe es weiter hinten, hinter dem Badehaus, einen Abtritt. Ob ich ein Pilger sei, fragte er schließlich. Er hatte wohl noch nicht mitbekommen, was es mit meinem Erscheinen auf sich hatte. Fürwahr, ich sei etwas Ähnliches wie ein Pilger, gab ich ihm zur Antwort. Ich treffe mich in Bälde mit dem Abt.

Ich weiß nicht, ob er mich verstand. Überhaupt: die Verständigung! Die Gespräche, die ich hier wiedergebe, verliefen anfangs nicht so reibungslos. So manches Mal musste ich mehrfach mit den Erklärungen ansetzen, andere Wörter suchen, mit Gesten nachhelfen. Und umgekehrt mussten auch sie mitunter das Gesagte in anderen Worten wiederholen.

Nachdem mich der Bursche allein gelassen hatte, untersuchte ich das Bett. Ein vages Gefühl sagte mir, es könnte Ungeziefer darin hausen. Ich fand jedoch alles frisch und sauber, von Wanzen oder Flöhen keine Spur.

Ich schaute zum Fenster hinaus und sah auf einen geräumigen Hinterhof, der von weiteren Gebäuden gesäumt wurde, allesamt aus Holz und die meisten ohne Fenster. Das größte musste wohl das erwähnte Badehaus sein. Hier hatten sie einen Teil des Baches über eine hölzerne Rinne abgezweigt, die in diesem Gebäude verschwand. Davor stand ein großer Holztrog, ebenfalls mit Wasser gefüllt. Zwei Gänse watschelten über den Hof. Ansonsten war keine Seele zu sehen. Nun, es war schließlich Mittagszeit und zudem, sollte ich mich nicht irren, Sonntag. Vermutlich ruhte gerade alle Arbeit.

Ich weiß nicht, wie lange ich dagestanden und zum Fenster hinausgeblickt habe. Nichts tat sich. Einmal war mir, als hörte ich Stimmen aus einem Raum unterhalb, dann wieder vernahm ich Pferdegetrappel. Ansonsten war es still. Nicht einmal die Hunde bellten.

Ich schloss den Laden. Die Hitze, die von draußen hereinkam, wurde unerträglich. Das Haus hatte ansonsten eine gute Isolierung. Sollten die Wände im Winter genauso gut die Kälte abhalten wie im Sommer die Hitze, waren die Pilger, die hier übernachteten, glücklich zu schätzen.

Ich legte mich auf das Bett und döste vor mich hin. Bilder blitzen auf: die Hochschule, der Supermarkt, der Besuch bei meiner Mutter, der Gang zur Apotheke, die Arbeit mit dem Wiesenmäher ... wieder die Hochschule: Ein Student berichtete über Schiffe auf dem Bodensee, die ohne Steuermann über das Wasser dümpelten. Es war der letzte Vortrag an jenem Nachmittag, wir waren schon alle recht erschöpft – nein, wir waren sogar geschlaucht. Die Luft im Hörsaal war stickig. Fenster öffnen brachte nicht viel, die Luft, die von draußen hereinströmte, war kaum besser: eine Mixtur aus Auto- und Industrieabgasen und reichlich Ozon. Mannheimer Luft eben!

Urplötzlich fuhr ich hoch. Das, was soeben noch feinstaubgeschwängerte Großstadtluft gewesen war, wurde zum Geruch von feuchtwarmen Schafsfellen. Ich sprang auf und riss den Fensterladen auf. Ein Dutzend Ziegen trottete durch den Hinterhof. Ein halbwüchsiges Mädchen, barfuß und nur mit einer sackartigen Tunika bekleidet, trieb sie in Richtung eines Stalls. Wie spät mochte es sein? Meine Armbanduhr zeigte kurz vor fünf Uhr am Nachmittag. Hatte ich geschlafen?

Wie stand es um das versprochene Mahl? Sollte ich danach fragen oder würde man mich rufen? Pflegten sie zu einer gewissen Zeit gemeinsam zu essen oder stand es mir zu, jederzeit nach der Mahlzeit zu verlangen?

Ich nahm vorsichtig einen Schluck Wasser aus dem Krug. Es schmeckte gar nicht so schlecht. Ein wenig abgestanden zwar, aber trinkbar.

Ich verließ das Zimmer, stellte fest, dass ich es nicht verschließen konnte, kehrte deshalb zurück und schulterte meine Tasche mit meinen Habseligkeiten. Ein fahrender Zimmermann, ging es mir durch den Kopf, selbst einer im 21. Jahrhundert, kommt mit einem Bündel aus, in dem sich eine Partie Unterwäsche zum Wechseln, eine Zahnbürste und ein Rasiermesser befindet, vielleicht noch ein Päckchen Streichhölzer. Mehr braucht er nicht. Ich wiederum hatte alles Mögliche in meiner Tasche – nur die besagten Utensilien eines Zimmermanns nicht, sah ich einmal von den Streichhölzern ab.

Im Erdgeschoss fand ich einen großen Raum, in dem einige Bänke und Tische aufgereiht waren. Zweifellos war das die Schenke. Kaum hatte ich sie betreten, erschien aus einer Tür eine Frau unbestimmbaren Alters. Es war die erste Person, die ich in der hiesigen Welt erblickte, für die das Attribut rundlich zutreffend war, sah man einmal von Ingbert und seinem dicken Bauch ab. Sie kam auf mich zu und begann auf mich einzureden.

Ich verstand zunächst nichts, bis mir gewahr wurde, dass sie sich eines anderen Dialektes bediente als Ingbert und Arnulf. Es erinnerte entfernt an Bayerisch. Aus ihrem Wortschwall hörte ich heraus, dass es noch nicht Zeit für das Abendmahl sei, ich jedoch einen »Kanten Brot« haben könnte, um den Hunger zu überbrücken. Ich lehnte ab, da ich mir nicht die Blöße eines verwöhnten Gastes geben wollte. Sie erwähnte, dem Abendessen würden der Hausherr selbst und seine Familie sowie der Pfarrer der Ortskirche und ein Gast aus dem Kloster beiwohnen. Ich solle wiederkommen, sobald die Glocke von der St. Nazarius-Kapelle läuten würde.

Als ich mich dankend zum Gehen wandte, rief sie mir eine Frage nach. Ich bat sie, ihre Worte zu wiederholen, doch sie schüttelte nur den Kopf und verschwand, so schnell sie gekommen war, durch die rückseitige Tür.

Ich beschloss, mir den Ort noch etwas näher anzuschauen. Wo sich die genannte Kapelle befand, war mir ein Rätsel. Ich kannte keine Kirche in Handschuhsheim, die dem Heiligen Nazarius gewidmet war. Ich wusste nicht einmal wer der Heilige gewesen sein sollte, dem sie geweiht war. Doch was hatte diese Siedlung mit meinem Handschuhsheim gemein? Sie lag an derselben Stelle, unterhalb desselben Berges, am selben Bach, und das war es auch schon. Es war eine völlig fremde Welt, archaisch und armselig. Sie erinnerte in ihrer Beschaulichkeit an das Dorf der Hobbits im Film »Der Herr der Ringe«.

Ich schritt den Weg Richtung Heiligenberg weiter hinauf und gelangte am oberen Ende des Dorfes an eine Wassermühle. Hier hatte ein Schmied seine Werkstatt. Es wurde nicht gearbeitet, also war wohl wirklich Sonntag. Ich schaute kurz in die Schmiede hinein, sah die Feuerstelle, einen groben Amboss, einige Stangen, Hämmer und Zangen, und hatte das Gefühl, ein Museum zu betreten. Es roch nach kaltem Rauch. Rasch eilte ich wieder hinaus, ohne dass mich jemand bemerkt hatte.

Ich kehrte um, denn nun hörte ich von Ferne ein Glöckchen. Das Geläut kam nicht vom Kloster auf der Bergkuppe, sondern aus der Ebene, vom Dorfrand her. Nun war mir klar, was mit der St. Nazarius-Kapelle gemeint war: Es war jenes kleine Kirchlein am Südausgang des Dorfes, und ich vermutete, dass es just dort stand, wo sich später die St.Vitus-

Kirche befinden sollte – jene Kirche, in der ich als Schüler zur Messe und zur Erstkommunion gegangen war.

Das Läuten musste das erwähnte Zeichen für das Abendessen sein. Die Sonne stand schon tief und mein Hungergefühl war nun recht lästig geworden.

Als ich an der Herberge ankam, begab ich mich zunächst auf den Abtritt. Ich hatte schon manch Unangenehmes an solchen Orten erlebt, doch das, was ich in dem Häuschen im Hinterhof vorfand, stellte alles in den Schatten. Zwar gab es ein Sitzbrett mit einem Loch an der richtigen Stelle, doch war es verschmutzt und der Gestank, der aus der darunterliegenden Grube kam, raubte mir den Atem. Ich beeilte mich, so gut ich konnte, und nahm mir vor, künftig lieber im Freien mein Geschäft zu verrichten als nochmals in einem solchen Verschlag.

Zurück im Hof fand ich eine Schar Leute versammelt, die mich freundlich, doch auch mit argwöhnischer Neugierde empfingen. Neben Ingbert und seiner Tochter Traudel sowie dem vernarbten Burschen, der mir die Kammer gezeigt hatte, waren noch einige junge Männer und Frauen anwesend, die ich noch nicht kannte, sowie ein hagerer Mönch in einer braunen Kutte und einem auffallend breiten Gürtel. Später kam noch der Dorfpfarrer hinzu. Es war jener kleine, kahlköpfige Mann, der sich bei unserer ersten Begegnung mit Latein versucht hatte.

Wir begaben uns in die große Stube, in der bereits aufgetischt war. Es roch nicht schlecht, nach Braten und nach Gewürzen, die mir fremd schienen. Vielleicht war es aber auch der Hunger, der mich jeglichen Geruch frisch zubereiteter Speisen als angenehm empfinden ließ. All die Zeit hinterher geschah es selten, dass mich die Kochdünste *der Anderen* erfreuten.

Ingbert stellte die Anwesenden vor: Der Vernarbte hieß Dietwolf und war Ingberts Neffe. Ein weiterer junger Mann – es zeigte sich ein erster Flaum in seinem Gesicht – war sein jüngster Sohn mit dem gleichen Namen wie der Vater, Ingbert also. Der dritte Jüngling hieß Geiselhard und war ein weiterer Neffe. Sodann folgten die Frauen: neben Traudel ein halbwüchsiges Mädchen, eine Nichte, deren Namen ich vergessen habe, und die ich hinterher nie wieder zu Gesicht bekam, da sie nach Schwaben reisen sollte (vielleicht, um dort zu heiraten oder in ein Kloster einzutreten), schließlich ein Findelkind, wie sich Ingbert ausdrückte, ein Mädchen mit dem seltsamen Namen Rosenwolf. Zeitweise kam auch jene untersetzte Frau hinzu, die ich schon kennen gelernt hatte, die als »der gute Geist des Hauses« gelobt wurde. Sie hieß Hilda, war nicht nur Köchin, sondern die Majordoma, die oberste Haushälterin, des Anwesens. Alle mochten sie, vor allem die Kinder liebten sie fast mehr als ihre Mutter. In der Tat hingen zwei quengelnde Kinder an ihrem Rock, Traudels Sprösslinge und somit Ingberts Enkel: der fünfjährige Luitfried und die dreijährige Gundhild, genannt »das Gundi«. Ingbert war wenig erfreut über das Erscheinen der beiden Störenfriede. Es fehle ihnen halt die starke Hand eines Vaters, entschuldigte sich Traudel. Doch als die beiden sich neben ihre Mutter auf die Bank setzten und ein wenig Honig schlecken durften, waren sie still. Ein wenig später brachte Hilda sie zu Bett.

Der Mönch wurde mir als Bruder Einhard vorgestellt. Er sei ein Mönch eines Klosters weit oben im Norden und aufgrund eines Gelübdes auf Pilgerfahrt. Eine Krankheit habe ihn hier festgehalten und nun mache er sich in St. Michael nützlich, so gut es ginge. Er gefiel mir von Anfang an nicht. Nicht dass er unfreundlich gewesen wäre, nein im Gegenteil: Er war fast zu freundlich, fast schon schleimig. Obendrein blickte er einem beim Reden so eigenartig von unten an, als wolle er irgendwie provozieren. Sein Haupthaar war sehr kurz geschoren, doch trug er einen Bart, der mir ungepflegt erschien. Beim Essen sabberte er, da er kaum noch Zähne im Mund hatte. Später sollte ich erfahren, dass er diese in einem Handgemenge herausgeschlagen bekomme hatte – bei einer Schlägerei, die er selbst angezettelt hatte. Das sei aber vor vielen Jahren gewesen, bevor er das Gelübde abgelegt habe. Sein Alter war schwer einzuschätzen, vielleicht war er schon vierzig, vielleicht auch jünger.

Der Pfarrer von St. Nazarius, der Dorfkirche, war dagegen ein gemütlicher Mann. Er hieß Berthold. Er sprach wenig, hielt meist die Hände vor seinem kleinen Bäuchlein gefaltet und neigte dazu, bei Tisch einzuschlafen. Doch die Leute zollten ihm Respekt; schließlich konnte er lesen und schreiben und diente somit den einfachen Leuten beim Aufsetzen von Briefen und Schriftstücken.

Nach der Vorstellung durfte immer noch nicht gegessen werden. Zuerst wurde ein Tischgebet gesprochen. Danach aber kannten sie keine Hemmungen, weder Männer noch Frauen: Sie griffen mit den Fingern nach den Fleischstücken, die auf einem Holzbrett aufgereiht lagen, als würden sie wetteifern, das größte Stück zu ergattern. Nur der Mönch verzichtete auf Fleisch, aber nicht, weil er fastete, sondern weil ihm das Fehlen der meisten Zähne Schwierigkeiten beim Kauen bereitete. Ehe ich mich versah, lagen nur noch kleine Stückchen da und ich beeilte mich, es ihnen nachzutun, befürchtete ich doch, sonst leer auszugehen. Besteck gab es keines. Sie aßen mit bloßen Händen, lediglich Ingbert holte irgendwann sein Messer heraus, um von dem Knochen, an dem er genagt hatte, noch ein wenig abzuschaben. Das Messer wischte er danach an einem Hemdsärmel ab und steckte es wieder an seinen Gürtel.

Schließlich begannen sie, sich aus einem großen Kessel, der in der Mitte des Tisches stand, mit einer groben, hölzernen Kelle Brei in kleine Schüsseln zu schöpfen. Mangels Löffel schabten sie den Brei mit Brotstücken heraus. Da ich es ihnen nicht sofort gleichtat, begannen sie zu spötteln: Ob es dem fremden Gaukler nicht schmecke, wollte Ingbert wissen. Es sei ein besonders guter Hirsebrei, mit allerlei Gemüse darinnen und mit orientalischen Gewürzen versehen. Ich solle mich bloß nicht zurückhalten. In seinem Haus gebe es immer reichlich zu essen, auch immer Fleisch – außer in den Fastenzeiten. Schließlich besitze er das Jagdrecht und sei in der Jagd recht bewandert.

Es wurde Wein ausgeschenkt. Zuerst dachte ich, aus besonderem Anlass, vielleicht sogar mir zu Ehren, doch ich sollte lernen, dass sie Wein und auch ein schal schmeckendes Bier reinem Wasser oder Fruchtsäften vorzogen. Kaffee, Tee oder auch Milch sollte ich bei ihnen nie zu trinken bekommen. Milch gab es nur für Kinder oder diente zur Herstellung von Butter und Käse. Kaffee und Tee kannten sie überhaupt nicht.

Der Wein war zwar sauer, doch mit einem Schluck zwischen den in den Brei getunkten Brotstücken war das Essen einigermaßen zu genießen. Der schleimige Brei widerstand mir. Nur aus Höflichkeit gegenüber meinen Gastgebern aß ich ein wenig davon. Auch heute noch, nach all der Zeit und unzähligen ähnlichen Mahlzeiten, lasse ich einen solchen Brei meistens stehen.

Wie es mit mir bestellt sei, fragte Ingbert während des Essens, ob ich auch das Jagdrecht besäße. Ich verneinte wahrheitsgemäß. Wieder lästerte er, ein Gaukler würde wohl nur selten Fleisch zu essen bekommen, ähnlich wie die armen Bauern, die nur ein oder zweimal im Jahr eine Sau oder ein Huhn schlachten könnten. Nein, erwiderte ich, ich könne, wenn ich wollte, täglich Fleisch essen. Es gäbe genügend für jeden. Wie das möglich sei, fragte er weiter – wobei er zum Mönch hinüberschielte, als wollte er andeuten, nun käme sicher eine wundersame Erklärung.

»Wir kaufen das Fleisch wie alle anderen Lebensmittel in einem Laden. Das ist so eine Art andauernd abgehaltener Markt. Die Bauern und Viehzüchter liefern dorthin und jeder kann sich die Waren dort kaufen.«

Sie starrten mich grübelnd an. Nun ergriff der Mönch das Wort: »Saget, Fremder, wie und gegen was tauschet Ihr dann die Waren, sei es Fleisch oder andere Viktualien. Was gebet Ihr dann dafür?«

»Geld«, antwortete ich. »Ich bezahle mit Geld.«

»Welcher Art?«, hakte der Mönch nach. »Pfennige? *Denarii? Solidi? Aurei?*«

Ich holte meinen Geldbeutel heraus und legte ein paar Euro- und Centmünzen auf den Tisch.

»So sieht unser Geld aus«, sagte ich.

Sie ließen die eine oder andere Münze umhergehen. Vor allem die Mädchen rieben fasziniert an den Kupfermünzen, während sie die 1- und 2-Eurostücke achtlos weitergaben, da sie ihnen aus unedlem Metall gefertigt schienen.

»Aha, und was bekommt Ihr für solch eine Münze in Eurem Land?«, fragte der Mönch und hielt ein Zehn-Cent-Stück hoch.

»Unterschiedlich«, sagte ich, »hierfür nicht viel, vielleicht ein Stück Zucker, für drei davon ein kleines Brot, für zehn davon ein Pfund Tomaten ...« Hatte ich Tomaten gesagt? Das Wort hatten sie noch nie gehört. Ich ahnte, dass sie Tomaten nicht kannten, wohl auch keine Kartoffeln, keinen Mais.

»Ich meine, gewisse Sorten Gemüse. Oder ein Pfund Mehl, vielleicht auch zwei Pfund, je nach Qualität.«

In der Zwischenzeit waren wir mit der Hauptmahlzeit zu Ende gekommen. Es wurde ein Honigtopf herumgereicht. Zu meinem Entsetzen griffen sie nicht nach Brot, sondern nach Lauchstangen, die sie in den Honig tunkten. Ich verzichtete.

»Und wofür, für welche Dienste und Arbeiten erhaltet Ihr wiederum Euer Geld?«, nahm Einhard das Gespräch wieder auf.

»Dienste für eine ...« Ich zögerte. Ich wollte Universität sagen, doch wurde mir bewusst, dass sie mit diesem Wort vermutlich nichts anzufangen wussten.

»Ich bin etwas Ähnliches wie ein Lehrer«, sagte ich schließlich.

»Ein Gelehrter?«, fragte nun Pfarrer Berthold. »Aber Ihr sprechet doch gar nicht Latein?«

»Er tut Wunderdinge«, wusste Ingbert aufzuklären. »Dafür braucht er keine Kenntnisse des Lateinischen. Er besitzt Gerätschaften, mit denen sich Dinge in der Nähe und Ferne besser sehen lassen. Er kann Bildnisse nach der Natur erzeugen. Er fährt mit einem *automobilium* umher. Davon und mit anderen Zaubereien wird er sich den Lebensunterhalt bestreiten. Er ist eben ein Gaukler.«

Sie lachten. Pfarrer Berthold lächelte und murmelte: »Sie sähen nicht, sie ernten nicht und doch ernährt sie der himmlische Vater.«

Ich überhörte die Bemerkung des Pfarrers. »Nein, gewiss nicht«, gab ich zu verstehen, »all die Dinge sind in meiner Welt alltäglich und im Besitz der meisten Menschen. Sie dienen dem Gebrauch wie ein Messer oder ein Schöpflöffel. Versteht Ihr: Ich komme aus einer Welt, in der die Zeit weiter vorangeschritten ist. Ich komme aus Eurer Zukunft. Ich wurde geboren im Jahr 1952 ...« Ich holte aus meiner Tasche, die ich vorsorglich mit in die Schenke genommen hatte, ein Blatt Papier und einen Kugelschreiber heraus und schrieb groß und deutlich die genannte Jahreszahl auf.

Sie schauten verständnislos. Traudel aber griff nach dem Papier und sagte: »Mir deucht, Ihr gebrauchet Ziffern wie die Mauren. Mein verstorbener Gemahl hat mir einst solche Zeichen gezeigt. Wisset, er war recht gelehrt. Er war weit gereist, bis hinunter nach Hispanien, wo er gelernt hat, die Zahlen nach der Art der Mauren zu schreiben.«

»Maurische Ziffern«, murmelte Einhard, »Ja, seid Ihr gar ein Muselman?«

»Keineswegs«, antwortete ich, »wir verwenden bei uns nur noch arabische Ziffern, weil sie einfacher zu handhaben sind als die römischen. Es lässt sich leichter mit ihnen rechnen. Ihr schreibt die Zahlen aber gewiss noch nach Art der Römer, nicht wahr? Schauet her, diese Zahl meine ich.«

Ich zeichnete CMLII auf das Papier.

»Ach«, rief der Mönch, »jetzt verstehe ich. Ihr seid aus dem Jahr 1952 zu uns gekommen. Aus der Zukunft gewissermaßen.«

»Fast richtig, aber 1952 bin ich geboren. Gekommen bin ich aus dem Jahr 2010«. Ich schrieb MMX auf das Blatt.

»2010, noch weiter aus der Ferne«, staunte der Mönch und fügte hinzu: »Das hieße, Ihr zählet fast an die sechzig Lenze. Kaum zu glauben. Euer Haupthaar ist zwar dünn und leicht ergraut, doch Euren Gesichtszügen zufolge seid Ihr jünger. Ich hätte Euch auf vierzig geschätzt.« Es klang argwöhnisch.

Überraschenderweise kam mir Traudel zu Hilfe: »Herr Rodolfo hat eben noch alle Zähne im Mund – im Gegensatz zu Euch, ehrwürdiger Herr Einhard. Deshalb erscheint er uns jünger.« Obwohl sie den Mönch mit ehrwürdig betitelte, hörte ich doch Spott aus ihren Worten.

»In der Tat«, gab Ingbert ihr Recht. »Der Fremde ist noch gut beisammen. Das mag an seinen Zaubereien liegen, die er beherrscht. Hat er gar ein Mittelchen für die ewige Jugend gefunden?«

»Gewiss nicht«, entgegnete ich, »ich habe nur einen guten Dentisten. Wie sagt Ihr dazu? Einen Barbier? Einen *medicus* eben, der sich auf Zähne spezialisiert hat. Meine Zähne wurden diversen Reparaturen unterzogen. Das ist im 20. Jahrhundert nichts Außergewöhnliches. Doch saget ...« Ich stutzte. Ich hatte bemerkt, wie Dietwolf meinen Kugelschreiber gegriffen hatte und ihn in den zwei verbliebenen Fingern seiner linken Hand hielt.

»Ja«, sagte ich ihm zugewandt, »dies ist ein Schreibgerät. Wir nennen es Kugelschreiber. Es ist ein gewöhnliches Gerät, ohne großen Wert. Es gibt sie bei uns zu Tausenden, ja Millionen. Jeder besitzt eines.«

»Reiche mir das Gerät rüber!«, befahl der Mönch. Dietwolf tat wie ihm geheißen. Der Mönch wog den Kugelschreiber in der Hand und schien sich über dessen geringes Gewicht zu wundern.

»Und das Ding muss nicht in eine Tinte getaucht werden? Wird es niemals leer?«, fragte er.

»Es hat seine Tinte im Innern. Leer wird es schon irgendwann. Doch man füllt es nicht mehr auf. Man wirft es weg und holt sich ein neues.«

»Ich sage ja, der Mann ist ein Zauberer, ein Gaukler!«, rief Ingbert, lachte und haute mit der Hand auf den Tisch. »Und solch ein Gaukler beehrt nun gerade uns. Was können wir nicht alles von ihm lernen!«

Ich schien bei Ingbert mehr und mehr Sympathie zu gewinnen, was mich beruhigte. Ich ging aber nicht auf ihn ein, sondern stellte endlich die Frage, die mir so sehr auf den Nägeln brannte: Welches Jahr sie selbst schrieben.

Der Mönch versuchte, mit dem Kugelschreiber eine Zahl auf das Papier zu kritzeln, hielt ihn aber falsch. Er brummte, das Schreibgerät sei wohl ein malefizisches Teufelszeug, das in der Hand eines rechten Christen nicht wirken wolle. Ich zeigte ihm, wie er den Kuli zu führen hatte und siehe da: Das malefizische Zeug beugte sich dem Christen. Auf dem Papier erschien: MXXXVII.

»1037?«, fragte ich. »Ja? So habe ich recht vermutet. Das sind fast tausend Jahre vor meiner Zeit. Wie sehr hat sich doch die Welt seitdem verändert.«

»Sollten alle Menschen in Eurer Zeit mit solchen Gerätschaften ausgestattet sein, so hat sie sich fürwahr sehr verändert«, sagte Traudel, worauf Ingbert abermals auf den Tisch haute und lachend ausrief: »Eine Welt voller Gaukler muss das sein! Ein Narrenhaus!«

»Oder eine Welt voller Teufeleien, nahe am Jüngsten Gericht«, murrte der Mönch. Es schien ihm unheimlich geworden zu sein. Er stand auf und meinte, es rufe zum Nachtgebet, er müsse zurück in das Kloster.

Ingbert hob derweil die Tafel auf. »Wir werden uns sicher in den nächsten Tagen noch reichlich unterhalten können«, sagte er. »Ich bin gespannt, was es aus der Welt, aus der Ihr gekommen seid noch alles zu berichten gibt, dieser anderen Welt, diesem anderen Universum, wie Ihr gesagt habt.«

Nun erhoben sich auch alle anderen. Pfarrer Berthold, der eingeschlafen war, musste erst wach gerüttelt werden.

Wir begaben uns hinaus in den Hof des Anwesens. Es dämmerte. Sie zündeten eine rußende Fackel an, die in einem Ständer an der Hauswand befestigt war. Der Mönch bestieg ein Maultier, das geduldig im Hof auf ihn gewartet hatte, ohne angebunden zu sein.

Nachdem er das Anwesen verlassen hatte und sich auch die jungen Leute verabschiedet hatten, standen nur noch Ingbert und seine Tochter bei mir.

»Wünschet Ihr noch irgendetwas?«, fragte Ingbert. »Vielleicht eine Leuchte? Ich kann Euch eine Öllampe geben. Ich will aber darauf verweisen, das Öl, das sich darinnen befindet, ist sehr kostbar. Ihr müsst sparsam damit umgehen.«

»Nein, das muss nicht sein, ich sehe auch nachts recht gut«, antwortete ich.

»Dann wenigstens eine Kerze«, erwiderte Ingbert. »Die besten Augen nutzen nichts in einer stockfinsteren Nacht. Auf der Treppe ist in der Finsternis schon mancher gefallen.«

Er eilte davon, eine Kerze zu holen; somit blieb ich mit Traudel allein im Hof.

Sie machte einen Schritt auf mich zu und deutete auf meine Armbanduhr.

»Was traget Ihr da für einen Armreifen?«, wollte sie wissen. »Ihr schauet immer darauf, als wolltet Ihr Euch vergewissern, ob er noch da ist.«

»Oh, das ist kein Armreif, es ist eine Uhr. Ein Zeitmesser, verstehet Ihr? Es zeigt mir exakt die Tage, die Stunde, die Minuten und auch die Sekunden.«

Ich hielt sie ihr vor die Augen, doch sie schüttelte nur verständnislos den Kopf.

»Morgen werde ich sie Euch erklären«, versprach ich.

Ingbert kam mit einer kleinen Laterne, in der eine Kerze brannte.

»Löscht sie aber bitte, sobald Ihr in der Kammer seid«, bat er mich. »Wie leicht fängt das Gebälk Feuer. Nun habt Euch wohl, fremder Gaukler. Gott beschütze Euren Schlaf!«

Zwischenbemerkung

So also verlief mein dritter Tag in der Welt *der Anderen.* Ich habe ihn so ausführlich beschrieben, weil er – genauso wie der darauf folgende – entscheidende Momente aufwies, die mein späteres Leben bei *ihnen* beeinflussen sollten. Ich habe recht lange für die Niederschrift gebraucht, einige Federkiele dabei zerbrochen und einmal auch ein Pergament total zerrissen, so dass ich den Abschnitt erneut beginnen musste. Ich weiß nicht mehr, ob die Gespräche exakt so geführt worden sind, wie ich sie wiedergegeben habe; ich kann aber versichern, nichts Entscheidendes weggelassen oder hinzugefügt zu haben.

Immer wieder habe ich mir vor Augen geführt, wie wohl meine »Wunder« auf *die Anderen* gewirkt haben müssen. Mit der Zeit mögen sie verstanden haben, dass es keine echten Wunder waren, sondern Gerätschaften, die nach den Gesetzen der Physik funktionierten. Doch da sie diese Gesetze nicht kannten, muss ich ihnen vorgekommen sein wie jemand, der auf dem Wasser wandeln und Tote zum Leben erwecken konnte. Als gläubige Christen wiederum hielten sie Wunder für durchaus mit der Natur der Welt vereinbar. Schließlich war bei Gott kein Ding unmöglich. Die Frage, die ich mir allerdings stellte, war die, ob sie meine Wunder als Gottgewolltes oder eher als Teufelswerk ansehen würden.

Ich arbeite an diesen Aufzeichnungen nun schon einige Tage. Ich werde eine Pause mit dem Schreiben einlegen, damit sich meine Schreibhand erholt. So wie wir uns im 21. Jahrhundert eine Maushand beim Computerbedienen holen können, so bekommt man hier eine Federhand. Der Ausdruck stammt von mir. Sie haben keine Bezeichnung dafür. Für sie ist alles ein *siochheit*, ein Siechtum, und sie nehmen es hin als *gotkund*, von Gott so gewollt.

Tag 4 – 13. Juli 1037

Ob sie wirklich den 13. Juli schrieben? Ich war mir im Nachhinein nicht mehr so sicher. Sie zählen die Tage nicht so wie wir, jedenfalls können sie nie eine genaue Auskunft geben, wenn ich sie nach dem Datum frage. Oft nennen sie nur den Namen eines Schutzheiligen oder in welcher Woche wir uns nach dem soundsovielten Sonntag in dem und jenem Monat befänden. Wobei sie auch mit den Monaten ihre Schwierigkeiten haben. Es kann vorkommen, dass die Einen behaupteten, es sei noch Juli, die Anderen es sei schon August – je nachdem, ob die Ernte in der jeweiligen Gegend schon eingebracht ist. Auch nennen sie die Monate anders, die lateinischen Bezeichnungen sind dem gemeinen Volk unbekannt, allenfalls die Mönche wissen sie. Die Bauern sprechen dagegen von Heumonat, Erntemonat, Windmonat oder Frostmonat – und nach einem besonders kalten Winter geht eben der Frostmonat auch mal sechs oder sieben Wochen lang. Was aber die hochheiligen Feste wie Ostern oder Weihnachten anbelangt, so wissen sie stets, wann sie zu begehen sind. Die Termine werden ihnen von den Mönchen respektive der Obrigkeit vorgeschrieben, ebenso die Fastenzeiten, die sie peinlichst befolgen.

Wie auch immer, meinen vierten Tag bei *den Anderen* bezeichnete ich als Montag, den 13. Juli. Wie ich später erfuhr, hatten sie tags zuvor die Messe gefeiert. Demnach ging ich davon aus, es sei in ihrer Welt nicht Freitag gewesen, als es mich zu ihnen verschlug, sondern erst Donnerstag. Zu Hause, in meiner Welt, musste inzwischen Dienstag sein. Doch ich war einem Trugschluss aufgesessen, denn die Messe, die sie am Tag zuvor gefeiert hatten, war keine Sonntagsmesse, sondern galt der Wiederkehr irgendeiner Einweihung eines Teiles des Klosters auf dem Aberinsberg, der in späteren Zeiten den Namen Heiligenberg bekommen sollte. In Wirklichkeit war mein vierter Tag bei *den Anderen* schon deren Mittwoch.

Doch was langweile ich meine eventuellen Leser späterer Jahrhunderte mit solchen Nebensächlichkeiten. Die Tage und Stunden zu zählen, ja gar Minuten oder Sekunden zu erfassen, ist der Aberwitz der durchgetakteten Zeiten des Industrie- und Kommunikationszeitalters. Hier, bei *den Anderen*, ist dieses Zeitalter so weit weg wie der Stern Sirius von der Erde. Ich aber hielt lange an meiner peniblen Zeitrechnung fest. Immer wieder schaute ich auf die Uhr und wollte wissen, welchen Tag sie gerade schrieben. Dies führte bei ihnen nicht selten zu Spott und Verachtung.

Ich hatte schlecht geschlafen. Zunächst hatten Hunde geheult und gebellt. Als sie endlich Ruhe gaben, hörte ich Stechmücken surren. Es war aber unmöglich, die Fensterläden gänzlich zu schließen. Zum einen wurde es dann in der Butze zu warm, zum anderen war es mir auch zu finster. Bei geschlossenen Läden bekam ich Platzangst. Irgendwann hörte ich es auch in einem der Nachbarräume poltern. Es sollte sich herausstellen, dass noch zwei Pilger erschienen waren, die vom Norden herunter auf dem Weg nach Rom gekommen waren. Eigentlich hätten sie nach Einbruch der Dunkelheit nicht mehr unterwegs sein dürfen, doch sie hatten sich verlaufen, waren vom Weg abgekommen und durch die Rheinauen geirrt. Die Herberge musste ihnen ein Quartier gewähren, ganz gleich zu welcher Tages- oder Nachtzeit.

Kaum waren die Pilger zur Ruhe gekommen, verspürte ich den Drang, auf die Toilette zu gehen. Ich zündete die Kerze an – mit meinen Streichhölzern, da mir nicht bekannt war, wie sie Feuer machten – und verließ das Haus. Doch begab ich mich nicht in das besagte Häuschen im Hinterhof, sondern stellte mich an eine Hecke, irgendwo hinter dem Anwesen. Sofort setzte erneut Hundegebell ein. Schnell eilte ich ins Haus zurück. Dabei erlosch die Kerze. Zum Glück war der Himmel klar und der Mond schien hell, so dass ich auch ohne Kerze meinen Weg zurückfand. Ich befürchtete, die anderen Bewohner und Gäste des Hauses aufzuscheuchen, doch nichts dergleichen geschah. Das Gebell und Gejaule der Köter schien niemanden zu stören.

Ich wälzte mich noch eine Weile auf dem Lager, ehe ich irgendwann einschlummerte. Wirre Träume begleiteten mich, und als es draußen hell wurde, aus verschiedenen Richtungen das Krähen von Hähnen zu hören war sowie Pferdegetrappel und Menschenstimmen, kam ich kaum auf die Beine, so schmerzten mir die Glieder. Ich fuhr mir über das Kinn und stellte fest, dass der Bart schon ganz schön gewachsen war – schließlich hatte ich mich seit drei Tagen nicht mehr rasiert. Dazu kamen ein fader Geschmack im Mund und ein Jucken im Gesicht und auf dem Kopf. Ich sehnte mich nach einer Zahnbürste und Zahncreme, nach warmem Wasser, Seife und Shampoo!

Ich fuhr mir mit meinem Taschenkamm über die Haare und begab mich nach unten in die Küche. Dort fand ich Hilda, die mit einem unförmigen Holzlöffel in einem monströsen, ehernen Topf, der über der offenen Feuerstelle hing, rührte. Sie zog einen lustigen Schmollmund. Ihre fleckige Schürze spannte sich über ihren kugelförmigen Bauch; ihr Kopftuch war nach hinten gerutscht und gab ein paar graue Haarsträhnen frei. Sie erinnerte mich an eine Zeichnung von Wilhelm Busch. Doch irgendwie stimmte mich ihr Anblick auch traurig.

Wo ich mich waschen könne und ob es so etwas wie eine Seife gebe, fragte ich sie. Es dauerte eine Weile, bis sie begriff, was ich wollte. Sie führte mich ins Badehaus. Dort füllte sie eine Schüssel mit Wasser aus einem Krug, der dort herumstand, und – ich traute meinen Augen nicht – schüttete ein wenig Asche hinein.

»Das ist für das Gesicht und die Haare«, sagte sie.

Ich schaute sie verwundert an.

»Damit bekommen die Haare einen seidigen Glanz«, fuhr sie fort. »Saget bloß nicht, Ihr kennt das Aschewasser nicht!«

Ich tat, als würde ich verstehen. Sie redete weiter: »Wenn Ihr einen Barbier brauchet, gehet am oberen Ende des Dorfes zu Heinrich. Der versteht sich leidlich aufs Haareschneiden und Rasieren. Das macht er aber nur an den Sonntagen, vor der Messe. In Lobdenburg gibt es Barbiere, die selbst wochentags arbeiteten. Sie verstehen sich auch aufs Zähneziehen, falls Ihr das einmal notwendig haben solltet.«

Beim Hinausgehen drehte sie sich nochmals um, schaute mich an und meinte, eigentlich stünde mir der Bart. Überhaupt, ein Franke trage Bart – und Franke zu sein bedeute, frei zu sein.

»Ihr seid doch ein Franke, ein Freier, oder nicht?«

Ich erwiderte nichts. Nickte nur. Das konnte sie nun nehmen, wie sie wollte. Die Bartstoppeln waren jedenfalls ungewohnt. Sie mussten früher oder später weg.

Nachdem sie gegangen war, schüttete ich die Aschebrühe weg, nahm frisches Wasser aus dem Krug und begnügte mich damit. Ich erinnerte mich, einmal gehört zu haben, dass Asche eine desinfizierende Wirkung habe. Später – wenn ich hier vorgreifen darf – habe ich mich öfter mit der graubraunen Brühe gewaschen und fand nichts Besonderes mehr dabei.

Was mich an diesem Morgen weiterhin beunruhigte, war der Umstand, zwar zwei Hemden und zwei Hosen zu besitzen, aber nur einen Satz Unterwäsche. Wo sollte ich hier Wäsche herbekommen? Wie mir schien, trugen sie unter den Gewändern und Pumphosen nichts!

Ich beschloss, Unterhose und Unterhemd auszuziehen, so gut es ging zu waschen und in die Sonne zu legen. Bei dieser Wetterlage würden sie schnell trocknen und ich hätte bis zum Nachmittag wieder halbwegs frische Unterkleidung. Das war natürlich nur eine Notlösung. Ich musste einen Schneider auftreiben, der mir weitere Wäschestücke fertigte. Vorausgesetzt, ich gelangte zu Geld, da ich nicht davon ausgehen konnte, dass man mir aus reiner Nächstenliebe Hosen oder Hemden schneiderte.

Als ich mit den beiden nassen Stücken in den Hof ging, kamen mir Rosenwolf und zwei weitere junge Mädchen, vermutlich Mägde, entgegen. Sie schielten zu mir, wagten aber nicht, mich anzusprechen. Als sie einige Schritte weiter waren, hörte ich sie kichern.

Ich ging in meine Kammer und legte die beiden Wäschestücke direkt ans Fenster, so dass die Sonne darauf schien.

Danach begab ich mich erneut in die Küche, wo Hilda immer noch werkelte. Ich fragte sie, ob ich ein Frühstück bekommen könne.

Erneut verstand sie mich erst nach etlichem Hin und Her, und schon glaubte ich, sie würden kein Frühstück kennen und erst gegen Mittag oder gar nur am Abend essen, doch dann zeigte sie auf einen Korb mit Brot und einen Topf einer seltsam blauroten Soße, die sich als eine Art Marmelade herausstellte. Butter gab es keine.

Während ich im Stehen einige Bissen aß, kam Traudel herein.

»Warum stehet Ihr hier in der Küche herum?«, fragte sie. »Ihr könnt Euch gern in die Schenke setzen. Es sind weitere Gäste da, Pilger, die später zum Kloster hinaufgehen wollen. Ihr könnt Euch ihnen anschließen. Abt Reginbald ist in der Nacht angekommen und feiert zur Mittagszeit eine Messe.«

Ich fragte, ob der Abt von meinem Erscheinen erfahren habe und ob er mich sehen wolle.

»Gewiss«, gab sie zur Antwort. »Ich habe gehört, der Vogt hat sein Versprechen gehalten und dem Abt einen Boten entgegengeschickt, um ihn zu unterrichten.«

»Was für ein Mensch ist denn der Abt?«, wollte ich wissen.

Sie lachte: »Wie könnt Ihr das nur fragen? Er ist ein Mann Gottes, voller Güte. Ihr müsst Euch nicht vor ihm fürchten. Seine Feinde jedoch behandelt er mit gebührender Strenge. Doch nun muss ich zum Waschhaus, die Waschfrauen beaufsichtigen. Wir müssen das gute Wetter ausnutzen, um die Kleidung der Kinder und unsere eigenen zu reinigen. Ich habe nämlich gehört, das Wetter soll bald umschlagen.«

Sie wollte noch ein paar Worte hinzufügen, als ihre kleine Tochter Gundhild kreischend in die Schenke rannte. Ihr Bruder habe sie geschlagen, soviel verstand ich. Das weitere Geplärre Gundhilds und die Trostworte der Mutter verstand ich dagegen nicht, genauso wenig wie das Gezerfe des Bruders, der draußen auf dem Hof stand und mit Steinen und Stöcken warf. Ein paar feste Ohrfeigen der Mutter beendeten das Geschrei des Knaben.

Bei den Pilgern, die im Speisesaal saßen, handelte es sich um jene, die spät in der Nacht angekommen waren. Sie stierten mich an, als sei ich ein exotisches Tier. Mich anzusprechen wagten sie nicht. Es waren zwei lumpig aussehende Gesellen unbestimmten Alters, beide bärtig und langhaarig. Sie rochen nach ranzigem Fett.

Da sie schwiegen, wagte ich das erste Wort. Ich fragte sie, woher sie kämen. Wieder hatte ich es mit Leuten zu tun, die nicht verstanden, was ich sagte. Da ich mich vielleicht ein wenig zu lautstark abmühte, kam Hilda herein, und klärte mich auf:

»Das sind Herren aus Friesland. Sie gebrauchen eine andere Sprache als die Franken. Außerdem sind sie von großer Einfalt. Sie beten zur Jungfrau Maria wie zu einer heidnischen Göttin. Ja, für sie ist die Jungfrau wichtiger als Jesus oder Gott Vater. Dies ist auch der Grund, warum sie den Abt sehen wollen. Er ist auch ein eifriger Marienverehrer. Ihr werdet es noch erfahren.«

Sie lächelte spöttisch. Dann rollte sie wieder zurück in ihre Küche.

Ich trat in den Vorhof, wo Ingbert gerade ein Pferd sattelte.

»Ich reite hinauf zum Kloster«, klärte er mich auf. »Gern stelle ich Euch auch einen Gaul zur Verfügung. Ach, ich vergaß, Ihr könnt ja nicht reiten. Wie wäre es dann mit einem Esel? Ein Esel ist einfacher zu führen als ein Ross.«

Er grinste hämisch. Ich lehnte dankend ab. Nein, ich würde den Weg zum Kloster zu Fuß zurücklegen. Der Weg sei ja nicht weit.

»Zu Fuß zu gehen ziemt sich aber für freie Franken nicht«, sagte Ingbert. »Ihr gebet vor einer zu sein und gehet lieber zur Fuß? Das soll einer verstehen.« Er schaute mich mit dreisten Blicken an.

Ich wusste nichts darauf zu erwidern, so fuhr er fort: »Eure Welt muss vollkommen verrückt sein. Eine Welt voller Gaukler und Narren, wo man mit ehernen Reisewagen umherfährt statt zu reiten. Habt Ihr in Eurer Welt gar keine Reittiere mehr?«

»Oh doch! Viele sogar. Und viele meiner Zeitgenossen können reiten. Doch sie tun es nur aus Vergnügen, nicht aus Notwendigkeit.«

Nun wurde sein Gesichtsausdruck ernst. Er wartete auf weitere Erklärungen.

»Es ist wie bei Euren Turnieren«, versuchte ich ihm klarzumachen. »Ihr veranstaltet solche ebenfalls nur zur Erbauung.«

»Was meint Ihr mit Turnieren? Was meint Ihr mit Erbauung?«, fragte er.

Nun war ich es, der sich wunderte. Als ich ihm lang und breit erläuterte, was ich meinte, schüttelte er den Kopf.

»Derartige Spiele gab es bei den Römern«, sagte er. »Wir pflegen diese nicht. Vielleicht gibt es sie noch in Italien. Nun, die Italiener sind schließlich die Nachfahren der Römer. Sie haben einige derer Gebräuche bewahrt. Doch nun muss ich mich auf den Weg machen. Es stünde

Euch gut, ebenfalls aufzubrechen. Die Messe beginnt, wenn die Sonne ein Drittel hoch am Himmel steht.«

Rasch galoppierte er den Weg hinauf. Ich packte meine Sachen und ging abermals in die Küche, um mich von Hilda zu verabschieden.

»Ich weiß nicht, ob ich heute zurückkomme«, sagte ich. »Ich werde vielleicht die nächste Nacht im Kloster verbringen. Jedenfalls danke ich Euch recht herzlich für alles ...«

»Oh, es geschah gern und um des Seelenheils willen«, unterbrach sie mich. Wieder schaute sie mich so seltsam an. Wieder war mir, als wolle sie noch etwas sagen, traue sich aber nicht.

»Wünschet Ihr noch etwas von mir?«, fragte ich deshalb.

»Ja«, antwortete sie mit ungewohnt schüchternem Tonfall, »es wäre mir ... es wäre mir ein Vergnügen ... verstehet mich nicht falsch: Ich will nichts fordern. Meister Ingbert hat angeordnet, Euch freie Kost und Logis zu geben. Er sprach aber von Gerätschaften, mit denen sich die Sicht der Augen verbessern könne. Wenn Ihr mir gestatten würdet, einmal durch die Gerätschaft zu blicken, mit der es sich besser in die Ferne sehen lässt.«

Ich öffnete meine Tasche und holte das Fernglas heraus.

»Wir müssen damit nach draußen gehen«, sagte ich. »Man kann damit Gegenstände aus der Ferne heranholen. Hier, in der Küche, sind keine Gegenstände weit genug entfernt.«

Sie folgte mir in den Hof. Dort unterwies ich sie in den Gebrauch des Fernglases. Sie schaute damit auf die Dächer der umliegenden Gebäude. Auf einem Dach saßen Sperlinge. Als sie die Tiere erblickte, rief sie laut und freudig: »Ach, ich sehe die Vöglein, als säßen sie bei mir auf der Hand. Wie hübsch! Welch Wunderding!«

Sie reichte mir das Fernglas zurück und schaute auf einmal besorgt drein. »Schadet es nicht den Augen?«, fragte sie. »Es mag die Sinne verwirren oder gar eine Sünde sein.«

»Keineswegs«, beruhigte ich sie. »Es ist nichts weiter als ein gewöhnlicher Gegenstand. Darinnen ist ein Glas, das derart raffiniert geschliffen ist, dass es Dinge vergrößert. Das Licht ...« Ich stockte. Wie sollte ich ihr die Gesetze der Lichtbrechung erklären, zumal ich ihrer Sprache kaum mächtig war? Ich beließ es dabei.

»Glas?«, fragte sie. »Ihr meinet ein Glas, wie man es für wertvolle Trinkgefäße benutzt?« Das Wort hatte sie verstanden. Es war in ihrer Sprache dasselbe wie in der meinen. Doch sie kannte Gläser nur als Gegenstände des Luxus.

»Ja, es ist das gleiche Material. Man kann mit Glas vieles erzeugen, nicht nur Trinkgefäße.«

Sie griff nochmals nach dem Fernglas, setzte es aber nicht mehr an die Augen, sondern betrachtete es von außen.

»Ein wundersam Ding«, murmelte sie.

Sie gab es mir zurück. »Aber die Bildnisse könnt Ihr damit nicht erstellen, oder? Ingbert hat von Bildnissen gesprochen ... Aber nein, ich will nicht weiter in Euch dringen. Ihr müsset Euch auf den Weg machen, wenn Ihr zu Fuß auf den Berg gehen wollet. Habt Euch wohl, Herr Rodolfo. Gott sei mit Euch! Und seid Euch gewiss: Ihr seid jederzeit in unserem Haus willkommen.«

Ich packte das Fernglas wieder ein und wandte mich zum Gehen. Bevor ich den Hof verließ, fragte ich noch nach Traudel. Ich wollte mich auch von ihr verabschieden und mich bei ihr bedanken. Traudel sei bereits zum Waschhaus des Dorfes gegangen. Sie zöge es dem Waschhaus im Bachlenz vor, da sie sich dort mit Ihresgleichen träfe und Schwätzchen halten könne. Ich würde auf dem Weg zum Kloster daran vorbeikommen.

Also ging ich los. Die Gasse durch das Dorf war zwar steil, aber gut ausgebaut und sogar gepflastert. Karren oder andere Wagen konnten hier wohl mühelos bergauf fahren, allerdings begegnete ich keinen. Der Bach plätscherte neben dem Weg her. Während er sich unterhalb des Bachlenz' noch völlig frei seinen Weg bahnen konnte, hatten sie ihn im oberen Dorfabschnitt in eine gemauerte Rinne gefasst. Ich erinnerte mich: Zu meiner Kindheit verlief der Bach auch noch oberirdisch, doch war er damals bereits in ein steriles Betonbett gezwängt worden; später – irgendwann in den 1960er Jahren – wurde er in ein Rohr unterhalb der Straße verbannt.

Die Häuser oberhalb des Bachlenz' machten einen besseren Eindruck als jene im unteren Teil des Dorfes. Sie waren weitgehend aus Stein errichtet, hatten mitunter zwei Stockwerke und manche sogar ein mit Ziegeln gedecktes Dach. Hier wohnten die höher gestellten und wohlhabenderen Leute, die Handwerker, Händler, Bediensteten des Klosters. Doch auch hier waren vor den Häusern Rinnen gezogen, in die sie ihren Abfall und anscheinend auch ihre Nachttöpfe kippten. Es roch nicht sonderlich angenehm. Die Häuser standen dicht an dicht, so dass ich nicht sehen konnte, wie ihre Hinterhöfe oder Gärten aussehen mochten. Mitunter zog ein herber Tiergeruch durch die Gasse. Ich vermutete, dass es hinter den Häusern Misthaufen, Hühner- und Schweineställe gab. Die Ablaufgräben überquerten an manchen Stellen die Gasse und mündeten allesamt in den Bach. Er führte recht viel Wasser, spülte also den Unrat schnell ins Tal. Dort mochte er die Felder düngen. Bei allem Ekel vor diesem Gewässer, war mir bewusst, dass ein solch verschmutzter Bach noch um vieles sauberer war als die meisten Bäche und Flüsse in meiner Zeit.

Das Dorf wirkte ziemlich verlassen. Die Bewohner waren wohl alle zur Messe ins Kloster gegangen.

Nein, nicht alle: Am oberen Ende des Dorfes fand ich das Waschhaus. Es war eigentlich eher ein überdachter Platz mit einem ansehnlichen Staubecken, unmittelbar oberhalb einer kleinen Wassermühle, deren Rad jedoch stillstand. Hier werkelten einige Frauen, junge wie alte, eine Hochschwangere darunter. Sie schrubbten Wäsche auf Waschbrettern, wrangen sie mühselig aus und legten sie zum Trocknen auf Mauersimse und Steine. Ich fühlte mich plötzlich ins Innere Südamerikas oder Afrikas versetzt. Traudel war nicht unter ihnen. Ich ging raschen Schrittes vorbei, vermied es, nach ihr zu fragen.

Der Aufstieg war nicht so anstrengend, wie ich zunächst befürchtet hatte. Der Weg war gut ausgebaut. Als ich auf den Kamm des Berges gelangte, fand ich mich auf einer großen Wiese wieder, auf der Kühe und Schafe weideten. Am Rand der Wiese standen einige Holzhäuser. Dahinter erhob sich die Abtei in unwirklicher Schönheit.

Ich holte meine Kamera aus der Tasche und machte ein Bild. Danach kletterte ich auf einen Felsvorsprung über dem Neckartal und blickte hinunter. Heidelberg war noch nicht gegründet. Auf der gegenüberliegenden Seite des Flusses, wo einmal die Stadt und das Schloss stehen sollten, war nichts als finsterer Wald. Der Neckar rauschte zwischen schroffen Felsen dahin, ein wildes Gewässer, gefährlich für jeden Schiffer oder Flößer. Eine Brücke war nicht zu erkennen.

Ich schoss ein paar weitere Bilder, wobei ich erschrak, da der Akku nicht mehr sonderlich stark war. Hatte ich eine Gelegenheit ihn zu laden? Vielleicht über die Autobatterie? Rasch schaltete ich das Gerät aus.

Die Glocken der Abtei läuteten. Als ich zurück auf den Weg kam, sah ich etliche Männer und ein paar wenige Frauen in Richtung des Klosters eilen. Sie waren vermutlich ebenfalls zu Fuß den Weg heraufgekommen. Als ich das Portal fast erreicht hatte, überholte mich ein Reiter. Es war Gernot, der Vogt. Er sprang vom Pferd und ließ es auf die Wiese laufen. Er würdigte mich keines Blickes. Zu meinem Erstaunen begab er sich aber nicht in die Abtei, sondern schritt auf eines der Holzhäuser zu. Nun erst sah ich die Pflöcke davor, auf denen Bussarde und Falken angekettet waren. Der Vogt nahm einen der Falken herunter, zog ihm die Augenkappe weg und ließ den Vogel fliegen.

Ich wagte nicht, stehen zu bleiben, sondern begab mich eilends in das Gebäude. Ich durchschritt ein seitliches Tor, durchquerte eine niedrige Halle und betrat schließlich die eigentliche Kirche. Obwohl es außer einem Holzkreuz mit einer stilisierten Jesusfigur über dem Altar keine Statuen, Figuren oder Bilder gab, beeindruckte mich das Kirchenschiff: Mit seinen romanischen Rundbögen und seinen zehn Säulen – an jeder Seite je fünf – erschien es mir märchenhaft, wie auf einer Zeichnung von Ludwig Richter. Erneut wunderte ich mich, wie *sie* ein solch imposantes Gebäude auf diesem Berg hatten errichten können – *sie*, die ansonsten nur windschiefe, niedrige und enge Häuser bauten, in denen sie zusammen mit Hühnern, Schweinen und Ziegen lebten.

Es gab keine Bänke für die Gläubigen. Nur die Mönche hatten Stühle im vorderen Bereich um den Altar. Ich blieb hinten, in der Nähe der Tür, stehen. Ich war froh, den Pullover mitgenommen zu haben. Auch wenn draußen sommerliche Schwüle herrschte: In der Kirche war es kühl.

Die Messe begann, der Abt betrat den Altarraum. Er war ein hochgewachsener Mann, breitschultrig, bartlos, mit dunklen, leicht ergrauten Haaren. Sein Gewand war schlicht: eine weiße Tunika, die bis zum Boden reichte. Die Mönche, in dunkle Kutten gehüllt, – es mochte ein Dutzend sein – stimmten einen Choral an. Es klang feierlich. Eine Orgel gab es nicht. Die Messe wurde auf Latein gehalten. Da ich in meiner Kindheit im Kommunionsunterricht noch die lateinische Liturgie gelernt hatte, konnte ich die Formeln mitsprechen. Nur beim Vaterunser musste ich passen. Auch die Lesungen aus dem Evangelium erfolgten auf Latein, wobei ich kaum verstand, worum es ging. Um wie viel weniger mussten da die einfachen Leute verstehen, die kein Latinum in der Schule abgelegt hatten. Eine Predigt, wie wir sie in der Neuzeit kennen, gab es nicht. Als die Kommunion ausgeteilt wurde, war ich unsicher, ob ich selbst auch zum Altar schreiten musste, doch zu meiner Erleichterung nahmen nur die Mönche und sehr wenige der anderen Messebesucher an der Kommunion teil. Also verharrte ich an meinem Platz.

Als das *Ite, missa est!* gesprochen wurde, eilten die Gläubigen rasch nach draußen. Ich blieb stehen, weil ich nicht wusste, ob der Abt mich tatsächlich und wenn, zu welcher Zeit, sprechen wollte. Sicher hatte er mich gesehen. An meiner ungewöhnlichen Kleidung musste er mich als einen Fremden erkannt haben.

Der Abt und die Mönche verließen die Kirche über eine Tür neben dem Altar. Ich blieb allein zurück. Langsam schritt ich auf den Altar zu. Ich kam mir plötzlich vor wie ein Tourist in einer romanischen Kirche, irgendwo in Italien. Jeden Augenblick mussten andere Touristen hinter den Säulen hervortreten und ihre Digitalkameras zücken. Waren da nicht am Eingang die obligatorischen Schilder, die die Besucher gemahnten, während einer Messe nicht herumzulaufen, nicht zu rauchen und die Hunde draußen zu lassen? War dort nicht ein Tisch aufgebaut mit Postkarten und einem kleinen Führer, den man für zwei Euro erwerben konnte? Ich rechnete damit, dass jeden Augenblick der Spuk vorbei war, ich mich wieder im Jahr 2010 befand und ich vor dem Tor der Kirche einen Parkplatz vorfinden würde, auf dem mein Wagen auf mich wartete.

Doch der Spuk ging nicht vorbei. Als ich schließlich wieder nach draußen schritt, waren dort kein Ständer mit Postkarten, kein Hundeverbotsschild und auch kein Parkplatz. Dafür aber stand dort ein buckliger, kahlköpfiger Mönch, der mir deutete, ihm zu folgen. Wir schritten um das Kirchengebäude herum und gelangten zu einem weiteren, kleineren Eingang. Dieser führte in den Kreuzgang und Klostergarten. An den Wänden des Kreuzganges waren Fresken angebracht, die das Leben Jesu darstellten. Im Innenhof wuchsen Rosen. Sie blühten alle in pastellenen Farben.

Der Mönch eilte davon. Ich blieb stehen und wusste nicht, was ich nun tun sollte. Da eine Weile nichts geschah, kramte ich erneut die Kamera heraus und fotografierte die Fresken.

»*Beati sunt*, schön, nicht wahr?«, gewahrte ich eine Stimme hinter mir. Ich fuhr erschrocken herum. Da stand der Abt. Er hatte einen dunkelroten Umhang über seine Tunika geworfen, selbige mit einem breiten Gürtel gebändigt, der wiederum mit einer großen, ehernen Schnalle verziert war. Auch trug er eine kunstvoll gefertigte Kette. Sie bestand aus vielen winzigen Gliedern. Allem Anschein nach war sie aus Silber.

Er lächelte. Sein Gesicht zeigte angenehme Züge. Wie alt mochte er sein? Ich schätzte ihn in meinem Alter, Ende fünfzig.

»Ja«, sagte ich, ein wenig verlegen, »sehr schöne Bilder.«

Er schritt auf eines der Bilder zu und erklärte: »Dies hier zeigt die Jungfrau Maria mit dem Kind. Und dies hier die Flucht nach Ägypten. Es sind allesamt keine naturgetreuen Abbildungen, sondern sie sind stilisiert. Es geht nicht um das Bildnis an sich, sondern um das, was es aussagt. Könnt Ihr mir folgen, Fremder? Versteht Ihr, was ich sage?« Er gebrauchte den hiesigen Dialekt. Ich verstand ihn und nickte.

Der Abt schaute eine Weile versonnen auf die Fresken. Plötzlich fuhr er herum und wies mit der Hand nach einer Tür am Ende des Kreuzganges. »Folget mir. Wollen wir uns ein wenig unterhalten. Ich bin sehr begierig Euch kennen zu lernen, Fremder.«

Wir betraten einen größeren Raum, wohl den Kapitelsaal. Hier saßen bereits einige Mönche auf einfachen Bänken um einen Tisch herum und schienen auf uns zu warten. Auch Einhard war darunter. Er schielte mich herausfordernd an, doch ich tat, als würde ich ihn nicht kennen. Im Hintergrund, an eine Mauer gelehnt, stand der Vogt, neben ihm ein Knabe. Ich glaubte, in diesem einen der Neffen Ingberts zu erkennen.

Der Abt bat mich, Platz zu nehmen. Er selbst setzte sich mir gegenüber. Nach einer Weile des Schweigens begann er das Gespräch:

»Ich bin Reginbald von Dillinghem, manche nennen mich mittlerweile auch Reginbald von Spirum. Spirum, oder wie die einfachen Leute auch sagen Speierum oder gar Speira, ist eine große Siedlung auf der anderen Seite des Rheines. Dort erbauen wir derzeit im Auftrag des Kaisers einen großen Dom. Es wird ein Dom, prächtiger und größer als die Basilika Hagia Sophia in Konstantinopel. Ich, der Bischof von Spirum, bin für den Dombau verantwortlich. Ich vermute, dies ist Euch allesamt bekannt, Fremder. Und gewiss ist Euch auch bekannt, dass es in Lauresham ein weiteres großes Kloster gibt, die Abtei St. Nazarius, der ich viele Jahre vorgestanden habe. Schließlich ließ ich dieses Kloster hier auf dem Aberinsberg erbauen, es ist dem Heiligen Michael gewidmet. Der Kaiser zählt mich zu einem seiner engsten Vertrauten. Soweit zu mir. Nun berichtet mir, wer Ihr seid.«

Er hatte ohne Überheblichkeit gesprochen, eher in bescheidenem Ton, als wolle er sich für die Titel und Befugnisse entschuldigen.

»Mein Name ist Rodolfo. Ich bin Rodolfo von Handschuhsheim. Ich nenne mich so, da ich in Handschuhsheim geboren und aufgewachsen bin. Die Leute hier nennen den Ort Hendesham. Doch nun muss auch ich Euch fragen: Versteht Ihr, was ich sage?« Da ich ihre Sprache noch nicht beherrschte, gebrauchte ich das Deutsch meines Jahrhunderts.

»Ich kann Euch folgen«, sagte der Abt und nickte wohlwollend. Ich solle doch bitte fortfahren, wenn etwas unklar bliebe, würde er mich schon unterbrechen. Also berichtete ich ihm über die Umstände meiner unfreiwilligen Reise aus dem Jahr 2010 zurück in das Jahr 1037, welches sie jetzt schrieben.

Als ich das Jahr 2010 erwähnte – erst auf Deutsch, danach auf Latein –, brach unter den Mönchen Unruhe aus. Doch Reginbald blickte nur einmal streng in die Runde und sofort herrschte wieder Stille.

Am Ende meines Berichtes sagte er: »Es ist in der Tat schwer zu glauben, was Euch widerfahren ist. Doch will ich es für Bares nehmen, denn mir wurde von einigen Wunderdingen berichtet, die Ihr mit aus Eurer Zeit gebracht haben sollt. So spricht man von einem Kasten, der Bildnisse gefangen hält – Bildnisse nach der Natur. Auch wurde mir ein *automobilium* erwähnt, ein Gefährt, das ohne Zugtiere fahren kann. Ich weiß, Neugierde ist ein übles Laster, doch der Herr wird mir verzeihen, wenn ich Euch bitte, mir Näheres zu berichten und mir die Wunderdinge zu zeigen.«

»Gern«, sagte ich und zog die Kamera aus der Tasche. »Ich habe den Kasten, der Bilder einfangen kann, dabei. Ich muss mich aber erheben, um Euch die Bilder zeigen zu können. Sie sind nur sehr klein. Ich hoffe, Ihr könnt sie erkennen.«

Ich schaltete die Kamera auf Wiedergabe und zeigte ihm, wie schon zuvor Ingbert und den anderen, einige Bilder. Zunächst verharrte Reginbald regungslos, doch als das Bild Ingberts erschien, entwich ihm ein Ausruf des Erstaunens:

»Oh, das scheint mir der Herr vom Bachlenz zu sein. Es ist wirklich sehr naturgetreu getroffen.«

Ich blätterte die Bilder weiter durch und als ich schließlich zu den Aufnahmen der Fresken kam, stutzte der Abt erneut.

»Das ist ja ... ja, das sind die Bilder im Kreuzgang! Ihr wart aber doch keine Stunde dort allein, wie konntet Ihr sie so schnell erzeugen? Das kann doch nie und nimmer von eines Meisters Hand gemalt sein, oder?«

»Nein«, sagte ich. »Die Bilder erzeugen sich von selbst. Licht fällt durch diese Linse hier, dieses Glas, auf eine Platte, die das Bild speichert. Danach kann ich es zu jeder beliebigen Zeit wieder herbeirufen.«

»Aber sie sind sehr klein«, sagte der Abt. »Was taugen sie?«

»Es gibt Apparaturen, die sie vergrößern. So groß, dass sie nicht auf eine der Wände dieses Raumes passten. Doch ich habe eine solche Apparatur nicht bei mir.«

»Ob nun groß oder klein«, hakte Reginbald nach, »ich frage erneut nach dem Sinn: Wozu erzeuget Ihr diese Bildnisse?«

»Als Erinnerung«, gab ich zur Antwort. »Und um die Wahrheit festzuhalten.«

»Die Wahrheit?«

»Ja, wie die Welt wirklich ist. Damit in hundert oder tausend Jahren die Menschen noch wissen, wie es bei uns ausgesehen hat. Wer wir waren und wie wir lebten.«

Der Abt erwiderte nichts mehr, schüttelte nur den Kopf.

»Darf ich Euch verewigen?«, fragte ich. »Niemand weiß im Jahr 2010, wie Ihr ausgesehen habt. Sollte ich zurückkehren, könnte ich meinen Landsleuten zeigen, wer der Erbauer des Doms zu Spirum war.«

»Mich verewigen? Ihr wollt ein Bildnis von mir erzeugen?« Er schien mit sich zu ringen. »Sofern es meiner Seele nicht schadet«, sagte er schließlich, halb im Scherz.

In der Halle war es sehr dunkel, also bat ich ihn, an ein Fenster zu treten. Er tat wie geheißen. Als ich mich neben ihn stellte, um das Foto zu schießen, sah ich, wie Gernot seine Hand an das Kurzschwert legte, das er am Gürtel trug. Offenbar befürchtete er, ich könnte dem Abt etwas antun.

Doch dem Abt geschah nichts. Geräuschlos schoss die Kamera das Foto. Als ich es Reginbald zeigte, nickte er anerkennend.

»Wie in einem Spiegel«, sagte er. »Ein Bild, entstanden in einem Atemzug – und scharf wie in einem Silberspiegel.«

Nach einer Weile sagte er: »Und Ihr meinet nun, dieses Bild sei unvergänglich und Ihr könntet es in tausend Jahren unseren Nachfahren zeigen?«

»Sofern ich zurückgelangen kann, was ich leider nicht weiß. Wüsste ich, wie ich in meine Welt zurückkehren kann, ich würde sofort gehen. Eure Welt ist mir fremd, gleichsam wie ich Euch fremd sein muss.«

»Ihr sprecht in Rätseln«, sagte er. »Was meinet Ihr mit ‚meine Welt' und ‚Eure Welt'? Gibt es denn nicht nur eine Welt?«

»Das mag sein«, versuchte ich zu erklären. »Doch bedenket: Ich bin in der Zeit zurückgekehrt, aus dem Jahr 2010 in die Vergangenheit gelangt. Doch in meiner Zeit gibt es keinerlei Berichte über Reisen durch die Zeit. Wäre es wirklich in der gleichen Welt geschehen, hätte es Aufzeichnungen geben müssen, dass im Jahr 1037 ein Mann mit einem seltsamen *vehiculum* und einem Apparat, der Bilder einzufangen weiß, erschienen ist. Da es diese Berichte nicht gibt, ich aber doch tatsächlich vor Euch stehe, kann ich mir nur erklären, dass Eure Welt ab meinem Erscheinen eine andere geworden ist als meine. Der Lauf der Geschichte wird ab sofort ein anderer sein ...«

Ich merkte, wie ich ihn überforderte. Er grübelte, rieb sich dabei das Kinn. Langsam ging er zurück zu seinem Platz. Unaufgefordert setzte ich mich ebenfalls wieder hin.

»Die Dinge sind zu wundersam, um verstanden zu werden«, sagte er schließlich. »Ihr meinet also, den Lauf der Geschichte zu kennen, zu wissen, was von nun an – zumindest bis *anno domini* 2010 – geschehen wird?«

»Ja«, antwortete ich. »Doch ich wiederhole: Es handelt sich um den Lauf der Geschichte in der Welt, aus der ich stamme.«

Er blickte in die Runde. Die Mönche verharrten in Schweigen. Ihre Gesichter waren wie versteinert. Was mochten sie denken? Hielten sie mich für verrückt? Für einen Narren, der Possen mit ihnen trieb?

Reginbald schien einigermaßen zu begreifen: »Die Zukunft liegt allein in Gottes Hand – so heißt es bei uns. Bei Euch ebenso? So haben wir zumindest den Glauben an Gottes Allmacht und Güte gemeinsam. Jedoch saget, Fremder, wie wird diese Zukunft sein, die Zukunft, die Ihr kennt?«

»Teilweise sehr schrecklich«, erwiderte ich. »Es wird furchtbare Kriege geben, die Zerstörung vieler Städte, Brandschatzungen, Plünderungen, Vergewaltigungen, die Verödung ganzer Ländereien, Hungersnöte, Pest und andere Seuchen.«

Reginbald lächelte. »Ach, Herr Rodolfo, was Ihr da prophezeit, es ist nichts Ungewöhnliches. Sollte das der Lauf der Geschehnisse sein, so geschieht letztlich nichts, was nicht schon geschehen wäre.«

»Doch, es geschieht einiges, das für Euch sehr ungewöhnlich sein muss. Die Gegenstände beispielsweise, die ich mitbringen konnte und die Euch so verwundern, sind bei uns alltäglich. Selbst ärmere Menschen können solche besitzen. Überhaupt leben wir in Europa in relativem Wohlstand und in Frieden.«

Reginbald hatte mir nicht mehr zugehört. Versonnen starrte er vor sich hin. Schließlich murmelte er: »Die Bildnisse. Ich denke darüber nach, was es bezwecken mag, alles und jedes in solchen Apparaturen in Form von Bildern festzuhalten. In früheren Zeiten schufen die Herrscher und Reichen Bildnisse von sich selbst. Sie stellten Statuen von sich auf, ließen sich an Wände malen, naturgetreu. War dies nichts weiter als Eitelkeit? Diente es nicht eher dazu, die Menschen zu verherrlichen und in das Zentrum der Welt zu stellen, anstatt sich in Demut als Gottes Geschöpf dem Besinnlichen hinzugeben, wie es die Heilige Schrift verlangt? Nicht von ungefähr lehnen wir Bildnisse nach der Natur ab. Wir wollen den Geist auf das Wesentliche lenken. Haben wir beide nicht schon allein die stilisierten Gemälde im Kreuzgang als schön empfunden? Wie würden wir erst Bilder bestaunen, die solcherart wären wie jene in Eurem Kästchen? Wir würden nur noch deren Äußeres sehen, nicht mehr ihren Gehalt.«

Er verfiel wieder ins Schweigen. Schließlich blickte er mir in die Augen und sagte: »Ich will mehr über Eure Welt erfahren, sollte sich die Gelegenheit dazu bieten. Nun aber müssen wir regeln, was mit Euch zu geschehen hat. Ihr seid zu uns gekommen – wohl gegen Euren Willen und auf Gottes unergründlichen Ratschluss hin, vielleicht auch Euch und uns zur Prüfung. Ich kann sehr gut verstehen, wie es für Euch von Ärgstem sein muss, aus Eurer Welt herausgerissen worden zu sein und nun ohne Familie und Freunde in der unseren leben zu müssen. Ich war in vielen fernen Ländern unterwegs und kenne die Fremde. Ich kenne die Einsamkeit der Nächte unter einem fremden Sternenhimmel. Nur der Glaube an Gott und die Zuversicht, dass die Mutter Gottes ihren Mantel über mich bereitet hat, hat mich bei Verstand gehalten. So will ich Euch helfen, wo ich kann. Ihr könnt hier im Kloster leben, solltet Ihr dies mögen, als Laie oder auch als Bruder. Ihr könnt Euch auch eine Bleibe anderswo im Rheingau suchen, vielleicht drüben in Spirum. Oder Ihr könnt auf Reisen gehen, nach Rom pilgern oder nach Jerusalem.«

»Euer Angebot ehrt mich«, antwortete ich. »Ich bin Euch sehr zu Dank verpflichtet. Im Augenblick weiß ich wirklich nicht, wohin ich mich wenden soll und wie ich mein Leben hier gestalten kann. Am liebsten wäre es mir, ich könnte an dem Ort verweilen, wo mein *vehiculum* steht. Ich kann in selbigem übernachten, es schützt vor den ärgsten Witterungen. Vielleicht mag es auch möglich sein, mir dort eine Hütte zu bauen, mit einer Feuerstelle und was weiter notwendig ist, um auch einen Winter zu überstehen. Dafür bin ich gern bereit, Euch zu Diensten zu sein, wie immer Ihr es wünscht.«

»Ihr seid unser Gast«, sprach Reginbald. »Was immer Ihr wünscht, ich werde Euch dabei behilflich sein. Dafür verlange ich nichts weiter, als Euer *vehiculum* mit eigenen Augen zu sehen. Gernot berichtete mir, Ihr hättet es bewegt, es sei nur mangels eines Weges nicht in der Lage, den Ort zu verlassen, auf dem es steht. Wir könnten einen Weg anlegen, damit Ihr damit fortkommet. Solch ein Wunderding würde selbst den Kaiser neugierig machen.«

Er erhob sich. Die Mönche taten es ihm nach und verließen den Raum. Auch ich stand auf, wusste aber nicht so recht, wohin ich mich nun wenden sollte. Die Mönche zogen an mir vorbei, warfen mir flüchtige und scheue Blicke zu, nur Einhard grinste hämisch.

Reginbald aber schritt auf mich zu und ergriff freundschaftlich meinen Arm.

»Kommt, Herr Rodolfo«, bat er mich, »folget uns ins Refektorium zur Mittagsspeise. Es wird dabei aus der Heiligen Schrift gelesen. Letztlich geht es im Kloster weniger um die körperliche, sondern eher um die geistige Nahrung.«

Als der letzte seiner Brüder den Raum verlassen hatte und nur noch wir beide zurückgeblieben waren, fragte er mit besorgter Miene: »Nur ein Wort auf die Schnelle: Seid Ihr überhaupt ein Christ? Wie steht es mit dem Christentum im fernen Jahr 2010?«

»Selbstverständlich ist das Abendland weiterhin christlich«, beruhigte ich ihn. Dabei war mir bewusst, wie sehr ich hier verallgemeinerte. Aber wie hätte ich ihm zu diesem Zeitpunkt erklären können, welche religiösen und weltanschaulichen Gedanken im 21. Jahrhundert miteinander wetteiferten? »Es gibt weiterhin den Papst zu Rom«, fuhr ich fort. »Die Abteien und Klöster, wenngleich auch nicht mehr alle, die in Eurer Zeit errichtet wurden, stehen noch, so auch der Dom zu Spirum, den Ihr erbauen ließet.«

»Danke«, sagte er. Ohne weitere Worte eilten wir in das Refektorium zur Speise und um der Lesung aus der Bibel zu lauschen.

Was gibt es noch über diesen Tag zu berichten? Zunächst war da meine Verwunderung, dass der Mönche Mittagessen – ein dünnes Süppchen und Brot – ihr erstes Mahl an diesem Tag gewesen war. Sie aßen grundsätzlich am Morgen nichts, nur wenig zur Mittagszeit, dafür aber umso üppiger am Abend.

Reginbald verschwand nach dem Essen. Ich erfuhr nicht, wohin. Ich wollte nicht im Kloster bleiben. Auf dem Weg zurück in den Ort nahm ich einen Umweg durch den Wald. Ich folgte einem Weg auf einen der umliegenden Berge. Dieser war kahlgeschlagen, was mir eine Aussicht auf die Rheinebene und das Neckartal erlaubte. Als ich am späten Nachmittag beim Bachlenz vorbeiging, fing mich einer der Knechte ab und bat mich in die Schenke. Dort nötigten sie mich, zum Abendbrot zu bleiben. Sie tischten von Ingberts Rehbraten die spärlichen Reste, fast nur noch Knochen, auf, wobei sie wieder alle um mich versammelt waren und begierig wissen wollten, wie der Abt mich empfangen hätte. Ich berichtete ihnen, Reginbald hätte mir angeboten, Gast des Klosters zu sein, was sie sehr erfreute.

Nur Ingbert musste wieder lästern: »Ein jeder Herr braucht seinen Narren und da Reginbald noch keinen hat, seid Ihr ihm wohl willkommen.«

»Vater, wenn einer hier ein Narr ist, dann bist du es«, schalt ihn Traudel. Mir zugewandt sage sie: »Gebet auf sein Geschwätz nichts, er meint es nicht so.«

Ingbert aber strich sich durch den Bart und lachte.

Nach dem Essen verabschiedete ich mich noch vor Einbruch der Dunkelheit. Ich schützte vor, sehr müde zu sein und begab mich zurück zu meinem *vehiculum*, das ich unversehrt vorfand, gerade so, wie ich es verlassen hatte.

Die Nacht verbrachte ich wieder in meinem Wagen. Es war weiterhin warm. Wieder umschwirrten mich die Mücken, wiederum erschienen unzählige Leuchtkäfer. Gelegentlich hörte ich einen Vogel singen, möglicherweise war es eine Nachtigall. Ich schlief unruhig, voller wirrer Träume.

Tag 5 – 14. Juli 1037

Am folgenden Morgen, kurz nach Sonnenaufgang, machte ich mich, von einer unbestimmten Unruhe getrieben, auf den Weg zurück zum Dorf. Ich hatte nichts gefrühstückt, nur etwas Quellwasser getrunken. Insgeheim hoffte ich, im Dorf etwas zu essen zu bekommen.

Es war merklich kühler geworden. Graue Wolken hingen über den Pfälzer Bergen, über der Rheinebene dagegen schien noch die Sonne.

Niemand war unterwegs. Es war unheimlich still. Lediglich das Krähen eines Hahnes in weiter Ferne und gelegentliches Hundegebell waren zu vernehmen.

Als ich mich Handschuhsheim / Hendesham auf weniger als einen halben Kilometer genähert hatte, kamen mir Reiter entgegen. Ich erkannte den Abt in Begleitung von Gernot und zwei weiteren Berittenen, allesamt mit Schwertern und Dolchen bewaffnet.

Als mich der Abt kommen sah, stieg er vom Pferd. Seine Begleiter jedoch blieben im Sattel.

»Herr Rodolfo«, begrüßte er mich, »Ihr seid bereits unterwegs? Was führt Euch entlang der staubigen Straße?«

»Ich wollte ins Dorf, mich ein wenig umschauen«, entgegnete ich.

Er lächelte: »Das mag Zeit haben. Wenn Ihr erlaubt, so kehren wir um, zu Eurem *vehiculum*. Es soll sich doch dort auf dem Hang befinden, nicht wahr? Mich gelüstet, es zu sehen. Verzeiht mir erneut meine Neugierde. Doch als Ratgeber des Kaisers bin ich verpflichtet, alles zu erfahren, was in seinem Reiche vor sich geht.«

»Selbstverständlich können wir zu meinem Fahrzeug gehen. Nur verzeiht, dass ich zu Fuß unterwegs bin. Ich besitze kein Pferd, bin auch leider des Reitens nicht mächtig.«

»Das habe ich bereits vernommen«, sagte der Abt. »Es heißt, bei euch dienen die Reittiere nur zur Erbauung. Ansonsten seid ihr nur noch mit euren *automobilia* unterwegs. Fürwahr, fürwahr, Ihr müsset in einer sonderbaren Welt leben. Berichtet mir doch bitte, während wir den Weg fortsetzen, wie es bei euch so bestellt ist. Wer ist Kaiser, wer ist Papst? Wer hat das Sagen im Ostfrankenreich?«

Ich überlegte nicht lange, atmete einmal tief durch und erzählte, was mir gerade in den Sinn kam (wobei ich wiederum bemerken möchte, dass ich diese Rede nur sinngemäß wiedergebe, da ich der Sprache *der Anderen* zu diesem Zeitpunkt noch nicht mächtig war): »In meiner Zeit, in meiner Welt, gibt es in diesem Land keinen König mehr und keinen Kaiser. Das Land hier, das Ihr das Ostfrankenreich nennt, nennen wir Deutschland, was so viel bedeuten mag wie ‚Das Land des Volkes'. Es ist eine Republik, eine *res publica*. Das Volk wählt alle vier Jahre eine neue Regierung. In der Tat, das Volk, nicht die Fürsten. Jeder Mann und jede Frau hat das Recht, zu wählen. Der Regierung steht ein Kanzler vor, ein *canciller*. Zusammen mit einigen Ministern bestimmt er das Geschick des Landes. Im Jahr 2010 herrscht eine Kanzlerin. Eine Frau, ja, Ihr habet recht gehört, ein Weib.«

»Treibet keine Scherze mit mir«, sagte der Abt mit erstaunter Miene. »Mag es schon verwunderlich klingen, dass es keinen König mehr gibt und das Reich eine Republik geworden ist, doch dass ein Weib ... Ich will es kaum glauben. Hat das Zeitalter des Anti-Christen begonnen?«

Seine Reaktion verunsicherte mich. Ich befürchtete seine Gunst zu verlieren, sollte er tatsächlich der Meinung sein, in meiner Welt herrsche der gefürchtete Anti-Christ.

»Nein, keineswegs«, lenkte ich ein. »Von einem Anti-Christ ist keine Spur. Unsere Welt ist nur recht kompliziert geworden. «

»Kompliziert nennet Ihr es, wenn auch Weiber herrschen?«, unterbrach er mich. »Wo immer bisher Weiber geherrscht haben, führte dies zu nichts Gutem. Denkt an Kleopatra oder Isabel, die den israelitischen König Ahab zum Götzendienst verleitet hat, damals zur Zeit des Propheten Elias. Doch sprecht: Wie steht es derweil mit der Kirche, dem Papst? Saget bloß nicht, es gibt das Priesteramt für Frauen und ein Weib habe das Amt des Papstes inne!«

Priesteramt für Frauen? Ich durfte unter keinen Umständen erwähnen, dass die evangelische Kirche ein solches zulässt.

»Nein, da kann ich Euch beruhigen«, antwortete ich. »Der Papst ist weiterhin ein Mann. Er versteht sich gut mit den Republiken und er erkennt es an, dass auch Frauen die Geschicke eines Staates leiten. In seinem eigenen Staat, dem *Patrimonium Petri,* regieren aber weiterhin nur Männer, die Kardinäle. Doch dies spielt keine Rolle, denn der Kirchenstaat besteht nur noch aus dem Petersdom und dem Vatikanhügel in Rom. Der Papst hat keine weltliche Macht mehr. Rom selbst ist die Hauptstadt der Republik Italien, eines geeinten Italiens von den Alpen bis Sizilien.«

»Überall nur noch Republiken?«, murmelte der Abt. »Nirgends mehr Königshäuser? Was ist mit dem Adel geschehen?«

»Es gibt ihn noch«, beruhigte ich ihn, »so beispielsweise in Britannien und anderen Ländern des europäischen Nordens, auch in Spanien. Allerdings haben die Könige und Königinnen keine echte Macht.«

»Was nutzen sie dann? Was tun sie?«, fragte der Abt verwundert.

»Sie repräsentieren den Staat«, versuchte ich zu erklären. »Ansonsten verrichten sie Wohltaten für die armen Menschen ...«

Er verstand wohl nicht. Er winkte ab und fragte unvermittelt: »Führet ihr noch Kriege? Wie ist es zwischen dem West- und Ostfrankenreich, wie steht es mit der Bedrohung durch die Barbaren aus dem Osten?«

»Das Westfrankenreich und dieses Land hier, das Ihr das Ostfrankenreich nennt, führen seit über sechzig Jahren keine Kriege mehr gegeneinander. Auch mit den Nachbarn im Osten herrscht glücklicherweise Frieden. Doch anderswo in der Welt, im Orient, in Afrika und Asien, da werden weiterhin Kriege geführt. Und unsere europäischen Staaten entsenden Soldaten in alle Welt. Nein, unsere Welt ist nicht viel friedlicher geworden als die Eure.«

»Ihr erwähntet soeben Spanien, womit Ihr wohl Hispanien meint. Wie ist es dort mit den Mauren? Derzeit halten sie fast ganz Hispanien unter ihrer Knechtschaft und auch Jerusalem.«

»Aus Hispanien haben die christlichen Könige die Mauren längst wieder vertrieben. Die Länder dort sind katholisch. Jerusalem jedoch gehört teils noch den Muslimen, teils den Juden. Ja, die Juden sind in ihre Heimat zurückgekehrt und haben dort einen Staat gegründet, den sie Israel nennen.«

»Die Juden sind nach Palästina zurückgekehrt«, brummte der Abt, sichtlich irritiert, vielleicht auch etwas verstimmt. »Das heißt, es gibt sie immer noch. Sie haben sich also nicht bekehren lassen.« Er schüttelte den Kopf, als wollte er den Gedanken abstreifen und fragte laut: »Doch wie ist es mit Byzanz? Ich will nicht hoffen, das Oströmische Reich sei inzwischen auch eine Republik.«

»Byzanz oder das Oströmische Reich gibt es nicht mehr. Die Stadt Konstantinopel wie auch ganz Kleinasien sind in der Hand eines muslimischen Volkes, den Türken. Diese aber haben keinen Sultan oder Emir mehr zum Oberhaupt, sondern leben ebenfalls in einer Republik. Griechenland aber ist ein eigener Staat mit Athen als Hauptstadt und natürlich ebenso eine Republik.«

»Genug!«, unterbrach er mich. »Mir schwirren die Sinne. Doch ich beginne zu verstehen. Tausend Jahre sind eine lange Zeit. Wenn ich tausend Jahre zurückdenke, war diese Gegend ein Teil des Römischen Reiches. Es gab noch keine Christen und erst recht keine Muselmanen, sondern heidnische Kulte. Viel hat sich seither geändert und somit ist es nur folgerichtig, dass sich auch in Zukunft vieles ändern wird. Wir streben dem Jüngsten Gericht zu, die Offenbarung mag sich erfüllen. Nichts bleibt, wie es ist.«

Inzwischen waren wir unter dem Hohen Nistler angekommen, an dessen Hang mein Wagen stand. Nun mussten auch Gernot und seine beiden Begleiter absitzen. Von dieser Stelle ging es nur zu Fuß weiter. Einer der beiden Männer blieb bei den Pferden, die anderen folgten dem Abt und mir durch das Gestrüpp.

Auf halber Höhe blieb der Abt stehen. Ich merkte, wie schwer er atmete.

»Höret«, begann er. »Ich werde einen bequemeren Weg hinauf zu Eurem *vehiculum* anlegen lassen. Es geht nicht an, dass wir uns derart den Berg hinauf mühen.«

Ich nickte dankbar. Gegen einen bequemen Pfad hinauf zu meinem Wagen war nichts einzuwenden. Wir gingen weiter und gelangten nach einer weiteren kurzen Verschnaufpause endlich zu meinem Fahrzeug.

Da stand es nun. Sein weißer Lack leuchtete in der Morgensonne wie Schnee. Ihm gegenüber stand nun der Abt und starrte wortlos auf das ihm fremde Gebilde. Ich verharrte daneben und schwieg.

Ich weiß nicht, wie lange wir so verweilten. Irgendwann näherte sich Gernot dem Abt von hinten und flüsterte ihm etwas zu. Der Abt erwachte aus seiner Trance. Er wandte sich mir zu.

»Das ist es also«, sagte er. »Das Wunderwerk der fernen Zukunft. Ein Reisewagen ohne Rösser, aus fremdem Material geschaffen. Die Räder stark und breit, wie ich noch nie welche gesehen habe. Der Platz, an dem der Kutscher wohl zu sitzen pflegt, umgeben von Glas.«

Er schritt auf das Fahrzeug zu und berührte eine Scheibe vorsichtig mit einem Finger. »Glas wie es die besten Glaser in Byzanz nicht fertigen können. Und diese weiße Farbe ...« Er strich über die Kühlerhaube. »Man möge meinen, es fühle sich kalt an, doch es ist warm.«

»Die Sonne scheint darauf und erwärmt es«, sagte ich.

Ich betätigte den Türöffner, setzte mich ans Steuer und startete den Motor.

Reginbald ging einen Schritt zurück, schien aber nicht erschrocken. Gernot blieb regungslos stehen, nur der Begleiter sprang ängstlich davon.

Ich fuhr, soweit es ging, nach vorn und wieder zurück, stellte den Motor ab, betätigte die Öffnung der Motorhaube, stieg aus und hob den Deckel. Ein wenig Dampf stieg auf.

»Sehet«, erklärte ich, »das ist das Geheimnis des *vehiculums*: Eigentlich ist es keines, sondern ein raffiniertes mechanisches Werk. Im Innern des Wagens wird die Kraft erzeugt, die es bewegt.«

Der Abt kam näher und starrte auf das schwarze Gewirr, bestehend aus dem Motorblock, der Batterie, der Kühlanlage und Lichtmaschine nebst diversen Gummischläuchen und Kabeln. Seine Hand näherte sich vorsichtig dem dampfenden Motorblock.

»Nein«, hielt ich ihn zurück. »Es kann heiß sein! Nicht berühren! Hier drinnen wird eine Substanz verbrannt, die wir Benzin nennen. Sie wird aus Erdöl gewonnen, aus dem *petroleum*.«

»Aha«, staunte der Abt. »Eine *machina* mit einem Ofen darinnen. Ich beginne zu begreifen.«

»Ja, so ähnlich. Das Benzin wird verbrannt und erzeugt dabei die Kraft für den Antrieb. Kommt auf die Rückseite des Wagens. Dort seht Ihr ein Rohr, aus dem die Abgase kommen. Ähnlich wie bei einem Kamin. Hier entweicht gewissermaßen der Rauch des verbrannten Benzins.«

Der Abt beäugte den Auspuff. Er nickte, um anzudeuten, dass er verstand.

»Saget«, begann er schließlich, »wenn wir einen Fahrweg heraufbauen würden, könntet Ihr dann mit diesem Gefährt davonfahren? Beispielsweise bis Spirum oder Lauresham?«

»Ja, ich könnte damit fahren, solange das Benzin reicht. Wenn es verbraucht ist, bleibt das Fahrzeug stehen und ist nutzlos.«

»Was machet Ihr dann in Eurer Welt, wenn das Benzin verbraucht ist? Beschaffet Ihr Euch ein neues *vehiculum*, so wie wir ein neues Ross beschaffen müssen, wenn das alte stirbt? Was geschieht dann mit dem quasi toten Gefährt?«

»Das Fahrzeug stirbt nicht, wenn das Benzin zur Neige geht. Wir füllen neues hinein. Hier!« Ich zeigte auf den Tankdeckel. »Es ist nicht anders, als wenn Ihr ein Pferd füttert und tränkt. In meiner Welt gibt es vielerorts solche Plätze, wo man Benzin nachfüllen kann. Wir sagen dazu tanken. Doch hier gibt es keine Tankstellen. Überhaupt befürchte ich, bei Euch nirgends den Stoff vorzufinden, der den Wagen antreibt.«

»Aber auch wir verfügen über *petroleum* und ähnliche Substanzen«, unterbrach mich der Abt. »Ihr habt doch sicher unsere Öllampen gesehen und die Kienspäne, mit denen wir nachts Licht erzeugen. Wenngleich diese Essenzen sehr kostbar sind, könnte ich sie Euch doch beschaffen, damit Ihr das *vehiculum* wieder befüllen könnt.«

»Das ehrt mich. Doch das *vehiculum* ist empfindlich. Wenn ich einen falschen Stoff in den Tank fülle, zerstöre ich den Motor. Dann ist das *vehiculum* wirklich tot. Es ist, als würdet Ihr einem Pferd statt Hafer Mutterkorn geben.«

»Ich verstehe«, sagte der Abt. »Das *vehiculum* nützt Euch also hier nur so lange, wie dieser Stoff namens Benzin, der sich in ihm befindet, nicht zur Gänze verbraucht ist. Und Ihr seid sicher, dass es unseren Alchemisten nicht gelingen würde, dieses Benzin aus Erdpech oder dem Terpentingeist zu erzeugen?«

»Ziemlich sicher. Ich würde es nicht darauf ankommen lassen. Das *vehiculum* könnte brennen oder im schlimmsten Fall explodieren. Es bestünde Gefahr für Leib und Leben.«

Er sann eine Weile nach und meinte: »Schade. Es hätte Euch sicher zur Ehre gereicht, mit dem Fahrzeug beim Kaiser vorfahren zu können. Er weilt derzeit in Italien.«

»Ich glaube nicht, dass wir mit dem Fahrzeug bis Italien kommen würden, selbst, wenn wir unbegrenzte Mengen an Benzin zur Verfügung hätten. Die Straßen Eurer Welt sind nicht gut befestigt. Es ließe sich kaum darauf fahren, ohne Schaden am Fahrzeug zu nehmen. Oder was denket Ihr: Käme man damit über die Alpenpässe?«

Er nickte. »Ja, ich gebe Euch Recht. Die Wege sind nicht überall gut ausgebaut. Mit Rössern und Maultieren gelangt man durchaus über die Pässe, aber nicht überall mit vierrädrigen Karren.«

Er schien enttäuscht zu sein. Möglicherweise hatte er gehofft, mit dem Wunderfahrzeug bei seinem Kaiser Eindruck schinden zu können. Um ihn zu trösten, bot ich ihm an, in den Wagen einzusteigen. Ich öffnete die Beifahrertür. Der Begleiter Gernots, der sich im Hintergrund hielt, rief etwas, was ich nicht verstand, vermutlich eine Warnung, doch der Abt winkte ab und setzte sich in das Fahrzeug.

Ich wiederum stieg auf der Fahrerseite ein. Da saßen wir nun, eine Weile stumm, während er mit seinen Fingern vorsichtig über die Konsole und das Armaturenbrett fuhr.

»Man sitzt hier bequem«, sagte er schließlich, »und alles bestehet aus edlem Material. Was muss es für eine Welt sein, in der Dinge dieser Art gefertigt werden. Berichtet mir mehr davon!«

»Gern«, antwortete ich, »doch erlaubt mir zunächst meine eigene Neugier zu stillen. Wie heißt der Kaiser, dem Ihr dient? Lautet sein Name Otto oder Heinrich?«

»Weder noch. Der Kaiser heißt Konrad. Konrad aus dem Haus der Salier. Er ist König des Ostfrankenreichs, König von Italien und König von Burgund. Er ist ein Mann mit *virtus et probitas*, Tugend und Rechtschaffenheit. Ihr habt noch nie von ihm gehört?«

»Doch, natürlich«, log ich. In Wahrheit sagte mir der Name nichts. Vielleicht hatte ich im Geschichtsunterricht in der Schule einmal den Namen vernommen, doch von allen Herrschern des Mittelalters waren mir nur die Ottonen und Heinriche in Erinnerung geblieben, wobei ich nicht hätte sagen können, welcher Otto oder Heinrich wann gelebt und geherrscht hatte. Irgendein Otto hatte die Ungarn auf dem Lechfeld geschlagen und ein Heinrich (jener mit der Nummer IV?) war es, der den berühmten Gang nach Canossa angetreten hatte, um sich dem Papst zu unterwerfen (doch wie hieß dieser Papst?). War dieser Heinrich nun im Jahr 1037 schon Geschichte oder vielleicht noch nicht einmal geboren?

Um meine Unkenntnisse nicht weiter preiszugeben, erzählte ich Weiteres über das Leben im 21. Jahrhundert. Ich begann damit, ihm von Handschuhsheim zu berichten, wie es in tausend Jahren aussehen würde: ein regelrechtes steinernes Meer aus Häusern aller Größen und Art, das sich bis zu der Stelle erstreckt, wo die Pferde auf uns warteten. Ich schilderte ihm die Bauweise unserer Häuser, dass sie allesamt Fenster aus Glas besäßen sowie Heizungen, die den Winter erträglich machten, und künstliches Licht, das die Nacht zum Tag verwandelte. Ich erzählte weiter von der Art, wie wir miteinander kommunizierten, über alle Strecken hinweg, ohne uns sehen zu müssen. Ich versuchte ihm zu erklären, dass wir Bilder über weite Strecken übertragen konnten und Musik hören, die von derjenigen in seiner Welt und Zeit grundverschieden sei. Ob er vielleicht eine Kostprobe hören wolle, fragte ich ihn. Er hatte die ganze Zeit aufmerksam zugehört, wobei er immer stiller geworden war und mich immer seltener mit Fragen oder Ausrufen des Erstaunens unterbrochen hatte. Er antwortete auf meine Frage nicht, also legte ich eine CD in den CD-Player des Wagens. Ich wählte *50 Golden Greats of The Shadows* und von diesen das Stück *Wonderful Land*.

Reginbald lauschte andächtig. Nachdem das Lied verklungen war, fragte er, ob das eine Orgel gewesen sei, die gespielt habe.

»Nein«, antwortete ich ihm, »das war eine Gitarre, eine Art Laute. Sie wird mit Hilfe der Elektrizität verstärkt.« Ich zeigte ihm das CD-Cover, auf dem der Gitarrist Hank Marvin mit seinem Instrument abgebildet war.

Der Abt nickte: »Gewiss, solcherart Musikinstrumente kenne ich. Doch sie klingen gänzlich anders.«

Ich versuchte ihm zu erläutern, was es mit der »elektrischen Verstärkung« auf sich habe, doch er schien das Prinzip nicht zu verstehen. Vielmehr unterbrach er mich: »Wie bedauerlich, dass Ihr diese Musik ganz allein für mich habet spielen lassen. Wäre es nicht angebracht gewesen, sie vor einer ganzen Kirchengemeinde erklingen zu lassen?«

»Ach, die Musik ist weiterhin auf der Scheibe«, sagte ich und startete das Stück erneut. »Es ist ähnlich wie mit den Bildern in meiner Kamera: Ich kann sie immer wieder hervorholen. Nur leider benötige ich dazu dieses Gerät, welches fest in meinem Wagen montiert ist. Ich kann es nicht in eine Kirche oder in Euer Kloster mitnehmen.«

»Besser so«, sagte er. »Es mag nämlich sein, derartige Klänge könnten die Gläubigen verwirren, auch wenn sie noch so schön sind. Auch enthalten sie keine Worte und dienen wohl kaum für eine Liturgie, allenfalls zur Erbauung wie die Tanzmusik auf einer Kirchweih.«

Unvermittelt schaute er nach der Sonne.

»Sie steht schon hoch«, sagte er. »Es mag gegen den Mittag gehen und ich muss zurück ins Kloster. Wollt Ihr mich begleiten? Ihr könntet mir auf dem Weg noch das eine oder andere erzählen. So drängt es mich zu erfahren, wie in Eurer Welt Mann und Frau zusammenleben. Ob ihr noch in Familienbanden lebt oder wie es sich mit der Erziehung der Kinder gestaltet.«

»Gern«, sagte ich, da ich auf diese Weise hoffte, wenn es nun auch für das Frühstück zu spät war, so doch wenigstens zu einem Mittagsmahl zu kommen, und sei dieses noch so kärglich.

Wir verließen den Wagen, ich verriegelte ihn und wir stiegen unverzüglich über den Hang hinunter zum Karrenweg, wo die Pferde warteten.

Reginbald eilte uns voraus, seine beiden Begleiter und ich hatten Mühe, ihm zu folgen. Ich wunderte mich, wie schnell er bergab gehen konnte, wo er doch beim Heraufsteigen erhebliche Schwierigkeiten gehabt hatte.

Gernot nutzte die Gelegenheit, um mit mir einige Worte zu wechseln.

»Er scheint Euch wohl gesonnen«, sagte er, wobei er auf den Abt deutete. »Das ist Euer Glück. So werdet Ihr an nichts darben. Aber vergesset nicht, wem Ihr die Gunst des Abtes letztendlich zu verdanken habt. Wenn es nach Ingbert gegangen wäre, wäret Ihr des Landes verwiesen worden. Er hält Euch weiterhin für einen fahrenden Gaukler, der sich seinen Lebensunterhalt mit seinen Wunderdingen verdienen will. Ich war es, der Eure Lage richtig erkannt und sich beim Abt für Euch verwendet hat. Ich hoffe, Ihr werdet es mir irgendwann einmal vergelten können.«

»Dies werde ich tun, sobald ich es kann«, versprach ich ihm, auch wenn mir dabei nicht wohl war, da ich seine Behauptung, ich verdankte ihm die Gunst des Abtes, für übertrieben hielt.

Zwischenbemerkung

Das hier wiedergegebene Gespräch mit dem Abt war letztlich nur der Auftakt zu vielen Gesprächen, die wir in den kommenden Monaten miteinander pflegten. Wann immer wir uns trafen, wollte er Neues über das 21. Jahrhundert erfahren, nebst all den Ereignissen, die sich bis dahin zugetragen hatten. So berichtete ich ihm von den vielen Kriegen, vor allem dem Dreißigjährigen und den beiden Weltkriegen. Er erfuhr vom Jahrhunderte währenden Streit zwischen dem Ost- und Westfrankenreich, sprich Deutschland und Frankreich, um die Vorherrschaft in Europa. Weiterhin erzählte ich ihm vom Kampf der weltlichen Herrscher gegen die Kirche und den Papst, vom Niedergang der Klöster und des Ritterstandes in der Renaissance, der Reformation, dem Vordringen der Türken auf dem Balkan und dem Untergang von Byzanz. Ich ersparte ihm auch nicht all die Umstürze und Revolutionen, die der Ständeordnung letztlich das Ende bereiteten. Und schließlich wagte ich, ihm vom Priesteramt für Frauen in der reformierten Kirche zu berichten. Er nahm alles mit Kopfschütteln und mitunter leisem Murren, manchmal aber zu meiner Verwunderung auch mit Billigung und Belustigung zur Kenntnis. Zu guter Letzt verschonte ich ihn auch nicht mit den dunkelsten Epochen unserer Geschichte, dem Nationalsozialismus und dem Holocaust. Auch wenn er kein Freund der Juden war, so zeigte er blankes Entsetzen bei den Berichten über die Konzentrationslager und Gaskammern. Ein wenig versöhnte es ihn, wenn ich ihn über technische und medizinische Fortschritte informierte. Erfreut zeigte er sich über den Versuch, die Europäischen Länder zu einigen, und den jahrzehntelangen Frieden in Europa. Am größten war seine Wissbegierde hinsichtlich Astronomie und Physik, wobei er überraschenderweise wusste, dass die Erde eine Kugel ist und sich um die Sonne dreht. Bei all seiner Freude über den Fortschritt der kommenden Jahrhunderte blieb er jedoch stets skeptisch und fragte immer wieder, ob ich glaubte, dies sei alles Gottes Wille oder doch nur Trug und Blendwerk.

Irgendwann, ich glaube es war bereits an besagtem 14. Juli, auf dem Rückweg von meinem Wagen zum Kloster, fragte er mich, ob ich wirklich des Reitens nicht mächtig sei.

»Leider«, gab ich zur Antwort. »In meiner Welt ist es nur wichtig, das Fahren eines *automobilii* zu erlernen. Nur wenige Menschen lernen darüber hinaus noch reiten.«

»Höret, Herr Rodolfo«, sagte er daraufhin. »Es gibt einen Laienbruder im Kloster, einen etwas eigenartigen Italiener, den könnte ich zu Eurer Unterrichtung abordnen. In unserer Welt muss ein freier Mann einfach reiten können!«

Erfreut willigte ich ein. Er aber offerierte mir noch ein weiteres Angebot: »Sofern Ihr tatsächlich eine Hütte in der Nähe Eures *vehiculums* bauen wollt, würde ich Euch ein *Patent* ausstellen, das Euch bei jedem, der der Schrift mächtig ist, Tür und Tor öffnet. Damit könnt Ihr auf die Hilfe aller Gilden und Meister des Rheingaus zurückgreifen. Ich verlange keine Gegenleistung, lediglich, dass Ihr Euch an unsere Gesetze haltet und unsere Sitten und Gebräuche achtet.«

Auch dieses Angebot nahm ich an. Ich überschüttete ihn mit Dank, doch er winkte nur ab und meinte, es sei seine Christenpflicht, mir zu helfen.

Erwähnen will ich an dieser Stelle auch, was mit meiner Unterhose und meinem Unterhemd geschehen war, die ich selbst in der Herberge gewaschen hatte. Ich hatte sie am Vortag in der Herberge vergessen und als ich sie am Abend des soeben beschriebenen Tages dort abholen wollte, waren sie zunächst verschwunden. Erst nach längerem Suchen tauchten sie wieder auf. Hilda überreichte sie mir und zeterte:

»Fremder, saget, was ist in Euch gefahren? Wie könnt Ihr Eure Wäsche selbst waschen, zudem noch in den Räumen der Herberge und nicht am Waschtrog! Wäschewaschen ist Frauenarbeit. Wenn Ihr wieder schmutzige Wäsche habet, überlasset sie mir. Ich sorge dann für alles Weitere.«

Ich stand da wie ein begossener Pudel. Sie aber begann zu lachen: »Ja, ja, in einer Welt, in der auch Frauen die Geschicke eines Landes lenken können, ist wohl alles verkehrt. Da gehen die Männer waschen! Fehlt gerade noch, dass sie auch die Kinder großziehen.«

Sie hatte also inzwischen von der Weiberherrschaft im Jahr 2010 erfahren. Anscheinend funktionierte die Mund-zu-Mund-Kommunikation bei meinen Gastgebern tadellos.

Tag 6 und folgende, der Sommer im Jahr 1037

Reginbald verließ die Gegend am sechsten oder siebten Tag nach meiner Ankunft und zog hinüber ins Herzogtum Bayern, wo man ihn erwartete, um einen Erbstreit zu regeln. Das *Patent*, das er mir erteilte, wurde mir just von jenem misstrauischen Bruder Einhard ausgehändigt. Dabei lächelte er höhnisch, als wolle er damit andeuten, das *Patent* sei kaum das Pergament wert, auf dem es geschrieben sei. Doch mochte er grinsen, wie er wollte, in der Tat verhalf mir dieses Schriftstück letztlich zu allem, was ich benötigte und begehrte. Auch wenn die Leute nicht immer lesen konnten, so respektierten sie doch das Wappen des Abtes und glaubten mir auf Anhieb, wenn ich ihnen erklärte, was drinstand. In Hendesham tat ich einen Schneider auf, der es als Ehre betrachtete, mir diverse Kleidungsstücke zu nähen, auch solche, die ihm vollkommen fremd waren wie beispielsweise Unterhosen (sie gelangen ihm gut, wenngleich der Stoff sehr rau und somit gewöhnungsbedürftig war). Auch fand ich einen Messerschmied, der mir eine scharfe Klinge fertigte, mit der ich mich rasieren konnte, mochten nun Ingbert und seine Zeitgenossen, allesamt bärtige Männer des Ortes, hinter vorgehaltener Hand noch so spotten. Andererseits trug auch Reginbald keinen Bart. Ich wähnte mich ohne das lästige Gestrüpp um das Kinn also in bester Gesellschaft.

An einem der kommenden Tage wanderte ich hinüber nach Lobdenburg, die Stadt, die später Ladenburg heißen sollte. Der Ort war kaum größer als Hendesham, hatte jedoch eine zentrale Bedeutung in der Region. Dort liefen nicht nur wichtige Handelsstraßen zusammen, er war auch Sitz von vielen Handwerksbetrieben. Außergewöhnlich in Lobdenburg waren Häuser mit gut gemauerten Wänden und Säulen neben den Portalen, was darauf hindeutete, dass diese Gebäude ihre Wurzeln in der Römerzeit haben mussten. In Lobdenburg fand ich einen Schreiner, der ohne zu murren oder zu fragen, ein Dutzend seiner Leute bereitstellte, die mir im Verlauf des Sommers eine Hütte auf den Platz neben mein *vehiculum* stellten. Schließlich setzten sie auch noch ein Dach über selbiges auf hohe Pfosten. Ich musste schmunzeln, sah es nun doch so aus, als stände der Wagen in einem Carport. Das Einzige, was ich den Männern als Entlohnung geben konnte, war, sie beobachten zu lassen, wie ich den Motor startete und den Wagen, soweit es möglich war, hin und her kutschierte. Auf das Betätigen der Hupe verzichtete ich, um sie nicht allzu sehr zu erschrecken. Dafür ließ ich sie durch mein Fernglas schauen oder ein paar Takte Musik hören. Meine Digitalkamera schaltete ich für sie nicht an. Der Akku war inzwischen schon sehr schwach.

Über all die Sommermonate kamen viele Leute zu mir auf den Hang, um mir ihre Aufwartung zu machen. Sie kamen nicht nur aus Hendesham und den anderen umliegenden Orten und Gehöften, sondern auch aus Spirum, Lobdenburg, Lauresham und von noch weiter her. Mein Erscheinen hatte sich rasch über den Rheingau hinaus herumgesprochen. Sie alle wollten das *vehiculum* sehen, hören und seine Abgase riechen. Auch waren sie erpicht, all die anderen Wunder zu bestaunen, wie die Tasche mit dem Reißverschluss, das Schweizer Messer, die Plastikflasche, mit der ich täglich Quellwasser holte, und natürlich die »Augenwunder« wie das Fernglas und die Lesebrille. Gelegentlich fragten sie auch nach den Bildnissen, die in einem Kästchen bewahrt werden können, doch zeigte ich sie niemandem. Ich gab vor, es sei in ihrer Welt unschicklich, Bildnisse von Personen anzufertigen. Den Zorn Gottes sollten wir nicht heraufbeschwören.

An Nahrung hatte ich keine Not. Die Leute brachten immer etwas Essbares mit: Brot, Gemüse, Früchte, Käse, Milch, Eier, gelegentlich auch gepökeltes Fleisch oder einen in Salz eingelegten Fisch, geangelt im Neckar oder Rhein. Einmal brachte eine Bäuerin aus dem Gehöft am Hellenbach gar ein noch lebendes Huhn, das ich zurückwies, da ich es weder schlachten wollte, noch wusste, wie ich es zubereiten sollte. Die Frau nahm es wieder mit, kam tags darauf abermals damit zu mir herauf, und siehe da: Das Huhn lag gebraten in einem Korb. Ein ganzes Huhn für einen einzigen Menschen, und das, obwohl bei ihnen Fleisch nicht zur täglichen Kost gehörte. Ich teilte das Huhn mit den Gehilfen des Zimmerers, die mit dem Bau meiner Hütte beschäftigt waren. Ihre Augen strahlten, als sie sich über das Tier hermachten. Die Bäuerin nannte mich einen wahren Christen, da ich ihr Geschenk mit diesen Knechten und Lehrbuben teilte.

Was ich schon bald gelernt hatte: Teilen und Freigiebigkeit gehörte zu ihrem Leben wie Beten oder der Glaube an ein Leben nach dem Tod. Wer immer die Gelegenheit hatte, anderen eine Gunst zu erweisen, tat es, denn schließlich ging es um das Seelenheil. Umgekehrt war Betteln nicht anrüchig. Es war schließlich Gottes Wille, ob jemand arm war oder reich. Bettler waren meist ältere Frauen und Männer, seltener Versehrte oder Behinderte; ganz selten sah ich auch den einen oder anderen, von dem ich annehmen musste, er leide an Aussatz. Doch waren die Leprakranken, von denen es gewiss nicht wenige gab, vorwiegend in Siechenhäusern untergebracht, wo sie von Nonnen oder anderen frommen Leuten gepflegt wurden.

Lediglich das so genannte »Fahrende Volk«, die Gaukler, Narren und Possenreißer, Akrobaten und Tierbändiger (nicht selten mit einem Bären oder Wolf) waren nicht gern gesehen. Sie galten als Tagediebe, Nichtsnutze, Gauner, Beutelschneider. Schließlich waren da noch die Juden, denen sie mit Misstrauen begegneten. In Hendesham gab es keine, doch in Spirum und Lobdenburg lebten einige jüdische Familien, die vor allem mit Handel und Geldverleih ihren Unterhalt bestritten. Sie wurden von den Christen zwar nicht behelligt, konnten auch ihre Religion frei ausüben, aber hinter vorgehaltener Hand wurde schlecht über sie geredet.

Was mich anging, so weiß ich nicht, ob sie schlecht über mich redeten. Zur damaligen Zeit sicher nicht. Eher war ich für sie so etwas wie ein exotisches Tier, das es gut zu füttern galt, denn letztendlich galt es, dieses fremde Wesen gefügig zu halten und sich an seinen Absonderlichkeiten zu ergötzen. Ich hatte also in diesen Tagen keinerlei Not, wenngleich ich nach einiger Zeit Dinge wie Kartoffeln, Mais oder Tomaten zu vermissen begann. Auch dachte ich ab und zu daran, wie schön es jetzt wäre, ein Stück Schokolade zu essen oder eine Tasse Kaffee oder Tee zu trinken. Sie aber tranken Bier. Nahezu immer nur Bier! Sogar ihren Kindern flößten sie es ein, gleichsam mit der Muttermilch. Allerdings war ihr Bier keineswegs vergleichbar mit dem, was ich als Bier kannte. Es war ein dünnes Gesöff, enthielt kaum Alkohol. So verwunderte es mich nicht, in welchen Mengen sie es tranken, vor allem am Abend. Ihr Wein dagegen war nur mit Wasser verdünnt zu genießen, denn er war sauer. Wann immer ich mir jedoch eine Schorle bereitete, mahnten sie mich, vorsichtig zu sein. Ich solle zum Trinken nur wirklich gut abgekochtes Wasser nehmen. Im Wasser stecke mitunter »ein böser Geist«, der durch die Hitze ausgetrieben werden müsse. Ich versicherte ihnen, mein Wasser stets abzukochen, auch wenn ich es von einer Quelle holte. In Wahrheit tat ich dies nicht immer. Was konnte an einem frischen Quellwasser schädlich sein?

Was das Kochen anging, so musste ich mich auch an einiges gewöhnen. Ich richtete mir eine Feuerstelle neben meiner Hütte ein, denn in der Behausung wollte ich nicht mit offenem Feuer hantieren. Nicht nur wegen der Brandgefahr, sondern auch wegen des Rauches. Was es zu feuern gab, war entweder Holz, das sie meist nicht lange gelagert hatten, oder Holzkohle, die mitunter ebenso feucht war und qualmte. Alle ihre Häuser waren im Innern fürchterlich verrußt. Richtige Kamine hatten sie nur in wenigen Häusern und wenn doch, so zogen sie nur schlecht. Die Holzkohle war ihre wichtigste Energiequelle. Die Köhlerei stand hoch im Kurs und mit der Zeit verstand ich, warum die Wälder so licht waren und viele Hügel entlang des Odenwaldes nur mit Gestrüpp überzogen waren: Die Köhler holzten alles hemmungslos ab. Niemand dachte daran, das Gelände wieder aufzuforsten.

Sie brachten mir ebenfalls Töpfe und weiteres Geschirr. Überhaupt gab es nichts, was sie mir abschlugen, was immer ich verlangte. Ich kam mir vor wie ein Schnorrer, doch wie ich schon geschrieben habe: Sie waren gewohnt zu teilen und zu geben. Bauern, Handwerker oder andere niedere Stände fühlten sich auch nicht ausgebeutet, wenn sie für die höheren Stände Arbeiten verrichteten. Sie sprachen auch nie von »Arbeit«, sondern nur vom »Werk«, welches zu erbringen sei. Das Wort Arbeit gab es auch, jedoch gebrauchten sie es nur, wenn ihnen etwas große Mühe bereitete. Ihre schier unzähligen Feiertage sorgten hingegen für ausreichend Erholung und Muße für alle. In nahezu jeder Woche galt es einen Heiligen zu verehren. Mitunter hatte ich den Eindruck, sie kamen auf mehr freie Tage im Jahr als ein Arbeitnehmer in Deutschland im 21. Jahrhundert.

Ingbert übrigens, der mich anfänglich am liebsten außer Landes gejagt hätte, dachte gar nicht mehr daran, mich loszuwerden – im Gegenteil, inzwischen war er froh, dass es mich just auf seine Gemarkung verschlagen hatte. Er überhäufte mich mit Einladungen und Geschenken; doch tat er dies nicht uneigennützig. Wann immer ich in seiner Herberge erschien, war viel Volk zugegen, das eifrig zechte und so manchen Heller bei ihm ließ. Ich wurde bei diesen Gelegenheiten stets aufgefordert, aus meiner Welt zu berichten und die »wundersamen Gegenstände« zu zeigen, die ich von dort mitgebracht hatte. Alles versetzte sie in Entzücken und Erstaunen: selbst meine Socken oder Schuhe, ja selbst bedrucktes Papier und Plastikhüllen! Ingbert stellte mich stets als den »*Goukalari uz der zuowart*« (Gaukler aus der Zukunft) oder »*Goukalari uz der ander weralt*« (Gaukler aus der anderen Welt) vor. Jedenfalls blieb er bei der Bezeichnung »Gaukler«, denn so richtig war er nie davon überzeugt, dass ich keiner war.

Der Mönch Einhard war oft zugegen. Da er nur Gast im Kloster war, musste er nicht an allen Ritualen teilnehmen. Er pflegte immer wieder Fragen zu stellen und mich herauszufordern. Mitunter brachte er auch weitere Mönche oder Laienbrüder mit, die sich jedoch meist schweigsam verhielten. Er sprach dafür umso mehr.

Einmal, bei einem Abendessen im Kreis von Ingberts Familie und einigen weiteren Gästen, fragte er mich, ob es etwas gebe, was ich in seiner Welt der meinen vorziehen würde.

Er schaute mich dabei dermaßen verschlagen an, dass mir klar wurde, er erwartete, mir würde nichts mehr einfallen. Den Gefallen tat ich ihm jedoch nicht: »Es ist die Stille«, sagte ich. »Die Stille, die in Eurer Welt herrscht und die wir in der unsrigen verloren haben.«

Sein hämisches Grinsen verschwand jählings. Er wurde nachdenklich.

»Ihr habt die Stille verloren?«, fragte er schließlich. »Ich wusste gar nicht, dass wir in einer stillen Welt leben. Wir haben das Geschrei der

Kinder und das Geschimpfe der Alten; das Jammern der Bettler und Siechen, das Getue der Fuhrleute und Händler, das Klappern der Pferdehufe und das Quietschen der Wagenräder, den Gesang der Vögel, wenngleich er meist erquicklich klingt, zudem all die anderen Laute der Tierwelt, das Bellen der Hunde, das Schreien der ranzenden Katzen, weiterhin den Sturm, der die Bäume biegt, das Grollen des Donners, das Prasseln des Regens auf den Dächern – unsere Welt ist keineswegs still.«

»Doch, eure Welt ist still«, entgegnete ich. »Ihr habt nicht das Brummen von Motoren. Denkt an das Brummen meines *vehiculi* – ach, ich vergaß, dass Ihr es noch nie vernommen habt. Doch Ingbert kann es bezeugen: Es mag aufjaulen wie ein Ochse bei der Schlachtung, wenn es gestartet wird, und summen wie ein Schwarm Hornissen, wenn es fährt. So klingen in unserer Welt abertausende, ja, Millionen Automobile, die über die Straßen rollen. Dazu kommen Fahrzeuge auf Schienen, deren Quietschen und Rattern die Geräusche eurer Karren um ein Mannigfaches übertönen. Letztlich aber sind es die Flugzeuge, die ständig über den Himmel ziehen, die uns quälen. In der Nähe der Landebahnen der Flugzeuge ist es am allerschlimmsten. Unmittelbar neben einem startenden Flugzeug versteht niemand sein eigenes Wort.«

»Ach ja, eure seltsamen Fluggeräte! Ich kann mir immer noch nicht vorstellen, wie sich eherne Vögel in die Lüfte erheben können. Ja, Ihr habt es bereits erklärt. Ich weiß, ich weiß, die Sache mit dem Auftrieb und dem Anschub. Wie auch immer, es klingt unwahrscheinlich. Vor allem klingt es absurd: Wenn diese Fluggeräte derartigen Lärm verursachen, wieso werden sie dann überhaupt benutzt? Wer mag mit einem solchen Gerät unterwegs sein, wenn er dabei taub wird? Nicht einmal ein König wird sich in ein derartiges Gefährt setzen, auch wenn er in einem Tag von Spirum nach Jerusalem pilgern könnte.«

»Im Innern der Flugzeuge hört man deren Motoren kaum«, erklärte ich. »Der Schall wird gedämpft. Es ist genauso wie das Geläute der Glocken: Im Innern der Kirche hört man es kaum, draußen aber über Meilen hinweg. Doch seid getrost: Nicht allein Könige und Edelleute nutzen die Flugzeuge. Auch der gemeine Mann und die gemeine Frau, der Bürger, der Bauer, mitunter selbst ein Bettler – und auch ein jeglicher Priester, der es wünscht.«

Der Mönch gab sich noch nicht geschlagen. »Mag ja sein«, murrte er. »Doch sei die Frage erlaubt: Wozu das alles? Ihr zahlt einen hohen Preis für die Annehmlichkeiten in Eurer Welt. Ist es nicht frevelhaft, sich solcherart Lebensweise zu erwirken und dabei die Welt in eine Hölle des Lärms zu verwandeln?«

»Von der Hölle sind wir glücklicherweise genauso weit entfernt wie Eure Welt vom Paradies«, gab ich zurück. »Wir finden es keineswegs frevelhaft, uns auch auf Erden gut einzurichten und dazu gehört nun auch einmal die Bequemlichkeit bei der Fortbewegung. Wie Ihr es richtig gesagt habt: Mit unseren Fluggeräten gelangen wir an einem Tag von Spirum nach Jerusalem und wieder zurück.«

Einhard wagte einen weiteren Widerspruch: »Bürger, Bauern und sogar Bettler nutzen diese Gerätschaften, sagtet Ihr. Ja, selbst Priester? Gibt es denn dann welche für die einzelnen Stände wie es bei uns Reisewagen für die Adeligen und Karren für die Bauern gibt?«

»Keineswegs«, erwiderte ich, die Unterschiede zwischen Business und Economy-Class außen vorlassend, schließlich hätte er das eh nicht verstanden. »Jeder kann ein Flugzeug nutzen, sofern er dafür bezahlt. Ob er nun ein Bauer oder Handwerker ist, ein Gelehrter oder jemand, der weder lesen noch schreiben kann ...«

»Hah!«, rief er aus und schlug mit der Faust auf den Tisch. »Habe ich es doch vermutet: Die gottgewollte Ordnung steht bei Euch auf dem Kopf. Herr und Knecht lassen sich nicht mehr unterscheiden. Ihr lebt in Sünde, Sodom und Gomorrha!«

»In nicht weniger Sünde als Ihr«, konterte ich. »Seid Ihr denn umso vieles besser? Auch in eurer Welt will jeder so gut leben, wie er nur kann. Wie sonst würdet Ihr Mönche – ebenso wie Eure Adligen, ja wie auch jeder Handwerker oder Bauer – nach Bequemlichkeit und gutem Essen trachten? Würde es denn nicht genügen, einfach nur täglich Brot zu essen? Wäre es nicht ausreichend, auf dem Boden zu schlafen und in Fellen gewandet zu gehen? Wäre nicht selbst Brot ein Luxus? Würde es nicht genügen, nur das zu essen, was wild in den Wäldern wächst: Beeren, Früchte, Wurzeln? Ach, ihr würdet genauso wie wir mit Automobilen fahren und in Flugzeuge steigen, wenn ihr es könntet. Ihr würdet es tun und ihr werdet es auch tun – eines Tages auch in eurer Welt! Hat Gott nicht dem Menschen Verstand gegeben und einen freien Willen? Und den Auftrag, sich die Erde untertan zu machen? Das steht doch schon in der Bibel, gleich im ersten Kapitel der Genesis.«

Daraufhin klopfte Ingbert auf den Tisch und rief laut, dies sei die beste Predigt, die er jemals gehört habe. Ja, da müsse so ein Gaukler daherkommen, um das zu sagen, was die Mönche und Pfaffen nie zu sagen wagten: Dass es doch allen nur darum ging, sich hier auf Erden gut einzurichten.

Einhard lief rot an. Er wusste, wenn er jetzt widersprechen würde, liefe er Gefahr, sich in allzu boshaften Worten zu verlieren und deshalb von Ingbert vor die Tür gesetzt zu werden. Er schnaubte nur verächtlich und murmelte:

»Ja, ja, der Gaukler mag gut predigen. Er kennt die Zukunft, er ist allwissend.«

Er blieb noch eine kurze Weile still sitzen, leerte seinen Weinbecher, schnäuzte laut auf den Boden – was im Übrigen alle taten, da sie keine Taschentücher kannten – und erhob sich schließlich laut gähnend. Mit mürrischen Worten wünschte er uns eine gute Nacht und verließ die Schankstube.

In diesen Tagen saßen wir oft des Abends zusammen, auch dann noch, wenn der »Herr Nachtrat« schon umgegangen war und zum Schlafengehen gemahnt hatte. Die Abende waren mild, doch das allein war es nicht. Nein, die Wissbegierde der Leute war einfach zu groß, um bei Zeiten schlafen zu gehen. Doch auch ich war begierig, von ihnen alles zu erfahren: Wie sie lebten, was sie dachten, was sie glaubten. Und ebenso wie sie war ich einmal erstaunt, dann wieder entzückt, manchmal auch entsetzt und empört. Nur zeigte ich mein Entsetzen selten und Empörung nie. Letztlich merkte ich eines bald: Sie vertrugen keine offene Kritik. Sie verstanden sie nicht einmal, hielten sie doch ihre Welt für Gott gegeben, die einzige, die real war, und die meine für unendlich weit entfernt. Keiner von ihnen glaubte ernsthaft, dass sich der Lauf der Geschichte so ereignen würde, wie ich es berichtete, und ihre Welt in ferner Zukunft zu meiner werden könnte.

Pferd

Um den Tag 20 und folgende

An dieser Stelle will ich nun auch mein erstes Erlebnis auf dem Rücken eines Pferdes festhalten. Tatsächlich kam nur wenige Tage nach Reginbalds Weggang – es mag der 20. nach meiner Ankunft bei *den Anderen* gewesen sein – ein junger, dürrer Bursche mit einem flaumigen Bart und in einen gar absonderlich bunten Flickenrock sowie eng anliegende schwarze Hosen gekleidet, zu mir auf den Hügel. Er stellte sich als Rodrigo vor und überschüttete mich mit einem Redeschwall, bei dem ich lange nichts verstand, denn der gute Mann sprach eine erschreckende Mischung aus einem vulgären Latein, Fränkisch, vielleicht auch Arabisch und wer weiß welchen Sprachen noch. Schließlich deutete er hinunter zum Karrenweg, wo nicht ein, sondern zwei Pferde standen.

»Die zween *equi* auf uns warte«, quasselte er, »eines von mir, anderes vom *abbati* für Ihro Fremdheit geschickt worde. Ihr itzo *equitare discere*, ich Ihm *instruire* wie des mache. Ihr dann mit *equus* fahre könne, wie immer wolle.«

Ich griff nach meinem Fernglas, um herauszufinden, ob das Tier überhaupt einen Sattel hatte und wenn ja, was für einen. Zu meiner Beruhigung hatte es einen und er sah sogar recht modern aus. Trotzdem, mir, der noch nie zuvor auf einem Pferd gesessen hatte, verursachte allein schon der Gedanke, das Gesäß auf einen solchen Ledersitz drücken zu müssen, Schmerz und Angstschweiß. In diesen Tagen besaß ich noch keine Kleidungsstücke wie *die Anderen* und somit musste ich mich notgedrungen in meiner dünnen Trainingshose auf das Tier setzen.

Ich hastete hinter Rodrigo den Hang hinunter, wobei er weiterhin redete und redete. Unten angekommen, war ich völlig außer Atem, was den Jungen aber nicht davon abhielt, unverzüglich das Pferd am Zaumzeug zu greifen, zu mir heranzuführen und mich zum Aufsteigen aufzufordern. Neben dem Tier, dessen Rücken sich auf meiner Kopfhöhe befand und dessen eigener Kopf mich um einiges überragte, ergriff mich fast die Panik. Doch an Flucht war nicht zu denken, also galt es, schnell zu handeln und es hinter sich zu bringen.

Ich packte den Sattelknauf. Das Pferd drehte mir seinen Kopf zu. Es war braun, hatte eine blonde Mähne und eine kecke Blässe auf der Stirn. Es schnaubte leise. Ich sah seine Augen und wusste: Dieses Pferd war harmlos, sogar gütig. Dennoch blieb die Angst. Auch ein gütiges Pferd konnte böse werden, wenn der Reiter ein Stümper war und es quälte, wenngleich er es unwissentlich tat.

Rodrigo redete derweil weiter, wobei er gestikulierte wie ein Jongleur, nur, dass ihm die Jonglierkeulen fehlten. Er deutete auf den Steigbügel. Immerhin, es gab einen. Ich trat hinein, zog mich am Zaumzeug hinauf und Rodrigo drückte mich an meinem Hintern hoch. So kam ich tatsächlich auf dem Sattel zu sitzen. Es war unheimlich. Ich kam mir vor, als befände ich mich auf einem Hochsitz. Das Pferd bewegte sich kaum, trat nur ein oder zwei Schritte hin und her, doch allein das verschaffte mir einen erneuten Adrenalinstoß.

Nun saß auch Rodrigo auf sein eigenes Pferd auf, ritt neben mir und griff nach meinen Zügeln. Wir setzten uns in Bewegung. Ich hatte Mühe, im Sattel zu bleiben, wusste nicht, wohin ich greifen sollte, also klammerte ich mich an den Sattelknauf. Rodrigo lachte. Er bedeutete mir, aufrecht zu sitzen und mich durch Druck der Oberschenkel auf dem Sattel zu halten, nicht durch Festhalten mit den Händen. Die Hände bräuchte ich schließlich zum Führen der Zügel. Er reichte mir selbige bereits nach wenigen Metern und gebot mir, leicht daran zu ziehen. Das Tier blieb stehen. Ein Erfolgserlebnis! Nun galt es, das Pferd wieder in Gang zu bringen. Ich sollte mit den Füßen auf seine Lenden drücken. Ich tat es wohl ein wenig zu fest und das Pferd trabte los.

Das Nächste, was ich sah, war Rodrigos Gaul neben mir und ein grinsender Rodrigo, der mich von weit oben anglotzte. Ich war heruntergefallen und das so schnell, dass ich es nicht einmal richtig mitbekommen hatte. Mein Pferd war derweil einige Meter weitergelaufen, stand nun am Ackerrain und blickte erstaunt zurück. Doch nicht nur das Pferd schaute mich an. Auf einmal waren da alle möglichen Leute um uns herum, Feldarbeiterinnen und Knechte, auch etliche Kinder, weiß der

Kuckuck, wo sie hergekommen waren. Sie lachten herzlich, fast schon boshaft über den »*wunderlich goukalari uz der ander weralt*«, der da im Dreck lag.

Ich muss zu meiner und meines Pferdes Ehrenrettung sagen, dass dies fast der einzige Sturz war, der uns passierte. Ich machte erstaunlicherweise schnell Fortschritte beim Reiten. Schon nach einer Woche saß ich recht gut im Sattel und gegen Ende des Sommers unterschied sich meine Reitkunst in keiner Weise von der meiner Gastgeber. Das machte mich unvorsichtig, und so kam es irgendwann zu Beginn des Herbstes zum zweiten Sturz: Rodrigo und ich durchquerten die Rheinauen im starken Galopp. Die Wege waren schmal, gesäumt von dichtem Gestrüpp und Bäumen mit ausladenden Ästen. Ein Karren wäre hier nicht durchgekommen. Plötzlich streifte ich mit der Schulter einen Ast. Der Schlag war so heftig, dass es mich aus dem Sattel haute. Auch dieses Mal hatte ich Glück. Ich landete in einem Schlammloch, war zwar von oben bis unten verdreckt, aber heil geblieben.

Das Pferd war auch bei diesem Sturz sofort stehen geblieben. Es war überhaupt ein sehr gutes Pferd. Der erste Eindruck hatte nicht getäuscht. Es hatte übrigens keinen Namen. Zumindest verriet mir Rodrigo keinen. Vermutlich hatten die wenigsten ihrer Tiere Namen, allenfalls die Reittiere der Adligen oder manche nicht allzu wilden Hofhunde. Sie kannten übrigens das Wort »Pferd« nicht, sondern nannten die Tiere entweder »*Ross*«, mitunter auch »*March*«, wenn es ein weibliches Tier war oder »*Hengist*«, wenn es sich um ein männliches handelte. Deshalb nannte ich es einfach »Pferd«. Eine Verwechslung mit einem anderen Tier der gleichen Art war somit unmöglich.

Zu meiner Schande muss ich gestehen, dass es mich damals nicht interessierte, ob das Tier männlich oder weiblich war. Für mich war nur wichtig, dass es mir folgte. Mit der Zeit wuchs mir mein Reittier ans Herz und wir wurden regelrecht Freunde. Obwohl ich später erfuhr, welches Geschlecht es hatte, blieb es für mich immer *das* Pferd und ich behielt den einmal gewählten Namen bei. Wenn ich je etwas vermissen sollte, würde ich in meine Welt zurückkehren können, dann mein Reittier.

Nebenbei: Das Wort »*Pard*« kannten sie auch; manche sagten auch »*Pardo*«. Sie meinten damit eine Raubkatze, einen Panther.

Wenngleich es scheint, dass ich ob all der guten Erfahrungen und der Wohltaten seitens *der Anderen* einen schönen Sommer im Jahr 1037 verbracht habe, so war auch diese Zeit nicht ohne Wehmut. So manchen Abend saß ich allein in meinem *vehiculum*, hatte die Türen weit geöffnet und lauschte in die Natur. Ich hörte den Nachtigallen zu und den Grillen, starrte in den Himmel, suchte die mir bekannten Sternbilder und fragte mich, wie der Himmel gerade im Jahr 2010 aussehen würde: mit viel Dunst und den Lichtern der Flugzeuge, die von Frankfurt Richtung Süden über die Ebene ziehen. Ich dachte an meine Familie: Was machte Miriam jetzt gerade? Wie ging es meiner Mutter? Mitunter führte ich Zwiegespräche mit Pferd. Ich erzählte ihm von seinen Artgenossen in meiner Welt, von den Reitturnieren, den Hochzeitskutschen und auch manchmal vom Pferdemetzger, den es in Speyer selbst noch im 21. Jahrhundert geben werde. Das Tier hörte geduldig zu. Was hätte es auch sonst tun sollen? *Die Anderen* hatten ihm einen Stall gebaut, denn sie wollten, dass ich es bei mir behielt, um jederzeit einen Ausritt unternehmen zu können. Der Stall befand sich unmittelbar, Wand an Wand, neben meiner Butze. Eine Tür verband die beiden Behausungen. Ich musste nur die Tür öffnen, um mit Pferd reden zu können. Um Heu, Hafer und gelegentlich auch Möhren für das Tier musste ich mich nicht kümmern. Auch dafür sorgten *die Anderen* regelmäßig. Ich lagerte die Vorräte in einem kleinen Schuppen, den sie mir hinter meiner Hütte errichtet hatten.

Manchmal, wenn ich die Einsamkeit gar nicht mehr aushielt und ich auch kein Verlangen verspürte, mit Pferd zu reden, legte ich eine CD in den CD-Player des Autos ein und stellte den Ton so laut es ging. Das Tier mochte dies ganz und gar nicht. Ich schloss deshalb die Tür zu seinem Stall und wenn es zu unruhig wurde, schloss ich Tür und Fenster meines Wagens und beschallte nur mich. Doch manchmal ließ ich die Musik auch über den Hang und hinunter in die Ebene dröhnen, mochte Pferd auch noch so sehr mit den Hufen stampfen. In solchen Momenten kam es vor, dass ich Schatten durch das Gebüsch huschen sah: Tiere, die ich aufgescheucht hatte oder vielleicht auch einen Menschen, der mich neugierig belauert haben mochte, der nun vor den elektrisch verzerrten Gitarren oder Keyboards des 20. und 21. Jahrhundert die Flucht ergriff.

Eines der Stücke, die ich damals öfter spielte, war »Hotel room« von Edgar Broughton. In diesem Song geht es um jemanden, der in einem Hotel in einer fremden Stadt erwacht und darauf hofft, von den dort lebenden Menschen Hilfe zu bekommen, selbst wenn sie seinen Namen nicht kennen. Der Text bekam in dieser fremden Welt einen ganz besonderen Sinn. Sie wussten meinen Namen nicht, doch sie boten mir Beistand. Ich konnte nur hoffen, es würde so bleiben.

Vom Wetter her war jener Sommer einer der schönsten, den ich je erlebt habe. Es war warm, aber nicht mehr so schwül wie an den ersten Tagen. Starke Gewitter, stürmische Fallwinde oder Hagelschauer blieben aus. Gelegentlich fiel Regen, genug für ihre Felder, die sie nicht bewässerten, aber nicht so viel, um nicht jeden Tag ins Freie gehen zu können. Die Nächte waren mild, oft sternenklar. Das Band der Milchstraße war stets deutlich zu erkennen. Wann hatte ich in meiner Zeit in der Rheinebene jemals die Milchstraße gesehen?

Zwischenbemerkung

Gelenkschmerzen haben mir das Weiterschreiben für eine Weile vereitelt. Ich habe meine Schreibhand bandagiert, reibe sie auch mit einer Salbe ein, die mir Hilda besorgt hat. Somit geht es wieder. Ich hoffe, die Entzündung klingt bald ab, denn derzeit male ich jeden Buchstaben einzeln; für jeden Satz benötige ich Minuten.

Tag 73, 20. September 1037

Der Sommer ging dahin, die Tage wurden kürzer und die Nächte kühler. An jenem Tag, den ich als den 20. September in meinem Kalender eingetragen hatte, fühlte ich mich besonders niedergeschlagen. Mir wurde bewusst, dass die gute Zeit bald vorbei sein würde. Der Winter kam näher. Zwar hatte ich mich in meinem Häuschen inzwischen gut eingerichtet, doch der Gedanke, in dieser Ödnis, weitab von meiner Familie und Freunden, die dunkle Jahreszeit verbringen zu müssen, ließ mich erschaudern.

So saß ich an diesem Abend vor meiner Bleibe und schaute hinunter in die Rheinebene. Die Sonne versank gerade hinter dem Pfälzer Wald. Dort, wo sich einmal einige Windkrafträder drehen würden, streiften jetzt Bären und Wölfe umher. Der Gedanke, dass auch im Odenwald, gewissermaßen hinter meinem Rücken, solche wilden Tiere hausen sollten, trug nicht gerade zur Hebung meiner Stimmung bei. Bisher hatte ich zwar weder Bär noch Wolf noch Luchs gesehen, doch die Leute berichteten immer wieder von Begegnungen mit gefährlichen Tieren. Auch erzählten sie mir von großen Jagden, die derentwegen durchgeführt wurden und Ingbert prahlte sogar damit, vor zwei Jahren im Neckartal einen Bären erlegt zu haben.

Während ich so sinnierend dasaß, sah ich Leute den Pfad zu meiner Bleibe heraufkommen. Besuch zur abendlichen Stunde war ungewöhnlich, da sie streng darauf achteten, nach Einbruch der Dunkelheit die Häuser nicht mehr zu verlassen.

Umso mehr war ich verwundert, unter meinen Besuchern auch Frauen anzutreffen. Genau genommen waren es zwei Frauen: Traudel und das Mädchen Rosenwolf, begleitet von Traudels Vettern Dietwolf und Geiselhard sowie einem Jüngling, den ich noch nie zuvor gesehen hatte. Später wurde er mir als Henrik vorgestellt.

Ich erhob mich und schritt ihnen entgegen.

»Was verschafft mir die Ehre zu so später Stunde?«, fragte ich.

Hier muss ich einfügen, dass ich ihre Sprache mittlerweile redlich beherrschte. Zumindest gelang es mir, mich ohne großes Stottern und ohne viele Gesten verständlich zu machen. Wenn mir Wörter fehlten, konnte ich sie meist geschickt umschreiben.

»Heute ist Tagundnachtgleiche und das Fest des Heiligen Matthäus«, antwortete Traudel. »Da wir wussten, wie einsam Ihr seid, haben wir beschlossen, Euch eine Aufwartung zu machen. An den Sonnenwendtagen sollte niemand allein sein. So will es der Brauch.«

Die Behauptung erstaunte mich in doppelter Hinsicht. Zum einen war es nach meinem Kalender einen Tag zu früh für den Herbstanfang, zum anderen hatte ich von einem solchen Brauch nie etwas gehört oder gelesen. Das Wissen darum war vermutlich bis in meine Zeit verloren gegangen.

Ich entschuldigte meine Unwissenheit damit, dass ich die Tagundnachtgleiche erst für einen Tag später erwartet hatte. Leider sei ich auf den Besuch nicht vorbereitet. Nur allzu gern hätte ich meine Gäste bewirtet.

Traudel und ihre Begleiter wehrten ab. Nein, es sei nicht üblich, dass der Gastgeber die Gäste bewirte, vielmehr brächten sie selbst Speisen und Getränke mit. Sie zeigten ihre Körbe, gefüllt mit Obst, Brot, Käse und zwei mit einem Tuch verschlossene Krüge Wein.

Ich fragte Traudel, wo sie ihre Kinder gelassen habe.

»Bei Hilda«, antwortete sie. »Luitfried kränkelt und für die kleine Gundhild ist der Weg zu Euch herauf zu weit. Schließlich sind wir zu Fuß gekommen, denn für Damen schickt es sich nicht zu reiten und ein Wagen stand nicht zur Verfügung.«

Mittlerweile beeilte ich mich, Sitzgelegenheiten bereitzustellen. Da mein Häuschen zu eng war, baute ich im Freien sämtliche Stühle auf, die ich besaß. Es waren nur drei; eigentlich nur Hocker, denn Stühle mit Lehnen hatten allenfalls die Fürsten und Bischöfe. Um den Mangel an Sitzgelegenheiten auszugleichen, öffnete ich die beiden rechten Türen meines Wagens, wobei ich Traudel den vorderen und Rosenwolf den hinteren Sitz anbot. Die drei Burschen pflanzten sich ungefragt auf die Stühle, ich selbst blieb stehen.

Sofort verteilten sie die Lebensmittel. Ich hatte zwar schon zu Abend gegessen, doch die zusätzlichen Speisen waren mir willkommen.

Traudel bewunderte das brennende Lämpchen im Wageninnern.

»Ja«, sagte ich. »Es zündet sich immer von allein an, wenn sich eine Tür öffnet. Doch wenn die Tür eine Weile geöffnet bleibt, geht es wieder aus.«

»Und warum tut es das?«, wollte sie wissen.

»Damit Energie gespart wird. Ich kann es durchaus so einstellen, dass es immer brennt. Doch irgendwann frisst das kleine Lämpchen all die Energie, die im Wagen gespeichert ist. Dann bleibt es für immer dunkel.«

Die jungen Leute fanden meine Ausführungen lustig und kicherten. Traudel aber wollte wissen, was das Wort »Energie« bedeutete. Ich kannte kein Wort in ihrer Sprache, deshalb hatte ich das neudeutsche, das sich aus dem Griechischen ableitet, gebraucht.

»Es ist ähnlich dem Feuer im Herd. Nur ist es kein offenes Feuer, sondern ein verstecktes, ähnlich einer Glut. Wir nennen es den elektrischen Strom. Er bringt in dem Lämpchen einen Draht zum Glühen. Der glühende Draht ist es letztlich, der leuchtet.« Wieder hatte ich ein Fremdwort gebraucht.

»Dieser e...kletr...« – Sie konnte es nicht richtig aussprechen, was ihre Begleiter erneut zum Lachen brachte –, »also diese Macht, sie erlischt irgendwann wie ein Feuer, das nicht mehr geschürt und gespeist wird? Wieso macht Ihr es dann nicht wie mit einem richtigen Feuer und legt nach?«

»Weil es hier, in eurer Welt, das Material, das ich zum Nachlegen bräuchte, nicht gibt. Es wird erst in rund siebenhundert Jahren erfunden werden und erst in mehr als achthundert Jahren zum Gebrauch für jedermann verfügbar sein.«

Sie tat verständnisvoll. »So wird der Zauber des Lämpchens eines Tages verschwinden? Stimmt Euch das nicht traurig?«

Oh ja, und wie traurig mich dies stimmte! Ich gestand ihr, nicht nur der Zauber des Lämpchens werde verschwinden, sondern der Zauber nahezu aller Dinge, die ich aus meiner Welt mitgebracht hatte. Denn es seien keine Wunder, wie manch einer vielleicht immer noch glauben mochte. Es seien nichts weiter als Gegenstände des täglichen Gebrauchs, gleichsam einem Kochtopf oder einem Messer.

»Und wann wird das sein?«, fragte nun Rosenwolf. »Wann wird der Zauber verschwinden? Heute Abend schon?«

»Nein«, antwortete ich. »Heute Abend wird die Energie noch reichen. Das *vehiculum* hat noch recht viel von jener Flüssigkeit, die wir Benzin nennen, in seinem Tank. Wenn ich den Motor starte, lädt es wiederum den Kasten, in dem die genannte elektrische Energie gespeichert ist. Somit könnte das Lämpchen bei sparsamem Gebrauch noch bis zum kommenden Frühjahr brennen. Aber garantieren kann ich es nicht.«

Die Dämmerung hatte inzwischen eingesetzt. Eine Weile schwiegen wir. Ich fühlte mich unwohl. Irgendetwas musste ich tun.

»Soll ich nicht ein richtiges Lagerfeuer machen?«, fragte ich deshalb. »Nur bei einem kleinen elektrischen Lämpchen zusammenzusitzen, passt nicht zur Stimmung des Abends.

Ohne eine Antwort abzuwarten, holte ich einige Holzscheite und richtete eine Feuerstelle vor dem *vehiculum* ein. Zum Glück hatte ich in meinem Herd in der Butze noch etwas Glut von der Zubereitung des letzten Essens, so dass ich keines meiner wenigen Streichhölzer gebrauchen musste. Ich sorgte stets dafür, es im Herd noch glimmen zu lassen, wenn ich nicht längere Zeit außer Haus war.

»Wir müssten eigentlich schon zurückgehen«, sagte Traudel, »denn es ziemt sich nicht, wenn Frauen in der Dunkelheit auf der Straße sind. Aber …« Sie wandte sich lächelnd an ihre männlichen Begleiter »… wir sind ja in Begleitung kriegserfahrener Männer und heute ist schließlich ein besonderer Tag.«

»Wenn ihr noch ein wenig bleiben wollt, könnten wir etwas Musik hören«, schlug ich vor. »Musik aus meiner Welt. Wollt ihr?«

Sie wollten, wenngleich mir schien, als wäre den Burschen, vor allem Dietwolf, nicht ganz wohl dabei.

Nachdem das Feuer loderte, legte ich die CD von den Shadows auf. Das Stück »Wonderful Land« gefiel meinen Gästen, auch den Burschen. Als es vorbei war, sagte Traudel, es sei die »lieblichste Melodei«, die sie je vernommen habe. Sie würde sie gern auf ihrer Laute spielen.

»Ihr habt eine Laute?«, fragte ich erstaunt. »Das wusste ich nicht. Ich habe Euch noch nie spielen hören.«

»Sie spielt meist nur in der Winterzeit«, antwortete Dietwolf an ihrer statt. »Des Sommers ist dafür kaum Zeit, nicht wahr, Base? Aber zu Festtagen spielt sie immer in der Kirche. Ihr müsstet eben auch die Gottesdienste besuchen, dann wüsstet Ihr um ihr Können.«

»Tut mir leid, wenn ich die Gottesdienste in eurer Kirche bisher nicht besuchen konnte. Ich habe bisweilen nur den Messen im Kloster aufgewartet. Doch gern komme ich bei nächster Gelegenheit auch zu euch. Wann spielt Ihr wieder, Traudel?«

»Das wird an Erntedank sein«, sagte sie. »Aber ich kann die Laute auch einmal mit hierherbringen. Das nächste Mal, wenn wir Euch wieder besuchen.«

Ich drückte auf den Repeat-Knopf des CD-Players und das Stück begann von vorn.

»Ihr könnt die Musik stets wiederholen?«, wunderte sich Traudel nicht weniger als der Abt, als ich ihm den CD-Player vorgeführt hatte. »Sie nutzt sich nicht ab auf der silbernen Scheibe?«

»Nein«, erwiderte ich, »sie nutzt sich nicht ab – zumindest nicht so schnell. Irgendwann geht auch die silberne Scheibe einmal den Weg alles Irdischen und zersetzt sich. Nichts auf der Welt währt ewig. Doch ich denke, dass wir die Musik noch viele hundert Male spielen können bis es soweit ist.«

»Das ist schön«, sagte Traudel. »So kann ich mir die Melodie merken und zu Hause versuchen sie nachzuspielen.«

Nach dreimaligem Abspielen des Stückes entschied ich, die CD weiterlaufen zu lassen. Das Feuer knisterte und die Gitarre von Hank Marvin verwandelte die Spätsommernacht in eine surreale Welt.

Nach einer Weile, etwa beim fünften oder sechsten Stück, sah ich Geiselhard gähnen. Auch Traudel und Rosenwolf schienen zu schlummern, während Dietwolf und Henrik tuschelten. Sie begannen sich wohl zu langweilen.

Ich stoppte die CD und kündigte an, nun gäbe es etwas Lebhafteres zu hören. Sie sollten sich nicht fürchten, auch wenn es noch so fremd in ihren Ohren klingen möge. Denn in dem folgenden Lied werde eine Stelle aus der Bibel zitiert. Es geschehe zwar in einer fremden Sprache, doch sie sollten mir vertrauen. Die Musik sei von frommen Menschen komponiert.

Ich warf eine CD von Jimi Hendrix in den Player, wählte »All along the watchtower« und drehte den Tonregler soweit auf wie nur möglich.

Bei den ersten Takten bereits zuckten sie zusammen und als Jimi den Text von Bob Dylan in die Nacht schrie, wären sie wohl am liebsten auf- und davongesprungen. Dazu kam, dass Pferd, dem Jimi Hendrix gar nicht gefiel, in seinem Stall unruhig mit den Hufen scharrte. Doch meine Gäste verharrten auf ihren Sitzen, begannen sich mit den Klängen anzufreunden und beim Solo vor der dritten Strophe, bei dem Jimi alle nur denkbaren und undenkbaren Geräusche aus seinem Instrument zauberte, schüttelten sie ungläubig den Kopf, warfen sich fragende Blicke zu, zupften verlegen an ihren Bärten und Haaren. Rosenwolf begann sogar zu kichern.

»Sehr anregend«, sagte Traudel schließlich, nachdem das Stück verklungen war. »Eure Musiker beherrschen Töne und Takt in einer Form, die ich für beneidenswert halte. Würden wir auf diese Weise unsere Messen feiern, gäbe es viel mehr Freude und Fröhlichkeit in der Kirche.«

Dietwolf widersprach, eine solch lärmende Musik sei nicht geeignet für die rechte Andacht.

»Nicht für die Andacht«, entgegnete Traudel. »Das meine ich nicht. Aber zu Ostern, wenn wir die Auferstehung Christi feiern, wäre doch etwas mehr Lebhaftigkeit angebracht. Unsere Choräle sind schön und feierlich – aber das ist es auch schon. Ich hätte gern eine solche Musik in der Kirche. Ich würde in der Kirche auch gerne tanzen.«

Die Burschen widersprachen erneut, Tanz hätte in der Kirche nichts verloren, Rosenwolf aber gab ihrer Stiefschwester Recht. Hätte nicht sogar der Heilige Augustinus gesagt, in Tanz und Musik erhebe sich die Seele zu Gott?

»Wenn ihr tanzen wollt«, unterbrach ich, »könnt ihr es auch gleich jetzt tun. Denn fürwahr, in euren Kirchen ist es dazu zu eng. Unter freiem Himmel tanzt es sich besser.«

Ich legte eine CD der Gruppe Yello in den Player und wählte eines ihrer Techno-Stücke.

Ich erhob mich und verneigte mich vor Traudel. Sie verstand die Aufforderung und stand ebenfalls auf. Wir reichten uns beide die Hände und ich begann mich mit kleinen Schritten vor und zurück zu bewegen. Traudel verstand sofort und folgte meinen Bewegungen. Es war faszinierend, wie schnell sie den Rhythmus verinnerlichte. Rosenwolf begann derweil im gleichen Rhythmus zu klatschen und siehe da – auch Henrik und Geiselhard klatschten mit. Nur Dietwolf regte sich nicht.

Wir tanzten eine Weile voreinander, nach einigen Takten führte ich Traudel in eine Drehung. Nun war sie neben mir, unsere Hüften berührten sich. Sogleich aber führte ich sie mit einer Gegendrehung zurück, nur um hernach sofort die gleiche Bewegung zu wiederholen. Dieses Mal fasste ich sie um die Hüften und wirbelte zwei-, dreimal mit ihr um unsere gemeinsame Achse. Da brach Traudel den Tanz ab, lachte laut auf und ließ sich zurück auf den Autositz fallen. Die Jungs und Rosenwolf hörten auf zu klatschen.

»Genug!«, rief Traudel, ein wenig außer Atem. »Es ist herrlich, aber es schickt sich wohl nicht für eine verwitwete Frau.«

»Lasst es mich einmal versuchen«, bat Rosenwolf. »Ich bin schließlich noch unverheiratet.«

Dietwolf protestierte: »Für ein unverheiratetes Mädchen schickt es sich noch weniger.«

Sie aber war schon aufgesprungen und schaute herausfordernd in Richtung ihres Stiefvetters: »Was weißt du schon, was sich schickt. Kommt, Herr Rodolfo, zeiget mir, wie man tanzt!«

Ich versuchte mit Rosenwolf die gleichen Schritte wie mit Traudel, aber sie hatte keinerlei Talent und stolperte nur herum. Irgendwann stand ich ihr auf dem Fuß. Sie schrie auf, zeterte und ließ mich los. Die Burschen lachten.

»Das hast du nun davon«, lästerte Dietwolf. »Manche Sünden straft der Herr sofort.«

Ich stoppte die Musik.

»Tut mir leid«, entschuldigte ich mich. »Ich wollte Euch nicht zu nahetreten, sondern nur zeigen, wie wir in unserer Welt tanzen. Bei euch mag es nicht schicklich sein, doch bei uns ist es vollkommen gewöhnlich, dass Männer und Frauen – ob verheiratet oder nicht, ob jung oder alt – auf diese und ähnliche Weise miteinander tanzen. Übrigens mitunter auch in einer Kirche.«

»Seht ihr«, sagte Traudel, »auch in der Kirche. An einem Tanz ist nichts Verwerfliches. Und dass Ihr Rosenwolf auf den Fuß getreten seid, lag nicht an der Strafe Gottes, sondern daran, wie tölpelhaft sie sich angestellt hat.«

Rosenwolf hatte sich derweil wieder hingesetzt und schwieg mit hochrotem Kopf.

Um abzulenken schlug ich vor, den Abend mit einem ruhigeren Lied ausklingen zu lassen. Erneut ließ ich Jimi Hendrix spielen: »The burning midnight lamp«.

»In der Tat, ein schönes Lied«, sagte Traudel nachdem es verklungen war. »Doch es stimmt mich traurig.«

»Es ist das Lied von einem einsamen Menschen, der nicht schlafen kann und deshalb seine Lampe bis Mitternacht brennen lässt.«

»Eine Lampe wie die in Eurem Wagen?«, fragte Traudel.

»Eher eine Lampe wie auch ihr sie habt, eine Öllampe, mit einem offenen Feuer.«

»Eure Musik ist so verschieden«, sagte Traudel schließlich. »Mal traurig, dann so heftig und lebendig. Eure Welt muss sehr viel anders sein als unsere.«

Ich wusste nichts darauf zu sagen. Auch die anderen schwiegen. So saßen wir noch eine Weile da, wortlos, vielleicht auch ein wenig ratlos. Die Stille, die sich ausbreitete, nachdem die Musik verklungen war, erschien mir schier unerträglich. Nicht einmal Grillen oder Nachtvögel waren zu hören. Kein Wind rauschte durch die Blätter. Die Welt schien erstarrt.

Im Feuer platze ein Holzscheit. Ich nahm dies als ein Zeichen zum Feuer zu gehen und ein wenig Holz nachzulegen. Die Flammen schlugen hoch, Funken sprühten. Die Gesichter der drei jungen Männer leuchteten rot auf als seien sie Teufelsfratzen.

»Wir müssen nun gehen«, drängte Dietwolf. »Der Mond steht sicher schon hoch am Himmel, die Wolken verdecken ihn. Wir wissen nicht, welche Zeit wir haben.«

»Es ist genau eine halbe Stunde vor Mitternacht«, sagte ich, auf meine Armbanduhr blickend.

Dietwolf warf mir einen verwunderten Blick zu, sagte aber nichts. Sie holten Fackeln aus ihren Körben – Holzscheite, die mit Pech bestrichen waren – und zündeten sie am Lagerfeuer an. Nun leuchteten ihre Köpfe noch dämonischer. Die Fackeln rußten.

Sie verabschiedeten sich höflich; baten mich, doch bald wieder im Bachlenz vorbeizuschauen. Sodann schritten sie, einer hinter dem anderen, den Pfad hinunter in die Ebene.

Mir war, als raunte Dietwolf seiner Base einen Tadel zu. Traudel wiederum fuhr ihn heftig an, worauf er mit einer abwertenden Geste antwortete.

War ich zu weit gegangen? Hätte ich mit Traudel und Rosenwolf nicht tanzen sollen? Ich hatte ein ungutes Gefühl und fand in dieser Nacht noch lange keinen Schlaf. Als ich endlich einschlummerte, träumte ich: Ich stieg ins Auto und fuhr den Weg hinunter nach Handschuhsheim. Die Scheinwerfer meines Wagens schalteten sich automatisch an, das Radio setzte sich in Gang. Unten im Ort leuchteten fahl die Straßenlaternen und die letzte Straßenbahn des Abends setzte sich rumpelnd in Richtung Heidelberger Innenstadt in Bewegung. Ein Motorrad überholte mich auf der Ausfallstraße. Auf der Autobahn waren nur wenige Autos unterwegs; keine LKWs, denn es war Samstagnacht. Im Radio ertönte der neueste Song von Xavier Naidoo. Ich mag seine Stimme nicht, sie klingt so gepresst, als bekäme er beim Singen den Mund nicht richtig auf. Ich schaltete das Radio ab und fuhr durch die Nacht, nur noch das Rauschen der Räder im Ohr.

Tag 85 – 02. Oktober 1037

Erntedank. Ein großes Fest in Hendesham und dem ganzen Herzogtum Franken. Ingbert schickte schon am Morgen einen seiner Knechte, um mir die Einladung für ein Festessen im Bachlenz zu übermitteln. Der Knecht war ein seltsamer Geselle. Er mochte Mitte 20 sein, war auffallend dürr, hatte aber kaum Haare und nur eine Andeutung von einem Bart. Er sprach nuschelnd. Es hieß, er sei »*tumb*« und ein »*Gauch*«, was so viel heißen sollte wie »ein Idiot«. Doch als »*tumb*« bezeichnet zu werden, war bei ihnen kein Makel. Es war schlichtweg die Bezeichnung eines Zustandes genauso wie groß, kräftig oder beleibt.

Sie hatten am Vortag ein Schwein geschlachtet. Im Innenhof des Bachlenzes war noch eine eingetrocknete Blutlache zu sehen. Ich vermutete, sie stammte vom geschlachteten Schwein. Unzählige Fliegen taten sich an der Lache gütlich, was niemanden störte. An einem Holzgerüst hingen Würste, Schinken und andere Teile der Sau, ebenfalls von Fliegen umschwirrt. Hier aber stand zumindest ein Bursche, dessen Aufgabe es war, die Fliegen zu verjagen. Doch zeigte er nicht allzu viel Eifer bei seiner Tätigkeit. Der gesottene Kopf der Sau hingegen war auf dem Tisch aufgebaut worden. In seinem Maul steckten Lauchstangen und eine dicke Zwiebel.

Die Frauen brachten frisch gebackenes Brot aus dem Dorfofen. Dazu trugen sie Körbe, prall gefüllt mit Obst und Gemüse, in die Herberge. Alles landete auf den Tischen, um die sich Ingberts Familie nebst all ihrer Bediensteten und Knechten eingefunden hatten. Später kamen weitere Gäste hinzu, auch wieder Pfarrer Berthold. Wie gewohnt flossen beim Essen Bier und Wein in Strömen.

Wir waren alle sehr ausgelassen an diesem Tag. Am frühen Nachmittag zogen wir zur Kirche am Dorfrand. Pfarrer Berthold, der wohl ein wenig zu tief in die Weingläser geschaut hatte, tat sich schwer mit dem Lesen der Messe. Doch was störte es, wenn er sich dauernd versprach und bei der Wandlung einen heftigen Schluckauf bekam? Die Leute sangen voller Inbrunst. Sie hatten allen Grund fröhlich zu sein, denn es war ein gutes Erntejahr. Die Vorräte würden mühelos über den Winter reichen, ja sicher noch weit in das kommende Jahr hinein.

In der kleinen Kirche am Ortsrand hatten sie natürlich keine Orgel. Die einzige Begleitung ihrer Gesänge boten zwei Lautenspieler: ein Novize aus dem Michaeliskloster und – ja, Traudel! An diesem Tag hörte ich sie zum ersten Mal musizieren. Es waren nur einfache Akkorde, die sie beherrschte, doch sie spielte mit Hingabe. Nach dem *Ite misa est*, der Verabschiedung der Gemeinde durch den Priester, spielte sie weiter, den Auszug der Gläubigen aus der Kirche begleitend. Mir war, als versuchte sie sich dabei an einer Tonfolge, die mir vorkam wie eine Mischung aus »Wonderland« und »The Burning midnight lamp«. Sicher war ich mir nicht, allerdings klang es so völlig anders als die Kirchenlieder und Choräle, die ich bisher bei *den Anderen* gehört hatte. Es schien mir irgendwie modern.

Die fremdartigen Klänge fielen außer mir wohl niemandem auf. Die Leute waren zu sehr in Gespräche vertieft, dachten nur noch an den nächsten Schmaus, der am Abend zu erwarten war, und eilten rasch zurück ins Dorf.

Plötzlich stand Arnulf, der rotschopfige Vetter Ingberts, neben mir. Er hatte sich ziemlich herausgeputzt. Sein Bart war gestutzt, seine Kleidung sauber. Auf dem Kopf trug er ein drolliges Hütchen, wie ich es bislang weder bei ihm noch bei seinen Landsleuten gesehen hatte. Mehr noch als bei unseren vorherigen Begegnungen glich er einem Gartenzwerg.

»Meister Rodolfo«, sprach er mich an, »ich habe gehört, Ihr seid mittlerweile des Reitens mächtig. Ist das dort Euer Gaul? Was sagt Ihr, er sei Euch nur geliehen? Was spielt das für eine Rolle, wenn Ihr frei darüber verfügen könnt. Hört, habt Ihr nicht Lust auf einen Ausflug hinunter an den *Nicarius*? Wir könnten mit der Fähre übersetzen und auf der gegenüberliegenden Seite den Treidelpfad hinauf das Tal reiten. Es ist eine anheimelnde Gegend und wir dürften kaum von Dritten gestört werden. Bis zum Abendessen sind wir wieder zurück. Gilt es?«

Ich hatte nichts gegen einen Ausflug einzuwenden. In das Neckartal war ich bislang nur einmal hineingelangt und das nur zu Fuß auf der hiesigen

Seite. Ich war nicht weit gekommen. Der Weg war sehr schlammig gewesen. Zu alledem hatte das Tal einen finsteren, verwunschenen Eindruck auf mich gemacht, so dass ich es vorgezogen hatte, bald wieder umzukehren.

Arnulf sprach kurz mit seiner Frau Elsbeth, die samt ihrer Ich-weiß-nicht-wie-vielen-Kinder zu Fuß zur Messe nach Hendesham gekommen war. Vielleicht wollte er sich bei ihr für den Ausritt entschuldigen, doch sie winkte nur ab. Zweifellos kannte sie die spontanen Allüren ihres Gemahls.

Unverzüglich ritten wir los.

Schnell erreichten wir das Fischerdorf Neienham, ritten an Arnulfs Gutshof vorbei, ohne dort anzuhalten, und steuerten sogleich das Neckarufer an, wo uns eine Fähre auf die andere Seite setzte. Der Neckar hatte wenig Wasser in dieser Jahreszeit; die Überfahrt verlief problemlos. Arnulf ließ verlauten, im zeitigen Frühjahr, nach der Schneeschmelze, steige das Wasser mitunter stark an; es bildeten sich Wirbel und heftige Strömungen, die ein Übersetzen unmöglich machten. Ich frage ihn, wieso sie keine Brücke bauten. Schließlich hätten schon die Römer hunderte Jahre zuvor eine Brücke über den Neckar geschlagen.

»Unsinn«, entgegnete Arnulf. »Eine Brücke ist nicht notwendig. Für die wenigen Leute, die je auf die andere Neckarseite wollen, reicht die Fähre. Bedenket weiter, so ein Fluss ist eine gute Barriere gegen feindliche Heere.«

»Welche feindlichen Heere?«, fragte ich verwundert.

»Solche, die von Süden anrücken. Schließlich weiß man ja nie.«

Damit musste ich mich zufriedengeben. Mehr wollte er dazu nicht sagen.

Wir folgten dem Treidelpfad auf der Südseite flussaufwärts. Unterhalb des Berges, den wir zu meiner Zeit den Königstuhl nennen, zweigte ein schmaler Pfad ab, der bergauf führte. Ich fragte, wohin der Weg führe, ob dort oben jemand hause.

»Dort oben haust niemand«, antwortete Arnulf. »Die Gegend ist verwunschen. Im Herbst ziehen unheimliche Nebel hier aus dem Tal und hängen sich an den Bergen fest. Dann hört man die Wölfe heulen. Auch heißt es, es fliegen Gespenster um den Berg. Niemals wird jemand freiwillig seinen Fuß auf den malefizischen Berg setzen.«

»Ja, aber der Weg?«, wandte ich ein.

»Wurde von Köhlern angelegt, die dort ab und zu Holz schlagen. Doch die gehen nur im Sommer dort hinauf; jetzt, zu Beginn des Herbstes, nicht mehr.«

»In geraumer Zeit wird man aber dort oben eine Burg und später ein stattliches Schloss errichten«, wagte ich ihn zu belehren.

»So, so. Nun, dann hoffe ich, demjenigen, der sich dort einst niederlassen sollte, wird sein stattliches Schloss nicht zum Verhängnis. Ich bleibe dabei: Der Berg ist verwunschen.«

Damit hatte er gesagt, was er dazu sagen wollte, und setzte seinen Ritt fort.

Der Weg war ziemlich ausgetreten, hatte erhebliche Schäden, war an einer Stelle sogar unterbrochen. Wir mussten einen Umweg durch das Dickicht reiten. Ich bewunderte nicht nur Arnulf, wie er sich mit seinem Kurzschwert vom Sattel aus den Weg bahnte, sondern auch Pferd, dem das Dorngestrüpp, durch das wir uns zwängten, nichts auszumachen schien.

»Ihr müsstet Euch auch endlich ein Schwert zulegen«, sagte Arnulf, »dann kämet Ihr nicht nur leichter durch die Büsche, sondern wäret auch bewaffnet, wie es sich für einen freien Mann geziemt. Was tätet Ihr, wenn Euch einige Räuber auflauerten? Mit Eurem winzigen, einklappbaren Messer oder dem Bilderfangkästchen würdet Ihr Euch gewiss nicht allzu lange wehren können.«

Ich versprach, seinen Rat zu beherzigen und mir ein Kurzschwert schmieden zu lassen.

»Und noch einen Rat möchte ich Euch auf den Weg geben«, sagte Arnulf. Wir waren wieder aus dem Gebüsch herausgekommen und standen nun nebeneinander am Neckarufer. Um uns herum, vor uns und auf der gegenüberliegenden Flussseite war nichts als finsterer Wald. Der Fluss rauschte leise. Ansonsten war kein Laut zu vernehmen.

»Ich höre«, sagte ich gespannt.

Er flüsterte: »Lasset die Hände von Traudel. Ich habe vernommen, Ihr habet der Bachlenztochter den Hof gemacht. Das kann nicht gut gehen. Sie ist zwar Witwe und gewiss eine gute Partie. Dass Ihr in Eurer Welt verheiratet sein möget, das tut gewisslich nichts zur Sache, denn Eure Welt ist weit weg, und was mag es Euer Weib scheren, wenn Ihr hier Euch ein weiteres nehmet. Jedoch gibt es zwei Gründe, warum Ihr von ihr lassen solltet: Zum einen wird gemunkelt, Traudel sei nicht mehr von gesunder Natur. Die Weise, wie es den Frauen zu gehen pflegt, sei bei ihr unregelmäßig wie bei einem alten Weib. Dies sei derart seit der Totgeburt ihres dritten Kindes. Mir deucht zwar, Ingbert hätte es gerne, sie wieder zu verheiraten – nur eben nicht mit einem Gaukler aus einer fremden und fernen Welt. Auch wenn sich Traudel von ihrem Vater nichts vorschreiben lässt, es führte zu nichts Gutem, wenn Ihr um Ihre Hand anhalten würdet.«

Ich war überrascht. Wie kam Arnulf auf die Idee, ich würde nach einem Verhältnis mit seiner Nichte streben? Ich tat meine Verwunderung kund.

»Habt Ihr nicht vor wenigen Tagen erst«, fuhr Arnulf fort, wobei er verschmitzt lächelte, »ihr und der anderen Maid Eure teuflische Musik vorgespielt, die sie nun auf ihrer Laute nachzuäffen versucht? Seit Tagen zupft sie auf ihrem Instrument nur noch solch kuriose Töne. Sie erdreistet sich sogar, selbige in der Kirche zu spielen. Dem gemeinen Volk wird das nicht aufgehen, aber wer genau hinhört, der spürt, das können keine christlichen Töne sein, wie sie zu einer Messe gehören.«

»Was heißt da teuflische Musik?!«, widersprach ich vehement. »Es ist Musik aus meiner Welt, doch sie ist keineswegs teuflisch! Im Gegenteil, sie wird gespielt von wahren Christenmenschen, zu Gottes Ehr! Die Tonarten haben sich im Lauf der Jahrhunderte gewandelt. Wir kennen andere Harmonien, andere Musikinstrumente als ihr. Mehr steckt nicht dahinter.«

Arnulf lachte schallend auf: »Aber Meister Rodolfo, Ihr brauchet mir doch keine Predigt zu halten! Meinet Ihr nicht, ich hätte genügend Verstand im Herzen, um nicht zu sehen, dass Eure Musik eine andere sein darf als die unsere? Auch die Musik der Mauren ist eine andere als unsere und die der Völker im fernen Indien erst recht. Doch das gemeine

Volk wird das nicht verstehen. Die Leute sind einfältig, abergläubisch, von kindlichem Gemüt. Deshalb sage ich Euch, seid vorsichtig!«

Ich schüttelte verwirrt den Kopf: »Mir liegt nichts ferner, als irgendwelchen Frauen den Hof zu machen. Die beiden haben mich von sich aus aufgesucht. Außerdem waren sie in Begleitung von drei jungen Burschen. Ich habe die Leute nicht eingeladen, sie sind von allein zu mir gekommen, da es doch in der Matthäusnacht Brauch sei, sich zu besuchen.«

Wieder lachte Arnulf: »Den Brauch haben die Maiden und Burschen wohl an jenem Tag erfunden! Es war gewiss die Neugierde auf Euer *vehiculum* und die sonstigen Wunderdinge, die sie getrieben haben. Ich weiß nicht, von wem die Idee ausging, zu Euch hinauf zu gehen, vermutlich sogar von Traudel selbst. Sollte es je dazu kommen, dass sie Euch wieder beehrt, so haltet Euch zurück. Spielt keine Musik mehr und vor allem, lasst das Tanzen!«

Wir ritten derweil ein Stück weiter. Der Weg wurde wieder sehr schmal und wir mussten hintereinander her trotten. Als der Weg breiter wurde und wir wieder nebeneinander reiten konnten, fuhr Arnulf fort: »Versteht mich nicht falsch: Ich bin Euch zugeneigt und unterstelle Euch keineswegs schlechte Absichten. Doch Ihr habt Neider. Ja, Ihr habt möglicherweise auch Feinde. Sie warten nur darauf, dass Ihr Euch eine Blöße gebt. Davor will ich Euch warnen, weiter nichts.«

Ich nickte. Ich konnte Arnulfs Warnungen durchaus verstehen. Er schwatzte derweil weiter: »Wenn es Euch nach Frauen gelüstet, so muss es ja nicht gleich eine Verehelichung sein. Geht nach Spirum oder Lobdenburg in ein Badehaus. Wenn Ihr Euch dort vergnügt, wird es Euch niemand verübeln. Alle tun es, sogar die Mönche! Ich kenne mich da gut aus, könnte Euch so manche Empfehlung geben.«

Mir sei derzeit keineswegs nach einem Badehaus oder dergleichen, versicherte ich ihm. Und was seine Warnungen anginge, so würde ich sie selbstredend beherzigen, denn wer mache sich schon gern freiwillig Feinde.

»Wisset, Meister Rodolfo«, entgegnete mein Begleiter, »mitunter macht man sich Feinde, ohne es zu wollen. Mir gefallen Eure Kunststücke, seien sie nun die eines Gauklers oder die eines gewöhnlichen Menschen aus einer anderen Welt, und ich will Euch zur Seite stehen, falls es einmal zu ernsthaften Schwierigkeiten kommen könnte. Ich bin Gott dankbar, dass Ihr just in unserem Gau und zu meiner Lebzeit gekommen seid. So habe ich ein wenig Anteil an all den Wundern und der Zerstreuung!«

Unvermittelt blieb er stehen und deutete auf den Fluss: »Erzählt mir mehr von Eurer Welt! Wird der Fluss hier immer noch so reißend sein und der Weg so miserabel, derart ausgetreten?«

Ich erklärte ihm, dass an der Stelle, an der wir uns gerade befanden, in wohl tausend Jahren eine Schleuse errichtet wird, die den Fluss bändigt, und der Weg zu einer breiten Fahrstraße ausgebaut ist.

»Das bedeutet, Ihr kennt keine Hochwasser mehr?«, fragte er. Als ich ihm gestand, selbst die ausgefuchstesten Stauwehre könnten ein Hochwasser nicht vereiteln, murmelte er grinsend: »Das beruhigt mich. Hätte ich sonst annehmen müssen, Eure Welt sei wirklich des Teufels. Aber wir sollten langsam umkehren. Bis zum Ort Gmundi, wo der Bach Elsacia in den Nicarius fließt, kommen wir nicht mehr, und wenn doch, wäre es für die Rückkehr vor Einbruch der Dunkelheit zu spät. Außerdem ist es ein schäbiger Ort, voller räudigem Gesindel.«

Wir wendeten also und ritten langsam zurück.

Arnulf schwadronierte weiter: »Wisset, Meister Rodolfo, die Weiber trachten immer danach, uns Männern in die Geschäfte reinzureden. Auch und gerade dann, wenn sie nichts davon verstehen. Die meinige, nun ja, sie ist recht listig. Sie kann lesen, schreiben und rechnen. Hat sich alles selbst beigebracht, sagt sie. Mir ist das Recht. Dadurch kann sie mich bei der Aufsicht über das Gut entlasten. Auch Traudel ist eine kluge Person. Doch dann hat es sich schon! Alle anderen Weiber, die ich kenne, sind strunzdumm. Schaut Euch doch nur mal diese Maid Rosenwolf an. Sie hat ihren Namen zu Recht: ein ‚rasender, wilder Wolf' oder besser gesagt eine Wölfin. Doch wo sind bei ihr Weisheit oder auch nur ein Funke Verstand? Nein, solche Weiber taugen gerade mal fürs Kinderkriegen und Haushaltführen! Sollte das in Eurer Welt um so vieles anders sein?«

»Auch viele Männer, die ich kenne, ich meine jetzt in meiner Welt, sind strunzdumm«, gab ich zur Antwort. »Und viele unserer Frauen sind so gescheit wie Eure Elsbeth oder Traudel. Es gibt keinen Grund, warum nicht Frauen die gleichen Ämter bekleiden sollten wie Männer. Und es gibt auch keinen Grund, warum sich nicht auch Männer um die Erziehung der Kinder kümmern sollten oder einen Haushalt führen.«

»Erziehung der Buben, gewiss, was die Kampfeskunst angeht, das ist Männersache. Wie soll eine Frau die Jungmänner im Kampf mit dem Schwert unterrichten? Doch was habe ich als Mann mit der Erziehung einer Maid zu schaffen? Soll ich sie spinnen und weben lehren, wo ich nicht einmal weiß, wie ein Spinnrad oder ein Webstuhl beschaffen ist?«

»Man kann alles lernen. Auch als Mann Spinnen und Weben. Es gibt auch männliche Schneider ...«

»Schneider, gewiss. Das Schneiderhandwerk ist von jeher Männersache. Das Weben jedoch Arbeit der Weiber. Ach, Meister Rodolfo, stellet nicht die Welt auf den Kopf! Die Ordnung ist gottgegeben.« Dabei schielte er zu mir herüber und fügte mit einem Anflug von schelmischem Lächeln hinzu: »Oder?«

Wir erreichten derweil wieder die Stelle, wo wir uns durch das Dickicht schlagen mussten und waren somit gezwungen das Gespräch zu unterbrechen.

Danach fuhr Arnulf fort: »Wie ist es dann bei Euch mit den Familienbanden, wenn Männer wie Weiber leben und Weiber wie Männer? Wer bestimmt, wen die Frau heiraten darf? Oder ist es gar umgekehrt: Legen die Mütter den Söhnen auf, wen sie heiraten sollen und nicht die Väter den Töchtern?«

»Jeder sollte heiraten dürfen, wen er oder sie will. Heiratszwang ist bei uns verboten, zumindest in Deutschland. Die Leute heiraten oder gründen Familien, weil sie sich mögen, ja, weil sie sich lieben. Die Familienbande früherer Zeiten hat bei uns nur noch wenig Bedeutung.«

»Verrückt!«, rief Arnulf, doch mir war, als amüsiere er sich dabei. »Liebe! Hah, die kann doch in einer Ehe nicht gedeihen. Liebe betreibt man neben der Ehe oder meinetwegen bevor man heiratet oder, wenn man verwitwet ist. Man hat eine Gespielin, eine Angebetete; eine, die vielleicht selbst schon mit jemand anderem verheiratet ist, vielleicht auch eine Hübschlerin in einem Badehaus. Mit diesen pflegt man die Liebe. Aber in der Ehe ... Nein, das kann ich mir nicht vorstellen. Nicht, dass ich mich mit meiner Elsbeth nicht verstehe. Wir leben in gütiger Eintracht. Doch mehr ist es nicht. Und Ihr wollt mir weiß machen ...«

»Ihr verwechselt Liebe mit Sexualität«, wagte ich einen Einwand. »Warum soll ich nicht mit der Frau, die ich heirate, eine gute sexuelle Beziehung haben?«

»Nein, nein«, widersprach nun wiederum er. »Ich verwechsle die Liebe nicht mit den geschlechtlichen Genüssen. Natürlich kann ich solcherart auch mit meiner Angetrauten pflegen. Aber sie deshalb lieben? Liebe heißt bei uns, sich in Sehnsucht nach der Geliebten verzehren, alles für sie tun zu wollen, ohne es jemals können zu dürfen. Ich würde für meine Frau zwar alles tun, damit es ihr wohlergeht, aber ihr niemals Liebe schwören ...«

Ein Hase rannte über den Weg. Arnulf unterbrach seinen Redefluss und zeigte auf das Tier: »Sehet, das wäre ein guter Braten für Erntedank. Hätte ich nur meine Armbrust dabei und hätten wir ein wenig Zeit, ihm aufzulauern! So mag er weiterleben. Beeilen wir uns, die Fähre wird bei Einbruch der Dunkelheit nicht mehr fahren. Die Sonne steht schon tief.«

Da wir in offeneres Gelände gelangten, gab er dem Pferd die Sporen – wobei ich bemerken möchte, dass *die Anderen* keine Sporen in unserem Sinne kannten – und galoppierte davon. Ich hatte Mühe, ihm nachzukommen. Doch es war mir Recht, auf diese Weise das Gespräch beenden zu können. Ich fühlte mich überfordert, ihm die Verhältnisse hinsichtlich Liebe, Ehe und Familienbande im 21. Jahrhundert zu erklären.

Tag 86 und folgende; Herbst, früher Winter 1037

Arnulfs Warnungen hatte ich beherzigt. Von da an wurde ich sehr vorsichtig. Ich mied, so gut es ging, die Gesellschaft im Bachlenz und ging Traudel aus dem Weg. Auch sie kam nicht mehr zu mir in meine Klause.

Ich erkundete die Gegend allein oder in Begleitung von Rodrigo; Letzteres aber immer seltener, da dieser mittlerweile meinte, meine Reitkünste seien nun besser als die seinen, ich könnte nichts mehr von ihm lernen. Ich ritt nach Lorsch, dem damaligen Lauresham, bestaunte das dortige Kloster, kam im Norden entlang der Bergstraße bis in die Gegend des späteren Darmstadts, wo ich jedoch nur elendige und armselige Dörfer vorfand. Ich besuchte des Öfteren Spirum, bewunderte den Dombau, vor allem das wackelige Gerüst aus teils sehr dürren Stangen, auf denen sich die Bauarbeiter wie Affen hinauf- und wieder hinunter hangelten, staunte auch über ihre Flaschenzüge, mit denen sie gewaltige Steine in die Höhe hievten, dass einem angst und bange wurde. Weniger erfreute mich der Ort selbst, denn er war lediglich eine Ansammlung von zumeist nur strohgedeckten Holz- und wenigen Steinhäusern. Ein Badehaus suchte ich dort nicht auf. Auch ritt ich mitunter hinüber zu den Weinbergen am Pfälzer Wald, suchte vergebens die Burg Trifels, die wohl damals noch nicht errichtet worden war. Richtung Süden kam ich damals auf der rechten Rheinseite nie weiter als bis zu einem Ort, der sich Ochinsham nannte und den ich durchqueren musste, wenn ich zum Fährplatz wollte, um über den Rhein zu gelangen. Es war sicher eines der schäbigsten Nester des Frankengaus mit verlausten Bewohnern, räudigen Kläffern und einem erschreckend großen Pfuhl zwischen den Häusern, in dem sich Schweine suhlten. Die Kinder und Jugendlichen des Ortes pflegten die Durchreisenden anzubetteln und ihnen, wenn man nichts oder nicht genügend gab, Steine und Erdklumpen nachzuwerfen. Ich setzte Pferd deshalb jedes Mal in Galopp, wenn ich durch dieses Dorf kam. Das schlaue Tier merkte sich das bald und begann von allein zu galoppieren, sobald wir uns dem Nest näherten.

Einmal ritt ich auch in den Odenwald hinein. Ich folgte einem Pfad am Hohen Nistler entlang bis zu einer Lichtung unterhalb des Weißen Steins, die durch einen Waldbrand entstanden war, vielleicht durch Blitzschlag oder von Menschen gelegt. Dort ruhte ich eine Weile aus, bis Pferd auf einmal unruhig wurde und wieherte. Irgendetwas raschelte im Gebüsch. Ich saß schnell auf und verließ den Ort. Ich wollte es, unbewaffnet wie ich war, nicht auf eine Begegnung mit einem Raubtier ankommen lassen. Und noch weniger mit einem Menschen, der mir gefolgt sein mochte und mir hier auflauerte. Ich erwähnte es bereits: Der Odenwald war eine Wildnis. Nur Köhler, Jäger und »lichtscheues Gesindel« wagten sich dort hinein.

Das Neckartal durchstreunte ich erst wieder im Winter, als Schnee lag und der Neckar zugefroren war. Das ermöglichte mir, den Fluss an jeder beliebigen Stelle zu überqueren. Damals, es waren der 153. und 154. Tag, also Anfang Dezember, kam ich bis Erasham, einer Siedlung, die zum Gebiet des Michaelisklosters und somit zum Kloster Lorsch gehörte. Im Gegensatz zu Gmundi, das, wie Arnulf zu Recht behauptet hatte, einen wirklich armseligen Eindruck machte, schien mir Erasham reich zu sein – sofern man bei *den Anderen* überhaupt von einem reichen Ort sprechen konnte. Ich nahm an, dass sich Erasham dort befand, wo später einmal die Stadt Hirschhorn liegen mochte. Die enge Neckarschleife ließ es mich vermuten.

Besagter Winter brach jäh herein im Jahr 1037. Der Herbst hatte uns noch lange mit sommerlichen Temperaturen verwöhnt, doch mit den letzten Oktobertagen ging der Sommer dahin, Stürme setzten ein, brachten viel Regen und Kälte. Ich hatte reichlich Brennholz gesammelt und mir von einem Köhler auch ein paar Sack Holzkohle bringen lassen. Allerdings war das Heizen so eine Sache: Die Behausung, die mir die Zimmerleute errichtet hatten, war zwar geräumig genug, um darinnen eine Schlafstätte nebst einem Tisch, drei Hockern und einer Truhe unterzubringen – Schränke kannten sie nicht –, doch das war es auch schon. Einen richtigen Ofen besaß ich nicht, anfangs nicht einmal eine Feuerstelle im Innern des Raumes. Mein Essen hatte ich mir stets im Freien gekocht. Als es kälter wurde, sah ich mich gezwungen, mir auch im Innern der Behausung eine Feuerstelle einzurichten. Ich wählte die Ecke, die am weitesten von meinem Bett entfernt war und errichtete dort einen kleinen Herd aus Steinen. Einen Kamin hatte ich nicht, also klopfte ich einfach ein Loch in das Dach, damit der Rauch abziehen konnte. Auf das Dach selbst montierte ich ein Brett derart über das Loch, dass der Rauch zwar abziehen, es jedoch nicht hereinregnen konnte. Ideal war diese Lösung nicht: Brannte ein ordentliches Feuer, qualmte es meist heftig und ich lief Gefahr, einen Hausbrand zu verursachen. Ließ ich dagegen die Flammen niedrig, wurde es in der Bude nicht warm. Ich hütete mich, das Feuer ganz ausgehen zu lassen. Meine Streichhölzer wurden – wie schon erwähnt – rar und die Art und Weise, wie *die Anderen* Feuer machten, war mir zu mühselig: Sie nahmen ein Rundhölzchen, das sie auf ein anderes Holz setzten und drehten es heftig. An die Stelle, an der sich die Reibungshitze entfachte, hielten sie einen Zunderschwamm. Wenn sie es geschickt anstellten, brannte es nach zwei oder drei Minuten.

Des Weiteren besorgte ich mir etliche Felle und Decken, Erstere voller Flöhe und Läuse, die ich ausräuchern musste, Letztere rau und zerschlissen. Ich merkte, dass man mir gegenüber inzwischen nicht mehr so freigiebig war wie zu Beginn. Die Leute besaßen selbst nur wenig; ständige Abgaben an einen Fremden wie mich, auch wenn er unter dem Schutz des Abtes stand, erwiesen sich mit der Zeit als lästig. Ich bot ihnen deshalb immer öfter meine Dienste an, beispielsweise einen Blick durch das Fernglas oder Musik aus dem CD-Player, doch beides befriedigte meine Gastgeber auf Dauer nicht. So ging ich dazu über, mich anderweitig nützlich zu machen. Da ich mittlerweile leidlich reiten konnte und gern unterwegs war, spielte ich ab und zu den Boten. Auch setzte ich später, nachdem ich mich mit ihrer Schreibweise vertraut gemacht hatte, gelegentlich Schriftstücke für sie auf. Außer den Mönchen konnte kaum jemand lesen und schreiben.

Die kalte Jahreszeit wurde zur Bewährungsprobe. Denn nicht nur Feuchtigkeit und Kälte machten mir zu schaffen, auch die Einsamkeit.

Ich erwähnte bereits, dass ich allzu viele Besuche im Bachlenz vermied. Auch zur Abtei ging ich nur selten. Kam ich auf meinen Ausritten in ein Dorf oder an ein Gehöft, grüßte ich zwar die Bewohner, die sich auf der Straße oder in ihren Vorgärten befanden, suchte aber nur selten Gespräche. Die Leute wiederum beschränkten sich ebenfalls auf freundliches Grüßen und wenige Worte. Wohin ich auch gelangte, stets wusste man über mich Bescheid. Niemand fragte, woher ich kam oder was ich wollte. Ich war für sie »der Fremde aus der anderen Welt«, dem man mit Respekt, doch auch mit Zurückhaltung zu begegnen hatte. Ob es in jenen Tagen auch schon Leute gab, die fürchteten, ich sei gar mit dem Teufel im Bunde, weiß ich nicht. Tatsache ist, dass sie sich mitunter bekreuzigten, wenn ich durch ihre Dörfer oder Gehöfte ritt.

Eine seltsame Begegnung will ich noch festhalten. Es war in der Adventszeit, an einem nebelgrauen Tag, als ich hinunter zum Gehöft am Hellenbach ging. Der Weg war nicht sehr weit, da lohnte es sich nicht, Pferd aus dem Stall zu holen, um mir einige Eier, Milch und etwas Brot zu besorgen. Ich hatte mittlerweile durch meine Botendienste schon ein wenig Geld verdient und ich gebe zu, es machte mich ein wenig stolz, für die Lebensmittel bezahlen zu können. Mit ihren Münzen kam ich allerdings nie so recht klar. Sie hatten sehr viele verschiedene Münzarten, manche aus Silber, die meisten aus Kupfer oder sogar Eisenlegierungen, und sie nannten sie Denare, Groschen, Kreuzer, Gulden (auch wenn die Geldstücke nicht aus Gold waren) oder Pfennige, wobei seltsamerweise die Pfennige bei ihnen den höchsten Wert innehatten. Die Umrechnungen waren kompliziert und manche Händler auf den Märkten nahmen nur bestimmte Münzarten, andere wiederum alles und oft wogen sie es in eigens dafür gedachten Waagen. Ich hätte diesen Händlern sicher auch meine Euro- und Centmünzen andrehen können, doch behielt ich diese für mich, vielleicht aus nostalgischen Gründen. Geldscheine, ich habe es vermutlich schon erwähnt, kannten sie dagegen gar nicht.

Ich stand vor dem Hellenbachhof und war gerade dabei, für meine Ware der Hellenbachbäuerin einige Kreutzer in die Hand zu zählen, als sich plötzlich eine Hand von hinten auf meine Schultern legte. Ich erschrak sehr, denn ich hatte niemanden kommen hören. Die Bäuerin hatte den Ankommenden natürlich gesehen. Sie nickte ihm freundlich zu. Es war Gernot, der Vogt.

»Nun, Meister Rodolfo«, sprach er mich an. »So schreckhaft? Wollte Euch nicht in Verlegenheit bringen. Ich sehe, Ihr hattet Gleiches im Sinn wie ich, einen kleinen Einkauf tätigen. Ihr gebrauchet immer noch Eure seltsame Tasche dazu? Ist sie Euch nicht zu schade, um darin Eier und ein Kännchen mit Milch zu transportieren, die Ihr zudem verschütten könntet?« Zur Bäuerin gewandt bat er ebenfalls um Eier und Milch. Er zeigte mir seinen Beutel.

»Ihr solltet auch einen solchen Beutel gebrauchen und Eure Tasche schonen. Sonst verliert der wundersame Verschluss am Ende noch seine Zauberkraft.«

Ich wusste nicht, ob er es ernst meinte, doch hatte ich inzwischen gelernt, dass *den Anderen* Ironie ziemlich fremd war.

»Keine Sorge«, antwortete ich. »Der Reißverschluss geht so schnell nicht kaputt. Außerdem ist eine solche Tasche bei uns nicht von großem Wert.«

Er bezahlte nebenher seinen Einkauf und meinte dann, wieder an mich gewandt: »In Eurer Welt ... aber wo ist Eure Welt, Meister Rodolfo? Hier ist sie nicht. Hier bekommt Ihr für keines Eurer Wunderdinge Ersatz.«

Er schaute mich nachdenklich an. Vielleicht empfand er in diesem Augenblick sogar Mitleid mit mir.

»Seid Ihr zu Fuß von Eurer Behausung heruntergekommen?«, frage er.

Ich bejahte und fragte ihn, wo er sein Reittier habe. Es warte unten am Weg nach Dossenham. Er komme nicht gern mit dem Tier in den Hof geritten, weil dann die Hunde immer kläfften, was sein Ross wiederum nervös machte.

Ach ja, die Hunde! Es waren schmutzstarrende Bastarde, sehr bellfreudig, allerdings harmlos.

Gernot verabschiedete sich von der Bäuerin, auch ich sagte ihr Lebewohl und gemeinsam verließen wir das Gehöft.

»Es muss recht einsam sein, jetzt im einbrechenden Winter, dort oben auf Eurem Sitz, Meister Rodolfo«, murmelte Gernot. Mir war nicht klar, worauf er hinauswollte. Ich nickte deshalb nur.

»Ich selbst weiß, was Einsamkeit bedeutet«, fuhr er fort. »Ich lebe seit zwei Jahren allein. Wisset, meine Frau starb bei der Geburt ihres, das heißt unseres ersten Kindes. Auch das Kind starb.«

»Das tut mir leid.« Mehr als die übliche Floskel wusste ich darauf nicht zu sagen.

»Oh, das muss Euch nicht leidtun. Es ist Schicksal, Gottes Wille. Ich werde mich wieder verheiraten, gewiss. Nur findet sich nicht die rechte Frau. Noch nicht. Doch wie ist es mit Euch? Gedenket Ihr, Euch zu verheiraten? Oder wollt Ihr doch lieber in das Kloster eintreten? Ihr könnt doch nicht auf alle Zeiten hier, in der Einöde, hausen.«

»Ich bin doch verheiratet, wenngleich in meiner Welt«, gab ich zurück. »Und derzeit gefällt es mir in meiner Einöde noch ganz gut. Nein, ich will weder nochmals heiraten noch ins Kloster eintreten.«

Wir waren inzwischen an der Stelle angekommen, wo sein Pferd wartete. Ohne dass es mir bewusstgeworden war, war ich mit ihm mitgelaufen, obwohl es nicht meine Richtung gewesen war.

Er machte Anstalten aufzusitzen.

»Saget«, wandte er sich nochmals an mich, »ich hörte, Ihr sprachet davon, hier im Gau lebten zu Eurer Zeit hunderte Male mehr Menschen als jetzt. Da kann es mit der Einsamkeit nicht weit her sein, oder? Wo immer man geht und steht, trifft man jemanden, sieht man jemanden, hört man jemanden. Es muss bei Euch ständig zugehen wie auf einem Jahrmarkt oder bei einer Heerschau.«

»Gewiss. Aber auch bei uns sind viele Menschen einsam. In dieser Beziehung ist unsere Welt nicht viel besser als die Eure.«

Er saß mittlerweile im Sattel. »So? Auch bei Euch sind viele einsam? Aber das tröstet mich wenig.«

Er hob die Hand kurz zum Gruß und ritt davon.

Tag 168 – 24. Dezember 1037

Heiligabend. Es lag ein wenig Schnee. Die Wege waren vereist. Die Landschaft machte einen öden Eindruck. Waren der November und die Adventszeit für mich schon erdrückend gewesen, so ereilte mich an jenem Tag eine kaum zu ertragende Niedergeschlagenheit. Pferd schien meine Stimmung zu teilen, denn seit einigen Tagen stand es mit gesenktem Kopf in seinem zugigen Stall und wollte kaum fressen. Was sollte ich tun, wenn das Tier krank werden würde? Einen Veterinär kannten sie nicht. Ja, sie kannten nicht einmal einen richtigen Arzt für die Menschen! Ihre »Scherer« oder »Bader« konnten Haare schneiden, Zähne ziehen, zur Ader lassen und Einläufe verabreichen – das war es dann auch schon. Wer Medizin brauchte, ging eher zu einem *wurzari*, wie sie die Kräuterkundigen nannten. Das waren meistens ältere Frauen, doch mitunter auch Männer, die immerhin Mittel gegen Kopfschmerzen, Gliederreißen oder hartnäckigen Husten kannten. Doch deren Methoden waren mitunter so verwunderlich, dass ich nicht verstehen konnte, wie ihnen jemand Glauben schenken konnte. So heilten die Bader Kopfschmerzen oder Migräne durch »Herausziehen eines Schmerzwurmes« aus der Nase. Dabei fuchtelten sie vor dem Gesicht des Patienten mit einer Zange herum, an der plötzlich ein wurmartiges Gebilde hing. In Wirklichkeit war dies ein Stück Stoff oder ein Strick, den sie sich aus dem weiten Ärmel ihres Gewandes hervorgeholt hatten. Und siehe da: So mancher Patient gab vor, augenblicklich von seiner Malaise geheilt zu sein. Was doch der Glaube alles bewirken mag.

Tröstlich war einzig und allein, dass Reginbald gekommen war, und er mir durch einen Boten hatte ausrichten lassen, er erwarte mich in der Christmette, die er im Kloster St. Michael halten würde. Hernach würde es ihm gefallen, wenn ich ihm beim Weihnachtsschmaus Gesellschaft leisten würde, denn er sei begierig zu erfahren, wie ich mich zurechtgefunden und eingerichtet habe. Ich solle bitte auch das Fernglas, die Brille und das Kästchen, das Bildnisse einfangen könne, unauffällig mit mir führen.

Ach, das Kästchen mit den Bildnissen! Meine Digitalkamera hatte schon im August gemeldet, der Akku sei schwach. Inzwischen war er leer! Zwar hatte ich überlegt, den Akku über die Autobatterie zu laden, nur hatte ich weder ein Ladegerät, noch wusste ich, ob die Spannung der Batterie für den Akku ausreichend war. Entweder war sie zu schwach und ein Ladevorgang fand überhaupt nicht statt oder sie war zu stark und zerstörte das Gerät. Selbst wenn es mir nie wieder gelingen würde, die Kamera nochmals in Gang zu bringen, leichtfertig wollte ich sie nicht aufs Spiel setzen. Auch das Handy, mit dem ich zur Not hätte fotografieren können, zeigte mir an, dass seine Energie verbraucht war. Die Gewissheit, dass ich keine Bilder mehr aufnehmen und die Aufnahmen *den Anderen* nicht mehr zeigen konnte, trug in keiner Weise zur Verbesserung meiner Stimmung bei.

Trotzdem packte ich auch die Kamera ein, als ich zum Aberinsberg aufbrach. Mit jedem Meter, den ich mich dem Kloster näherte, wurde meine Laune besser. Pferd schien der kleine Ritt ebenfalls aufzuheitern, denn es schritt kräftig aus. Oben auf dem Berg führte es ein Knecht in einen Stall, wo es sich sofort an einem Berg Heu gütlich tat. Wenigstens um mein Reittier musste ich mir im Augenblick keine Sorgen machen.

Die Erscheinung des Abtes dagegen war besorgniserregend. Er trug schäbige Kleidung, keinen Schmuck. Er hatte abgenommen. Seine Wangen waren eingefallen, die Schultern hingen schlaff herab, um seine Augen zeigten sich Schatten. Ja, gestand er sofort, nachdem wir uns nach der Messe gebührend begrüßt hatten, er sei schwer erkrankt gewesen: Die Ruhr, vielleicht Schlimmeres, gar die Cholera. Das habe er sich in der Karantinischen Mark geholt, im südlichen Bayernland, nahe der italienischen Grenze. Zudem plage ihn immer wieder, schon seit jungen Jahren, das Wechselfieber. Früher hätte ihm das nichts ausgemacht, doch nun, da er geschwächt war, kam es ihm bei jedem Fieberschub vor, als säße der Tod schon an seiner Schwelle. Ach, den Tod fürchte er nicht, versicherte er mir. Letztlich hoffe er auf einen Platz im Paradies. Nein, vielmehr sei er besorgt, sein Lebenswerk nicht vollenden zu können. Es sei ja noch so vieles zu tun! Bereits auf dem Weg ins Refektorium fragte er nach dem Kästchen mit den Bildnissen. Als ich ihm gestand, dass es seine Kraft verloren hatte und ich nicht wisse, wie ich diese in seiner Welt wiederherstellen könne, ohne Gefahr zu laufen, das Gerät vollkommen zu zerstören, nickte er nur verständnisvoll und murmelte: »So mag es besser sein. Schade dennoch.« Sogleich fragte er, ob auch Fernglas und Brille ihre Wirkung verloren hätten. Als ich ihm antwortete, sie wären aus robustem Glas und gingen hoffentlich nie zu Schaden, war er beruhigt. Sehen wollte er die beiden Geräte jedoch nicht.

Im Refektorium selbst forderte er mich auf, neben ihm Platz zu nehmen. Er wiederum saß unmittelbar vor dem großen offenen Kamin, in dem ein ordentliches Feuer loderte. Wir ließen uns von Laienbrüdern allerlei Speisen auftragen. Zum ersten Mal seit gut drei Wochen aß ich wieder ein ordentliches Stück Fleisch.

Wie gewohnt gab es Wein, doch entgegen dem sonstigen Usus unverdünnt.

»Ein edler Tropfen«, schwärmte Reginbald. »Im Frankenland wächst eine gute Sorte. Er steht dem in Italien in nichts nach. Nun ja, schließlich wurde er ja auch von den Römern hierhergebracht. Trinkt nur, Meister Rodolfo, die Fastentage des *Adveniats* sind vorüber. Und wer weiß, wie lange der Winter noch währt, wer weiß, was er uns bringt. Doch nun berichtet mir, Meister Rodolfo, wie es Euch derweilen ergangen ist. Reiten habt Ihr ja schon prächtig gelernt, unsere Sprache beherrscht Ihr schon sehr gut und ich sehe, Ihr kleidet Euch nun auch wie ein freier Franke. Bis auf die Schuhe! Eure Schuhe verraten als Einziges noch Eure Herkunft aus einer anderen Welt.«

In der Tat hatte ich meine Turnschuhe angezogen. Sie waren das Bequemste, was ich hatte, wenngleich sie wenig Wärme gaben. Doch hatte ich es bislang nicht übers Herz gebracht, auch noch um Stiefel zu bitten.

Ich berichtete dem Abt in wenigen Sätzen das Wichtigste, wobei ich immer wieder den Dank an seine Leute einfließen ließ und schließlich damit endete, dass es mir nicht weiter recht sei, wie ein Prinz bedient zu werden. Vielmehr sei ich darum bemüht, die Wohltaten zu vergelten, wobei ich den Eindruck hätte, alles, was ich leiste, sei nicht hinreichend.

Ich solle mir keine Gedanken machen, beschwichtigte mich der Abt. Meine Anwesenheit sei gottgewollt und da ich ein ehrlicher und aufrechter Mensch sei, stünde mir die Unterstützung zu. Allerdings, so fuhr er fort, könne ich in der Tat alles vergelten, ja sogar mehr noch, ich könne mit Gewissheit ihm und seinem Land einen sehr großen Dienst erweisen. Der Kaiser sei in Italien in einen Krieg verwickelt, der von der Stadt Mediolanum, Mailand, entfacht worden sei und der weder dem Kaiser noch ihm, dem Abt, zum Ruhme gereiche.

»Ein Krieg ist nie die beste Lösung«, gestand er. »Als Christen verabscheuen wir die Gewalt. Wie gerne hätten wir den Zwist friedlich beigelegt. Deshalb zählen wir auf Euch, Meister Rodolfo. Ihr sollt im Frühjahr nach Italien aufbrechen und versuchen, zwischen den Parteien zu vermitteln. Euch wird der abtrünnige Bischof Mailands, der das Volk gegen den rechtmäßigen Herrn des Landes, den Markgrafen, aufgehetzt hat, als Parlamentär gewiss akzeptieren.«

Mir eine solche Mission zuzutrauen, ehrte mich. Doch gleichzeitig war mir nicht wohl dabei. Was erwarteten sie? »Entschuldigt, Hochwürden«, fragte ich deshalb vorsichtig nach, »ich soll also zwischen den Parteien vermitteln und ein *compromissum* heraushandeln?«

Für einen winzigen Augenblick schien Reginbald verwirrt zu sein, doch dann besann er sich wohl meiner Unkenntnisse über die Verhältnisse im Reich und erklärte, selbstverständlich ginge es einzig und allein darum, die Stadt zu befrieden. Von einem *compromissum* sei nicht die Rede. Die Stadt hätte sich ohne die geringsten Zugeständnisse wieder dem Reich anzuschließen und dem Markgrafen und Kaiser zu unterwerfen. Dafür würde sie von Belagerung, Eroberung, Plünderung und Brandschatzung verschont bleiben. Die Stadtoberen, einschließlich des Bischofs, könnten alle ihre Ämter und Pfründe behalten, keiner würde gerichtet werden. Wenn ich wollte, könnte ich das als ein *compromissum*, als ein Entgegenkommen des Kaisers, werten.

In unserer unmittelbaren Nähe saß Bruder Einhard. Er hatte wohl alles mit angehört. Urplötzlich mischte er sich in unser Gespräch:

»Bruder Reginbald, haltet Ihr das wirklich für eine gute Idee, einen Fremden, der weder unsere Sitten noch Gebräuche und schon gar nicht unsere weltlichen Anliegen versteht, zu einer solch heiklen Mission zu entsenden?« Reginbald fuhr herum und blickte ihn scharf an, doch der Mönch fügte hämisch grinsend hinzu: »Was, wenn die Italiener ihn gefangen nehmen und gar richten? Es wäre nicht das erste Mal, dass sie einen Parlamentär auf den Pflock bänden, ihn schändeten und seinen Kopf an den Kaiser zurückschickten. Wohlgemerkt: nur den Kopf.«

»Was erlaubet Ihr Euch!«, fuhr ihn Reginbald an. »Ihr habt zu schweigen, wenn ich rede! Ich habe Euch nicht das Wort erteilt.« Zu mir gewandt fuhr er fort: »Habt keine Bedenken. Wir werden Euer Leben nicht leichtfertig aufs Spiel setzen. Die Verhandlungen werden natürlich in unserem Heerlager geführt. Die Städter müssen ihre Vertreter zu uns entsenden, das steht außer Frage.«

Ich muss gestehen, dass mich die Reise nach Italien und die Mission sehr reizten. Augenblicklich gab ich dem Abt mein Versprechen, im Frühjahr, sobald es die Witterung zuließe, nach Italien aufzubrechen. Was allerdings das Ziel der Mission anging, so hielt ich sie für aussichtslos. Dunkel erinnerte ich mich meines Geschichtsunterrichts, wonach die italienischen Städte sich nie dem Kaiser ergeben hatten und letztlich nur auf dem Papier zum Reich gehörten. Doch verschwieg ich dies wohlweislich.

»Ihr reiset natürlich nicht allein«, sprach Reginbald derweil weiter, »sondern zusammen mit uns und einem erheblichen Gefolge. Der Weg nach Italien ist beschwerlich. Vor allem im Gebirg' lauern viele Gefahren: Erdrutsche, Steinschlag, wilde Tiere, aber vor allem allerlei Gesindel, Räuber und Mörderbanden. Da braucht es eine kampferprobte Begleitung. Saget, wie steht es mit Euch selbst? Könnt Ihr mit einem Schwert umgehen? Besitzet Ihr einen Sax oder dergleichen? Nein? Ihr solltet Euch unbedingt eines schmieden lassen. Sodann lasset Euch im Schwertkampf von einem erfahrenen Krieger unterrichten. Nichts ist schlimmer, als eine Waffe zu besitzen, mit der man nicht umgehen kann und die sich letztlich gegen einen selbst richtet.«

Ich versicherte ihm, bereits daran gedacht zu haben. Man habe mir schon von verschiedener Seite geraten, mich zu bewaffnen. Neben dem Gebrauch eines Schwertes wäre mir auch daran gelegen, den Umgang mit einer Armbrust zu erlernen, fügte ich hinzu. Der Abt nickte, meinte, auch dies ließe sich gewisslich regeln.

Ich weiß nicht, ob es am Wein lag oder ob Einhard einfach nur die Ausgeburt der Bosheit und des Widerspruchs war. Er wagte erneut das Wort zu erheben:

»Mit Erlaubnis, Bruder, ich will darauf hinweisen, dass wir es möglicherweise bei Meister Rodolfo nicht mit einem Freien, weder einem Adligen oder einem Angehörigen des Ritterstandes, zu tun haben. Er berichtete des Öfteren von den Wunderwaffen, die in seiner Welt verfügbar wären. Allerdings war alles, was er als waffentauglich bei sich führte, als es ihn in unsere Welt verschlug, ein winziges Klappmesserchen. Abgesehen von einer ehernen Stange in seinem *vehiculum*, die sich gegebenenfalls als Schlagwaffe eignet, die er jedoch als Gerätschaft zum Zwecke der Instandsetzungen an seinem Wagen bezeichnete. Wieso befand er sich nicht im Besitz all der Wunderwaffen, mit denen er immer wieder prahlt, wenn er ein freier Mann ist, wie er behauptet? Verstehet mich nicht falsch, ich will ihm die Bewaffnung nicht abspenstig machen, sondern nur darauf hinweisen, dass wir möglicherweise einen Angehörigen der niedrigen Stände ...«

Reginbald hatte ihn zu meiner Verwunderung eine Weile reden lassen, doch dann fuhr er ihn laut an, so dass es alle im Refektorium hören konnten: »Schweigt! Euer Argwohn grenzt an Boshaftigkeit! Hat nicht Meister Rodolfo berichtet, in seiner Welt gäbe es nur Freie, keine höheren und keine niedrigen Stände? Doch selbst wenn dem nicht so wäre, allein die Gerätschaften, die er mit sich führt, weisen ihn in unserer Welt – ich betone: in unserer Welt – als einen Menschen mit besonderen Gaben aus. Wieso sollten wir es nicht ausnutzen und uns diesen Menschen zum Verbündeten machen? Was denkt Ihr, Bruder Einhard, wäre der Fremde bei den Italienern gestrandet oder gar den Muselmanen, würden sie nicht genauso handeln und den Vorteil, den er ihnen brächte, für sich in Anspruch nehmen? Würden sie ihm nicht auch jegliche Wohltat zukommen lassen, um ihn für sich zu gewinnen? Ich will von nun an nichts mehr von Euch hören, Einhard! Ihr seid hier eh nur geduldet und kein Mönch unseres Klosters. Noch ein Wort und ich lasse Euch hinaus in die Winternacht werfen.«

Einhard senkte demütig den Kopf, doch mir war, als grinse er weiterhin.

Zu mir gewandt sagte Reginbald in mildem Ton: »Verzeiht mir das offene Wort. Aber ist es nicht so, wie es das Sprichwort sagt: Eine Hand wäscht die andere? Ihr wolltet Euch uns andienen und somit biete ich Euch eine Mission nach Italien, die Ihr auch dankenswerterweise angenommen habt. Gebet nichts auf das Geschwätz Bruder Einhards. Er wird von nun an schweigen. Dafür werde ich sorgen.«

Der Abend verlief mit weiteren Gesprächen über die Kriege des Kaisers und die Konflikte innerhalb und außerhalb des Reiches, wobei der Abt nicht müde wurde, immer wieder zu betonen, der Kaiser sei im Recht, da nur er die Kirche beschützen könne und den wahren Glauben verteidige. Deshalb sei es unabdingbar, Italien zu befrieden. Zwar trug der Kaiser auch die Eiserne Krone der Langobarden und sei somit italienischer König, doch sei diese Krone nichts wert, solange sich die großen Städte vom Reich abwandten.

Mir war nicht wohl, an einem Heiligabend in einem Kloster derart viel über Staatsaffären und kriegerische Auseinandersetzungen hören zu müssen. Wie sich der sonst so demütige Abt ereiferte, war mir unheimlich. Wohl tat auch bei ihm der Wein sein Übriges. Als der Abt die Tafel aufhob und uns einen guten Nachtschlaf wünschte, mochte jeder der Mönche seine zwei bis drei Liter getrunken haben, was selbst bei den trinkfesten *Anderen* nicht ohne Folgen blieb.

Auch ich hatte zu tief ins Glas geschaut und wankte hinaus zu meinem Reittier. Es machte einen guten Eindruck, scharrte unruhig mit den Hufen, wollte wohl sogleich loslaufen. Doch als ich mich in den Sattel schwingen wollte, näherte sich eine Gestalt mit tief ins Gesicht gezogener Kapuze. Zuerst erkannte ich nicht, wer es war. Es war aber kein geringer als nochmals der Abt. Er schaute sich vorsichtig um, als sei es ihm nicht recht, dass ihn jemand beobachtete oder hörte, was er sagte.

»Meister Rodolfo, so hört!«, flüsterte er. »Mich plagt eine Frage, die ich nicht gewagt habe, in Anwesenheit all der Brüder zu stellen: Wie verlief da die Geschichte in Eurer Welt? Gelingt es dem Kaiser das Reich zu einen, Italien zu befrieden? Sagt, was wisset Ihr darüber?«

»Ich gestehe, wenig. Für die Zeit, die nahezu tausend Jahre vor der meinen liegt, habe ich mich wenig interessiert. Vermutlich geht es Euch genauso: Ihr habt auch nicht viel Kenntnisse von der Zeit, die tausend Jahre vor der Euren liegt, nicht wahr?«

»Vor tausend Jahren wandelten der Erlöser auf Erden und die Apostel.«

»Und sonst? Wer war damals Herrscher von Rom? Wie lebten die Menschen zu jener Zeit? Ihr schweigt? Seht Ihr, mehr als das, was in der Bibel steht, wisst Ihr nicht. Ihr wisst es nicht, weil Ihr es nicht wissen müsst. Und so erging es mir. Bevor ich zu Euch gekommen bin, spielte alles, was mehr als ein- bis zweihundert Jahre vor meiner Zeit geschehen ist, für mich keine Rolle. So war mir nicht einmal der Name Eures Kaisers bekannt. Ich weiß aus meinem Schulunterricht nur so viel, dass die italienischen Städte immer wieder abtrünnig wurden und eines Tages aufgegeben werden mussten.«

»Wenn dem so ist: Was würdet Ihr uns raten?«

Der Abt machte auf einmal einen sehr nüchternen Eindruck. Auch ich merkte, wie die Nüchternheit zurückkehrte. Dies mochte der kalten Luft geschuldet sein, doch sicher auch dem heiklen Verlangen des Abtes.

»Ich weiß keinen Rat«, gestand ich. »Wenn wir wirklich die Geschicke Eurer Welt zum Guten beeinflussen wollen, müssten wir mehr verlangen, als nur die italienischen Städte in die Freiheit zu entlassen. Wir müssten die Macht der Kirche schmälern. Sie ist zu reich geworden, zu weltlich. Das war sicherlich nicht im Sinne von Jesus oder dem Apostel Paulus. Die Kirche sollte nicht nach materiellen Gütern streben ... «

»Haltet ein!«, forderte der Abt, doch seine Stimme klang nicht böse. »Ihr verlangt zu viel! Eine arme Kirche? Sicher, sie entspräche mehr dem biblischen Wort. Doch was würde aus einer armen, machtlosen Kirche werden? Würde sie nicht untergehen? Überhaupt, was glaubet Ihr, würden meine Glaubensbrüder oder gar der Kaiser sagen, kämen wir mit einer solchen Forderung.«

Er mochte Recht haben. Für eine Revolution, welcher Art auch immer, war die Zeit nicht reif. Jeder Versuch, die Verhältnisse auf den Kopf zu stellen, würde kläglich scheitern.

Ich konnte ihm jedenfalls nicht widersprechen.

»Ich will mit Euch nach Italien gehen«, sagte ich vielmehr, »und zwischen dem Kaiser und den Städten vermitteln. Vielleicht können wir den Lauf der Geschichte beeinflussen. Vielleicht wird Eure Zukunft nicht das Gleiche sein wie meine Vergangenheit.«

»Ja«, entgegnete er, »mit Eurer Hilfe könnten wir den Verlauf der Geschichte vielleicht ändern. Die Städte werden sich nicht vom Reich abwenden, das Reich wird nicht zerfallen. Wir müssen diese Gelegenheit, die uns Gott bietet, wahrnehmen.«

Er hatte Recht: Es war eine Chance, wenngleich eine sehr kleine. Die Spaltung der Kirche, all die Kriege, die Gewaltherrschaft und die Aufstände, vielleicht war es zu verhindern? Doch gleichzeitig dachte ich, dass vielleicht seiner Welt auch all der Fortschritt versagt bleiben könnte, die Menschenrechte, die Demokratie, die Befreiung von Sklaverei und Leibeigenschaft, die Abschaffung der Folter.

Der Abt lächelte mild: »Ich zähle auf Euch und vertraue Euch. Doch saget, wollt Ihr wirklich in Eure Behausung zurück und nicht doch lieber die Winternächte im Kloster verbringen?«

»Danke für das Angebot, aber ich fürchte die Kälte nicht. Auch wenn der Winter erst begonnen hat, so ist die Sonnenwende überstanden und es wird täglich heller. Nein, ich bleibe in meiner Behausung. Dort habe ich einen Herd, in dem ein Feuer glimmt. Auch sonst fehlt es mir an nichts.«

»Wie Ihr wollt. Es ist nur ein Angebot. Aber da Ihr gerade das Feuer erwähnt. Man hat mir berichtet, Ihr hättet etwas, womit Ihr es entfachen könntet ohne Zunder und Stroh. Seid Ihr dessen noch fähig oder hat das Wunderding auch schon, gleichsam dem Gerät mit den Bildnissen, seine Wirkung verloren?«

»Es ist kein Wunderding. Wir kennen viele Möglichkeiten, Feuer zu entfachen. Eine davon ist das Streichholz. Ich habe aber keine dabei, sonst würde ich sie Euch zeigen. Es sind jedoch nur noch wenige, die ich besitze, deshalb lasse ich das Feuer in meinem Herd nicht ausgehen.« Ich erklärte ihm, wie sich mit dem Streichholz Feuer machen ließ. Er hörte geduldig zu, obgleich ich bemerkte, dass ihm kalt wurde. Auch mir kroch die Kälte mehr und mehr in die Füße.

»Ich danke Euch«, sagte er schließlich. »Ich danke für alles. Doch nun habt Euch wohl. Ich begebe mich morgen schon zurück nach dem Kloster Lauresham und nach den Raunächten hinunter nach Burgund. Wir sehen uns also erst im Frühjahr, nach der Schneeschmelze, wieder.«

Wir wünschten uns gegenseitig Gesundheit und Wohlergehen für das kommende Jahr. Gleich machte ich mich auf den Weg zurück zu meiner Butze, wobei ich bereute, das Angebot im Kloster zu bleiben, nicht angenommen zu haben. Wie schon erwähnt, waren die Wege vereist und im Dunkeln nur schwer zu erkennen. Hätte Pferd nicht eine so gute Orientierung gehabt, ich weiß nicht, wo ich hingekommen wäre.

Total durchgefroren erreichte ich schließlich meine Hütte, versorgte Pferd, so gut es ging, und legte mich erschöpft auf mein Lager, unter einen Berg von sämtlichen Decken und Fellen, die ich mein Eigen nannte.

Die Zukunft? Was mochte sie bringen? Verrückte Gedanken kamen mir in den Sinn: das Zeitparadoxon! Wenn ihre Zukunft nicht meine Vergangenheit war, wurde ich in ihrer Welt vielleicht nie geboren; dann könnte ich auch nicht in die ihre zurückgelangen. Aber nein, wenn beide Welten nicht miteinander identisch waren, war es völlig belanglos, ob in ihrer Welt in knapp tausend Jahren ein Mensch geboren wurde, der an einem schwülen Sommerabend durch einen Blitzschlag in ihre Welt zurückgeschleudert wurde. Es genügte, wenn ein solcher Mensch in einer Parallelwelt geboren und von dort durch den Blitz zu ihnen geschleudert wurde – oder noch wird. Absurd! Die Gedanken drehten sich im Kreis. Es war wie eine Fahrt auf einem Karussell.

Ich hörte Pferd in seinem Stall aufstampfen. Ob es ähnlich wirre Gedanken hegte?

Tag 169, 25. Dezember 1037 bis Tag 181, 6. Januar 1038

Die Raunächte! Ja, sie waren rau. Aber, so hatte ich gelernt: Die Bezeichnung hatte nichts mit der Witterung zu tun. In dieser Zeit räucherten sie ihren Speck und ihren Schinken. Kurz vor Weihnachten hatten sie geschlachtet, was letztlich sinnvoll war, denn in der kalten Jahreszeit verdarb das Fleisch nicht so schnell. Nun schwelten in ihren Behausungen überall rußende Feuer, um das an Weihnachten nicht verzehrte Fleisch haltbar zu machen.

Zwischen den Jahren liegt mein Geburtstag derart geschickt, dass ich mit dem Weihnachtsgeschenk immer auch gleich mein Geburtstagsgeschenk bekam. Gefeiert habe ich meinen Geburtstag so gut wie nie, denn alle Freunde, Bekannten und Verwandten waren noch mit dem Verdauen der Weihnachtsfressalien beschäftigt oder im Winterurlaub. Immerhin pflegten wir im engsten Familienkreis an diesem Tag einen kleinen Ausflug zu machen, beispielsweise in die Wilhelma Stuttgart oder den Frankfurter Zoo, um uns zwischendurch in den Schauhäusern zu wärmen. Doch den Geburtstag zwischen den Jahren 1037 und 1038 verbrachte ich völlig allein. Selbst wenn ich meine Familie bei mir gehabt hätte, was hätten wir unternehmen können? Stuttgart war noch nicht gegründet; Frankfurt hatte noch lange keinen Zoo. Vielleicht hätten wir auf dem zugefrorenen Neckar Schlittschuh laufen können? Allerdings hätten wir dann die Schlittschuhe erst erfinden müssen.

Ich hatte niemandem verraten, dass ich Geburtstag hatte. Sie hätten mich vielleicht mit Geschenken überhäuft oder mich zu einem Essen eingeladen. (Später aber erfuhr ich, dass sie Geburtstage überhaupt nicht feierten, sondern allenfalls die Namenstage.) So schlug ich den besagten Tag tot, genau wie die anderen in diesem Winter, lag viel auf meiner Schlafstatt, beobachtete die Vögel und die Eichhörnchen, die durch die kahlen Bäume turnten, fütterte und striegelte Pferd, kochte mir das eine oder andere dünne Süppchen und baute mir einen kleinen Schneemann, mit dem ich Zwiesprache hielt.

Am 6. Januar schien die Sonne. Der Himmel war wolkenlos. Ich sattelte Pferd und wollte hinunter an den Rhein. Auf dem leicht verschneiten Weg Richtung Lobdenburg kreuzte eine Tierspur meinen Weg. Es waren große Pranken, so groß, dass ich zuerst glaubte, ein Mensch wäre hier mit einer besonderen Art Stiefel gelaufen. Ich stieg ab und betrachtete die Spur genauer. Nein, das waren keine Stiefelabdrücke. Es war auch keine Hundespur, dazu war sie zu groß. Seltsam. Sollte das etwa ein Bär gewesen sein? Nein, Bären gab es allenfalls in den Bergwäldern und sie hielten jetzt Winterschlaf.

Ich ritt weiter. An einem einsam gelegenen Gehöft am Rande der Rheinauen hielt ich an, klopfte höflich an die Tür und bat um Einlass. Die Stimme eines alten Mannes war zu hören, der mich anwies zu warten, er komme nach draußen. Als er die Tür öffnete, kam aus der Kate ein unheimlicher Gestank. Es roch nach Krankheit und Tod. Ich fragte aber nicht, ob es Erkrankte in seinem Haus gebe, sondern nur, ob man in den letzten Tagen ein großes Tier in der Nähe gesehen habe, vielleicht sogar einen Bären. Er lachte und zeigte dabei seine wenigen Zähne. Ein großes Tier? Ja, man hätte die Spuren eines Luchses gesehen, ob ich das meinte? Ein Luchs! Warum nicht? Ich beeilte mich zu lügen, ich sei just hinter diesem Luchs her, da er keine Scheu vor den Menschen habe und schon in Hühner- und Hasenställe eingedrungen sei. Ich hätte mir vorgenommen, den bösartigen Luchs zu erlegen. Der Alte nickte wohlwollend. Sicher, der Luchs mochte tollwütig sein, meinte er, oder zumindest von einem bösen Geist besessen. Wenn ich ihn erlegen würde, wäre mir der Dank des ganzen Gaues gewiss. Er wünschte mir viel Glück, drehte sich um, ging zurück in seine Bude und schloss rasch die Tür. Ich wiederum eilte zu Pferd, welches außerhalb des Gehöftes auf mich wartete, und ritt so schnell ich konnte weiter.

Ich hatte das Bedürfnis, mich zu waschen, obwohl ich nichts berührt hatte, außer mit dem Handrücken die Tür, als ich angeklopft hatte. Bei meinem weiteren Ritt achtete ich weder auf den Weg noch auf die Landschaft, derart gingen mir der Alte und der Gestank seiner Butze durch den Kopf. Ob es in allen Häusern jetzt im Winter so widerlich roch? Lag es daran, dass sie Kohl kochten und keine Fenster und Türen öffneten?

Oder waren es die Frettchen, die sie sich hielten, um Mäuse und Ratten abzuwehren, da sie kaum Katzen kannten? Oder war dort wirklich jemand krank gewesen? Warum hatte er mich nicht hereingebeten, was ihnen die Gastfreundschaft ansonsten gebot?

Pferd trabte gemächlich vor sich hin. Es wusste zwar nicht, wohin ich wollte, schien aber sicher zu sein, dass ich den einmal eingeschlagenen Weg fortsetzen mochte. Ich beneidete das Tier: Es lebte sorglos, kannte nur das Heute und Jetzt, machte sich keine Gedanken über all die Krankheiten, die in dieser archaischen Welt lauern mochten. Ich hatte es verdrängt, zumal ich bisher kaum kranke Menschen getroffen hatte. Zwar hatten die einen oder anderen mitunter heftig gehustet, hatten über ihre Zipperlein geklagt oder vom frühen Tod ihrer Zeitgenossen berichtet, sei es durch irgendein Fieber, eine nicht verheilende Wunde oder die Ruhr, der der Abt Reginbald nur mit Müh und Not entronnen war. So hatte man mir zugetragen, der Ehemann von Traudel sei einem *»argen fiebar«* erlegen, nachdem er sich beim Holzhacken verletzt habe.

Doch alles in allem schienen mir die Menschen hier nicht kränker zu sein als meine Zeitgenossen. Nun aber verfolgten mich die Gedanken an all die Seuchen und Krankheiten, die es bei ihnen noch geben musste und die zu meiner Zeit – zumindest in Deutschland – ausgestorben oder doch zumindest in Schach gehalten waren: Pocken, Pest, Cholera, Scharlach, Masern, Malaria, Typhus, Tetanus, Tuberkulose, Tollwut und auch Lepra. Es war kein Trost zu wissen, dass sie weder Syphilis noch AIDS kannten.

Ich gelangte schließlich nach Lobdenburg, verweilte dort aber nur kurz in einer Schenke, in der ich eine kleine Mahlzeit zu mir nahm. Sodann ritt ich eilends zurück, weiterhin besorgt und verunsichert. Ich gelangte zu meiner Klause, als die Sonne bereits untergegangen war. »Ein verrückter Ausritt, nicht wahr?«, sagte ich zu Pferd, als ich es in seinen Stall führte. Es schaute mich an, als würde es mich verstehen und ich hörte es sagen: »Ja, verrückt. Wenn du das öfter machst, bleibt einer von uns beiden auf der Strecke, am ehesten du, denn schließlich habe *ich* eine Rossnatur.«

»Pferde müssen bewegt werden«, erwiderte ich. Das Tier schien wieder zu antworten: »Es genügt ein Ausflug zum Bachlenz. Dort ein Bier getrunken und mir eine zusätzliche Portion Hafer aufgetischt, danach zurück zu unserer Bleibe und gut geschlafen!«

»Magst Recht haben. Aber im Bachlenz hocken die Leute herum und provozieren mich. Außerdem ...«

»Was außerdem?«

»Ach, nichts.«

»Du willst sagen: Außerdem ist dort die Traudel. Du fürchtest dich, dass du ihr zu sehr gefallen könntest, oder?«

»Pferd, was weißt du von den komplizierten Verhältnissen unter Menschen? Nur weil ich drei Takte mit ihr getanzt habe, wird schon viel zu viel gemunkelt. Dabei war doch weiter gar nichts!«

»Genau. Es war nichts und ich kann es bezeugen. Aber wärst du mit Traudel oder Rosenwolf allein gewesen, was dann?«

»Hör, liebes Pferd, Traudel ist Witwe und Rosenwolf noch ein Kind. Da wäre nichts weiter passiert. Bleiben wir bei den Tatsachen: Ich habe ihnen gezeigt, wie man bei uns tanzt und wir haben ein wenig der Musik gelauscht. Das war's.«

»Ach ja, deine Musik! Mitunter reibt sie an meinen Nerven. In dieser Beziehung sind wir Rösser sehr empfindsam.«

»Ich drehe den CD-Player nicht mehr so weit auf, versprochen. Ich muss ja auch die Batterie des Autos schonen.«

Mein Gott, dachte ich, während ich mich endlich in mein Häuschen begab, jetzt rede ich nicht nur mit dem Pferd, es gibt mir schon Antworten. Werde ich wahnsinnig?

Die Raunächte waren zwar vorbei, doch der Winter hatte erst richtig begonnen. An jenem 6. Januar, als ich müde auf mein Lager fiel, dachte ich, ich hätte die schlimmste Zeit hinter mir, da es ein sonniger Tag gewesen war.

Ich sehnte das Frühjahr herbei, denn nicht nur die Kälte machte mir zu schaffen, auch das eintönige Essen: immer nur Brot, eingelegtes Sauerkraut, Bohnen, gelegentlich Rüben, Zwiebeln, einmal die Woche ein

Ei, selten Fleisch und wenn, dann war es zäh oder roch leicht faulig. Gleiches galt für den Käse. Sie hatten nur eine Sorte und diese nahm mit der Zeit einen immer widerwärtigeren Geruch an. Zu trinken hatte ich ihr dünnes Bier, das in der Kälte seltsamerweise schlechter schmeckte als bei warmen Temperaturen, dazwischen gönnte ich mir einen Schluck Rotwein oder halb gegorenen Traubensaft. Auch bereitete ich mir mitunter eine Art Tee, wobei ich Minze, Brombeerblätter oder Kamillenblüten aufbrühte, denn Schwarzen Tee kannten sie nicht. Ich vermisste ihn, genauso wie Kaffee, aber ich vermisste auch Südfrüchte wie Bananen oder Orangen, schließlich Kartoffeln, Tomaten, Paprika, Mais oder gar Reis. Ich kann mich nicht erinnern, bei *den Anderen* im Ostfrankenreich jemals Reis gegessen zu haben. Später, auf meinen Reisen schon, was mir wie Luxus erschien. Auch kannten sie keine Nudeln. Von wegen Spätzle, Maultaschen oder andere Teigwaren! Das mussten Erfindungen späterer Zeiten sein. Und das einzige Obst, das ich über den Winter zwischen die Zähne bekam, waren saure Äpfel und harte Birnen, beides in Größen, wie sie in unserer Zeit niemand zu verkaufen gewagt hätte.

In diesen Tagen begann ich auch einen Kalender zu führen, die Tage zu nummerieren und Notizen zu machen, was mir nun bei meiner Niederschrift sehr gelegen kommt. Damals konnte ich noch meinen Kugelschreiber benutzen. Auch hatte ich noch reichlich Papier zum Schreiben. Jetzt, da ich diese Zeilen verfasse, quäle ich mich mit Federkiel, Tusche und Pergament. Aber auch das habe ich eingangs schon erwähnt. Doch ich kann es nicht oft genug wiederholen: Das Schreiben mit Utensilien wie Feder und Tusche ist eine Qual. Was gäbe ich für ein modernes Schreibgerät!

Bevor mir für heute die Hand gänzlich steif wird, muss ich noch festhalten, dass mir das Schreibpapier nicht so sehr verlustig ist wie das andere Papier, von dem ich zwar je eine Packung in meine Verbannung retten konnte, das aber zwangsläufig – auch bei sparsamsten Verbrauch – ebenfalls einmal zur Neige gehen musste. Ich meine das Toilettenpapier und die Papiertaschentücher. Irgendwann hatte ich sie aufgebraucht und bin seitdem gezwungen es *den Anderen* gleichzutun: Wenn ich mich schnäuzen muss, tue ich es auf den Boden und wische meine Nase danach mit einem Stofffetzen ab, sofern einer greifbar ist. Darüber, wie wir uns nach dem Gang zum Abtritt reinigen (wenn überhaupt!), will ich lieber kein Wort verlieren.

Tag 182, 7. Januar 1038 bis Tag 234, 28. Februar 1038

»Letzter Aufruf für Flug LH 295 nach New York. Die Passagiere Holger Schmidt und José Lopez Ferrera werden umgehend zum Flugschalter bei Gate 47 gebeten. Last call for flight number LH 295 to New York ...« Himmel nochmal, wie oft rufen sie denn diese beiden Deppen noch auf? Ich schaue verärgert von meinem Buch auf. Immer wieder die Störung durch diese Durchsagen. Wenn es nur endlich einmal die Durchsage wäre, die zum Boarding für meinen Flug nach Dublin aufrufen würde! Die Maschine hat jetzt schon eine halbe Stunde Verspätung und es tut sich nichts. Das Flugbegleitpersonal steht gelangweilt am Schalter, die Passagiere hocken mit teilnahmslosen Blicken herum oder vertiefen sich in ihre Lektüre. Mancher spielt auch noch mit seinem Handy oder Smartphone. Die Maschine steht schon lange vor der Gangway, längst mit unseren Koffern und all dem anderen Krempel beladen, der auf einem Kurzflug über den Ärmelkanal und die Irische See benötigt wird. Aber es tut sich nichts.

»Verdammt, es tut sich nichts!«, muss ich geschrien haben, denn von draußen hörte ich die Frage:

»Was soll sich denn tun?«

Ich rieb mir die Augen. Hatte wohl wieder geträumt. Von wegen Warteraum bei Gate 44 auf dem Frankfurter Flughafen! Ich lag in meiner Butze bei Hendesham auf und unter Schafsfellen und hatte im Schlaf geredet.

Es war Arnulf, der draußen stand. Ich kroch aus meinem Berg aus Fellen, stand auf und öffnete ihm die Tür.

»Kommet herein«, bat ich ihn. »Was führt Euch zu mir, zu so früher Stunde?«

»Was heißt da frühe Stunde? Es ist längst hell und die Sonne scheint«, sagte er, während er eintrat und sich den Schnee von den Stiefeln klopfte.

»Ich konnte letzte Nacht nicht recht einschlafen«, erklärte ich. »Da habe ich um Mitternacht eine Flasche Wein geöffnet und diese auf einen

Zug leer getrunken. Danach schlief ich dann wohl zu lang.« Ich schaute auf die Uhr und erschrak: 10 Uhr 45!

»Euer seltsam Gerät, welches Euch die Zeit ansagt, nutzt Euch offensichtlich nicht viel, wenn Ihr Tag und Nacht durcheinanderbringt«, spöttelte Arnulf. »Doch hört, das Wetter ist beständig. Viel Frost, aber auch Sonne. Hättet Ihr Lust auf einen gemeinsamen Ausritt? Ich will hinüber in die Haardt, habe dort ein paar Dinge bei einem befreundeten Gutsherrn zu erledigen, der ebenso wie ich, einen königlichen Hof verwaltet. Nicarius und Rhenus sind zugefroren, so sehr, dass wir nicht die Fähren nehmen müssen, sondern einen direkten Weg wählen können, immer stracks nach Westen.«

»Ich war gestern in Lobdenburg«, antwortete ich. »Ja, es ist alles zugefroren. Erst kürzlich bin ich über den Nicarius hinüber bis Gmundi und weiter hinaus.«

»Wollt Ihr damit sagen, dass Ihr des Ausreitens müde geworden seid? Wollt Ihr gar den Rest des Winters in Eurer muffligen Bude verschimmeln?« Er grinste breit aus seinem verfilzten Bart heraus.

Die Schmähung ließ ich nicht auf mir sitzen: »Ich bin sicher, mein Gaul hat nichts gegen einen erneuten Ausritt. Ich muss ihn aber erst füttern und bräuchte selbst noch einen Bissen. Wollt Ihr auch etwas? Ich mache etwas Wasser heiß und brühe einen Kräutersud auf.«

Er lachte: »Ihr und Euer Kräutersud! Da habt Ihr einen kuriosen Brauch aus Eurer Welt mitgebracht. Statt nahrhaftes Bier zu trinken, kocht Ihr Euch ständig diesen Sud. Was tut Ihr denn da alles hinein, wenn ich einmal fragen darf?«

»Alles, was ich so finde und was nicht giftig ist«, erklärte ich ihm. »Einiges hat mir auch Hilda vom Bachlenz gegeben. Sie versteht sich auf solche Getränke.«

»Ach, vergesset Hilda! Sie ist eine Quacksalberin. Elsbeth, meine Frau, kennt Besseres. Nicht, dass ich deren Gebräu freiwillig trinken würde. Aber wenn mir der Zahnwurm durch den Kiefer kriecht oder mich gar ein Bandwurm befallen hat, so nehme ich das, was mir Elsbeth zusammenbraut. Ich trinke es dann schnell, damit ich es nicht schmecken muss. Wie sagt man so schön: Böses muss Böses vertreiben.«

»Oh, fürwahr. Meine Großmutter pflegte Ähnliches zu sagen. Aber mein Tee schmeckt recht aromatisch. Ich habe Wachholderbeeren und getrocknete Holunderblüten reingemischt.«

Das Wasser war derweil einigermaßen heiß geworden. Ich brühte den Tee auf.

»Hier«, sagte ich und hielt ihm mein Trinkgefäß unter die Nase. »Es riecht doch gut, oder nicht?«

Er schüttelte sich: »Es riecht wie die Pisse eines Frettchens. Nie und nimmer trinke ich im gesunden Zustand eine solche Brühe.«

»Selber schuld«, antwortete ich ihm und nahm einen großen Schluck. Er hatte irgendwie Recht. Es schmeckte sehr seltsam, wenn auch nicht unbedingt nach dem Urin eines Raubtieres.

»Seid Ihr dann fertig?«, fragte Arnulf, der sich mittlerweile auf einen meiner Stühle gesetzt hatte.

»Fast. Aber sagt: Schaffen wir das überhaupt an einem Tag in die Haardt und wieder zurück, jetzt, da es so früh dunkel wird?«

Er grinste: »Nein, vor allem dann nicht, wenn Ihr noch weiter herumtrödelt. Aber keine Bange: Mein Freund wird uns ein Nachtquartier bereiten und uns bewirten. Ihr müsst keinen Proviant mitnehmen, doch empfehle ich eine Decke, denn ich weiß nicht, wie er damit ausgestattet ist. Er ist Witwer, müsst Ihr wissen, sein Haushalt wird nicht gut in Ordnung gehalten. Ich hoffe, er heiratet bald wieder. Ach, übrigens Heirat: Die kleine Rosenwolf wird nach Ostern heiraten. Ihr Ziehvater, mein Vetter Ingbert, hat einen Bräutigam für sie gefunden. Bei ihm muss es ja unbedingt ein freier Franke sein, einen *Centenarius* wie mich würde er überhaupt nicht akzeptieren bei seiner Hochnäsigkeit.

Wirklich freie Bauern von Ingberts Stand gibt es kaum noch in unserem Gau. Deshalb ließ er einen seiner Knechte durch die Lande ziehen, um einen passenden Bräutigam zu suchen. Siehe da, der Knecht kam kurz nach Weihnachten an und berichtete von einem heiratsfähigen Junker aus dem Lotharingiens. Das Mädchen wird also dorthin ziehen.«

»Ist sie für eine Heirat nicht zu jung?«, fragte ich verwundert.

»Zu jung? Eher schon bald zu alt. Sobald eine Maid die Art der Frauen bekommt, sollte sie heiraten, denn dann bekommt sie auch Kinder. Das kann nicht früh genug geschehen, denn Ihr wisst ja, wir pflegen nicht solch ein Alter zu erreichen wie die Leute Eurer Welt.« Aus den letzten Worten klang ein wenig Spott, als werfe er mir vor, ihm und seinen Landsleuten allzu oft und zu ausführlich die hohe Lebenserwartung meiner Landsleute vorzuhalten.

»Außerdem«, fuhr er fort, »ist sie eine wilde, ungezähmte Katze. Ich habe Euch ja schon einmal gesagt, was ihr Name bedeutet. Deshalb braucht sie einen Mann. Nicht nur einen, der sie versorgt und Kinder mit ihr zeugt, sondern ...« Er beugte sich vor und flüsterte fast: »... sondern einen, der ihr bei der Zeugung der Kinder auch ordentlich einheizt. Versteht Ihr?«

Ich verstand.

Arnulf stöhnte lustvoll: »Ach, die Weiber! Man kann nicht mit ihnen und auch nicht ohne sie sein. Habt Ihr mittlerweile eigentlich schon ein Badehaus aufgesucht, wie ich Euch empfohlen habe? Ihr kommt doch öfter nach Spirum, oder?«

»Nein, nach den Badehäusern war es mir bisher nicht«, entgegnete ich, während ich nochmals einen Schluck Tee zu mir nahm. »Mir scheinen die Zustände in diesen Einrichtungen nicht sonderlich gut zu sein. Die Leute hocken da stundenlang zusammen in den Zubern, immer im gleichen trüben Wasser. Weiß der Kuckuck, welche Krankheiten dort kursieren.«

Arnulf schmunzelte: »Nun ja, was ist ein Vergnügen schon ohne eine gewisse Gefahr, die von ihm ausgehen mag. Aber es mag schon stimmen: Das Badehaus zu Spirum ist nicht das Beste unter seinesgleichen. Ihr müsset ja nicht in die Zuber steigen, sondern geht gleich zur auserwählten Maid auf deren Lager. Sie sollen dort jetzt junge Sarazeninnen haben. Aus Süditalien. Sollte ich einmal ausprobieren. Aber jetzt müssen wir erst über den Rhenus in den Haardt. Dort hat es kein Badehaus.« Er klatschte sich übermütig auf die Schenkel. »Ha, ha, guter Freund, keine Angst, Ihr werdet nicht in Versuchung geführt! Es wird ein ganz biederer Ausflug.«

Ich füllte derweil das restliche warme Wasser in eine Schüssel und wusch mir notdürftig das Gesicht. Als ich mein Rasiermesser herausholen wollte, brummte Arnulf, dafür sei nun wirklich keine Zeit, ich solle mir den Bart stehen lassen, schließlich sei weder Sonn- noch Feiertag. Nun gut, ich verzichtete auf eine Rasur, kämmte mir nur noch rasch die Haare und eilte hinüber in den Stall zu Pferd, das schon ungeduldig und hungrig mit den Hufen scharrte. Ich gab ihm ein paar Möhren und einen Apfel, während ich mir selbst ein Stück trockenes Brot und ebenfalls einen Apfel in den Mund schob. Sodann legte ich den Sattel auf. Pferd schien sich zu freuen. Als ich es aus dem Stall führte, saß Arnulf bereits auf seinem eigenen Tier. Erneut drängte er zum Aufbruch. Beinahe hätte ich in der Eile die Decke vergessen, die er mir mitzunehmen empfohlen hatte.

Wir ritten bedächtig den Hang hinunter, denn der steile Weg war tückisch vereist. Kaum unten angekommen, ging es im Galopp über die verschneiten Felder, schnurstracks nach Westen auf den zugefrorenen Neckar zu, weit an Lobdenburg vorbei.

Wir kamen gut hinüber, denn das Eis war rau, unsere Pferde hatten guten Halt. Nach der Querung des Flusses gingen wir in einen leichten Trab, so, dass wir nach etwa einer viertel Stunde den Rhein erreichten. Nun erwies sich der Fluss leider in seiner Mitte nicht als vollständig zugefroren. Also ritten wir an seinem Ufer entlang und hielten nach einer Möglichkeit Ausschau, ohne Gefährdung hinüber zu gelangen. Erst nach gut einer weiteren Viertelstunde fanden wir eine seichtere Stelle, wo die Strömung weniger stark und deshalb das Eis dicker war. Hier wagten wir es. Wir ritten in gebührendem Abstand voneinander, damit für den Fall, einer würde einbrechen, der andere nicht mit hinuntergezogen würde. Dabei war uns klar: Derjenige, der davonkommen mochte, konnte dem anderen nicht zur Hilfe eilen. Der Einbruch in das eisige Wasser würde den Tod bedeuten. Wir hatten Glück. Es ging alles gut, wenngleich das Eis unter mir mehr als einmal verdächtig knirschte.

Hatte bisher die Sonne geschienen, so schoben sich urplötzlich grauschwarze Wolken über den Himmel. Wind kam auf, erst schwach, später in heftigen Böen. Ich zog die Kapuze meines Mantels, den ich mir inzwischen hatte schneidern lassen, tief ins Gesicht, das Kinn jedoch blieb ungeschützt. Jetzt erst merkte ich, dass es gut gewesen wäre, auch einen

Schal umzubinden. Leider hatte ich mir bisher keinen zulegen können. Genauso wenig wie gute Handschuhe und ordentliche Stiefel. Ich zog zum Reiten immer noch meine Arbeitshandschuhe an und steckte immer noch in meinen Turnschuhen. Ich verfluchte meine Trägheit: Warum hatte ich noch keinen Schuster aufgesucht? Solange die Sonne geschienen hatte, waren die dünnen Hand- und die ausgetretenen Turnschuhe recht gewesen, aber jetzt, da es sich bewölkte und die Temperatur merklich fiel, litt ich schier unbeschreibliche Qualen. Ungeduldig fragte ich Arnulf, wie weit es denn noch sei.

Er lachte auf seine dreckige Art. Wir hätten gerade einmal die Hälfte des Weges zurückgelegt. Da wir am Rhenus viel Zeit verloren hätten, würde es gewiss gerade dämmern, wenn wir drüben in jenem Ort ankämen, der sich Thuringham nannte. Gewiss, lästerte er weiter, er sehe schon, wie ich leide. Ich sei eben ein verwöhntes Jüngelchen aus einer Welt, wo alles in Samt und Seide gepackt sei, Pferde keine Rolle mehr spielten und die Menschen nur in metallenen Käfigen umherreisten, mit Fenstern, die mit glänzendem Glas versiegelt seien und jegliches Lüftchen abhielten. Ich müsse endlich lernen, mich wie ein rechter Mann des Frankenreichs wetterfest zu kleiden.

Ich ging auf seine Rüge nicht ein, sondern erwiderte, er wisse sehr wohl, dass wir weiterhin noch Pferde hätten und ich wiederholte, es gäbe bei uns sogar mehr an der Stückzahl als bei ihnen.

»Aber ihr reitet nicht bei Wind und Wetter aus«, antwortete er. »Ihr fahrt nur mit euren *vehiculis* herum. Sogar eure Pferde kutschiert ihr in ihnen.«

Er gab seinem Gaul die Sporen und galoppierte davon.

»Ihr tätet es auch, wenn ihr solche *vehicula* hättet!«, rief ich ihm nach. Er aber hörte mich nicht mehr.

Als wir endlich in diesem Thuringham ankamen, einem elendigen Nest aus kaum einem Dutzend Häusern, waren meine Hände und Füße gefühllos geworden. In der Stube von Arnulfs Bekanntem taute ich langsam wieder auf. Er ließ uns eine dünne Gemüsesuppe servieren und zeigte uns hernach unser Nachtlager. Ich legte mich sogleich nach dem Essen nieder und schützte Kopfschmerzen vor. Unsere Pferde wurden ebenfalls von den Thuringhamern versorgt, wir mussten uns also um nichts kümmern. Doch wie ich mich auf dem Lager auch herumwälzte, meine Hände und Füße blieben kalt, trotz all der Decken und Felle, unter denen ich schier erstickte, denn der Gastgeber sparte zwar an Heizung, aber nicht an Bettzeug.

Am kommenden Tag quälte ich mich tatsächlich mit Kopfschmerzen. Der Ritt zurück auf die andere Rheinseite verlief wie der Hinweg: bei eisiger Kälte und bissigem Wind, der uns zum Glück die meiste Zeit in den Rücken blies. Ich weiß nicht mehr, wie ich es schaffte, an meiner Bude angelangt, mein Reittier zu versorgen, Feuer zu machen und mich hinzulegen. Das Frieren nahm kein Ende. Unter allen verfügbaren Decken lag ich da, zitterte und fühlte mich elend. Ich spürte das verdächtige Kratzen im Hals, das mir immer den Beginn einer Erkältung ankündigte. Ja, es war soweit: Ich wurde krank.

Ich will mich nicht mit Schilderungen meiner Krankheit, die mich hartnäckig den Rest des Winters begleitete, aufhalten. Es war jedenfalls grausam. Nicht nur einmal schien es mir des Nachts bei einem schweren Hustenanfall, dass ich dieses vermaledeite Lager nicht mehr lebend verlassen würde. Ich pfiff – nicht nur bildlich gesprochen – aus dem letzten Loch. Die Leute vom Hellenbach und aus Hendesham zeigten großes Mitleid und wetteiferten darin, mich zu kurieren. Sie brachten mir Suppe, Eier, Brot, ja sogar Speck und geräucherten Schinken vorbei. Hilda schickte mir Heilkräuter. Ich braute mir daraus einen Tee, der noch schlimmer schmeckte als alles, was ich bisher aus den Brombeerblättern und Holunderblüten aufgebrüht hatte. Der Teufel allein wusste, um welche Kräuter es sich gehandelt haben mochte, denn nach dem Genuss des Tees wurde mir recht schwummrig; alles drehte sich um mich. Das war nicht das Schlimmste: Die Hellenbachbäuerin kam mit einem Topf ranzigem Gänseschmalz, mit dem sie mich einrieb. Dann tat sie das verbliebene Schmalz in einen Topf, gab Zwiebelschalen dazu und setzte alles auf den Herd, bis das Schmalz dünnflüssig wurde. In die Tunke schlug sie ein rohes Ei, verrührte alles und bestreute es mit einem rötlichen Pulver. Auch hier mochten nur die Höllenteufel wissen, um was es sich handelte.

Ich sollte das Gebräu trinken. Ich versuchte einen Schluck, aber es würgte mich derart, dass ein Austrinken der Schale unmöglich war. Die Bäuerin schimpfte, mir sei eben nicht zu helfen. Sollte ich in Gottes Namen weiterhusten. Sie hätte alles Menschenmögliche getan. »Böses muss Böses vertreiben«, sagte sie noch, bevor sie sich von mir verabschiedete.

Auch Rodrigo kam. Ich freute mich über seinen Besuch, allerdings war er nur erschienen, um auf Geheiß Ingberts Pferd abzuholen.

»Der Maestro meine, *equus* nit gut gehe, wenn nur in *stabulo* stehe. Auch bei Euch zu kalt seie, er sage. Deshalb ich *itzo* hole Tier, bringe nach Bachlenz.«

Pferd schien das recht zu sein. Schließlich würde es bei seinen Artgenossen im Bachlenz'schen Stall tierische Wärme genießen. Das Angebot, ebenfalls in den Bachlenz überzusiedeln, lehnte ich allerdings ab.

»Ich werde Sie für eine Woche krankschreiben«, hörte ich meinen Hausarzt sagen. »Nein, mit dieser Bronchitis sollten Sie nicht arbeiten gehen. Ich verschreibe Ihnen ein Antibiotikum. Da gibt es jetzt etwas Neues, sehr Wirksames. Täglich zwei Tabletten, eine morgens, eine abends, dann müssten Sie nach einer Woche das Gröbste überstanden haben. Und nicht vergessen: Viel trinken! Die beste Medizin gegen so eine Erkältung ist viel trinken.« Er grinste und wünschte mir gute Besserung. Ich schwankte zur Tür hinaus, stand auf der Straße vor seiner Praxis. Der Wind wehte immer noch frostig kalt. Ich zog meinen Schal weit über das Gesicht. Ein Hustenanfall ereilte mich schlimmer denn je. Ich merkte, dass ich fantasierte. Ich stand nicht vor der Praxis meines Hausarztes ... ich stand vor der Tür meiner Butze und rang nach Luft. Diese Kälte, diese vermaledeite Kälte! Was hatte der Arzt in meinem Fiebertraum gesagt: Ein Antibiotikum sollte ich nehmen. Hatte ich nicht eine Packung Antibiotika bei mir, die Tabletten, die für meine Mutter bestimmt waren? Für einen Augenblick kämpfte ich mit mir – ließ es aber sein. Wer weiß, welche Maläsen mich noch heimsuchen mochten: Pest, Cholera, Lepra, ein vereiterter Zahn? Sollte das geschehen, würde ich die Tabletten dringlicher brauchen als gegen eine Bronchitis, auch wenn sie mich noch so quälte. Ich beließ es bei Hildas Kräutersud. Böses muss Böses vertreiben.

Irgendwann setzte ich mich in mein Auto, startete den Motor und schaltete die Heizung auf Hochtouren. Endlich Wärme! Wohltuende Wärme! Es war mir gleich, wie viel Benzin noch im Tank war. Hauptsache Hände und Füße wurden endlich einmal wieder warm.

Gegen Ende Februar fühlte ich mich einigermaßen hergestellt. Wenn die Sonne herauskam, setzte ich mich in den Wagen und genoss den Treibhauseffekt. Am 28. Februar, dem 234. Tag meiner Verbannung in die Welt *der Anderen*, ging ich nach Hendesham, um Pferd abzuholen. Die Leute im Bachlenz, allen voran Hilda und Traudel, freuten sich über mein Erscheinen und tischten mir auf, was sie hatten. Sie hätten sich ganz schön um mich gesorgt, gestanden sie, denn sie befürchteten, mich hätte die Schwindsucht befallen. Vorletzten Winter hätte die Krankheit schwer unter den Bewohnern des Lobdengaus gewütet und einige dahingerafft. Diesen Winter seien sie glimpflich davongekommen. Ich sei fast der Einzige gewesen, der krank darniedergelegen hatte. Es waren wohl die Erreger aus meiner Welt, erklärte ich, die ich mitgebracht hätte, und die zugeschlagen hätten, als ich entkräftet war. Deshalb sei ich auch in meiner Klause geblieben, um niemanden anzustecken. Natürlich verstanden sie nicht, was ich mit »Erreger« und »Ansteckung« meinte. Wie immer ich es auch umschrieb, es blieb ihnen schleierhaft. Eine Krankheit sei schlicht eine Prüfung Gottes, vielleicht auch das Werk böser Mächte. Allenfalls sei sie in schlechtem Wasser, aber »winzig kleine Lebewesen«, die »über die Luft« von einem Menschen zum anderen wandern würden, so etwas könne es nicht geben. Wie soll etwas existieren, das niemand sehen könne?

»Es ist wie mit Eurem Zahnwurm«, entgegnete ich. »Den hat auch noch keiner gesehen und er malträtiert einen trotzdem.«

»Den Zahnwurm habe ich schon gesehen«, rief Hilda aus, wobei sie mit ihren Wurstfingern eine Geste machte, als wolle sie ein wurmförmiges Gebilde in die Luft zeichnen. »Bei einem Barbier in Lobdenburg; der hat einem Bauern einen solchen aus der Nase gezogen. Mit eigenen Augen habe ich das gesehen!«

»Also gut«, gab ich zu, »man kann den Zahnwurm sehen. Aber Engel kann man nicht sehen und sie sind ja dem Glauben zufolge da.«

Jetzt widersprach mir Traudel: »Ich habe schon einmal einen Engel gesehen. In der Nacht, als mein letztes Kind starb, da flog draußen, vor dem Haus, eine weiße Gestalt vorbei. Das muss ein Engel gewesen sein, der die Seele meines Kindes geholt hat.«

»Ja!«, bekräftigte Hilda. »Die weiße Gestalt haben viele im Dorf erblickt. Sie hatte kaum eine Form, aber eindeutig Flügel. Engel kann man sehen, glaubet es mir! Genauso wie den Teufel und seine Spießgesellen.«

Ich resignierte. Es hatte keinen Sinn, sie weiter belehren zu wollen. Aber ich wollte das letzte Wort haben: Ich lenkte ein und gab zu, in ihrer Welt sei eben manches anders als in meiner, und natürlich sei eine Krankheit immer auch eine Prüfung Gottes, ob sie nun durch unsichtbare Mikroben oder den sichtbaren Zahnwurm hervorgerufen werde.

Tag 248, 14. März 1038

Zu Beginn des Monats März setzte die Schneeschmelze ein. Die *Anderen* zeigten erste Tätigkeiten auf den Feldern. Sie pflügten, eggten, säten. Von Weitem betrachtet wirkte es romantisch, wie sie hinter ihren Zugtieren über die Äcker liefen, den Pflug oder die Egge haltend, über die Schollen stolpernd, mitunter singend, gelegentlich auch fluchend. Kam ich allerdings näher, sah ich nur angestrengte Gesichter. Selbst wenn sie sangen, schauten sie verbissen drein. Der Boden war schwer. Die Tiere erwiesen sich manchmal als bockig. Die Wege waren schlammig. Es stank nach Mist und Verwesung.

Am 14. März ritt ich hinüber nach Spirum. Ich hatte vor, den dortigen Schmied aufzusuchen, um mir endlich ein Sax anfertigen zu lassen. Wohl gab es in Hendesham und Lobdenburg auch Schmiede, doch verstanden sie sich dort nur schlecht auf die Anfertigung von blanken Klingen. Arnulf und Ingbert hatten mich ständig bedrängt, mir ein Schwert zu besorgen. Die Italienreise stünde schließlich bald bevor und ich sollte mich unter keinen Umständen unbewaffnet auf den Weg machen. Ingbert hatte mich außerdem gebeten, mich in Spirum um neues Geschirr für seine Herberge umzusehen, da einiges während der Wintermonate zerbrochen war. Sollte ich auf dem Markt etwas Passendes finden, sollte ich es mitbringen. Ingbert hatte mir einige Silberpfennige mitgegeben. Für drei bis vier der Pfennige war gewiss ein halbes Dutzend Trinkschalen zu bekommen und sicher auch noch einige Teller, wenn ich gut verhandelte. Ingbert vertraute mir, denn er hatte bemerkt, dass die Händler mir gegenüber großzügig waren, da sie annahmen, ich erwerbe die Gegenstände für mich selbst. Dem »fremden Gaukler unter dem Schirm des Bischofs Reginbald« waren sie jedenfalls zu dieser Zeit sehr gewogen.

Als ich in Spirum ankam und auf das Stadttor zuritt, bemerkte ich eine große Menschenmenge, die davor herumstand und die mir sehr erregt erschien. Es waren Männer wie Frauen jeglichen Alters, auch Halbwüchsige darunter. Sie kreischten und lachten, allerdings kam mir das Lachen nicht fröhlich vor, sondern hämisch und bösartig. Als ich näher ritt, kam ein dürrer, hochgewachsener Mann, den ich als einen der Schneider aus Spirum kannte, auf mich zugeeilt und rief:

»Oh, Fremder, gut, dass Ihr noch rechtzeitig kommet. Sie schneiden ihm gerade sein Gemächt ab. Kommet, steigt vom Gaul, gehet nach vorn! Das müsset Ihr sehen!«

Ich tat wie geheißen, band Pferd an einen dafür vorgesehenen Pfahl und schob mich zusammen mit dem Mann durch die Menge.

Sie hatten ein Podest aufgebaut. Dort oben, auf einem groben Klotz, war ein Mann festgebunden. Er war nackt. Er blutete aus mehreren Wunden. Zwei Gestalten mit schwarzen Kapuzen über den Köpfen standen daneben. Die eine hielt eine große Zange in der Hand, die andere einen Knüppel von Armeslänge.

»Was passiert hier?«, fragte ich, obwohl ich es ahnte. Nein, ich wusste es: Es war eine Hinrichtung.

»Der Verdammte«, erklärte der Schneider, »wird geschunden und danach gerädert. Er hat seine Frau und seine beiden Kinder mit einem Beil erschlagen. Sehet, jetzt legen sie Hand an ihn an!«

Eine ältere Frau, die neben uns stand, geiferte: »Recht so! Recht so, schneidet ihm nur alles ab, dem Hurensohn! Verflucht soll er sein!«

»Er hat nicht bereut«, fügte mein Bekannter hinzu, »deshalb die doppelten Qualen.«

»Wurde er denn der Tat überführt?«, fragte ich. »Hat er gestanden?«

»Er soll lange geleugnet und behauptet haben, ein Fremder sei in sein Haus eingedrungen und hätte die Tat begangen. Dabei war er als ein Trunkenbold bekannt, der seine Frau immer wieder geschlagen hat. Schließlich hat er gestanden, nachdem sie ihn peinlich befragt hatten. Nachdem sie ihn zum Tode verurteilt haben, hat er widerrufen. Das hat ihm aber nichts mehr genutzt. Einmal gestanden, muss er gerichtet werden. Schauet!«

»Sie haben ihn so lange gefoltert, bis er gestanden hat?«, fragte ich empört, doch meine Frage ging im Geschrei des Pöbels unter. Ich wollte mich abwenden, konnte es aber nicht. Der Folterknecht mit der Zange tat sein Werk. Der Delinquent stieß dabei einen Schrei aus, wie ich ihn noch nie bei einem Menschen gehört hatte.

Danach begannen sie, ihm die Knochen zu brechen. Es ging sehr langsam vonstatten und ich will die Einzelheiten nicht aufs Pergament bringen. Jedes Mal, wenn ein Knochen brach, jubelte die Menge, kreischten die alten Weiber hysterisch und quietschten die Halbwüchsigen, Jungen wie Mädchen.

Als der Delinquent aufgehört hatte zu brüllen, sondern nur noch röchelnde Laute von sich gab, drehte ich mich um, um zu gehen.

»Ihr geht schon?«, fragte der Schneider. »Sie werden ihn jetzt bald auf die Speichen eines Rades flechten. Das sieht drollig aus. Das gibt es allenfalls ein oder zweimal im Jahr zu sehen.«

»Mir ist übel«, gestand ich. »Wir kennen in unserer Welt derartige Hinrichtungen nicht mehr. Die Folter ist abgeschafft, die Todesstrafe in den meisten Ländern auch.«

»Oh, der Herr Gaukler ist empfindsam«, hörte ich einen älteren, dickbäuchigen Herrn, der neben uns stand, spotten. »Ja, seine hehre Welt! Die kennt dergleichen nicht mehr. Bei Euch laufen die Strauchdiebe und Mordgesellen wohl ungestraft durch die Lande?«

»Vielleicht will er uns sagen«, wandte sich ein anderer Herr, den ich als ein Ratsmitglied der Stadt erkannte, an den Dicken, »in seiner Welt gäbe es keine Strauchdiebe und Mordgesellen mehr. Dann fürwahr kann man sich Hinrichtungen sparen.«

Der Dicke lachte und der Ratsmann fiel schließlich mit ein. Es klang verächtlich.

Ich schwieg und ging weiter. Der Schneider folgte mir ein paar Schritte und fragte: »Wenn Ihr derartige *spectacula* nicht mehr kennt, welche Art von Belustigung habt Ihr denn in Eurer Welt? Es muss trist zugehen bei Euch.«

»An Zerstreuung mangelt es uns nicht«, sagte ich. Ich beschleunigte meine Schritte, band mein Pferd los und ging, wobei ich das Tier am Zaum führte, in die Stadt hinein. Ich merkte, dass sie so gut wie ausgestorben war. Nur ein Wächter stand noch am Stadttor, ein weiterer an der Dombaustelle. Ein paar kleine Kinder spielten am Straßenrand, behütet von einem uralten, zahnlosen Mütterlein. Ansonsten war die Stadt verwaist. Alle waren draußen vor dem Stadttor bei der Hinrichtung.

Meine Einkäufe konnte ich mit Verzögerung noch erledigen. Nachdem der Verurteilte auf das Rad geflochten worden war, musste er bald verstorben sein. Der Mob verlor das Interesse und kehrte, als sei nichts geschehen, zu seinen Tagesgeschäften zurück. Niemand sprach mehr von der Hinrichtung. Der Händler für die Töpferware tat, als sei nichts gewesen und ich erhielt in der Tat wieder sehr gute Ware für mein Geld. Nur der Schmied konnte es sich nicht verkneifen, mich zu foppen, da ich mich frühzeitig vom Richtplatz entfernt hatte. Ich solle mich nicht wie eine Klosterfrau aufführen. Solche Gesellen verdienten kein Mitleid. Zudem würden dem Verurteilten dadurch Höllenqualen erspart bleiben, wenn er Torturen auf Erden auf sich nehme und seine Missetaten bereue. Da sich niemand bei diesem Menschen gewiss sein könne, ob er zur Reue fähig war, mochte es sein, dass er nun in der Hölle viel Schlimmeres erleide als zuvor auf dem Pflock. Jedenfalls könne so einer, über den einmal der Stab gebrochen sei und der nicht aufrichtig bereue, nur schwerlich mit einer Auferstehung in Christo rechnen.

Als ich die Stadt verließ und hinunter zum Fährplatz ritt, sah ich aus dem Augenwinkel das Gestell mit dem Rad, auf dem die sterblichen Reste des Delinquenten aufgebunden waren. Ein Rabe flog davon. Ich erinnerte mich, gehört oder gelesen zu haben, dass Raben den Toten die Augen aushacken. Der armen Seele tat es nicht mehr weh, trotzdem schüttelte es mich bei dem Gedanken, dass der Vogel tatsächlich in seinem Gesicht herumgehackt haben mochte.

Als ich am Abend im Bachlenz einkehrte, fand ich eine größere Gesellschaft vor. Nicht nur ein halbes Dutzend Mönche vom Michaelskloster, darunter auch der boshafte Einhard, sondern auch etliche fahrende Handwerksburschen und weitere Leute, die ich nicht kannte, hatten sich in der Schenke eingefunden. Später gesellte sich noch der Vogt mit zwei seiner Gehilfen hinzu, und selbstverständlich war auch die ganze Familie Ingberts versammelt. Es gab eine gute Fischsuppe und reichlich Sauerkraut und Brot. Schließlich war es noch früh im Jahr; außer Kraut, eingelegten sauren Gurken und einigen halb vertrockneten Äpfeln von der letzten Ernte hatten sie in der kalten Jahreszeit keine Speisen, die Vitamine enthielten. Kaum hatte ich Platz genommen, hörte ich die Handwerksburschen am Nebentisch lästern. Das sei ja der Fremde, jener kuriose Gaukler aus der anderen Welt, der heute in Spirum bei der Hinrichtung eines Bösewichts, der all die Torturen redlich verdient hatte, Mitleid mit dem Verurteilten gezeigt habe. Ein falsches Mitleid sei es gewesen, zudem hätte sich der Gaukler ungebührlich über die Gerichtsbarkeit geäußert. Als wüssten die Richter des Frankenreiches nicht Recht zu sprechen!

Ich verkniff mir eine Antwort und tat so, als würde ich nichts hören. Ingbert, der zusammen mit Hilde und Traudel das Essen auftrug, nahm mich dagegen in Schutz, wenngleich mir seine Bemerkungen höhnisch erschienen. Der Gaukler sei nun mal aus einer Welt, in der es keine solchen Bösewichte mehr gäbe. Dort würde keiner hingerichtet werden, allenfalls werfe man die Diebe und anderen Verbrecher ins Gefängnis. Wobei, wie er noch hinzufügte, die Gefängnisse keineswegs finstere Kerker seine, sondern illustre Gemächer mit Badestuben und Gärten, in denen die Gefangenen lustwandeln könnten. Deshalb sei der Gaukler über die Hinrichtung entsetzt gewesen. Er sei nun mal so etwas nicht gewohnt.

Der heuchlerische Mönch Einhard konnte sich natürlich wieder einmal nicht zurückhalten.

»Die Qualen sind nicht willkürlich«, murrte er. »Sie sind streng vorgeschrieben. Jeder Dieb, jeder Mörder bei uns weiß, welche Strafen auf seine Missetaten stehen. Und dennoch siegt deren Bosheit. Wieso soll Gnade walten gelassen werden und der Verbrecher freikommen?«

»In des Gauklers Welt kommt ja auch keiner frei, der einer Missetat überführt wurde«, erwiderte Ingbert. »Sie kennen eben nur milde Bestrafungen. Aber belassen wir es dabei. Ihr seht, der Gaukler schweigt. Er mag dafür seine Gründe haben.«

»Der Herr schweigt«, lästerte Einhard weiter, »weil es ihm peinlich wäre, zuzugestehen, dass es auch in seiner Welt noch Mörder gibt und auch in seiner Welt solche mitunter hingerichtet werden. Er will uns einmal wieder wissen lassen, seine Welt sei die Bessere.«

An mich gewandt fuhr er fort: »Doch habt Ihr nicht selbst berichtet, just in Eurer Zeit, hier in diesem Land, seien die garstigen Verbrechen begangen worden? Haben Eure Zeitgenossen nicht versucht, alle Juden und andere, die ihnen missliebig waren, zu töten? Nicht, dass ich es im Grundsatz missbillige, gegen Juden vorzugehen. Allerdings sind sie zu bekehren, notfalls mit Feuer und Schwert, aber sie willkürlich zu töten, das heiße ich nicht gut.«

Nun konnte ich mich nicht mehr zurückhalten: »Ja, es gab Gräueltaten, zu allen Zeiten. Dennoch …«

»Was heißt da *dennoch?*«, maulte der Mönch. »Gräueltat bleibt Gräueltat! Die Juden einfach zu töten, anstatt sie zu bekehren, ist fürwahr ein völlig anderes Gebaren, als einen Verbrecher mit der Folter zu einem Geständnis zu bringen.«

In diesem Augenblick sprang der junge Ingbert auf, des Bachlenzwirts Sohn: »Heuchlerischer Mönch! Habet Ihr nicht neulich insgeheim gestanden, Euch habe es gefallen, vom Gaukler zu hören, wie man in seiner Zeit die Juden zusammengetrieben und giftigen Dämpfen ausgesetzt habe, um sie zu töten und um deren Besitztümern habhaft zu werden? Habt Ihr das gesagt, oder nicht?«

»Bei den Wunden Christi«, brüllte der Mönch und sprang von seinem Sitz, »waget Ihr es, mich zu verleumden? Und überhaupt, was traut sich ein Jüngling, der den ersten Flaum im Gesicht zeigt, hier das Wort zu erheben?«

»Der Jüngling ist mein volljähriger Sohn!«, donnerte Ingbert Senior in den Raum. »Er hat das gleiche Recht hier zu sprechen wie jeder Erwachsene. Er sagt die Wahrheit, auch ich habe Eure Worte über die Juden gehört.«

Einhard fuhr zusammen und schaute sich hilfesuchend bei seinen Glaubensbrüdern um, die jedoch alle nur betreten zur Seite blickten. Keiner wollte für ihn Partei ergreifen.

Nun rumorte es im Saal. Jeder der Handwerksburschen wusste etwas zu sagen und Dietwolf rief laut in die Menge, sein Vetter sei noch gar kein rechter Mann, in keinem Heer habe er gedient, nichts wisse er von der Welt. Ingbert aber schrie seinen Neffen an, gleich bekäme er von ihm eine Maulschelle, wenn er weiter so daherrede, was jenen veranlasste hochzuschnellen und eine drohende Haltung einzunehmen.

Traudels Kinder weinten, die kleine Gundhild klammerte sich an Hildas Rock. Gernot und seine Gesellen blieben derweil sitzen. Ich hätte allerdings schwören können, dass sie ihre Hände bereits an die Griffe ihrer Saxe gelegt hatten.

»Aufhören!«, rief Traudel in den Raum, worauf alle sofort verstummten. »Wir dulden hier keine Händel. Dietwolf, hüte deine Zunge! Und Ihr, Bruder Einhard, schweigt besser still! Was wisset Ihr schon?«

Dietwolf wurde rot, biss sich auf die Lippen, setzte sich wieder hin und schwieg tatsächlich. Der Mönch aber fuhr nörgelnd fort:

»Verleumdung, sage ich, böswillige Verleumdung! Wer noch dergleichen gehört haben will, soll es äußern! Ich habe mein Gelübde als Mönch abgelegt und als solcher bin ich den christlichen wie auch weltlichen Gesetzen verpflichtet. Nie würde ich ...«

»Genug!«, fuhr ihn Traudel nochmals an. »Wir kennen Euch, Bruder Einhard. Und nach Genuss von zu viel Wein kann einem schon einmal das eine oder andere Wort über die Lippen kommen, welches den Ordensregeln widerspricht.«

»Was wollt Ihr damit sagen?«, fuhr Einhard nun wiederum Traudel an. »Und überhaupt: Führen hier nicht nur Jünglinge, sondern auch die Weiber das Wort?«

»Auch Weiberleut haben in meinem Haus das Recht zu reden«, brüllte Ingbert. »Und jetzt schweigt! Allesamt! Den nächsten, der den Mund aufmacht, setze ich eigenhändig vor die Tür.«

Nun kehrte tatsächlich Stille ein. Nur Gundhild wimmerte noch eine Weile leise vor sich hin. Die Handwerksburschen, Mönche und wer immer zu Gast war, löffelten brav weiter ihre Suppe. Dietwolf stand nach wenigen Minuten auf und verließ grußlos den Raum. Auch der junge Ingbert verschwand schon bald, ebenfalls ohne einen Gruß und mit einem verächtlichen Blick in Richtung des falschen Mönchs. Traudel und Hilda räumten bald danach die Tische ab, während Ingbert nochmals jedem, der danach verlangte, Bier nachfüllte. Mich beachtete niemand mehr.

Nach einer Weile erhob auch ich mich und wollte mich verabschieden. Da drehte sich einer der Handwerksburschen zu mir und fragte, ob ich nicht eines meiner Wundergerätschaften dabeihätte und es ihnen zeigen könnte. Ich verneinte. Ich hatte zwar meine Brille, mein Fernglas und das Schweizer Messer stets bei mir in einem kleinen Beutel, den ich vor einiger Zeit erstanden hatte und nun anstelle meiner Aktentasche immer mit mir führte, nur verspürte ich keinerlei Gelüste, nach der Streiterei nochmals den Wundergaukler zu spielen.

»Ein anderes Mal«, versprach ich. »Ich will zurück zu meiner Behausung, bevor es Nacht wird und mich die Wächter nicht mehr ziehen lassen.«

»Keine Bange«, sagte Ingbert, »für Euch, werter Herr Gaukler, wäre immer ein Plätzchen in meiner Herberge zum Übernachten frei. Aber, wie Ihr wollt. Geht Eures Weges und habt eine angenehme Nacht.«

Als ich schließlich draußen stand und mein Pferd losband, kam Gernot aus der Tür geschritten. Er war allein, seine Knechte hockten noch in der Herberge.

»Einen Augenblick, Meister Rodolfo!«, rief er mir zu.

Ich blieb stehen. Er trat an mich heran und flüsterte: »Höret! Zum einen: Vergesset den falschen Mönch! Wir beobachten ihn schon seit einer Weile und warten nur darauf, dass er sich eine Blöße gibt. Dann überstellen wir ihn der Gerichtsbarkeit; erst der des Abtes, und wenn ihn dieser exkommuniziert, der weltlichen. Hernach mag es ihm nicht besser gehen als jenem Verdammten, der heute in Spirum gerichtet wurde – oder jenen Juden, deren Tod er insgeheim gutgeheißen hat. Was ich aber Euch noch sagen möchte: Ich weiß, wie fremd für Euch vieles in unserem Land sein mag, aber ich bitte Euch, künftig keine Vergleiche mehr zwischen den beiden Welten zu ziehen. Sehet, wir haben keine Möglichkeit, die Eure kennen zu lernen. Wissen wir, ob das, was Ihr uns berichtet, der Wahrheit entspricht? Ist Eure Welt wirklich besser als unsere? Oder hat der garstige Mönch am Ende gar Recht, und sie ist nur anders, aber nicht besser? Wie war das nochmals mit der Einsamkeit? In Eurer so vollendeten Welt gibt es sie noch? Und die Geschichten mit den Juden ... So vieles erscheint mir in Eurer Welt genauso vom Bösen durchdrungen zu sein wie in der unseren. Der Teufel hat sich wohl auch in tausend Jahren noch nicht zur Ruhe gesetzt. Beherzigt also meinen Rat! Schweiget zu dem, was Euch bei uns missfällt. Meine Aufgabe ist, für Ruhe und Ordnung im Gau zu sorgen, nicht einen Gaukler vor Unbill zu bewahren, mag er auch durch Gottes Fügung aus einer anderen Welt zu uns gekommen sein.«

Ich fühlte mich betreten und nickte nur. Wie es seine Art war, hob er nochmals kurz die Hand zum Gruß, drehte sich um und kehrte in die Herberge zurück.

Schon wieder eine Warnung. Wann würde ich es endlich lernen, bei Ihnen nicht mehr anzuecken? Gernot hatte Recht: Sie hatten keinerlei Gelegenheit, meine Welt und Zeit kennenzulernen. Ich wiederum saß bei Ihnen fest, musste mich mit ihren Sitten, Gebräuchen und Gesetzen abfinden und mich anpassen. Die Tage, wo sie mich wegen meiner »Wunder« achteten und in denen ich Narrenfreiheit besaß, mochten langsam zu Ende gehen.

Tag 254, 20. März bis Tag 258, 24. März 1038

Am 30. März, dem 254. Tag nach meiner Ankunft bei *den Anderen,* packte ich meine Habe, sattelte mein Pferd und ritt gen Spirum. Es war ein lauer Tag, zwar wolkenverhangen, aber ohne Regen. Die Wege waren gut passierbar, der Rhein führte nicht allzu viel Hochwasser. Die Fähre konnte mühelos hinübersetzen. Es war der Montag der Karwoche. In der Domstadt herrschte reges Treiben, da sie bereits die Osterfeierlichkeiten vorbereiteten. Ich führte in der Stadt einige Besorgungen durch, verließ diese aber noch am gleichen Tag, um nach Italien weiterzuziehen. Es galt, zum Osterfest in der Fürstabtei des Heiligen Gallus zu sein, dort den Feierlichkeiten beizuwohnen und schließlich bis Anfang April die Pässe zu überwinden.

Gernot hatte mir versichert, alles in seiner Macht Stehende zu tun, meine Bleibe, vor allem aber das *vehiculum,* vor jeglichen Übergriffen zu schützen. Er stellte einen Wächter ab und ließ im ganzen Gau verkünden, dass demjenigen, der sich in meiner Abwesenheit meinem Besitze ungefragt näherte, der Pranger winke, und wer sich gar daran vergreife, dem seien schwere körperliche Strafen sicher. Ich könne also unbedenklich auf Reisen gehen, meinem Besitz würde nichts geschehen.

Es schmerzte mich, nicht mit dem Wagen fahren zu können. Von Handschuhsheim nach Norditalien war es nicht mehr als ein Tag Fahrtzeit, sofern es Straßen gegeben hätte. Doch immerhin war ich das Reiten inzwischen gewohnt, so dass ich der Fahrt in den Süden gelassen entgegenblickte. Vielmehr noch: Mich hatte der Tatendrang gepackt und ich kam mir vor wie der Dichter Goethe, der nach Italien aufgebrochen war, um seinem als spießig empfundenen Dasein in Weimar zu entfliehen.

Ich ritt nicht allein. Der junge Ingbert und Geiselhard begleiteten mich bis Spirum. Gerne wären sie mit mir weitergezogen. Ingbert hatte es ihnen aber nicht erlaubt – angesichts ihres »noch so zarten Alters«, wie er sich ausgedrückt hatte, und weil sie in seiner Herberge gebraucht wurden.

Für die beiden stieß in Spirum Rodrigo, den ich den Winter über kaum gesehen hatte, zu mir. Er prahlte damit, alle Wege nach Süden zu kennen und gab sich als unverzichtbarer Beschützer aus, denn – auch wenn ich inzwischen einen Sax mein Eigen nannte – er hielt mich für ein leichtes Opfer von Straßenräubern und Gesindel. Er dagegen könne treffsicher mit Pfeil und Bogen umgehen: Wer immer uns zu nahe kommen würde, dem würde er ohne Federlesen einen Pfeil zwischen die Augen jagen. Auf eine Armbrust hatten wir verzichtet. Ich hatte noch keine Gelegenheit gehabt, den Umgang damit zu erlernen und Rodrigo zog Pfeil und Bogen vor.

Rodrigo teilte mir auch mit, dass unbedingt die Reittiere gewechselt werden mussten. Das gefiel mir ganz und gar nicht. Ich wollte eigentlich mit Pferd, an das ich mich so gewöhnt hatte, den ganzen Weg bestreiten. Rodrigo lachte. Wie ich mir das vorstelle: »Jedes Gaul wird *fatigo*, müde«, kauderwelschte er. »So wie mir reite, kein Gaul des schaffe. Außerdem Ihr nit kapiert habe, dass Euer Gaul ein Weib sein, eine March! Und jetzt grad *calida* sein. Was Ihr meine, was erstbeste Hengist mache, wenn merke? Euer Gaul dann kriege *pullum*! Wir aber eilig habe. Könne nit warte, bis *caballa* nit mehr *calida*.«

Pferd eine Stute? Das war mir zuvor nicht bewusst gewesen. Oder wie ich bereits geschrieben habe: Ich hatte mir nie Gedanken gemacht, ob es männlich oder weiblich war.

»Ihr müsse blind sein«, meckerte Rodrigo weiter. »Jedes Mensch, wo Auge in Kopf habe, doch sehe, ob Tier ein Gemächt habe oder nit.«

Ich fühlte mich blamiert und stotterte, ich hätte in meinem früheren Leben nie etwas mit Tieren zu tun gehabt.

Er beruhigte sich wieder und beschwichtigte mich: »Ihr Euch mache kein Sorge. Tier nachkomme. Wenn nimmer heiß. Dann komme.«

Umständlich erklärte er, was geplant sei: Es werde in Kürze ein größeres Aufgebot an Menschen und Material nach Italien geschickt. Mein Gaul würde dabei als Lasttier dienen, als »*iumentum*«, denn es müsse viel »*materia*« zum Heer geschafft werden. Da werde jegliches Tier, ob Ross oder Esel, gebraucht. Mit diesem Tross komme mein Tier im Verlauf des Frühjahrs nach. »Wenn du in *Italia magnifica* sein, du wieder habe deine *caballa bruta*«, tröstete er mich.

Pferd als Lasttier! Ich fand das keineswegs tröstlich. Es außerdem als *caballa bruta*, blöde Mähre, zu bezeichnen, fand ich nicht sehr spaßig. Doch ich hörte darüber hinweg. So verabschiedete ich mich von meinem treuen Gefährten in der ersten Station südlich von Spirum, einem Ort, dessen Namen ich vergessen habe, nicht ohne Rodrigos Lästern zu hören:

»*Valedicere* von *ille animalis stupido* Euch falle mehr schwer als *valedicere* von de gute Traudel.« Ich muss im barschen Ton geantwortet haben, denn er zuckte unwillkürlich zusammen: »Mit Traudel habe ich gar nichts zu schaffen, dass Ihr es wisset! Ich habe meine Frau und meine Familie in meiner Welt zurücklassen müssen, gänzlich ohne Abschied. *Das* betrübt mich. Nicht die Trennung von Leuten, die mir zeitlebens fremd bleiben werden.«

Ich weiß nicht, ob er meine Rüge wirklich verstand. Immerhin vermied er es fortan, mit mir ähnlichen Spott zu treiben.

Übrigens Traudel: Der Abschied von ihr war gebührend, aber von Zurückhaltung geprägt. Sie umarmte mich bei der Verabschiedung nicht – im Gegensatz zu Hilda – ja, reichte mir nicht einmal die Hand. Dies mochte aber auch dem Umstand geschuldet gewesen sein, dass ihre Kinder erkrankt waren und sie selbst sich auch nicht wohl fühlte. Die Kinder litten an einem Fieber, dessen Ursache mir nicht bekannt war. Möglicherweise war es eine heraufziehende Erkältung. Ich überließ Traudel zwei von meinen Kopfschmerztabletten. Sie solle sie halbieren und den Kindern mit viel Wasser eingeben. Das würde das Fieber und alle damit verbundenen Beschwerden mildern. Sie bedankte sich artig. Schließlich wünschte sie mir eine gute Reise und eine unbeschadete Wiederkehr. Rosenwolf sah ich übrigens nicht mehr. Sie schien bereits nach Lothringen aufgebrochen zu sein.

Wir ritten auf der linken Rheinseite nach Süden, da die Wege auf der rechten Seite sehr aufgeweicht und teilweise überschwemmt waren. Doch auch wenn die linksrheinische Straße einer alten Römerstraße folgte, so ließ selbst diese zu wünschen übrig. Meist bewegten wir uns über sandige Pisten, nur in der Nähe von größeren Ortschaften oder Burgen war der Weg gepflastert, allerdings nur mit groben, unbehauenen Steinen. Mitunter war der Weg so schmal, dass wir entgegenkommenden Reitern oder Fuhrwerken kaum ausweichen konnten. An anderen Stellen wiederum führten mehrere Karrenwege nebeneinander her, denn stets, wenn einer der Wege verschlammt und unpassierbar geworden war, bahnten sie mit ihren Wägen parallel dazu einen neuen. Manchmal kam es mir vor, als hätten sie eine mehrspurige Autobahn angelegt, nur eben ohne Asphalt.

Die Methode des Pferdewechsels alle dreißig Kilometer – sie rechneten allerdings in *milia passuum*, Meilen – erlaubte uns in der Tat ein schnelles Vorankommen. Schon am ersten Tag überschritten wir die Grenze ins Herzogtum Schwaben und am dritten Tagen erreichten wir die Ortschaft Otmarsham, nahe der Stadt Basilea, in meiner Zeit als Basel bekannt.

In Otmarsham stießen wir auf Reginbald, der mit einem großen Gefolge heranrückte: Mönche und Novizen, Ritter in leichten Kettenhemden und mit Langschwertern bewaffnet, samt deren Knappen und Bediensteten, dazu manch fahrendes Volk, das immer zugegen war, wenn sich ein Heereszug formierte, in der Hoffnung, sich nützlich machen zu können und etwas von einer möglichen Beute zu ergattern.

Reginbald hatte, wie angekündigt, die Zeit nach Weihnachten im Burgund verbracht. Er war erfreut, uns schon so zeitig zu treffen. Wieder bewunderte er meine Reitkunst und lobte obendrein, dass ich mich inzwischen wie ein wahrer Franke gebärde, in Kleidung und weiterer Ausrüstung, denn mittlerweile besaß ich sogar ordentliche Lederschuhe, wie sie jeder fränkische Reiter trug. Nichts an meiner Kleidung verriet mich noch als Fremden. Meine »wundersamen Gerätschaften« waren für Dritte unsichtbar in zwei großen Lederbeuteln verpackt, die ich mit mir führte.

Reginbald feierte in der stattlichen Kirche von Otmarsham die Gründonnerstag-Messe. Es war eine feierliche Zeremonie, die nach Einbruch der Dunkelheit begann und bei der nur wenige Kerzen die Kirche erleuchteten. Es wurde an das Letzte Abendmahl gedacht und Brot und Wein an alle Gläubigen verteilt. Zum Schluss erhielten wir den Segen, damit uns bei der bevorstehenden Reise nichts Böses widerfahre. Nach der Messe begaben wir uns in der Pfarrei des Ortes zu einem bescheidenen, aber sättigenden Mahl. Reginbald nutzte die Zusammenkunft in bekannter Weise, um mit mir zu reden. Er nahm mich beiseite und begann mit einer Frage.

»Was meinet Ihr, Herr Rodolfo, wäre es nicht angebracht, in Hendesham eine Burg zu errichten? Es sollte eine Burg zum Schutze des Klosters sein, die den Weg vom Rheintal herauf bewacht. Von den Bergen her, dem finstern Odenwald, kommt wohl kaum eine Gefahr. Die Burg könnte einen Wassergraben haben, die der Bach speist, der die Mühlen von Hendesham antreibt. Was haltet Ihr davon?«

Ich bejahte: »Eine solche Burg muss, ja, sie wird gebaut werden. Übrigens steht sie im 21. Jahrhundert immer noch, im Gegensatz zum Kloster auf dem Berg.«

»Herr Rodolfo«, entfuhr es Reginbald, »Ihr wisset um das Schicksal von so vielen Dingen. Mich grämt es sehr, zu erfahren, welche unserer Gebäude in ferner Zukunft nicht mehr stehen sollen, auch wenn Ihr mich damit tröstet, dass es den Dom zu Spirum noch geben soll und auch die Burg, die wir noch gar nicht errichtet haben. Meister Rodolfo, ich habe darüber nachgedacht, was Ihr mir in der Weihnachtsnacht gesagt habt. Eure Worte, die Kirche habe zu viel Macht und mische sich zu sehr in die weltlichen Angelegenheiten, haben mich sehr betrübt. Ich glaubte mich auf dem rechten Weg, doch seit dem Gespräch mit Euch bin ich mir nicht mehr sicher und kämpfe um die Wahrheit. Sehet, ich versuche mein Leben Jesu Christo und der Heiligen Mutter Gottes zu widmen und fromme Taten zu vollbringen. Ich bin fürwahr aber auch ein Eiferer, das will ich gestehen. Der große Bernward von Sachsen, der ein gewaltig' Gotteshaus in Hildeneshem errichten ließ, ist mein Vorbild. Böse Zungen sagen mir nun nach, ich wolle mit meinem Dom Bernward übertrumpfen. Ich hingegen finde es nur gerecht, wenn nicht nur im Norden des Reiches, bei den Sachsen, sondern auch im Süden, bei den Franken und Schwaben, ein angemessenes Gotteshaus steht. Zudem stammt unser Kaiser aus einem ostfränkischen Geschlecht und nennt das Rheinland sein Zuhause. Warum soll also nicht im Rheinland ein Dom stehen, gleichsam wie in Hildeneshem?«

Er schaute mich zerknirscht an, als sei ich sein Beichtvater. Ich versuchte ihn zu trösten, sowohl der Dom zu Spirum als auch der in Hildeneshem seien bedeutende Bauwerke, die in unserer Zeit unter besonderem Schutz stünden. Niemand aber bezichtige in den späteren Jahrhunderten deren Bauherren der Überheblichkeit, weder den großen Bernward noch ihn, Reginbald.

»Ach«, fuhr er fort, indem er sich weiterhin niedergeschlagen gab, »ich bin nur ein armer Bischof, der unter der Last vieler Sünden lebt. Den Dom weihe ich der Mutter Gottes, wohl wissend, dass auch dieses gewaltige Bauwerk nur eine kleine Gabe ist, nichts im Vergleich zu dem, was die Mutter Gottes für uns verrichtet hat. Schließlich gebar sie den König aller Könige, trug das ewige Wort Gottes in ihrem jungfräulichen Schoß.«

Ich erwiderte nichts darauf und so fuhr er nach einer Weile fort: »Mögen Gott, Vater, Sohn und Heiliger Geist, mir und uns allen gnädig sein! Er gebe uns Einsicht und beständig guten Willen! Die Reise wird beschwerlich werden und das, was uns in Italien erwartet, alles andere als eine schöne Zeit. Und wenn ich Euch, Meister Rodolfo, Glauben schenken möge, so ist unser Bemühen womöglich vergebens.«

Er tat mir leid, so versuchte ich ihn zu trösten: »Es mag vergebens sein. Wenn wir aber nicht versuchen, den Streit in Italien friedlich beizulegen, haben wir die einzige Chance, die Gott uns bietet, ungenutzt verstreichen lassen.«

»Weise gesprochen«, sagte er und erhob sich. »Lasset uns nun zur Ruhe begeben und morgen früh aufbrechen. Wir werden uns nach Osten wenden, dem Verlauf des Flusses Rhenus folgend, zunächst bis zur Insel Reichenaue. Dort lebt ein großer Gelehrter, der darauf erpicht ist, Euch kennenzulernen.«

Tag 259, 25. März 1038 bis Tag 263, 29. März 1038

Wie es Reginbald bestimmt hatte, ritten wir am Karfreitag weiter. Eine Messe wurde nicht gehalten. Wir nächtigten in einer Siedlung am Rhein namens Scafhusun, was so viel bedeuten sollte wie Schafställe. In der Tat war die Herberge so etwas wie ein Schafstall und selbst für *die Anderen* eine Zumutung, so eng und unbequem waren die Nachtlager. Tags drauf setzten wir noch vor Sonnenaufgang die Reise fort, kamen zeitig an den Bodensee, wo wir auf einem wenig Vertrauen erweckenden Kahn auf die Insel Reichenaue hinüberfuhren. Ich wurde dort sogleich in ein stattliches Kloster geführt, wo ich im Refektorium Platz zu nehmen hatte, um auf diesen Gelehrten zu warten. Mehr, als dass der Mann ein Novize des Klosters war und sich der Geschichtsschreibung und Astronomie verschrieben hatte, hatte ich bislang nicht erfahren. So saß ich ganz allein in dem zugigen Saal und rieb mir die kalt gewordenen Hände. Draußen ging derweil ein Schneeschauer nieder. Der Winter war zurückgekehrt.

Plötzlich öffnete sich eine Tür und zwei stämmige Männer trugen einen Stuhl herein. Darauf saß zusammengekauert ein junger Mann. Er war in einen groben, schwarzen Umhang gehüllt. Nur sein Kopf und seine Hände waren zu sehen. An den Händen erkannte ich, dass er sehr mager sein musste. Seine Gesichtszüge wirkten verkrampft.

Der Stuhl wurde abgesetzt und die beiden Träger verließen den Raum. Ich erhob mich und verneigte mich vor dem Fremden, der keine Anzeichen machte, aufzustehen oder sich in irgendeiner Weise zu bewegen. Nur seine Augen gingen hin und her, als suchten sie etwas.

Schließlich sprach er. Ich verstand ihn kaum. Er sprach leise, sehr langsam und er sprach Latein. Ich bekam mit, dass er mich willkommen hieß und sich selbst *Hermannus contractus* nannte.

»Verzeiht mir«, unterbrach ich, indem ich das mir inzwischen geläufige Ostfränkische gebrauchte. »Ich bin des Lateinischen nicht besonders mächtig. Wenn es Euch beliebt, mit mir Fränkisch zu sprechen oder einen Übersetzer hinzuzuziehen, wäre uns sehr geholfen.«

»Ein Gelehrter, der kein Latein spricht, wie sonderbar«, erwiderte er. »Mir liegt das Alemannische zwar näher als das Ostfränkische, doch ich beherrsche es ebenso. Überhaupt beherrsche ich etliche Sprachen, gar die Sprache der Mauren, denn sie verfassten viele wichtige Schriften, die uns Gelehrten nützlich sein mögen. Fremder, meine Neugierde auf Euch wächst. Mal nennt man Euch einen Gaukler, mal einen Weisen – was seid Ihr wirklich? Es heißt fürderhin, Ihr kommet aus der Zukunft, aus *anno domini* 2010. Ihr hättet Wunderdinge bei Euch. Nein, lasset ab, ich möchte solche Dinge nicht sehen! Setzet Euch! Mich verlangt es vielmehr danach, mit Euch einen Disput zu führen. Wir haben nicht allzu viel Zeit; nur diesen einen Morgen, bis die Mönche zur Mittagsspeise erscheinen. Ihr merkt, ich rede langsam und gebrochen. Auch kann ich mich kaum bewegen. Das ist so seit meiner Geburt. Deshalb nennen sie mich ja *contractus*, den Lahmen. Bemitleidet mich nicht! Ich habe als Ausgleich von Gott die Gabe bekommen, die Dinge scharf zu erkennen und alles, was mir mitgeteilt wird, zu behalten. Wisset, Fremder, ich arbeite an einem großen Werk: Die Geschichte der Welt seit Christi Geburt. Ich schreibe nicht selbst, wenngleich ich des Schreibens und Lesens fähig bin. Vielmehr lasse ich schreiben, weil mir meine Hand so wenig gehorcht. Erlaubet mir, Fremder, der aus der fernen Zukunft kommt, die Frage: Wird mein Werk in Eurer Zeit noch gewürdigt werden? Oder wird es vergessen sein? Weiterhin: Wie schreibt sich die Geschichte fort? Was haben wir zu erwarten? Mehr noch will ich von Euch wissen: Wie steht es um meine Erkenntnisse um Himmel und Erde, die Gestirne und das, was sie treibt? Denn auch daran gedenke ich zu arbeiten: Ein Kompendium über die Naturkräfte, die unsere Erde zusammenhalten, die Sonne, Mond und Sterne um sie kreisen lassen. Warum es Gezeiten gibt, warum der Mond sich in Phasen zeigt und was es bedeutet, wenn Sternschnuppen über den Himmel huschen. Fremder, berichtet mir alles, was Ihr darüber wisset! Ach, vergebliche Mühe! Wir haben nur einen Morgen und wir bräuchten Wochen, Monate, gar Jahre, um alles zu bereden.

So will ich nicht weiter in Euch drängen, will nicht hoffärtig erscheinen, mich eher in Demut dem ergeben, was Ihr mir zu berichten wisst.«

Nachdem er gesprochen hatte, sank er noch tiefer in seinen Stuhl. Dabei drehte er sein Gesicht zu mir und nun konnte ich es gut erkennen. Es war ein hübsches Gesicht, bleich, mit einem Anflug eines Kinnbartes. Er hatte zwei verschieden farbige Augen: eines grau, das andere blau.

Ich begann zu erzählen. Begann damit, ihm zu schmeicheln: Ja, sein Werk werde weiterhin anerkannt, sei für uns eine wichtige Quelle der Geschehnisse zu der Zeit, in der er lebe. Ob es der Wahrheit entsprach, konnte ich nicht nachprüfen; er schien mir jedenfalls zu glauben. Zum Fortgang der Geschichte sagte ich nur, er solle sich keine Sorgen machen, die Welt bestünde auch in tausend Jahren noch, und die Wissenschaft sei immer bedeutender geworden. Vieles sei inzwischen über die Gestirne bekannt, was ihn sicher verwundern würde: Die Erde kreise um die Sonne und diese Sonne sei nur eine von vielen Milliarden, denn all die Sterne seien nichts Anderes als Sonnen.

Ein Lächeln huschte über sein Gesicht. »Falls Ihr nun denket«, erwiderte er, »mich würde Selbiges erschrecken oder ich würde Euch gar des Teufels bezichtigen: Mitnichten! Ich ahnte dergleichen. Meine Beobachtungen der Sonnen- und Mondläufe und das Studium der alten Schriften deuteten mir, dass die Erde keine Scheibe, sondern eine Kugel sein muss, die sich um die Sonne bewegt. Allerdings ist mir neu, dass es mehr als eine Sonne geben soll ...«

»Ja, wir sehen ihr Licht nur deshalb als schwache Punkte, weil sie so weit von uns entfernt sind. Das Licht dieser Sterne braucht Jahre, wenn nicht Jahrtausende, Jahrmillionen zu uns. Das Weltall ist unendlich. Versteht Ihr?«

Ich befürchtete zu weit gegangen zu sein. Er aber lächelte immer noch:

»Ich ahnte es: Gottes Schöpfung ist weitaus größer, als wir sie erfassen können. Ja, Gott wäre nicht Gott, wenn er nur eine einzige Welt geschaffen hätte. Gott ist unendlich und so muss es auch seine Welt sein. Ob es neben der unseren noch Welten gibt, auf der beseelte Wesen leben?«

»Das wissen wir nicht. Auch für uns sind diese Welten zu weit entfernt. Selbst mit unseren besten Instrumenten können wir nicht beobachten, was dort vor sich geht. Aber vielleicht werden die Menschen in weiteren tausend Jahren dazu befähigt sein.«

Er seufzte, richtete sich auf und sagte mit lauter Stimme:

»Ach, ich bin im falschen Jahrhundert geboren! Tausend Jahre, vielleicht auch zweitausend Jahre zu früh. Ich beneide Euch, Meister Rodolfo. Und nun will ich doch einige Eurer Wunderdinge sehen, was immer Ihr mir zeigen könnt. Verzeihet mir die Neugierde, sie ist eine Sünde. Gern sündige ich um des Wissens willen.«

Er streckte mir eine Hand entgegen, deutete damit an, dass er die Wunderdinge nicht nur sehen, sondern auch in Händen halten wollte.

Ich holte aus meinem Beutel das Schweizer Messer, die Brille, einen Kugelschreiber, das Fernglas und schließlich eines meiner T-Shirts, das er lange, sehr lange mit geschlossenen Augen durch seine Finger gleiten ließ, und zu guter Letzt meine Turnschuhe, schmutzig und ausgetreten wie sie waren.

»Würden meine Füße gehen können«, gestand er, »sie würden sich nach solchem Schuhwerk sehnen. Ihr schonet sie wohl und traget sie sicher nur zu festlichen Anlässen.«

Ich bedauerte insgeheim, dass meine Digitalkamera nicht mehr funktionierte, zu gern hätte ich ihm »die Bildnisse« gezeigt und auch eines von ihm angefertigt. So hielt ich es aber für besser, dieses »Wundergerät« gar nicht erst zu erwähnen.

Da fand ich ganz unten in meinem Beutel noch meine Armbanduhr. Ich hatte sie schon eine Weile nicht mehr getragen, da sie nur neugierige Blicke auf sich lenkte und mir ihre exakte Zeitmessung bei *den Anderen* nicht nützlich war. Sie lief immer noch einwandfrei. Die Batterie war noch nicht erschöpft.

»Sehet«, sagte ich zu Hermann, »hier habe ich ein Zeitmessgerät. Nahezu jeder von uns trägt eines, gleichsam einem Armband. Wir sind sehr darauf angewiesen, immer die genaue Zeit zu kennen. Uns genügt es nicht, zu wissen, wann der Tag beginnt, die Sonne hoch steht oder der Abend hereinbricht. Wir messen die Stunden, täglich genau 24, und unterteilen sie wieder in Minuten: Jede Stunde hat sechzig gleich lange Minuten, jede Minute ...«

Er riss mir die Uhr regelrecht aus der Hand und starrte auf das Zifferblatt.

»Es bewegt sich«, stellte er fest. »Ein Zeiger eilet rasch über die Ziffern. Es sind arabische Ziffern, nicht wahr? Zwei weitere Zeiger stehen still ... Nein, der eine scheint sich auch zu bewegen, nur viel langsamer ...«

»Ja, das ist der Zeiger, der die Minuten anzeigt. In einer Stunde umkreist er das Zifferblatt einmal. Und der, der da so schnell eilt, zeigt die Sekunden: Er umkreist das Zifferblatt einmal pro Minuten, das will heißen, eine Minute hat sechzig Sekunden.«

Seine Augen leuchteten vor Begeisterung:

»Die Zeit, die Zeit!«, rief er laut. »Ihr erfasset die Zeit! Nicht nur die Stunden, sondern auch das, was die Stunden teilt. Das ist es, was ich immer gesucht habe: Wie man die Zeit besser messen kann. Eine solche Uhr wäre von großem Nutzen, auch und gerade in einem Kloster. Mir scheint ihr Mechanismus sehr kompliziert zu sein. In einem so kleinen Gehäuse ein derartiges Uhrwerk einzubauen, das ist ungeheuerlich! Oh, Meister Rodolfo, ich wiederhole mich: Mir scheint, ich bin im falschen Jahrhundert geboren. Aber es war Gottes Wille, genauso wie es sein Wille war, dass Ihr zu mir gefunden habt. Saget, kommt Euch unsere Welt nicht schrecklich öde vor? Unsere Welt, ohne all die Dinge, die Ihr von Kindesbeinen an gewohnt seid?«

»Ich muss mich damit abfinden, genauso wie Ihr, dass die Welt hier so ist, wie sie ist. Wir beide teilen das Schicksal, hier gefangen zu sein.«

»Ja, wir sind Gefangene. Gefangene in unserer Zeit, in unserer Welt – in unserem Körper. Doch wer weiß, wozu es gut ist. Wir kennen Gottes Ratschluss nicht. Es ist ... es ist ... ungeheuerlich ... unfassbar ...«

Er war in seinem Sitz zurückgerutscht. Er sprach nun sehr leise. Irgendwie schien er mir entrückt.

Da öffnete sich die Tür und die Mönche kamen ins Refektorium. Die Laienbrüder folgten, unter ihnen auch die Träger, die Hermann hereingebracht hatten. Ohne weitere Worte packten sie seinen Stuhl und trugen ihn an das Ende des großen Esstisches in der Mitte des Saales. Der Abt des Klosters gebot mir, ebenfalls am Ende des Tisches Platz zu nehmen.

Es herrschte Schweigepflicht. Die Laienbrüder trugen das Essen auf: Gemüsesuppe, Brot, Bier. Während wir aßen, las einer der Mönche, aus der Bibel. Wie immer geschah dies auf Latein, so verstand ich nur wenig.

Danach folgte überstürzt unser Aufbruch. Ich hatte kaum Zeit, mich richtig von Hermann zu verabschieden. Er rief mir noch nach: »Lernet Latein, dass Ihr auch wirklich als ein Gelehrter geltet!«

Unverzüglich trugen ihn seine Helfer davon, während ich hinter Reginbald und meinen anderen Reisegefährten zur Fähre eilte.

Die Überfahrt ging schnell vonstatten. Ein günstiger Wind trieb das Schiff rasch über den See. Wir nutzten die kurze Zeit für einen kleinen Wortwechsel.

»Ihr wurdet ermahnt, Latein zu lernen?«, fragte Reginbald schmunzelnd. »Hermann hat Recht. Ohne Latein, der *lingua franca*, kommt Ihr auf Dauer nicht weiter. Warum habt Ihr es nicht gelernt?«

»Habe ich«, entgegnete ich. »Doch es ist zu lange her und seither habe ich es nicht mehr gebraucht. Wie ich Euch früher schon sagte, ist unsere *lingua franca* das Englische.«

Ein Ritter, der uns zugehört hatte, fragte, was dieses Englisch für eine Sprache sei. Er habe davon noch nie gehört.

»Es ist eine Mischung der Sprache der Angelsachsen aus Britannien und der Normannen, die im Norden des Westfrankenreichs siedeln und von dort aus Britannien erobern werden. Im Jahr 1066, also in circa dreißig Jahren.«

Der Ritter schüttelte den Kopf und murmelte etwas Abfälliges.

»Ihr könnt ihm ruhig glauben«, sagte Reginbald, »kommt Herr Rodolfo doch aus der Zukunft und weiß um das Geschick der Nationen und Völker.«

»Das mag alles sein«, erwiderte der Ritter, »aber dass die Sprache der Angelsachsen in Britannien, von solch einem unbedeutenden Volk am Rande der Welt, eines Tages Latein ersetzen soll, will mir nicht so recht in den Sinn.«

»Ach, werter Herr Rittersmann«, scherzte Reginbald, »Ihr beherrschet die lateinische Sprache ebenfalls nicht. Wäre es nicht für Euch und für viele Euresgleichen von großem Nutzen, eine unserer germanischen Dialekte wäre die Weltsprache?«

Der Ritter schaute verdrießlich durch seinen struppigen Haar- und Bartwuchs hindurch und brummte, echte Kriegsleute hätten eben nicht die Muße, sich wie die Pfaffen der lateinischen Sprache zu widmen.

In diesem Augenblick legte die Fähre an und unser Gespräch nahm ein Ende.

Wir bestiegen die Pferde, die auf uns warteten, und ritten los. Das Wetter blieb schlecht. Mal fiel ein feiner Eisregen, dann wieder leichter Schnee. Der Wind drehte ständig. Wir ritten die meiste Zeit im vollen Galopp; allein schon der Gegenwind ließ Gesicht und Hände vor Kälte erstarren. Ich dachte an den unseligen Ausritt mit Arnulf, hinüber in die Haardt. Wenn ich mir nun wieder eine Erkältung einfing? Ich verwarf den Gedanken. Es konnte und durfte nicht sein! Ich hatte festes Schuhwerk an und auch sonst war mir warm. Allerdings plagte mich der Harndrang. Die Suppe und das Bier machten sich bemerkbar.

Ich stieg ab, um mich zu erleichtern. Die anderen ritten weiter, verringerten aber ihr Tempo. Kaum hatte ich sie eingeholt, stellte sich erneuter Harndrang ein. Erneut stieg ich ab.

Da blieb auch einer der Ritter stehen und grunzte, ob ich denn nicht wüsste, wie ein echter Rittersmann zu pinkeln habe. Der stiege nämlich hierfür nicht von seinem Gaul. Ich reagierte erbost:

»Ihr möget es beherrschen, im vollem Galopp Euer Wasser abzulassen«, gab ich ihm zur Antwort, »ich beherrsche es nicht. Ich will schließlich weder mich noch mein Reittier einnässen.«

»Wer redet da vom vollen Galopp?«, schnauzte er zurück. »Man bleibt schon stehen oder versetzt sein Tier zumindest in langsamen Schritt, steigt jedoch nicht dabei ab. Denn jedes Mal, wenn Ihr absteigt, verliert Ihr zu viel Zeit. Wir wollen heute vor Einbruch der Dunkelheit im Kloster des Heiligen Gallus sein. Wenn Ihr bei Eurer empfindsamen Blase jedes Mal vom Gaul runter müsst, kommen wir morgen früh noch nicht an.«

»Himmel«, schimpfte ich, »ich bin kein Rittersmann und will auch keiner sein! Ich pinkle, wie ich will. Meinetwegen verspäte ich mich. Ihr müsst ja nicht auf mich warten.«

»Und Ihr reist dann allein und seid an der nächsten Kreuzung Opfer von Wegelagerern, nicht wahr?«, fuhr er mich an. »Das fehlte gerade noch!«

Im gleichen Moment demonstrierte er mir, wie er im Sattel sitzend sein Wasser abschlug. Fürwahr kein angenehmer Anblick, wenngleich er es verstand, sein Tier nicht zu besudeln.

Ich hatte inzwischen mein eigenes Geschäft erledigt und saß wieder auf.

»Und was macht Ihr, wenn einer scheißen muss?«, fragte ich offen heraus. »Auch vom Sattel herunter?«

Jetzt lachte er. »Geschissen wird während eines Rittes überhaupt nicht!«, rief er mir zu, während er schon davonjagte, um Anschluss an die Gefährten zu finden. Ich gab meinem Pferd ebenfalls die Sporen und hetzte hinterher.

Es blieb ein unangenehmer Ritt, auch, wenn mich meine Blase fortan in Ruhe ließ. Jedoch, das harte Tempo nicht gewohnt, schmerzten mir Gesäß und Rücken. Wohlweislich verkniff ich mir jegliche Bemerkung darüber.

Wir schafften es tatsächlich, vor der Abendmesse im Kloster St. Gallen anzukommen. Ohne auszuruhen ging es gleich in die Kirche zur Osternachtmesse. Fürwahr, auch dies war eine eindrucksvolle Zeremonie, doch mehr und mehr wurde ich der Kirchgänge überdrüssig. Schließlich hatte ich in meiner Welt seit Jahrzehnten keine Messe mehr besucht und war als 19-Jähriger aus der Kirche ausgetreten – ein Umstand, den ich *den Anderen* nie und nimmer preisgeben durfte. Vielleicht hätten sie es mir nicht einmal geglaubt, denn ein Austritt aus der Kirche war für sie nicht vorstellbar. Was blieb mir also anderes übrig, als den frommen Katholiken zu spielen? Ich tat so, als betete und sänge ich mit und ging sogar mit demütig gesenktem Haupt zur Kommunion.

Nach der Messe führte man uns in unsere Schlafgemächer. Erstaunlicherweise waren es Einzelkammern mit einer weichen Liege und etlichen Decken und Kissen, allesamt ohne Ungeziefer. Das Kloster war reich. Ich erfuhr, dass es reicher war als jenes in Lauresham/Lorsch, wenngleich es vor nicht allzu vielen Jahren vollkommen zerstört worden war. Damals seien Hunnen eingefallen, die aber der selige Kaiser Otto wieder hatte vertreiben können. Der Abt, die Mönche und Laien waren auch wohl genährt, mancher neigte zur Leibesfülle. Und so wunderte es mich schließlich nicht: Nach einer schier nicht enden wollenden Messe am Ostersonntagmorgen wurde ein gewaltiges Mahl aufgetragen. Die Fastenzeit war vorbei, es gab wieder Fleisch: einen halben Ochsen, einige Lämmer, Hasen und unzählige Hühner und andere Vögel.

In der freien Stunde der Mönche wurde ich vorgestellt. Reginbald lobte mein umfassendes Wissen, vergaß aber nicht zu erwähnen, dass ich des Lateinischen kaum mächtig sei, wenngleich ich es in jungen Jahren erlernt hätte. Der Abt von St. Gallen, ein gewisser Nortpert, ein kahl geschorener und bartloser Mann, jung an Jahren, fragte alles Mögliche und ich gab bereitwillig Antwort. Doch inzwischen klug geworden, vermied ich es, meine eigene Welt hervorzuheben. Vielmehr lobte ich erneut die Vorzüge der Stille, die uns im 21. Jahrhundert verloren gegangen sei. Wie schon der Mönch Einhard, so konnte auch Abt Nortpert meine Aussage nicht nachvollziehen. Auch als ich auf seine Fragen hin berichtete, wie wir reisten, und ich die Flugzeuge, die *isarin vuglar* (eisernen Vögel) erwähnte, wollte der Abt mir meine Schilderung nicht abnehmen. Wie so oft musste ich wieder einmal hören, ein Gegenstand, der schwerer sei als Luft und nicht flattern könne wie ein Vogel, könne des Fliegens nicht mächtig sein. Oh, wie ich all der Ignoranz überdrüssig war!

Glücklicherweise verkündete ein Mönch das Ende der Mußestunde und mir blieben weitere Erläuterungen erspart. Die Mönche, die wohl meine Berichte als das Gerede eines Narren abtaten, und sich mehr erheiterten als wunderten, begaben sich an ihre Bibelstudien und an andere Arbeiten. Ich wurde entlassen, konnte nun den Rest des Tages tun, was mir beliebte. Ich tat nichts, begab mich zurück in meine Kammer und schlief bis in die Abendstunde, bis mich ein Novize zur nächsten Messe weckte.

Wir blieben drei Tage in St. Gallen. Nicht, weil uns das Klosterleben dort so sehr gefiel, sondern wegen des schlimmen Wetters. Es hieß, auf den Alpenpässen läge erneut Schnee, eine Überquerung sei zu gefährlich. Mir war es recht, denn das Essen im Kloster war gut und das Bett, wie bereits erwähnt, bequem. Zum Glück wollte der Abt keine Berichte mehr von mir hören.

Im St. Gallener Kloster geschah es, dass mein Kugelschreiber endgültig den Geist aufgab. Bis dahin hatte ich meine täglichen Notizen, auf denen diese Aufzeichnungen basieren, noch mit dem Kugelschreiber anfertigen können. Von nun an musste ich auf Gänsekiel und Tinte und bald auch schon auf Pergament umstellen. Ich kann es nicht oft genug wiederholen: Wenn mir die Möglichkeit gegeben wäre, einen einzigen Gegenstand aus meiner Welt herüberzuholen, ich glaube, ich würde einen Kugelschreiber wählen.

Tag 263, Abend des 29. März 1038 bis Tag 276, 11. April 1038

Ein Hörsaal. Überfüllt. Die Leute stehen in den Gängen, hocken auf dem Fußboden vor den Sitzreihen. Die Aufsicht lässt niemanden mehr herein. Eine Videoübertragung in einen Nachbarhörsaal wird angekündigt, doch wer jetzt schon hier drinnen sitzt, der geht nicht mehr raus. Man will ihn schließlich live sehen, nicht auf der Leinwand. Ich habe Glück. Da ich sehr früh gekommen bin, habe ich einen guten Platz in einer mittleren Reihe ergattern können.

Endlich kommt er! Ein elektrisch angetriebener Rollstuhl fährt ein. Darin eine zusammengekauerte Gestalt. Das Gesicht nicht erkennbar.

Das Auditorium applaudiert.

Der Mann im Rollstuhl aber hebt schwach die linke Hand, sofort verstummt der Applaus. Er spricht – langsam, sehr langsam, durch die elektrische Verstärkung verzerrt: »Ladies and Gentleman, save your ovation for the end of my lesson. Perhaps you will NOT applaud after having heard all of my thesis.«

Lachen im Publikum. Er manövriert den Rollstuhl in die Mitte des Raumes. Das Licht erlischt. Nur er wird noch durch einen schwachen Scheinwerfer erhellt.

»Time, Ladies and Gentlemen«, beginnt er seinen Vortrag. »What is time? We have to realize that time is not only what the clock will show, but ...«

Ich setze den Kopfhörer auf, um die Simultanübersetzung zu hören. Ich vertippe mich bei der Auswahl der Sprache und höre einen Franzosen – das bringt mir gar nichts –, über eine osteuropäische Sprache (Russisch, Polnisch?) gelange ich endlich zu Deutsch. Ich befürchte, den Anschluss verpasst zu haben, aber nein, ich kann ihm folgen:

»Es gibt mindestens drei verschiedene Zeitpfeile: den thermodynamischen Zeitpfeil, das heißt die Richtung der Zeit, in der die Unordnung oder Entropie zunimmt; den psychologischen Zeitpfeil, das ist die Richtung, in der unserem Gefühl nach die Zeit fortschreitet, also die Richtung, in der wir die Vergangenheit, aber nicht die Zukunft erinnern; und den kosmologischen

Zeitpfeil, die Richtung der Zeit, in der sich das Universum ausdehnt und nicht zusammenzieht. Nur wenn diese Pfeile in die gleiche Richtung zeigen, sind die Bedingungen für die Entwicklung intelligenter Lebewesen geeignet, die fragen können: Warum nimmt die Unordnung in der gleichen Zeitrichtung zu, in der sich das Universum ausdehnt?«

Mein Nachbar, ein bärtiger Mann mit beginnender Glatze, stößt mich an. Verdammt, warum lenkt er mich ab?

»Meister Rodolfo«, hörte ich und fuhr hoch, »Ihr seid über dem Schreiben eingeschlafen. Ihr solltet Euch zu Bett begeben, denn morgen früh brechen wir auf. Es setzt Tauwetter ein. Die Pässe sind frei.«

Ich schaute in das Gesicht eines bärtigen Mönches. Ich wusste seinen Namen nicht, hatte ihn allerdings bereits in Reginbalds Gefolge gesehen. Ich saß in der Schreibstube des Klosters St. Gallen im Jahr 1038 und nicht in der Gastvorlesung des berühmten Physikers Stephen Hawking im Jahr 1988.

»Was schaut Ihr so seltsam drein, Meister Rodolfo?«, fragte der Mönch.

»Warum nimmt die Unordnung in der gleichen Zeitrichtung zu, in der sich das Universum ausdehnt?«, fragte ich zurück und starrte den Mönch an, als wüsste er die Antwort.

Er aber lächelte nur. Anscheinend hielt er mich für einen Narren.

Sie weckten mich vor dem Morgengrauen. Es war ein wenig wärmer geworden, dennoch fröstelte ich, als ich mich nach draußen begab und das Pferd, das sie mir hingestellt hatten, bestieg.

Nun ging es am Ufer des Bodensees entlang nach Osten, dann ein Stück den Rhein aufwärts, den wir am Nachmittag in einer Furt bei einer Ortschaft namens Feldkirichun überquerten, wo wir auch die Pferde wechseln konnten. Vor uns lagen die Hügel und Berge Rätiens und des Arls, eine finstere Gegend, weitgehend unbewohnt. Obwohl mir die Gegend von früheren Urlaubsreisen bekannt war, kam ich mir vor wie auf einem anderen Stern: Die Berge erhoben sich derart bedrohlich gegen den Himmel, dass ich es den Mönchen und Rittern gleichtat und mich bekreuzigte, als wir den Pfad hinauf auf den ersten Pass ritten. Am

Abend, kurz vor Einbruch der Dunkelheit, erreichten wir die Grafschaft Ulten, wo wir in einer Burg der dortigen Lehensherren übernachten konnten. Von der Burg aus bot sich ein fantastischer Ausblick auf das Inntal. Bald aber brach die Nacht herein und das Tal verschwand in undurchdringlicher Finsternis.

Tags darauf fiel leichter Regen. Der Abstieg ins Inntal war beschwerlich, da der Weg sehr glitschig war. Im Tal ging es wieder zügig voran. Wir wechselten zweimal die Pferde, bevor wir hinauf zum Brenner ritten. Kurz vor der Passhöhe mussten wir nochmals übernachten. Hier oben herrschte eisiger Winter. In dieser Nacht kam ich kaum zur Ruhe, da ich kalte Füße hatte, die unter den schäbigen Decken der Herberge nicht warm wurden.

Als wir am kommenden Morgen den Pass hinter uns brachten, wehte uns ein warmer Wind entgegen. Ein süßlicher Duft lag in der Luft. Waren das schon die Vorboten Italiens, des Mittelmeeres? Wir hörten einen Kuckuck, was meine Begleiter als gutes Zeichen deuteten. Über uns kreisten große Vögel. Rodrigo war erpicht darauf, einen solchen Vogel mit seinem Pfeil herunterzuschießen, doch Reginbald untersagte ihm jegliche Jagd auf das Strengste.

Am Abend erreichten wir Brissina, auch Presuna genannt, das spätere Brixen. Auch dort herrschte das gleiche Bild wie in allen großen Siedlungen: Die Häuser der Bürger, Händler und Handwerker waren bescheiden bis armselig, aus Holz und mit Stroh gedeckt. Die Kirchen dagegen waren aus Stein gemauert und überragten drohend die anderen Gebäude. Wieder übernachteten wir in einem Kloster, wo uns ein junger Mönch mit dem mir drollig vorkommenden Namen Poppo nach der Abendmesse in ein eiferndes Gespräch verwickelte. Ihn interessierten weder meine Herkunft noch meine »Wunderdinge«, sondern nur Reginbalds Meinung zu einigen brisanten politischen Fragen. Ob sich der Kaiser in Italien durchsetzen werde, wie sich die kaiserlichen Edikte auswirken mochten, die dem niederen Adel die Erblichkeit der Lehen zusprachen, ob der Papst nicht allzu nachgiebig in vielen Fragen sei. Ich verfolgte das Gespräch nur mit halbem Ohr, denn ich war zu müde nach dem langen, anstrengenden Ritt.

Reginbald hatte mein Desinteresse bemerkt. Später, als wir allein waren, tadelte er mich: »Es wäre besser gewesen, Ihr hättet das Gespräch aufmerksam verfolgt. Denn der Mönch ist sehr ehrgeizig. Mir gegenüber hat er erklärt, er würde nach dem Posten des Abtes des Brissiner Klosters streben. Da er aus einflussreichem Hause stammt, könnte ihm dies gelingen – und noch viel mehr. So einer wird entweder irgendwann Papst oder endet am Galgen. Wenn er aber Papst wird, haben wir mit ihm auf ganz andere Weise zu tun als jetzt und deshalb ist es nicht verkehrt, seine Ansichten zu kennen.«

Ich schluckte die Rüge hinunter und hielt es für besser, nur zu nicken und Reginbald nicht zu widersprechen.

Selbiger Mönch war es, der uns am Tag darauf in aller Frühe weckte, um uns zu sagen, ein Bote sei gekommen, der verkündet hätte, der Kaiser sei nicht mehr in Norditalien, sondern mit seinem Heer nach Süden aufgebrochen.

»Was mag sich dahinter verbergen?«, rätselte Reginbald.

Poppo schien Bescheid zu wissen: »Es ist wegen des hinterlisten und bösartigen Pandolfo, dem Gandalfen von Capua. Er hat die umliegenden Orte und Klöster bedrängt und ausbluten lassen. Dabei ist doch ein Gandalfe nichts weiter als ein Lehnsmann des Königs von niederem Range, der zu gehorchen hat.«

»Was wird nun aus der Belagerung Mailands?«, fragte Reginbald.

Auch dazu wusste Poppo etwas zu sagen: »Die Stadt ist zwar nicht bezwungen; allerdings wird der rebellische Bischof der Stadt nun vom Papst exkommuniziert, wie ich gehört habe. Die Belagerung und Eroberung selbst ist nur aufgeschoben. Ein Herrscher wie Konrad gibt so schnell nicht auf. Doch hört: Wie der Bote weiterhin mitgeteilt hat, ist das kaiserliche Heer bereits in Mittelitalien. Dort hat man mit dem Papst das Osterfest gefeiert. Nun wird der Kaiser gegen Capua ziehen, um dem Gandalfen das Handwerk zu legen. Macht euch also auf nach Süden und schließt euch dem Heereszug an, so schnell es geht.«

Die Nachricht verdross mich. Dachte ich, die Plackerei auf den ständig wechselnden Reittieren hätte bald ein Ende und ich könnte in Mailand endlich wieder mein eigenes Reittier Pferd in Empfang nehmen, so rückte dies nun in ungewisse Ferne.

Es hieß unverzüglich aufzubrechen. Rasch jagten wir auf den engen Pfaden das Eisacktal hinunter und kamen schon am gleichen Tag auf den Berg Ritten. Über diesen führte der Weg, denn das Eisacktal war nicht passierbar. Wohl hatten die Römer einen Weg durch die enge Schlucht bei Klausen angelegt. Seit Langem war dieser durch einen Bergrutsch verschüttet und nicht wieder in Stand gesetzt worden.

Wir waren mittlerweile auf ein Häuflein von sechs Berittenen geschrumpft: Reginbald, ein weiterer Mönch, mein Begleiter Rodrigo und zwei bewaffnete Ritter zu unserem Schutz. Die anderen Ritter, deren Knappen und weitere Diener waren in Brissina zurückgeblieben, da nicht genügend Pferde zum Einwechseln zur Verfügung standen. Die Ritter würden den restlichen Tross abwarten und dann mit diesem den Weg fortsetzen – und zwar auf ihren eigenen Pferden. Die Glücklichen! Der Wechsel von einem Gaul auf den anderen, wobei jedes Vieh seine Eigenarten hatte, war nicht anders, als müsste ich alle fünfzig Kilometer in ein anderes Auto steigen, vom BMW oder Mercedes in einen 2CV oder gar Trabi und umgekehrt.

Als wir vom Ritten aus unter uns im Tal den Fluss durch die Enge toben sahen und auf der gegenüberliegenden Seite sich für kurze Zeit die Gipfel der Dolomiten zwischen den Wolken zeigten, lobte ich laut das beeindruckende Panorama. Meine Begleiter fanden die Gegend allerdings keineswegs lobenswert. Eher hielten sie sie für verflucht.

Vor allem Rodrigo schien sich zu fürchten:

»Maestro«, lamentierte er, »tut Ihr besser nit schaue zu diese *montibus*! Dort die *diaboli* hause, und auch *gigantis, daemoni, lemures incubi, improbi* allesamt!

»Ach was«, erwiderte ich. »Dort wohnen allenfalls Gämse und Steinböcke, *damae et capricorni*, vielleicht auch *lupi et ursi*. In meiner Zeit wimmelt es dort von Wanderern, die sich an der Natur erfreuen. Und unten, in der Schlucht, haben wir zwei große und breite Straßen, sogar nebeneinander, auf denen die *vehicula* fahren können. Jeden Tag brausen da tausende von Fahrzeugen hinauf und hinunter. Das Einzige, was meine Zeitgenossen fürchten, sind die Staus. Verstehst du, *comprehendes?* Ein Stau ist ...«

Er hörte mir nicht mehr zu. Er bekreuzigte sich und ritt schnell voran. Auch die anderen Begleiter schüttelten nur den Kopf. Allenfalls Reginbald sah die Berge etwas nüchterner und schenkte wohl meinen Ausführungen Glauben, aber es war keine Zeit, sich über den Tourismus des 21. Jahrhunderts näher auseinanderzusetzen.

Wir übernachteten in einer Burg mit dem seltsamen Namen Formigar, oberhalb des Zusammenflusses von Eisack und Etsch. Diese Burg gehörte dem Bischof von Trentino. Sie war ihm vor nicht allzu langer Zeit von Kaiser Konrad vermacht worden. Als ich von dort oben in der Nacht auf die Täler und die umliegenden Berge blickte, glaubte ich die Lichter der Stadt Bozen zu sehen und Geräusche von fahrenden Autos zu hören. Ich erinnerte mich: Durch den Hügel, auf dem die Burg thronte, führte ein Tunnel und durch diesen die Schnellstraße nach Meran. Direkt unterhalb des Hügels hatte die Straßenmeisterei von Bozen ihren Fuhrpark, weiter entfernt befand sich die Mautstelle der Brennerautobahn an der Ausfahrt Bozen-Süd. Dazwischen eingepfercht lagen noch einige Apfelplantagen und Weingärten. Hier war ich bereits etliche Male durchgekommen, auf dem Weg nach Meran, zu einer Ferienwohnung. Doch die Geräusche, die es nun zu hören gab, waren nur das Rauschen der Flüsse und der Bäume im Wind. Die Lichter waren vereinzelte Feuerstellen bei den wenigen Gutshöfen. Die Stadt Bozen gab es nicht.

Früh am Morgen, noch vor dem ersten Hahnenschrei, ging es weiter. Die Wege waren in erbärmlichem Zustand, und das, obwohl sie eine der wichtigsten Verbindungen nach Italien waren.

Erst ab Verona wurde es besser: Endlich konnte man von richtigen Straßen sprechen. Es hieß, die Bürger von Verona seien in Folge eines früheren Händels, das sie verloren hätten, vertraglich dazu verpflichtet worden, für die Instandhaltung der Straßen und Brücken zu sorgen. Bei Verfehlungen drohe ihnen die Schleifung der Mauern und der Entzug ihrer Privilegien.

Verona war die erste Stadt, die ich sah und tatsächlich als »Stadt« bezeichnen konnte. Die Häuser innerhalb der Mauern waren nahezu alle aus Stein und hatten Schindeldächer. Nur die Behausungen außerhalb der Befestigung waren aus Holz und mit Stroh gedeckt. Imposant war auch das riesige Amphitheater aus römischer Zeit, in dem sie im Sommer Reiterspiele und Turniere abhielten und an hohen Festtagen nach Prozessionen ihre Abschlussgottesdienste feierten.

Doch auch Verona hatte keine Kanalisation. Auch hier gelangten sämtliche Abwässer in Gräben vor den Häusern. Darinnen suhlten sich Schweine, und luden – nebst Schafen, Ziegen, Hühnern, Hunden und natürlich auch den Menschen – ihre Ausscheidungen ab. Was bei kleinen Orten, sei es Hendesham oder selbst Spirum oder Brissina nicht sehr ins Gewicht fiel, da die Einwohnerzahl relativ gering war, nahm in einer Stadt wie Verona mit ihrer dichten Bauweise und den vielen Bewohnern bedrohliche Ausmaße an. Da es schon recht warm war, stank es bestialisch. Myriaden von Fliegen stoben auf, näherte man sich den Gräben. Bizarr anzusehen war, wie die Bewohner auf Schuhen mit hohen Plateausohlen umherstolzierten, damit sie nicht mit dem Dreck in Berührung kamen.

Wir verweilten nicht lange. In Windeseile durchzogen wir die Poebene, folgten der Adriaküste, ohne uns dem Meer jemals so weit zu nähern, dass ein Bad darin möglich gewesen wäre. Schließlich gelangten wir an die Ausläufer des Apennins, bei einem Ort, der merkwürdigerweise genauso hieß wie die kleinasiatische, von Homer besungene Stadt, nämlich Troia, wo wir am 11. April das Lager des kaiserlichen Heeres erreichten.

Tag 276, 11. April 1038

Es war um die Mittagsstunde, als wir in das Heerlager einritten. Der Himmel war fast wolkenlos, doch kurz zuvor musste es geregnet haben, denn der Boden dampfte. Es roch unangenehm nach tierischen und menschlichen Exkrementen, faulenden Essensresten, Schweiß und nassen Fellen.

Es mochten einige hundert Zelte gewesen sein, die sie in der Ebene aufgebaut hatten. Nahezu alle hatten steile Wände und waren so hoch, dass ein erwachsener Mann darin aufrecht stehen konnte. Das Gestänge war grundsätzlich aus Holz; die Bespannung meist schmuckloses, weißes oder graues Tuch. Nur wenige Zelte hatten Ornamente auf den Planen oder bunte Tücher über den Eingängen hängen. Vor diesen Zelten ragten Standarten empor mit den verschiedenen Wappen: den Zeichen der Heerführer. Auffällig waren auch die dunkelroten Fahnen, die am Rand des Lagers wehten. Dies, so sagte man mir, seien die Blutbanner. Innerhalb des von diesen Bannern abgesteckten Bezirks galt strikte Waffenruhe. Hier war es sogar verboten, jemanden zu beleidigen oder zu beschimpfen; nicht einmal Fluchen war erlaubt. Wer die Waffenruhe brach, wurde auf der Stelle bestraft: Im günstigsten Fall aus dem Lager verwiesen, bei schwereren Vergehen war mit dem Galgen zu rechnen. Für die Ordnung sorgten Wächter, die der Kaiser abgestellt hatte: mit Kurzschwertern und Dolchen bewaffnete Männer in Kettenhemden. Auch einige gedungene Sarazenen waren darunter, finstere Burschen mit Turbanen, um deren Tapferkeit sich wahre Legenden rankten und deren Krummsäbel angeblich blutverkrustet waren und niemals gesäubert wurden.

Überall herrschte reges, hektisches Treiben. Dabei blieben mir die meisten Handlungen der Leute unerklärlich: Reiter sprengten hin und her, vermutlich, um Botschaften von einem Ende des Lagers ins andere zu übermitteln. Fußvolk mit und ohne Waffen sammelte sich mal hier, mal dort, lief wieder auseinander, verließ das Lager, um sich außerhalb im Waffengang zu üben, kehrte erschöpft und misslaunig zurück. Händler priesen Waren an, schoben ihre Karren umher, prahlten mit ihren Geldkatzen, die sie am Leibgürtel hängen hatten. Es gab auch Frauen im Heer. Sie trugen Wasserkrüge oder Körbe mit Viktualien ins Lager, kreischten, stritten, fluchten (für sie galt das Fluchverbot anscheinend nicht) und zeterten mit ihren Kindern, denn es gab auch etliche Kinder und Halbwüchsige, die in all dem Dreck barfuß umherliefen, spielten und sich balgten. Gekrönt wurde die Gesellschaft durch unzählige räudige Hunde, natürlich auch Pferde, Esel, Hühner, Schweine, Enten und Gänse. Falken mit Augenklappen hockten auf Stangen vor den Zelten der Adligen und zwischen den Zelten tummelten sich stinkende Frettchen, manche mit und manche ohne Halsbändchen. Überall qualmten und loderten Lagerfeuer. Über einigen hingen an mannshohen, ehernen Stangen große Töpfe oder drehten sich Schweine oder ein halbes, ausgewachsenes Rind am Spieß.

Man führte uns zu einer Gruppe geräumiger, jedoch schmuckloser Zelte in der Mitte des Lagers und wies uns an, hier Quartier zu beziehen. Ich war erleichtert, als ich ein Zelt für mich ganz allein bekam, denn wie oft hatte ich in den vergangenen Nächten mit anderen die Schlafstube teilen müssen, was nur auszuhalten war, da ich nach jedem Gewaltritt todmüde auf das Lager fiel.

Das Zelt enthielt eine Schlafstatt, bestehend aus einer Strohmatratze und einigen leichten, gewebten Decken, daneben eine kleine Truhe und einen niedrigen Stuhl. Einen Tisch gab es nicht, dafür aber eine Art Dreifuß aus Eisen, auf dem eine Wasserschüssel stand. Immerhin befand sich sogar Wasser darin, wenngleich es trüb und abgestanden wirkte.

Rodrigo hatte zusammen mit einem weiteren Bediensteten ein Zelt neben dem meinen bezogen. Er hatte sich sogleich nach der Ankunft vor dem Zelt ins Gras geworfen. Da lag er, grinste vor sich hin und kaute an einem Grashalm. Ich fragte ihn, ob er wisse, wo man hier seine Notdurft verrichte. Er lachte und deutete hinter das Zelt. Dort sei ein Graben ausgehoben, da könne ich mich erleichtern. Solche Gräben gebe es etliche Dutzende im ganzen Lager, jeder könne sie benutzen, wo immer er wolle. Ich solle nur aufpassen, dass ich nicht in einen durch eine

Bretterwand abgeschirmten Bereich trete; ein solcher sei den Frauen vorbehalten.

Tatsächlich, die Gräben und Löcher, über die man immer wieder steigen musste, waren gefüllt mit Exkrementen und jedem nur denkbaren Unrat. Nun verstand ich auch, warum es im Lager so stank. Sie hatten kein Wasser, mit dem sie den Dreck hätten wegspülen können. Mitunter zogen ein paar Knechte mit Schaufeln und Eimern umher, schippten einen Teil des Unrats heraus und kippten Asche oder Erde hinein, um den allerschlimmsten Gestank zu bändigen. Rodrigo meinte, das sei nun mal in Heerlagern so. Zudem gebe es in diesem Teil Italiens nicht genügend Wasser, um eine Spülung zu errichten, wie sie die Römer zu Zeiten ihres Imperiums gehabt hatten. Damals, als seine Vorfahren die Welt beherrschten, sei eben noch alles besser gewesen. Damals habe es Wasserleitungen gegeben, die sich meilenweit über das Land gezogen hätten und Wasser aus den Bergen in die Ebenen brachten. Was habe es in Rom und all den italienischen Städten nicht für Badehäuser gegeben! Heute, da die Barbaren aus dem Frankenland das Sagen hätten, gelte Reinlichkeit wenig. Ich solle einmal zu den Sarazenen oder zu den Mauren gehen, dort könne ich sehen, wie Zisternen, Wasserleitungen und saubere Abtritte gebaut würden.

»Ihr *franci* sage, des seie Haide«, zeterte er, »sage, sie sind *barbari*. Aber nix sin *barbari*, *franci barbari sunt*, ich sage.«

Ich wollte ihm schon zustimmen, er aber drehte sich von mir weg, schloss die Augen und entrückte ins Land der Träume.

Was blieb mir anderes übrig, als eines dieser Löcher zu benutzen, um mich zu erleichtern. Ich wählte einen Platz, der versteckt hinter den Zelten lag, um wenigstens nicht gleich von aller Welt gesehen zu werden. Dort ereilte mich ein Schrecken, der mich zunächst an meinem Verstand zweifeln ließ: In der Grube lagen tatsächlich Kartoffelschalen. Kartoffelschalen, das konnte nicht sein! Sollte ich hier wirklich auf Kartoffeln stoßen, wäre dies der Beweis, dass ich mich nicht einfach nur in der Vergangenheit, sondern tatsächlich in einem Paralleluniversum befand, in dem nicht alles so beschaffen war, wie ich es von meiner Welt kannte. Ich beugte mich hinunter, griff in den Morast und holte einige Schalen heraus. Ich wusste nicht, ob ich erleichtert oder enttäuscht sein sollte, als ich die Schalen in der Hand hielt: Es waren die Schalen von großen Zwiebeln.

»Was wühlet Ihr im Unrat?«, hörte ich jemanden fragen.

Ich fuhr herum und sah einen jungen Mann, vermutlich einen Knappen, der mich breit angrinste.

»Mir ist etwas hineingefallen«, log ich.

Der Bursche schien mir zu glauben. Hemmungslos entledigte er sich seiner Beinkleider, um sein Geschäft zu verrichten. Rasch entfernte ich mich.

Ich schlug die Zeit tot, indem ich ein wenig durch das Lager schritt, es jedoch schon bald Rodrigo gleichtat und mich ins Gras legte. Ich hätte sicher schlafen können, wären die Fliegen nicht gewesen. Immer und immer wieder setzten sie sich auf meinen Kopf. Ich fand keine Ruhe. Ins Zelt hineingehen wollte ich auch nicht, dazu war es zu stickig. Ich hoffte auf Abkühlung in der Nacht. Wenn der Frühling hier schon so warm war, wie erst der Sommer?

Ich überlegte, ob es nicht besser sei, mich zu rasieren. Die letzten Tage hatte ich dafür keine Zeit gehabt. Die Barthaare störten mich. Da aber alle Männer im Lager, bis auf die Geistlichen, Bärte trugen, ließ ich davon ab. Vermutlich wäre es auch nicht so einfach gewesen, in diesem Trubel einen Barbier zu finden. Und allein, ohne Spiegel, wollte ich es nicht wagen, mit meinem Messer in meinem Gesicht herumzufuchteln.

Gegen Abend erschien Reginbald, den ich nach der Ankunft im Lager nicht mehr gesehen hatte. Er trug weiterhin einfache Kleidung, nichts hob ihn als eine der bedeutendsten Persönlichkeiten des Reiches hervor. Auch ihm war inzwischen ein Bart gewachsen.

Er bat mich mitzukommen. Ohne zu fragen, stand ich auf und folgte ihm. Wir durchquerten das Lager. Nach einer Weile standen wir vor einem großen Zelt aus dunkelrotem Stoff. Davor befand sich eine Standarte mit einem großen Banner, das aus goldgelbem Stoff gewebt war und auf dem sich eine Figur befand, die ich nicht erkennen konnte. Es hatten sich einige Bewaffnete vor dem Zelt aufgebaut, die zunächst keine Anstalten machten, uns durchzulassen.

Reginbald sprach die Männer in einem harten Befehlston an. Es war ein scharfer Ton, wie ich ihn nur selten bei ihm vernommen hatte, so dass ich erschrak. Reginbalds forsches Auftreten zeigte Wirkung. Die Männer ließen uns zum Zelt.

Ein junger Bursche, wohl ein Diener, öffnete für uns die Zeltplane. Wir schritten hinein.

Drinnen war es düster. Es brannten lediglich zwei Öllampen, die zudem stark rußten. Überhaupt: Die Luft in dieser Behausung war schlecht. Der Geruch erinnerte mich an den Gestank, der aus der Hütte gekommen war, an die ich bei meinem Winterausflug an den Rhein geklopft hatte. Nur war der Geruch nicht ganz so aufdringlich, vielleicht auch gemildert durch den Qualm der Lampen und irgendwelche ätherischen Öle, die man versprüht haben mochte.

Das Zelt war mit Teppichen ausgelegt. Ein Teil war durch einen Zwischenvorhang abgetrennt, dahinter mochte sich die Schlafstatt befinden. Mitten im Raum stand ein Stuhl, über dem einige Felle hingen. An der linken Seite, vom Eingang aus betrachtet, befanden sich Holztruhen mit dicken Eisenbeschlägen. Des Weiteren standen dort drei Stühle sowie ein auffälliger Tisch, auf dem Schriftrollen und diverse Utensilien lagen, deren Bestimmung mir auf den ersten Blick verborgen blieb. Ebenso wenig fehlte der Dreifuß mit dem Waschbecken, daneben waren auf einer Anrichte Krüge und Trinkbecher aufgebaut. Das Beeindruckendste aber waren die Waffen, die rechts vom Eingang aufgebaut waren: zwei Langschwerter, zwei Kurzschwerter, eine Streitaxt, ein Morgenstern, eine Lanze; davor drei Schilde, denen man ansah, dass sie sich bereits im Kampf bewährt hatten.

Reginbald blieb stehen; ich stellte mich dicht hinter ihn. Der Bursche eilte an den Zwischenvorhang und flüsterte etwas. In diesem Augenblick hörten wir ein lautes Stöhnen, einen kurzen Fluch und schließlich, wie sich jemand schwerfällig erhob. Der Vorhang wurde zur Seite gezogen und hervor trat ein untersetzter, breitschultriger Mann mit langen, wirren Haaren und einem verfilzten Vollbart. Im Halbdunkel war schwer zu erkennen, ob Kopfhaar und Bart hellblond oder schon ergraut waren. Eindeutig aber handelte es sich um einen recht betagten Herrn. Er trug ein weißes Leinenhemd, eine eng anliegende Strumpfhose, die die einer antiken Bracae glich, nebst seltsamen Schuhen, die, wenngleich sie aus Leder sein mussten, am ehesten noch an Pantoffeln aus der Biedermeierzeit erinnerten. Der junge Bursche wiederum griff hinter den Vorhang und holte einen dunkelrot gefärbten Umhang hervor. Er reichte ihn dem Alten, der diesen aber ablehnte.

Mit einem erbärmlichen Ächzen warf sich der Mann auf den Stuhl in der Mitte des Raumes, beugte sich zur Seite, schnäuzte sich heftig und spuckte auf den Boden.

»Verzeiht«, krächzte er. Er sprach ostfränkisch. »Ich musste mich hinlegen. Die vermaledeite Gicht. Heute geht es mir nicht besonders gut.«

Wieder stöhnte er. Der Diener reichte ihm derweil einen Becher.

»Danke Servant, danke, aber es bedarf derzeit nichts«, wehrte der Alte das Getränk ab. Zu uns gewandt fuhr er fort: »Ich trinke am Abend wenig, weil ich nachts nicht mehr das Wasser halten kann. Oh, Fluch des Alters! Seid mir willkommen. Dies also, Bruder Reginbald, dies ist der Fremde?«

»Ja, Imperator, dies ist Meister Rodolfo, der aus der Zukunft zu uns gekommen ist. Er ist derjenige, den Ihr sehen wolltet.«

Reginbald trat hinter mich. Nun stand ich vor ihm: dem Imperator Konrad dem Salier, Herrscher des Ostfrankenreiches, Burgunds und Italiens, einem alten kränkelnden Mann.

Ich verneigte mich, blieb stehen und wartete auf das, was nun geschehen mochte.

Der Kaiser starrte mich lange schweigend an. Endlich sprach er: »Meister Rodolfo, Ihr sehet aus wie ein Franke. Traget die Gewänder eines Freien, traget einen leichten Bart, scheinet mir recht gut bei Kräften. Nur Euer lichtes Haar verrät, dass Ihr kein Jüngling mehr seid. Es heißt, Ihr stehet kurz vor dem Erreichen des 60. Lenzes. Ihr hattet auch keine körperliche Arbeit zu verrichten und wart wohl auch nie im Krieg, wie sonst hättet Ihr das Aussehen eines Mannes im besten Alter.«

Er zeigte auf seine Waffen: »Sehet, all diese Dinge hier haben unzähliges Blut vergossen. Auf wie vielen Schlachtfeldern mag ich schon gestanden haben: gegen die Italiener, die Barbaren im Osten, ja selbst gegen Aufsässige aus der eigenen Familie?! Dabei bin ich von Natur aus friedfertig, nicht wahr Bruder Reginbald? Ich führe Kriege nur, wenn mir sonst keine Wahl bleibt. Wie ist das mit der Kriegsführung in Eurer Zeit? Man sagte mir, die Welt sei friedfertiger geworden in Eurem Jahrhundert.«

Er schaute mich argwöhnisch an. Welche Antwort erwartete er von mir?

Mir gingen all die Kriege der letzten Jahrzehnte durch den Kopf: die beiden Weltkriege, der Koreakrieg, der Sechstage-Krieg, der Biafra-Krieg, der Vietnamkrieg, der Libanonkrieg, der Falklandkrieg, die Golfkriege, die Kämpfe in Afghanistan, im Kongo, in Burundi, in Eritrea, im Südsudan, im Irak, in Syrien, der Nordirlandkonflikt – Konflikt nannten sie es, weil sie nicht wahrhaben wollten, dass sich im 20. Jahrhundert noch Katholiken und Protestanten bekriegten – schließlich der Balkankrieg, die Bundeswehr im Kosovo, in Kunduz, vor der Küste Somalias, all die Terroranschläge der RAF, der Neonazis und religiösen Fanatiker – was hätte ich ihm alles berichten können. Ich antwortete lediglich, die Länder Europas seien vereint und hätten untereinander seit vielen Jahrzehnten keine Kriege mehr geführt.

»Das ist erfreulich«, fabulierte er weiter. »Es zeigt mir, die abtrünnigen Städte Italiens stehen wohl wieder unter der Herrschaft des Reiches. Wenn Ihr in den Ländern Europas keine Kriege mehr führt, habt ihr dann überhaupt noch genügend Krieger für den Fall, dass Hunnen, Sarazenen, Mauren oder Nordmänner erneut versuchen, unsere Lande zu erobern? Habt ihr denn noch hinreichend Waffen oder haben diese bei euch schon Rost angesetzt?«

Genügend Waffen? Flinten, Gewehre, Kanonen, Revolver, Maschinengewehre, Panzer, Haubitzen, Handgranaten, Weißkreuz, Blaukreuz, Senfgas, Raketen, Bomben, Streubomben, Fassbomben, Napalm, Agent Orange, Atombomben, Wasserstoffbomben, Minen, Drohnen ... Wo sollte ich anfangen? Sollte ich ihm wirklich etwas über die Waffensysteme und Kriegsführung des 21. Jahrhunderts erzählen?

Der Zufall kam mir zu Hilfe. »Ach, da kommt Gisela, meine Frau!«, rief der Kaiser unvermittelt und deutete zum Zelteingang. »Lasst uns nun über angenehmere Dinge sprechen als den Krieg.«

Er erhob sich und wir taten es ihm nach. Die Frau, die das Zelt betrat, schien viel jünger als der Kaiser zu sein, was täuschen mochte, da es mittlerweile Nacht geworden war und die Lampen das Zelt nur schwach erleuchteten. Sie war schlank, man konnte sagen, von guter Figur. Ihre Haare hatte sie zu einem Zopf gebunden, der wie ein Kranz um ihre Stirn gelegt war. Im Gegensatz zu fast allen verheirateten oder verwitweten Frauen ihrer Welt trug sie kein Kopftuch. Ihr Gewand war schlicht, ein einfaches Leinenkleid, möglicherweise ein Nachtgewand.

Der Diener stellte derweil Stühle in die Mitte des Zeltes; worauf der Kaiser uns alle aufforderte, uns zu setzen.

»Sieh, Gisela, dieser Herr, der aus der fernen Zukunft zu uns gekommen sein will, behauptet, sechzig Lenze hinter sich gebracht zu haben. Er war nie im Krieg. Seine Welt sei recht friedlich geworden, heißt es. Doch über Eure Welt möget Ihr uns später berichten, Fremder. Vielmehr sind es Eure Gerätschaften, die Ihr bei Euch tragen sollt, die mich zu sehen gelüstet. Sie sollen keine Zauberei sein, sondern in Eurer Welt so gewöhnlich wie in unserer ein Schwert oder eine Pflugschar. Zeiget, was Ihr bei Euch habet!«

Was nun folgte, muss ich nicht weiter ausführen. Ich spare Tinte und Pergament und halte nur fest, dass das Kaiserpaar genauso meine spärlichen Utensilien bestaunte wie all *die Anderen* zuvor. Am meisten beeindruckte sie das Fernglas. Wir gingen nach draußen und betrachteten damit den gerade aufgegangenen Mond.

»Als könne man ihn greifen«, murmelte Konrad. »Welch nützliches Gerät. Wir sollten herausfinden, Bruder Reginbald, wie die Gläser in diesem Gerät geschliffen sind und ein solches Fernsichtgerät nachbauen. Wir könnten damit in die Festungen der Feinde spähen, was uns zum Vorteil im Kampfe gereichen würde.« Mir zugewandt fuhr er fort: »Was meinet Ihr dazu? Eignet sich dieses Gerät für die Kriegsführung? Wäret Ihr damit einverstanden, wenn wir es nachbauen würden für diesen Zweck?«

»Es eignet sich alles für die Kriegsführung«, antwortete ich. »Ob Eure Handwerker ein Fernglas dieser Art nachbauen können, weiß ich nicht. Es braucht dazu spezielle Apparaturen, die es in Eurer Welt noch nicht gibt. Auch würde ich es nur ungern aus der Hand geben, was Ihr verstehen werdet, denn es gibt nur dieses eine. Würde es beschädigt werden, hätten wir keines mehr.«

Bevor der Kaiser etwas erwidern konnte, sagte Gisela:

»Mein Gemahl denkt immer nur an Krieg und Kampf. Das müsst Ihr verstehen. Das Reich hat viele Feinde. Vor allem hier in Italien ...«

»Oh, ja«, fiel er ihr ins Wort, »vor allem in Italien! Die Italiener haben nicht überwunden, nicht mehr die Herren der Welt zu sein. Auch machen uns die Sarazenen und Normannen im Süden zu schaffen. Ich muss hier für Ordnung sorgen, ganz gleich wie. Sonst bricht das ganze Reich wieder auseinander. Mir nutzt es wenig, zu wissen, ob in tausend Jahren alle Länder unter einer Herrschaft stehen. Ich lebe jetzt, und meine Untertanen verlangen von mir *jetzt* Entscheidungen. Damit kommen wir zum Kern, warum ich Euch habe kommen lassen. Nicht nur, um meine Neugierde zu befriedigen. Bruder Reginbald ist der Auffassung, Ihr könntet mir als Emissär dienen. Ich hätte Euch in der Tat gern vor die Stadt Mailand geschickt, wo mir abtrünnige Bürger unter einem zwielichtigen Bischof seit Jahren die Stirn bieten. Dort hättet Ihr in meinem Namen eine Verhandlung führen können. Einen Fremden aus der fernen Welt würden sie sicher fürchten, und wenn Ihr Ihnen sogar Eure Gerätschaften zeiget ... Ich würde Euch entsprechend entlohnen, mit großen Ländereien. Auch würde ich eine Straße zu Eurer Bleibe pflastern lassen, damit Ihr mit Eurem sagenumwobenen *vehiculum*, von dem man sagt, es säße auf einer Anhöhe fest, in die Ebene fahren könntet. Ihr könntet mit diesem auf einem Triumphzug durch Rom fahren, mit kaiserlichem Geleit. Doch an Mailand darf ich jetzt nicht denken: Ich musste wegen dieser vermaledeiten Angelegenheit hier im Süden die Belagerung Mailands aufgeben. Vielleicht könnt Ihr mir auch hier als Vermittler dienen, in meinem Streit mit dem Gandalfen von Capua, der die umliegenden Orte bedroht? Oder bei den Verhandlungen mit den Normannen auf Sizilien? Ich würde diesen gern die Länder als Lehen überlassen, sofern sie mich im Kampf gegen den Gandalfen und gegen Mailand unterstützen. Sollte ich Euch dazu benötigen, lasse ich es Euch wissen.«

Wir saßen inzwischen längst wieder im Zelt. Der Diener schenkte uns ständig Wein nach, und wenn ich nicht unverzüglich an meinem Becher nippte, forderte mich der Kaiser dazu auf. Ich befürchtete, betrunken zu werden. Das Gerede dieses alten, kränkelnden Mannes regte mich auf. Zu gern hätte ich ihm einiges erwidert, schwieg aber lieber, denn der Wein macht bekanntlich die Zungen unbeherrschbar.

Die Kaiserin rettete mich aus meiner Verlegenheit, denn sie fragte unvermittelt:

»Saget, Fremder, wie viele Kinder und Enkelkinder habt Ihr eigentlich? Gewiss müsst Ihr sie vermissen, so fern der Heimat.«

»Ich bin glücklich verheiratet und habe zwei Töchter«, antwortete ich. »Und in der Tat vermisse ich sie sehr.«

Hierauf schaute mich die Kaiserin traurig an. Doch die Trauer galt weniger der Tatsache, dass ich von meiner Familie getrennt war, nein, vielmehr sagte sie: »Oh, nur zwei Töchter? Keine Söhne? Mit sechzig Lenzen und einer gesunden Frau an der Seite werdet Ihr sicher mehr als nur zwei Kinder gezeugt haben. So sind denn Eure anderen Kinder mittlerweile verstorben?«

Ich verneinte: »Nein, uns sind glücklicherweise keine Kinder im frühen Alter gestorben. Wir haben nur diese beiden Töchter. Mehr Kinder waren nicht geplant. Die Familien in meiner Zeit sind nicht mehr so groß wie früher.«

Sie schien irritiert. Da fuhr der Kaiser dazwischen: »Teuerste, was geht es dich an, wie oft einer, der tausend Jahre in der Zukunft gelebt hat, zu zeugen gedachte. Allem Anschein nach war er sehr züchtig, und falls nicht, so hatte er gewiss etliche Konkubinen, mit denen er Bastarde in die Welt gesetzt hat. Doch auch das geht uns nichts an, meine Holde.«

Die Kaiserin, leicht verlegen, wechselte erneut das Thema und bat mich, ich möge bitte meine Kleider ablegen und das »goldfarbene Hemd« – sie meinte mein schäbiges T-Shirt – anziehen, das ich in meinem Beutel dabei und gezeigt hatte. Sie wolle sehen, wie sich dieses an einem Manne ausmache. Also begab ich mich vor das Zelt, zog das fränkische Hemd aus und das T-Shirt an. Ich muss sehr komisch ausgesehen haben. Als ich zurück ins Zelt kam, lachten alle, selbst Reginbald. Der Kaiser klatschte sich auf den Oberschenkel und rief laut aus: »Ihr gäbet einen wunderbaren Hofnarren ab in diesem Hemde! So etwas trägt man in tausend Jahren? Fürwahr, die Welt wird wundersam werden.«

»Das Hemd hat mit der Zeit gelitten«, entgegnete ich. »Es hat Farbe verloren und ist verknittert. Auch kleiden wir uns mit solchen Hemden nur, wenn wir Freizeit haben.«

Der Begriff Freizeit war wieder etwas, was sie nicht verstanden – ich hatte eigentlich »frei verfügbare Zeit« gesagt.

Der Kaiser schien müde geworden zu sein. Er murmelte: »Freie Zeit, das ist das, wonach wir uns alle sehnen. Wozu aber soll sie gut sein? Lasset besser ab mit weiteren Erklärungen! Wir haben genug gesehen und gehört. Mir deucht Eure Welt fremder als die der Mauren und Sarazenen. Ja, nicht einmal die entferntesten Barbaren in den Steppen jenseits des Schwarzen Meeres erscheinen mir merkwürdiger in ihren Sitten und Gebräuchen. Wie auch immer: Ich freue mich, Euch in meinem Lager und unter meinem Gefolge zu haben. Jetzt aber werden wir uns zur Ruhe begeben. Mein Zipperlein plagt mich heute arg. Ich bedarf des Schlafes.«

Reginbald begleitete mich zurück zu meiner Bleibe. Es war sehr finster geworden im Lager. Nur vereinzelt brannten rußende Fackeln oder loderten Lagerfeuer. Einige Männer hockten noch vor ihren Zelten und unterhielten sich leise, ansonsten wirkte das Lager ruhig, fast wie ausgestorben. Es herrschte Nachtruhe. Wer nicht unbedingt unterwegs sein musste, hatte sich in sein Quartier zurückgezogen.

Als wir uns in gebührendem Abstand zum kaiserlichen Zelt befanden, wagte ich ein paar Worte: »Bruder Reginbald, verzeiht, so ganz verstehe ich den Kaiser nicht. Was erwartet er wirklich von mir? Er bestaunt mich wie ein exotisches Tier, scheint sich über mich zu belustigen. Andererseits hofft er wohl, dass ich ihm als Emissär nützlich sein kann. Doch warum hat er mich bisher in dieser Funktion noch nicht eingesetzt? Wenn er Streit mit diesem ... wie nennt er sich ... hat ...«

»Gandalfen von Capua«, ergänzte Reginbald. »Ja, der Zwiste sind es genügend, die es zu vermitteln gälte. Euch als Emissär einzusetzen, das muss ich gestehen, war meine Idee. Ich hoffte, damit Kämpfe verhindern zu können. Der Kaiser ist in dieser Hinsicht leider eigensinnig: Er will selbst die Verhandlungen führen, so lange es geht, und sofern er keinen Erfolgt hat, greift er lieber zu den Waffen. Das befürchte ich zumindest.«

Ich gestand, dass es mir eigentlich recht sei, nicht vermitteln zu müssen, da ich dem Unterfangen von vornherein keinen Erfolg beigemessen hatte.

Regingald entschuldigte sich abermals: »Es tut mir leid, Euch auf diese Weise nach Italien gelockt zu haben. Andererseits nehmet es, wie es ist: Spielt weiter für den Kaiser den Gaukler, ja den Hofnarren. Ihr habet alle Freiheiten dazu. Weder er noch der Herzog wird Euch etwas verübeln.«

Vor meinem Zelt verabschiedeten wir uns. Ich begab mich in mein Zelt, warf mich auf mein Lager und fand lange keine Ruhe.

Irgendwann, wohl weit nach Mitternacht, stehe ich auf und stelle mich vor einen Spiegel im Badezimmer. Hinter mir steht meine Frau und fragt, welches Kostüm ich an Fasching anziehen möchte. Ich antworte, ich gehe als Narr. Als mittelalterlicher Hofnarr. Ja, das würde zu mir passen, spöttelt sie. Da brauche es kaum Verkleidung, mein Gesicht gebe schon genug Narretei her.

»Und als was gehst du?«, frage ich wiederum sie.

»Vielleicht als Kunigunde«, lacht sie.

»Kunigunde?«, frage ich weiter. »Wer war das? Ich kenne nur die Kunigunde aus dem Lied ‚Eduard und Kunigunde' aus der Operette Lumpazivagabundus.«

»Weiß auch nicht, wer das war, ob es die überhaupt gegeben hat«, sagt sie. »Aber schauen wir doch mal bei Wikipedia nach.«

Wir verlassen das Badezimmer, begeben uns ins Arbeitszimmer und schalten den Computer ein. Wenig später wissen wir es: Es gab schier ein Dutzend Kunigunden, denn dieser Name war im Mittelalter, ja bis ins 18. Jahrhundert hinein, sehr beliebt. Bei weiterer Suche im Netz stoßen wir auch auf »Gunhild«, was ein Synonym für Kunigunde war. Eine solche soll Schwiegertochter eines gewissen Kaisers Konrad gewesen sein. Sie war eine gebürtige Dänin. Wurde schon mit 16 zwangsverheiratet – heute wäre das strafbar, damals

Staatsraison – und starb bald nach der Geburt ihres ersten Kindes an einer Seuche, irgendwo in Italien.

»Das arme Ding«, sagt meine Frau, »ist nicht einmal zwanzig geworden.«

»Ja, bedauernswert«, murmele ich. »Mich würde interessieren, wie die ausgesehen hat. Zu dieser Zeit hat man keine naturgetreuen Porträts der Menschen angefertigt. Ob sie hübsch war oder ein Bauerntrampel?«

»Das ist wieder so typisch mein Mann! Junge Däninnen wecken sein Interesse, selbst wenn sie seit fast tausend Jahren tot sind«, lästert meine Frau. Sie gibt mir einen Kuss und verlässt das Arbeitszimmer.

Tag 277, 12. April 1038 bis Tag 317, 12. Mai 1038

Gunhild? Wer ist ... wer war Gunhild? Hieß nicht Traudels Tochter so ähnlich, nämlich Gundhild? Diese verdammten Träume, so wirklichkeitsnah, nicht zu unterscheiden von der Realität! Was aber ist, was war die Realität? War dieses Heerlager, waren dieses Zelt, diese schäbige Pritsche, auf der ich gerade erwachte, vielleicht der Traum und der Traum von meinem Arbeitszimmer, dem Computer und Wikipedia die Wirklichkeit? Wieso fragte ich in diesem Traum nach Gunhild, Schwiegertochter des Kaisers Konrad II, dem Salier? Hatte ich diesen Namen schon einmal gehört? Hatte Reginbald von ihr gesprochen? Oder Rodrigo? Ich konnte mich nicht erinnern.

Ich erhob mich. Waschen oder gar Zähneputzen war nicht möglich. Das Wasser, das nicht nach Algen, Pferdemist und Hundepisse stank, das wenige saubere Wasser aus einem nahen Brunnen, war zu kostbar, um es zum Waschen zu vergeuden. All das andere Wasser, welches sie aus einem träge dahinkriechenden Fluss holten, diente allenfalls zum Abreiben der Pferde oder Spülen der Latrinen, aber keineswegs zum Trinken oder zur Körperpflege. Trotzdem badeten einige Leute mitunter in diesem Wasser, sei es im Fluss selbst oder in Zubern, die sie hinter ihren Zelten stehen hatten.

Ich fuhr mir nur kurz mit meinem Plastikkamm durch die Haare und über den Bart, ehe ich nach draußen ging. Die Sonne stand schon hoch. Im Lager herrschte wieder das angespannte Treiben.

Zu meinem Erstaunen lag Rodrigo erneut – oder immer noch – ausgestreckt vor seinem Zelt.

Ich stieß ihn mit dem Fuß an und fragte, ob er nichts zu tun habe.

»Ich nix habe zu schaffe«, antwortete er widerwillig. »Aber, wenn *maestro* mich schicke, egal für was, ich gehe.«

»Dann besorge uns ein Frühstück!«, forderte ich ihn auf.

Er lachte: »Was? Ihr wollt itzo schon wieder esse? Nix tut es gebe itzo. In Heerlager es gebe zu Mittag eine *cervisiam*, vielleicht ein *panem*. Am Abend mir esse, dann es gebe *carnem*. Ihr gestern nix abbekomme?«

»Nein, ich nix abbekomme«, äffte ich ihn nach. »Ich beim Imperator gewese und dort Wein bekomme. Sonst nix.«

»Oh, die *vini* von unsere *imperatore*, darf nit drüber sage, dass *acidi sunt*! Nit *acidi* (*sauer*), sondern *molto acidi, horribili sunt*«, schwadronierte er.

Ohne sich zu erheben, deutete er in Richtung eines größeren Zeltes und brummte: »Ihr dorthin gehe. Dort Ihr vielleicht was kriege.«

Nun hatte ich auf der Reise manche Entbehrung erlitten und des Öfteren keine Mahlzeit vor dem Mittag erhalten. Dass wir auch hier im Heerlager so kurzgehalten wurden, ärgerte mich. Allerdings, das musste ich *den Anderen* zugestehen, so eine große Menge Leute zu versorgen, war schon eine Kunst. Sie haben bekanntlich weder Kühlschränke noch Konservierungsmittel, sieht man vom Einlegen in Salzlaugen oder Essigwasser oder dem Räuchern ab. So müssen sie ihr Fleisch stets lebend mit sich führen, und benötigen damit wieder Futter für die Tiere. Ich ahnte, dass die umliegenden Dörfer und Städte nicht sonderlich erpicht darauf waren, ein Heerlager vor ihrer Haustür zu haben, bedeutete das letztendlich, all diese Menschen versorgen zu müssen und am Ende selbst verarmt dazustehen.

Rodrigo sprang urplötzlich auf.

»Ich mitgehe. Kann sein, sie mir auch was gebe, wenn ich komme mit *iocatori* aus andere Welt.«

In der Tat bekam jeder von uns im Viktualienzelt ein kleines Stück Brot und einen ordentlichen Krug mit dünnem Bier, keineswegs ein sättigendes Gesöff. Die Marketenderin, die das Bier ausschenkte, war nicht mehr jung, hatte einen ungewöhnlich breiten Körperumfang und Haare auf den Zähnen. Rodrigo wollte sie zuerst nichts geben, er habe schon eine Ration gehabt. Erst als ich sie höflich bat, eine Ausnahme zu machen, schenkte sie auch ihm ein, denn »einem Gaukler, der in der Gunst des Kaisers stünde, könne man schlecht einen Wunsch abschlagen.« Da hatte ich es wieder: Ich war der Gaukler! Diese Frau, die mich zuvor nie gesehen hatte, wusste wer ich war.

Wir bedankten uns und gingen zurück zu unseren Zelten.

»Was machen wir nun?«, fragte ich. »Was steht an?«

Rodrigo zuckte mit den Schultern. »*Niente*. Abwarte. Der *imperator* schwätze mit de Gandalfe und mit desse Weib, die wo gekomme in unser Lager«, kauderwelschte er. »Sie sage, de Gandalfe will halte Friede. Mir nix Genaues wisse. Deshalb abwarte. *Possiblemente* komme zu Kampf, *possiblemente* nit. Müsse abwarte.«

»Wir haben also derweil nichts zu tun?«

»Esse, Trinke, Schlafe, nach Mädle schaue. Es hat etlich hübsches Weibszeug im Lager. Manche solle sein zu habe. Sin Widuwe darunter, die noch jung sin und Mann suche. Auch es gebe *virgines*. *Comprehende*? *Virgines*, Jungfrauen!« Er schnalzte mit der Zunge.

Ich schüttelte den Kopf und schalt ihn einen Narren. Er werde doch nicht im Ernst daran glauben, hier, mitten unter all den Edelleuten, Rittern und deren Gefolge, gewissermaßen vor den Augen des Kaisers, sich eine Frau angeln zu können.

Er lachte. Wieder sehe man, ich sei zum ersten Male in einem Heerlager. Ich werde schon noch merken, was hier so abginge, nachts, mitunter selbst am Tage, wenn es den Herren und Damen müßig sei. So manche der Damen böten sich auch käuflich an. Für einen Heller die Nacht. Manche auch für umsonst, gerade so zum Spaß! Ich könne gar nicht ahnen, wie viele Bastarde während solch eines Heerzuges gezeugt werden!

»Wenn der Gaukler wolle, ich ihm könne *conciliare* eine *lupa*.«

»Nix da. Nix *conciliare lupa*«, brummte ich.

»Ihr eher stehe auf Bursche? Auf *aduluscentuli*? Habe ich mir schon gedacht ...«

»Jetzt reicht es aber mit den Frechheiten!«, schalt ich ihn. »Du weißt, dass ich verheiratet bin und Kinder habe! Keineswegs stehe ich auf *aduluscentuli*!«

Er grinste breit: »Aber *matrona* habe und *pueri* möge sich nit widerspreche. Viele Manne sich auch mit *pueri* bediene.«

»Das verbietet doch die Kirche!«, setzte ich zurück. »Wird es nicht bestraft, wenn man es mit Männern oder Knaben treibt?«

»Ja, wird«, gestand er. Sein Grinsen wurde etwas schwächer. »Aber mir in *castra* sein, in Heer ... hier alles nit so streng. Vieles hier *tolerare*, Ihr verstehe?«

Ich verstand. Um nicht ganz mein Gesicht vor ihm zu verlieren, sagte ich, bei Gelegenheit würde ich auf sein Angebot bezüglich einer *lupa* zurückkommen, im Augenblick aber stünde es mir nicht nach derartigen Vergnügen.

»Ihr wohl unter *aegritudine* leide? *Melancholicus est?*«

»Möglich. Vielleicht bin ich aber nur müde von der Reise. Und überhaupt ...«

»Ach so, ach so«, sagte er nun in vollem Ernst, »Ich verstehe: Wenn viele Tag geritte, man keine Kraft habe in de Lende. Aber gewiss bald wieder *necessitare* werde. Ihr könne mir des glaube!«

Ich gab mich geschlagen. Vielleicht hatte Rodrigo ja recht: Mich hatte die Melancholie gepackt. Oder war es schon das erste Anzeichen einer Depression? Während der Reise selbst war ich stets abgelenkt. Hier im Lager gab es einfach zu viel Müßiggang. Dazu kamen all die Unbilden des Lagerlebens. Ich begann bereits zu bereuen, meine Behausung an der Bergstraße verlassen zu haben.

Es half nichts. Ich musste das Beste aus meiner Situation machen. Den Rest des Tages und die darauffolgenden Tage verbrachte ich mit Beobachtungen des Treibens im Lager. Hätte es nur meine Digitalkamera noch getan, ich hätte Bilder aufnehmen können, die die romantische Vorstellung des Mittelalters, wie sie manche Nostalgievereine des 21. Jahrhunderts pflegten, Lügen straften: Wie sie im Blut der geschlachteten Schweine, Rinder und Schafe standen, wie sich Halbwüchsige ringend im Schlamm wälzten, lehmüberkrustet, blutend, wie sie einen jungen Mann aus einem der umliegenden Dörfer, den sie als Dieb entlarvt hatten, aufs Feld zu einer Richtstätte hinausführten, wo ihm ein Henker die linke Hand abschlug, wie betrunkene Männer auf den Boden spien und Hunde nebst Schweinen den Dreck auffraßen, daneben Frauen, die ihre Kinder stillten, halbnackte Kinder, die im Sud wühlten, umschwirrt von Fliegen und Moskitos. Der Gestank war mancherorts unerträglich – ich hatte es bereits erwähnt, kann es aber nicht oft genug wiederholen. Ich gestehe: Damals sehnte ich mich nach dem Geruch eines Dieselfahrzeuges oder den Abgasen einer Ölraffinerie.

Wahrlich, in den Abendstunden wurde ausgiebig gespeist, oder sollte ich besser sagen gefressen? Solange die Vorräte reichten, würde man sich nicht zurückhalten, sagte man mir. Und wenn sie aufgebraucht seien, nun ja, dann zöge man entweder weiter oder faste eben. So sei nun einmal das Leben, das Leben im Heerlager.

Reginbald kam nur selten vorbei, berichtete mir in kurzen Worten, wie die Verhandlungen mit dem Gandalfen standen, dass es Fortschritte gebe und weder ein Waffengang noch der Einsatz eines »besonderen Legaten« von Nöten sei. Letzteres sagte er mit einem gewissen Augenzwinkern. Zu Pfingsten werde der Kaiser in Capua einreiten und selbstverständlich seien wir in seinem Gefolge dabei.

Was nun Gunhild anging, so sollte ich in der Tat mit ihr Bekanntschaft machen. Allerdings verlief meine erste Begegnung mit ihr auf eine Weise, die mir nicht besonders anständig erschien.

Eines Abends, es war bereits Nachtruhe verkündet worden, kam Rodrigo zu mir herüber und fragte mich, ob es mir denn immer noch nicht nach einem Abenteuer mit einem Frauenzimmer stünde. Ich hatte an diesem Tag Kopfschmerzen und war ganz und gar nicht in entsprechender Stimmung. Er meinte, ich solle ihm folgen, er wisse ein Zelt, in dem es gerade hoch herginge, was meine Stimmung gewiss verbessern würde.

Um ihn nicht zu beleidigen, aber auch weil ich neugierig war, ging ich mit.

Wir durchquerten einen großen Teil des Lagers und gelangten in die Nähe der kaiserlichen Zelte. Die Wächter hockten beisammen, würfelten, scherzten und achteten kaum auf das, was um sie herum geschah. Sie sahen uns kommen, doch als Rodrigo ein bestimmtes Zeichen machte, ließen sie uns unbehelligt durch. Wir schlichen an ein Zelt, vor dem eine der Standarten der Herzöge aufgepflanzt war.

»Mir gehe zu Zelt von Enrique«, flüsterte Rodrigo, »Enrique, *filius* von *imperatore*. Enrique is Herzog von Bajuwaria. Gestern seine *matrona* is gekomme, die Gunhild. Hat Kind bekomme vor halbe Jahr und jetzt komme zu Enrique, neues Kind mache. *Imperator* is fortgegange zu Montecassino. Deshalb uns die *custodis* durchlasse. Die *custodis* kenne mich gut, sin *amici* von mir.« Er grinste einmal mehr auf seine unnachahmliche Art.

Nur durch den Stoff der Zeltwand von den beiden getrennt, hörten wir alles. Es waren eindeutige Geräusche: Kichern, Lachen, dann Stöhnen.

Rodrigo schielte durch einen Spalt zwischen den Zeltbahnen und drehte sich wieder zu mir.

»*Positio especiale*«, sagte er anerkennend. Ob ich nicht auch einmal schauen wollte. Ich wollte nicht. In diesem Augenblick hörten wir die Frau laut aufschreien. Danach war es still.

»Itzo sowieso vorbei«, sagte Rodrigo ein wenig enttäuscht.

Also schlichen wir zurück.

Außerhalb der Zelte der kaiserlichen Familie stieß mich Rodrigo mit dem Ellenbogen an und fragte, ob mir das nicht Gelüste verschafft hätte. Ich ging nicht darauf ein, sondern fragte, ob diese Frau tatsächlich Gunhild heiße.

»Ja, habe ich gesagte«, antworte er. »Is *donum* von *rex Danorum*? Hat gegebe Frau für Herzog Ernique und *imperator* hat *rex* gegebe ein Land, um *pax* zu mache. Friede. *Comprehendes*?«

»Ist sie wenigstens hübsch?«, fragte ich.

»Ah, jetzt Ihr frage. Vorhin Ihr könnte schaue und selber sehe. Sogar *nuda*, und in *positio especiale*. Ihr net habe wolle und jetzt frage. Ich Euch nix antworte itzo!«

»Ja, ja, ist gut«, erwiderte ich und äffte sein Kauderwelsch nach. »Ich nix habe wolle sehe und jetzt dumm frage! Egal, von mir aus ist sie hässlich wie ein Rabe. Ich bin ja nicht mit ihr verheiratet!«

»Ich merke, jetzt Ihm *liquoris ascendi*! Ich besorge Weib, *lupa*. *Compromissum'st*?«

Ich schüttelte den Kopf: »Nein, mein Lieber. Und weißt du, warum? Weil hier alles so dreckig ist. Wie kann ich mich da einer Frau hingeben, wenn ich schmutzstarrend bin wie eine Sau, die im Schlamm wühlt, wenn ich mich seit Tagen nicht recht gewaschen habe? Und wenn ich annehmen muss, dass die Weiber hier genauso schmutzig sind!«

Nun schüttelte er den Kopf: »Oh, mein Gauklar aus de ferne Welte. Mir sin in de *castra*, in *agmine*, da niemand so genau gucke, ob gewasche oder net. Und wenn Ihr wolle, Ihr könne in *fluvio* bade.«

»Nix da«, winkte ich ab. »Ich lege mich jetzt schlafen. *Bona nox* oder wie ihr hier in Süditalien sagt *bona notte*!«

Ich ließ ihn einfach stehen und begab mich in mein Zelt. Ich wälzte mich auf meinem Lager und fand wieder einmal keinen Schlaf. Wirre Gedanken plagten mich: Wenn ich mich tatsächlich mit einem der Weiber einließe, bestünde da nicht die Gefahr, ein Kind zu zeugen – und könnte dieses Kind nicht eines meiner Vorfahren werden? Das Paradoxon der Zeitreise: Der Zeitreisende lebt nur deshalb, weil er einst seinen eigenen Vorfahren gezeugt hat. Zeugte ich ein Kind, das mein Vorfahre sein sollte, lebte ich, zeugte ich nicht, lebte ich nicht und käme auch nicht in die Vergangenheit zurück, um zu zeugen. Was nun? Sollte ich, ja musste ich vielleicht sogar ein Kind zeugen? Verrückt, absolut verrückt! Nein, Zeitreisen sind nicht möglich, ich war nicht in meiner eigenen Vergangenheit ... dann aber bestünde keine Gefahr, gewissermaßen mich selbst zu (er)zeugen ... was aber, wenn doch ...

Kurz vor Pfingsten kam der Kaiser wieder ins Lager zurück. Der erwähnte Triumphzug nach Capua wurde vorbereitet. Ein gehöriger Tross, bestehend aus unzähligen Karren und Lasttieren, die mit allerlei Waren beladen waren, tauchte auf. Dazu erschienen frische Pferde, eine ganze Schafsherde, einige Schweine und unzähliges Federvieh. Bis auf die Pferde waren alle Tiere für das Festessen zu Pfingsten vorgesehen. Es sollte ein großes Gelage werden, sowohl in der Stadt Capua als auch im Heerlager selbst.

Als ich durch die Gruppe der Neuankömmlinge schritt, hörte ich ein freudiges Wiehern. Ich erkannte es sofort: Das war mein Pferd! Es war nun auch in Süditalien angekommen. Nun hatte ich endlich wieder mein Reittier! Auf diesem würde ich in die Stadt einreiten. Ich freute mich darauf.

Als ich Pferd begrüßte und seine Nüstern streichelte, legte sich eine Hand auf meine Schultern. Ich blickte zurück und gewahrte, dass diese Hand nur drei Finger hatte.

»Dietwolf!«, rief ich aus.

»Ja, Meister Rodolfo, ich bin es!«

Er tat, als seien wir die besten Freunde.

»Ihr seid auch wieder ins Feld gezogen?«

»Ja, mir ward es zu Hause zu öde. Nach Rosenwolfs Hochzeit – ein herrliches, standesgemäßes Fest im Übrigen – schloss ich mich dem Tross der fränkischen und schwäbischen Ritter an, die zur Unterstützung des Kaisers aufgebrochen waren. Eigentlich dachten wir, es ginge gegen Mediolanun ...«

»Das dachte ich zuerst auch. Aus meiner Mission, mit den Mediolani zu verhandeln, wurde nichts. Und auch hier hatte ich bisher nicht viel zu tun.«

»Aber Ihr dürft doch sicher zusammen mit Eurem Beschützer Reginbald nach Capua einziehen, habe ich gehört.«

»Ich wurde darum gebeten.«

»So sei es denn. Auch habt Ihr dazu Euren geliebten Gaul wieder. Ich sehe, das Tier hat Euch wiedererkannt und freut sich ebenso, Euch wiederzusehen.«

Ich wagte nicht, nach Traudel zu fragen. Er selbst erwähnte sie mit keinem Wort. Lediglich von Ingbert und Arnulf richtete er mir Grüße aus. Dann entschuldigte er sich und verschwand im Gewühl der Menge.

Am gleichen Tag ließ mich der Kaiser zum zweiten Male rufen. Dieses Mal schon am frühen Nachmittag. Er saß, in eine Art purpurne Toga gehüllt, auf seinem Stuhl vor dem Zelt, neben ihm seine Frau Gisela und auf der anderen Seite ein junges Paar: Er mochte Anfang dreißig sein, ein aufgeputzter Stutzer, mit scharfen Gesichtszügen und einem wachen Blick. Sie war ein Mädchen von vielleicht 18 oder 20 Jahren, etwas rundlich, die strohblonden Haare zu Zöpfen geflochten, nicht gerade hässlich, doch auch nicht das, was man eine »nordische Schönheit« nennen würde.

Die beiden jungen Leute wurden mir als Herzog Heinrich, Sohn Kaiser Konrads, und dessen Frau Gunhild vorgestellt. Das also war Gunhild. Ich vermied den unmittelbaren Blickkontakt mit ihr, da ich unwillkürlich an die Nacht denken musste, in der ich sie belauscht hatte.

Außer den vier Mitgliedern der kaiserlichen Familie, die allesamt saßen, befanden sich noch etliche andere Herren vor dem Zelt, die stehen mussten. Wer es im Einzelnen war, wurde mir nicht mitgeteilt. Reginbald war nicht darunter.

Der Kaiser gab zu, nach all den Tagen der harten Verhandlungen mit den Leuten aus Capua gelüste es ihn nach Zerstreuung. Ich solle ihm und seiner Familie von meiner Welt berichten. Was es letztlich mit den *vehicula* auf sich habe, die angeblich fliegen könnten. Oder wie wir Kriege führten. Und wie das mit der Herrschaft dieser Frau *cancillera* sei, die, ähnlich wie ein König der germanischen Vorfahren, von ihren Gefolgsleuten auf den Thron gehoben worden sei, wenn er es recht verstanden habe. Ich beantwortete seine Fragen so knapp und aufrichtig, wie ich es für nötig hielt, und der Kaiser und seine Angehörigen hörten andächtig zu.

Als ich erklärte, dass wir die *cancillera* oder den *canciller* nicht von Gefolgsleuten auf den Thron heben, sondern alle vier Jahre durch das ganze Volk wählen lassen, mischte sich der Herzog ein:

»Wie kann das sein?«, fragte er. »Wie kann das gesamte Volk eines so großen Reiches auf einem Platz zusammenkommen und über den Herrscher abstimmen? In der Zeit liegen doch alle Felder brach, drehen sich die Mühlen nicht, wird kein Handwerk verrichtet. Oder verrichten derweil die Frauen all diese Arbeiten? Und wie ernährt sich so eine große Menge Menschen?«

»Die Frauen stimmen mit ab. Es geschieht nicht in einer Versammlung, sondern in jeder Stadt. Die Leute finden in ihren Rathäusern Zettel vor, auf denen sie ein Kreuz bei dem Namen anbringen, den sie gewählt sehen möchten. Die Kreuze aller Zettel werden dann addiert. Wer die meisten Stimmen hat, stellt die Regierung.«

Dies war eine plumpe Vereinfachung unseres Wahlrechts, fürwahr, aber hätten sie verstanden, wenn ich von Parteien, dem Bundestag, von Koalitionen und Opposition, von der Auswertung der Wahlzettel durch Computer, Briefwahl und Wahlprognosen gesprochen hätte?

»Was?«, fuhr der Kaiser auf. »Das heißt, all dieses Volk nimmt an der Abstimmung teil? Alle, wirklich alle, auch die Bettler, Taugenichtse, Siechen, Gaukler, Alten und Kinder?«

»Ja, alle, unabhängig von Stand und Besitz. Das nennen wir Demokratie, *demos kratia*, Herrschaft des Volkes. Die Kinder aber haben noch kein Wahlrecht. Dieses gilt erst ab 18 Jahren.«

»Oha«, sagte da der Herzog, »dann hätte meine Frau Gunhild noch nicht wählen dürfen. Sie vollendet das 18. Lebensjahr erst in Kürze. Eure Welt ist voller Wunderlichkeiten!«

Der Kaiser aber grinste: »Ja, Wunderlichkeiten! Mein Sohn und meine Schwiegertochter haben sie noch nicht gesehen. Zeiget vor allem das Ding, das Ihr Fernglas nennt. Und Euren Zeitmesser, mit dem Ihr die Stunden in Minuten unterteilen könnt.«

Bevor ich meinen Rucksack, den ich wohlweislich mitgeführt hatte, öffnen konnte, meldete sich Gunhild zu Wort. Sie sprach Ostfränkisch mit einem starken Akzent, beherrschte die Sprache ihres Mannes aber sehr gut: »Wie ist das mit dem Lesen und Schreiben? Bischof Reginbald meinte, es lerne dies bei Euch ein jeder, Männer wie Frauen. Wie geht dies vonstatten? Hat es so viele Hauslehrer oder unterrichten bei Euch die Mönche in den Klöstern?«

»Weder noch, wir haben Schulen, *scholae* ...«, setzte ich an. Sofort unterbrach mich der Kaiser, wobei er abwinkte: »Lasset uns nun die Gegenstände bewundern und nicht von der Kunst des Lesens und Schreibens reden!«

Gunhild wurde rot. Ich ahnte, warum: Der Kaiser selbst war des Schreibens nicht mächtig. Ein König oder Kaiser hatte schließlich seine Schreiber und Vorleser.

Nachdem der Herzog und schließlich auch Gunhild meine Gegenstände bestaunt hatten, bat mich der Kaiser, Kostproben der Musik aus meiner Welt zu bieten. Man hätte ihm von gar seltsamer Musik berichtet, die ich mitgebracht hätte. Er wäre neugierig, diese zu hören.

Ich musste ihn enttäuschen. Die Musik könne ich nur mit einem speziellen Gerät spielen, das in meinem *vehiculum* eingebaut sei.

Dann möge ich ein Lied singen, forderte er mich auf.

Mir kam der Song *As time goes by* aus dem Film Casablanca in Erinnerung. Im Refrain hieß es sinngemäß, die wirklich bedeutenden Dinge hätten Bestand, auch wenn die Zeit vergeht.

Mehr als den Refrain kannte ich nicht und ich sang ihn eher schlecht als recht. Meine Zuhörer waren damit zufrieden und fragten nach dem Sinn des Textes. Ich übersetzte ihn, worauf Gundhild lächelte. Den Kaiser und die Kaiserin, wie auch den Herzog und die herumstehenden Gefolgsleute versetzte das Lied eher in melancholische Stimmung. Eine Weile schwiegen sie, dann sagte der Kaiser: »Ja, die wirklich wichtigen Dinge bleiben, auch wenn die Zeit vergeht.« Er seufzte: »Aber was sind die wirklich wichtigen Dinge? Was wird von uns bleiben?«

Urplötzlich rief der Kaiser einen Diener herbei und befahl ihm, mir zwei Flaschen Wein zu übergeben. Es sei Frankenwein, fügte er hinzu, kein italienisches Gesöff. Ich solle mir damit den Abend gemütlich machen.

Damit war ich entlassen. Ich dankte, verneigte mich vor den hohen Herrschaften und kehrte zu meinem Zelt zurück.

Dort traf ich Rodrigo, der – wie sollte es anders sein – müßig herumlungerte. Vermutlich hatte er auf mich gewartet. Sofort bestürmte er mich mit Fragen, wie es beim *imperatore* zugegangen sei. Ich erzählte ihm nichts, sondern drückte ihm eine Flasche Wein in die Hand, wünschte ihm noch einen guten Tag und verkroch mich in meine Behausung. Ich legte mich aber noch nicht schlafen, sondern machte Notizen zu meinem Auftritt vor der kaiserlichen Familie. War er am Ende vielleicht peinlich gewesen? Der Kaiser hatte mich etwas abrupt entlassen. Lag es an meinem melancholischen Lied oder daran, dass ich ihn daran erinnert hatte, nicht lesen und schreiben zu können? Ich würde es nie erfahren.

Die zweite Weinflasche ließ ich ungeöffnet. Sie blieb es auch. Bei meiner Abreise aus dem Lager vergaß ich sie. Möglich, dass sie Rodrigo an sich genommen und leer getrunken hat.

Tag 318, 13. Mai bis 336, 31. Mai 1038

Am Samstag vor Pfingsten machten wir uns auf den Weg nach Capua. Voraus ritt ein Dutzend bewaffneter Rittersmänner, dann folgten Musikanten mit Trommeln und Posaunen, wie alle anderen ebenfalls hoch zu Ross, hernach die Geistlichkeit, unter dieser auch Reginbald. Er trug wieder seine herrschaftlichen Kleider: eine blütenweiße Toga, lederne Beinkleider und auf Hochglanz polierte Stiefel, einen dunkelroten Umhang sowie eine ganze Reihe silberner, ja vielleicht sogar goldener, byzantinischer Ketten um den Hals und an den Handgelenken. Es waren Ketten jener Art, wie er sie bei unserer ersten Begegnung getragen hatte. Sein Bart war verschwunden und seine Haare waren gestutzt. Nach all den Tagen, in denen er nur eine einfache Kutte oder eine Reiterhose getragen hatte, erschien er mir unwirklich. War er vielleicht doch eitel? Oder war es nur die notwendige Demonstration der Macht?

Neben ihm ritt ein Novize, der die »Heilige Lanze« trug – ein fünf Ellen langer Stab mit einer ehernen Spitze, von der sie behaupteten, sie stamme von der Lanze, die dereinst ein römischer Soldat Jesus in den Leib gestoßen hatte, als dieser am Kreuze starb. Danach erst kam der Kaiser selbst, ebenfalls herausgeputzt wie ein Pfau. Eine halbe Pferdelänge neben ihm befand sich Herzog Heinrich und schließlich folgten all die anderen Herzöge und Adligen mitsamt ihren jeweiligen Schildwachen, Bannerträgern und Knappen. Ich selbst ritt weit hinten, beim niedrigen Adel und den weniger bedeutenden Priestern, Mönchen und Laienbrüdern. Nicht, dass man mir diesen Platz zugewiesen hätte. Reginbald hatte sogar gefragt, ob ich nicht unmittelbar hinter ihm reiten wollte, da ich ja schließlich zu seiner Gesandtschaft gehörte. Ich hielt es aber für besser, mich bedeckt zu halten und unter das einfache Volk zu mischen, was der Abt durchaus billigte.

Es mochten gut 150 Mann gewesen sein, die nach Capua zogen. Wenn ich »Mann« schreibe, so meine ich es wörtlich, denn die Frauen blieben zunächst im Lager. Sie kamen später nach; schließlich gilt Reiten bei Frauen als unschicklich. Sie reisen in Wagen, die Kutschen ähneln, oder, wenn sie von niedrigerem Stand sind, in offenen Karren.

Das Wetter war herrlich. Strahlend blauer Himmel, kein Wölkchen zu sehen. Es war nicht allzu heiß, denn es wehte ein leiser Wind von den Hügeln des Apennins. Das gute Gefühl wurde verstärkt durch die Tatsache, dass am Samstagmorgen, kurz vor dem Aufbruch, ein Barbier gekommen war. Er stutzte den mir inzwischen lästig gewordenen Bart und auch meine langen Haare. Erfreulich war weiterhin, dass ich endlich wieder auf dem Rücken meines gewohnten Reittiers Pferd sitzen konnte.

Wir übernachteten am Samstag vor Pfingsten in einem notdürftig eingerichteten Lager irgendwo in den Bergen und setzten beim ersten Hahnenschrei unseren Weg fort. Am Nachmittag erreichten wir die Stadt. Wir ritten über eine steinerne Brücke, die sich über einen trüben, aber recht breiten Fluss spannte, und von der behauptet wurde, sie sei in der Römerzeit erbaut worden. Auf dem Fluss bewegten sich einige Kähne und Flöße. Sie waren mit Blumen geschmückt, wohl zur Begrüßung unseres Heerzuges.

Die Stadt erstreckte sich über eine große Fläche. Eine imposante Mauer mit mehreren Türmen umgab den eigentlichen Stadtkern, doch auch außerhalb der Mauern befanden sich Häuser, Ställe und Buden, ähnlich wie in Speyer. Nur dass Capua Speyer um einiges an Größe und Prunkbauten übertraf. Auch besaß die Stadt einen Dom. Er war allerdings nicht so groß wie jener in Speyer – wenigstens etwas, was in Speyer ansehnlicher war. Es war zu spüren, wie reich der Stadtadel war. Es hieß sogar, manche der Familien könnten ihre Ahnenreihe bis in die Römerzeit zurückverfolgen (was wohl nicht stimmte, denn ich erfuhr, die Stadt sei nach einer Eroberung durch die Sarazenen völlig verwaist gewesen und später als *Capua nova* neu gegründet worden). Doch sei man stolz, immer unabhängig gewesen zu sein. Capua war zwar ein Verbündeter Roms gewesen, niemals aber eine unterworfene Stadt. Und da man selbst zu Zeiten des *Imperium Romanorums* unabhängig gewesen sei, so sei man es erst recht zu Zeiten des *Imperium Francorums*. Man war Verbündeter, nicht Untertan, und deshalb empfingen sie uns nicht wie

Eroberer, Besatzer oder eine fremde Obrigkeit, sondern wie Freunde. An den Wegen standen Männer, Frauen, Kinder aller Stände und Schichten und jubelten uns zu. Auch hier war überall Blumenschmuck zu sehen. Die Freude der Bewohner über den Einzug des Kaisers und seines Gefolges schien echt zu sein. Hieß es doch, der Gandalfe sei ein Tyrann gewesen und das Volk froh, seiner Herrschaft ledig geworden zu sein. Ich erfuhr nicht, was mit ihm geschehen war. Lediglich so viel, dass er seine Macht eingebüßt und die Stadt verlassen hatte.

Wie immer bei solchen Gelegenheiten wurde erst eine Messe gelesen, bevor es zum Gelage ging. Es übertraf alles, was ich bisher bei *den Anderen* hatte erleben dürfen: Ochsen und Hammel drehten sich am Spieß; Orangen, Zitronen, Granatäpfel wurden gereicht. Bier und vor allem Wein floss in Strömen. Kaum einer, der in dieser Pfingstnacht nicht volltrunken zu seinem Lager schwankte. Auch ich hatte mich reichlich bedient. Ich kann mich nicht mehr erinnern, mit wem ich an jenem Abend zusammengesessen, worüber wir gesprochen und gescherzt haben. Soweit ich mich erinnere, habe ich mich allerdings nicht als der »fremde Gaukler aus einer anderen Welt« zu erkennen gegeben, sondern als schlichter Gefolgsmann des Kaisers aus dem Rheingau.

Wir blieben bis Ende Mai bei Capua. Der Kaiser und sein engster Hofstaat bezogen den Palast des Gandalfen, während alle anderen wieder in Zelten hausen mussten, die außerhalb der Stadtmauer aufgestellt wurden. Es war uns stets erlaubt, in die Stadt zu gehen. Die Tore wurden nur symbolisch bewacht. Vermutlich vertraute man darauf, dass bei Anwesenheit des Kaisers und all der Herzöge sich kein »Gesind'« in die Stadt wagen würde.

Ich schlug die Zeit tot, denn es gab nichts zu tun, außer an den üppigen Mahlzeiten teilzunehmen. Ich hatte bald alle Ecken und auch das Umland erkundet. Außerhalb der Stadtmauern stieß ich auf die Reste eines großen Amphitheaters. Es war nicht ganz so imposant wie das von Verona und diente wohl in erster Linie als Steinbruch. Ich sollte mich dort nicht hinbewegen, hatte man mir geraten. Es gingen dort nach Einbruch der

Dunkelheit Gespenster um. Der Aberglaube und die ständige Furcht vor Scheintoten, Teufeln, Hexen und Hexenmeistern *der Anderen* gingen mir zunehmend auf die Nerven, aber ich wollte keinen Zwist herausfordern, also hielt ich mich von den Ruinen fern.

Ich wusste nicht, wie Capua zu meiner Zeit aussah. Ich war nie in Italien südlich von Rom gewesen und hatte mich auch nie für diese Stadt interessiert, von deren Existenz ich nicht einmal etwas gewusst hatte. Galt auch für Capua, dass die »bedeutenden Dinge bleiben, selbst wenn die Zeit vergeht«? Standen die Mauern und Paläste noch, waren sie eine Touristenattraktion geworden oder unter modernen Häusern und Straßenzügen verschwunden? Hätte ich einen Computer und Internetzugang gehabt, ich hätte bei Wikipedia nachgeschaut. Oder in einem Lexikon. So blieb mir nur die Illusion: Auch Capua würde, ähnlich wie Verona oder Speyer, im 21. Jahrhundert noch existieren und Bedeutung besitzen.

Wenngleich es eine langweilige Zeit war, so war es auch eine sorglose. Wann hatte ich zuletzt solch gute Tage verbracht? Lange bevor es mich zu *den Anderen* verschlagen hatte, irgendwann nach dem Abitur, bevor ich mit dem Studium begonnen hatte, oder später während einer meiner Urlaubsreisen? Unsinn! Ich hatte eigentlich immer ein beschauliches Leben gehabt: Wohlbehütet aufgewachsen in der Wirtschaftswunderzeit, hatte ich mich in der Schule und im Studium durchgemogelt, später einen annehmbaren Job ergattert und eine ideale Frau gefunden, die meine Vorlieben teilte und auch meine Launen ausgehalten hatte. Gemeinsam haben wir zwei Kinder großgezogen, die ebenfalls ihren Weg gegangen sind. Richtige Feinde hatte ich mir keine gemacht, hatte keine schlimmen Krankheiten erlitten und nicht in einen Krieg ziehen müssen. War es vielleicht ein *allzu* beschauliches Leben gewesen?

Ich hatte in den Tagen in Capua viel Zeit nachzudenken, kam mir mitunter schon wie ein antiker Philosoph vor, der in sich versunken versuchte, die Welt zu erklären. Gesprächspartner hatte ich so gut wie keine (der Kaiser, Herzog Heinrich oder Reginbald waren mit Staatsgeschäften beschäftigt, Rodrigo konnte nicht ernsthaft diskutieren und anderen aus dem Heerlager wollte ich mich nicht anvertrauen). Um all meine Gedanken dem Papier, nein, dem Pergament, anzuvertrauen, war ich zu träge. Das mag auch besser so sein, denn die Erkenntnisse, sofern sie überhaupt welche waren, würden etwaige Leser nur langweilen.

Mich schmerzt wieder die Schreibhand. Somit beende ich meine Aufzeichnungen über die Zeit in Capua.

Tag 337, 1. Juni 1038, bis Tag 397, 31. Juli 1038

Wir zogen mit dem Kaiser weiter nach Benevent, eine nicht minder imposante Stadt, in der sich sogar noch ein Triumphbogen aus der Römerzeit bewundern ließ, der nicht als Steinbruch diente. Was immer der Kaiser dort an Staatsgeschäften zu führen hatte, ich erfuhr nichts davon. Um ehrlich zu sein, es interessierte mich auch wenig. Mit wem der Kaiser gerade einmal wieder verhandelte, wem er Pfründe zuschanzte und wen er in Ungnade entließ: Es war mir gleich. Die Verhältnisse waren einerseits verworren, andererseits im Prinzip wieder einfach: Es ging um Macht, deren Erhalt und Ausbau. Und es ging vor allem um die Stärkung des Einflusses der Kirche. Sie hatte mit ihren unzähligen Klöstern Italien mit einem feinmaschigen Gespinst überzogen, mehr noch als die Länder nördlich der Alpen.

Wir waren in Benevent neben dem kaiserlichen Hofstaat allenfalls noch zwei Dutzend Ritter und eine Handvoll weiterer Gefolgsleute. Das Hauptheer lagerte weiterhin bei Troia. Mittlerweile hatte sich mir Rodrigo wieder angeschlossen, oder sollte ich sagen, ich hatte ihn wieder am Hals? Ihm war der Müßiggang zuwider geworden, so bot er mir an, mich die Handhabung von Pfeil und Bogen zu lehren. Ich versuchte mein Glück. Nach einigen Fehlversuchen, quittierte er meine Bemühungen mit dem Satz: »Ihr nit einmal treffe eine Ochse von drei Schritte weg! Des habe keine Sinn.« Also gaben wir die Lehrstunden auf. Dafür unternahmen wir einige Ausritte in die nähere Umgebung. Rodrigo war dabei immer auf Ausschau nach »lustiges Weiber«. Wo immer er Frauen anmachen konnte – an den Waschtrögen, auf den Märkten, bei der Feldarbeit – er versuchte sein Glück. Mit »eine *virgen* zwische de Lende zu lege« wurde es allerdings nichts. Wir hatten jedenfalls unseren Spaß: Er mit seinen Sprüchen und ich, wenn ich aus sicherer Entfernung beobachten konnte, wie die Frauen ihn mit großem Schimpf verjagten oder gar Hunde auf ihn hetzten, ihn mit Wasser übergossen oder mit faulen Früchten bewarfen.

Es muss schon gegen Ende Juni gewesen sein, als wir von einem solchen Ausritt nach Benevent zurückkamen und es hieß, es ginge zurück nach Osten. Des Kaisers Gefolge würde sich wieder mit dem Hauptheer vereinigen. Dann zögen wir über Ravenna und Padova zurück nach Mailand, um endlich diese Stadt ein für alle Mal zu bezwingen.

»Aha«, sagte Rodrigo freudig erregt, »itzo endlich mir in *bellum* ziehe. Kämpfe! Gut, endlich kämpfe! Und dann *praedatio, praedatio*!« Er rieb Daumen und Zeigefinger gegeneinander, wobei er andeutete, was er mit *praedatio* meinte: Beute, Gold und Geld!

Ich traf auch Dietwolf wieder, der ebenso wie Rodrigo – wie wohl alle Ritter und Krieger – darauf erpicht war, in den Kampf zu ziehen. Es herrschte allesamt gute Laune. Lediglich Reginbald schien mir ein wenig bedrückt. Es ergab sich leider keine Gelegenheit, mit ihm zu sprechen.

Das Heer zog wie ein riesiger Wurm über die uralten, von den Römern angelegten Straßen nach Nordosten. Nach zwei weiteren Tagen erreichten wir die Adriaküste. Das Meer leuchtete verlockend blau, in den Buchten schimmerten die Strände goldgelb in der Sonne. Hier, so erklärte ich Rodrigo, liegen im 20. und 21. Jahrhundert tausende von Menschen unter Sonnenschirmen und ergötzen sich in den Fluten des Meeres. Er war entsetzt: Wie es denn sein könne, dass ein Mensch freiwillig in das Meer ginge, fragte er nur kopfschüttelnd. Das Meerwasser schade der Haut, ja, verätze sie gar. Das wisse er von einem Fischer, der ihm erzählt habe, er sei einmal bei einem Unwetter von seinem Boot ins Wasser gefallen, wobei er nur mit Mühe gerettet werden konnte. Danach hätte seine Haut tagelang wie Feuer gebrannt. Vielleicht, so erwiderte ich, hätte er Bekanntschaft mit Quallen gemacht. Rodrigo wusste nicht, was Quallen waren. Ich erklärte es ihm, worauf er lästerte: »Itzo Ihr selber gestehe, dass *aqua del mare* nix gut für Mensche. Wenn darin so Ungetüme hause.« Er mochte irgendwie Recht haben: Baden im Meer war wirklich nichts für »Mensche« seiner Zeit.

Etwa eine Woche nach dem Aufbruch des Heeres von Troia rasteten wir etwas länger an einem Fluss, dessen Namen ich vergessen habe. Es hieß, Prinzessin Gunhild fühle sich schwach, ein Fieber habe sie befallen. Der

Kaiser habe angeordnet, einen Tag zu ruhen. Weiterhin wurde gemunkelt, das Heer würde sich erneut teilen, da nicht nur Gunhild mit Fieber kämpfe, sondern eine ganze Reihe von Rittern und Knappen unter Übelkeit zu leiden schien. Die Kranken sollten zurückbleiben, um den Vormarsch der Kampftüchtigen nicht zu behindern.

Am gleichen Abend saß ich mit Rodrigo vor meinem Zelt. Dietwolf gesellte sich hinzu und klagte, der Vormarsch sei zu schnell erfolgt. Bei der anhaltenden Hitze seien längere Pausen notwendig.

»Ich weiß nicht, was in den Kaiser und seine Herzöge gefahren ist, dass er so schnell weiterziehen will«, murrte er. »Ich war auf dem Feldzug gegen die Barbaren im Osten dabei, da rasteten wir jeden dritten Tag, obwohl das Wetter kühl war. Mailand läuft uns nicht davon! Der Sommer ist noch lang.«

»Das stimmt« pflichtete ich ihm bei, wenngleich mir die Geschwindigkeit des Zuges im Vergleich zum Gewaltritt bei der Anreise langsam erschien. »Die Leute sind durchgeschwitzt und trinken zu wenig. Kein Wunder, dass es ihnen da übel wird. Außerdem starren unsere Gewänder vor Dreck.«

»Ihr seid zu zimperlich«, lachte Dietwolf. »Dreck gehört nun mal bei einem Heer dazu. Wenn wir Mailand erobert haben werden, können wir es uns dort in den Badehäusern gut gehen lassen. Ansonsten aber gebe ich Euch Recht. Wir haben zu wenig Trinkwasser im Tross, und das Wasser, das vorhanden ist, ist schal. Schuld ist der Mundschenk des Kaisers. Er ist eigentlich verantwortlich für den Proviant. Leider wälzt der Herr die Verantwortung an seine *adlati* ab. Und die sind unfähig und faul!«

Rodrigo kauderwelschte derweil irgendwas über »Schuld von die Weiber, die sich eigentlich nit bei eine so große *agmen* dabei sein dürfte.«

»Ach nein«, gab ich ihm zurück, »auf einmal gehören die Weiber nicht in den Heerzug. Und wer hat es schamlos ausgenutzt, dass Frauen im Gefolge des Kaisers sind?«

Rodrigo grinste und wollte etwas erwidern, als ein Herold des Kaisers erschien und mich aufforderte, sofort ins Zelt Heinrichs, des Herzogs von Bayern, zu kommen. Unverzüglich sprang ich auf. Was wollte der Sohn Kaiser Konrads von mir? Die ganzen Tage hatte ich weder von ihm noch einem anderen Mitglied der kaiserlichen Familie etwas gehört. Ich dachte gar, sie hätten den »Gaukler aus der anderen Welt« schon vergessen.

Der Herzog empfing mich persönlich vor seinem Zelt.

»Höret, Fremder, warum ich Euch rufen ließ«, sprach er. »Es ist, weil die Herzogin, meine Gemahlin Gunhild, Euch zu sehen wünscht. Es geht ihr sehr schlecht. Das Fieber steigt und steigt, wir fürchten das Schlimmste. Gestern schon erlag einer unserer Diener dem Fieber. Es scheint eine Seuche zu sein, die uns heimzusuchen gedenkt.«

Ich befürchtete, der Herzog werde nun von mir verlangen, irgendein Wunder zu vollbringen, um seine Frau zu retten, doch gefehlt: Es ging lediglich darum, seine Frau nochmals durch das Wunderglas blicken zu lassen, mit dem man den Mond heranholen könne. Ich hatte meinen Rucksack nicht mitgenommen, also schickten wir den Herold nochmals zu meinem Zelt, ihn zu holen.

Derweil standen wir untätig vor des Herzogs Zelt.

»Der Mond scheint aber heute nicht«, sagte ich schließlich, um die angespannte Stille zu durchbrechen. »Wir haben Neumond, wenn ich mich nicht täusche.«

»Beginnender zunehmender Mond«, sagte der Herzog. »Er müsste bald über dem Meer erscheinen.«

»Verzeiht mir«, wagte ich einen Einwand, »aber seid Ihr wirklich der Überzeugung, Eure Gemahlin ist so übel erkrankt ist, dass sie vielleicht ... Nein, ich will es nicht aussprechen.«

»Wir wissen nichts, und unser Schicksal liegt in Gottes Hand«, antwortete Heinrich. »Ob sie nun sterbenskrank ist oder sich nur eine Unpässlichkeit aufgefangen hat, ihr Wunsch ist mir heilig. Wir alle hoffen, dass sie sich morgen wieder von ihrem Lager erheben kann.«

Schon kam der Bote und brachte mir meinen Rucksack. Heinrich öffnete den Türvorhang und ließ mich in sein Zelt treten. Die Luft drinnen war stickig; es brannten einige Öllampen, was die Hitze nur verstärkte und die Qualität der Luft erheblich beeinträchtigte.

Gunhild lag auf einer einfachen Liege, nur mit einem dünnen Hemd, das ihr gerade bis über die Knie ging, bekleidet. Ihre Haare waren offen und lagen in all ihrer blonden Pracht wie ein Fächer ausgebreitet auf dem Kissen. Neben Gunhild saß eine Dienerin, die ihr nasse Tücher auf die Stirn legte.

»Sie schläft«, sagte die Dienerin.

Heinrich und ich blieben in gebührendem Abstand stehen. Selbst aus der Entfernung und trotz des fahlen Lichtes erkannte ich, dass all die Jugend und all der Charme aus der Herzogin gewichen waren. Sie sah fürchterlich aus.

In diesem Moment schlug sie die Augen auf, richtete sich auf und lächelte. Für einen Augenblick schien sie wieder das kesse, dänische Mädchen zu sein, das viel zu früh verheiratet und Mutter geworden war und das gewiss lieber romantische Nächte im Mondlicht am Meeresstrand verbracht hätte, als mit ihrem Ehemann in den Krieg zu ziehen.

»Fremder«, sagte sie und ihre Stimme klang fest, »Fremder, lasset mich den Mond sehen! Durch das Wunderglas!«

Sie erhob sich, musste aber dabei von ihrer Dienerin gestützt werden. Schwankend begab sie sich nach draußen. In der Tat ging gerade der Mond über der Küste auf.

Sie griff nach dem Fernglas. Lange, sehr lange starrte sie damit auf unseren Himmelstrabanten.

»Schade, dass wir keinen Vollmond haben«, sagte sie schließlich. »Aber man erkennt auch so die Berge und Meere dort oben. Was meint Ihr, Fremder, leben dort Menschen so wie wir? Gibt es den Mann im Mond?«

»Der Mond ist eine tote Wüste«, gestand ich. »Es gibt dort nur Steine, kein Wasser, keine Pflanzen, keine Tiere, nicht einmal Luft zum Atmen. Zu meiner Zeit sind ein paar mutige Männer dorthin geflogen. Sie fanden nichts, was sich gelohnt hätte, dort länger zu verweilen. Der Mond ist und bleibt unbewohnt.«

»Schade«, sagte sie. Es klang sehr traurig. Dann reichte sie mir das Fernglas zurück und ließ sich in das Zelt zurückführen.

»Ihr hättet Ihr ihren Traum nicht zerstören sollen«, sagte der Herzog. In seinen Worten lag kein Tadel, nur Trauer. »Sie hatte gehofft, dort oben etwas zu sehen, was sie hier auf Erden vermisst.«

»Verzeiht. Wenn ich das gewusst hätte ... Was war es, was sie dort, auf dem Mond, erwartet hat?«

»Einen paradiesischen Garten. Eine Welt, auf der der Sündenfall noch nicht geschehen ist, etwas in dieser Art.«

»Damit mag sie richtigliegen. Auch wenn der Mond und all die anderen Gestirne kein Leben bergen, so sind sie in Wahrheit unschuldige Gefilde. Es gibt dort weder Gut noch Böse, nur Gottes unberührte Natur. Und es mag recht sein, wenn wir Menschen dort niemals Fuß fassen. Saget ihr das bitte.«

»Ich werde es tun. Nun will ich Euch nicht länger in Anspruch nehmen. Habet Dank und ruhet wohl.«

Ich fand keinen Schlaf in dieser Nacht. Gunhilds Zustand bereitete mir Sorgen. Sie hatten von einer Seuche gesprochen. Ein Diener sei schon daran gestorben. Welche Seuche mochte das sein? Die Pest schien mir unwahrscheinlich. Wenn ich mich recht erinnerte, gab es die Pest im elften Jahrhundert nicht. Die Pocken konnten es ebenfalls nicht sein, dazu fehlten die Symptome. Was blieb? Malaria? Typhus? Die Ruhr? Hatte nicht Reginbald davon gesprochen, dass er sich auf einer seiner Reisen die Ruhr geholt hatte? Die hygienischen Verhältnisse im Lager waren haarsträubend, auch wenn *die Anderen* immer wieder behaupteten, das sei alles nicht ungewöhnlich. Dazu kamen die brütende Hitze und das schlechte Trinkwasser.

Mich quälte der Gedanke, selbst von der Krankheit befallen zu werden. Was konnte ich tun? Mich aus dem Lager entfernen, bevor es mich ereilte? Ich sollte dazu übergehen, wenigstens das Wasser abzukochen, bevor ich es trank, sofern ich dazu die Gelegenheit hatte. Ich kramte in meinem Rucksack: In einer der Seitentasche hatte ich immer noch die Antibiotika, die ich damals, vor meiner unfreiwilligen Reise, für meine Mutter besorgt hatte. Ich las die Packungsbeilage durch und stellte zu meiner Beruhigung fest, dass es sich um ein Breitbandantibiotikum handelte, das alle möglichen bakteriellen Erreger bekämpfte. Sofern es nicht Viren waren oder die Malaria, konnte ich mich retten.

Kurz überlegte ich, ob ich die Tabletten mit jemandem teilen sollte. Vielleicht sogar mit Gunhild? Die *Anderen* kannten keine Antibiotika, somit würde schon eine einzige Tablette anschlagen. Falls es aber ganz teuflisch aggressive Erreger sein sollten, bestand die Gefahr, dass ein besonders widerstandsfähiger Stamm nach der Gabe von nur einer Pille überleben würde. Was wäre, wenn Gunhild nach einer Dosis kurzfristig genesen, dann aber erneut erkranken und gar sterben würde? Würden sie nicht meiner vermeintlichen Wundermedizin die Schuld an ihrem Tod geben?

Obwohl es recht finster war, ging ich zum Flussufer, wo einige Fackeln aufgestellt waren und ein paar müde Wächter herumlungerten. Ich zog mich aus und stieg in das seichte Wasser. Niemand nahm daran Anstoß. Das Wasser war warm, aber dennoch erfrischend. Nach dem Bad stellte ich mich in den lauen Nachtwind und ließ mich im Luftzug trocknen. Nun fühlte ich mich wieder ein wenig besser.

Wir rasteten noch einen weiteren Tag an jenem namenlosen Fluss. Da scheinbar niemand mehr erkrankte und sich der Zustand der meisten Erkrankten besserte, zogen wir alle gemeinsam weiter nach Norden. Doch schon am kommenden Tag ereilte mich eine Hiobsbotschaft nach der anderen: Es habe weitere Krankheitsfälle, ja auch einen Todesfall gegeben, Gunhild ginge es schlechter, nun sei auch der Kaiser selbst erkrankt. Seine Ärzte hätten ihn zur Ader gelassen.

Ich wurde fuchsteufelswild. Da niemand sonst zugegen war, bekam Rodrigo all meinen Ärger zu spüren: »Aderlass! Das ist das Falscheste, was man machen kann. Der Kranke verliert noch mehr Kraft, wenn er Blut abgenommen bekommt.«

Rodrigo verstand mich wieder einmal nicht: »Aber was machet Ihr wieder für *clamorem*. *Non aegre ferte*, reget Euch nicht auf! Medici schon wisse, was gut is?«

»Nein, sie wissen nichts ...«, erwiderte ich.

»Ihr *medicus* sein?«, fuhr er unwirsch dazwischen.

»Nein, aber in meiner Zeit weiß jedes Kind ...«

»Immer Ihr sage, in Eurer Zeit«, unterbrach er mich erneut. »Wir nit sein in Eurer Zeit. *Tempus nostrum est!* Nix gelte, was in Eurer Zeit passiere.«

Ich gab mich geschlagen. Sollten sie den Alten ausbluten lassen!

Wir schlugen erneut unser Lager auf, um einige Tage zu rasten. Dieses Mal war kein Fluss in der Nähe, nur trockenes Strauchland. Zumindest gab es weniger Mücken. An ein erfrischendes Bad war allerdings nicht zu denken.

Es muss so um den 15. oder 16. Juli gewesen sein, genau weiß ich es nicht mehr, da ich an diesen Tagen keine Aufzeichnungen gemacht habe. Jedenfalls hieß es am zweiten Tag unserer Rast, Gunhild sei verstorben. Aber nicht nur sie: Auch der Herzog von Schwaben, ein Stiefsohn des Kaisers, kaum mehr als zwanzig Jahre alt, sei dem Fieber erlegen; außerdem ein Dutzend weiterer Ritter und Knappen. Am Tag darauf starben die Marketenderin, ein Mönch und eine weitere Zahl Krieger. Dann ging es schlagartig: Niemand zählte mehr die Toten. Das Fieber breitete sich im Lager aus wie ein Lauffeuer. Als auch Rodrigo davon erfasst wurde, ergriff mich die Panik. Es war wohl nur noch eine Frage der Zeit, bis es auch mich ereilen würde.

Ich kramte meine Tabletten hervor. Was konnte schon passieren: Im allerschlimmsten Fall holte ich mir von dem Antibiotikum eine allergische Nesselsucht oder die Medizin wirkte eben nicht, da die Seuche nicht von Bakterien verursacht worden war. Da aber die wenigen Gesunden nicht mehr nachkamen, die Toten zu bestatten, türmten sich im wahrsten Sinne des Wortes die Leichen am Rande des Lagers. Der ohnehin schon grauenvolle Geruch wurde durch die Kadaver noch verstärkt. Schrecklicherweise wurden inzwischen auch Pferde und Esel hingerafft. Ich bangte um mein Pferd. Glücklicherweise war das Tier bislang verschont geblieben.

Ich griff zu einer Kanne mit Wein und schluckte eine Tablette.

Rodrigo, der fiebernd vor dem Zelt lag, musste es gesehen haben: »Hej, *amico*, was Ihr soebe genomme? Ihr auch *malad* sein? Ihr habe Medizin gege das Fieber?«

Ich hätte einfach »Ja« sagen sollen, dann wäre er vermutlich zufrieden gewesen. Vielleicht hätte er mich auch um eine der Pillen gebeten, und gewiss hätte ich ihm eine gegeben. Doch ich beging einen Fehler: »Nein, das Fieber hat mich noch nicht erwischt«, antwortete ich. »Aber ich versuche es abzuwehren. Verstehst du? Vorbeugend. Wir haben in unserer Zeit Mittel, die eine Krankheit von vornherein abwehren.«

Er schaute mich seltsam an. Sein glasiger Blick mochte vom Fieber herrühren, – oder, wie ich eher vermutete, weil er wieder nichts verstand.

Ich wurde nicht krank, mochte es an der einen Pille gelegen haben, an meiner Konstitution oder am Zufall. Auch Rodrigo kam glimpflich davon. Zwei Tage später war er wieder der Alte.

Ich sah ihn, wie immer, auf dem Boden vor meinem Zelt hockend, einen Becher Wein leerend, und mit einigen Kumpanen, die auch von der Seuche verschont geblieben waren, plappernd. Was er genau geschwätzt hatte, erfuhr ich nicht, aber er muss sich über meine Medizin ausgelassen haben. Als ich an ihm vorbeiging, hörte ich jedenfalls, wie er *»capsula maravillosa«* sagte und sah, dass er auf mich zeigte. Ich maß dem keine Bedeutung bei, Rodrigo sicher auch nicht.

Schon am Abend desselben Tages wurde ich zum Herzog bestellt. Ohne Argwohn eilte ich sofort zu ihm.

Ich fand ihn mit geschorenem Haar vor seinem Zelt sitzend, die kostbaren Kleider, die er trug, hingen in Fetzen an ihm. Er hatte sie in der Trauer um seine Frau zerrissen.

»Gaukler aus der fremden Welt«, begann er, bevor ich ihm mein Beileid aussprechen konnte, »ich habe vernommen, Ihr wappnet Euch gegen die Seuche mit einem Mittel, das Ihr womöglich aus Eurer Welt hergebracht habt. Ist das richtig?«

»Fürwahr«, antwortete ich wahrheitsgemäß. »Es ist ein Mittel gegen Seuchen. Ich hatte es in meiner Welt für meine Mutter erstanden, die krank daniederlag. Da ich nicht zu ihr zurückkehren kann, nahm ich eine Pille davon ein, weil ich befürchtete, Eure Seuche habe inzwischen auch mich befallen.«

»Ich verstehe«, sagte der Herzog. »Ach Fremder, ich mache Euch keine Vorwürfe. Es ist nicht schändlich, eine Medizin gegen eine Krankheit zu nehmen. Wenn Ihr in Eurer Welt ein solches Mittel besitzet, so seid Ihr zu beglückwünschen. Ich will Euch auch nicht vorwerfen, dass Ihr dieses Mittel nicht meiner Frau angeboten habt. Welches Recht hätte ich,

Euch darum zu bitten, und meine Frau zu bevorzugen, da nahezu das gesamte Heer befallen ist. Einzig, warum ich Euch habe kommen lassen, ist, Euch zu sagen, dass es hier im Lager Leute gibt, die Euch der Zauberei bezichtigen. Es wird sogar gemunkelt, Ihr hättet die Krankheit heraufbeschworen und würdet Euch nun mit der Wundermedizin wappnen, damit sie Euch nicht befalle.«

Ich erschrak. Der Zauberei bezichtigt zu werden, konnte gefährlich werden.

»Was soll ich tun?«, fragte ich den Herzog. »Wie kann ich den Argwohn zerstreuen?«

»Ich weiß es nicht. Da ich keine Kenntnisse habe, wer sich gegen Euch gewendet hat, kann ich nichts unternehmen. Es ist nun mal so, wenn ein Gerücht erst in der Welt ist, wird man es schlecht wieder los. Es gab da beispielsweise in Ravenna vor ein paar Lenzen einen Juden. Vom ihm sagte man, er habe ein Kraut gepflanzt, das ihm die ewige Jugend versprach. Der Neid der Menschen war so groß, dass sie ihn der Teufelsanbeterei bezichtigten und schließlich henkten. Es ist nichts so stark wie der Aberglaube des Volkes.«

»Es tut mir leid, Euch derart Ungemach zu bereiten«, antwortete ich. »Ich danke Euch für die Warnung. Wäre es vielleicht am besten, ich würde das Lager verlassen?«

Der Herzog zögerte. Anscheinend hielt er den Gedanken nicht gänzlich für falsch.

»Ja«, sagte er schließlich, »das mag das Beste sein. Es soll aber nicht wie eine Flucht aussehen. Ich spreche mit meinem Vater, ob wir Euch nicht einen Auftrag geben können, der Euch in den Norden, zurück in Eure Heimat, führt. Wartet in Eurem Zelt auf weitere Instruktionen. Haltet Euch auf jeden Fall für eine Abreise bereit.«

Ich eilte zu meinem Zelt und packte meine Habe. Schon bald kam ein Diener des Herzogs und überreichte mir ein Bündel Pergamente. Ich sollte es nach Verona zum dortigen Statthalter bringen, von dort könne ich mich hinbegeben, wohin ich wollte, ich sei aus den Diensten des Kaisers vorerst entlassen.

Rodrigo, der den Auftrag mitbekommen hatte, staunte nicht schlecht. »Also Ihr nit gehe mit nach Mediolanum? Nix mehr mache *nuntium* für de *imperatore?*«

»Niemand mehr gehe nach Mediolanum«, antwortete ich ihm, seine Sprechweise nachahmend. »Nix mehr *occupare* das Stadt, nix mehr *bellum*, weil *agmen* total kaputt. Du verstehe?«

Er schaute mich mit großen Augen an – dieses Mal verstand er.

»*Dolendus est*«, stöhnte er nur.

»*Non dolendus est*«, antworte ich ihm, »*Felix et fortunatus est!*«

Wir verabschiedeten uns. Er versprach, wieder ins Rheinland zurückzukehren, sobald der Kriegszug vorbei sei, ganz gleich, wie er nun ausginge.

Ich band mein Pferd los und ließ mich von des Herzogs Diener zum Ausgang des Lagers führen. Die Wächter nickten mir freundlich zu. Sie hatten gewiss nichts von meiner vermeintlichen Zauberei gehört oder maßen den Gerüchten keine Bedeutung bei.

So verließ ich das Heerlager, ohne mich allerdings von Abt Reginbald verabschieden zu können. Ich war sicher, er würde meine Handlungsweise ebenso verstehen wie die Entscheidung des Herzogs.

Ich ritt den ganzen Nachmittag bis spät in den Abend nach Norden. Erst nach Einbruch der Dämmerung, als ich kaum noch etwas sehen konnte und auch Pferd unsicher im Tritt wurde, rastete ich abseits des Weges in einem Olivenhain. Die Tage darauf schlug ich mich mehr schlecht als recht durch die Lande, erstand an einigen Bauernhöfen ein wenig Brot und Wein und schlief mitunter auf freiem Feld. Ich weiß nicht mehr, wann ich Verona erreichte. Dort überbrachte ich die Papiere, hielt mich aber nicht länger auf. Es reizte mich, in die Berge zu reiten, die Dolomiten zu sehen, bevor sie von Straßen zerschnitten und mit Seilbahnen, Jausenstationen und Hotelanlagen verbaut sein würden. Die Wege in die Berge waren erbärmlich schlecht, mitunter gefährlich. Immer wieder gab es Hangrutsche und Muren. Bäche waren aus ihrem Bett getreten und hatten die Wege weggespült. Für Pferd war es eine Zumutung, sich den Weg durch die Wälder, über die reißenden Gewässer und Geröllhalden zu bahnen.

Außerdem war das Wetter nicht besonders gut. Es regnete viel und die Berggipfel waren hinter Wolken versteckt.

Also fand ich mich schon nach vier weiteren Tagen in Brissina ein, wo ich wieder im Kloster übernachtete. Dort verbrachte ich die Zeit bis Ende Juli. Mit dem Mönch Poppo führte ich erneut so manches Gespräch, weniger über theologische, mehr über politische Fragen. Wie es Reginbald angedeutet hatte, so strebte Poppo ein Bischofsamt an, ja, er sah sich auch gern als Papst. Wenn Gott es wollte, stünde er für jedes Amt bereit. Über meine Herkunft aus der Zukunft schien er immer noch nicht Bescheid zu wissen. Dies war mir sehr recht, ersparte es mir den Umstand, ihm vorhersagen zu müssen, ob er Bischof oder gar Papst werden würde.

Später erfuhr ich, dass die Belagerung Mailands in der Tat nicht mehr stattgefunden habe. Es hieß, der Kaiser habe in Verona seine verbliebenen Herzöge und Heerführer versammelt und sie schwören lassen, die Belagerung Mailands im kommenden Jahr wiederaufzunehmen und bis in alle Ewigkeit fortzusetzen, bis diese Stadt gefallen sei.

Tag 398, 1. August 1038 bis Tag 427, 31. August 1038

In Brissina schloss ich mich einer Gruppe Händler an, die Waren aus Italien ins Frankenreich bringen wollten. Am Brennerpass angekommen, vernahmen wir, auf der Nordseite sei eine schwere Mure runtergegangen und der Weg sei bis auf Weiteres unpassierbar. Also reisten wir zurück, bogen in das Etschtal ein und zogen über die alte Römerstraße und den Resia-Pass. Wir kamen gut voran, ohne dass uns jemand behelligte, und erreichten über das Inntal und den Arlbergpass das Rheintal. Ungefähr drei Wochen nach dem Aufbruch von Brissina und fünf Wochen nach dem Weggang aus dem Heer war ich wieder in Hendesham.

Ich ritt nicht gleich in den Ort, sondern zunächst hinauf zu meiner Behausung. Ich fand das Auto unversehrt, wie ich überhaupt alles so vorfand, wie ich es verlassen hatte. Allem Anschein nach hatte sich niemand während meiner Abwesenheit meinem Besitz genähert.

Im Stall fand ich ein wenig Heu für Pferd, das ich zunächst absattelte, bürstete und fütterte. Danach kramte ich meinen Autoschlüssel aus seinem Versteck in der Hütte. Die Fernbedienung funktionierte einwandfrei; die Türen entriegelten sich sofort. Ich stieg in den Wagen und startete den Motor. Er sprang unverzüglich an. Welch ein Gefühl, wieder das Brummen des Motors zu hören! Ich schloss die Augen. Ich gab ein wenig Gas und legte den ersten Gang ein. Wenn ich jetzt den Weg hinunterfahren könnte ins Handschuhsheim des 21. Jahrhunderts! Einfach so hinunterfahren, über den holprigen Feldweg, die Straße am Friedhof entlang, auf die Dossenheimer Landstraße, zur Autobahn. Ich ließ den Wagen anrollen.

Ein dumpfes Geräusch und ein Ruck holten mich aus meinem Tagtraum zurück. Der Wagen war an die Wand des Pferdestalls geprallt. Pferd wieherte nervös. Ich fuhr wieder zurück, stellte den Wagen ab und stieg aus. Was mussten diese Leute auch den Stall an eine Stelle bauen, die mir ein Weiterfahren unmöglich machte! Doch hinter dem Stall ging es eine steile Böschung hinunter, die mit Brombeeren und anderem Gestrüpp überwuchert war. Wäre der Stall nicht gewesen ...

Ich beruhigte Pferd. »Weißt du was, guter Geselle«, sagte ich zu ihm. »Es ist Sommer und noch lange hell. Wir reiten jetzt runter nach Hendesham, meinem Hendesse. Klar?« Es war, als würde das Tier mich verstehen, denn es wieherte laut.

Als wir im Ort ankamen, eilten ein paar Kinder herbei und liefen neben uns her, laut rufend, der Gaukler sei wieder da. Auch ein paar ältere Leute kamen auf die Straße, begrüßten mich und begleiteten mich zum Bachlenz. Dort saß ich ab, band das Reittier pflichtgemäß an eine Stange und begab mich in den Innenhof des Anwesens. Zunächst schien es, als sei niemand da; dann aber kam Hilda aus dem Haus gerannt und fiel mir in die Arme.

»Meister Rodolfo!«, rief sie. »Ich habe schon gehört, dass Ihr wieder im Land seid. Man sah Euch zu Eurer Bleibe reiten. Es freut mich, dass Ihr uns heute schon Eure Aufwartung macht, damit haben wir nicht gerechnet. Traudel ist oben am Waschhaus. Wo soll sie auch sonst an einem schönen Sommertag sein. Ich werde sie holen lassen. Kommet herein in die Stube. Ich bereite Euch sogleich ein Mahl.«

»Nein, danke, macht Euch keine Umstände«, antwortete ich, obwohl mein Magen knurrte. Sie aber rief einen jungen Stallknecht herbei, den sie zum Waschhaus schickte und begann sogleich mit der Zubereitung einer Gemüsesuppe.

Kaum hatte ich mich hingesetzt, erschienen Traudel und ein halbes Dutzend anderer Frauen – Waschweiber wäre der richtige Ausdruck für sie gewesen. Traudels Kinder eilten ihr hinterher. Die kleine Gundhild schien mir ordentlich gewachsen, während mir ihr Bruder Luitfried noch schmächtiger vorkam als im Frühjahr. Vermutlich kränkelte er wieder.

Zu meiner Überraschung umarmte mich nicht nur Traudel; auch all die anderen Frauen nahmen mich in den Arm. Ihre Freude, mich unversehrt wiederzusehen, war groß. Sofort aber fragte Traudel nach dem Verbleib ihres Vetters Dietwolf. Ich konnte ihr dazu keine Auskunft geben. Vorsichtig bereitete ich sie darauf vor, Dietwolf könnte möglicherweise einer Krankheit, die im Heer des Kaisers grassiert hatte, zum Opfer gefallen sein.

»Ich bin früher weggeritten«, berichtete ich. »Herzog Heinrich, des Kaisers Sohn, hatte mich mit einer Botschaft nach Verona geschickt. Sie brauchen mich nicht mehr als Emissär, der Feldzug ist zum Erliegen gekommen. Somit hat der Herzog mich letztlich aus dem Heer entlassen.«

»Wie großzügig«, lobte Traudel den Herzog. »Ich bin froh, Euch wieder hier zu haben. Ich hoffe, die Obrigkeit wird Euch nicht wieder zu solchen nutzlosen Missionen entsenden wollen.«

»Es war keine schlechte Zeit in Italien«, sagte ich, was größtenteils der Wahrheit entsprach. »Es ist gut, wieder hier zu sein. Aber sagt, was hat sich zwischenzeitlich ereignet? Wo ist Ingbert? Ist er wohlauf?«

»Welchen Ingbert meint Ihr? Es geht beiden gut. Sie sind zusammen zur Jagd aufgebrochen. Mein Neffe wird in Bälde sein 14. Lebensjahr vollenden; er kommt nun ins Mannesalter.«

»Und was macht Arnulf? Ich bin an seinem Gut vorbeigeritten, wollte aber nicht so ohne Vorwarnung bei ihm einfallen.«

Sie winkte ab: »Ach der! Was wird er schon machen? Schielt weiterhin jedem Weiberrock hinterher, wohingegen seine eigene Frau erneut schwanger ist. Ich hoffe, sie hat nicht wieder eine Fehlgeburt, wie das letzte Mal.«

»Und Gernot, der Vogt?«

»Gernot? Auch so einer, der von Frauen nie genug bekommen kann.« Sie lachte gereizt.

Hilda, die derweil die Suppe auf das Feuer gestellt hatte, kommentierte mit einem vielsagenden Lächeln: »Der Herr Vogt hat unserer Witwe den Hof gemacht. Meint wohl, ihr Herz gewinnen zu können. Es stünde ihm ja nicht schlecht, dem armen Schlucker, in das reiche Haus am Bachlenz einzuheiraten.«

Die anwesenden Frauen kicherten, Traudel winkte ab und wurde rot.

Gernot machte Traudel den Hof? Seltsam, hatte es nicht geheißen, mit Traudels Weiblichkeit sei es nach der Geburt ihres letzten Kindes nicht mehr weit her? Aber wenn er wirklich so ein armer Schlucker war, wie nun behauptet wurde, konnte man die Gebrechen der Frau in Kauf nehmen, wenn man dafür der Schwiegersohn eines reichen und freien Mannes werden konnte.

Meine Rückkehr hatte sich schnell herumgesprochen. Es kamen immer mehr Leute aus dem Ort und der Umgebung, um mich zu sehen. Schließlich erschien auch Arnulf, der mich nicht minder stürmisch begrüßte und mit Fragen überhäufte wie zuvor Traudel und die Waschweiber. Am Abend kamen auch die beiden Ingberts zurück. Sie hatten kein Jagdglück gehabt, waren der Spur eines Bären gefolgt, hatten ihn aber nicht ausmachen können. Auch die Rehe, Hirsche und selbst die Hasen hatten sich rargemacht. Umso mehr freuten sie sich, mich wiederzusehen. Ich gehörte inzwischen zweifellos zu ihnen. Nun gab es für mich keine Chance mehr, zu meiner Bleibe zurückzukehren. Ich musste zum Abendessen bleiben und in der Herberge übernachten.

In Ermangelung eines Wildbrets schlachtete Hilda ein Huhn, das sie in gewohnter Weise hervorragend zubereitete und auftischte. Das ganze Tier sei nur für mich gedacht, beeilte sie sich zu sagen, ich müsse es mit niemandem teilen. Was ich aber dennoch tat, denn außer dem Vogel gab es Unmengen frisch gebackenes Dinkelbrot und verschiedenes Gemüse. Leider servierten sie auch wieder ihren Lauch. Aus Höflichkeit aß ich ein wenig davon, obwohl ich wusste, dass er mir Probleme bereiten würde.

Trotz des Lauchs schmeckte es sehr gut. Ich vergaß darüber sogar mein in den letzten Tagen wieder stärker gewordenes Verlangen nach einer Kartoffel oder einer Tomate.

Ende August kamen Dietwolf und Rodgrigo zurück. Rodrigo war rasch wieder genesen und Dietwolf gänzlich von der Seuche verschont geblieben. Sie hatten das Heerlager nur wenige Tage nach mir verlassen, nachdem der Kaiser es *per ordere* aufgelöst hatte.

Rodrigo blieb nur einen Tag in der Gegend, übernachtete im Kloster und begab sich danach weiter nach Worms, wo sich Reginbald und der Kaiser noch im Spätsommer einfinden wollten. Dietwolf aber traf ich an einem Sonntag, im Anschluss an die Messe in der St. Nazarius-Kapelle. Traudel hatte wieder die Leier gespielt. Etwas verschämt, aber unüberhörbar, hatte sie wieder einige Takte von »Midnight lamp« in ihr Spiel eingeflochten, vermutlich, um mir zu gefallen.

Auf dem Weg zurück in den Ort, gingen wir, wie es sich für den Kirchgang gehörte, zu Fuß. Pferd hatte ich wie gewohnt vor dem Bachlenz abgestellt. Dietwolf lief neben mir her. Er schaute niedergeschlagen drein.

»Was bekümmert Euch, Dietwolf? Dass der Feldzug nun ausgesetzt ist?«, wagte ich ihn zu fragen.

»Ihr habt gut reden!«, brummte er. »Ihr seid frühzeitig aufgebrochen, habt das traurige Ende des Feldzuges ja nicht miterlebt. Es ist ein Wunder, dass es mich verschont hat. Ihr seid wohl auch völlig ohne Unbill davongekommen, nicht wahr?«

»Ja, und ich weiß es Gott zu danken.«

»Es hieß aber im Lager, Ihr hättet ein Mittel bei Euch gehabt, das Euch gegen die Seuche gefeit hätte. Es ging sogar das Gerücht um, die Krankheit sei just durch den fremden Gaukler, also Euch, verursacht worden. Der Herzog habe Euch deshalb so früh weggeschickt, weil er keine Unruhe im Lager wünschte.«

»Zum einen hat mich der Herzog als Emissär weggeschickt, denn das war meine Aufgabe von vorn herein. Und zum anderen mag das Gerücht aufgekommen sein, weil man mir meine guten Beziehungen zum Kaiser und Herzog neidete. Ihr wisset selbst, wie Gerüchte entstehen.«

»Gewiss«, entgegnete Dietwolf, »aber habt Ihr nicht selbst gegenüber Rodrigo zugegeben, ein Wundermittel eingenommen zu haben?«

»Ach, Rodrigo! Er muss etwas falsch verstanden haben. Und sicher hat er dumm herumgeplaudert. Ihr glaubt doch nicht im Ernst, dass an diesem Gerücht etwas Wahres dran ist.«

»Ich mache nur meine Beobachtungen und höre, was die Leute sagen. Und manche Leute haben Angst. Angst vor dem fremden Gaukler, der mit unheimlichen Gerätschaften hantiert, gar Einfluss auf den Kaiser, den Herzog und Bischof Reginbald nimmt, und der sich gegen Seuchen wappnen kann. Ja, manche Leute haben Angst, und das sind nicht wenige.«

»Ich verstehe. Und wie ist es mit Euch? Habt Ihr auch Angst?«

»Manchmal schon.«

Wir waren vor dem Bachlenz angekommen und er entfernte sich grußlos.

»Was habt Ihr beide denn?«, fragte Ingbert, der ein paar Meter hinter uns gegangen war. »Ihr schauet beide so betreten drein. Hattet ihr Streit?«

»Keineswegs. Es ist nichts. Es wird nur dumm dahergeredet. Wegen der Seuche im Heer ...«

Ingbert stöhnte: »Lasset die Leute reden! Ich kenne das. Das gemeine Volk ist abergläubisch. Und Dietwolf ist ein hitziger Narr, der enttäuscht ist, weil der Feldzug so unverrichteter Dinge zu Ende gegangen ist.«

Er packte mich am Arm und verhinderte, dass ich zu meinem Reittier gehen konnte, um es loszubinden und davonzueilen. »Ihr seid in schlechter Stimmung. Es ist nicht gut, wenn Ihr jetzt allein zu Eurer Behausung zurückreitet.«

Eigentlich hatte ich wenig Bedürfnis, mich mit Ingbert und den Seinen an einen Tisch zu setzen. Wie aber sollte ich die Einladung ausschlagen?

Also begaben wir uns in die Wirtsstube. Das Essen war noch nicht fertig, die Frauen hantierten in der Küche, Gundi und zwei gleichaltrige Mädchen, die wohl den Mägden gehörten, tobten lautstark herum, was uns aber nicht störte. Ingbert besorgte uns je einen Humpen Bier und hieß mich, Platz zu nehmen.

In diesem Augenblick betrat Arnulf den Raum. Ingbert winkte ihn heran.

»Gevatter«, sprach er ihn an, »schön, dass du kommst. Setz dich zu uns und trink mit.« Ingbert bat eine Magd, einen weiteren Humpen herbeizuholen. Dann fuhr er fort: »Sag an, was machen wir mit unserem Gaukler? Ihn plagt die Furcht, es könne schlecht über ihn geredet werden. Ich vermute, nach allem, was ich über den Hergang der Dinge weiß, der Herzog hat ihn aus dem Heer frühzeitig entlassen, aus Angst, seine ungebildeten Gefolgsleute könnten ihm die Schuld an der Seuche zuweisen. Ist es nicht so?« Er wandte sich an mich und schaute mich herausfordernd an.

Bevor ich antworten konnte, sagte Arnulf nickend: »Ja, es wird viel geredet. Aber nicht erst, seit unser Gaukler in Italien war und seit die Krieger wie Dietwolf zurück sind. Auch wenn der Gaukler fleißig die

Heilige Messe besucht, so halten ihn doch nicht wenige für einen, der ...« Er zögerte. Lautstark schlürfte er den Schaum von seinem Humpen ab.

»Sprich es aus!«, forderte ihn Ingbert auf.

»Nein, ich will nicht sagen, man halte ihn für jemanden, der mit finsteren Mächten im Bunde steht, nein, nein, so weit gehen sie nicht. Aber sie denken eben an Zauberei.«

Ich seufzte: »Ich weiß, dass ich viele Fehler gemacht habe, die den Argwohn der Leute angestachelt haben. Eure Welt ist und bleibt mir fremd. Zauberei? Richtig, Dietwolf hat es genauso ausgedrückt und ich will es Euch offen gestehen, denn ich vertraue Euch. Es stimmt, was Ihr, Ingbert, gesagt habt: Der Herzog hat mich aus dem Heer entlassen, weil er befürchtete, man gebe mir die Schuld am Ausbruch der Seuche. Es waren Unruhen zu befürchten. Was soll ich nur tun?«

»Das ist es, was wir gemeinsam herausfinden sollten«, sagte Arnulf und grinste. Wieder einmal erinnerte er mich mit seinem ungestutzten Bart an einen Gartenzwerg. Eigentlich war mir gar nicht zum Lachen, dennoch konnte ich das Lachen nur mühselig unterdrücken.

»Wir sollten handeln«, meinte Ingbert, »damit Ihr an Ansehen gewinnet und die Schwermut nicht mehr auf Euch lastet. Ihr müsset beweisen, ein echter Christenmensch zu sein!«

»Ich könnte in einem Siechenhaus arbeiten«, schlug ich vor. »In Lobdenburg oder Spirum gibt es Spitäler ...«

»Nichts da!«, fuhr Arnulf dazwischen. »Das ist was für fromme Frauen, nichts für gestandene Männer. Ich weiß Besseres.«

Wieder grinste er. Verstohlen schielte er zu seinem Vetter.

»Denkst du das Gleiche wie ich?«, fragte dieser.

»Ja, bestimmt. Ich schlage vor, unser Gaukler geht auf eine Wallfahrt.«

»Eine Wallfahrt?«, fragte ich erstaunt. »Nach Rom? Nein, bitte nicht wieder nach Italien!«

»Wer redet von Italien«, schnurrte Arnulf. »Auch da weiß ich Besseres.«

»Gar Jerusalem, das Heilige Land?«

»Ist derzeit leider in den Händen der Muselmanen. Eine Reise dorthin ist so gut wie unmöglich. Nein, wir gehen nach Hispanien, nach Sant

Jago, zum Grab des Apostels Jakobus. Das mag uns zum Seelenheil gereichen und uns auf Erden hohes Ansehen erbringen. Gilt es?«

Ich war verdutzt: »Was heißt hier *wir*? Wie meint Ihr das? Wer soll mich begleiten?«

»Nun, ich selbst!«, rief Arnulf laut aus und klatschte mit der Hand auf den Tisch. Die Bierkrüge sprangen hoch, fielen fast von der Tischplatte runter.

Ich war irritiert und wusste nicht, was ich sagen sollte. »So eine Reise«, stotterte ich »... ich weiß nicht, ob ich das von Euch verlangen kann. Ihr habt Euer Gut, Eure Familie. Nein, es wäre zu viel verlangt ...«

»Redet nicht daher wie ein Waschweib«, unterbrach er mich. »Als freier Franke steht mir eine Pilgerfahrt im Leben zu. Das zum einen. Zum anderen ist meine Frau in Sachen Verwaltung des Gutes bestens betraut. Sie kann gut rechnen, besser als ich, ja, sie kann auch lesen und schreiben. Dass sich das für Weiber nicht geziemt, hat sie nicht davon abgehalten, es dennoch zu lernen. Zu meinem Glück!« Er lachte ordinär.

»Ist Eure Frau nicht schwanger?«

»Gewiss, das ist sie nahezu immer«, hielt mir Arnulf entgegen. »Bisher hat sie jedes Kind ohne mich zur Welt gebracht. Sie benötigt mich lediglich zur Zeugung, nicht zur Geburt.«

»Ihr braucht auf jeden Fall eine Begleitung«, gab ihm Ingbert Recht, ohne auf die Bemerkung über die Schwangerschaft einzugehen. »Der Weg nach Hispanien ist gefährlich. Die Ländereien, die auf dem Weg nach Campo Stellae liegen, gehören nicht alle zum Römischen Reich. Das Westfrankenreich mag noch gehen; in den Bergen Navarras, Asturiens und Kastiliens hingegen sind die Verhältnisse unsicher. Auch gilt es, das Land der wilden Euskarier zu durchqueren, und wenn Ihr nicht Acht gebt, gelangt Ihr in das Hoheitsgebiet der Muselmanen.«

Ich muss gestehen, in diesem Augenblick packte mich die Abenteuerlust. Eine Pilgerreise nach Spanien, nach Santiago de Compostela, im elften Jahrhundert! Das war gewiss dem bevorstehenden Winter im Frankengau vorzuziehen. Vorsichtig fragte ich: »Würde das bedeuten, dass wir noch im Herbst, vor Einbruch des Winters, aufbrechen? Würden wir in Hispanien gar überwintern?«

»Wenn es Euch beliebt«, antworte Arnulf schmunzelnd.

»Und würde es bedeuten, zu Fuß zu pilgern? Wie lange wären wir unterwegs?«

Arnulf lachte schelmisch: »Unsinn! Edelleute und freie Franken pilgern nicht zu Fuß! Wir reiten. Ihr könntet Euren geliebten Gaul mitnehmen. Außerdem sollten wir ein Packpferd dabeihaben, das unsere Habseligkeiten trägt.«

»Na, na, mein werter Vetter«, unterbrach ihn Ingbert und hob den Zeigefinger. »Ein Pilgersmann nimmt nur das mit, was er wirklich braucht. Wenn schon auf dem Rücken eines Gauls, dann bitte nicht auch noch ein Packpferd!«

Im selben Augenblick rief Hilda zum Essen. Eine große Schüssel mit einer Gemüsebrühe, in der wohl so etwas wie Teile von Vögeln – vermutlich Tauben – schwammen, wurde auf den Tisch gestellt und von Hilda in hölzerne Teller geschöpft. Wie üblich wurde auch Brot verteilt. Jeder holte seinen hölzernen Löffel entweder aus seinem Gewand oder aus einer Anrichte neben dem Tisch. Jeder besaß einen eigenen Löffel, mit dem er aß und den er nach dem Mahl nur lose abwischte. Niemals sah ich jemanden, der seinen Löffel mit heißem Wasser abspülte. Auch ich hatte längst so einen Löffel, den ich immer mit mir führte, den ich aber gelegentlich spülte, wenn es die *Anderen* nicht sahen.

Santiago de Compostela! Ich kannte die Stadt von einer Urlaubsreise im Jahr ... Wann war ich dort gewesen? 2005, 2006? Meine Gedanken schweiften in meine eigene Vergangenheit zurück: Ich sah mich auf dem großen Platz vor der Kathedrale stehen. Irgendwo unter der Kirche sollte der Heilige Jakobus, einer der Jünger Christi, begraben liegen. So will es die Legende. Überall die Händler, die Pilgerstöcke und anderen Touristenkitsch anbieten. Überall Touristen, Touristen, Touristen. Fotos wurden geschossen, von der Kathedrale, von den Menschen davor und auf dem Platz, von den umliegenden Gebäuden, von den Händlern. Dazwischen einige echte Pilger. Leicht zu erkennen an ihren Rucksäcken, der schmutzigen Kleidung und den Stöcken, die so ganz anders aussahen als die übertrieben knorrig geformten Prügel oder sauber polierten Stöcke mit der Jakobsmuschel oben auf, die die Händler anboten. Es herrschte Andrang an der Kathedrale. Erst nach einer Wartezeit von einer Viertelstunde konnten wir die Kirche betreten. Nahe dem Eingang standen die Pilger Schlange vor einer Säule mit einer Heiligenfigur. Endlich an der Reihe, berührten und küssten sie diese. Die Figur war blank geputzt von den vielen Händen der Wallfahrer. Danach durchquerten sie die Kirche und begaben sich in die Gruft hinter dem Hauptaltar, wo in einem Silberschrein ein Splitter des Kreuzes Christi aufbewahrt sein sollte. Ich aber schloss mich ihnen nicht an, sondern bewunderte das gigantische Weihrauchfass, den Botafumeiro, der von der Decke hing. Ich dachte, es müsste unheimlich qualmen, wenn er in Aktion ist.

Und nun hätte ich die Gelegenheit Santiago/Sant Jago im elften Jahrhundert zu sehen, vor der Touristenflut. Bevor die monströse Kathedrale, wie ich sie kannte, gebaut wurde.

Ich lag in meiner Behausung auf meinem Bett und ließ meine Gedanken kreisen. Arnulf hatte zum Abschied noch empfohlen, die Hufe meines Gauls überprüfen zu lassen, bevor die Reise begann. Schließlich sollte ich alles einpacken, was mir wichtig erschien und auf den Sattel passen würde. Ich sollte zudem meine Geldkatze füllen, aber nur mit einer bescheidenen Menge Silberlinge, denn zum einen wurden Pilger in den Kirchen und Klöstern unterwegs ausgehalten, und zum anderen sollte im Falle eines Überfalls den Räubern nicht allzu viel in die Hände fallen. Schließlich sollte ich mich am kommenden Mittwoch reisefertig bei ihm in seinem Gutshof einfinden.

Reisen III

Tag 428, 01. September 1038 bis Tag 456, 30. September 1038

Die Abreise sollte letztlich doch nicht so schnell erfolgen. Der Hufschmied empfahl mir, Pferd vollkommen neu beschlagen zu lassen. Sein Gebaren erinnerte mich an einen Reifenhändler, der neue Reifen im Sortiment hatte, die er mir aufschwatzen wollte.

Es waren noch weitere Dinge zu erledigen, denn so einfach, wie Arnulf es sich vorgestellt hatte, konnte die Reise nicht angetreten werden. Man empfahl uns wetterfeste Kleidung mitzuführen, die ich, da ich ja bereits einen Ritt über die Alpenpässe hinter mir hatte, besaß. Arnulf aber war der Ansicht, sein Mantel und sein Wams seien zerschlissen und eines rechtschaffenen Pilgers unwürdig. Deshalb ritt er nach Lobdenburg zu jenem guten Schneider, der auch mich schon ausgestattet hatte, und ließ sich neue Kleidung anfertigen, was einige Tage dauerte. Auch musste er sich seine Schuhe neu besohlen lassen, worauf ich spotten konnte, er sei halt ebenso ein Gaul, dessen Hufe neu beschlagen werden mussten.

Schließlich galt es noch, den Segen der Kirche einzuholen. Am ersten Sonntag im September begaben wir uns morgens in die Nazarius-Kapelle, wo uns Pfarrer Berthold in Weihrauch hüllte und jedem von uns ein Amulett überreichte: ein silbernes Medaillon an einer Lederschnur. Es zeigte einen Ritter mit einem Schwert, das Symbol des Heiligen Jakobus.

Am Abend vor der Abreise gab es ein Festessen im Kreise Ingberts Familie und seiner Bediensteten. Sie hatten eine Ziege geschlachtet und eine Flasche des kostbaren Metweins geöffnet, den es sonst nur zu ganz besonderen Anlässen wie Hochzeiten oder Kindstaufen gab. Die Stimmung war entsprechend gut. Selbst Dietwolf schien nicht mehr niedergeschlagen zu sein. Ich sah ihn an diesem Abend sogar gelegentlich lachen. Auch lernte ich endlich Elsbeth, Arnulfs Frau, näher kennen. Sie war noch jung, hatte jedoch herbe Gesichtszüge und ein selbstbewusstes Auftreten. Ihre erneute Schwangerschaft deutete sich gerade an. Ihre bisherigen vier Kinder, alle noch unter zehn Jahren, waren im Gutshof geblieben. Auf Ingberts Bemerkung, ob sie nicht befürchte, dass Arnulf sich in der Fremde mit anderen Frauen vergnügen könnte, lachte sie nur und sagte, an andere Weiberröcke mache er sich auch zu Hause ran. Das müsse er allein mit seinem Gewissen und Gott ausmachen. Sie könne nichts dagegen tun. So lange er für sie und die Kinder aufkomme, sei es ihr auch gleich, wie er sich sonst belustige. Nur einen Bastard dürfe er ihr unter keinen Umständen ins Haus bringen.

Arnulf selbst scherzte mit, behauptete, in fernen Gefilden schon ein Dutzend Bastarde sitzen zu haben, und auf die Frage, wann er in der Fremde gewesen sei, gab er zur Antwort, das sei in seiner frühen Jugend gewesen, lange bevor ihn seine Elsbeth geehelicht hatte. Schon als Jüngling sei er stark in den Lenden gewesen.

Die Stimmung war wirklich gut an jenem Abend, trotzdem fühlte ich mich etwas schwermütig. Mir wurde bewusst, dass ich nun schon über ein Jahr in der Welt *der Anderen* verbracht hatte und seit über einem Jahr von meiner Frau, der Familie und den Freunden getrennt war. Wie würde es wohl inzwischen meiner Mutter gehen? Ob ich vielleicht schon Enkel hatte?

Irgendwann spät – der Nachtrat hatte an diesem Abend nicht zur Bettruhe gerufen, wohl auf Ingberts Geheiß hin – erhob sich Ingbert schwankend und hielt eine Rede. Oder soll ich besser schreiben, er lallte eine Rede?

»Ich wünsche Euch Glück auf der Reise«, begann er. »Auf dass Ihr in Sant Jago erleuchtet werdet!«

Er schielte in die Runde und erhielt allgemeine Zustimmung.

»Mit der Erleuchtung wird es aber nicht weit her sein«, fuhr er fort, »seid Ihr letztlich in meinen Augen weiterhin nichts als ein Gaukler. Vermutlich gibt es in Eurer Welt eh nur Gaukler und Narren. Wo das gemeine Volk lesen und schreiben kann und jedermann, ja selbst jede Frau mit solch einem stinkenden und lärmenden *vehiculum* herumfahren darf wie dem Euren, und wo sich die Menschen wie Vögel in die Lüfte erheben können, da kann doch von einem ernsthaften Leben nicht mehr die Rede sein. Und dann die Weiberherrschaft! Ein Narrenhaus muss Eure Welt sein.«

»Ich gebe Euch Recht«, pflichtete ich ihm bei, »meine Welt ist ein Narrenhaus. Eure aber auch. Ohne Narretei ist keine Welt auszuhalten.«

Alle lachten, bis auf Arnulfs Frau. »Ohne die Narretei einer Weiberherrschaft wäre unser Gutshof schon längst verkommen«, murmelte sie.

Nun lachten alle bis auf Arnulf. Mir war, als liefe er unter seinem zotteligen Bart rot an.

Endlich, wohl weit nach Mitternacht, ritt ich mit schwerem Kopf zu meiner Behausung. Pferd fand den Weg so gut wie allein, trotz der herrschenden Finsternis. Es war sehr finster in dieser Nacht. Schwere Wolken hingen am Himmel, ein Gewitter deutete sich an. Fallwinde bliesen uns entgegen. Tatsächlich, kaum waren wir angekommen, kaum hatte ich Pferd in den Stall geführt und versorgt, ging das Unwetter los. Ich setzte mich in meinen Wagen. Dort fühlte ich mich sicherer als in der Bretterbude. Die Blitze zuckten wild, der Donner wollte nicht mehr verstummen, der Regen prasselte mit aller Gewalt herab, wohl auch mit einzelnen Hagelkörnern dazwischen.

Nach einer guten Stunde, das Gewitter hatte sich schon ziemlich verzogen, schaltete ich meine Musikanlage an, um eine CD einzulegen. Die Anlage stand immer automatisch auf »Radio«, wenn sie eingeschaltet wurde. Für einen kurzen Augenblick krachte es fürchterlich, als sei ein Sender falsch eingestellt. Ich glaubte, einen Wortfetzen zu hören: »Wetterbericht«.

Danach wurde es wieder still. Was war das gewesen? Ich schaltete das Radio aus und sogleich erneut wieder an. Es krachte nicht mehr. Nichts war zu hören. Hatte ich mich getäuscht? Oder hatte es, bedingt durch das Gewitter, eine elektrostatische Entladung gegeben, als ich das Gerät eingeschaltet hatte?

In der Ferne grollte der Donner. Der Regen hatte längst aufgehört. Ich hatte nun keine Lust mehr, eine CD zu hören. Ich verließ den Wagen. Kurz schaute ich noch nach Pferd. Es verharrte ruhig in seinem Stall.

Unsere Pilgerreise begann am 6. September *anno* 1038. Wie bei meiner ersten Fahrt ging es auch dieses Mal bei Speyer über den Rhein. Die Stadt betraten wir allerdings nicht, sondern wendeten uns gleich der linksrheinischen Römerstraße zu, die uns nach Süden führte. Da wir mit unseren eigenen Tieren ritten, denen wir keinen Trab oder Galopp zumuten wollten, kamen wir naturgemäß nicht so schnell voran wie ich im Frühjahr bei meiner Italienreise. Wir waren kaum schneller als ein Wanderer. Wir gönnten uns die eine oder andere Rast, allein um die Natur und das schöne Sommerwetter zu genießen, das fortan herrschte. Außerdem geziemte es sich für redliche Pilger, in Kirchen und Klöstern einzukehren. Dabei ging es nicht immer sehr andächtig zu. Umso weiter wir nach Süden kamen, umso geselliger wurde es. Waren die Elsässer in ihrer Art noch recht bieder, so nahmen es die Burgunder mit der Frömmelei nicht mehr sehr ernst. In der Stadt Bisanz, auch Vesontio genannt, in der sich ein mächtiges Kloster befand, empfing man uns wie Fürsten. Drei Tage wurden wir bewirtet und beherbergt, ohne auch nur einmal eine Messe besuchen zu müssen. Der Bischof selbst, ein ungewöhnlich dicker und behäbiger Mann, machte uns an einem Abend seine Aufwartung. Es gebe nun einmal kaum Pilger, die den Weg nach Sant Jago antreten würden, erklärte er uns; unser Mut sei zu bewundern.

Arnulf zuckte mit den Schultern. Wo sei es denn nicht gefährlich, fragte er. Ich bat den Bischof um weitere Erklärungen ob der Gefahren, die auf uns lauern konnten.

»Nun ja«, begann er zu schwadronieren, »sehet, die Gegend um Sant Jago in Hispanien wird immer wieder von maurischen Kriegern heimgesucht. Vor nicht allzu vielen Jahren hat der maurische Heerführer Almansor im Auftrag des Kalifen von Córdoba mit einer großen Reiterschar die christlichen Länder in Hispanien überfallen, dabei auch die heilige Stätte Sant Jago Campo Stellae gestürmt, gebrandschatzt und ausgeraubt. Die christlichen Mönche und Laien, die nicht niedergemacht worden sind, hat er versklavt und gezwungen, die bronzenen Glocken der Grabkirche des Heiligen Jakobus nach Córdoba in die Residenz des Kalifen zu bringen. Dort hat man sie eingeschmolzen und aus dem Erz Lampen – bedenket Lampen! – gegossen. Lediglich das Grab des Heiligen hatten die Mauren nicht geschändet. Es bedeutet auch ihnen etwas, genauso wie sie ja auch Jesus Christus verehren, nur eben nicht als

Sohn Gottes, sondern als einen beliebigen Propheten. Bis heute, lange nach dem Tod des grausamen Almansor und dem Zerfall des gottlosen Kalifats von Córdoba, kommen immer wieder versprengte Reiterscharen aus den heidnischen Ländern in die christlichen Königreiche, um zu plündern und zu morden. Sie tun das aber nicht mehr im offenen Kampf, sondern heimlich und auf heimtückische Weise. Jeden Bauern, jeden Burgherrn, jeden Mönch und erst recht jeden Pilger kann es treffen. Das Mordgesindel lauert in den Wäldern und in unzugänglichen Schluchten, ja, es kommt mitunter auch auf kleinen Booten die Küsten entlanggefahren und dann – wehe dem, der ihren Weg kreuzt!«

Arnulf winkte ab: »Das sind alles nur Märchen. So grausam, wie sie immer hingestellt werden, sind die Muselmanen gewiss nicht.«

Der Bischof aber lächelte böse: »In der Tat braucht es keine Muselmanen, einen ehrbaren Pilger auszurauben. Es wird schon ein Wunder sein, wenn Ihr überhaupt bis in die christlichen Länder Hispaniens, Navarra, León oder Kastilien gelangt. Im Süden des Westfrankenreiches nämlich, in den Bergen der Pyrenäen, hausen wüste Völker, die sich zwar christlich nennen, aber weder die Oberhoheit des westfränkischen Königs noch die der christlichen Könige Hispaniens anerkennen. Es sind arglistige Menschen, die weder die Römer noch später der Kaiser *Carolus Magnus* befrieden konnten. Ganz schlimm sind die Vascos, deren fürchterliche Sprache niemand versteht. Ein Teil der Vascos lebt zudem an der Küste. Es sind allesamt Fischer, die den Mut haben, weit hinaus aufs Meer zu fahren. Sie verbündeten sich einmal mit den Normannen, ein anderes Mal mit den Mauren, je nachdem, wie es ihnen gerade gepasst hat. Gegenüber Fremden tun sie gastfreundlich, lassen aber nicht eher ab, bevor sie ihre Gäste nicht gänzlich um all ihre Habe gebracht haben. Wer sich ihrem Ansinnen widersetzt – so ...« Der Bischof sprach nicht weiter, sondern deutete mit einer Handbewegung an, wie sie ihrem Opfer die Kehle durchschnitten.

Wir sollten uns aber durch seine Berichte nicht von unserer Pilgerfahrt abbringen lassen, endete er mit einem vielsagenden Lächeln. Gott sei schließlich mit uns. Nicht wenige Pilger seien in den letzten Jahren wieder heil zurückgekommen. Es ginge ihm nicht darum, uns Angst zu machen, sondern er wolle uns nur warnen.

»Ich könnte Euch mit einem Hund behilflich sein«, fügte er noch hinzu. »Wenn Ihr in Begleitung eines Hundes reist, wagen sich die Gauner und Wegelagerer nicht so schnell an Euch heran. Ich nenne gut abgerichtete Hunde mein Eigen. Für fünf Vaterunser und drei Ave-Maria würde ich Euch gern einen abtreten.«

»Danke«, sagte Arnulf. »Wir tragen Waffen und wissen uns zu wehren. Einen Hund halten wir nicht für nötig. Wir werden aber über Euer Angebot, das uns ehrt, nachdenken.«

Später, als ich mit Arnulf allein in unserer Schlafkammer war, drängte es mich, auf die Sprüche des Bischofs zurückzukommen.

Arnulf aber lachte: »Denket an die finsteren Schluchten der Alpen, an die widerlichen Sümpfe in Italien: überall Gefahren aller Art. Schlimmer kann es in Hispanien auch nicht sein. Selbst im Rheintal ist man vor nichts und niemandem sicher. Dem Bischof ging es doch nur darum, uns einen Hund anzudrehen. Die Köter habe ich übrigens schon gesehen, nämlich, als wir in das Kloster eingekehrt sind. Ist Euch der stinkende Zwinger vor der Pforte nicht auch aufgefallen? Die dort gehaltenen Bastarde sind räudig und gewiss nicht abgerichtet. So ein Kläffer geht eher uns selbst ans Bein als etwaigen Feinden. Außerdem, bedenket: Die Viecher müssen mit Nahrung versorgt werden. Wo nehmen wir die her? Nein, auf eine solche Begleitung können wir verzichten.«

Ich gab ihm Recht. Der Bischof hatte wohl ein Geschäft gewittert, nur deshalb hatte er uns die Schauermärchen aufgetischt. So oder so: Mein Nachtlager mit einem flohgeplagten Köter teilen zu müssen, erschien mir nicht erstrebenswert.

Tags darauf machten wir uns früh aus dem Staub. Wir ließen den Bischof grüßen, sein Angebot, uns einen Hund zu schenken (wir betonten das Wort *schenken* mit Nachdruck) sei zu großzügig, wir könnten es nicht annehmen. Bis der dicke Pfaffe aus seinem Bett gekrochen war, waren wir längst Dutzende Meilen weiter.

Wir durchquerten die liebliche Gegend des westlichen Burgunds entlang der Windungen des Flusses Dubis und erreichten schon am Nachmittag die Stadt Dola. Dort nächtigten wir in einer schäbigen Herberge, mussten aber nichts bezahlen, nachdem wir uns als Pilger ausgegeben hatten. Der Herbergswirt zeigte sich beeindruckt von unserem Vorhaben. Ähnlich wie der Bischof warnte er vor den vielen Gefahren, die im Süden auf uns lauerten. Später, als wir wieder unter uns waren, meinte Arnulf beiläufig, eigentlich sei nirgends auf der Welt der Wein so gut wie im Burgund. Wieso also bis Sant Jago reisen? Wir könnten uns irgendwo im lieblichen Burgund eine Bleibe für den Winter suchen, im Frühjahr ins Rheinland zurückkehren und erzählen, wir seien in Sant Jago gewesen. Wer könne prüfen, ob wir wirklich dort gewesen waren?

»Ach, wieso solch plötzliche Kehrtwende?«, fragte ich. »Hat Euch das Geschwätz der Leute beunruhigt? Mein lieber Arnulf, wir gehen bis Sant Jago! Meint Ihr, ich kneife? Nein, nach all dem, was mir bisher widerfahren ist, fürchte ich mich vor nichts. Und sollte uns irgendwo in den Pyrenäen das Schicksal ereilen, so sei's drum. Dann war es Gottes Wille.« So lässig ich es auch sagte, ich gebe zu, dass ich doch beunruhigt war, mich mittlerweile vor dem Ungewissen fürchtete.

Wie auch immer, wir zogen weiter. Gemächlich ging es weiter ins Tal des Flusses Saucona, der im 21. Jahrhundert Saône hieß. Die Gegend war sumpfig, nicht unähnlich der Landschaft im Rheintalgraben. Je weiter wir nach Süden kamen, umso mehr quälten uns die Stechmücken.

»Sie mögen das Sumpffieber übertragen«, sagte ich an einem Abend, als wir unter freiem Himmel, am Rande eines Weinbergs, nächtigten und dabei fast von den Biestern aufgefressen wurden. Arnulf verstand nicht.

»Was heißt *übertragen*?«, fragte er verwundert.

»Das Sumpffieber hat mit den Sümpfen nur wenig zu tun. Es entsteht durch Parasiten, welche die Mücken durch ihre Stiche in unsere Blutbahn bringen. Sie müssen dazu aber vorher an einem anderen Menschen oder warmblütigen Tier gesaugt und die Parasiten aus dessen Blut aufgenommen haben. So wandert der Parasit von einem Menschen zum anderen. Und da die Mücken zu ihrer Vermehrung Wasser benötigen, herrscht in feuchten Gegenden diese Krankheit eher vor als in trockenen.«

»Aha«, sagte er und schwieg. Nach einer Weile brummte er von seiner Schlafstatt aus: »Wie auch immer, wenn ich Euch recht verstehe, macht es aber keinen Unterschied, ob die Mücken die Seuche übertragen oder sie aus den Dämpfen der Sümpfe aufsteigt. So oder so wäre es besser, die Flussauen zu meiden. Was ich allerdings nicht verstehe, ist, warum die Mücken hier im Westfrankenreich das Fieber übertragen sollen, bei uns im Ostfrankenreich aber nicht. Wir haben bei uns am Rhein ganz ähnliche Sümpfe und genauso viele Mücken.«

»Gewiss«, sagte ich. »Es ist nur eine Frage der Zeit, wann auch am Rhein ein solches Fieber ausbrechen mag. Es herrscht allerdings in warmen Ländern eher vor als in kalten. Fragt mich aber nicht, warum das so ist. Alles weiß ich auch nicht.«

Wieder schwieg er eine Weile; schon dachte ich, er sei eingeschlafen. Da meldete er sich nochmals zu Wort: »Diese Parasiten, sagt Ihr, sie verursachen das Fieber. Wieso sieht man sie aber nicht? Wenn ich das Wort Parasiten höre, denke ich an den Bandwurm oder die Läuse und Wanzen.«

»Es gibt Lebewesen, die sind so klein, dass man sie mit bloßem Auge nicht sieht.«

»Wieso aber weiß man von deren Existenz?«

»Weil man sie durch Glaslinsen und andere Apparaturen sichtbar machen kann, deshalb.«

»Kann ich mir nicht vorstellen«, murmelte er.

»Ganz einfach: So wie ich durch das Fernglas Dinge aus der Ferne heranholen kann, kann ich mit einer Lupe oder einem Mikroskop – so nennen wir die Geräte – winzige Dinge vergrößern. Morgen früh, wenn die Sonne aufgegangen ist, zeige ich es Euch. Wenn ich das Fernglas umdrehe ...«

»Ja, ja«, hörte ich ihn nur noch im Halbschlaf. Bald darauf schnarchte er.

Am kommenden Morgen, als wir unsere Pferde zum Weiterritt sattelten, erinnerte er mich allerdings an mein Versprechen, winzige Dinge sichtbar zu machen. Ich hatte es schon wieder vergessen. Also holte ich das Fernglas heraus und hielt es verkehrt herum an einen Grashalm. Er starrte hindurch und nickte anerkennend. Als ich ihm dann auch noch eine Ameise vergrößerte, war er begeistert.

»Mit Eurem Gerät kann man wirklich Wunder vollbringen!«, rief er. »Nicht nur in die Ferne spähen, sondern auch in die Welt der ganz kleinen Dinge. Ihr seid wirklich ein Gaukler!« Er lachte und klopfte mir auf die Schulter. Sein wirrer Rotschopf leuchtete in der Morgensonne und in seinen Augen lag ein seltsamer Glanz, wie bei kleinen Kindern am Weihnachtsabend, wenn sie zur Bescherung gerufen wurden.

»Meister Rodolfo«, sagte er plötzlich in einem Anfall von Rührung, »wir werden noch viele Tage gemeinsam verbringen müssen und manches Abenteuer mag uns bevorstehen. Wollen wir es nicht fortan halten wie Brüder, und zum vertrauten Du übergehen?«

Ja, sagte ich, wir sollten es halten wie Brüder. Schließlich seien wir Brüder, zumindest im Geiste, da wir gemeinsam auf Wallfahrt gegangen seien.

»Eine Wallfahrt ganz besonderer Art«, sagte er. »Denn ich muss gestehen, mich hat allein die Abenteuerlust gelockt. All das Gerede über die Heiligen glaube ich nämlich nicht. Und wenn ich Euch, entschuldige, wenn ich dich so recht kenne, bist du auch nicht davon überzeugt, dass dort unten in Hispanien die sterblichen Überreste des Apostels Jakobus ruhen, oder?«

»So ist es«, gab ich ihm zur Antwort. »Ich halte mich an das, was beweisbar ist. Ob einer der Jünger Jesu nach Hispanien gewandert ist, um dort zu predigen, ist keineswegs bewiesen. Wir wissen nicht einmal, ob es die Jünger, so wie es die Bibel berichtet, überhaupt gegeben hat.«

»Nun, am Neuen Testament will ich nicht zweifeln«, sagte Arnulf. »Zumindest behalte ich mir den Glauben vor, dass es einen gütigen Herrgott gibt und Jesus für uns am Kreuz gestorben ist. Aber alles andere halte ich für Aberglaube, für Weibergewäsch und Pfaffengeschwätz, gerade so, wie das Gerede des Bischofs von Bisanz. Sie wollen uns nur Angst machen, damit wir schön fromm werden und der Kirche unsere Besitztümer überschreiben. Was sie nicht schon nach dem Gut in Neienham geschielt haben, die Herren Pfaffen und Mönche! Immerhin: Ein kaiserliches Gut bekommen sie so einfach nicht unter die Nägel.«

»Du redest nicht gerade freundlich über die Obrigkeit. Ist das nicht gefährlich?«

»Sicher ist es gefährlich. Dir aber vertraue ich. Und weil auf diese Art zu denken, gefährlich werden kann, sollten wir es künftig weiterhin so halten, als seien wir streng gläubige Pilger.«

Wir saßen auf und setzten die Pferde in Bewegung. Langsam ritten wir nebeneinander den Weg an den Hängen großer Weinberge entlang, rechter Hand die grünen Hügel der Ausläufer der Berge des Avernerlandes und linker Hand das unerschlossene Saône-Tal.

»Erinnerst du dich an unseren ersten gemeinsamen Ausritt ins Tal des Nicarius?«, fragte Arnulf. »Damals sprachen wir davon, wem du trauen kannst und wem nicht. Und ich hatte dich vor Traudel gewarnt. Du solltest ihr nicht zu nahekommen.«

Ich nickte.

»Nun«, fuhr er fort, »es mag sein, die Dinge haben sich gewendet. Es scheint, als mache mancher Traudel den Hof, obschon sie keine Kinder mehr bekommen kann, wie du weißt. Sie aber will sich nicht mehr verheiraten. Es sei denn ... nun, es sei denn, es wäre ein gewisser Gaukler, der um ihre Hand anhalten würde.«

Ich war sehr überrascht. Er redete weiter: »Weder Ingbert noch anderen aus seiner Verwandtschaft wäre es recht, den Gaukler in seine Familie aufnehmen zu müssen. Auch das, so muss ich gestehen, war ein Grund, warum wir dich zu einer weiteren Reise aufgefordert haben. Traudel sollte keine Gelegenheit haben, mit dir zusammenzukommen. Verstehst du?«

»Du erzählst mir Dinge, die mir völlig neu sind«, fand ich endlich die Worte. »Nie würde ich um Traudel werben. Allein schon, weil ich verheiratet bin.«

»Hah«, rief er da grinsend, »du weißt doch: Jeder Mensch, ob Mann oder Weib, ist an das Ehegelöbnis nur gebunden ‚bis der Tod euch scheide', wie es so schön heißt. Wenn nun aber die Ehefrau noch gar nicht geboren ist, wie in deinem Fall, nun wie verhält es sich unter solchen Umständen? Du bist in deiner Zukunft zwar verheiratet, aber jetzt leben wir fast tausend Jahre früher. Ach, eigentlich bist du ja nicht einmal selbst schon geboren!« Er lachte laut auf. »Wie kannst du da verheiratet sein?«

Ich nickte. Eine derart nahezu philosophische Schlussfolgerung war kaum zu widerlegen. »Trotzdem«, sagte ich, »ich habe keine Bestrebungen, mich in eurer Welt zu verehelichen. Ich gebe zu, die Versuchung ist groß, aber es würde mir nur noch mehr Kummer bereiten, falls ich ...«

»Sprich weiter: Falls du ...«

»... nun, falls ich eines Tages wieder in meine Welt zurückkehren könnte.«

»Oh ja, falls du eines Tages zurückkehren könntest. Ja, und dann?« Wieder lachte er. »Dann lebtest du wieder im Jahr 2010 und deine hier Angetraute wäre seit fast tausend Jahren tot. Auch da gilt: ‚Bis der Tod euch scheide'!«

Ich musste ebenfalls lachen. Seine Logik war umwerfend. Ich aber wollte nicht weiter über das Thema reden. Also gab ich Pferd die Sporen und ritt Arnulf davon. Er aber lachte weiter, lachte laut und dröhnend, als hätte jemand einen schmutzigen Witz erzählt. Von da an schnitt er das Thema nie wieder an.

Der Weg führte uns über die Hügel im Westen des Saône-Tals. Nachdem wir zwei Tage so gut wie keine Menschenseele gesehen hatten, wurde es am dritten Tag belebter. Recht viele Reiter waren unterwegs, auch immer wieder Mönche, zu Fuß aber auch zu Pferd, dazwischen Karren, die geerntetes Korn oder Gemüse transportierten, einmal auch ein Wagen mit einem halben Dutzend quiekender Schweine.

Gegen Nachmittag erblickten wir schließlich die Türme und Mauern einer großen Klosteranlage.

»Du hast noch nichts von diesem Kloster gehört?«, fragte Arnulf erstaunt, als ich mich über die gewaltigen Ausmaße der Abtei verwundert zeigte. »Das ist das Benediktinerkloster Cluni. Es ist eines der mächtigsten Klöster des Landes, vielleicht sogar der ganzen christlichen Welt. Wer immer die Königskrone Burgunds trägt oder zum Kaiser gekrönt sein mag, er besitzt hier keine Macht. Die Äbte sind ihre eigenen Herren, sie gehorchen allenfalls dem Papst.«

»Cluni?«, fragte ich weiterhin verwundert. »Ich habe davon gehört. Ich dachte, es läge weiter im Norden. Werden wir hier übernachten können?«

»Aber sicher. Die Mönche sind, wie alle Klosterherren, zur Aufnahme von Pilgern verpflichtet. Sie sollen hier allerdings besonders fromm sein. Dagegen verblasst die Frömmigkeit unseres Abtes Reginbald – und erst recht die eines Bischofs von Bisanz. Sie üben sich in Askese, beten den ganzen Tag einen Psalm nach dem anderen, manchmal kasteien sie sich. Immerhin tun sie sich in der Armenspeisung hervor. Stets, wenn einer ihrer Mönche stirbt, werden dessen Mahlzeiten weiter zubereitet und den Armen überlassen.«

»Das ist sehr löblich«, sagte ich. »Nur frage ich mich, wenn die Mönche in Askese leben und den ganzen Tag beten, wer bestellt die Felder und sorgt für all die Almosen, die sie verschenken?«

»Du sagst es: Es sind natürlich die gleichen armen Leute, die die Almosen erhalten, also die Bauern, Laienbrüder und Novizen. Sie erarbeiten sich ihre Almosen selbst. Es ist leicht, in Askese und Entsagung zu leben, wenn andere für dich schuften. Doch lass uns darüber kein Wort verlieren, wenn wir im Kloster sind!«

In der Tat wurden wir freundlich empfangen. Jeder von uns bekam eine Klosterzelle zugewiesen und wurde zum Abendessen eingeladen. Selbstverständlich erwarteten sie, dass wir an ihrer Abendandacht teilnahmen. Wir nahmen es in Kauf – ich noch eher als Arnulf, da mich ihre feierliche Liturgie, vor allem die Gesänge der Mönche, beeindruckten, und ich es als nichts anderes betrachtete als den Besuch eines Konzerts.

Bei der gemeinsamen Speisung im Kapitelsaal ging es nicht anders zu als in jedem anderen Kloster: Während des Essens las ein Mönch aus der Bibel. Gesprochen wurde nicht. Wir Gäste saßen bei den Laien an einem gesonderten Tisch, auch das war nicht ungewöhnlich. Ungewöhnlich war nur, dass es nach dem Essen keine Stunde der Aussprache gab. Alle Mönche standen auf und begaben sich unverzüglich in ihre Zellen. Auch der Abt, ein erschreckend hagerer, älterer Mann mit einem kurz gestutzten, grauen Bart, entschwand sogleich, ohne sich um uns Gäste zu kümmern.

»Das war Odilo«, sagte Arnulf, nachdem der Abt gegangen war. »Er war einmal bei uns im Rheingau, hat die Baustelle des Doms zu Speyer begutachtet. Ich erinnere mich, wie ungehalten Reginbald über seinen Mitbruder sprach, da sich dieser, wie gemunkelt wurde, beim Kaiser Liebkind gemacht hätte. Odilo soll auch schon Einfluss auf die früheren Kaiser gehabt haben, nicht allein auf unseren Konrad. Mehr noch, er soll auch Beziehungen zu all den Herrschern der benachbarten Reiche unterhalten und ihnen dieses und jenes einflüstern. Meist geht es ihm wohl darum, die Pfründe seiner Abtei zu mehren.«

»Das versuchen doch alle Klöster. Das Kloster Lauresham beispielsweise ...«

»Ist unbedeutend gegenüber dem Kloster hier. Aber natürlich hast du Recht: Alle Pfaffen versuchen, mehr und mehr Besitz an sich zu reißen. Dabei stehen sie untereinander im Wettstreit: Es geht darum, die meisten Länder, die meisten Felder, Wälder und Weinberge zu besitzen, die größten Kirchen, den geräumigsten Kapitelsaal, den schönsten Kreuzgang, den lieblichsten Klostergarten. Die Cluniazenser machen es besonders geschickt: Sie gründen überall Niederlassungen, gerade so, wie ein jüdischer Kaufmann in allen möglichen Städten seine *tabernae mercatoriae* einrichtet. Reginbald war auf Odilo natürlich nichts weiter als neidisch, was man ihm nicht verdenken kann. Glücklicherweise reiste Odilo damals bald wieder ab, so konnte es nicht zum offenen Zwist kommen.«

»Was wäre, wenn Odilo wüsste, wer ich bin und woher ich komme?«, fragte ich.

»Er würde sich gewiss verhalten wie jeder andere Pfaffe auch: Er würde dich ausfragen und vielleicht nicht mehr so schnell gehen lassen. Denn der Mann soll ungeheuer wissbegierig sein. Er würde tagelange Dispute mit dir führen. Es ist besser, der Mann erfährt nichts!«

»Gut, dann wollen wir morgen gleich weiterreisen, bevor uns der Abt noch in den Kerker wirft und gar der Folter unterzieht, um die letzten Weisheiten zu erlangen.« Ich hatte es nur im Scherz gesagt, Arnulf aber blieb erstaunlicherweise ernst und erwiderte:

»Nein, der Mann mag zwar mehr ein weltlicher Herrscher sein als ein Gottesmann, grausam ist Odilo keineswegs. Er soll von sich selbst gesagt haben, seine Nachsicht und Menschenliebe brächten ihn noch eines Tages in die Hölle.«

Tag 460, 01. Oktober 1038 bis Tag 468, 9. Oktober 1038

Wir blieben also nicht länger als notwendig im Kloster Cluni und zogen weiter zur Stadt Lugudunum, die auf ostfränkisch Leyden hieß, und die im 21. Jahrhundert Lyon genannt wird. Wir kamen dort an einem Sonntag an. Es war viel Trubel auf dem Platz vor der Kathedrale, einem stattlichen Gebäude, das allerdings in seiner Größe nicht an den Dom in Spirum heranreichte. Die Stadt feierte irgendeinen Heiligen und gleichsam die Erinnerung an die Vertreibung der Mauren, die angeblich bis in diese Gegend gekommen waren und dereinst alles kurz und klein geschlagen hatten. Man hatte eine Bühne aufgebaut, auf der in den Abendstunden bei Fackelschein Akrobaten, Jongleure und bunt kostümierte Narren ihr Wesen trieben sowie Witze rissen, die ich jedoch mangels Sprachkenntnissen nicht verstand.

Arnulf bestand darauf, zuzuschauen und ich tat ihm den Gefallen, obwohl ich todmüde war. So saßen wir denn unter allerlei Volk, auf einer der vielen aufgebauten Holzbänke und schauten den Possenreißern zu.

»Du könntest ebenfalls auftreten«, meinte Arnulf grinsend. »Schlüpf in dein fremdartiges Gewand aus deinem Jahrhundert und zeig deine Wunderdinge! Es würde besser ankommen als der Unsinn, mit dem diese Narren aufwarten.«

»Ja, auf dass sie uns hernach im Dunkeln die Wunderdinge, wie du sie nennst, entreißen! Oder uns dafür in unserem Schlafquartier erschlagen! Du magst mich gern einen Gaukler nennen – in eine solche Rolle schlüpfe ich nicht.«

Er lachte: »Ich nenne dich doch nie einen Gaukler. Das ist Ingbert, der dich so bezeichnet. Ich habe ... ich habe viiiiel zu viel Respekt vor dir.«

Ein dicklicher, vollbärtiger Herr, der neben uns saß und dem der Geruch von Mottenpulver entströmte, mischte sich ins Gespräch: »Entschuldigt, fremde Herren, ich höre, Ihr kommt auch aus Ostfranken?

Woher denn genau? Nach eurer Aussprache wohl aus dem Lotharingiens oder dem Rheingau.«

Arnulf schaute den Mann missbilligend an und brummte etwas Undeutliches, das sowohl als Zustimmung als auch Verneinung gedeutet werden konnte. Der Dicke wartete die Antwort aber nicht ab, sondern schwadronierte weiter: »Ich komme aus Colonia am Rhein. Ihr wisst, die alte Römerstadt. Bin Kaufmann und treibe Handel über alle Grenzen hinweg. Vor allem Tüchern gilt mein Interesse. Hier in Leyden gibt es sehr gute Webereien. Und der Bedarf im Rheinland an gutem Tuch ist groß. In welcher Mission seid ihr unterwegs?«

»Wir sind Pilger«, antwortete ich, um nicht allzu unhöflich zu sein, und in der Hoffnung, dass der Kaufmann sich mit frommen Leuten nicht weiter unterhalten mochte. Doch weit gefehlt, er horchte auf.

»Wohin, wenn man fragen darf? Etwa von hier aus nach Rom?«

»Nein, nach Sant Jago, in Hispanien.«

»Oh, das trifft sich gut. Ich war vor einem Jahr dort unten. Es ist ruhiger geworden, zumindest in den christlichen Ländern. Seit dem Zerfall des Königreichs Aragón haben sich die christlichen Könige untereinander bekriegt. Aber derzeit herrscht wieder Frieden. Hoffen wir, auch für euch, dass es so bleibt. Aber saget, es geht die Kunde, ein sehr mächtiger Edelmann aus einer fernen Welt sei auf einer solchen Pilgerfahrt. Er sei in Begleitung eines rothaarigen Franken. Seid ihr vielleicht jene Reisenden?«

Arnulf stieß mich heimlich in die Seite.

»Wart Ihr als Kaufmann auch bei den Mauren?«, fragte ich deshalb, ohne auf ihn einzugehen.

»Gewiss«, antwortete er. »Ich versuchte gar, Geschäfte mit ihnen zu machen. Sie haben große Pflanzungen von Oliven-, Zitronen- und Orangenbäumen, auch Dattelbäume weiter im Süden. Selbiges findet Ihr in der ganzen Christenheit nirgends. Obwohl es Barbaren und Heiden sind, bestellen sie das Land in vorbildlicher Weise. Sie stauen die Flüsse und leiten das Wasser auf ihre Felder, ja, sie besitzen auch Pumpen, die durch Windräder oder Maultierkraft angetrieben werden und mit denen sie Wasser aus den Brunnen heraufholen, das sie ebenfalls auf ihre Felder und in ihre Gärten führen. Die Mauren sind allerdings untereinander im Krieg. Ihr Kalifat Cordóba, das noch vor wenigen Jahren so mächtig war, dass wir befürchten mussten, es würde sich die christlichen Länder Hispaniens einverleiben, ist genauso zerfallen wie das Königreich Aragón. So wurde nichts aus meinen Geschäften. Aber jetzt antwortet mir bitte endlich auf meine Frage von soeben: Seid Ihr der Herr aus Ultima Thule, von dem es heißt, er könne gewissermaßen den Mond mit einem Glas für den Betrachter herunterholen? Seid Ihr jener, der in der Gunst des Kaisers und des Bischofs von Spirum steht?«

Arnulf, der sich bis dahin dösend gestellt hatte, fuhr plötzlich hoch. »Seid Ihr Jude?«, fragte er unvermittelt.

Der Dicke schaute erschrocken drein: »Wieso? Wieso soll ich ein Jude sein? Sehe ich so aus?«

»Wegen der Geschäfte«, antwortete Arnulf. »Geschäfte mit den Mauren. Das riecht nach einem Juden.«

»Nicht jeder, der Handel treibt, muss ein Jude sein«, wehrte der Dicke ab. »Nur Geldgeschäfte mit Wucherzinsen sind uns Christen verboten. Alle anderen Geschäfte gereichen einem christlichen Kaufmann zur Ehre. Lasst Euch versichern: Wenn ich ein Jude wäre, säße ich nicht hier und tränke Wein. Juden sind hier nämlich nicht gern gesehen. Anders unten in Hispanien bei den Mauren. Dort gibt es viele von ihnen. Die Muselmanen dulden sie, solange sie ihre Steuern zahlen und Obrigkeiten anerkennen.«

»Mein Freund wollte Euch nicht kränken«, sagte ich. »Er war nur neugierig. Und um Eure Frage zu beantworten, wer ich sei: Nein, ich bin nicht jener legendäre Fremde. Ich stamme aus dem Osten des Reiches, aus dem Donauland an der Grenze zum Reich der Magyaren, die man auch Hunnen nennt. Vielleicht habe ich deshalb eine so fremdartige Aussprache.«

»Ach so«, brummte der Händler, wobei er missbilligend auf Arnulf schielte. »Schade, ich hätte den Fremden gern kennengelernt. Wer immer ihr seid, lasset euch für den weiteren Weg einen Rat geben: Nehmt nicht den Weg entlang der Atlantikküste, sondern überquert die Pyrenäen an der Küste des Mittelmeers. Am Atlantik, in Euskarien, hausen die

Vasken. Sie sind grausam und hinterlistig. Seid ihr zu Fuß unterwegs oder zu Pferd?«

»Wir reiten, zumindest bis León.«

»Dann meidet Euskarien auf jeden Fall, denn im Pferdestehlen sind die Vasken sehr geübt. Und was glaubt ihr, was sie mit den Pferden machen? Nein, sie nutzen sie nicht als Reittiere oder auf den Feldern. Sie verspeisen sie! Zieht besser südlich der Berge entlang bis Léon. Auch dort lasset eure Reittiere nicht zurück! Nehmt sie mit bis Sant Jago. Es macht keinen Sinn, zu Fuß zu pilgern und sich zusätzlichen Gefahren auszusetzen. Mag man euch in León noch so versprechen, euch die Pferde zu hüten – wenn ihr zurückkommt, sind sie entweder halb verhungert oder gegen räudige Schindmähren ausgetauscht. Habt ihr einen Hund dabei?«

»Nein. Sollten wir?«

»Das ist gut. Es kann nämlich sein, dass ihr das Gebiet der Mauren streift. Der Hund gilt bei den Muselmanen als unrein. Fremde, die mit einem Hund reisen, werden nirgends eingelassen, es sei denn, sie lassen ihren Köter außerhalb der Stadtmauern. Dort aber wird er schnell Beute von wilden Tieren oder auch Menschen, denen es nichts ausmacht, auch einmal einen Hund über dem Feuer zu braten.«

»Danke für den Ratschlag«, sagte ich. »Jemand wollte uns schon einen Hund aufschwatzen. Wir haben das Angebot abgelehnt.«

»Da tatet ihr gut daran. Ein Hund mag auf einem Misthaufen sitzen und ein Gut bewachen. Aber als Reisegefährte taugt er nichts.«

Arnulf gähnte laut, erhob sich und gab vor, sehr müde zu sein. Es sei Zeit, zur Herberge zu gehen. Ich verabschiedete mich höflich von dem Mann, dankte ihm für die Warnung und entschuldigte meinen Freund, der wohl ein wenig zu viel Wein getrunken habe. Der Händler nickte mir freundlich zu und wünschte mir für den weiteren Weg alles Gute.

Als ich mit Arnulf allein war, schien dieser seine Müdigkeit vollkommen abgeschüttelt zu haben.

»Der Mann gefiel mir nicht. Er wusste zu viel – zu viel über uns. Es war gut, dass du ihm die Mär von deiner Herkunft aus dem Donauland aufgetischt hast. Vielleicht hat er es geglaubt. Es ist aber schon verdammt unheimlich, wie es sich bis hierher herumgesprochen hat, dass wir auf Pilgerfahrt sind. Doch was er über die Vasken gesagt hat, bestätigt das, was ich schon von ihnen gehört habe. Es ist somit besser, wir bleiben im Tal des Rhodanus und nehmen den Weg entlang des Mittelmeers.«

Wir brachen tags darauf sehr zeitig aus Lugudunum auf. Wir waren die Ersten, die am südlichen Stadttor standen und um Auslass baten. Wie immer in solchen Fällen galt es, den Torwächtern ein kleines Entgelt in die Hände zu drücken. Dabei geschah mir ein Missgeschick: Ich hatte meine Münzen in einer typischen fränkischen Geldkatze verwahrt, die ich an meinem Gürtel um den Bauch gebunden hatte. Einige wenige Silberpfennige und minderwertige Kupfergroschen hatte ich in meinen Geldbeutel gesteckt, den ich stets griffbereit in einer Art Hosentasche mit mir trug. Das abgegriffene Ding erweckte niemals Argwohn, wenn ich es zum Bezahlen hervorholte, obwohl es aus meinem 21. Jahrhundert stammte, denn ähnliche kleine Geldbeutelchen kannten auch *die Anderen*. Ich verwahrte darin immer noch einige Euromünzen – aus purer Nostalgie und als Glückbringer. An besagtem Morgen – wohl, weil der Schlaf noch nicht von mir gewichen war – gab ich dem Torwächter statt eines Kupfergroschens ein Zehn-Cent-Stück. Er merkte sofort, dass es sich um eine unbekannte Münze handelte und rief mir nach, was eine derartige Münze denn wert sei und woher sie komme. Ich machte schleunigst kehrt und entschuldigte mich. Die Münze stamme aus meiner Heimat im Osten, nahe der Grenze zum Hunnenland, und ich hätte versehentlich nach ihr gegriffen. Sogleich tauschte ich das Cent-Stück gegen einen Groschen, was den Mann befriedigte. Später musste ich mir allerdings von Arnulf erneut eine Rüge anhören. Solch ein Versehen könne unangenehme Folgen haben. Man könne mich der Falschmünzerei oder gar der Schwarzen Magie bezichtigen. Wenn dies geschehe, würde die Reise erst einmal in einem burgundischen Kerker enden – für mich natürlich nur, nicht für ihn. Und ob er mich dann noch kennen würde, wer weiß? Er lachte zwar dabei, aber ich ahnte, dass er es im Ernstfall nicht anders machen würde.

Wir kamen zügig das Rhonetal hinunter, rasteten zwei Tage in der Stadt Arles, zogen weiter durch die Ebene der Camargue, entlang der Sümpfe Südfrankreichs, immer wieder die Küste in Sicht, ohne je ans Meer zu gelangen. Schließlich erblickten wir im Westen die Ausläufer der Pyrenäen. Es herrschte weiterhin viel Betrieb auf den Straßen. Immer wieder überholten wir Fuhrwerke oder von Menschen gezogene Karren; umgekehrt wurden wir des Öfteren von Reitern überholt, die es eiliger hatten als wir. Erst in der Nähe zur Grenze zwischen dem Westfrankenreich und dem Königreich Aragón wurde es ruhiger. Die Grenze war sonderbarerweise nicht gesichert. Niemand fragte uns, woher wir kamen und wohin wir gingen. Wir passierten einen Grenzstein, der uns andeutete, hier könne ein anderer Hoheitsbereich beginnen.

Auf einer Anhöhe kurz hinter der Grenze rasteten wir und genossen die Aussicht auf die ferne Küste. Unsere Pferde hatten wir ein paar Schritte hinter uns an einen Baum gebunden.

Es war still, sehr still. Lediglich das Brummen einiger Fliegen war zu hören.

Ich blickte zum Himmel und konnte mir eine Bemerkung nicht verkneifen: »Schau, Arnulf, welch blauer Himmel! Blau, blau und nichts als blau! In meiner Zeit gibt es das nicht mehr.«

Arnulf lachte: »Ha, ist der Himmel bei euch etwa grün? Oder rot?«

»Nein, aber stets durchzogen von den weißen Kondensstreifen der Flugzeuge, die über uns ziehen.«

»Was ist das schon wieder ein ... Kond... Kannst du mir das erklären?«

Ich tat wie gebeten.

Arnulf schüttelte den Kopf: »Und was passiert dann mit dem Wasserdampf, den künstlichen Wolken?«

»Sie lösen sich nach einer Weile wieder auf. Oder vereinigen sich mit den weiteren Wolken, werden weggeweht, wer weiß. Jedenfalls verschwinden sie nach geraumer Zeit. Da jedoch ständig weitere Flugzeuge aufkreuzen, ist der Himmel über den europäischen Ländern niemals mehr so blau wie jetzt.«

»Wenn da so viele eherne Vögel durch die Lüfte brausen, sag: Stoßen die nicht irgendwann zusammen? Ist das nicht gefährlich?«

»Nein, das tun sie nicht. Es gibt feste Regeln, wann ein Flugzeug starten oder landen darf und wo es zu fliegen hat. Wir stoßen auf den Straßen ja auch nicht mit anderen Reitern oder Karren zusammen.«

»Manchmal aber doch ...«, setzte er gerade zur Widerrede an. Er kam nicht weiter. Plötzlich standen drei in Kettenhemden gekleidete und mit Langschwertern bewaffnete Männer hinter uns. Ein vierter, unbewaffneter Mann machte sich derweil an unseren Pferden zu schaffen.

Wir sprangen hoch, packten instinktiv die Griffe unserer Saxe, zogen sie jedoch nicht aus ihren Scheiden. Ein Kampf wäre sinnlos gewesen, die Übermacht war zu groß.

Einer der drei Bewaffneten sprach uns in einer fremden Sprache an. Dem Klang nach war es eine romanische Sprache, aber es war weder Latein noch das Kauderwelsch der Westfranken.

Arnulf antwortete etwas in just jenem Westfränkisch, worauf einer der Bewaffneten lachte und uns andeutete, ihnen zu folgen.

Sie hatten ihre eigenen Pferde hinter einem Hügel abgestellt; dort warteten weitere Reiter, wohl ein Dutzend an der Zahl, bewaffnet mit Schwertern, Armbrüsten und einer auch mit einem Morgenstern.

»Es sind Freischärler«, flüsterte Arnulf mir zu, während wir unsere eigenen Pferde bestiegen, die jedoch von einem der Gesellen gehalten wurden. »Sie wollen uns zu ihrem Anführer bringen. Es war wohl nicht gut von uns, allein durch diese Gegend zu reisen ...«

Seine späte Erkenntnis wurde durch einen bellenden Befehl unterbrochen, der nichts anderes bedeuten konnte als: »Schweig!«.

Sie nahmen uns in ihre Mitte. Wir sahen keine Möglichkeit zu fliehen. Also ergaben wir uns unserem Schicksal. Unsere Waffen hatten sie uns abgenommen, die restliche Habe aber belassen. Sie hatten nicht einmal in unsere Beutel geschaut.

Die Kerle sahen erbärmlich aus. All die schmutzigen und verlausten Kämpfer im Heer des Kaisers, die ich in Italien gesehen hatte, waren nichts im Vergleich zu diesem verwahrlosten Haufen: Die zerzausten Bärte und langen, verfilzten Haare, die dreckige und schäbige Kleidung, aber vor allem der Zustand ihrer Pferde verriet, dass die Leute im Grunde arm waren und ihnen jegliche Beute recht kam.

Trotz des Redeverbots gelang es uns auf dem schier endlos währenden Ritt hinauf in die Berge, ein paar Worte zu wechseln.

»Sie hätten uns sofort töten können«, meinte Arnulf. »Aber sie fürchten sich wohl sehr vor ihrem Anführer, der es nicht gern sehen würde, wenn man ihn um die Beute prellt. Das ist unsere Chance! Vielleicht kommen wir davon.«

»Du bist und bleibst ein Optimist«, antwortete ich.

»Nein, ich bin kein Optimist. Ich weiß sehr wohl, dass es nicht gut um uns steht. Nur gebe ich so schnell nicht auf. Vermutlich sind wir hier in einer Art Niemandsland gelandet, wo sich Räuber und Strauchdiebe herumtreiben, ohne behelligt zu werden. Sie reden ein primitives Latein, nennen sich selbst Catalanes. Habe zwar nie von einem solchen Volk gehört, aber ... pst, sie schauen schon wieder so argwöhnisch her. Besser, wir schweigen.«

Erst bei Einbruch der Dunkelheit erreichten wir ihr Lager. Es bestand aus einem Dutzend Zelten, die in einer Talsenke aufgestellt waren. Die Gesellen brachten uns sofort zu ihrem Hauptmann. Unsere Pferde führten sie weg, ich konnte nicht sehen, wohin.

Der Hauptmann stand seinem Gefolge in Schmutz und Verwahrlosung in nichts nach. Allerdings war er recht beleibt. Immerhin beherrschte er einigermaßen unsere Sprache. Zunächst tat er, als seien wir unberechtigt in sein Gebiet eingedrungen. Denn er sei der Conde de Garrotcha, und ohne seine Erlaubnis hätten wir die Grenze nicht überschreiten dürften.

Wir spielten mit und entschuldigten uns wortreich. Selbstverständlich würden wir einen Wegzoll begleichen, wenn es darum ginge.

Der Dicke lachte laut auf. Ja, freikaufen könnten wir uns schon. Aber gewiss hätten wir nicht so viel Geld dabei, wie wir wert seien. Er wisse nämlich von einem wundersamen Gaukler, der unter dem Schutz des Römischen Kaisers stünde, und seinem rotschopfigen Begleiter, die unterwegs nach Campo Stellae seien. Wer anderes als wir, könnten jene beiden Pilger sein?

Wörtlich fuhr er fort: »Der Kaiser und Herrscher dreier Reiche, der hochverehrte Konrad, wird gewiss tausend Gulden für euch begleichen.

So lange seid ihr meine Gäste. Im Lager dürft ihr euch frei bewegen, doch solltet ihr versuchen, euch zu entfernen ...« Er sprach nicht weiter, sondern machte mit der rechten Hand die wohlbekannte Geste entlang des Halses, wobei er grinste.

»Keine Bange«, sprach er weiter, »schon morgen werde ich einen Boten nach Norden schicken. In nicht einmal zwei Monaten seid ihr wieder frei und könnt eure Pilgerreise fortsetzen – immer vorausgesetzt der Kaiser oder seine *adlati* werden die gewünschte Summe berappen. Ich denke, Ihr, geschätzter Herr Gaukler, Ihr seid dem Kaiser sicher die tausend Gulden wert. Den Rotbärtigen gebe ich umsonst drein. Aber bevor mein Säckel nicht gefüllt ist, geht *keiner* von Euch beiden hier weg.«

Er schüttelte sich vor Lachen. Urplötzlich wurde er ernst und brüllte zu seinen Gefolgsleuten: »Habt ihr alle gehört? Die beiden sind unsere Gäste. Dass sich ja niemand an ihrem Gepäck vergreift! Bewirtet und behandelt sie anständig!«

Sie wiesen uns ein schäbiges Zelt in der Mitte ihres Lagers zu. Das sei fortan unser Quartier. Im Zelt lagen lediglich einige Strohsäcke, die als Nachtlager dienen sollten. Es sei recht mild in den Nächten, hieß es, Decken bräuchten wir nicht. Sollten wir eine Notdurft verrichten wollen, gäbe es hinter dem Zelt einen Graben.

Die Freischärler erwiesen sich in der Tat als durchaus freundlich und freigiebig. Wir durften am Abend an ihrem Lagerfeuer sitzen, mit ihnen zusammen speisen, auch wenn es außer Brot und einer dünnen Bohnensuppe nichts gab. Wein hatten sie im Überfluss!

Der Conde selbst schenkte uns immer wieder nach, wobei er mehrfach wiederholte, dass er sich glücklich schätze, uns in seinem Lager bewirten zu dürfen. Oh, wir sollten uns nicht sorgen: Wir seien nicht seine ersten Gäste dieser Art, und bisher sei es jedes Mal zu einem friedlichen Handel gekommen. Er habe noch nie einem seiner Gäste die Kehle durchschneiden oder ein Bein abschlagen lassen müssen. Er würde es aber ohne zu zögern veranlassen, wenn es sein müsste. Dabei lachte er jovial, klopfte mal Arnulf und dann wieder mir auf die Schultern, und füllte uns immer wieder die Becher. Wir aber nutzten jede Gelegenheit, den eingeschenkten Wein zu verschütten oder hinter uns zu gießen, denn unter keinen Umständen wollten wir Gefahr laufen, betrunken einzuschlafen.

Irgendwann verlangte der Conde die Wunderdinge zu sehen, von denen er wusste, dass ich sie mit mir führte. Was blieb mir anderes übrig, als ihm und seinen Gesellen mein Fernglas, die Brille, die Uhr und das Schweizer Messer zu zeigen. Sie bestaunten alles, berührten es mit Ehrfurcht und gaben zu meiner Verwunderung alles wieder zurück. Möglicherweise fürchteten sie sich vor dem Zauber, der den Dingen innewohnen mochte. Oder sie waren sich so sehr gewiss, dass sie eh am Ende alles behalten durften und wollten uns in Sicherheit wiegen.

Erst weit nach Mitternacht begaben sich die Gauner zur Ruhe. Manche krochen in ihre Zelte, andere blieben am Lagerfeuer liegen. Der selbsternannte Conde wiederum schleppte sich nur wenige Meter vom Feuer weg, übergab sich geräuschvoll und brach dann zusammen. So wie er zum Liegen gekommen war, schnarchte er unter freiem Himmel, unbekümmert, als sei er der Gerechteste unter den Irdischen. Arnulf und ich zogen uns schließlich in das uns zugewiesene Zelt zurück. Wir vereinbarten, einer sollte immer wach bleiben. Arnulf übernahm die erste Wache. Ich fand allerdings keine Ruhe und wälzte mich hin und her. Von der Ferne hörte ich einen Hahn krähen.

»Verdammt«, fluchte ich, »wird es denn schon Tag? Mir ist, als läge ich erst fünf Minuten auf meinem Lager.«

»Du mit deiner verrückten Zeitmessung!«, flüsterte Arnulf. »Ich weiß nicht, was fünf Minuten sind, aber es dämmert bereits. Die Wichte schnarchen noch, bis auf einen Wächter, der dort drüben auf dem großen Felsen vor dem Lager hockt. Vielleicht könnten wir uns an ihn von hinten heranmachen ...«

»Vergiss es«, gab ich zur Antwort. »Wir wissen nicht, wohin sie unsere Pferde gebracht haben. Zu Fuß kämen wir nicht weit. Wir kennen das Gelände nicht. Außerdem will ich niemanden von hinten meucheln. Das ist mir die Sache nicht wert.«

»Was heißt da ‚nicht wert'?«, brummte Arnulf. »Dein Leben ist dir also nichts wert? Willst du etwa warten, bis der hochverehrte Konrad uns auslöst? Vielleicht ist der liebe Konrad sogar froh, dich auf diese Weise loszuwerden. Und ich bin schon gar nichts wert, wie du gehört hast. Glaub bloß nicht, der Fettsack lässt uns ziehen. Hat er erst einmal die Auslösung in seinem Sack, kann er uns gemütlich abstechen und sich all der Dinge bemächtigen, die wir mit uns führen. Wir müssen handeln. Sofort, da niemand mit einer Gegenwehr rechnet!«

»Aber, wenn wir die Pferde nicht finden? Wenn sie gesondert bewacht werden?«

»Dann wagen wir es eben zu Fuß. Das ist immer noch besser als hier zu verweilen und zu verrotten. Wir laufen immer den Berg hinunter. Früher oder später gelangen wir an eine Siedlung. Dort wird man uns weiterhelfen.«

»Es sei denn, die Bewohner der Siedlung stecken mit dem selbsternannten Conde unter einer Decke.«

Arnulf ballte die Faust und zischte wütend: »Bei allen Engeln und Teufeln! Dein ständiges Wenn und Aber macht mich ganz irre. Wir können nicht anders, jetzt oder nie!«

Sein heftiges Auftreten überzeugte mich. »Gut«, sagte ich. »Was ist zu tun?«

»Da du dich nicht traust, den Wächter niederzuschlagen, tue ich es. Im gleichen Augenblick eilst du in die Richtung, in die sie vermutlich die Pferde getrieben haben, hinter die Hügel dort drüben.« Er zeigte zu einer Gruppe knorriger Bäume auf einer Anhöhe. »Wenn die Pferde dort sind, pfeifst du einmal, dann folge ich nach. Wenn sie nicht dort sind, pfeifst du zweimal und eilst augenblicklich den Hang hinunter. Ich tue es dir dann gleich. Vergiss deinen Beutel nicht!«

Ich willigte ein. Ich war viel zu aufgeregt, um nachzudenken. Mechanisch warf ich mir meinen Beutel über den Rücken. Wir hatten keine Waffen – womit wollte Arnulf den Mann niedermachen?

Schon schlich er los, zwischen den schlafenden Männern hindurch, am Lagerfeuer vorbei, auf den Wächter zu. Auch ich eilte los, in die Richtung, in die mich Arnulf geheißen hatte. Dabei kam ich verdammt nahe an unserem Fettsack vorbei, der immer noch selig schlummerte, so dass er mich nicht bemerkte. Ich hörte einen erstickten Schrei. Das musste der Wächter gewesen sein. Ich schaute nicht zurück. Ich wollte nicht wissen, wie ihn Arnulf außer Gefecht gesetzt hatte; auch später fragte ich nie danach. Hinter der Baumgruppe ging das Gelände noch ein wenig aufwärts; es folgte eine kahle Kuppe und dahinter eine Senke. In der Tat: Hier standen die Pferde, sowohl die der Wegelagerer als auch unsere beiden. Auch an dieser Stelle hockte ein Wächter. Ich verharrte einen kurzen Moment. Ohne groß zu überlegen, griff ich nach einem Stein und warf ihn so weit ich konnte, in das am Rand der Senke wuchernde Gestrüpp. Tatsächlich, der Wächter fiel auf den alten Trick herein. Zumindest schaute er einen Augenblick in diese Richtung, was mir ermöglichte, unerkannt, unter der Deckung einiger Büsche, in die Senke hinunterzueilen. Ich pfiff einmal so laut ich konnte. Der Wächter drehte sich nach mir um, erblickte mich aber im Halbdunkeln und hinter den Büschen nicht. Womöglich war auch er noch vom nächtlichen Gelage berauscht, jedenfalls bewegte er sich nicht, sondern lallte nur etwas, was ich nicht verstand. Doch das half Arnulf, der schon herbeieilte, den Mann ausfindig zu machen. Wieder vernahm ich einen erstickten Schrei, sah nicht, was mit dem Mann geschah. Pferd hatte mich inzwischen erkannt und wieherte laut. Schon war ich bei ihm. Es war nur mit einem Strick um den Hals an einem Baum angebunden. Ich band es los, wollte mich in den Sattel schwingen, als ich bemerkte, dass es keinen trug. Natürlich: Sie waren immerhin so vernünftig gewesen, den Tieren die Sättel über Nacht abzunehmen. Was jetzt? Wie kam ich auf das Tier hinauf, wie sollte ich ohne Sattel und Zaumzeug reiten?

Arnulf war schon bei mir. Er band seinen eigenen Gaul los, aber auch die der Gauner. Dann klatschte er fest in die Hände, um die Pferde der Gesellen aufzuscheuchen.

»Das muss sein«, raunte er mir zu. »Damit sie erst einmal damit beschäftigt sind, ihre Gäule einzufangen, bevor sie uns nachreiten können.«

»Du hast wohl auch in deiner Jugend Karl-Mai-Romane gelesen«, sagte ich, wobei ich mein eigenes Reittier festhielt, so gut es ohne Trense ging. Doch das Tier war mittlerweile derart auf mich geprägt, dass es keine Anstalten machte, davonzulaufen.

»Keine Ahnung, was du damit sagen willst«, sagte Arnulf. »Jetzt schnell aufgesessen!«

»Wie?«, fragte ich.

Er antwortete nicht, sondern kletterte den Baum hoch, an dem sein eigenes Pferd angebunden gewesen war, und schwang sich von dort auf den Rücken des Tieres.

Panik erfasste mich! Wenn mir das nicht auf Anhieb gelingen sollte? Wenn mein Tier ohne mich davon galoppieren würde? Aber nein: Pferd blieb brav stehen. Nach zwei Anläufen hockte ich oben. Pferd setzte sich in Bewegung. Welch unheimliches Gefühl, ohne jegliche Hilfsmittel auf dem Rücken eines Reittieres zu sitzen. Mein erster Ausritt kam mir in den Sinn, als ich in meiner Unerfahrenheit aus dem Sattel gestürzt war. Nun, aus dem Sattel fallen – zumindest *das* war bei diesem Ritt nicht möglich. Anders als auf dem schlammigen Weg in der Rheinebene, wo ich immerhin weich gefallen war, lagen hier überall Steine. Ein Sturz in einem solchen Gelände ... nicht auszumalen!

Arnulf ritt voraus, wie er sein Tier lenkte, blieb mir ein Rätsel. Ich vertraute blindlings auf Pferd.

Wir waren schon gut fünfhundert Meter den Berg hinuntergeritten, da hörten wir die Gauner brüllen und schreien. Sie waren zweifellos inzwischen erwacht und hatten unsere Flucht bemerkt. Doch sie folgten uns nicht. Der Suff, der ihnen noch in den Knochen saß und die versprengten Pferde, die sie erst einsammeln mussten, waren unsere Rettung. So schnell es das Gelände erlaubte, ritten wir abwärts. Die Sonne war inzwischen aufgegangen. Wir entdeckten einen befestigten Weg, der weiter ins Tal führte. Nach geraumer Zeit – es mochte eine Viertelstunde gewesen sein, die mir aber wie eine Ewigkeit vorgekommen war – gelangten wir zu einem verlassenen Gehöft. Dort mündete der Pfad in einen Karrenweg.

Zwei Reiter kamen uns entgegen. An ihren ordentlichen Gewändern und den auf Glanz polierten, leichten Kettenhemden sahen wir, dass es sich nicht um Angehörige der Räuberbande handelte. Sie waren bewaffnet, zogen ihre Kurzschwerter und zwangen uns, anzuhalten. In ihrem verhunzten Latein, das sehr dem der Wegelagerer glich, redeten sie auf uns ein und fuchtelten bedrohlich mit ihren Saxen vor unseren Augen.

Arnulf ließ sich von seinem Gaul fallen und machte den Rittern klar, dass wir keineswegs zu irgendwelchen »Wichten« zählten, sondern von selbigen überfallen, ausgeraubt und gefangen gehalten worden seien. Das Fehlen der Sättel und des Zaumzeuges sowie die Tatsache, dass wir unbewaffnet waren, schien die Männer zu überzeugen. Arnulf schilderte kurz unsere Flucht, worauf uns die Männer Anerkennung zollten. Auch ich war inzwischen von meinem Reittier abgestiegen, besser gesagt heruntergerutscht.

»Es sind Männer des Vogtes von Ficeras, einer Festung, die zum Condado Barcelona gehört«, erklärte Arnulf, »somit Männer des echten Conde, der über das Land hier gebietet.«

Kaum war dies ausgesprochen, erschienen auf dem Pfad, von dem wir gekommen waren, andere Reiter. Es waren unsere Verfolger. Arnulf zeigte auf sie und schrie, das seien jene Gesellen, vor denen wir auf der Flucht seien, die uns nun nachsetzten, um uns erneut zu fangen.

Die beiden Ritter des Vogtes verstanden sofort, auch wenn Arnulf vor Schrecken auf Fränkisch geschrien hatte. Sie zeigten keinerlei Furcht, vielmehr ritten sie unseren Verfolgern entgegen. Im gleichen Augenblick erschienen auf der Fahrstraße weitere Bewaffnete, ein Dutzend an der Zahl, zweifellos weitere Gehilfen des Vogtes. Einer der beiden Ritter rief ihnen etwas zu. Sie gaben daraufhin ihren Pferden die Sporen und eilten unseren Peinigern ebenfalls entgegen.

Was dann folgte, war schrecklich. Auch wenn ich aus der Ferne nur wenig sehen konnte, war das, was ich sah und hörte, genug, um mir noch Tage danach Alpträume zu bescheren. Die Männer des Vogtes schossen zunächst von ihren Pferden Pfeile auf die Räuber, wobei sie einen auch trafen, der sogleich vom Pferd fiel. Als die beiden Gruppen aufeinandertrafen, gab es kurze Zweikämpfe mit Schwertern und Messern. Unsere Verfolger, es waren fünf, waren nicht nur in der Unterzahl, sondern auch schlechter bewaffnet und schwächer als die Männer des Vogtes. Einer nach dem anderen wurde besiegt und stürzte von seinem Reittier. Die Ritter wiederum sprangen ab und versetzten den Daniederliegenden weitere Stöße mit ihren Klingen. In weniger als fünf Minuten war der Kampf vorbei. Alle Freischärler waren tot. Von den Männern Barcelonas war, wie sich später herausstellte, lediglich einer leicht an der Hand verletzt, ansonsten waren sie unversehrt.

Die Ritter machten sich derweil an den Gefallenen zu schaffen. Ich dachte zunächst, sie raubten sie aus. Doch sie schnitten ihnen die Köpfe ab und stecken sie in einen ledernen Sack. Die Leiber der Toten zerrten sie ins Gebüsch, wo sie sie den Geiern und Wildhunden zum Fraß überließen. Die Pferde führten sie mit sich.

Wieder bei uns angekommen, lachten sie und zeigten auf den Sack, in dem die fünf Köpfe steckten, die sie nun nach Ficeras bringen würden, um sie dort auf Stangen vor dem Stadttor auszustellen. Wir seien selbstverständlich eingeladen, mitzuziehen. Der *alcalde* der Stadt, so lautete die Amtsbezeichnung des dortigen Bürgermeisters, würde sich freuen, uns zu bewirten und für das Ungemach entschädigen zu können. Das Gesindel, das sich in den Bergen verstecke und immer wieder Reisende, aber auch die frommen Bauern der Gegend überfalle, ausraube oder Lösegelder erpresse, sei nicht mehr tragbar gewesen. Deshalb seien die Männer der Vogtei von Ficeras im Namen der Obrigkeit unterwegs, um mit den Gaunern aufzuräumen. Sie seien uns sehr dankbar dafür, dass wir die fünf Gesellen unmittelbar vor ihre Pfeile und Schwerter geführt hätten, auch wenn es gewiss unfreiwillig geschehen sei.

Arnulf erklärte schließlich, wo sich das Lager des Fettwanstes befand, der sich Conde de Garrotcha nannte. Bei der Erwähnung des Titels lachten die Männer. Einen Conde mit diesem Titel gäbe es nicht. Keine Frage, man würde sogleich zu seinem Lager aufbrechen und dem Spuk ein für alle Mal ein Ende bereiten. Lediglich zwei der Männer sollten mit dem Sack und den erbeuteten Pferden nach Ficeras reiten. Sie gaben Arnulf und mir großzügig Sättel und Zaumzeug von den Pferden der Toten, außerdem einige Waffen, die sie den Toten abgenommen hatten, je ein Messer und je ein kurzes Schwert. Sie waren nicht so gut wie unsere, erfüllten aber ihren Zweck. Vor allem wies uns die Bewaffnung wieder als freie Männer aus, was Arnulf wichtig war.

Auf unserem Ritt fragte ich Arnulf, was er von der Sache halte. Warum habe man die Männer gleich getötet und nicht gefangen genommen, wollte ich wissen.

Er lachte: »Weil es einen Befehl dazu gab. Es wäre sinnlos, sie in die Stadt oder in eine Burg zu bringen, nur damit sie dort geköpft oder gar gerädert werden. Besser für sie selbst, dass sie gleich zur Hölle fahren konnten. Oder glaubst du etwa, man hätte sie wieder frei gelassen?«

»Man hätte ihnen anbieten können, in den Dienst des Vogtes oder des wahren Condes zu treten. Schließlich sind es arme Schlucker, die sich mit Wegelagerei durchschlagen mussten.«

»So ein Unsinn!«, fuhr mich Arnulf an. »Es sind gewiss ehemalige Bedienstete eben des Vogtes, des Condes oder von wem auch immer. Sie haben sich losgesagt, weil sie mit dem nicht zufrieden waren, was sie an Kost und Logis bekommen haben. Weil sie reich werden wollten, oder, wie dieser Fettwanst, davon träumten, ein eigenes *regnum* zu errichten. Solche Leute würden bei nächster Gelegenheit ihren Herrn erneut betrügen und verraten. Da darf es keine Gnade geben.« Er spukte aus und fuhr fort: »Das mag ja bei euch, in eurem geläuterten Jahrhundert anders sein. Bei uns ist es eben so!«

Es hatte keinen Sinn, mit Arnulf weiter zu streiten. Nach einer Weile aber fragte ich: »Was meinst du, woher wussten die Gauner, dass wir just in ihrer Gegend unterwegs waren? Es ist doch seltsam ...«

»Zweifellos«, unterbrach er mich, »hat man uns schon länger verfolgt, vielleicht seit Lugudunum? Der seltsame Händler, der uns auf diesen Weg schickte, mag mit ihnen unter einer Decke gesteckt haben oder irgendein heuchlerischer Mönch in einem der Klöster, in denen wir übernachtet haben. Wir werden es nie erfahren. Sicher scheint mir nur, dass die Gesellen mit unserem Kommen gerechnet haben.«

Einer der Reiter, die uns begleiteten – es war jener, der den Sack mit den abgeschlagenen Köpfen mit sich führte –, kam näher heran und fragte: »*Alemani*?«

Arnulf schüttelte den Kopf und antwortete: »*Franci – Franci orientali*«. Der Reiter wiederum schüttelte den Kopf und sagte: »*Aqui sunt – Franci sunt Alemani, Alemani sunt Franci ... omnis Germani, utrum*?« Es folgte ein

Schwall weiterer Worte, den wir aber nicht mehr verstanden, denn er ritt nun wieder etwas weiter abseits, was uns recht war, denn aus dem Ledersack mit den Köpfen tropfte Blut, das einen Schwarm Fliegen anlockte.

Wir erreichten schon bald eine Ansammlung von Gehöften, die inmitten herrlicher Obstgärten lagen. Kaum hatten uns die Bauersleute gesehen, kamen sie von allen Seiten herbeigerannt, und bestürmten unsere beiden Begleiter mit Fragen. Diese leerten den Sack mit den Köpfen aus, die durch den Sand rollten. Die Bauern jubelten, klatschten in die Hände, sprangen in die Höhe, jauchzten und lachten. Ein junger Bursche trat nach einem der Köpfe.

Wir saßen derweil ab, und während die beiden Gehilfen des Vogtes von den Geschehnissen des Vormittags berichteten, wurden Arnulf und ich von den Leuten zu einem Platz geführt. Dort wurden sogleich ein Tisch und Stühle aufgebaut. Kurz darauf tischten die Leute ein Mahl auf, das zwar bescheiden, uns aber sehr willkommen war.

Sie redeten ununterbrochen auf uns ein. Nur ab und zu gelang es Arnulf, der auf ihre Fragen so gut es ging antwortete, mir das eine oder andere zu übersetzen. Sie seien allen Heiligen dankbar, dass der Vogt endlich mit der Räuberbande aufgeräumt habe. Sie hätten ihnen immer wieder Tribute entrichtet und Plünderungen der Vorräte und Schändungen der Frauen hinnehmen müssen. Die Bande sei aus den Bergen gekommen, erfuhren wir weiter, aus einem der angrenzenden Fürstentümer, und was besonders schlimm sei: Sie seien als Christen getauft, keine Heiden! Ja, wenn es Heiden gewesen wären, hätte man deren Grausamkeit noch verstanden, aber Christen? Es sei gut, dass ihre Köpfe dort im Sand lägen, und es sei zu hoffen, ihre Seelen werden im ewigen Höllenfeuer schmoren. Wir aber seien willkommen.

Die Dorfbewohner waren erstaunt, als Arnulf ihnen gestand, dass wir eigentlich nach Sant Jago pilgern wollten. Die Pilgerwege verliefen doch allesamt nördlich des Gebirges, durch das Königreich Navarra. Wieder kam mir der Kaufmann in Lugdunum in Erinnerung. Ob er uns tatsächlich in eine Falle gelockt hatte? Oder ob alles nur eine Kette von Zufällen war?

Wie zu erwarten, wurde uns auch hier reichlich Wein ausgeschenkt. Wir sollten unsere Befreiung feiern, hieß es. Auch werde nach einem Priester geschickt, der am Abend einen Dankgottesdienst lesen werde. Gerne könnten wir in ihrem Dorf verweilen, so lange wir wollten. Wir sagten zu, eine Nacht zu bleiben – in der Hoffnung, in den niedrigen, nahezu fensterlosen und strohgedeckten Häusern wimmle es nicht allzu sehr von Wanzen und sonstigem Ungeziefer.

Die beiden Helfer des Vogtes zogen erschreckende Mengen Wein in sich rein, lachten und scherzten mit den Leuten, vor allem mit den jungen Frauen, die keinerlei Anzeichen machten, zu ihrer Feld- oder anderen Arbeit zurückzukehren. Die abgeschlagenen Köpfe lagen immer noch auf der Erde und aus den Augenwinkeln sah ich, wie Hühner an ihnen pickten. Jedes Mal, wenn ein Huhn nach einem der Köpfe hackte, flog ein Schwarm Fliegen auf, der sich unverzüglich wieder auf dem Kadaver niederließ. Ein schauerlicher Anblick, der aber niemanden zu stören schien.

Gegen Mittag waren die beiden Männer des Vogtes sturzbetrunken. Sie erhoben sich gleichzeitig und schwankten zu einem großen Baum, der am Rand der Siedlung stand. In seinem Schatten ließen sie sich nieder und fingen sogleich an zu schnarchen.

Arnulf war der Ansicht, wir sollten es ihnen gleichtun und ein Schläfchen halten. In der Tat überkam auch mich eine große Müdigkeit. Zudem war es warm geworden, ein schattiger Platz schien mir angebracht. Ich bestand allerdings darauf, weit weg von den Gehöften zu gehen, da die Köpfe noch herumlagen und einen widerlichen Gestank verbreiteten. Dazu kamen verschiedene Gerüche von den Mist- und Abfallhaufen, den Abtritten und Ställen, und obgleich ich inzwischen viel Gestank ertragen hatte, empfand ich diese Mischung als das Widerlichste, was mir bislang bei *den Anderen* widerfahren war. So fanden wir uns wenig später zwischen Orangen- und Zitronenbäumen wieder, umgeben vom Gezirpe von Grillen und Zikaden. Bevor ich einschlief, war mir, als befände ich mich irgendwo am Mittelmeer, nicht weit weg vom Strand, in einem Hotel mit All-Inclusive-Verpflegung ...

Am Nachmittag erschienen der Vogt und seine Männer. Es gab großes Geschrei wegen der Köpfe, die immer noch im Sand lagen. Der Vogt war wütend, weil die Hühner den Köpfen die Augen ausgepickt hatten. Überhaupt: Wie konnten es seine Gesellen wagen, die Leichenteile einfach so liegen zu lassen?! Schließlich hätten sie von streunenden Hunden gefressen werden können. Dabei seien sie dazu bestimmt, an der Stadtmauer von Ficeras ausgestellt zu werden. Die beiden Gesellen bekamen jeder mehrere Stockhiebe zur Strafe. Anschließend mussten sie die sterblichen Überreste der Räuber einsammeln und in einem anderen Sack verwahren.

Zu unserer Freude brachte der Vogt nun auch noch unsere Sättel und weitere Dinge, die uns gehörten, nur unsere Waffen hatte er seltsamerweise nicht auffinden können. Die Räuberbande sei vollständig aufgerieben worden; auch der Anführer sei tot. Nur wenige seien entkommen, vermutlich verletzt. Sie würden sich kaum längere Zeit durchschlagen können.

Nun tischten die Bauersleute erst recht auf. Zwei Hühner wurden geschlachtet. Ich vermutete, es waren dieselben Vögel, die zuvor an den Augen der toten Räuber gepickt hatten. Der Vogt aber drängte seine Leute zum Aufbruch. Sie wollten noch vor Einbruch der Dunkelheit die Stadt erreichen. Die beiden Hühner blieben somit Arnulf und mir und den Gastgebern vorbehalten.

»Was ist mit euch?«, fragte uns der Vogt, bevor er davonritt. »Kommt ihr mit nach Ficeras? Liegt diese Stadt auf eurem Weg?«

»Nein«, antwortete ich, »die Stadt liegt weiter in Richtung Süden, wir aber wollen gen Sant Jago im Westen. Also trennen sich unsere Wege.«

»Dann haltet Euch strikt an der Südflanke der Berge«, riet uns der Vogt. »Denn in der Ebene herrschen immer noch die Muselmanen. Der Verlauf der Grenze ist ungewiss. Wisset, einst, unter Kaiser *Carolus Magnus*, gehörte das Land bis zum Fluss Ebro zum Frankenreich. Die Muselmanen haben seitdem immer wieder Feldzüge gegen Norden unternommen und die Hispanische Mark verwüstet. Sicher habt ihr schon von ihrem Feldherrn Almansor gehört, der unter der Christenheit gewütet hat, als sei er der Leibhaftige in Person.«

»Gewiss«, bestätigte ich. »Doch saget uns, wie verhält es sich mit den Vasken? Es heißt, auch dieses Volk sei räuberisch und hinterlistig.«

Der Vogt lachte laut auf: »Die Vasken und hinterlistig? Nein, Ihr findet kein gastfreundlicheres und friedfertigeres Volk als die Vasken. Ich selbst habe Vorfahren unter ihnen. Ich weiß, was ich sage. Seid Ihr erst einmal an der Atlantikküste, so seid Ihr sicher wie in Abrahams Schoß. Solltet Ihr zufällig in die Siedlung Bilbayum am Flusse Nervión gelangen, sucht dort die Schmiede auf und grüßt den Schmied Diego von mir. Mein Name ist Gonzalo. Diego ist einer meiner Vettern zweiten Grades.«

Sodann sammelte der Vogt seine Leute ein und drängte zum Aufbruch. Wir blieben zurück, verbrachten den Rest des Nachmittags im Schatten der Bäume und ließen uns schließlich von den Bauersleuten zum Abendessen bitten. Da es mild war und unsere Gastgeber selbst nach Einbruch der Dunkelheit keine Anstalten machten, sich zur Ruhe zu begeben, saßen wir lange im Freien beisammen und unterhielten uns. Eine junge Magd hatte sich neben mich gesetzt und sich im Schutz der Dunkelheit an mich gedrückt. Mir kam der Verdacht, sie wolle mit mir anbändeln. Auch als ich ihr versicherte, ich sei verheiratet, ließ sie nicht von mir ab. Ich muss gestehen, vielleicht wäre ich im Rausch des Weines schwach geworden, hätte sie nicht ranzig aus den Haaren und am ganzen Körper nach Knoblauch gerochen. Was heißt *gerochen*: Sie hat gestunken! Sie stank wie alle ihre Landsleute. Allerdings gab es Unterschiede: Während die Bewohner des Rheingaus nach Kohl und Zwiebeln rochen, die Italiener und Westfranken eher nach Knoblauch, die Ritter und Knappen im kaiserlichen Heer nach Schmutz und Pferdemist, entströmte den katalanischen Bauern der schon genannte, kaum zu beschreibende Gestank.

Als die Magd irgendwann enttäuscht von mir abließ, zog ich mich zum Schlafen just wieder auf jenen Platz unter den Orangenbäumen zurück, wo ich schon am Mittag gelegen hatte, denn in eines der nicht minder schlecht riechenden Häuser wollte ich mich nicht begeben. Auch Arnulf blieb im Freien.

Als wir unter uns waren, holte ich meine Armbanduhr aus dem Rucksack, denn ich wollte wissen, wie spät es war. Siehe da: Die Uhr war stehengeblieben! Die Batterie war verbraucht. Eine weitere Brücke in meine Welt war abgebrochen.

Ich fluchte, was Arnulf bewog, mich zu fragen, ob mich ein Floh gestochen habe.

»Meine Uhr läuft nicht mehr«, erklärte ich. »Deshalb habe ich geflucht.«

»Du mit deiner Uhr!«, brummte Arnulf. »Immer musst du auf diese Uhr starren, als ob sie dir das Geheimnis der Schöpfung offenbaren könne. Lerne die Zeit aus dem Verlauf der Gestirne und der Sonne zu lesen! Du brauchst nicht mehr zu wissen, als dass es Morgen, Mittag oder Abend ist.«

»Die Uhr zeigte mir aber auch das Datum und den Wochentag ...«

»Selbiges erfährst du auch ohne dein Wunderarmband. Jeder Pfaffe weiß, wann Ostern, Pfingsten, Himmelfahrt oder das Fest Christi Geburt ist. Was begehrst du mehr?«

»Du hast natürlich wie immer Recht«, gestand ich. »Bei euch brauche ich sie wirklich nicht mehr. Es gibt aber auch bei euch Menschen, die die Zeit gerne genauer messen würden.«

»Solche Leute müssen verrückt sein. Ich kenne niemanden«, brummte Arnulf.

»Es gibt da beispielsweise einen Gelehrten am Bodensee, auf der Insel Mainau ...«

Arnulf winkte nur ab. »Alle Gelehrten sind verrückt, sind Narren, Possenreißer, Gaukler. Lass uns schlafen! Die Hähne krähen morgen früh auch ganz ohne Uhr.« Er drehte sich von mir weg und es schien, als sei er sofort eingenickt.

Ich packte meine Uhr wieder in die Tasche und legte mich ebenfalls zum Schlafen. Über mir funkelten Tausende Sterne. Das Band der Milchstraße war deutlich zu sehen. Zwischen den Orangenbäumen raschelte es, vermutlich Mäuse. Ansonsten war es still. Nicht einmal die Hunde bellten.

Tag 469, 10. Oktober 1038, bis Tag 533, 13. Dez. 1038

Bei Tagesanbruch verließen wir die bäuerliche Siedlung und wendeten uns nach Westen. Wir kamen gut voran. Die Wege waren befestigt, es gab hinreichend Ortschaften mit Herbergen oder zumindest Stätten, wo wir uns für geringes Entgelt versorgen konnten. Zum Schlafen lagen wir fast immer unter freiem Himmel, denn es war weiterhin warm und trocken. Behelligt wurden wir nicht mehr, im Gegenteil: Die Menschen waren gastfreundlich und zuvorkommend. Was uns allerdings auf die Nerven ging, waren die ständigen Fragen, wohin wir zögen, was unser Begehr sei. Zuerst antworteten wir wahrheitsgetreu, wir seien Pilger nach Sant Jago, worauf die Einheimischen besorgt antworteten, da seien wir auf dem falschen Weg; der rechte Weg führe nördlich der Bergkette entlang durch das Land Navarra und Euskarien. Wie wir auf die Idee gekommen seien, den Weg so weit südlich zu nehmen, wüssten wir denn nicht, wie nahe wir an der Grenze zum Herrschaftsgebiet der Muselmanen seien!

Irgendwann platzte Arnulf der Kragen. »Wir sind keine Pilger«, log er. »Wir sind in Wahrheit Emissäre des Papstes und in geheimer Mission unterwegs. Wir sollen die christlichen Königreiche vereinen und einen dauerhaften Frieden mit den Mauren aushandeln.«

Ich erschrak, fürchtete ich zuerst, die Leute würden uns dafür schelten oder sogar bestrafen. Nein, zu meiner Überraschung glaubten sie uns.

»Sag, Arnulf«, fragte ich ihn als wir allein waren, »weißt du überhaupt, wie der derzeitige Papst heißt?«

Er lachte nur: »Mein lieber Freund, wie er heißt, ist völlig gleich, denn die Menschen hier wissen seinen Namen auch nicht. Es ist auch völlig belanglos. Papst ist Papst!«

Fortan gaben wir uns nur noch als *nuntii Papae* aus – und in der Tat, es schindete großen Eindruck. Jeder zollte uns Hochachtung und mitunter mussten wir für Unterkünfte und Speisen nicht einmal etwas bezahlen, was letztlich Arnulf dazu bewog, zu fluchen und sich der Dummheit zu bezichtigen, es nicht gleich von Anfang an so gemacht zu haben. Zu meinem Erstaunen wunderte es die Leute nicht einmal, dass wir in dieser gar so wichtigen Mission nur durch die Dörfer strichen und nicht die Städte und Festungen aufsuchten, wo die untereinander zerstrittenen Könige, Fürsten und Condes des christlichen Hispaniens residierten.

Einmal saßen wir abends in einer der vielen schäbigen Herbergen, tranken sauren Wein und fabulierten, wie leichtgläubig die Menschen seien, da keiner hinterfrage, ob wir uns wirklich als Reisende im Auftrag des Papstes ausweisen konnten.

»Ach«, tat Arnulf beschwichtigend, »was würde es ihnen nutzen, wenn sie nach einem schriftlichen Zeugnis fragten. Sie können ja nicht lesen. Und an die Klöster wenden wir uns nicht mehr. Hier weiß auch niemand, dass du ein Gaukler aus einer anderen Welt bist. So lassen sie uns unbehelligt ziehen.«

Er fuhr sich über seinen rötlich schimmernden Bart, den er sich vor wenigen Tagen hatte stutzen lassen. Auch seine Haare waren merklich gekürzt worden, während mir das Haar inzwischen fast bis zur Schulter reichte. Ich rasierte mich weiterhin so gut es ging täglich, auch wenn Arnulf nicht aufhörte zu nörgeln, ohne Bart gelte ich nicht als vollwertiger Franke.

»Sag, mein Freund aus den fernen Zeiten«, fuhr er fort, »was sind wir nun wirklich? Sind wir Pilger oder nur Abenteurer? Reisen wir um Gottes Lohn oder um die Welt kennenzulernen?«

»Wenn wir in meiner Zeit leben würden«, erwiderte ich, »würden wir vermutlich nur zum Vergnügen reisen. Viele meiner Zeitgenossen machen sich auf den Weg nach Sant Jago, ohne an Gott oder an das Grab des Apostels zu glauben. Sie pilgern um des Pilgerns willen, und um später zu Hause damit prahlen zu können, sie seien den weiten Weg von Spirum bis Sant Jago zu Fuß gelaufen und hätten die Strecke in drei oder vier Monaten geschafft. Zurück fahren sie dann mit einem *vehiculum* oder nehmen ein Flugzeug. Wenigstens das vermögen wir nicht.«

Arnulf lachte: »Ja, ihr seid seltsame Gesellen geworden. Pilgern ohne Frömmigkeit! Ist das nicht eine Sünde? Eine Todsünde sogar. Verbirgt sich dahinter nicht Eitelkeit und Überheblichkeit?«

»Wenn dem so ist, begehen wir womöglich auch eine Todsünde«, lachte nun auch ich. »Ist dir das bewusst?«

»Unsinn!«, rief er – ein wenig zu laut, denn andere Gäste in der Schenke schielten schon zu uns herüber. Leiser fuhr er fort: »Das war nicht ernst gemeint mit der Sünde. Ich glaube nämlich auch nicht so recht daran, schon gar nicht an eine Todsünde. Gott ist allmächtig, aber auch barmherzig. Das muss er sein, letztlich hat er uns mit all unseren Fehlern geschaffen. Wenn er gewollt hätte, dass wir unfehlbar sind, so wären wir unfehlbar und heilig wie die Engel. Oder, was meinst du dazu?«

»Die Frage, die du stellst, beschäftigt die Philosophen und Theologen bis in unsere Zeit. Selbst wir haben keine Antwort darauf. Warum ist die Welt so, wie sie ist? Im Religionsunterricht meiner Zeit hat man uns Kindern von der Erbsünde erzählt. Weil Adam und Eva ungehorsam waren, sind sie und ihre Nachkommen verflucht worden. Später, als wir erwachsen waren, erklärte uns ein Priester, der Sündenfall geschehe jeden Tag aufs Neue. Denn Gott habe uns den freien Willen gegeben, wir könnten uns stets aufs Neue für das Gute oder Böse entscheiden. Das erklärt aber immer noch nicht, warum es überhaupt das Böse gibt.«

»Vielleicht, weil es sonst auch das Gute nicht gäbe?«, sinnierte Arnulf. »Aber lassen wir das! Der Wein steigt mir schon in den Kopf. Ich rede Unsinn. Lass uns zu Bett gehen!«

Am kommenden Morgen verließen wir die Herberge sehr zeitig und ritten weiter nach Westen. Das Land war grün, entweder mit lichten Wäldern, in denen zwischen den Bäumen Ziegen oder halbwilde Rinder grasten, oder die Menschen hatten Obstplantagen und Felder angelegt, die gerade abgeerntet worden waren. Die Flüsse waren mitunter mit kleinen Wehren gestaut, und das Wasser wurde in Bewässerungsgräben über das Land geleitet. Einmal sahen wir ein Schöpfrad, das von einem Ochsen, der dazu im Kreis laufen musste, in Gang gehalten wurde. Auch erblickten wir Windmühlen auf manchem Hügel, die mich mit ihren weißen Segeln an die Windmühlen in Griechenland erinnerten. Nichts in dieser Landschaft glich dem öden spanischen Hinterland, wie ich es aus meiner Epoche kannte.

Wir mochten etwa eine Stunde geritten sein, als ich bemerkte, dass die Straße menschenleerer war. Waren uns zunächst noch Fuhrwerke oder Bauersleute zu Fuß begegnet, so fanden wir uns auf einmal völlig allein auf weiter Flur. Es war unheimlich still. Wir hörten nur das Klappern der Hufe unserer Pferde und das Rauschen des Windes in den Baumwipfeln. So ritten wir gewisslich eine gute Stunde durch die einsame Landschaft.

Urplötzlich brach ein halbes Dutzend Reiter aus dem Wald. Auf den ersten Blick wusste ich: Das waren keine christlichen Ritter. Sie trugen Reiterhosen und weite Obergewänder sowie turbanartige Kopfbedeckungen, alles in reinem Weiß gehalten. Ihre Sättel waren reich mit Ornamenten verziert, auch das Zaumzeug, wie ich später feststellen konnte, war kunstvoll mit mancherlei symbolischen Darstellungen versehen. Einer der Reiter trug eine Standarte mit einer grünen Flagge; alle anderen waren mit Lanzen und Pfeil und Bogen bewaffnet. Sie ritten an uns heran, umringten uns und richteten ihre Lanzen auf uns. Wir hielten unverzüglich an. Der Standartenträger sagte etwas in einer unverständlichen Sprache, doch als er merkte, dass wir dieser nicht mächtig waren, wechselte er in das vulgäre Latein, das die Leute in der Gegend benutzten.

»Er fragt, woher wir kommen und was wir wollen«, übersetzte Arnulf. »Ob wir Mozarabes seien, das heißt christliche Bewohner des Emirats. Wir sind wohl ins *condado* der Muselmanen geraten. Was soll ich antworten?«

»Versuch es mit dem päpstlichen Nuntius«, antworte ich. »Das schindet vielleicht auch hier einen gewissen Eindruck.«

Arnulf tat es, und wirklich: Der Standartenträger erteilte den anderen Reitern einen kurzen Befehl und sogleich wandten sie ihre Waffen von uns ab. Er sprach weiter auf uns ein, was Arnulf wie folgt übersetzte: »Er sagt, er heiße Mahmud. Er und seine Gefolgsleute seien Männer des großen Feldherren Sulayman ben Huds, des Emirs der Städte Saraqusta und Lérida. Sie hätten in der Nähe ein Lager aufgeschlagen. Es sei ihm eine Ehre, uns zu jenem Sulayman zu begleiten, denn diesem sei sehr an einem Pakt mit den christlichen Herren gelegen. Auch wenn ein rechtgläubiger Mann die christlichen Priester und vor allem den, der sich Papa nenne und in der Stadt Rom throne, nicht als Mittler zu Gott anerkenne, so erkenne er doch deren weltliche Macht an – notgedrungen. »Folgen wir ihnen! Es wird unser Schaden sicher nicht sein. Ich halte sie für Ehrenmänner. Selbst wenn sie es nicht wären: Haben wir eine andere Wahl?«

Mir blieb nichts weiter übrig als zu nicken. Wir mussten vom Weg nach Santiago erheblich abgekommen sein, oder führte vielleicht jeder Weg südlich der Pyrenäen durch das Hoheitsgebiet der Mauren? Wir wussten nicht, wo die Grenze verlief, wenn es überhaupt eine feste Grenze gab.

Also ritten wir mit den Kriegern des moslemischen Herrschers weiter, nun nicht mehr auf dem befestigten Weg, sondern querfeldein durch den lichten Wald. Wir kamen rasch voran, denn die Reiter schienen das Gelände gut zu kennen. Es war, als verliefe durch das Gestrüpp ein Pfad, der einem ungeübten Auge verborgen blieb.

Nach etwa einer halben Stunde erreichten wir eine Wiese an einem schmalen Fluss. Hier war das Lager des Feldherrn aufgebaut: Zelte, ähnlich denen im kaiserlichen Heer, allerdings durchweg aus weißem Stoff und alle in der gleichen Größe, so, dass wir nicht ausmachen konnten, welches das des Heerführers war. Ähnlich wie im christlichen Lager gab es auch hier eine Feuerstelle. Um sie herum waren Baumstämme gelegt, die als Bänke dienten. Was mir sofort auffiel: Es roch hier nicht unangenehm. Während mir im kaiserlichen Heer augenblicklich der Gestank von jeglichem nur denkbaren Abfall in die Nase geweht war, verspürte ich hier allenfalls den Geruch von Pferden und den Hölzern, die im Lagerfeuer vor sich hin glühten.

Mahmud hieß uns absteigen. Ein Diener, der nur mit einem Lendenschurz bekleidet war, aber einen imposanten Turban auf seinem Kopf balancierte, eilte herbei und führte die Pferde weg. Wir sollten uns keine Sorgen machen, man würde die Tiere gut versorgen. Sogleich wurden wir zu einem Platz geleitet, wo einige Männer im Schatten großer Bäume auf Liegen dem Müßiggang nachzugehen schienen. Frauen sahen wir keine im Lager.

Mahmud sprach einen der Männer an, der sich sofort erhob. Auch dieser Mann war am Oberkörper unbekleidet, warf sich aber augenblicklich einen weiten Umhang um, als er von unserem Erscheinen unterrichtet wurde. Er war sehr athletisch gebaut. Wie alle Männer im Lager trug er einen Bart, doch waren die Bärte der Krieger – im Gegensatz zu denen der meisten Franken oder christlichen Spanier – sehr gepflegt. Auffallend waren die hellblauen Augen des Mannes, die im starken Widerspruch zu seiner ansonsten dunklen, fast finsteren Erscheinung standen. Er trug keine Kopfbedeckung und so erkannte ich, dass sein Haupthaar an den Schläfen leicht ergraut war.

Nach einem kurzen Wortwechsel mit Mahmud entließ er den Gefolgsmann, winkte vielmehr einen anderen Mann herbei, einen sehr mageren, fast schwindsüchtig erscheinenden jungen Burschen. Er sprach einige Worte mit ihm, worauf sich der Magere an uns wandte und in reinstem Fränkisch sagte: »Mein Herr, Sulayman ben Hud, Emir von Saraqusta und Lérida, heißt euch in seinem bescheidenen Lager willkommen. Nehmt bitte Platz an seiner Seite. Ich bin Ernest, Diener Sulaymans – oder soll ich besser sagen Sklave? –, gleichsam sein Schreiber und Übersetzer.« Er lächelte, als er das Wort »Sklave« gebrauchte.

Wir taten wie geheißen. Sulayman ließ sich ebenfalls wieder auf sein Lager nieder und streckte sich aus, als wolle er ein Schläfchen machen. Doch er blieb hellwach und erteilte anderen Dienern verschiedene Befehle. Kurz darauf brachten sie uns frisches Wasser, Trauben, Orangen und Pistazien. Wir möchten uns bedienen, forderte uns Sulayman auf; sicher seien wir von der Reise hungrig und durstig.

»Mein Herr möchte gerne von euch wissen, in welcher Mission ihr unterwegs seid«, übersetzte der Sklave, der sich ebenfalls zu uns setzen durfte. »Seid ihr unterwegs nach Saraqusta oder gar Córdoba? Es heißt, ihr seid Legaten des Papstes?«

»Wir sind unterwegs in geheimer Mission«, antwortete Arnulf. »Leider dürfen wir mit niemandem über unsere Ziele sprechen.«

Nachdem Ernest übersetzt hatte, richtete sich Sulayman auf und schaute uns lächelnd an. »Höret, Fremde«, fuhr Ernest fort, »mein Herr lässt Euch sagen, er sei kein Geringerer als der Herrscher des Landes, in dem wir uns befinden. Ihr würdet ihn König nennen, wäre er Herrscher eines christlichen Reiches. Von allen Königen in al-Andalus ist er gewiss einer der Mächtigsten. Ihr werdet die Güte haben, ihm eure Mission anzuvertrauen.«

»Nun«, begann Arnulf zu lügen, »wenn dem so ist, sind wir an der richtigen Stelle und müssen nicht mehr weiter reiten. Uns schickt in der Tat der Heilige Vater, der Bischof von Rom. Es geht ihm um den Frieden. Ein Krieg zwischen den christlichen und euren Ländern nutzt niemandem. Bedenkt, dass schon unser Kaiser *Carolus Magnus* einen Friedensvertrag mit dem Kalifen von Bagdad, Harun al Raschid, geschlossen hatte. Und hatte nicht Harun al Raschid damals unserem Kaiser sogar einen Elefanten zum Geschenk gemacht, um den Frieden zu besiegeln?«

»Ach ja«, ließ der Feldherr durch Ernest vernehmen, »so mag es gewesen sein, doch gleichzeitig bekriegte euer *Carolus* uns Moslems im Norden Hispaniens. Ich weiß nicht, was ich davon halten soll. Ihr solltet lieber zu den christlichen Königen und Fürsten gehen. Diese sind es, die kriegslüstern sind. *Sie* verlangen von *uns* Tribute! Wenn es euch darum geht, die Tribute zu erhöhen, seid ihr bei mir an den Falschen geraten!«

»Nein, nein«, beschwichtigte Arnulf – und ich merkte, wie ihm der Schweiß auf der Stirn stand, was gewiss nicht nur eine Folge der Mittagshitze war. »Es geht nicht um weitere Tribute. Nein, unser Papst bietet einen echten Frieden.«

Sulayman winkte ab und murmelte: »Echter Frieden bedeutet ein Geben und Nehmen. Was *bietet* ihr mir? Den Erlass der Tribute? Duldung des islamischen Glaubens in euren Ländern? Wir, das dürft Ihr nicht vergessen, haben uns in Hispanien immer nachsichtig gezeigt und niemanden zum Übertritt zu unserem Glauben gezwungen. Ob Christ oder Jude, was auch immer einer vorgibt zu sein, wir dulden seinen Glauben. Ihr aber zwingt unsere Glaubensbrüder euren Aberglauben anzunehmen. Bietet ihr uns also an, mit diesen Gepflogenheiten aufzuhören?«

Ich schaute Arnulf aufmunternd an. Ich war sehr gespannt, was er nun weiterhin zusammenspinnen würde. Verlegen rieb er sich seinen roten Bart.

Doch bevor er etwas antworten konnte, erschien Mahmud erneut und bat um Gehör. Zu meinem Schrecken hatte er meinen Beutel in der Hand, aus dem er einige meiner Utensilien herausfischte: Zunächst meinen Rucksack und aus selbigem wiederum meine Plastikflasche, meine Armbanduhr, mein Fernglas, meine Digitalkamera (die ich immer noch dabeihatte), schließlich auch mein T-Shirt und meine Lesebrille.

Sulayman erhob sich und betrachtete die Gegenstände genau.

»Das alles fanden wir im Gepäck des einen der beiden Reisenden«, bekam ich die Worte Mahmuds übersetzt.

»Wem von euch gehören die Gegenstände?«, ließ der Feldherr fragen. In seinem Tonfall lag kein Argwohn, nur Neugierde.

»Sie gehören mir«, erwiderte ich. »Es sind Dinge, die ich aus meiner Heimat mitgebracht habe.«

»Er kommt aus einem fernen Land«, wollte mir Arnulf zu Hilfe eilen. »Gewissermaßen Ultima Thule, vom Ende des Erdkreises. Dort sind dergleichen Dinge gewöhnlich.«

Sulayman setzte sich wieder nieder, schaute mich einen Moment sinnend an und sagte: »Es geht schon eine Weile das Gerücht, dass ein Gaukler aus einer fremden Welt aufgetaucht sei. Die einen sagen, es sei der Schaitan, der Teufel, der am Ende aller Tage erscheinen werde, andere sagen, er sei ein Heiliger, gar ein Prophet, was der Schrift widerspräche, da Mohammed – gesegnet sei sein Name – der letzte Prophet gewesen sein soll. Es heißt, der Gaukler sei erstmals im Frankenland gesehen worden, als er mit einem feurigen Wagen vom Himmel herabgefahren sei. Er sei in den Dienst des weströmischen Kaisers getreten und habe ihn auf einem Feldzug in Italien begleitet. Das zumindest berichten unsere Glaubensbrüder auf der Insel Sicilia. Der Gaukler soll vielerlei magische Dinge mit sich führen, so ein Glas, mit dem man die Ferne herbeiholen könne, ein anderes Glas, um Dinge besser aus der Nähe betrachten zu können. Nun frage ich Euch: Seid Ihr etwa dieser Gaukler?«

Wieder einmal war ich erstaunt, wie sich in ihrer Welt Nachrichten und Gerüchte verbreiteten. Sicher, ich war bis Süditalien gekommen, aber keineswegs in die von den Muslimen beherrschten Gebiete auf Sizilien. Dennoch war zweifellos die Kunde von meiner Anwesenheit im kaiserlichen Heer über die sizilianischen Sarazenen bis ins muslimische Spanien gedrungen. Gerüchte brauchten weder Telefon noch Internet, weder E-Mails, Twitter oder Facebook: Sie rannten seit jeher mit unglaublicher Geschwindigkeit über den Erdball.

»Ja«, gestand ich. »Ich mag jener Mann sein, von dem berichtet wird. Doch ich versichere Euch, weder der Teufel noch ein Prophet zu sein, sondern nur ein gewöhnlicher Mensch, den eine Naturgewalt in Eure Welt verbannt hat.«

Sulayman starrte mich eine Weile an. Ich merkte, wie er mit sich kämpfte. Plötzlich huschte ein Lächeln über sein Gesicht und er sagte:

»Ich bin erfreut, Euch kennenzulernen! Da ich nicht abergläubisch bin, halte ich Euch keineswegs für einen Teufel. Ein Teufel oder gar der große Schaitan – verflucht sei er für alle Zeiten – würde anders in Erscheinung treten als ihr. Ihr seht mir in der Tat wie ein gewöhnlicher Mensch aus. Ein unglücklicher Mensch zudem, das zeigen mir die Züge Eures Gesichts. Ihr vermisset Eure Heimat, nicht wahr? Könnt Ihr denn wirklich nicht mehr dorthin zurückkehren?«

Ich begann zu schildern, wie ich von meiner Welt, in der wir das Jahr 2010 schrieben, in seine, in das Jahr 1037 gekommen war. Er unterbrach mich:

»Lasset ab! Das ist keine Geschichte für die Mittagshitze. Lasset uns am Abend zusammenkommen, einen Hammel schlachten und bei einem guten Essen Euren Bericht hören. Ich werde Euch inzwischen eine Ruhestätte zuweisen lassen. Bleibet bis auf weiteres mein Gast.«

Zu Arnulf gewandt aber sagte er: »Seid ihr nun wirklich im Auftrag Eures Papstes auf Reisen oder sagtet Ihr das nur, um zu verschleiern, was Euch wirklich hierhergeführt hat? Vielleicht die Tatsache, dass der Gaukler in Eurem Reich nicht gern gesehen wird? Sagt mir die Wahrheit, ich nehme Euch Eure Lüge nicht übel.«

Arnulf murmelte etwas von »Pilgerreise nach Sant Jago«, und dass er gern erläutern könne, warum wir uns als Gesandte des Papstes ausgegeben hätten. Sulayman winkte ab. Die Erklärung genügte ihm; alles Weitere würde er ja am Abend von mir erfahren.

Wir erhoben uns, sparten nicht mit Dankesworten und ließen uns von einem Diener, dieses Mal einem sehr korpulenten, zu einem der Zelte geleiten.

»Das war knapp«, sagte ich zu Arnulf als wir allein waren. »Es war keine so gute Idee, den Mauren die Geschichte mit der päpstlichen Mission aufzutischen.«

»Was heißt da knapp«, winkte er ab. »Was hätten sie denn anderes machen können, als uns zu glauben? Bis sie selbst einen Gesandten nach Rom geschickt hätten, wären wir längst wieder in einem der christlichen Länder gewesen. Wenn du besser auf deinen Rucksack aufgepasst hättest ...«

Nun war ich es, der abwinkte. Wir ließen es gut sein. Also taten wir es unseren Gastgebern nach und verbrachten den Nachmittag unter Bäumen liegend und dösten.

Ich höre Stimmengewirr. Aus der Ferne klingt das Brausen von Autos, dazwischen ab und zu das Rattern eines Motorrads. Dass diese Südländer auch immer die Auspuffe ihrer Kisten absägen müssen! Jedes Mal, wenn ich kurz vor dem Einschlafen bin, brettert so ein Macho mit seinem heißen Ofen vorbei, dass ich erneut aufschrecke. Nun fliegt auch noch ein Hubschrauber über mich hinweg. Nein, gibt es denn keine Ruhe? Ich hätte im Auto bleiben sollen, um dort mein Mittagsschläfchen zu halten, allerdings wird im Wagen die Luft rasch stickig, man muss das Fenster öffnen und hört den Verkehrslärm dann erst recht. Aber die Rast muss sein. Es sind noch gut 300 km bis zu unserer Ferienwohnung. Wir sind seit früh morgens unterwegs, standen lange im Stau. Ich hätte Lust auf einen Kaffee.

»Was ist los?«, fragte mich jemand. »Du redest im Schlaf.«

»Ich hätte Lust auf einen Kaffee, habe ich gesagt. Mein Kreislauf muss wieder in Schwung kommen. So kann ich nicht weiterfahren. Ständig brummt so ein Motorrad vorbei, hier kann ich mich nicht ausruhen.«

»Du redest wirr. Das Einzige, was hier brummt, sind Fliegen.«

»Verzeih, Arnulf«, sagte ich, »aber ich träume immer wieder, ich sei zurück in meiner Welt.«

»Du musst mir bei Gelegenheit erklären, was ein Ka-fee ist. Jetzt aber hätte ich eher das Bedürfnis, mich in dem Fluss zu erfrischen. Kommst du mit? Das Wasser ist sehr rein.«

»Ja, das ist es. So klar wie ein Kristall.« Ich erhob mich. »Hast du übrigens gemerkt, dass es in diesem Lager nicht übel riecht? Sie haben ihre

Abtritte weit weg von den Zelten angelegt. Wenn ich dagegen an das Heer unseres Kaisers denke ...«

»Wir sind ja hier auch nicht in einem richtigen Heer«, unterbrach mich Arnulf. »Es sieht mir aus, als seien die Mannen in einer friedlichen Mission unterwegs. Sie tragen nur leichte Waffen und führen keine Kettenhemden, Helme oder Schilde mit.«

»Habe ich auch bemerkt. Wenngleich sie uns selbst mit den leichten Waffen schnell den Garaus hätten machen können.«

»Hätten sie, haben sie aber nicht«, murmelte Arnulf.

Übrigens, ich muss an dieser Stelle etwas einfügen, denn etwaige Leser aus meiner Zeit mögen sich schon gewundert haben: Auch die Ritter der christlichen Heere – ebenso wie die Vögte, Wachleute oder der »Bluthaufe« des Kaisers, also seine Leibwächter – tragen niemals solche Rüstungen, wie wir sie gemeinhin mit dem Mittelalter verbinden. Sie sind lediglich mit Ketten- oder Panzerhemden, mit schweren Lederjacken oder ledernen Überwürfen, mitunter gar nur einem gefütterten Wams aus Leinen geschützt; dazu kommen lederne, selten eherne Helme, manchmal auch Beinschienen aus dem genannten Material. Schwerfällige Ritterrüstungen, die den ganzen Körper bedecken, waren *den Anderen* unbekannt. Wenn ich danach frage, ernte ich nur Unverständnis. Ich schlussfolgere, dass die uns bekannten Rüstungen im elften Jahrhundert noch nicht erfunden wurden. Doch selbst die Kettenhemden und dergleichen tragen die christlichen Ritter nur im Kampf. Wenn sie unterwegs sind, wie im kaiserlichen Heerzug, packen sie die Rüstungen auf Pferde oder Esel. Nie würde einer ihrer Ritter mit einem Ketten- oder Lederhemd bekleidet reiten oder trüge dergleichen beim abendlichen Gelage.

Wir gingen zum Fluss, zogen uns aus und stiegen ins Wasser. Niemand nahm daran Anstoß.

Das Wasser war recht kühl, lange hielten wir es nicht darin aus. Mangels Handtücher mussten wir uns in der Sonne und im lauen Spätsommerwind trocknen. Wir setzten uns ins Gras.

Ich merkte, dass Arnulf etwas auf dem Herzen hatte. Als ich ihn danach fragte, brummte er:

»Dieser Sulayman scheint sich sehr für dich zu interessieren. Ich dagegen ...«

Er sprach den Satz nicht zu Ende.

»Du bist doch nicht etwa eifersüchtig?«, lachte ich.

»Fehlt gerade noch, er hält mich für deinen Diener.« Auch Arnulf lachte, doch es lag ein wenig Bitternis darin.

Ich versuchte ihn zu trösten: »Erschienen bei dir auf deinem Gutshof in Neienham zwei Reiter, einer ein Muselman aus Hispanien und einer, der behauptete aus der Zukunft zu kommen – für wen würdest du Augen haben, mit wem würdest du reden?«

Arnulf ließ sich zurückfallen und schmollte: »Ist ja schon gut, es wäre aber dennoch sinnvoll, wenn du den Muselmanen erklären könntest, dass ich nicht dein Diener bin!«

Im gleichen Augenblick hörten wir vom Lager her einen seltsamen Singsang. Wir standen auf, zogen uns rasch an und näherten uns neugierig den Zelten. Dort sahen wir, wie die Männer auf einem Platz mitten im Lager niederknieten – alle bis auf einen, der den fremdartigen Gesang angestimmt hatte. Sie schauten in eine Richtung, die Knienden wie auch der Vorsänger. In regelmäßigen Abständen, immer wenn der Sänger seine Stimme etwas anhob, fielen die Männer mit dem Gesicht auf den Boden, stimmten kurz in den Gesang ein und richteten sich wieder auf. Ich wusste, worum es ging: Sie beteten. Als aufrechte Muslime, die sie sicher waren, hatten sie zur Abendstunde ihr Gebet zu verrichten und sich dabei in Richtung Mekka zu verneigen. Was mich allerdings wunderte, war, dass auch Ernest sich an ihrem Gebet beteiligte, obwohl er ein Franke und gewiss ein Christ war.

Arnulf und ich blieben abseits stehen und warteten, bis die Männer ihr Ritual beendet hatten. Sie nahmen keinerlei Notiz von uns, auch nicht nach Beendigung des Gebets. So standen wir noch eine Weile herum und mochten unschlüssig dreingeschaut haben, als Ernest auf uns zukam.

»Ja, fremde Herren«, begann er, »auch ich verneige mich nach Südosten. Dort liegt nicht nur das Heiligtum der Muslime, die Stadt Mekka, sondern auch Jerusalem, die Heilige Stadt der Christenheit. Außerdem beten wir zum selben Gott. Uns trennt nur Weniges. Wie ihr sicher wisst, verehren sie auch unseren Heiland, wenngleich nur als Propheten. Mehr noch: Es gab und gibt auch Christen, die unseren Herren Jesus Christ nicht als Gott, sondern nur als Mensch – wenngleich einen von Gott auserwählten – betrachten.«

»Ja, das weiß ich«, sagte ich, da ich mich dunkel an meinen Religionsunterricht erinnerte, »die Visigothen, die Hispanien vor den Muselmanen beherrscht hatten, waren Anhänger dieser Glaubensrichtung, waren Arianer, nicht wahr? Seid Ihr etwa auch ein Arianer, Ernest?«

Bevor er etwas antworten konnte, rügte ihn Arnulf: »Ob Ihr Arianer seid oder nicht, spielt keine Rolle, doch dass Ihr den Heiden nachäfft, verwundert mich sehr.«

Ernest betrachtete uns mitleidig: »Was heißt da Heiden? Wer von uns kann schon mit Bestimmtheit sagen, welches der rechte Glaube ist? Sie halten den ihren für den einzig wahren und uns für Heiden – und wir tun es umgekehrt. Ich bin sicher, für Gott sind unsere Zwistigkeiten nicht von Bedeutung. Wir sind alle seine Kinder.«

»Hm«, brummte Arnulf und zupfte an seinem Bart herum – immer ein Zeichen dafür, dass er verunsichert war – »das lässt sich gut sagen, hier im Reich der Muselmanen. Bei uns im Frankenreich und erst recht in Italien müsstet Ihr mit solchen Behauptungen vorsichtig sein. Was mich aber mehr noch umtreibt: Ihr lebt hier als Sklave. Wäre es nicht möglich zu fliehen? So nahe an der Grenze zu den christlichen Ländern ...«

Ernest wehrte ab: »Oh nein! Ich mag zwar als Sklave gelten, aber es geht mir hier sehr gut. Mehr noch, als Übersetzer und Gelehrter bin ich unabkömmlich. Ob ich eine solche Stellung in einem der christlichen Länder innehaben könnte, ist sehr fraglich. Ihr wisset sicher, was in Homers Odyssee der verstorbene Achill gesagt hatte: Lieber der niedrigste auf Erden als ein König in der Unterwelt. Genauso denke ich: Lieber Sklave bei den Muslimen und gut versorgt als ein Freier unter den Christen und betteln müssen.«

»Ihr kennt die Odyssee?«, fragte ich erstaunt. Bislang war mir niemand bei *den Anderen* begegnet, der zugegeben hatte, den altgriechischen Dichter zu kennen.

»Sicher«, antwortete Ernest. »Auch das ist es, was ich bei den Mauren so schätze: Sie pflegen die Wissenschaften, nicht nur die Astronomie, Medizin oder die Betrachtungen der belebten wie toten Natur, sondern auch die Philosophie und Literaturwissenschaft, wie sie von den Griechen, Römern und anderen Völkern der alten Zeiten überliefert sind. Ihr solltet nach Córdoba reisen oder zumindest nach Saraqusta und Euch dort die Bibliotheken anschauen. Ich sage Euch, sie stehen der legendären Bibliothek in Alexandria in nichts nach.«

»Ihr meint die Bibliothek in Alexandria in Ägypten?«, hakte ich nach.

»Ja, genau die. Leider besteht sie nicht mehr. Und wisst Ihr warum? Weil christliche Eiferer alle Schriftrollen und Bücher verbrannt haben!«

»Heute pflegen die Christen in ihren Klöstern aber wieder die Literatur«, sagte Arnulf. »Die Zeiten der Bücherverbrennungen sind vorbei.«

»Ihr müsst nichts rechtfertigen«, entgegnete Ernest. »Eure Schuld ist es nicht, dass viele alte Schriften zerstört wurden. Glücklicherweise haben die irregeleiteten Christen die arabische Halbinsel und Teile Afrikas niemals missioniert. So konnte wenigstens ein Teil der alten Dokumente bewahrt werden. Nun aber müssen wir ans Lagerfeuer. Dort dreht sich seit einiger Zeit schon ein Hammel am Spieß. Sulayman brennt darauf, Eure Geschichte zu hören, Gaukler aus der anderen Welt. Folget mir bitte nach.«

Kurz danach saßen wir am Lagerfeuer und ließen uns bewirten. Der Hammelbraten wurde mit verschiedenem Gemüse, wie Lauch, Sellerie, Rüben, aber auch Oliven und Datteln gereicht. Dazu kam ein herrlich knuspriges Fladenbrot. Außerdem kreisten kleine Töpfe mit süßen, sauren und scharfen Tunken. Zu trinken gab es Traubensaft, keinen Wein und erst recht kein Bier. Als Nachtisch reichten sie verschiedene süße Backwaren und Früchte, darunter auch Granatäpfel und abermals Datteln, nun in Honig eingelegt. Ich war erstaunt, welch Fülle an Lebensmittel sie in ihrem so spärlich erscheinenden Lager vorrätig hatten. Kein Vergleich zu der dürftigen Kost im Heerlager des Kaisers. Und selbst in den Klöstern am Bodensee und in den Alpen hatte ich nirgends solch gute Speisen genossen. Ich begann zu verstehen, warum Ernest nicht in die christlichen Länder zurückkehren wollte.

Noch während des Essens musste ich meine Geschichte erzählen. Ernest übersetzte nahezu synchron. Außer dem Heerführer Sulayman hatten sich wohl alle seine Männer um das Feuer versammelt; im Hintergrund gewahrte ich auch die Diener und Sklaven. Niemand wollte meinen Bericht versäumen.

Ich berichtete wahrheitsgemäß, wie ich in ihre Zeit gekommen war, nicht mit einem feurigen Wagen vom Himmel herab, wie fälschlicherweise berichtet wurde, sondern eben durch einen Blitzschlag, der mich samt meinem *vehiculum* in die Vergangenheit katapultiert hatte. Selbstredend wollten sie wissen, wie die Welt in meiner Zeit aussehen würde, vor allem das Schicksal ihres Landes, Al-Andalus, interessierte sie sehr.

Da ich über die Geschichte Spaniens nur rudimentäre Kenntnisse besaß, konnte ich nur berichten, dass die moslemischen Reiche untergehen würden. Spätestens irgendwann im 15. Jahrhundert würde die letzte Bastion der Muslime in Granada von den Christen erobert werden. Sulayman schien das nicht sehr zu beeindrucken, und da ich ihm keine genaue Auskunft über die nahe Zukunft seines Emirats geben konnte, zeigte er sich ein wenig verstimmt. Vielleicht dachte er, ich verschweige ihm etwas. Immerhin erfuhr ich umgekehrt, dass Sulayman vor kurzer Zeit an einem Umsturz in seinem Emirat beteiligt gewesen war, bei dem der bisherige Herrscher, der selbst ebenfalls ein Usurpator gewesen sein soll, verjagt worden sei und man ihn daraufhin zum neuen Herrscher ausgerufen habe. Nun sei er mit seinen engsten Getreuen unterwegs im Land, um sich die Unterstützung weiterer lokaler Fürsten und Heerführer zu sichern.

»So es Allah gefällt«, sprach er schließlich, mehr zu seinen Männern gewandt als zu mir, »wird die Geschichte in unserer Welt einen anderen Verlauf nehmen als in der des Fremden. Saraqusta wird in neuem Glanz erstrahlen und von dort werden wir alle muslimischen Länder Hispaniens einen, werden Córdoba wieder zur Hauptstadt machen und die Christen wieder das Fürchten lehren. Ich habe als junger Mann im Heer al-Manzurs bin Ilah gedient, der nicht von ungefähr *Der mit Gott Siegreiche* heißt. Ich habe seine Kriegskunst gelernt. Wären wir Muslime einig, könnte uns niemand bezwingen. So zerstritten aber ist es schon so weit gekommen, dass wir den Ungläubigen Tribut zahlen müssen. Eine Schande! War es doch vor wenigen Jahren noch umgekehrt.«

Unvermittelt forderte er mich auf, vom Feldzug des Kaisers in Italien zu berichten. Als ich von der Seuche erzählte, die nahezu das ganze Heer ausgelöscht hatte, lachte er und hielt wieder eine Rede an seine Gefolgsleute: »Da seht ihr, wie die Ungläubigen dahingerafft werden können – wie sie umkommen in ihrem eigenen Unrat. So wie die Christen Feldzüge führen, müssen sie uns unterlegen sein!«

Seine Männer zollten Beifall.

Sulayman wollte schließlich wissen, wie wir Kriege führten und welche Waffen wir benutzten. Als ich das Schießpulver erwähnte, wurde er besonders hellhörig.

»Ist das so etwas wie das Griechische Feuer?«, fragte er. »Seid Ihr in der Lage selbiges herzustellen?«.

Ich verneinte wahrheitsgemäß. Auch wenn ich es gewusst hätte, ich hätte es weder ihm noch sonst einem *der Anderen* gezeigt.

»Könnt Ihr uns wenigstens darin unterweisen, wie Ihr eure Flugmaschinen konstruiert?«, fragte Sulayman daraufhin.

»Auch dessen bin ich nicht fähig«, gab ich zur Antwort. »Außerdem benötigt es dazu verschiedene Materialien, die es in Eurer Zeit noch nicht gibt.«

»Schade, sehr schade«, murmelte er. »Mit solch einer fliegenden Festung wäre es einfach gewesen, feindliche Festungen einzunehmen. Das hätte lange Belagerungszeiten vermieden und die Kriege weniger grausam gemacht.«

»Oh, da irrt Ihr«, entgegnete ich. »Die Belagerten haben ihrerseits Waffen, mit denen sie die Flugmaschinen vom Himmel schießen können. Die Kriege in meiner Zeit sind keineswegs weniger grausam als in Eurer, Exzellenz.«

Sulayman winkte ab: »Ich gebe Euch Recht. Leid gibt es eh in jedem Krieg. Ob wir uns mit Keulen, Schwertern oder Lanzen befehden, ob wir Pfeile abschießen oder Griechisches Feuer, ob wir Städte mit Türmen und Katapulten belagern oder, wie ihr es tut, mit Flugmaschinen: Es ist verwerflich. Allah wünscht keinen Krieg – und wenn es dennoch zum Krieg in seinem Namen kommt, so nur, um die Gemeinschaft der Gläubigen zu verteidigen. Auch ich wünsche keinen Krieg. Was gäbe ich, könnte ich unsere Reiche friedlich einigen.«

Ich war erstaunt über die Offenheit des Mannes, und gleichzeitig verwirrt: Einerseits träumte er von einem muslimischen Großreich, für das er kämpfen wollte. Andererseits zeigte er Skrupel und sprach vom Frieden, den er sich wünschte.

Später, als wir uns zur Ruhe begeben durften, flüsterte Ernest, der uns zu unserem Nachtlager begleitete:

»Sulayman wird es nie schaffen, ein Reich zu gründen wie dereinst das Kalifat von Córdoba, denn er begeht die Dummheit, seine Söhne als Statthalter in seinem erst kürzlich errungenen Emirat einzusetzen. Und was glaubt ihr, was die Söhne machen werden, wenn er selbst nicht mehr ist? Sie werden übereinander herfallen wie die Hunde, die sich um ein Aas streiten.«

»Womit bewiesen wäre«, knurrte Arnulf, »dass die Muselmanen es an Dummheit den Christen gleichtun, denn auch die Christen teilen ihre Königreiche immer wieder unter den Nachfolgern eines Herrschers auf. Die Nachfolger führen schließlich wieder untereinander Krieg, bis einer die Oberhand gewinnt und ein neues Reich gründet – das er hernach auch wieder unter seinen Erben aufteilt. Die Welt ist ein Narrenhaus!«

»Da möget Ihr Recht haben«, sagte Ernest lächelnd. Ohne auf Arnulf weiter zu achten, nahm er mich beiseite und fragte nach dem geheimnisvollen Glas, mit dem man die Ferne herbeiholen könne. Ob er es einmal sehen dürfe.

Ich willigte ein. Es war eine sternenklare Nacht und der Mond stand nur als kleine Sichel am Horizont. Ernest starrte durch das Fernglas zur Milchstraße und ließ einen Ruf des Erstaunens vernehmen:

»Die Sterne bleiben kleine Punkte, aber es werden derer mehr. Was mag das nun bedeuten? Ach, ich sehe, dass die Milchstraße nichts weiter ist als eine Menge winziger Sterne, die eng beieinanderstehen. Wie wundersam!« Er richtete das Glas auf den Mond und wunderte sich erneut: »Der Mond erscheint größer. Ich sehe deutlich seine Meere und Berge. Schade, dass er heute nur zu einem Viertel gefüllt ist.«

Wieder einmal musste ich erklären, wieso man den Mond vergrößert sah und die Sterne weiterhin als Punkte. Er fragte nach der Natur der Sterne und staunte, als ich ihm sagte, es seien weit entfernte Sonnen. Schon fürchtete ich, die ganze Nacht vor dem Zelt verweilen zu müssen, um ihm eine Vorlesung in Astronomie zu halten, er aber bedankte sich und sagte: »Fremder aus der Zukunft, ich danke dem Himmel, Euch getroffen zu haben. Wir werden hoffentlich noch einige Tage und Nächte miteinander verbringen und Ihr werdet Gelegenheit haben, mir Euer Wissen über die Sternenwelt zu vermitteln. Nun aber ist es spät, wir sollten uns zur Ruhe begeben. Ich wünsche Euch eine gute Nacht.«

Auch ich wünschte ihm eine gute Nacht. Ich schaute mich nach Arnulf um. Er hatte sich mittlerweile schon auf sein Lager gehauen und schnarchte gemütlich vor sich hin.

Am darauf folgenden Morgen, kaum war die Sonne aufgegangen, hörten wir die Männer Sulaymans wieder beten. Arnulf, der sich noch im Halbschlaf auf seiner Liege herumwälzte, murmelte etwas wie »schlimmer als unsere Mönche«. Gerne hätten wir noch ein wenig weitergedöst. Es half nichts. Wir mussten uns erheben, denn die Männer drängten zum Aufbruch. Im Nu waren die Zelte abgebaut, zusammengelegt und auf den Rücken von Maultieren verstaut. Nebenbei bereiteten sie einen heißen Pfefferminztee über dem noch lodernden Feuer, den sie während der Arbeit schlürften. Uns reichten sie ebenfalls zwei Becher Tee und je ein Stück Fladenbrot. Immerhin: Sie frühstückten! Ein Brauch, der in den christlichen Ländern kaum gepflegt wurde.

Schließlich brachten sie uns unsere Pferde; es hieß aufsitzen und weiterreiten. Auf unbefestigten Wegen ging es Richtung Süden, hin zur Stadt Saraqusta, die die Spanier später Zaragoza nennen würden.

Wir erreichten die Stadt schon am frühen Nachmittag. Ich muss gestehen, ich war überwältigt. Spirum hatte zwar einen gewaltigen Dom, doch die Stadt selbst war nur eine Ansammlung schäbiger Häuser entlang schmutziger Straßen. Das Gleiche galt letztlich für alle Städte in beiden Frankenreichen und im Burgund. Die italienischen Städte, die ich auf meiner Reise gesehen hatte – Brissina, Verona, Capua – hatten immerhin Stadtmauern, befestigte Straßen und steinerne Häuser, aber auch sie verblassten gegen Saraqusta.

Schon von Weitem wirkte die Stadt mit ihren weißen Mauern und Türmen wie ein Märchen aus 1001 Nacht. Wir durchquerten zunächst einen Stadtteil außerhalb der Mauern, in dem ärmere Leute wohnten. Hier standen die Häuser dicht gedrängt und ineinander verschachtelt, dazwischen befanden sich winzige Läden aller Art. Auch hatten entlang der Straße Barbiere, Heiler und Wundermediziner ihre Stände aufgeschlagen. Es roch nach Weihrauch, Minze, Kräutern und Früchten aller Art. Dahinter wälzte sich träge ein Fluss, eben jener Ebro, bis zu dem, wie es hieß, einst der Kaiser *Carolus Magnus* mit seinem Heer vorgedrungen war, den er aber als Grenze nicht hatte halten können. Eine hölzerne Brücke führte hinüber zum Stadtkern. Um diesen zog sich ein hoher Mauerring mit vier Zugangstoren, in jede Himmelsrichtung eines. Jedes der Tore wurde von Türmen geschützt und konnte bei Gefahr verschlossen werden. In der von den Mauern umgebenen Stadt wohnten die maurischen Herren. Hier stand die Große Weiße Moschee, ein prunkvolles mit Marmor verkleidetes Gebäude, dessen Minarett alle anderen Gebäude – auch die Wehrtürme – überragte. In diesem Viertel befand sich die Residenz des Herrschers, ein zweistöckiger Palast, der sich allerdings von den Häusern der reichen Kaufleute und Staatsbediensteten nur wenig unterschied. Später sollte ich erfahren, dass sich innerhalb des Mauerrings auch ein Judenviertel und ein kleines Viertel der Mozaraber befand. Letztere waren Nachfahren der Hispanier, die sich wie Araber gebärdeten, aber meist Christen geblieben waren. Ein weiterer Teil der Stadt schloss sich südlich, außerhalb der großen Stadtmauer, an und konnte von der Innenstadt nur durch eines der vier Haupttore betreten werden. Dieser Stadtteil wurde nach außen von einer weiteren, etwas niedrigeren Mauer umschlossen, die von sechs Toren unterbrochen war. Das war das Viertel der Ungläubigen und ärmeren Muslime. Hier war auch ein großer Markt unter Zeltdächern untergebracht, neben den sich das Ladenviertel der nördlichen Vorstadt sehr bescheiden ausmachte.

Die Stadt mochte gut 50.000 Einwohner gezählt haben. Vielleicht waren es auch mehr – ich bin nicht sehr gut im Schätzen. Jedenfalls herrschte überall ein geschäftiges Treiben. Unzählige Reiter und Fuhrwerke drängten sich, neben Massen von Fußgängern, durch die Straßen. Ja, an einer Kreuzung gewahrte ich sogar einen Stau, da sich zwei Fuhrleute nicht einig waren, wem die Vorfahrt gebührte. Verkehrsregeln kannten sie schließlich noch keine.

Die Straßen waren sauber. Hunde waren keine zu sehen. Ich erinnerte mich, was der Kaufmann in Lugudunum gesagt hatte: Hunde galten den

Muslimen als unrein. Dafür streunten umso mehr Katzen herum. Katzen in allen Farben, mit kurzem und langem Fell, dick und schlank, kurzpfotig oder hochbeinig, auch solche mit Knappohren und ohne Schwanz.

Erwähnen möchte ich noch, dass die Bewohner Saraqustas behaupteten, die Straßen der Stadt und damit die Grundrisse aller Häuser folgten denen der römischen Stadt Colonia Caesaraugusta. Sie waren streng Nord-Süd und Ost-West angeordnet. Nur der Grundriss der Weißen Moschee wich hiervon ab, da ihre Gebetssäle nach Mekka ausgerichtet waren. Von den einst so prachtvollen römischen Anlagen, dem Forum, dem Amphitheater und den Palästen war jedoch keine Spur zu sehen. Allerdings hieß es, unter den Häusern verliefen noch die Abwasserkanäle aus der Römerzeit.

Sulayman ordnete an, uns in seiner *Zuda,* seinem Palast, unterzubringen.

»Der Emir bedauert den schlechten Zustand des Gebäudes«, teilte uns Ernest mit.

»Wisset, die vorherigen Herrscher haben sich wenig um dessen Instandhaltung gekümmert. Es ist allerdings ein neuer Palast geplant, auf einem Hügel außerhalb der Stadt – ein Palast, der der Bedeutung des Emirats Saraqusta und der Herrschaft der Familie ben Hud eher gerecht wird als das alte Gemäuer. Doch euch soll es an nichts fehlen. Ihr könnt euch frei in der Stadt bewegen. Am Abend, gleich nach dem Gebet, wird Sulayman eine Zusammenkunft mit den wichtigsten Gelehrten seines Reiches in seiner *Zuda* einberufen, die mit Euch, dem Fremden aus der anderen Welt, einen Diskurs führen sollen. Denn er und die Gelehrten brennen darauf, mehr zu erfahren, wie die Welt sich in tausend Jahren geändert habe.«

Was blieb uns anderes als die Gastfreundschaft zu akzeptieren und uns in der Stadt der Mauren einzurichten. Ich muss gestehen, von all der Zeit, die ich bei *den Anderen* verbrachte, waren die Tage im Herbst und Winter 1038/39 in Saraqusta die angenehmsten, sogar noch angenehmer als die Tage in Troia. Es fehlte uns wirklich an nichts. Wir hatten Speisen und Getränke im Überfluss. Nur Arnulf murrte gelegentlich, da es kein Bier gab. Wir genossen das Badehaus, ließen uns von arabischen Schönheiten – männlichen wie weiblichen – massieren (wobei ich anmerken möchte, dass sich die Frauen sehr keusch und zurückhaltend verhielten; mehr wäre bei grausamer Strafe verboten gewesen). Wir durchstreiften die Straßen und Gassen, machten kleinere Ausritte in die Umgebung, faulenzten, beobachteten die Leute, ohne selbst beobachtet zu werden – wir fühlten uns wie im Paradies! Sicher, die Mauren hatten mit den gleichen Unbilden zu kämpfen wie die Christen: Es gab Lepra und andere unheilbare Krankheiten. Wie auch bei den Christen wurden Kranke in Siechenhäusern weggesperrt. Wir sahen Leute, ältere Männer vor allem, die berauscht wirkten, obwohl es bei ihnen keine alkoholischen Getränke gab. Gewiss aber genossen sie Drogen anderer Art. Es gab Armut, Unterdrückung und Sklaverei. Frauen hatten keinerlei Rechte, Dieben wurde die Hand abgeschlagen, Ehebrecher – Männer wie Frauen – so sie überführt werden konnten, wurden gesteinigt, Mörder wurden geköpft, nachdem sie zuvor geblendet worden waren. Allerdings war nicht zu leugnen: Die Herrscher dieses Landes, und mochten sie aus dem Innersten Arabiens oder des Maghrebs gekommen sein, sie förderten Wissenschaft und Kunst, pflegten die alten, von den Römern übernommenen Techniken, achteten darauf, ihre Untertanen zufriedenzustellen und zeigten sich tolerant gegenüber Andersgläubigen.

Erwähnen will ich auch die beeindruckende Bibliothek, in der ich manche Stunde verbrachte, auch wenn ich nur wenig entziffern konnte. Zu meinem Erstaunen hatten sie Bücher in Rollen, wie sie in der Antike gebräuchlich waren. Sie kannten eine Art der Papierherstellung, wie ich sie bei den Franken, Italienern und Burgundern nirgends vorgefunden hatte. Ihr Papier war von feiner Art, aber reißfest. Viele meiner Notizen, die ich in Saraqusta anfertigte, schrieb ich auf solches Papier, das mir freizügig ausgehändigt wurde.

Spannender als die Bibliothek und alles andere in Saraqusta aber waren die Abende:

Nicht nur bei unserer Ankunft, sondern fast täglich wurde ich nach dem Abendgebet in einen Saal in der *Zuda* gebeten. Dort fanden sich die Gelehrten des Landes ein, um mit mir bei einer Tasse heißen Pfefferminztee, in den sie reichlich Honig rührten, zu diskutieren. Ernest spielte dabei stets den Übersetzer. Es waren zumeist ältere Männer mit grauen Bärten, selten jüngere, nahezu alles Muslime, doch auch ab und zu einmal ein Christ oder ein Jude, niemals aber Frauen. Frauen, Diener, Sklaven oder einfach nur neugierige Männer, die sich nicht zu den Gelehrten zählten, waren immerhin als Zuhörer zugelassen. Sie standen in einem durch ein hölzernes Gitter abgetrennten Teil des Raumes, von meiner Warte aus nur vage zu erkennen, während die Gelehrten und ich auf bequemen Stühlen im Kreis saßen, gerade wie in einem Seminar in unseren Universitäten.

Unterbrochen wurden die Diskurse nur an den Freitagen, die ihnen heilig waren und an denen sie, gleichsam wie die Christen an den Sonntagen, nicht zur Arbeit gingen. Mitunter waren bis zu zwanzig Gelehrte anwesend, meist aber nur ein Dutzend. Einige kamen stets – so der Imam der Großen Weißen Moschee oder der Wesir, der das Amt des obersten Rechtsgelehrten innehatte – andere ließen sich nur selten blicken, sprich: Sie kamen nur, wenn es um Themen ging, die sie berührten. Auch das verwunderte mich: Sie ließen mich nicht einfach nur berichten, nein, sie legten immer am Ende eines Gesprächs das Thema des kommenden Tages fest, damit ich mich geistig darauf einstellen konnte: Astronomie, Geographie, Medizin, Staatsaufbau, Rechtswesen, Kriegskunst, die Art zu reisen, unsere Essgewohnheiten, unsere Kindererziehung, das Verhältnis der Religionen zueinander, unsere medizinischen Kenntnisse und einmal auch das Sexualleben im 21. Jahrhundert. Bei diesem Thema waren ausnahmsweise keine Zuhörer, schon gar nicht Frauen, zugelassen, was mich wenig überraschte.

Arnulf nahm an den Sitzungen nur zu Beginn teil. Nach ein paar Tagen war er der Diskussionen müde und meinte, das, was ich zu berichten habe, kenne er bereits und die Kommentare der Gelehrten langweilten ihn.

Ich aber fand die Kommentare der Gelehrten keineswegs langweilig.

Der Herrscher selbst nahm nur in den ersten Tagen an den Gesprächen teil, später nicht mehr. Es hieß, die Staatsgeschäfte nähmen ihn zu sehr in Anspruch, er ließe sich aber so oft es ging von seinen Bediensteten über den Verlauf der Gespräche berichten.

Ich habe mir zu all den Diskursen stets Notizen gemacht. Es waren bis zum 13. Dezember des Jahres 1038 insgesamt vierzig Abende. Danach gab es eine Unterbrechung, von der ich noch berichten werde. Am 23. Dezember wurden die Gespräche erneut aufgenommen. Sie gingen, wenn auch nur unregelmäßig, bis Ende Januar des darauf folgenden Jahres. Das waren insgesamt weitere 37 Abende. Würde ich alle Gespräche hier wiedergeben, füllte es wohl nochmals so viele Seiten, wie ich schon geschrieben habe, was mir etwaige Leser sicherlich nicht verzeihen würden.

Eines der Gespräche will ich dennoch stellvertretend wiedergeben. Dabei ging es um »den wahren Glauben«.

Der Imam der Weißen Moschee eröffnete den Diskurs mit folgenden Sätzen:

»Fremder aus der anderen Welt, saget uns, wie steht es bei Euch um den wahren Glauben, die ewigen Wahrheiten? Ihr habt uns an den vorherigen Abenden bereits berichtet, es gäbe immer noch die gleichen Religionen wie zu unserer Zeit: den Islam, das Judentum, das Christentum. Weiterhin habt ihr berichtet, dass sich das Christentum in viele Glaubensrichtungen gespalten habe. Auch haben die Muslime sich wohl immer noch nicht vereint; es gibt weiterhin Sunna und Schia. Darf somit geschlussfolgert werden, es habe sich auch in all den Jahrhunderten in Eurer Welt die letzte Wahrheit nicht durchgesetzt? Für uns gilt der Heilige Koran als die endgültige Wahrheit. Wenn dem so ist, woran ich nicht zweifeln möchte, wieso haben die anderen Völker bis in Eure Zeit die Wahrheit nicht angenommen?«

»Eine solche Frage kann ich nicht zufriedenstellend beantworten«, erwiderte ich. »Die Philosophen, Gelehrten, ja selbst die Theologen sind zu der Erkenntnis gekommen, dass es keine endgültigen Wahrheiten gibt. Ist es nicht vielmehr so: Gleichsam wie es unter der Tier- und Pflanzenwelt eine ungeheure Vielfalt gibt, so auch unter uns Menschen. Jeder Mensch ist ein Wesen für sich und Träger einer eigenen Wahrheit. Gott muss das so gewollt haben, hätte er uns ansonsten alle gleich geschaffen und uns keinen Verstand mitgegeben.«

Die Antwort irritierte meine Gesprächspartner.

»Gott hat uns die Propheten geschickt«, hakte der Imam der Weißen Moschee ein. »Sie haben uns die Wahrheit verkündet!«

»Gewiss«, entgegnete ich. »Die Propheten mögen die Wahrheit verkünden, sie tun es aber zu jeder Zeit und in jedem Land auf verschiedene Weise. Einig sind sie sich letztlich nur darin, dass wir Menschen alle eines Tages sterben werden. Bei der Deutung, was nach dem Tode kommen mag, unterscheiden sich aber ihre Lehren: Einige meinen, das Leben ginge nach dem Tode weiter, andere behaupten, danach folge das Nichts. Und nicht wenige Menschen in meiner Zeit halten das Nichts für erstrebenswerter als eine Weiterexistenz oder eine Wiedergeburt. Warum sich keine der Religionen durchgesetzt hat, sondern jedes der Völker in seinem Glauben verharrt, mag daran liegen, dass jeder Mensch immer an dem festhält, was er von Kindesbeinen an hört, sieht und gelehrt bekommt.«

Nun entbrannte ein heftiger Streit, zumal sich auch ein jüdischer Rabbi und ein Mozaraber, also ein weiterhin praktizierender Christ, unter ihnen befanden. In ihrem Eifer vergaßen sie zeitweise ganz, dass ich anwesend war. Nach einer Weile meldete sich ein klein gewachsener, sehr alter Mann zu Wort. Er war nicht in weißen oder hellen Gewändern gekleidet, sondern vollkommen in Schwarz. Es hieß, er sei ein Sufi, ein Magier und Mystiker, der hohes Ansehen genoss. Er sprach langsam, jedes Wort betonend.

Ernest erklärte: »Der Sufi spricht Euch mit Du an. Das mag Euch verwirren, aber es ist ein Zeichen seiner Hochachtung. Er sagt: Fremder, ich muss dir zugestehen, du argumentierst sehr vorsichtig. Du sprichst davon, dass sich die Gelehrten nie darüber einig werden, welches die letzte Wahrheit sein kann. Du selbst beziehst keine Stellung. Aus deinen bisherigen Berichten habe ich herausgehört, dass du deine vom materiellen Wohlstand geprägte Welt der unseren vorziehst, ja die unsere eher verdammst. Du bist kein Freund der muslimischen Gemeinschaft, du bist aber auch kein Christ oder Jude. An was also glaubst du? Leugnest du etwa die Existenz Gottes?«

Ein Raunen ging durch die Anwesenden. Wieder redeten sie untereinander; schienen sich uneins zu sein, was die Frage des Sufi zu bedeuten hatte.

»Gemach, werte Freunde«, versuchte der Imam die Gemüter zu beruhigen. »Der Fremde hat sich nie gegen unsere Religion verwahrt, hat niemals Gott gelästert oder den Propheten – Gott gebe ihm die ewige Seligkeit – geschmäht. Aber nun möchte auch ich wissen, woran der Fremde glaubt. Ist er nun ein Christ oder ein Ungläubiger?«

Mir war unwohl. Sollte ich die Wahrheit sagen oder lügen? Bevor ich antworten konnte, sagte der Sufi:

»Fremder, fürchte dich nicht, von mir oder einem anderen der hier Anwesenden gerügt zu werden, was immer du glauben magst. Es bleibt Gott allein vorbehalten, dies am Jüngsten Tag zu tun.«

Nun fasste ich Mut und antwortete:

»Ich bin als Christ erzogen worden, habe aber im Verlauf meines Lebens Schriften studiert, die mich in meinem Glauben verändert haben. Heute würde ich mich nicht mehr als einen echten Christen bezeichnen. Doch ich bin auch nicht zum Islam oder einer anderen Religion übergetreten und werde es auch nicht tun, wenngleich ich die Existenz Gottes und seine unermessliche Gnade nicht in Frage stelle.«

Die Gelehrten murmelten teils beifällig, teils abfällig und besprachen sich erneut untereinander, dieses Mal jedoch in ruhigem und sachlichem Ton. Ihre Kommentare wurden mir aber nicht übersetzt. Dann endlich richtete der Imam wieder das Wort an mich: »Was waren es für Schriften, die Ihr gelesen habt? Weitere Offenbarungen? Ist denn der Heilige Koran nicht die letzte Offenbarung Gottes an uns Menschen gewesen?«

»Nein, es waren keine weiteren Offenbarungen, da kann ich Euch beruhigen«, antwortete ich. »Es waren philosophische Schriften von Denkern der späteren Jahrhunderte und aus meiner Zeit. Denker, die sich auf die Vernunft beriefen. Fragt mich bitte nicht, was sie unter Vernunft verstehen. Ich wiederhole mich: Letztlich gibt es kein richtig oder falsch, weder für uns Menschen noch für Gott.«

Ich erwartete Widerspruch, der Sufi aber sagte nur: »Weise gesprochen«, während sich der Imam erhob und das Gespräch an diesem Abend für beendet erklärte.

Bei meinem Weg zurück zum Schlafgemach begleitete mich Ernest, der mich schmunzelnd beiseitenahm und sagte:

»Ihr habt Euch gut herausgeredet, das muss ich Euch zugestehen. Dem Emir würde es sicher gefallen, Euch in seinen Kreis der Berater einreihen zu können. Auf Dauer müsstet Ihr trotzdem einer Glaubensgemeinschaft beitreten, denn wer keiner angehört, hat es auch in al-Andalus schwer. Wenigstens ein Jude müsstet Ihr sein.«

»Ich schätze es sehr, hier frei sagen zu können, dass mir auch das Christentum fremd geworden ist. Im Frankenland kann ich das nicht. Dort muss ich mich sonntags und an den Feiertagen gegen meinen Willen zur Messe begeben und fromm tun, sonst halten sie mich noch für einen Abgesandten des Teufels.«

»Glaubet aber bloß nicht, dass sie hier um so vieles nachsichtiger sind. Christen und Juden müssen eine Kopfsteuer bezahlen, um ihren Glauben leben zu können. Euch können sie noch nicht einordnen – Ihr seid ihnen in jeder Hinsicht fremd. Vielleicht war es deshalb gut, dass Ihr zugegeben habt, kein Christ zu sein, sonst hätten sie Euch schon morgen eine Steuer auferlegt.«

An der Tür zu meiner Kammer angekommen, legte er mir eine Hand auf die Schulter und lächelte verschmitzt: »Rodolfo, eines würde Euch zum Vorteil gereichen, wenn Ihr Euch dem Islam anschließen würdet: Ihr dürftet mehrere Frauen haben – ganz ohne schlechtes Gewissen.«

»Nein, danke«, scherzte ich, »viele Frauen bedeuten viel Ärger. Und zwar immer: Wenn sich Frauen untereinander streiten, sowieso, aber auch, wenn sie sich untereinander einig sind – einig gegen den Mann.«

»Genau so ist es. Das ist ja auch der Grund, warum ich selbst nicht zum Islam übertrete: Es steht mir nicht danach, mich mehrerer Frauen annehmen zu müssen.«

Unruhe(n)

Tag 534, 14. Dez. 1038, bis Tag 620, 28. Februar 1039

Es dämmerte. Ich vermisste den üblichen Ruf des Muezzins vom Minarett der Weißen Moschee. Dafür war Geschrei auf den Straßen. Was ging da vor?

Ich stand rasch auf, wusch mich notdürftig, zog mich an und wollte das Haus verlassen. Ein Wächter hatte sich davor postiert und deutete mir an, ich solle besser drinnen bleiben.

Ich eilte zu Arnulfs Gemach. Auch er war bereits angezogen.

»Es gibt Unruhen in der Stadt«, sagte er. »Genaues weiß ich auch nicht. Aber einer der Diener, die ich heute Morgen befragen konnte, meinte, die Berber hätten einen Aufstand gewagt. Die Krieger des Emirs seien gerade dabei, den Aufstand niederzuschlagen.«

Wir verharrten noch eine Stunde im Ungewissen. Dann hörten wir den Ruf des Vorbeters, ein Anzeichen, dass die Normalität zurückgekehrt war. Die *Zuda* durften wir trotzdem weiterhin nicht verlassen.

Wir eilten durch die Gänge und suchten Ernest. Wir fanden ihn im Innenhof des Palastes, mit anderen Dienern in ein hitziges Gespräch verwickelt.

Als er uns kommen sah, ließ er seine Leute stehen und eilte uns entgegen.

»Verzeiht«, begann er, »aber ich konnte Euch nicht früher verständigen. Es gab eine Revolte in der Nacht. Bewaffnete Berber versuchten, in den Palast einzudringen und den Herrscher Sulayman zu ermorden. Wenn das gelungen wäre, stünden wir alle nicht mehr hier. Glücklicherweise wurde der Plan verraten. Die Aufständischen wurden allesamt niedergemacht. Ihre Köpfe wird man vor den Toren der Stadt bewundern können.« Er lachte. »Wohl gemerkt, nur ihre Köpfe!«

»Wer sind diese Berber?«, fragte ich. »Was hat es mit ihnen auf sich?«

»Es sind Angehörige und Freunde der früheren Herrscherfamilie. Anders als die Familie Hudí, der unser Emir angehört, stammen sie nicht aus Arabien, sondern aus Nordafrika. Sie haben einfach nicht verkraftet, dass sie nicht mehr das Sagen haben in unserem Land.« Er winkte ab.

Am selben Tag entschieden Arnulf und ich, Saraqusta noch vor Weihnachten zu verlassen. Wir verlangten nach einer Audienz beim Emir, sie wurde uns aber nicht gewährt. Der Emir sei mit einem Teil seiner Getreuen erneut durch die Lande unterwegs, hieß es, denn es gelte, den inneren Frieden in seinem Reich wiederherzustellen. Was nun uns anbelangte, so bekamen wir nicht nur keine Audienz, sondern standen weiterhin unter einer Art Hausarrest. Entweder befürchtete man, wir würden mit den Aufständischen sympathisieren oder es könnte uns etwas zustoßen. Genaues erfuhren wir nie.

Es folgten Tage der Ungewissheit und der Langeweile. Auch die abendlichen Gespräche waren bis auf Weiteres ausgesetzt. Arnulf scherte sich um die Gespräche in keiner Weise; ihn verdross lediglich, nicht mehr ausreiten zu können. Ich vermutete, er hatte in einem Vorort der Stadt inzwischen eine Möglichkeit gefunden, der »Kraft seiner Lenden«, wie er es nannte, »Gelegenheit zur Entfaltung zu geben«.

Es kam der 24. Dezember. Endlich durften wir die *Zuda* wieder verlassen, jedoch nur zum Besuch einer Messe in einer Kirche im Christenviertel. Dieses lag außerhalb der inneren Stadtmauer. Die Christen, die im Stadtzentrum wohnten, jene Mozaraber, die sich äußerlich den Mauren angepasst hatten und die auch arabisch sprachen, hatten in ihrem Viertel keine Kirche, sondern mussten sich zu den Gottesdiensten ebenfalls in das Außenviertel begeben.

Es war ein armseliges Gebäude, das wir aufsuchten, und auch eine bescheidene Messe. Die Gelegenheit, wieder christliche Choräle zu hören, auch wenn sie nicht gut vorgetragen wurden, gab mir, der ich ansonsten die Kirchgänge gar nicht vermisste, ein heimeliges Gefühl. Nun ja, Weihnachten blieb eben Weihnachten.

Nach der Messe hätten wir eigentlich in die *Zuda* zurückkehren sollen, doch niemand scherte sich darum, was wir trieben. Ich schlenderte durch das Christenviertel und gönnte mir an einem Straßenstand einen heißen Tee, der mit viel Ingwer und anderen Gewürzen versetzt war.

Weiterhin erstand ich ein schrecklich süßes Stück Kuchen, das mit Honig überkrustet war. Arnulf leistete mir anfangs Gesellschaft, dann verdrückte er sich, denn er meinte, er müsse unbedingt einer Bekannten seine Aufwartung machen, die ihn sicher vermisst habe. Erst spät in der Nacht gelangten wir in unser Quartier zurück.

Wenige Tage später wurden auch die Gespräche wiederaufgenommen. Mir fiel auf, dass einer der Gelehrten, der mir durch sein mürrisches Aussehen und seine sparsamen Kommentare aufgefallen war, nicht mehr dazu kam. Ob er mit den Aufständischen sympathisiert hatte und den Unruhen zum Opfer gefallen war, erfuhr ich nie. Ansonsten war alles wie zuvor. Der Aufstand selbst wurde nie erwähnt.

Unser Beschluss, Saraqusta zu verlassen und endlich gegen Sant Jago zu ziehen, bestand natürlich weiterhin. Wir brannten darauf, weiterzureisen. Eine innere Unruhe hatte uns erfasst. Endlich, Ende Januar, kam der Emir Sulayman zurück in seine Stadt. Sofort baten wir wieder um eine Audienz. Es hieß, wir sollten uns am Tag darauf am Abend zu ihm gesellen. Er würde seine Freunde und Berater um sich scharen und hätte uns sehr gern unter seinen Gästen. Was immer wir vorbringen wollten, es böte sich nun die Gelegenheit.

Als wir das Gemach des Emirs betraten, fanden wir diesen auf einer Art Diwan liegend, vor sich auf einem niedrigen Tisch verschiedene süße Speisen und Obst aufgetischt, in der Hand einen vergoldeten Becher. Um ihn herum lungerten Dutzende Männer und Frauen, Letztere zwar mit einem Schleier über dem Kopf, ansonsten aber nur sehr notdürftig bekleidet. Ein älterer Mann spielte auf einer Art Leier, ein anderer klopfte unkonzentriert auf einer Trommel herum und eine der Frauen bewegte sich unbeholfen im Rhythmus der Musik. Alles in allem schien es, als kämen wir in eine Feier hinein, die ihren Zenit schon überschritten hatte und bei der sich langsam Melancholie breitmachte. Als der Emir uns gewahr wurde, sprang er unverzüglich auf und hieß uns, ihm in einen Nebenraum zu folgen. Nur zwei mit Lanzen und Krummsäbeln bewaffnete Männer folgten uns; ansonsten waren wir mit dem Herrscher allein.

Er forderte uns auf, auf einem Diwan Platz zu nehmen und setzte sich selbst auf ein breites Kissen. Man sah ihm an, dass er sich bemühte, ernst und selbstsicher zu wirken. Sein Blick war irgendwie entrückt. Er schien berauscht zu sein.

Arnulf und ich wussten nicht, wie wir uns verhalten sollten. Schweigend saßen wir da und warteten, was nun geschehen würde.

Da kam Ernest. Er setzte sich neben uns und redete sofort drauflos:

»Verzeiht, aber diese kleine Feier ist für die Getreuen des Emirs, die zu ihm gehalten haben, als die Berber die Revolte anzettelten. Es ist ein wenig Dattelwein geflossen. Die Muslime pflegen keine berauschenden Getränke zu sich zu nehmen und wenn doch, so ist ihr Geist schnellt entrückt. Er ist aber ganz Ohr für euer Anliegen. Traget vor, was ihr begehret.«

Ohne abzuschweifen sagte ich ihm, dass wir seine Stadt verlassen wollten, um weiter nach Sant Jago zu ziehen.

Ernest übersetzte die Antwort des Herrschers: »Er hat es schon geahnt und bedauert sehr, dass ihr sein Reich verlassen wollt. Aber er hat Verständnis dafür. Ich soll Euch fragen, was euer Abschiedsgeschenkt sein soll. Da ihr keine Muslime geworden seid, kann er euch leider mit keiner unserer Frauen verheiraten. Aber wie wäre es mit einem Pferd, einem guten Araberpferd? Eure Pferde sind ja nicht die besten. Ihr könnt sie gerne bei uns lassen.«

Wir übertrafen uns beide in Dankesworten. Das Geschenk eines Pferdes lehnten wir als zu großzügig ab. Um nichts auf der Welt wollte ich mich von meinem Tier trennen, das mir so sehr ans Herz gewachsen war.

»Er sagt«, übersetzte Ernest die Antwort des Emirs, »er wisse auch diese Entscheidung zu würdigen. Ein treues Pferd sei mehr wert als ein treues Weib. Aber das Geschenk von einem Dutzend Golddinaren dürft ihr nicht ablehnen, sonst würde er sich beleidigt fühlen.«

»Das nehmen wir gern an«, beeilte sich Arnulf zu sagen. Wieder überschütteten wir unseren Gastgeber mit Dankesworten. Er aber winkte nur lässig ab, als wollte er damit andeuten, sein Geschenk sei nicht der Rede wert. Dann erklärte er die Audienz für beendet. Er bot uns zwar noch an, an seiner Feier mit den Musikern und Possenreißern teilzunehmen, gern könnte er uns auch einige freizügige Damen für das Nachtlager vermitteln – natürlich keine Muslima, denn für Gläubige sei es unehrenhaft, sich mit Ungläubigen einzulassen. Wir dankten erneut und zogen es vor, uns zu verabschieden.

Wir verließen zusammen mit Ernest das Gemach des Emirs. Draußen, im Korridor, der zu unseren Zimmern führte, trafen wir jenen in schwarz gekleideten Sufi, mit dem ich den Diskurs über den wahren Glauben geführt hatte und der weiterhin häufig bei den Gesprächen dabei gewesen war. Wir grüßten ihn und kamen mit ihm ins Gespräch. Da er das vulgäre Latein der Gallo-Hispanier beherrschte, war eine Unterhaltung mit ihm ohne Dolmetscher möglich. Als er erfuhr, dass wir Saraqusta verlassen wollten, zeigte auch er sich betrübt.

»Werte Fremde«, sagte er »ihr reist zu früh ab. Bald beginnt der Fastenmonat Ramadan und hernach feiern wir das Große Fest des Fastenbrechens, den Id al-Fitr. Ihr würdet es nicht bereuen, dann noch bei uns zu sein.«

»Nun«, antwortete Arnulf, »es wird bald Frühling und auch bei uns naht ein großes Fest, nämlich Ostern. Wir wollen bis dahin zurück in der Heimat sein und vorher auf jeden Fall nach Santo Jago gelangen, dem Ziel unserer Pilgerreise.«

»Oh, auch das Osterfest könntet ihr hier feiern. Ihr habt ja auch schon Weihnachten hier verbracht und wisst, die christliche Gemeinde darf all ihre Bräuche weiterhin pflegen. So könntet ihr unser Id al-Fitr und euer Osterfest hier begehen. Aber ich kann nachvollziehen, dass euch beide die Unruhe gepackt hat und ihr weiterziehen wollt. Wenn ich allerdings dir, mein Freund aus den fernen Landen, und auch deinem Begleiter, dem Rotbart, einen Rat geben darf, so versäumet nicht, zuvor nach Córdoba zu reiten. Ich kenne nichts Vergleichbares auf Erden unter den Städten. Allenfalls Bagdad oder Byzanz mögen dieser Stadt noch ebenbürtig sein. Auch wenn das Kalifat untergegangen ist und der heute dort herrschende Emir keine Macht mehr besitzt, die Stadt ist ein Wunder: Es gibt dort Paläste, Moscheen, Gärten, Plätze, Märkte wie ich sie sonst nirgends gesehen habe. Die Straßen sind nachts beleuchtet, die Wege allesamt gepflastert, viele Häuser sind mit blauen Kacheln verkleidet, Springbrunnen mit kühlem und sauberem Wasser erquicken die Menschen. Das Bedeutendste jedoch ist die Bibliothek. Ihr habt ja die Bibliothek von Saraqusta gesehen, die gewiss stattlich ist – sie ist nichts gegen jene von Córdoba. Es sollen dort über 400.000 Schriftrollen aufbewahrt sein! Auch wenn der einstige Kalif einige der Schriftrollen, die ihm nicht genehm waren, verbrennen ließ, so ist Córdobas Bibliothek immer noch ein Zentrum von Weisheit und Wissen. Reist nach Córdoba, Fremde, und staunt! Und nicht zuletzt leben auch dort viele Christen, ihr könntet dort das Frühjahr abwarten und ungezwungen das Osterfest feiern.«

»Wir werden darüber nachdenken«, sagte Arnulf. »Wir danken Euch jedenfalls für den Ratschlag.«

Der Sufi verneigte sich, wünschte uns eine gute Nacht und eine gute Reise – wohin Gott uns auch immer geleiten möge.

Wir waren uns rasch einig: Wir reisten nicht nach Córdoba. Bis dorthin wären es gut zehn Tagesritte gewesen und wieder zurück nach Nordspanien erneut zehn oder mehr Tage. Wir hätten auf dem Weg nach Córdoba verschiedene »Taifas«, das heißt Fürstentümer oder Emirate der Muslime, durchqueren müssen, die untereinander befeindet waren. Nein, es gelüstete uns nicht, durch das unruhige Land zu reiten. Wir brachen auf Richtung Westen, unmittelbar nach dem Königreich Castilla-León.

Schon bald überquerten wir die Grenze und merkten sogleich, dass wir wieder im Christenland waren: Streunende Hunde belästigten uns, die Straßen waren in einem miserablen Zustand, die Herbergen nicht sonderlich sauber, das Essen eintönig, es gab wieder Wein und Bier. Immerhin, wir waren jetzt reich: Sulayman hatte jedem von uns zwanzig Dinare gegeben. Jeder von uns wechselte einen Dinar bei einem Juden in der Stadt Burgos, der Krönungsstadt der Könige von Kastilien. Obwohl der Mann beim Wechsel sicher ein gutes Geschäft gemacht hatte, erhielten wir jeder zehn kastilische »Goldgewichte«, oder wie sie sagten »*Pesos de Auro*« und mit diesen zehn Pesos kamen wir lange aus. Dabei lebten wir recht üppig, gönnten uns die besten Speisen (sofern es überhaupt gute Speisen gab) und die bequemsten Nachtlager.

Die Landschaft immerhin war entzückend: Meilenweit ritten wir durch Wälder der Korkeiche. Es hieß, ein Eichhörnchen könne den Weg von Burgos nach Sant Jago auf den Bäumen zurücklegen, ohne auch nur einmal den Boden berühren zu müssen. Als ich Arnulf gestand, dass all die Wälder bis zum 21. Jahrhundert abgeholzt sein würden und die Pilger durch ein trostlos kahles Land wandern müssten, schüttelte er nur den Kopf und bedauerte uns. Ich gab ihm Recht: In mancherlei Hinsicht waren wir in unserer Welt wirklich zu bedauern.

Wir erreichten schließlich León, die Hauptstadt des Landes, am 12. Februar und Sant Jago am 17. Februar, einem Samstag. Sofort wurden wir zu einer Abendmesse in der Grabeskirche des Heiligen Jakobus genötigt. Angemerkt sei, dass wir die ganze Strecke reitend zurückgelegt hatten, was vielleicht in den Augen mancher Frommen nicht als echte Pilgerreise gegolten haben mag. Wir waren aber nicht die Einzigen, die auf dem Rücken eines Pferdes – gelegentlich auch eines Maultiers – den Wallfahrtsort erreichten. Auch im elften Jahrhundert gab es zwei Arten von Pilgern: Solche, die sich die Füße wund liefen und andere, die so bequem reisten wie nur möglich.

Wer immer Santiago de Compostela im 20. oder 21. Jahrhundert gesehen haben mag, mit all seinem Rummel, seinen Kitsch- und Andenkenläden, seinen unzähligen Gaststätten und Hotels, würde verwundert sein, wie bescheiden der Ort sich damals ausnahm. Er mochte kaum mehr als tausend Einwohner gezählt haben, die meisten davon Mönche, Nonnen oder Laienbrüder und Laienschwestern. Die Kirche selbst, ein schlichter Steinbau mit einem niedrigen Glockenturm – das Minarett der Großen Weißen Moschee von Saraqusta überragte ihn gewiss um das Dreifache – fasste gerade einmal einhundert Gläubige. Bekanntlich hatten die Mauren unter Almansor die frühere Kirche, die größer gewesen sein soll, niedergebrannt. Es fehlte bisher an Geld, das Gotteshaus in der alten Pracht wiederaufzubauen. Immerhin hieß es, der derzeitige Herrscher des Königsreichs hätte versprochen, eine Kathedrale zu errichten, die der in Spirum in nichts nachstehen sollte. Bislang tat sich allem Anschein nach nichts. Leere Versprechungen waren nicht nur ein Markenzeichen der Politiker der neueren Zeit.

Das angebliche Grab des Apostels befand sich unmittelbar in einer Gruft unter der Kirche. Auch wir stiegen dort hinab, nachdem wir einem *custodio,* einem Wächter, einen Obolus, entrichtet hatten. Da standen wir dann vor einem steinernen Sarg und wussten nicht so genau, was wir tun sollten. Beten? Den Heiligen anrufen?

Es hieß, viele Pilger bekämen in der Gruft Visionen, hörten Stimmen oder würden von Krämpfen geschüttelt. Sie behaupteten, der Heilige hätte zu ihnen gesprochen. Wir lauschten vergeblich. Es fehlte uns wohl der rechte Glaube. Wer immer da in diesem Sarg liegen mochte, jener Jünger Jesu mit Namen Jakobus war es nach unserem Dafürhalten nicht.

Das Wetter war ekelhaft geworden. Es regnete viel. Es war ein feiner, regelrechter Sprühregen, der niederging. Dazu kam ein böiger Wind. Dieser vertrieb zwar immer wieder die Wolken und ließ die Sonne durchblicken, ging aber ganz und gar durch Mark und Bein. Immerhin war es nicht allzu kalt. Doch wäre mir ein richtig kalter Winter mit Schnee und Eis lieber gewesen. Da waren wir nun dem Rheintal entflohen, um dem strengen Winter zu entgehen und litten jetzt unter dem nasskalten Wetter am Atlantik. Ein wenig bereute ich, dass wir nicht nach Córdoba gezogen waren, denn dort war mit besserem, vor allem trockenerem Wetter zu rechnen.

Ende Februar, kurz vor Beginn der Fastenzeit, entschieden wir schließlich, nicht länger in Sant Jago zu bleiben, sondern an die Landspitze hinaus zu reiten, die sich *»Finis Terrae«,* das »Ende der Welt«, nannte, um dort nach der Schale einer Jakobsmuschel zu suchen.

Tag 621, 1. März 1039, bis Tag 637, 7. März 1039

Wir zogen weiter, weiter nach Westen.

Den Weg über schwiegen wir. Dies war mehr dem rauen Gegenwind geschuldet als dem Umstand, dass wir uns nichts mehr zu sagen hatten. Nein, im Gegenteil: Abends, in den Herbergen redeten wir viel miteinander. Ich berichtete Arnulf von Amerika, den Ländern weit draußen hinter dem Ozean, von ihrer Entdeckung und Eroberung und wie aus den Kolonien der Europäer schließlich Staaten wurden, von denen einer so mächtig sein würde, dass er zu meiner Zeit die halbe Welt beherrschte. Arnulf hörte meist schweigend zu. Er schien mir nicht alles zu glauben.

Nach zwei Tagen erreichten wir die Küste. Der Weg führte auf eine Felsnase hinaus, auf der eine Kapelle der Witterung trotzte. Als wir ankamen, befand sich dort nur ein alter Mönch, der unterhalb der Kapelle in einer Höhle hauste. Wie es Brauch war, gaben wir ihm eine Münze und er zeigte uns dafür den Weg hinunter an den Strand, wo angeblich die Schalen der Jakobsmuscheln zu finden waren.

Da stand ich nun an der Küste und schaute auf das Meer. Das Wasser war dunkelgrün, fast grau. Wenige Schaumkronen zierten die Wellen, die gegen die Felsen schlugen. Seevögel schrien, kreisten vor dem bedeckten Himmel, stießen hinab in die Fluten und schienen darin zu versinken. Als würde sie Neptun selbst aus dem Wasser werfen, kamen sie wieder hervor und schraubten sich zurück zu den Wolken.

Das war es also, das *»Finis Terrae«,* das Ende der Welt; das Ende ihrer Welt, der Welt *der Anderen.*

Arnulf stand hinter mir und sagte etwas. Ich hatte ihn nicht verstanden; der Wind und das Brüllen der Wellen, die sich an den Felsen brachen, hatten seine Stimme verschluckt. Ich wandte mich zu ihm um.

»Ich sagte, du scheinst von einer Sehnsucht ergriffen«, wiederholte er, »die Sehnsucht, auf dieses Meer hinaus zu fahren.«

Da ich nichts zu antworten wusste, fuhr er fort: »Amerika, nicht wahr? Du willst weiter, nach Amerika. Wenn aber nun dort draußen nichts weiter ist als ein Abgrund? Wenn die Erde in unserer Welt nun doch eine Scheibe ist?«

»Ach, Bruder Arnulf«, erwiderte ich. »Es gibt keinen Abgrund. Wie oft muss ich es dir noch sagen? Auch in deiner Welt ist die Erde eine Kugel. Die Naturgesetze gelten zu jeder Zeit.«

»Schon gut, schon gut«, sagte Arnulf lachend. »Aber nimm den Leuten nicht ihren Glauben. Für sie gilt: Bis hierher kam der Apostel Jakobus, und dort oben, auf dem Felsen, wo jetzt die Kapelle steht, betete er. Wäre die Welt eine Kugel und lägen dort draußen irgendwelche Inseln und Kontinente, die von Menschen besiedelt wären, wäre der Apostel weitergereist, um auch diese Menschen zu bekehren.«

»Der Apostel hatte keine seetüchtigen Schiffe«, wusste ich als Einwand.

»Selbstverständlich hatten sie zur damaligen Zeit seetüchtige Schiffe«, fuhr Arnulf fort, weiterhin lachend. »Die Römer besaßen Segelschiffe und Galeeren, die mühelos über den Ozean gekommen wären, wie du ja auch weißt. Warum sind die Römer nicht weitergesegelt? Sie hätten es tun können.«

»Sie taten es nicht, weil sie keine Notwendigkeit dazu sahen. Ihr Reich war eh schon so groß geworden, dass sie es kaum mehr regieren konnten. Was hätten sie mit den Ländern jenseits des Meeres anfangen können?«

Arnulf schüttelte den Kopf: »Aber warum sind die Hispanier später dann dort hinausgefahren? Sahen sie eine Notwendigkeit dazu?«

»Ja und nein. Sie suchten den Seeweg nach Indien und China, weil sie mit diesen Ländern Handel treiben wollten und weil die Landwege zu gefährlich waren. Die Ersten, die hinüberfuhren, wurden anfangs noch verlacht; später waren sie Helden und wurden reich.«

Er klopfte mir auf die Schultern. »Du weißt aber auch immer eine Antwort. Mich würde nicht wundern, wenn es dir gelänge, einen Seemann oder Fischer davon zu überzeugen, dort hinauszusegeln, um zu sehen, ob auch in unserer Welt dort ein fremder Kontinent liegt. Ach, übrigens, Reginbald ist auch der Überzeugung, die Erde sei keine Scheibe, sondern eine Kugel. Nur von Kontinenten hinter dem Atlantik sprach er bisher nicht.«

»Weil er keine Kenntnis davon hat. Aber glaube mir: Gerade in eurer Zeit, im elften Jahrhundert, fahren die Normannen über den nördlichen Atlantik bis hinüber nach Amerika und gründen dort Siedlungen. Der Kontinent existiert, es ließe sich leicht beweisen.«

Arnulf schnaubte ungehalten: »Ja, ja, schon gut! Ich glaube dir ja. Aber was nutzt es uns jetzt? Lasst uns jetzt endlich nach einer Muschel suchen. Der Wind raubt mir noch den Verstand.«

Wir arbeiteten uns über eine Geröllhalde zu einer kleinen Bucht mit einem Sandstrand.

Ein riesiger Baumstamm trieb auf den Wellen. Es fehlte nicht mehr viel und er strandete.

»Was das Meer so alles herausgibt«, stellte Arnulf fest. »Schau, Bruder, so viel Holz! Und hier, all die Muschelschalen! Der Strand ist übersäht davon. Aber leider keine Jakobsmuschel darunter. Wie ist das bei dir, in deiner Welt: Gibt es da auch so viel Strandgut?«

Ich schloss die Augen und stellte mir die Bucht knapp tausend Jahre später vor:

Ich sah nicht nur angeschwemmtes Holz und Muscheln, sondern auch Fischernetze aus Kunststoff: rote, blaue und grüne Stricke und Fäden; Plastikkanister, PET-Flaschen, das Gehäuse eines Radios, Kinderspielzeug, einen Kamm, ein, zwei Haargummis, aufgeweichtes Papier und Zigarettenkippen, unzählige Zigarettenkippen. Der Schaum, der sich auf den Wellenkämmen bildete, war hart, bildete kleine Wölkchen, die der Wind an Land trieb. Es stank nach Öl, Waschpulver und Fäkalien.

»Ja, wir haben viel Strandgut. Unsere Meere sind verschmutzt«, sagte ich. »Sehr verschmutzt.«

Arnulf ließ es nicht damit bewenden, er wollte unbedingt wissen, welche Art Schmutz ich meinte. Mist? Noch mehr Holz? Tote Fische?

Ich holte meine Plastikflache aus dem Beutel, die ich immer noch bei mir trug, und hielt sie ihm vor die Augen.

»Beispielsweise solche Flaschen: Es treiben Milliarden leere Flaschen auf dem Meer. Ja, Milliarden! Und nicht nur dies. Alles, was du dir vorstellen kannst. Von Schiffswracks über Fahrzeuge aller Art, Truhen, Stühle, Tische, Fässer, Körbe, Taschen, Fischernetze, Reusen bis hin zu

Dingen wie Kämme oder Haarspangen, Kleidungsstücken oder Schuhen. All das, was wir in unserer so wohlhabenden Welt benutzen und irgendwann achtlos wegwerfen. Auf dem Ozean draußen treibt es auf einer Fläche größer als das Frankenreich und wartet nur darauf, dass es die Strömung wieder an Land wirft. Auch tragen die Flüsse jegliche Menge trüben Schmutz mit sich, fein verteilten Dreck, oft mit dem Auge nicht sichtbar, aber giftig. Auch dieser gelangt ins Meer und verseucht es. Fische fressen den Dreck, werden krank, Menschen fangen die Fische und werden noch kränker. Seevögel oder Walfische verenden, weil sie Plastik in ihrem Magen haben. Plastik, wie das, aus dem meine Flasche besteht.«

Arnulf wurde ernst. »Du redest in letzter Zeit immer schlechter von deiner Welt. Mit der Zeit scheinst du zu erkennen, dass sie gar nicht so wundersam ist, wie du uns anfangs hast glauben machen wollen.«

Da ich nichts darauf erwiderte, fuhr er fort: »Mir scheint, du willst überhaupt nicht mehr zurück in deine Welt, oder? Bald dünkt mir, es gefällt dir bei uns inzwischen besser. Sag, wenn du jetzt, in diesem Augenblick die Wahl hättest, was würdest du vorziehen: Hierzubleiben oder in deine Welt zurückzukehren?«

Ich zögerte keine Sekunde mit der Antwort: »Ich würde zurückkehren, ich würde sofort zurückkehren!«

Jakobsmuscheln fanden wir nicht. Der Einsiedler bei der Kapelle wollte uns eine verkaufen: Er hatte Dutzende in seiner Höhle liegen.

»Kein Wunder, wenn wir nichts finden. Der Alte hat alle Schalen zusammengeklaubt«, schnaubte Arnulf. »Aber den Gefallen tue ich ihm nicht. Es reicht, dass wir ihm eine Münze geben mussten, nur damit er uns den Weg zeigt – den Weg, den wir auch ohne ihn gefunden hätten.«

»Der Mann muss von irgendetwas leben«, sagte ich. »Ich werde eine erwerben. Wie soll ich sonst zu Hause beweisen, hier gewesen zu sein?«

»Nimm einen beliebigen Stein vom Strand«, entgegnete Arnulf, »das ist genauso viel Beweis wie eine Muschelschale. Denn die Muschel könntest du auch auf einem Markt in León oder Burgos, ja sogar auf dem Markt bei den Mauren erworben haben.«

Ich ließ mich nicht beirren und fragte den Mönch nach dem Preis. Er verlangte nicht viel, somit wurden wir handelseinig.

»Dann will ich nicht zurückstehen«, stöhnte Arnulf und erwarb ebenfalls eine Muschel. »Siehst du«, sagte ich später, als wir schon auf dem Ritt zurück nach Sant Jago waren, »wie schnell man dem Zwang zum Kauf erliegt? Du konntest nicht widerstehen, obwohl du gegen den Handel warst. Es amüsiert mich, dass es schon zu deiner Zeit Geschäfte mit Pilgern und anderen Reisenden gibt, nicht erst im 20. und 21. Jahrhundert. In dieser Hinsicht unterscheiden sich die Jahrhunderte kaum.«

Auf dem Rückweg nahmen wir einen anderen Weg nach Sant Jago, der uns kürzer als der Hinweg erschien. Wir gelangten dabei zu einem Weiler mit einigen Holz-, aber überraschenderweise auch etlichen Steinhäusern, die teils mit Schindeln, teils auch nur mit Stroh gedeckt waren. Eine Kirche gab es allem Anschein nicht, nur ein großes Kreuz am Ortsrand, unmittelbar neben einem Friedhof mit ungepflegten Gräbern. Seltsamerweise liefen uns hier keine Kinder entgegen, die neugierig fragten, woher wir kämen und wohin wir ritten. Der Ort schien auf den ersten Blick verlassen zu sein, doch dann gewahrten wir Rauch aus einem der Häuser aufsteigen. Wie so oft hatte das Haus keinen Kamin. Der Rauch der vermutlich offenen Feuerstelle stieg unmittelbar aus dem Fenster und aus Ritzen im Dach.

Urplötzlich näherten sich uns Leute zu Fuß. Ob es Männer oder Frauen waren, war im ersten Augenblick nicht auszumachen, denn sie waren allesamt in Lumpen gehüllt und hatten ihre Häupter, ja gar auch die Gesichter, unter Kapuzen oder Tüchern verborgen. Erst als sie näher gekommen waren, sahen wir, dass es Leprakranke sein mussten. Wir waren in eine Lepra-Kolonie geraten.

»Schnell«, rief Arnulf, »gib deinem Gaul die Sporen, bevor sie uns berühren! Es sind Aussätzige!«

Ich hatte auch vorher schon den einen oder anderen Leprakranken gesehen. Sie zogen vereinzelt bettelnd durch die Lande und gaben sich durch Glöckchen, die an ihren Gewändern hingen und ununterbrochen bimmelten, als solche zu erkennen. Es war üblich, ihnen milde Gaben zukommen zu lassen. Dazu stellte man entweder etwas zu essen an den

Straßenrand oder warf ihnen die eine oder andere Münze zu. Stets waren die Gesunden darum bemüht, die Aussätzigen nicht zu berühren, doch auch die Aussätzigen selbst achteten darauf, den Gesunden nicht zu nahe zu kommen. Soweit reichten die Kenntnisse *der Anderen*: Sie wussten, wie der Aussatz übertragen wurde. Diese Leprakranken aber trugen keine Glöckchen und waren keineswegs darauf bedacht, Abstand zu halten. Im Gegenteil: Im Nu hatten sie uns erreicht. Sie umringten uns und begannen mit ihren verstümmelten Händen nach uns zu greifen. Ein noch kaum entstellter Mann, vermutlich ihr Anführer, postierte sich vor uns auf dem Weg und brüllte etwas, das wie ein Befehl klang.

»Hör nicht auf ihn!«, schrie Arnulf. »Reite einfach weiter, notfalls über den Kerl hinweg!«

Ich tat wie mir geheißen – der Mann sprang im letzten Augenblick zur Seite. Mir war, als flöge ein Stein hinter mir her. Ich griff rasch in meinen Beutel, nahm einige Münzen heraus und warf sie zurück in die Meute. Im Augenwinkel sah ich, wie sie sich nach dem Geld bückten.

Wir ritten noch ein Stück im Galopp. Erst nachdem wir sicher waren, dass uns niemand gefolgt war, verlangsamten wir unseren Ritt wieder.

»Ein grauenvolles Gesindel!«, spottete Arnulf.

»Aber auch arme Schweine«, erwiderte ich. »Wer sorgt für sie? Es ist ein verdammt hartes Schicksal, so von der Welt ausgeschlossen zu sein, mit dieser schrecklichen Krankheit, die zum Tode führt.«

»Irgendjemand wird schon für sie sorgen«, brummte Arnulf. »Hätten sie sonst Häuser? Würden sie sonst nicht längst verhungert sein? Und was den Tod angeht, so steht er uns doch allen bevor.«

»Aber nicht jeder muss zu Lebzeiten derart leiden. Das Leben ist ungerecht«, gab ich zurück. Ich war über Arnulfs Herzlosigkeit erbost. Er wiederum schien sich über mein Mitleid, das ihm übertrieben erschien, zu ärgern.

»Ist es bei euch um so vieles besser?«, schnaubte er. »Stets schimpfst du über die Unbilden deiner Zeit, dann hebst du deine Zeit wieder heraus. Ach, Bruder, ich bin die Moral deines Jahrhunderts so satt!«

Ich konnte nichts erwidern. Er hatte ja so Recht. Mir stand es nicht zu, seine Welt zu verurteilen, da meine zwar anders, aber nicht besser war.

Bald nach unserem Ausflug an das »Ende der Welt« verließen wir Sant Jago und wandten uns zurück nach Osten. Wir folgten nun dem eigentlichen Pilgerweg entlang der galizischen und asturischen Küste. Die Reise verlief ohne Zwischenfälle, wenngleich sie wegen des anhaltenden kühlen und verregneten Wetters nicht angenehm war. Erwähnen will ich noch den Zwist, den ich mit Arnulf hatte, als wir in Asturien entlang der Küste ritten und wir östlich der Mündung des Flusses Sella in ein Karstgebiet kamen, wo ich von einer Urlaubsreise in meiner Zeit einen kleinen Sandstrand kannte, der gut geschützt zwischen steilen Klippen lag. Es gelüstete mich, diesen Strand zu besuchen. Doch als wir uns auf halbem Weg dorthin befanden, trafen wir einen Bauern, der uns warnte, weiter zu gehen. Es gäbe böse Erscheinungen an den Felsen: So heulten die Geister verstorbener Seeleute, die dem Christentum abgeschworen hätten, an den Klippen. Auch seien an der Küste schon leibhaftige Meeresungeheuer gesehen worden. Obwohl Arnulf nicht abergläubisch war, wollte er nicht mehr weiter. Er wollte sogar mich daran hindern, allein zu diesem »malefizischen Ort« zu reiten. Ich konnte ihm noch so oft sagen, die Erscheinungen seien mir wohlbekannt; es seien nichts anderes als Meereswellen, die sich in der zerklüfteten Küste brächen und das Wasser durch die Felsen hinaufdrückten und Fontänen erzeugten, wobei das Schauspiel von schauerlichen Geräuschen begleitet werde. Das mochte ja alles sein, meinte er, aber ich solle bedenken, dass die Bewohner der Gegend uns argwöhnisch betrachteten und uns selbst für Teufel halten mochten, sollten wir uns an die Klippen begeben. Zähneknirschend gab ich nach. So verzichtete ich darauf, die berühmten *»bufones«* der asturischen Küste zu besuchen. Wie gern hätte ich sie in ihrem ursprünglichen Zustand gesehen, vor dem Zeitalter des Tourismus.

Wir kamen schließlich ins Land der Vasken, diesem angeblich so unberechenbaren Volk. Doch die Leute im Baskenland erwiesen sich als gastfreundlich und hilfsbereit. Das Einzige, was wirklich befremdlich war, war ihre Sprache. Sie ähnelte keiner Sprache, die wir bisher irgendwo gehört hatten, weder bei den Hispano-Romanen noch bei den Mauren.

Auch fanden wir nur selten jemanden, der bereit war, zu übersetzen. So mussten wir uns oft mit der Zeichensprache behelfen.

Mitte März – das Wetter war merklich besser geworden – erreichten wir Bilbayum, eine kleine, aber bedeutende Siedlung im Königreich Navarra. Bedeutend deshalb, weil die Stadt einen gut befestigten Hafen hatte, von wo aus Fischer und Handelsschiffe in die Biscaya hinausfuhren. Wir erinnerten uns, dass uns der Vogt Gonzalo empfohlen hatte, dort seinen Vetter Diego aufzusuchen, einen Schmied.

Tatsächlich fanden wir die Schmiede ohne langes Suchen. Es war die einzige im Ort. Als Diego hörte, wir seien von Gonzalo geschickt worden, war er sehr erfreut. Er hatte längere Zeit nichts von ihm gehört. Nun, wir konnten immerhin berichten, dass Gonzalo im Spätsommer noch wohlauf gewesen war und im Dienste des Conde von Barcelona stand. Diego, der ganz gut das Latein des gemeinen Volkes der Gegend sprach, lud uns sogleich zum Abendessen in sein Haus. Auch besorgte er uns ein Quartier in einer Herberge am Rande des Ortes. Nach seinem Dafürhalten die beste Herberge an der Biscaya. Immerhin hatte es dort keine Wanzen, was in den christlichen Ländern Hispaniens schon etwas heißen sollte.

Diegos Haus war eines der größten im Ort und rundum aus Stein gebaut. Sogar das Dach war mit Schiefern gedeckt – für eine Schmiede mit offenem Feuer eigentlich ein Muss. Ein Holzbau konnte schließlich leicht abbrennen. Trotzdem hatte ich bei *den Anderen* immer wieder Schmieden gesehen, die in Holzhäusern untergebracht waren, angefangen von der Schmiede zu Hause, in Hendesham, bis zu solchen in Italien oder Burgund.

Diego hatte zum Abendessen seine ganze Sippschaft um sich herum versammelt: seine Brüder, Schwestern, Schwägerinnen und Schwager nebst einem Dutzend Kinder, vom Halbwüchsigen bis zum Säugling. Seine Frau war unwahrscheinlich dick. Doch auch die Kinder waren gut genährt. Allem Anschein nach fehlte es der Familie an nichts.

Es gab Fisch, wie nicht anders zu erwarten war. Er war hervorragend zubereitet. Dazu gab es Reis, eine Seltenheit bei *den Anderen*. Einer der Brüder Diegos fuhr mit einem Handelsschiff zur See und hatte im vergangenen Herbst, kurz bevor die Winterstürme einsetzten, eine große

Ladung Reis aus Nordafrika gebracht. Dieser Mann, dessen Namen ich vergessen habe, war ebenfalls beim Abendessen zugegen. Er sah wirklich wie ein Seemann aus: eine knochige Gestalt mit struppigem Bart und einem von Wind und Wetter gegerbtem Gesicht, unmöglich im Alter zu schätzen. Er hatte einen Papagei auf der Schulter sitzen. Das Tier war zahm. Es hockte den ganzen Abend auf dem Mann, ohne groß zu stören. Nur einmal kletterte es seinen linken Arm herunter und watschelte auf dem Tisch herum, ein paar verstreute Reiskörner pickend. Der Seemann ließ es eine Weile gewähren, nahm dann den Papagei wieder auf die Hand und setzte ihn auf seine Schulter zurück, wo dieser brav verharrte.

Wir berichteten derweil von unserer Reise, auch davon, wie man uns vor den Vasken gewarnt hatte. Als wir dies erwähnten, kamen unsere Gastgeber nicht umhin, laut zu lachen. Arnulf hatte mich übrigens als einen »Edelmann aus dem Ostfrankenland« vorgestellt. Er wagte nicht einmal, mich einen Gelehrten zu nennen, da ich ja kaum Latein beherrschte, wie von einem Gelehrten erwartet wurde.

Es wurde spät, niemand scherte sich um die Rufe des Nachtrats von der Straße, der zum Bettgehen mahnte. Der Wein floss in großen Mengen, wir fühlten uns sehr wohl in der gut beheizten Stube. Draußen war es kühl; der Wind pfiff gehörig vom Meer her. Es gelüstete uns nicht, zur Herberge zu gehen, in der es keinen Ofen gab und die Bettdecken dünn waren.

Der Papagei erinnerte mich an etwas. Ich hatte solche Vögel schon einmal irgendwo gesehen. Nicht bei *den Anderen*, weder in Italien noch bei den Mauren. Nein, früher, bevor es mich zu *den Anderen* verschlagen hatte. Ja, in Tiergärten, gewiss. Das war doch ...

Ich bat Arnulf, den Seemann zu fragen, woher er das Tier hatte.

Der Seebär grinste und antwortete, es sei ihm zugeflogen.

Das wollte ich nicht so recht glauben. Zugeflogen? Das hieße, das Tier sei vorher schon zahm gewesen und irgendwo aus einer Voliere entkommen.

Der Seemann grinste noch breiter, nahm einen Schluck aus der Weinbuddel und gestand letztlich, dass er ihn gekauft habe. Wo, wollte ich wissen. Ach, irgendwo, auf einer seiner Reisen. Wo genau, ließ ich nicht locker. Nun, eben irgendwo da draußen, auf einer Insel, wo es solche Pa-

pageien eben gebe, antwortete er. Er machte eine vage Handbewegung in die Richtung, wo er die Küste vermutete.

»Lass ihn«, wiegelte Arnulf ab, dem meine Fragen lästig erschienen, »er wird das Vieh bei einem Juden in Nordafrika oder Palästina erstanden haben. So ein Seemann kommt überall herum und Juden verkaufen nun einmal alles.«

»Ja, sie kommen überall herum«, sagte ich, »und dieses Überall kann vielleicht auch jenseits des Atlantiks liegen. Der Papagei, Bruder Arnulf, das ist eine Amazone. Die gibt es nur in Amerika! In Afrika gibt es solche Vögel nicht.«

»Na und?«

»Ja, weißt du denn nicht, was das bedeutet? Der Mann war in Amerika drüben. Er kennt eine Passage über den Atlantik. Vierhundert Jahre vor Columbus.«

»Wie deine Normannen, nicht wahr? Aber der Mann ist kein Normanne. Oder sieht er etwa so aus. Mein Bruder, der Wein macht dich trunken. Vergiss dein Amerika!«

Der Seemann hatte unser Gespräch zwar gehört, aber nichts verstanden. Er sagte etwas, was Arnulf erst auf Drängen übersetzte: Der Papagei sei nichts Besonderes. Dort, wo er ihn erstanden habe, gehöre so ein Tier zu jeder Hütte. Nur hier, in Navarra seien sie selten, da sie hier noch nie beim Brüten gesehen worden seien. Ich solle auf das Tier nichts geben. Es sei harmlos, genügsam und sehr gelehrig, aber nichts, weswegen es sich lohne, Aufhebens zu machen.

Ich hakte weiter nach: Wenn solche Vögel in ihrer Heimat nichts Außergewöhnliches seien, wäre es denn dann auch für mich möglich, einen zu erwerben? Vielleicht könne er mich einmal auf eine solche Reise mitnehmen, damit ich mir selbst einen Vogel besorgen könne? Ich würde auch gut zahlen.

Der Seemann lachte. Nein, er hätte nicht vor, nochmals in jenes Land zu segeln. Es sei zu weit entfernt, es habe schlechte Häfen dort und heimtückische Riffe – und überhaupt, es gebe dort wenig zu holen. Die Leute dort hätten so gut wie nichts, manche gingen sogar nackt. Es seien Wilde und Heiden obendrein. Zwar hätte es einige gute Fischgründe dort, aber er sei ja kein Fischer, sondern Händler. Nein, er würde sich nicht nochmals auf eine Reise zu jenen Ländern begeben. Aber vielleicht würden andere Händler oder Fischer in jene Gefilde fahren? Ich könnte ja mal im Hafen fragen, ob mir jemand im kommenden Frühjahr einen solchen Vogel besorgen könne.

Arnulf antwortete für mich, dass wir auf der Heimreise ins Frankenland seien und keine Zeit für eine Seereise zu irgendwelchen fremden Inseln hätten. Schließlich seien wir Pilger und hätten in der Heimat unsere Familien und Güter, die wir nicht allzu lange allein lassen wollten. Der Seemann fragte schließlich, ob ich ihm eventuell seinen Papagei abkaufen wollte. Er würde ihn mir für einen guten Preis überlassen. Nein, antwortete ich, ich wolle ihm das Tier nicht abspenstig machen. Es sei nur eine flüchtige Idee gewesen, einen solchen Vogel besitzen zu wollen.

Wir wechselten das Thema, sprachen über dies und jenes und immer, wenn ich versuchte, das Gespräch auf die Reise des Seemanns nach Übersee zu lenken, wiegelte er ab. Ich erfuhr lediglich, dass es mehr als eine Woche dauere, die fremden Gefilde zu erreichen, und das nur bei günstigen Winden. Und, wie er bereits gesagt hatte, dass dort Wilde hausten, Menschen, die keinen Ackerbau betrieben und keine festen Häuser bauten, geschweige denn Kirchen oder Tempel. Mehr war aus dem Mann nicht heraus zu bekommen, aber das reichte mir. Für mich stand fest: Die Vasken kannten die Passage über den Atlantik nach Amerika. Doch sie hielten sie geheim, denn die ergiebigen Fischgründe – und vielleicht auch andere Schätze, von denen mir der Mann nichts verraten wollte – wollten sie mit niemandem teilen.

Irgendwann landeten Arnulf und ich in der Herberge. Wir hatten nur eine gemeinsame Kammer mieten können, waren es aber inzwischen gewohnt, mit mehreren Pilgern in einem Raum zu übernachten.

An Schlaf war nicht zu denken. Ich war völlig aufgekratzt.

»Wenn ich nach Amerika rüber könnte«, belästigte ich Arnulf, der gelangweilt gähnte, »dort die Menschen vor den Spaniern warnen ... Du weißt, deren verdammte Prophezeiung, dass im Jahr, welches sie als ‚Ein Rohr' bezeichneten, bärtige, weiße Männer erscheinen würden, die Götter wären. Ich habe dir ja von den Geschehnissen erzählt. Wenn ich ihnen sagen könnte: Die Männer, die da kommen werden, sind keine Götter, sondern Verbrecher, Strauchdiebe und Mörder. Ich könnte die Eroberung Mexikos verhindern und all das Elend, das sie nach sich ziehen wird.«

»Narr«, brummte Arnulf, »nichts kannst du! Du kannst genauso wenig in die Ereignisse in deinem Amerika eingreifen wie du es bei uns, im Römischen Reich und Italien gekonnt hast. Vergiss es!«

»Aber bedenke: Der Herrscher des Aztekenreiches hat wirklich geglaubt, der Spanier Cortes sei ein Gott. Er ist vor ihm auf die Knie gefallen. Und das nur wegen einer solchen Prophezeiung.«

»Ach, und du meist, wenn du erscheinen und sagen würdest: die Männer, die in besagtem Jahr zu euch übers Meer kommen werden, sind *keine* Götter – das würden sie dir glauben? Gesetzt den Fall, sie glaubten dir und gäben deine Weissagung von Generation zu Generation weiter – und dabei würde ein Schreiber oder ein Erzähler versehentlich das Wörtchen ‚keine' vergessen? Was dann? Am Ende wärst *du* derjenige gewesen, der die schädliche Prophezeiung in die Welt gesetzt hätte. Bruder, lass ab von solchen Gedanken! Wenn es die Prophezeiung für deine Azteken geben soll, soll sie nicht von dir kommen. Lass sie von einem anderen in die Welt setzen. Sonst wärst *du* noch am Ende schuld, dass auch in unserer Welt dieses Volk von den Spaniern erobert wird.«

Ich stöhnte und setzte zu einer Widerrede an.

»Gib dich geschlagen!«, wiederholte Arnulf. »Wir müssen nach Hause. Wir sollten vor dem Osterfest zu Hause sein. Auf mich wartet meine Familie und mein Gutshof und auf dich dein *vehiculum*. Vergiss dein Amerika! Lass unsere Welt noch ein wenig im Glauben, sie sei eine Scheibe und höre jenseits des Atlantiks einfach auf! Das ist besser so, auch für dich.«

Tag 638, 8. März 1039, bis Tag 663, 12. April 1039

Wir zogen weiter, die Küste entlang, auf die Pyrenäen zu. Das Wetter wurde wieder schlechter. Vom Frühling noch keine Spur. Als wir die Grenze zwischen Navarra und Aquitanien erreichten, erkrankte Arnulf. Er begann wie ein Hund zu bellen, röchelte des Nachts, dass ich selbst kaum ein Auge zutat, und fühlte sich am kommenden Tag furchtbar schlecht. Wir konnten nicht weiterreiten. Was blieb uns übrig, als in jenem Fischerdorf zu verweilen, in dem wir zufällig Quartier bezogen hatten? Es war ein armseliges Nest. Der Ort nannte sich Mearitze. Vielleicht wurde später die mondäne Stadt Biarritz daraus. Wer weiß!

Da ich mich von Arnulf fernhalten wollte, suchte ich mir ein eigenes Quartier. Es gelang mir, im Haus eines angesehenen Kapitäns unterzukommen – wobei ich ihm für die Kammer sicher so viel zahlte, wie er in einem halben Jahr nicht an seinen Fischen verdiente. Mir war es das wert, konnte ich somit nachts ruhig schlafen und wusste die Virenschleuder weit von mir weg. Arnulf selbst blieb in der Herberge und ließ sich dort von der Wirtin, einer stämmigen und sehr resoluten Frau, auf verschiedene Weise verwöhnen, so dass er nach wenigen Tagen wieder auf den Beinen war.

Die Frau des Kapitäns, bei dem ich übernachtete, bereitete eine hervorragende Fischsuppe zu – bald aber merkte ich, dass sie außer Fischsuppe oder andere Fischgerichten nichts zu kochen wusste. Wieder einmal sehnte ich mich nach Kartoffeln, Tomaten, Mais, Paprika. Was hatte meine Mutter einen hervorragenden Auflauf aus diesen Zutaten gekocht, nach einem ungarischen Rezept! Selbst in ihrem hohen Alter ließ sie es sich nicht nehmen, die Familie gelegentlich zum Essen einzuladen. Urplötzlich wurde mir bewusst, wie sehr ich in den letzten Wochen die Gedanken an meine Frau, die Kinder und meine Mutter verdrängt hatte. Als hätte es sie nie gegeben. Eine schwere Melancholie überkam mich. Hatten sie mich inzwischen schon für tot erklärt? Hofften sie noch auf meine Rückkehr? Wenn ich nur die Gelegenheit hätte, irgendeine Nachricht in meine Zeit zu senden! Erneut spielte ich mit dem Gedanken, einen Brief irgendwo zu deponieren, der im 21. Jahrhundert gefunden werden würde – und erneut verwarf ich diese Idee als ein Hirngespinst.

Was blieb mir anderes übrig, als mich in mein Schicksal zu fügen. Der Wunsch, über das Meer zu fahren, in die »Neue Welt« hinüber, war nichts anderes als der Versuch einer Verdrängung. Trotzdem oder gerade deshalb: Ich sprach den Kapitän darauf an. Zu meiner Überraschung gab er unverhohlen zu, die Passage über den Atlantik zu den »Inseln unter dem Äquator« sei für ihn und seine Leute durchaus machbar. Er müsse aber dafür ein neues Schiff ausrüsten, denn sein derzeitiger Kahn sei vom Bohrwurm befallen, die Planken seien morsch, die Takelage vom letzten Sturm beschädigt. Wenn ich ihm ein Schiff finanzieren würde, würde er mit mir hinüberfahren. Als ich vorsichtig nach dem Preis eines geeigneten Schiffes fragte, nannte er eine Summe, die alles überstieg, was ich mir vorstellen konnte. Mit einem solchen Betrag hätte er vermutlich eine ganze Armada ausstatten können. Da ich keine Lust hatte, mit dem Mann zu handeln, schlug ich meinen Wunsch, über den Atlantik zu fahren, endgültig in den Wind.

In den Bergen lag Schnee, doch an der Küste begann nun endlich der Frühling. Also zogen wir frohen Mutes weiter. Ende März erreichten wir die Stadt Burdigala, auch Bordeú genannt, an der Gironde. Obwohl die Stadt in den Jahrhunderten und Jahrzehnten zuvor immer wieder Opfer von Überfällen und Plünderungen gewesen war und – wie man uns im dortigen Kloster, in dem wir übernachteten, mit Lamento berichtete – keineswegs an den vergangenen Glanz heranreichte, kam sie mir beachtlich vor. Auffallend war der niedrige Preis des Weines, den sie dort ausschenkten: Ein Becher kostete weniger als die gleiche Menge Wasser! Betrunkene sah ich allerdings in dieser Stadt nie, was wohl in erster Linie der Tatsache geschuldet war, dass die Leute trinkfest waren. Ich musste feststellen, inzwischen Wein oder Bier ebenfalls besser zu vertragen als vor der Zeit meiner Ankunft bei *den Anderen*. Ob das meiner Leber guttat, wollte ich aber nicht wissen.

Eine traurige Tatsache gilt es noch zu Bordeú zu vermerken: Dort zerriss mir endgültig das Unterhemd, das ich aus meiner Welt mitgenommen hatte. Die Unterhose dagegen war noch heil, allerdings trug ich sie so gut wie nicht mehr. Es war seltsam, denn ich hatte immer weniger das Bedürfnis, in meine Hosen, mein T-Shirt oder meine Turnschuhe zu schlüpfen. Ich hatte mich an die Kleidung *der Anderen* mittlerweile gewöhnt; fand sie sogar bequem.

Die Fastenzeit ging ins Land, wobei das Fasten bei den Westfranken nicht sonderlich streng beachtet wurde. In der Karwoche erreichten wir den Rhein. Er hatte Hochwasser. Die Auen und angrenzenden Felder standen unter Wasser. Wir ritten einen nachlässig aufgeschütteten Deich entlang, auf der Suche nach einer Stelle, wo uns eine Fähre trotz des hohen Wasserstandes übersetzen konnte. Die Fähre bei Spirum, so hieß es nämlich, sei derzeit außer Betrieb.

»Wieder einmal verlagert der Fluss sein Bett«, stellte Arnulf fest. »Jedes Mal danach muss das Land neu vermessen werden, ändern sich die Besitzverhältnisse. Wo früher saftige Weiden waren, ist jetzt Sumpf, wo Wälder standen, ist Brachland. Dörfer und Gehöfte verschwinden, mit ihnen auch manche Bewohner. Es ist ein Kreuz mit diesem Fluss.«

»Warum siedeln die Leute denn dann überhaupt in Flussnähe, wenn es so gefährlich ist?«, wollte ich wissen.

»Weil es die Obrigkeit so befiehlt. Es gilt Land zu bestellen und das ist gerade in den Überschwemmungsauen besonders fruchtbar.«

»Und deshalb nimmt man in Kauf, dass Leute ihr Hab und Gut verlieren oder gar ertrinken?«

Er zuckte nur mit den Schultern und brummte: »Ist das bei euch anders?«

»Erinnerst du dich, was ich dir berichtet habe, als wir unseren ersten Ausritt an den Nicarius gemacht haben? Dass der Fluss gebändigt worden sei. Und so ist es auch mit dem Rhein: Seit einem guten Jahrhundert ist er begradigt. Er verlagert sein Bett nicht mehr. Es gibt schon noch Überflutungen, aber nur selten.«

»Begradigt? Schwer vorstellbar. Das muss ja das Werk von Titanen sein, das Flussbett so auszuheben, dass es gerade verläuft.«

»Es war das Werk vieler Arbeitskräfte und großer Maschinen«, erklärte ich. Doch er hörte offensichtlich nicht mehr richtig zu, denn er murmelte, es hätte gerade noch gefehlt, auch der Nicarius sei über die Ufer getreten und hätte den königlichen Gutshof in Neienham, für den er verantwortlich war, überflutet. Er hoffte, er könne sich einen derartigen Ärger ersparen.

Zwanzig Meilen südlich von Spirum fanden wir endlich eine Stelle, wo man uns übersetzen konnte. Der Fährmann knöpfte uns eine unverschämt hohe Maut ab. Er begründete dies nicht nur mit dem Hochwasser und den dadurch angeblich unberechenbaren Strömungen, sondern auch mit der Tatsache, dass Karwoche war. Wieso wir denn just in solch heiliger Zeit reisen mussten! Wir ließen uns auf kein Streitgespräch ein, sondern zahlten brav die überhöhte Gebühr. Hauptsache, wir kamen über den Fluss.

Auf der rechten Rheinseite ritten wir über die alte Römerstraße, die entlang der Berghänge verlief. Erstmals gelangte ich in den Ort Wezzinloch, der zu meiner Überraschung größer war als Hendesham, ja selbst mehr Einwohner zählen mochte als Lobdenburg. Allerdings waren auch hier die Häuser sehr schäbig. Eine Burg mit einem niedrigen Turm thronte auf einem Hang über dem Ort. Auffallend aber war der graue Staub, der auf Hausdächern, an Hauswänden und auf den Straßen lag. Die Menschen, denen ich begegnete, sahen nicht minder grau aus: graue Gewänder, graue Kopfbedeckungen, graue Haare. Es roch irgendwie seltsam: Zum üblichen Gestank der Fäkalien, die sie wie überall in die Straßengräben kippten, kam ein beißender Geruch – ähnlich wie in einer Schmiede direkt neben der Esse.

»Kein guter Ort«, brummte Arnulf, »aber für den Reichtum des Landes unerlässlich.«

Schließlich erblickte ich die Ursache für die schlechte Luft: eine Verhüttungsanlage. Es war eine Art Hochofen, nur eben viel kleiner als die mir bekannten Hochöfen der Neuzeit. Aus dem turmartigen Gebilde, das die Häuser nur ein wenig überragte, qualmte es regelrecht aus allen Poren.

Ein Wächter hielt uns davon ab, uns der Anlage zu nähern. Hier würde das Silber und Blei für das Herzogtum Franken gewonnen werden, hieß es, und da wir augenscheinlich mit der Obrigkeit nichts zu tun hätten, sollten wir uns des Weges machen.

»Ekelhafte Gegend, ekelhafte Leute«, knurrte Arnulf beim Weiterritt. Hier, in den Berghängen, hätten sie unzählige Schächte in das Erdreich getrieben, um das Erz herauszuholen, das sie an Ort und Stelle verarbeiteten. Manche der Bergleute stiegen dort am Montag hinab und kämen erst am Sonntag zur Heiligen Messe wieder herauf. Die ganze Woche über schufteten sie, ohne das Sonnenlicht zu sehen.

»Ich habe davon schon gehört«, antwortete ich ihm. »Es sollen auch Kinder in den Bergwerken arbeiten.«

»Was heißt da ‚Kinder'? Missbilligst du das? Wer laufen und seine Hände gebrauchen kann, geht einer Tätigkeit nach, sei es auf dem Feld oder sei es unter Tage im Bergwerk. Jetzt komm mir bloß nicht wieder mit deiner heilen Welt, in der die jungen Leute nichts weiter tun als in Klosterzimmern herumzusitzen und Schriften zu lesen!«

»Nein, nein, ich wollte nichts kritisieren. Aber du selbst sagst, es sei kein guter Ort. Die Bedingungen in den Gruben sind rau. Deshalb lassen wir nur Erwachsene dort zur Arbeit, zumindest in den Ländern Europas.«

»Was sind eigentlich bei euch Kinder und was sind Erwachsene? Das hast du mir noch nicht richtig erklären können. Eine solche Unterscheidung treffen wir nicht: Wie gesagt, wer arbeiten kann, der tut es – jeder nach seinem Stand und seinen Möglichkeiten: Der Adel leitet die Staatsgeschäfte, die Ritter ziehen in den Krieg, die Bauern gehen auf das Feld, die Bergleute in die Minen, die Kaufleute auf den Markt und die Bettler gehen zum Betteln.«

»Bei uns ist man bis zum 18. Lebensjahr unmündig«, erklärte ich. »Arbeiten darf man schon früher, aber nur unter bestimmten Umständen und mit Erlaubnis der Eltern. Erst ab 18 darf ein Mann – in vielen Ländern auch die Frauen – Soldat werden, dann darf man auch, ohne die Eltern um Erlaubnis fragen zu müssen, heiraten.«

»Ja, dass ihr so spät heiratet, hast du mir ja schon erzählt. Aber, ich frage mich, was machen die jungen Menschen so lange, bis sie 18 Lenze zählen? Man kann doch nicht so lange brauchen, um lesen und schreiben und rechnen zu lernen. Meine Elsbeth hat sich das innerhalb eines halben Jahres selbst beigebracht.«

»Und du? Wie lange hast du dafür gebraucht?«

Er fuhr regelrecht zusammen: »Was? Ich? Wie lange ich ... oh, ich kann schon lesen und schreiben, fürwahr, aber zugegeben, es hat länger bei mir gedauert und – bei allen Heiligen – es verlernt sich so schnell wieder.«

Zu seinem Glück kam uns im gleichen Augenblick ein von klapprigen Pferden gezogenes Fuhrwerk entgegen, das Gesteinsbrocken geladen hatte. Es handelte sich um Roherz, das sie zur Verhüttung brachten. Neben dem Fahrzeug lief ein älterer Mann. Ein jüngerer, kaum älter als 15 Jahre, trottete hinterher.

Da das Fuhrwerk sehr langsam an uns vorbeizog, konnte ich nach einem der geladenen Steine greifen. Sofort sprang der Ältere auf mich zu und schrie etwas in einer unverständlichen Sprache. Erschrocken ließ ich den Brocken wieder auf den Wagen fallen.

Wir ritten schnell weiter.

»Was hat der Kerl gebrüllt?«, wollte ich wissen. »Ich habe kein Wort verstanden.«

»Es arbeiten viele Leute aus Italien, Tirol oder den östlichen Welschlanden in den Gruben«, erklärte Arnulf. »Was immer er geschrien haben mag, du hast richtig reagiert, indem du den Brocken wieder zurückgelegt hast. Jedes Steinchen ist wertvoll. Wer Roherze stiehlt, kann schwer bestraft werden. Eine abgeschlagene Hand ist das Wenigste! Und wer sich gar am Silber oder Blei vergreift, der landet auf dem Rad. Sicher wirst du mir jetzt erzählen, um wie vieles einfacher die Arbeit in den Minen in deiner Welt ist, mit all den Maschinen und Gerätschaften und dass sich jeder so viel Erz nehmen kann, wie er will, ohne bestraft zu werden. Aber ich will es nicht hören.«

»Stehlen ist auch in meiner Welt nicht erlaubt«, wollte ich klarstellen, aber – wie so oft in den vergangenen Tagen – Arnulf winkte nur ab.

Wir ritten weiter, überquerten ein Gelände mit Abraumhalden und gelangten schließlich beim Nachbarort Nuzenloch wieder in eine Gegend, in der Landwirtschaft und Weinbau betrieben wurden. Es folgten einige weitere kleine Dörfer und Weiler, dann standen wir am Nicarius. Arnulf war erleichtert: Der Fluss hatte kaum Hochwasser. Das Gelände auf der gegenüberliegenden Seite, wo das ihm anvertraute Gut lag, war im Trockenen.

Wir fanden eine Fähre, die uns zum gewöhnlichen Fährgeld – trotz Karwoche – übersetzte und gelangten somit am späten Nachmittag des 12. Aprils 1039 auf Arnulfs Gut in Neienham. Unsere Pilgerreise war beendet.

Arnulfs Frau rannte ihrem Gemahl mit seinem jüngsten Sprössling auf dem Arm entgegen, einem strammen Jungen, der schon einige Wochen alt war. Als Arnulf vom Pferd stieg, hatte er Tränen in den Augen. Ich weiß nicht, ob aus Freude über die Heimkehr oder aus Trauer, weil die Reise, und damit seine Freiheiten, zu Ende waren. Ich ritt sogleich weiter, gen Hendesham, war unschlüssig, ob ich zuerst zu meiner Klause oder in den Ort gehen sollte. Ich entschied mich für den Ort.

Die Begrüßung war fast noch stürmischer als bei meiner letzten Heimkehr. Ich konnte kaum vom Pferd steigen, so bedrängten mich die Frauen und Kinder. Hilda nötigte mich sogleich in den Bachlenz, wo mir schließlich Traudel um den Hals fiel, dieses Mal völlig hemmungslos, anders als nach meiner Italienreise.

Ich musste mich hinsetzen und erzählen. Dabei kam ich kaum zu Wort, weil mich die Anwesenden immer wieder mit Fragen bedrängten. Hilda servierte mir derweil einen Humpen Bier. Ich trank ihn fast in einem Zug. In der Tat, ich hatte das dünne Gesöff vermisst.

Bald schon kamen auch die jüngeren Männer hinzu, darunter zu meiner Überraschung Rodrigo. In seiner naiven Art begann er sogleich drauflos zu plappern:

»Oh, Maestro, tuet Ihr mir erzähle, was is los mit de Frauwe bei de Muselmane! Sin wirklich so wie mer sage? Kenne alle *positiones especiales?* Was!? Ihr net habe probierte? Bei Muselmane Ihr aber könne habe viele Frauwe, net nur eine! Warum Ihr net probiert habe?«

Die Leute lachten – wohl weniger über Rodrigos Sprüche als über mein Gesicht. Nein, mir war ganz und gar nicht danach, amouröse Abenteuer zu schildern, die nicht stattgefunden hatten.

Ich vertröstete Rodrigo, irgendwann später etwas über die *positiones especiales* zu fabulieren und lenkte das Gespräch auf die Geschehnisse im Rheingau. Was war in der Zwischenzeit geschehen?

»Alles ging seinen Gang«, antwortete Traudel. »Es gibt nichts Neues. Nur, dass mein Sohn schlimm erkrankt war im Winter. Inzwischen gilt er als genesen.«

»Und sie ist auch immer noch Witwe«, sagte Hilda mit einem vielsagenden Lächeln. »Hat noch kein zweites Mal geheiratet, obwohl ...«

»Lass das!«, unterbrach Traudel. »Das tut hier nichts zur Sache. Euer *vehiculum* und Eure Behausung, Meister Rodolfo, sind übrigens auch noch, wie sie waren. Das heißt, fast. Es hat sich nämlich ein Strauchdieb oder besser gesagt ein Halunke, ein Galgenvogel, daran versucht, doch er wurde ertappt und gefangen genommen. Der Vogt hat bestimmt, dass er nach Lobdenburg gebracht und dort in den Turm geworfen wurde. Was mit ihm weiter geschehen soll, wissen wir nicht. Die Gerichtsbarkeit kommt erst nach Ostern zusammen.«

Ein Einbruchsversuch! Früher oder später war das zu befürchten gewesen. Aber was konnte der Strauchdieb – wenn man ihn so nennen sollte – dort schon entwenden? Die Bude war leer, alles, was mir an Wert erschien, hatte ich mitgenommen. Vielleicht hatte er Gefallen an meiner Picknickdecke gefunden oder an dem schäbigen Werkzeug in meiner Gartentasche, die ich zurückgelassen hatte? Mit dem Wagen konnte er ja eh nichts anfangen.

»Aber der Wicht hat etwas kaputt gemacht«, plapperte Traudels Tochter Gundi. Sie musste inzwischen vier Jahre alt sein. Seit ich sie das letzte Mal gesehen hatte, war sie sichtlich gewachsen.

»Nun ja«, tat Hilda beschwichtigend, »richtig zerstören konnte er nichts. Das Gelände wurde Tag und Nacht bewacht. Da hatte er keine Gelegenheit, Schaden anzurichten.«

»Ich werde es mir heute noch anschauen«, sagte ich. »Am besten gehe ich los, so lange es noch hell ist. Ich lasse mein Reittier bei euch, damit es sich von der Reise erholen kann. Seid so gut, gebt ihm Hafer und striegelt es ab.«

»Ihr wollt zu Fuß hinüber zum Hellenbachtal laufen?«, fragte Traudel verwundert.

»Warum nicht? Ich bin die letzten Tage so viel geritten, dass ich schon kaum noch weiß, wie es sich zu Fuß geht.«

»Ihr kommt sicher am Sonntag zur Ostermesse in unsere Kirche?«, frage Hilda. Es klang eher wie eine Aufforderung.

»Ohne Frage«, gab ich zur Antwort. »Es ist mir eine Ehre, endlich wieder in der Kirche meines Heimatortes die Messe hören zu dürfen. Nach all den Kathedralen und Abteien auf meiner Reise ist es mir nach einer beschaulichen Kapelle.« Eigentlich war mir nicht sonderlich nach einer Ostermesse, ganz gleich, wo sie abgehalten wurde. Wenn ich aber schon eine besuchen musste, dann lieber in der kleinen Kirche in Hendesham.

»Und danach bleibt Ihr natürlich zum Festmahl«, bestimmte Hilda. »Wir schlachten einen Hammel und bereiten einen würzigen Dinkelbrei dazu.«

»Gern«, erwiderte ich. »Ich hoffe nur, dass nicht allzu viele Mönche beim Festmahl dabei sein werden. Besonders ein gewisser Mönch ...«

»Keine Sorge«, sagte Traudel, »besagter Mönch hat in diesem Haus seit geraumer Zeit keinen Zutritt mehr. Mein Vater hat ihn vor die Tür gesetzt, da er ständig auf Händel aus war.«

»Wo ist Euer Vater überhaupt? Ich habe ihn noch nicht gesehen. Und wo sind sein Sohn und seine Neffen?«

»Unterwegs im Rheingau, einige Geschäfte erledigen. Eigentlich hätten die beiden Ingberts heute schon zurück sein sollen, aber vermutlich wurden sie aufgehalten. Dietwolf allerdings ist nicht im Land. Er ist wieder mit dem kaiserlichen Heer unterwegs. Sie wollen erneut die Belagerung Mediolanums aufnehmen.«

Ich muss sehr verstört geschaut haben. Also hatten sie es wahrgemacht und den Irrsinn weiter verfolgt!

»Der Kaiser selbst weilt im Herzogtum Niederlotharingien, in der Stadt Nimwegen«, erläuterte Traudel. »Es geht ihm nicht sonderlich gut, heißt es.«

»Der *imperatore* an *podagra laborare«,* kauderwelschte Rodrigo. »Er nimmer könne gut lasse seine Wasser. Nix mehr zu mache. Er bald *mortus est*.«

Dabei grinste er derart blöd, dass ihm Hilda mit einem Tuch, das sie gerade in den Händen hielt, eins überzog und ihn einen frechen Narren schalt. Er duckte sich, aber anstatt ruhig zu sein, fuhr er in dreister Manier fort: »Was wahr ise, ise wahr. Er nix mehr könne *mingere*, nix mehr viel rauskomme, verstehe?« Dabei machte er eine eindeutige Geste, die zeigen sollte, dass der Kaiser Probleme beim Urinieren hatte.

»Ich verstehe«, sagte ich trocken. Nun hielt ich es endgültig für an der Zeit, zu gehen.

Die Leute – auch Rodrigo, der nun schwieg – begleiteten mich noch bis zum Dorfausgang. Dann war ich allein. Zum ersten Mal seit Wochen – abgesehen von den Nächten in der Zuda und in den besseren Herbergen – war ich wirklich allein.

Vor mir lag die Bergstraße mit ihren Wingerten und den frisch bestellten Feldern. Auf den Hügeln hinter den Weinbergen blühten Bäume und Büsche – fast erschienen sie mir wie die blühenden Obstbäume aus späterer Zeit. Es waren jedoch nur Wildsträucher, die ihre Blüten geöffnet hatten und ihren Duft versprühten. Dazwischen mischte sich leichter Rauchgeruch. Am Hang oberhalb meiner Behausung qualmte ein Holzkohlenmeiler. Weit oben, über dem Hohen Nistler und dem Weißen Stein flog ein großer Vogel. Ich holte mein Fernglas aus dem Beutel und betrachtete ihn. Es war nur ein Bussard. In den Pyrenäen hatten wir Adler gesehen, auch in den Alpen war mir einmal, als ob Adler über mir gekreist wären. Die Raubvögel im Odenwald waren hingegen allesamt nur Bussarde, Habichte und Milane.

Endlich stand ich vor meinem Wagen. Ich sah sofort, was geschehen war: Die rechte vordere Tür war verbeult, der rechte vordere Reifen platt. Der Dieb musste versucht haben, die Tür aufzubrechen. Wie er es geschafft hatte, dabei auch den Reifen zu zerstören, blieb mir ein Rätsel.

Verdammt, nun war der Wagen noch weniger brauchbar! Das Vehikel hatte nicht einmal einen Ersatzreifen im Kofferraum. Die modernen Modelle fuhren alle ohne Ersatzreifen, sondern boten nur ein wenig funktionierendes Reparaturset, so dass man gerade bis zur nächsten Werkstatt gelangen konnte. Nächste Werkstatt, hier? Ein absurder Gedanke! Meine Wut verrauchte schnell. Selbst mit vier intakten Rädern: Wohin hätte ich denn fahren können? Die Piste, die mir *die Anderen* anlegen wollten, damit ich mit dem *vehiculum* ins Tal hätte rollen können, war eine fixe Idee gewesen. Ich hatte sie ja selbst ausgeschlagen.

Ich kramte meinen Autoschlüssel heraus und betätigte die Fernbedienung. Auch jetzt funktionierte die Entriegelung der Türen noch. Ich setzte mich hinters Steuer und startete den Motor. Wie ein halbes Jahr zuvor sprang der Wagen unverzüglich an. Der Qualm, der aus dem Auspuff drang, war zwar noch schwärzer als beim letzten Mal, aber der Motor lief. Ich genoss das Geräusch. Der Tank war weiterhin fast voll. Ich wäre damit bis Mailand gekommen, hätte es denn Straßen gegeben.

Ich schaltete den Motor wieder aus, stieg aus, verriegelte den Wagen und ging in meine Hütte. Hier war alles so, wie ich es verlassen hatte. Der Dieb war wohl nicht bis hierher vorgedrungen. Es fehlte nichts und es war nichts zerstört.

Ich öffnete den Fensterladen, um Luft hereinzulassen, da erschien ein junger Kerl, mit einem blonden Haarschopf und dem ersten Flaum am Kinn. Mit zitternder Stimme fragte er mich, was ich da treibe. Vermutlich hatte er mehr Angst vor mir als ich vor ihm. Ich sah, dass er nur mit einem Langmesser bewaffnet war, das er krampfhaft in seinen Händen hielt.

»Keine Angst, holder Junker«, sagte ich so freundlich, wie es die Umstände erlaubten. »Ich bin der Besitzer dieses Hauses. Ihr seid wohl der Wächter, der auf das Anwesen aufpassen soll, oder? Ihr habt sicher gesehen, wie ich das *vehiculum* öffnen und starten konnte. Also kann ich nur dessen rechtmäßiger Eigentümer sein, denn außer mir vermag das keiner. Und falls Ihr mir nicht glaubt, fragt Gernot, den Vogt.«

»Verzeiht«, antwortete er, sichtlich erleichtert. »Ich habe Euch nie zuvor gesehen und deshalb ... Ihr wisset, es hat ein Lump versucht, das *vehiculum* zu öffnen. Der damalige Wächter hat ihn überrascht. Es gab einen Händel zwischen den beiden, wobei es geschehen sein mag, dass das Fahrzeug beschädigt wurde. Der Halunke konnte zwar entkommen, aber im Ort Dossenham haben sie ihn gefangen gesetzt.«

»Ich habe es bereits vernommen. Der Mann sitzt jetzt im Turm zu Lobdenburg und wartet auf seine Verurteilung. Ich werde nach Ostern dorthin reiten, um ihn mir anzuschauen. Wisst Ihr, woher er kam? War es jemand aus der Gegend?«

»Ich weiß leider nichts Näheres. Doch eines weiß ich mit Gewissheit: Da das Rad des Wunderfahrzeuges zerstört wurde, wird der Verbrecher wohl selbst aufs Rad müssen.«

»Wieso gleich aufs Rad?«, entgegnete ich. »Der Schaden ist gering. Außerdem komme ich mit dem Fahrzeug sowieso von hier nicht weg. Was nutzen da die Räder?«

Der Bursche schaute nur verstört drein. Vermutlich verstand er den Sinn meiner Worte nicht.

»Der Mann kommt aufs Rad«, wiederholte er stumpfsinnig. »Wenn er Glück hat, wird er nur gehenkt. Er wird gerichtet werden, so oder so.«

Der Wächter nervte mich, also entließ ich ihn, nicht, ohne ihm eine Münze zuzustecken, worauf er mir versprach, ein Vaterunser und ein Gegrüßet-seist-du-Maria für mich zu beten.

Zwischenbemerkung

Diese Naivität *der Anderen*, ihr kindlicher Glaube, gepaart mit äußerster Brutalität und dem Vergnügen an Grausamkeiten, das ist es, was ich an ihnen am meisten verachte. Gewiss, die Barbarei ist auch im 21. Jahrhundert nicht überwunden; ich sollte nicht abfällig über *die Anderen* urteilen. Dennoch, ich habe *die Anderen* über. Während ich meine Aufzeichnung machte, schlich schon wieder ein Mönch um mich herum – einer, den ich noch nicht näher kannte – und fragte, welche Art Schrift es sei, die ich verwende. Wie oft wurde ich dies schon gefragt – von den Mönchen oder von anderen, die der Schrift mächtig waren, ja selbst von denen, die nicht lesen und schreiben konnten und somit nicht erkennen konnten, dass ich nicht die Schrift der Franken benutze. Es sei die lateinische Schrift, sagte ich dem Mönch. Er müsse doch die lateinische Schrift kennen! In Wahrheit kannte er wohl gar keine Schrift, sondern pinselte nur geistlos die Zeichen ab, die ihm vorgelegt wurden. Ich war und bin mir sicher, er ist in Wirklichkeit Analphabet. Ich habe die Schreibstube des Klosters daraufhin wieder verlassen und meine Aufzeichnungen in meiner Behausung weitergeführt. In der Schreibstube hatte ich keine Ruhe.

Bemerken möchte ich noch, wie oft die Mönche sich der Andacht hingeben müssen: achtmal innerhalb 24 Stunden! Dazu kommt die Verpflichtung, in einer Woche mindestens 150 Psalme zu beten (wobei die wenigsten so weit zählen können). Wie fanatisch fromm müssen sie sein. Aber die wenigsten, so mein Eindruck, leben freiwillig im Kloster: Entweder werden sie von ihren Familien dazu gezwungen oder sie schließen sich aus purer Not einem Orden an – oder gar, um sich nicht vor einem weltlichen Gericht verantworten zu müssen, so wie Einhard, der vorgibt, ein Mönch auf Pilgerschaft zu sein.

Allerdings frage ich mich, warum ich sie verurteilen sollte. Ein Leben im Kloster ist auf jeden Fall besser als zu betteln oder in einer der Gruben zu schuften, ohne tagelang das Sonnenlicht zu sehen.

Tag 666, 15. April 1039, bis Tag 673, 22. April 1039

Ich will hier weder Zeilen noch Tinte verschwenden, um die Osterfeierlichkeiten näher zu schildern. Nur auf eines will ich hinweisen: Traudel spielte zwar wieder die Laute, aber keine ihrer Improvisationen erinnerte noch an »The burning midnight lamp« oder andere Musik, die sie bei mir gehört haben mochte. Ob sie die Melodie nur verlernt hatte oder bewusst nicht mehr spielte, erfuhr ich nicht. Erwähnen will ich auch noch, dass am Abend des Ostersonntags Arnulf mit seiner Familie in den Bachlenz kam, und wir gemeinsam unsere Erlebnisse berichten durften – ich glaube, wir hatten sicher an die fünfzig Zuhörer: Ingberts Familie, all seine Bediensteten, Leute aus dem Dorf, etliche Mönche. Arnulf schmückte unser Abenteuer gewaltig aus. Es fehlte eigentlich nur noch, er hätte von Drachen und Meeresungeheuern fabuliert!

In der Woche nach Ostern ritt ich nach Lobdenburg, um den Mann zu sehen, der mein Fahrzeug beschädigt hatte. Es hieß, es gäbe auch in Hendesham ein Gericht, und zwar am Stadtausgang nach Norden, entlang des Weges, den ich zu meiner Bleibe einschlagen musste. Eine mir bis dato unscheinbar erschienene Wiese würde als Gerichtsort dienen, sofern es von Nöten sei. Seit meiner Ankunft bei *den Anderen* jedoch war – zumindest während meiner Anwesenheit in Hendesham – eine solche Not glücklicherweise nicht eingetreten. Das Hendeshamer Gericht unterstand der Kirche. Da mein *vehiculum* auf einem Gelände stand, das bislang nicht dem Kloster Lorsch vermacht worden war, wurde der Geselle in Lobdenburg gefangen gehalten und sollte einem weltlichen Gericht vorgeführt werden.

Das Gefängnis befand sich in einem niedrigen Turm an der nördlichen Stadtmauer, auf den fast nie Sonnenlicht fiel. Auch hatte er keine Fenster. Entsprechend war es in seinem Inneren feucht und kalt. Ich war frühlingshaft bekleidet. Die Sonne brannte schon ordentlich auf das Land, weshalb ich ganz schön schlotterte, als ich das Gemäuer betrat.

Der Wächter war ein kleinwüchsiger, gemütlicher Mann mit Zottelhaaren und Bart, der ihm bis zum Bauchnabel reichte. Er erinnerte an einen Zwerg aus dem Film »Der Herr der Ringe«. Als ich ihm mein Anliegen vortrug, schien er zu erschrecken. Der Gefangene sei gefährlich, meinte er, er habe die Anweisung, niemanden zu ihm vorzulassen. Als ich ihm aber ein Geldstück zuschob, grinste er und brummte etwas wie, nun ja, bei dem Besitzer des *vehiculi magici*, um das sich schließlich der Fall drehe, könne er schon ein Auge zudrücken. Ich folgte ihm eine steile Treppe hinab in einen unterirdischen Raum, der noch feuchter und kühler war als das Gemach im Erdgeschoss. In diesem Keller, hinter einer aus Holzlatten gezimmerten Tür, kauerte ein in Lumpen gekleidetes Etwas auf einem schmutzigen Strohsack. Überhaupt Schmutz! Muss ich beschreiben wie der Mann aussah? Muss ich den Gestank beschreiben, der dem Verlies entströmte?

Als der Wächter die Tür öffnete, sprang der Mann auf, und wich sogleich zurück, als er sah, dass der Wächter nicht allein war. Der Wächter sagte ein paar Worte zu ihm, die ich nicht verstand. Da schrie der Gefangene auf, bekreuzigte sich und spuckte vor mir aus.

Der Wächter stellte sich breitbeinig zwischen uns und brüllte den Gefangenen an, er solle sich zusammenreißen. Er sei eh des Todes. Es sei nur die Frage offen, wie er zu sterben habe: Lediglich am Strick oder qualvoll auf dem Rad.

Der Verlumpte aber kreischte weiter. Nun verstand ich auch, was er da schrie:

»Geh hinweg, Satan! Weg! Weg mit dir! Du Verfluchter!«

»Meint er mich?«, fragte ich den Wächter irritiert. Dieser stieß den Gefangenen zurück auf das Lager und deutete mir an, wieder nach draußen zu gehen. Rasch schloss er hinter uns die Tür.

»Ich sagte Euch schon, er ist gefährlich«, bekam ich zur Antwort. »Er hält Euch für einen Abgesandten der Hölle. Hat man Euch das nicht gesagt?«

Ich schüttelte verwundert den Kopf. Während wir die Stufen wieder hinaufstiegen, brummte der Wächter, gerade deshalb habe der Mensch ja das *vehiculum* zerstören wollen. Nein, rauben wollte er nichts. Er wollte das Fahrzeug zerstören. Denn er hielt es für Teufelswerk.

»Für Teufelswerk?«, bohrte ich nach. »Aber wieso das?«

»Ach«, stöhnte der Wächter, »bösartige Menschen verbreiten das Gerücht, Ihr kämet gar nicht aus einer fremden Welt, sondern seid in Wirklichkeit ein Gaukler, der mit finsteren Mächten im Bunde stehe. Menschen, die einfachen Geistes sind, wie unser Halunke, glauben das und begehen dann solche Verbrechen.«

»Ich weiß, dass ich nicht nur Freunde habe«, gestand ich. »In der Tat hält man mich für einen Gaukler, wenngleich einen Gaukler aus einer anderen Welt ...«

»Genau, das ist es«, unterbrach der Wächter. »Ihr kommt aus einer anderen Welt – sie mag ein Garten Gottes sein oder ein Feld, das der Satan bestellt. Wer weiß schon Genaues?« Er grinste zweideutig.

Ich fühlte mich niedergeschlagen. Der Argwohn, den ich durch meine Pilgerreise zerstreuen wollte, schwelte weiter unter *den Anderen*. Ja, wer wusste schon Genaues? Ich blieb ein Fremdkörper in ihrer Welt.

»Macht Euch keine Sorgen«, brummte der Wächter kaum hörbar. »Rechtschaffene Christen halten Euch für ihresgleichen, nämlich einen rechtschaffenen Christen. Ihr steht unter dem Schutz des Abtes und Bischofs von Speyer, gar unter dem Schutz des Kaisers. Wer sich gegen Euch auflehnt, lehnt sich letztlich gegen die Kirche und den Kaiser auf. Das kann nicht ungestraft bleiben.«

Als wollte er hören, ob ich der gleichen Meinung sei, schielte er mich aus seinem Haar-Bartgestrüpp herausfordernd an.

»Gewiss, gewiss«, sagte ich, während ich mich zur Tür wandte, um nach draußen zu gehen, »dennoch finde ich es nicht gut, wenn der Mann wegen mir sterben muss. Ich werde ein gutes Wort für ihn einlegen.«

»Tut das nicht!«, fuhr mich der Wächter an. Seine Freundlichkeit war jäh aus seinem Gesicht gewichen. »Hier darf es keine Milde geben. Denn es geht nicht um Euch und Euren ehernen Karren. Es geht darum, dass sich dieser Mann gegen die Ordnung aufgelehnt und gegen den Abt gestellt hat. Er greift Euch als Teufelsdiener an und damit bezichtigt er den Abt, einen Teufelsdiener zu schützen – was nur heißen kann, dass der

Abt selbst ein Teufelsdiener ist! Versteht Ihr das?! Versteht Ihr, warum es keine Gnade mit einem solchen Wahnsinnigen geben darf?«

»Ich verstehe«, antwortete ich niedergeschlagen. »Wenn der Mann schon nicht gerettet werden kann, soll er zumindest nur gehenkt werden, nicht auch noch gerädert.«

Ich gab dem Mann nochmals eine Münze, worauf er sich verneigte und nun wieder ganz freundlich mit verschmitzten Augen aus seinem Haargespinst herausblinzelte. Unverzüglich eilte ich davon, bestieg mein Pferd und ritt, so schnell ich konnte, zurück zu meiner Behausung.

Zwei Tage später, am Donnerstag, den 19. April, erschien vor meiner Bleibe ein Herold, der mich mit feierlichen Worten aufforderte, mit ihm noch am gleichen Tag zum Gericht nach Lobdenburg zu reiten. Ich sollte in der Angelegenheit eines gewissen Hanno aus Dossenham eine Aussage machen. Dieser Hanno konnte nur der arme Wicht sein, der sich an meinem Fahrzeug zu schaffen gemacht hatte.

Wir machten uns unverzüglich auf den Weg. Ich hatte noch nicht einmal richtig gefrühstückt, allerdings verdarb mir die Aufregung den Appetit. Der Herold war schweigsam. Was immer ich ihn fragte, er antwortete nur, ich werde schon sehen und hören und brauche mir keine Sorgen zu machen.

Das Gericht tagte unter freiem Himmel. Vor dem östlichen Stadttor war auf einer Wiese ein Baldachin gespannt. Darunter saßen vier Männer hinter einem niedrigen Tisch. Sie erhoben sich bei meinem Eintreffen und wurden mir als der Richter, seine beiden Gehilfen und ein Schreiber vorgestellt. Es hatte sich auch einiges Volk eingefunden, vor allem Frauen, Kinder und ein paar alte Leute. Die jüngeren Männer waren vermutlich mehrheitlich auf den Feldern bei der Arbeit. Denn es herrschte gutes Wetter und die Feldarbeit konnte nicht warten.

Der Richter stellte eine wunderliche Figur dar. Zwar hatte ich bei *den Anderen* auch immer wieder Männer wie Frauen gesehen, die gut genährt, ja durchaus dick waren – Ingbert, Hilda, der zottelige Gefängniswärter oder auch der Kaiser – aber so richtig fett war niemand gewesen. Ganz anders der Richter! Sein Gesicht wurde von einem kurzen Vollbart eingerahmt, die leicht ergrauten Kopfhaare waren ihm weit in die Stirn gekämmt und dazwischen wuchs eine feiste Knollennase zwischen zwei Schweinsäugelein. Der Eindruck, einen gemästeten Eber vor mir zu haben, wurde verstärkt durch eine riesige lederne Kappe und eine ausstaffierte Lederjacke, die der Mann trug. Immerhin bestätigte er das alte Sprichwort: Dicke sind gemütlich. Der Mann sprach leise und zeigte keinerlei Eile, selbst mit dem Delinquenten sprach er in freundlichem Ton.

Was mich mehr noch als die Erscheinung des Richters verwunderte, waren die Schafe, die auf der Wiese weideten und immer wieder zwischen den Anwesenden und vor dem Richtertisch umherliefen, ohne dass es jemanden störte. Unsere Pferde und die der Gerichtsbarkeit waren an einer Koppel unmittelbar neben dem Richtertisch angebunden. Als während der Verhandlung eines der Pferde etwas fallen ließ, erschien ein Diener, der die Pferdeäpfel mit einer Schaufel auflas und sie nur wenige Meter weiter ins Gelände warf. Nicht nur das: So mancher der Zuschauer verrichtete am Rande der Wiese zwischendurch seine Notdurft, Männer im Stehen, Frauen im Sitzen, wobei Letztere ihre Röcke nicht anhoben.

Der Richter erwies sich als ein Vertreter des Königs und Herzogs von Westfranken. Wie ich schon geschrieben habe, war das Gelände, auf dem die Tat begangen worden war, im Besitz von Ingberts Familie, hatte also einen weltlichen Herrn, weshalb das Verfahren von einer weltlichen Gerichtsbarkeit abgehalten wurde.

Ingbert selbst erschien übrigens nicht. Dafür aber waren sein Sohn, Ingbert jr., und sein Neffe Geiselhard in Begleitung einiger Knechte anwesend.

Nach der Begrüßung stand ich etwas ratlos herum. Nur die vier Männer hinter dem Richtertisch konnten sitzen. Endlich brachten sie den Delinquenten. Jener zottelbärtige Wächter, den ich bereits kannte, sowie ein weiterer Wächter, ein schlaksiger Kerl mit einem Stoppelbart, führten den Täter an einem Strick um den Hals herbei. Sie hatten ihn wohl ein wenig hergerichtet, denn seine Haare erschienen gestutzt und gekämmt, seine Kleidung – wenngleich immer noch Lumpen – war vom gröbsten Schmutz gereinigt worden.

Der Richter wandte sich unverzüglich an ihn, sprach ihn mit Namen an und fragte, ob er sich zu seinen Taten bekenne, welche da waren –

ich staunte nicht schlecht: Eindringen auf das Gelände, das durch den Großmut des Besitzers, dem freien Franken Ingbert vom Bachlenz, und durch Fürbitten Reginbalds von Dillingen, des Abtes von Lauresham und Bischofs von Spirum, dem fremden Gaukler zugeteilt worden sei, Beschädigung dessen Eigentums, somit Verletzung des Gastrechtes, Händel mit dem herbeigeeilten Wächter, Widerstand gegen die Festnahme, Verletzung des Wächters mit einem Messer an der Hand, Verfluchung des fremden Gauklers, Verfluchung der Obrigkeit, Bezichtigung des Gauklers, mit dem Teufel im Bunde zu sein, Bezichtigung der Obrigkeit, den teuflischen Gaukler zu decken und somit selbst ein Bündnis mit dem Teufel eingegangen zu sein, Bezichtigung der weltlichen und kirchlichen Obrigkeit des Rheingaus und des Herzogtums Westfranken, vom wahren Christentum abgefallen zu sein und letztlich Verfluchung des Abtes, des Herzogs sowie gar des Königs und Kaisers.

Was er dazu zu sagen habe, fragte der Richter, nachdem er all seine Vergehen heruntergebetet hatte.

Hanno spuckte auf den Boden und schwieg. Der Richter verzog angewidert das Gesicht und fragte nochmals, wie er zu den Beschuldigungen stehe. Der Gefangene schielte zu mir herüber und murmelte etwas, das sich anhörte wie, man müsse mir doch nur in die Augen sehen, dann wisse man, dass ich des Teufels sei.

»Was siehst du in den Augen des Gauklers?«, fragte der Richter direkt heraus. »Sag es uns!«

»Das Höllenfeuer!«, knurrte Hanno.

Ein Raunen ging durch die Zuschauer.

Der Richter zeigte willkürlich auf eine Frau und einen älteren Mann und forderte die beiden auf, mir in die Augen zu schauen: »Was seht ihr in den Augen des Fremden?«

Die beiden starrten mich an, sagten daraufhin, sie sähen nichts weiter als die Augen und das Gesicht eines gewöhnlichen Mannes.

Der Richter wandte sich an mich: »Meister Rodolfo, fremder Gaukler – Ihr verzeiht, wenn ich Euch weiterhin so nenne, was ich nicht tue, um Euch gering zu schätzen, sondern weil diese Bezeichnung für Euch im Gebrauch ist: Ich frage Euch selbst: Seid Ihr mit dem Teufel im Bunde?«

Die Frage verwirrte und amüsierte mich zugleich. Irgendwie erinnerte sie mich an die Frage auf den Einreiseformularen für die USA: Gehören Sie einer Vereinigung an, die Anschläge in den USA plant (oder so ähnlich)? Wer hätte da jemals mit »Ja« geantwortet! Also verneinte ich mit allem Nachdruck.

»Könnt Ihr es unter Eid bekräftigen?«, fragte der Richter weiter.

»Ohne Frage!«, rief ich laut und deutlich, dass es alle hören konnten.

Einer der Helfer des Richters erhob sich und reichte mir eine Bibel, ein handgeschriebenes Exemplar in einem kostbaren Einband, auf das ich die Hand legen musste, während ich eine Eidesformel nachzusprechen hatte.

Zum Delinquenten gewandt, sagte der Richter: »Wäre der Fremde mit dem Teufel oder anderen bösen Mächten im Bunde, hätte er da die Hand auf die Bibel legen können?«

»Der Teufel weiß sich zu helfen«, knurrte Hanno. »Der Gaukler wird die Hand nicht richtig aufgelegt haben. Oder die Bibel ist entweiht.«

»Deine Bezichtigungen sind selbst des Teufels«, sagte der Richter, ohne seine freundliche Miene abzulegen. Zu seinem Helfer gewandt, fragte er, ob er bestätigen könne, dass ich die Hand auf die Heilige Schrift richtig aufgelegt habe. Ja, das könne er, gab er zur Antwort. Und ob er bestätigen könne, dass es sich um eine wirkliche Heilige Schrift handle. Ja, auch das könne er, erwiderte der Gefragte.

Wieder mir zugewandt fragte der Richter, ob ich stets die Heilige Messe besuche. Nicht nur das, gab ich zur Antwort, ich sei auch nach Sant Jago gepilgert und habe am Grab des Heiligen Apostels Jakobus gebetet.

Wie ich mir erklären könne, warum Hanno in mir einen Gesandten des Teufels sehe, fragte man mich weiter.

»Nun, vermutlich ist der Mann einfachen Gemüts und fürchtet sich vor meinem *vehiculum* und den anderen Dingen, die ich mit mir in Eure Welt gebracht habe. Ich nehme an, Ihr wisset, auf welch unfreiwillige Weise es mich hierher verschlagen hat. Nichts wäre mir lieber, als wieder in meine Welt zurückzukehren; auch das wisset ihr sicherlich.«

»Ja, wir wissen es«, antwortete der Richter. »Weiterhin wissen wir: Ihr stehet unter dem Schutz des Bischofs Reginbald und seid zudem vom Kaiser empfangen worden. Einen Gesandten des Teufels würde weder ein Bischof protegieren noch ein Kaiser empfangen.« Er winkte mich heran und flüsterte: »Aber verstehen kann man sicherlich schon, dass sich einfaches Volk vor Euch fürchtet. Es soll mitunter schauerliche Musik aus Eurem *vehiculum* geklungen sein. Auch spricht man davon, Ihr würdet Wundermedizin besitzen und Bilder einfangen können.«

»All das ist in meiner Welt gewöhnlich«, erwiderte ich. »Doch, um Euch zu beruhigen: Das Gerät, das Bildnisse erzeugen kann, ist nicht mehr in Gebrauch. Es hat seine Kraft verloren. Was die Musik angeht ...«

Er winkte ab: »Ihr müsst nichts erklären oder rechtfertigen. Sicher habt Ihr befremdliche Gegenstände in Eurem Besitz, doch besitzen auch die Mauren oder Juden manch Ding, das uns fremd erscheinen mag. Und ich wollte nicht wissen, was die Menschen im fernen Hindustan oder Cipango ihr Eigen nennen.«

Laut sprach er weiter: »Sagt, Meister Rodolfo, wie sehet Ihr den Schaden, den Hanno angerichtet hat? Könntet Ihr ihn in Dukaten oder Pfennigen beziffern?«

»Ach, der Schaden ist gering. Der Mann wurde ja an weiteren Verwüstungen gehindert. Ich halte ihn für einen verwirrten Geist, der nicht weiß, was er tut. Ihr solltet nicht allzu streng mit ihm umgehen.«

»Habt Ihr das gehört, Hanno aus Dossenham?«, rief der Richter dem Gefangenen zu. »Der Gaukler bittet um Gnade für Euch. Täte dies einer, der dem Teufel hörig ist?«

»Das sind des Teufels Listen«, schnarrte Hanno. »Fallt nicht darauf herein! Er lullt Euch ein. Er ist des Teufels. Nicht nur ich sage das. Nicht nur ich!«

»So? Und wer sagt das noch?«, fragte der Richter mit bitterböser Mine.

»Andere ... Ich sage die Namen nicht. Nicht einmal unter der Folter! Nein, nicht einmal unter der Folter! Ich verrate niemanden!« Letzteres schrie er regelrecht über den Platz.

»Du musst nicht brüllen wie ein Ochse!«, fuhr ihn einer der Gerichtshelfer an. »Sonst legen wir dir noch die Maulschelle an.«

»Ich will ein Gottesurteil!«, schrie Hanno in Richtung der Zuschauer. »Ein Gottesurteil gegen den Gaukler!«

Ein Raunen ging durch die Menge. Der Richter aber donnerte mit der Faust auf den Tisch. Nun wurde er laut: »Das fehlte gerade noch. Ein Gottesurteil! Wir machen uns ja im ganzen Herzogtum, ja im ganzen Imperium lächerlich, wenn wir auf solchen Aberglauben hereinfallen. Es ist genug!«

Schwerfällig erhob er sich. Gleiches taten seine Helfer und der Schreiber. Einige der Zuschauer bekreuzigten sich.

»Im Namen des Imperators, Königs und Herzogs Konrad des Saliers, verurteile ich dich, Hanno, Knecht zu Dossenham, wegen Aufruhrs, Gotteslästerung, Verfluchung der weltlichen und geistlichen Obrigkeit sowie der versuchten Zerstörung des Eigentums unseres Gastes Rodolfo, genannt der Gaukler aus der anderen Welt, zum Tod durch den Strang. Das Urteil ist vor Einbruch der Dunkelheit zu vollstrecken. Dem Verurteilten wird Gelegenheit zur Buße und Empfang der Heiligen Sakramente gegeben, bevor er zur Richtstätte geführt wird.«

Der bärtige Wächter zerrte am Strick an Hannos Hals, während sein dürrer Kumpan dem Verurteilten einen unsanften Stoß gab. Dieser schrie weitere Verwünschungen aus, nannte mich die Erscheinung des Anti-Christen und den Richter gar das Tier mit der Zahl 666. Alle rechtschaffenen Christen mögen ihm zur Hilfe eilen! Mochte er kreischen, so viel er wollte. Niemand rührte sich und ergriff Partei für ihn. Wenn es weitere Menschen gab, die mich für einen Gesandten der Hölle hielten, so wagten sie nicht, sich zu erkennen zu geben. Die Wächter führten den Verurteilten durch das Stadttor, wohl in Richtung Kirche, wo er seine Beichte ablegen konnte – falls er das überhaupt wollte.

Aus dem Kreis der Zuschauer hörte ich zustimmendes Gemurmel. Es sei ein mildes und gerechtes Urteil. Der Richter hätte nicht viel Federlesen gemacht, das sei gut. Dem Aberglauben solle nicht Vortrieb geleistet werden.

Der Richter bedankte sich derweil bei mir. Ich sei nun entlassen. Selbstverständlich dürfte ich aber den weiteren Verhandlungen, die noch angesetzt seien, als Zuschauer beiwohnen. Es ging um einen Hühnerdiebstahl, um Betrug beim Brotbacken und um zänkische Marktweiber, alles in allem keine großen Dinge, die wohl mit geringen Strafen – Zahlungen, Stockhieben oder dem Schandfass – geahndet werden konnten.

Ich aber bedankte mich beim Richter für seine Milde. Dieser wiederum sagte, die Milde verdanke der Verurteilte mir, denn ich hatte ja um eine gnädige Strafe gebeten. Was aber, so dachte ich bei mir, hätte der arme Mann wohl in meiner Welt zu erwarten gehabt? Vielleicht ein paar Monate auf Bewährung oder eine Geldstrafe. Möglicherweise hätte man ihn aber gar nicht bestraft, sondern in eine psychiatrische Heilanstalt eingewiesen.

Ich gab schließlich vor, noch wegen eines anstehenden Geschäftes nach Spirum hinüber zu wollen und verabschiedete mich.

»Wir sehen uns am Sonntag im Bachlenz!«, rief mir Ingbert jr. nach, als ich den Richtplatz verließ. »Mein Vater lädt Euch zu einem Essen ein. Ihr werdet kommen?«

Ich bejahte, ließ seiner Familie meine Grüße ausrichten und ritt davon.

Ich ging jedoch nicht nach Spirum; die Überquerung des Rheins war mir zu mühselig. Das endlose Warten auf die Fähre, das Geschaukel auf dem Wasser, immer die Angst, der Kahn könne kippen (was er glücklicherweise nie tat)! Ich ritt zunächst ein Stück nach Süden, wandte mich dann nach Osten zum Odenwald hin und nahm schließlich die Straße zum Kloster Lauresham. Kurz vor dem Kloster bog ich wieder nach Osten, wobei ich nicht sagen konnte, warum. Ich rastete an der Bergstraße in einer Schenke, wo ich mir eine Suppe und ein kühles Bier servieren ließ. Derart gestärkt, folgte ich einem Weg durch die Siedlung Hepprum, über der auf einem Hang eine kleine Burg wachte. Ich wollte schon immer einmal von dort die Aussicht auf die Rheinebene genießen, also lenkte ich mein Pferd den steilen Aufstieg hinauf.

Die Burg entpuppte sich als kleines Fachwerkgebäude nebst einem Bergfried, der noch nicht ganz fertig gemauert war. Die Einfriedung des Burggeländes war nichts weiter als eine schlichte Holzpalisade mit einem einzigen Tor, das offen stand. Ich sah weit und breit niemanden, also ritt ich schnurstracks in den Hof hinein.

Im gleichen Augenblick hörte ich einen schrillen Pfeifton, wie ihn Falken ausstoßen, und schon stürzte sich ein solcher Vogel auf meinen Kopf. Mit Mühe konnte ich ihn abwehren, doch der Vogel setzte erneut zum Angriff an. Meine Kappe – ich trug, wenn ich unterwegs war immer noch meine verschlissene Schildkappe – flog in hohem Bogen auf den Boden. Ich geriet in Panik, wendete mein Pferd, wollte aus dem Hof hinaus, da versperrte mir ein Reiter den Ausgang.

Ein weiterer Pfiff – jetzt von jenem Reiter – und der Vogel ließ von mir ab. Er kreiste noch einmal um den Hof und ließ sich dann auf der ausgestreckten und behandschuhten Faust des Reiters nieder.

Da erkannte ich, dass es sich um den Vogt handelte. Zwei weitere Reiter erschienen hinter ihm, wohl zwei seiner Gehilfen. Sie grinsten beide blöd, während Gernot versuchte, so finster dreinzublicken wie nur möglich. Anscheinend amüsierte er sich ebenso.

»Meister Rodolfo«, tat er überrascht und in schmeichelhaftem Ton, »Euch hätte ich hier nicht erwartet. Verzeiht den Angriff meines Falken. Er hat Euch wohl für einen Strauchdieb gehalten. Solche ziehen derzeit viele durch das Land.«

»*Ihr* müsst verzeihen«, entschuldigte ich mich. »Ich drang einfach in dieses Anwesen ein, ohne um Erlaubnis zu bitten. Ich sah niemanden ...«

»Ist schon gut, Meister Rodolfo, es ist ja auch nicht üblich, eine Baustelle ohne Bewachung zu belassen. Denn es ist noch eine Baustelle. Wir lassen hier eine Wehrburg errichten, die den Ort und das Umland schützen soll. Es wohnt noch niemand hier. Und die Arbeiten ruhen, da die Handwerker und Bauleute anderweitig gebraucht werden. Aber lasset es Euch eine Lehre sein, fremder Gaukler aus der anderen Welt: Schnell kann es einen das Augenlicht kosten oder gar das Leben, wenn man nicht Acht gibt.«

»Ich war eben zu sehr in Gedanken«, rechtfertigte ich mich. »Die Gerichtsverhandlung heute gegen Hanno ...«

»Ach ja? Das war heute?« Gernot tat wieder überrascht. »Wie ist es der armen Seele ergangen? Wurde er verurteilt?«

»Gewiss, wenngleich ich es nicht für gut empfunden habe, dass er gleich sein Leben verloren hat, nur, weil er versucht hat, meinen Wagen zu beschädigen. Man hätte ihn laufen lassen sollen.«

Nun lachte Gernot gerade heraus. Auch seine beiden Gesellen stimmten in das Lachen ein.

»Damit er die Leute weiter aufhetzt?«, fragte der Vogt. »Wisset, die Menschen sind abergläubisch, verängstigt und argwöhnisch. Sollte eine Krankheit ausbrechen oder eine Hungersnot, wer weiß, wen man letztendlich beschuldigen würde. Euer jäher Aufbruch aus dem Heer des Kaisers, nachdem dort die Seuche ausgebrochen war ...«

»War vom Herzog angeordnet«, unterbrach ich. »Herzog Heinrich hatte ...«

»Ich weiß, ich weiß«, unterbrach nun Gernot seinerseits. »Lassen wir es, wie es ist. Ihr dauert mich, Meister Rodolfo, denn Ihr könnt Euch noch so bemühen, ein echter Franke zu werden, irgendwann und irgendwie kommt doch immer wieder der Gaukler aus der fremden Welt in Euch zum Vorschein. Ich kann Euch deshalb nur immer wieder daran erinnern, vorsichtig zu sein.«

»Ja, der Gaukler aus der fremden Welt«, seufzte ich, »er lässt mich irgendwie nicht los.« Eine große Niedergeschlagenheit überkam mich plötzlich. Ich hatte es so satt, ein Gaukler zu sein!

Der Vogt und seine Gesellen waren derweil ein wenig zur Seite geritten, so dass das Tor nun frei war und ich hinausreiten konnte. Als ich dazu ansetzte, hielt mich der Vogt zurück: »Wollt Ihr nicht Eure Kopfbedeckung aufheben, die Euch der Vogel heruntergerissen hat?«, fragte er.

Ach ja, meine Kappe. Ich hing an dem Stück – wie an allen Gegenständen und Kleidungsstücken, die ich noch von zu Hause hatte mitnehmen können. Also ertrug ich die Demütigung, stieg ab und hob die Kappe auf. Ohne weitere Worte ritt ich, so schnell es der steile Weg zuließ, davon – die spöttischen Blicke des Vogtes und seiner Gehilfen spürte ich im Rücken.

Mit düsteren Gedanken erreichte ich schließlich den Gutshof am Hellenbach, wo ich kurz rastete, einige Lebensmittel einkaufte – Brot, Eier, Gemüse, Hafer für Pferd – um mich danach zu meiner Behausung hinaufzuschleppen. Dort setze ich mich in meinen Wagen und schaltete den CD-Player an. Ich legte die CD von den Shadows ein und wählte »Wonderful Land«. Doch schon nach wenigen Takten schaltete ich den Player wieder aus. Ich konnte diese Musik nicht mehr hören. Sie klang in meinen Ohren wie Hohn. Wo war es, das »wundervolle Land«, das Hank Marvin mit seiner Gitarre beschwor? War es hier, im Land *der Anderen*, mit den unberührten Flussauen entlang von Neckar und Rhein, mit dem finsteren Odenwald, in dem noch Bären und Wölfe hausten? Oder entstand es erst tausend Jahre später? Oder nie?

Ich lehnte mich zurück und döste vor mich hin. Pferd wieherte in seinem Stall. Ach ja, ich hatte es noch nicht gefüttert. Vermutlich hatte es nicht einmal frisches Wasser. Also kroch ich wieder aus dem Wagen und begab mich zu meinem Reittier. Aber nein, es hatte nicht gewiehert, weil es hungrig war, sondern, um mir einen Besucher anzukündigen. Ich hatte ihn nicht kommen sehen: Rodrigo stand vor meiner Butze. Er grinste mich blöd an. Am liebsten hätte ich ihn erschlagen! Dieser unbeholfene, naive Knecht, der sich aufspielte, als sei er ein freier Franke – dabei stammte er nicht einmal aus dem Rheinland, sondern wer weiß woher aus dem Süden Italiens. Ach, ich begann schon so wie *die Anderen* zu denken, in Kategorien *Herren* und *Knechte*. Ich riss mich zusammen und begrüßte Rodrigo freundlich.

»Ich dir sage wolle, du komme am Sonntag zu Ingbert«, begann er. »Du wisse, es gebe *festa*.«

»Ich weiß, ich weiß«, wiegelte ich ab. »Sein Sohn hat mich bereits eingeladen. Es war völlig unnötig, dass er dich nochmals zu mir geschickt hat.«

»Niemand mich habe geschickt. Aber ich in Dossene' gewese. Sowieso unterwegs gewese. Du, ich dir könne sage, das gibt gute Brate. Ingbert hat Rappe gefange. Die sie wolle brate.«

»Rappen?«, fragte ich verwundert. Meinte er Pferde?

»Rappe, Waldrappe«, erklärte Rodrigo. »*Aves sunt.* Wildes Vogelzeugs aus de Wald.«

»Ach so. Ich verstehe. Ja, ich komme.«

Warum er in Dossenham gewesen war, erfuhr ich nicht. Möglicherweise hatte er einen Botengang zu erledigen oder er hatte dort ein Mädchen, dem er seine Aufwartung gemacht hatte. Wie auch immer. Ich verabschiedete ihn und versicherte nochmals, am Sonntag zum Essen zu kommen.

Ich erreichte Hendesham am Sonntag, als die Dämmerung einsetzte. Mir war, als hörte ich vom Kloster her den Gesang der Mönche. Ganz in der Nähe vernahm ich auch einen Kuckuck. Den Ruf des Kuckucks hatte ich in Handschuhsheim zum letzten Mal um das Jahr 2000 gehört – danach war er verstummt.

Ingberts Familie erwartete mich bereits. Es war reichlich aufgetischt, als feierten sie nochmals Ostern. Alle waren versammelt: Ingbert, sein Sohn, seine Neffen, Hilda, die Mägde und Knechte. Nur Traudel fehlte. Es hieß, ihr Sohn Luitfried sei erkrankt, sie müsse ihn zu Bett bringen und warten, bis er eingeschlafen sei. Er soll an der Schwindsucht leiden, sagte Hilda. Traudels Tochter, Gundi, dagegen war wohlauf. Sie tobte zwischen den Erwachsenen herum, mal unter dem Tisch, mal unter den Stühlen, mal auf ihrem Stuhl, wie eben kleine Kinder herumtoben, wenn sie von den Erwachsenen kaum beachtet werden, aber gern beachtet werden wollen. Später kamen auch Arnulf und seine Familie dazu: Seine Frau Elsbeth mit dem Baby, einige seiner anderen Kinder nebst zwei seiner Mägde.

Sie waren neugierig und wollten von mir erfahren, wie die Gerichtsverhandlung gelaufen sei.

»Für den Angeklagten wie in einem Roman von Kafka«, entfuhr es mir. Sofort entschuldigte ich mich. Natürlich wussten sie nicht, wer Kafka war und starrten mich verwundert an. Ich versprach, irgendwann einmal über Franz Kafka zu berichten, doch heute sei ich dazu zu müde. In der Tat fühlte ich mich erschöpft, obwohl ich den ganzen Tag nur müßig herumgehangen hatte. So berichtete ich nur das Nötigste von der Verhandlung, während ich beim Braten ordentlich zulangte, denn die Vögel schmeckten nicht schlecht. Mit vollem Mund zu reden, galt bei ihnen nicht als unhöflich. Genauso wie es völlig gang und gäbe war, abgenagte Knochen einfach auf den Boden zu werfen. Die Hunde, Katzen oder was immer im Haus frei herumlief, sorgten dafür, dass die Reste verschwanden – und wenn nicht, kehrte sie irgendein Knecht anderntags zusammen, und warf den Kehricht den Schweinen in den Trog.

»Der Richter ist ein vernunftbegabter Mann, das war Euer Glück«, kommentierte Ingbert meinen Bericht, »denn bei einem Gottesurteil weiß man nie, wie es ausgehen mag.«

Auf meine Frage, was sich eigentlich dahinter verberge, antwortete Arnulf: »Bruder, nun bist du zwei Jahre bei uns und weißt solch wesentliche Dinge nicht? Bei einem Gottesurteil stehen die Kontrahenten unter einem Kreuz und strecken beide die Arme danach aus. Dem, dem zuerst die Arme schwer werden, so dass er sie senken muss, ist der Heiland nicht hold. Oder anders ausgedrückt: Er hat verloren. Hätte nun der Narr aus Dossenham ein Gottesurteil zugesprochen bekommen und wäre er gegen dich angetreten, vielleicht hätte er gewonnen. Auch wenn er durch den Aufenthalt im Kerker geschwächt war, wer weiß, welche Kraft er in seiner Wut entfesselt hätte. Dann wäre bewiesen gewesen, dass er im Recht war und du – ja, du wärst überführt gewesen.« Er lachte, als hätte er einen Scherz gemacht, aber mir schauderte. Jetzt erst wurde mir bewusst, wie gefährlich die Lage für mich gewesen war.

»Ja«, pflichtete Ingbert bei, »der Richter ist kein abergläubischer Mensch. Auch wusste er um Eure gute Beziehung zum Abt. Es war schon richtig, den Mann sofort hängen zu lassen, bevor er weiteres Unheil hätte anrichten können.«

Im gleichen Augenblick erschien Traudel. Sie wirkte fahrig. Der Kleine schlafe endlich, sagte sie. Sie setzte sich zu uns, nahm aber nur ein wenig Brot und Gemüse zu sich. Das Fleisch rührte sie nicht an.

»Iss, Kind!«, forderte ihr Vater sie auf. »Es reicht, wenn ich heute nicht recht essen kann.«

Da erst wurde mir bewusst, dass Ingbert außer einem Kanten Brot, den er in eine Schale mit brauner Soße getunkt hatte, nichts zu sich genommen hatte.

»Immer noch Schmerzen?«, fragte Traudel. Er bejahte und zeigte auf seine linke Backe.

»Seit Tagen hämmert der Zahnwurm in meinem Gebiss. Ich kann nachts kaum schlafen. Jeglicher Appetit ist mir vergangen Es wird Zeit, den Barbier aufzusuchen und das vermaledeite Ding herausziehen zu lassen. Morgen gehe ich hinüber nach Spirum. Bei den Handwerkern am Dom soll ein Barbier wirken, der seine Arbeit gut versteht.«

»Ja, tu das endlich«, sagte Traudel. »Und lass dir bei dieser Gelegenheit vom Barbier auch gleich das Haupthaar kürzen!«

Er winkte ab. »Ich kann mir meine Haare selbst schneiden. Ich sehe gar nicht ein, auch dafür Geld auszugeben. Es reicht, was der Zahn kosten wird.«

»Wie du meinst«, sagte sie und zwinkerte mir zu.

Ingbert aber wandte sich mir zu und stöhnte: »Dass die Frauen einen immer bevormunden müssen! Zuerst ist es die Mutter, dann die Ehefrau, später sind es die Töchter. Nicht wahr, Arnulf, davon kannst auch du ein Liedchen singen. Wie schlimm muss da erst die Weiberherrschaft bei Euch sein, Meister Rodolfo, mit einer *cancillera* statt eines ordentlichen Königs an der Spitze. Muss man sich da als Mann nicht sehr elend fühlen?«

Die Frage war nicht ganz ernst gemeint, dennoch setzte ich eine tragische Miene auf und pflichtete ihm bei: »Oh ja, wir verlieren mehr und mehr an Macht. Überall treten die Frauen in Erscheinung: in den Geschäften, den Manufakturen, der Wissenschaft – selbst in der Kirche, zumindest in einem Teil der Christenheit. Nur der Papst, die Bischöfe und katholischen Priester sind weiterhin ausnahmslos männlich. Es ist nur eine Frage der Zeit, wann auch die katholische Kirche das Priesteramt den Frauen öffnen wird.«

»Siehst du Arnulf«, spottete Ingbert, »wo es hinführt, wenn die Frauen lesen und schreiben lernen, so wie deine.«

Arnulf brummte nur etwas in seinen Bart, während Elsbeth lachte und ihrem Gemahl auf die Schulter klopfte: »Ach, du Armer! So unter der Fuchtel der Ehefrau zu stehen, die ihm erlaubt, ein halbes Jahr auf Pilgerreise zu gehen, von all den anderen Reisen und Abenteuern ganz abgesehen. Wirklich ein armer Mann.«

Wir lachten alle, nun auch Arnulf, obwohl ihm gar nicht zum Lachen zu Mute war.

Von draußen war der Nachtwächter zu hören. Er kündigte die zehnte Stunde an; Zeit, um schlafen zu gehen.

»Heben wir die Tafel auf«, sagte Ingbert und erhob sich. »Hilda, bereite mir bitte nochmals deinen Kräuteraufguss gegen den Schmerz in meinem Zahn. Auf dass ich wenigstens halbwegs Ruhe finde in der Nacht. Und Ihr, Gaukler Rodolfo, wollt Ihr zu Eurer Einsiedelei zurück oder sollen wir Euch in der Herberge ein Lager bereiten?«

Nein, ich wollte nicht in der Herberge bleiben. Dankend lehnte ich das Angebot ab. Wir verabschiedeten uns rasch voneinander. Auf dem Heimritt – Pferd fand den Weg wie immer von allein – schlief ich auf dem Gaul schier ein. Zurück in meiner Butze fand ich hingegen lange keine Ruhe. Wie so oft kreisten wirre Gedanken durch meinen Kopf. Erst gegen Morgen schlief ich endlich ein.

Tag 674, 22. April 1039 bis Tag 715, 3. Juni 1039

In den kommenden Tagen lenkte ich mich ab, indem ich versuchte, neben meiner Butze ein Gemüsebeet anzulegen. Ich rodete eine Fläche von gut fünf mal fünf Metern. Die Leute vom Hellenbachhof gaben mir Samen von Erbsen und Bohnen, die mir allerdings ausgetrocknet schienen. So legte ich sie erst einmal ins Wasser. Am Morgen drauf erschien schon wieder Rodrigo, der mir freudig berichtete, der Abt Reginbald sei in Lauresham eingetroffen und wünsche mich zu sehen. Ich solle mich sogleich auf den Weg zu ihm machen. Also sattelte ich Pferd und ritt unverzüglich los, kaum, dass ich einen Kanten Brot und ein Stück steinharten Käse zum Frühstück gegessen hatte.

Jedes Mal, wenn ich in das Kloster Lauresham oder wie sie mitunter auch sagten Loreshejm, einritt, war ich aufs Neue von den Bauten überwältigt. Selbst das Kloster in Cluny schien mir gegen die weiträumige Anlage zu verblassen. Ich wurde gebeten, im Kreuzgang auf Reginbald zu warten, der noch bei der Morgenandacht weilte. Das war mir nur recht, hatte ich somit wieder einmal Zeit, die Fresken an der Decke des Kreuzganges zu bewundern. In der Art, wie sie im frühen Mittelalter ihre Bilder gestalteten – bewusst so, dass keine der abgebildeten Personen lebenden Personen glichen – war hier die ganze biblische Geschichte wiedergegeben, vom Paradies bis zum Pfingstwunder. Ich fragte mich nicht zum ersten Mal, warum dieses so kunstvoll gestaltete Gebäude in meiner Welt verschwunden war. Wo war das mächtige Kloster Lorsch geblieben? Wer hatte all die Steine weggeschafft, in welchen Häusern, Burgen oder anderen Kirchen waren sie zu späterer Zeit verbaut worden? Nur das Torgebäude hatten sie stehen gelassen. Warum? Eigentlich war es im Vergleich zu den anderen Gebäuden unbedeutend; vielleicht hatte man einfach vergessen, es niederzureißen?

Endlich kam Reginbald. Er eilte auf mich zu, umarmte mich brüderlich und forderte mich auf, in den Garten des Kreuzgangs hinauszuschreiten, da er sich in die Sonne stellen wollte. Seine Gelenke seien steif, erklärte er, das Alter mache ihm mehr und mehr zu schaffen. In der Tat sah er noch schlechter aus als bei unserem letzten Treffen. Er wollte nicht weiter über seinen Gesundheitszustand reden, vielmehr fragte er mich über meine Pilgerreise aus, wollte wissen, welchen Weg ich nach Sant Jago genommen habe, was ich unterwegs alles erlebt und in welchem Zustand ich das Ziel meiner Reise vorgefunden hätte. Er staunte nicht wenig über meine Erlebnisse im maurischen Spanien. Nach einer Weile ließ er sich auf dem Mauersims eines Hochbeetes nieder.

»Verzeihet«, sagte er, »dass sich ein alter Mann niedersetzen muss. Doch ich will nicht klagen. Unserem Kaiser geht es viel schlechter als mir. Er wird wohl kaum die nächsten Weihnachten erleben. Er weilt im Norden des Reiches; hat dort einige kleinere Händel zu schlichten. Zu großen Taten ist ihm eh nicht mehr. Er bereitet alles vor, seinem Sohn, dem Herzog Heinrich, die Krone zu vermachen. Ich gehe davon aus, die Herzöge und anderen Großen des Reiches werden den Willen Konrads achten und Heinrich zum König des Ostfrankenreiches, Burgunds und Italiens ausrufen. Weiter wünsche ich, der Papst möge ihn auch zum Kaiser krönen. Es wäre gut um des Friedens willen im Reich.«

Er hielt inne, da er plötzlich mit dem Atem rang. Nach kurzer Zeit erholte er sich und sagte ganz unvermittelt: »Meister Rodolfo, Ihr solltet Eure Geschichte aufschreiben. Ihr seid des Schreibens kundig, wie ich weiß. Setzet Euch hin und haltet Eure Erlebnisse für die Nachwelt fest. Denn sie sind fürwahr ungewöhnlich. Meines Wissens ist außer Euch noch nie ein lebender Mensch von einer fremden Welt in die unsrige gelangt. Schreibet in einem unserer Klöster, damit die Menschen sehen, dass Ihr Euch nicht vor den Gotteshäusern fürchtet und ein rechtschaffener Christ seid.«

Ich wusste, worauf er anspielte: Die Angst, man möge mich des Teufels bezichtigen, was wiederum ihn und die Obrigkeit in Verruf bringen würde.

»Gern nehme ich das Angebot an«, antwortete ich und dankte ihm überschwänglich. Reginbald rief einen Schreiber herbei und bat ihn, ein entsprechendes Schriftstück aufzusetzen, das mir freien Zugang zu den Schreibstuben eines jeglichen Klosters im Reich gewähren sollte.

Hernach ging er nochmals mit mir in den Garten. Es war noch ein wenig Zeit bis zur nächsten Andacht. Wieder setzte er sich auf die Einfriedung des Hochbeetes. Ich tat es ihm gleich und setzte mich hinzu.

»Meister Rodolfo«, begann er. »Mir brennt eine Frage auf dem Herzen, die Ihr mir bitte ohne Rücksicht auf meinen Glauben beantworten möchtet: Ihr seid in Eurer Welt, die mehr als tausend Jahre der unsrigen voraus ist, gewiss auch in der Auslegung der Heiligen Schrift uns in manchem voraus. Ihr habt mir von den Gelehrtenanstalten, die Ihr *universitas magistrorum et scholarum* nennt, berichtet, wo auch die Deutung der Schrift behandelt wird, was Ihr *theología* nennt. Was nun sagt Eure *theología* darüber, was tatsächlich wahr gewesen und was nur eine Symbolik ist. Dass Jesus gelebt, gekreuzigt wurde und auferstanden ist, daran wird gewiss nicht gedeutet werden, aber wie steht es mit den Geschichten im Alten Testament: mit dem Paradies, dem Sündenfall, den Strafgerichten wie der Großen Flut?«

Er schaute mich erwartungsvoll an.

»In der Tat deuten unsere Gelehrten die Geschichten des Alten Testaments im übertragenen Sinn. In meiner Zeit glaubt kaum jemand noch an einen paradiesischen Garten mit einem Baum mit verbotenen Früchten. Eines aber ist unstrittig: Es ist letztlich die Erkenntnis von Gut und Böse, die uns vom Tier unterscheidet und die uns stets vor die Entscheidung stellt, entweder das Gute oder das Böse zu tun.«

Reginbald nickte leicht, schloss die Augen und schwieg. Er schwieg so lange, dass ich schon dachte, er sei eingeschlafen. Auf einmal murmelte er: »Saget, wie ist es mit der Mutter Gottes? Welche Rolle spielt bei Euch die Jungfrau Maria? Ist auch sie ...« Er zögerte und sprach es so leise aus, dass ich es kaum verstehen konnte: »... ist auch sie nur ein Symbol?«

Ich wusste um seinen strengen, ja fast fanatischen Marienglauben. Hatte nicht sogar jemand gespottet, er verehre Maria mehr als Jesus? Ich musste vorsichtig antworten und durfte ihm keineswegs gestehen, dass die moderne Wissenschaft die Jungfernzeugung als Fehlinterpretation der Bibel abtat. So antwortete ich:

»Es ist keine Frage: Auch Jesus muss eine Mutter gehabt haben. Dabei halten es unsere Theologen für vollkommen nebensächlich, ob er auch einen irdischen Vater hatte – denn dass bei seiner Zeugung der Heilige Geist Gottes zugegen war, leugnet niemand, der sich zum christlichen Glauben bekennt. Die Geschichte mit der Geburt Jesu im Stall zu Bethlehem findet sich ja nur in einem der Evangelien und sie soll zeigen, auch Jesus war ein ganz gewöhnlicher Mensch, einer aus der Mitte des Volkes, kein König oder Kaiser.«

»Darum geht es mir nicht«, unterbrach Reginbald. »Die Geschichte vom Stall in Bethlehem und den Hirten halte ich ebenfalls für eine fromme Legende. Mir geht es um die Jungfrau Maria, versteht Ihr? Welche Rolle spielte sie wirklich? Ist sie wirklich in den Himmel aufgefahren? Hört sie unsere Bitten? Wird sie Fürsprecherin für uns Sünder sein beim Jüngsten Gericht? Das treibt mich um. Diese Frage bohrt in meinem Herzen.«

»Ich kann sie Euch nicht beantworten«, gestand ich. »Denn letztlich ist es wie mit der Existenz Gottes selbst, wie mit allem: Es gibt keine endgültige Gewissheit, sondern nur den Glauben.«

Reginbald seufzte: »Ich verstehe. Es war überheblich von mir, Gewissheit haben zu wollen. Verzeihet mir. Nun gehabt Euch wohl. Gern könnt Ihr noch der Andacht und der Abendspeisung beiwohnen, wenn es Eure Zeit erlaubt.«

Ich dankte abermals für alles, schlug aber das Angebot, zu bleiben, aus. Ich wollte vor Einbruch der Dunkelheit zurück in meiner Bleibe sein. Ich hätte Samen eingeweicht, die ich heute noch sähen wollte, schob ich als Erklärung vor.

Er nickte nur. Als ich mich zum Gehen wenden wollte, bat er mich niederzuknien. Ich tat es und er erteilte mir seinen Segen. Danach wandte er sich rasch um, und bevor ich mich erheben konnte, war er bereits im Innern der Kirche verschwunden.

So kam es, dass ich mich im Verlauf der kommenden Tage und Wochen häufig in der Schreibstube des Klosters St. Michael einfand und dort an einem Schreibpult stehend meine Aufzeichnungen ergänzte und chronologisierte. Wie ich schon erwähnt habe, nervte mich das Glotzen der Mönche und ihre ständigen Bemerkungen über meine befremdliche Schrift, die ich wohl nur deshalb gebrauchte, weil ich etwas zu verbergen hätte. Um ihren Argwohn zu zerstreuen, trug ich ihnen anfangs die eine oder andere Passage vor, bis mir der Prior Selbiges untersagte, da es die Arbeit der Mönche störe.

Der Monat Mai verlief ansonsten ohne große Ereignisse. Abgesehen von den Ausritten ins Kloster auf dem Aberinsberg, bei denen ich höflicherweise im Bachlenz vorbeischaute, um »Guten Tag« zu sagen, und von den unvermeidlichen Einkäufen am Hellenbach oder auf den Märkten der Umgebung, mied ich andere Menschen. Vielleicht war dies ein Fehler, denn mir wurde weiterhin zugetragen, man munkle, ich stehe mit finsteren Mächten im Bunde und bereite das Erscheinen des »Tieres mit der Zahl 666« vor, ja, sei vielleicht selbst dieses Tier. Stets wurde ich beschwichtigt: Das seien dumme Leute, einfaches Volk, abergläubische Hinterwäldler, Köhler, Waldbauern, die selbst nie eine Kirche besuchten. Ich solle mir keine Sorgen machen.

Das Gespräch mit Reginbald verfolgte mich jedenfalls, sowohl bei Tag als auch bei Nacht, wenn ich mich auf meiner Liege wälzte und keinen Schlaf fand. Ich konnte verstehen, dass er eine letzte Gewissheit haben wollte; die Gewissheit, dass sein Glaube einen Sinn machte. Genau wie die Gelehrten in Zaragosa und all die anderen Gelehrten und Philosophen vor und nach ihm, fragte er sich, was letztlich die Wahrheit sei. Zweifeln gehört zum Glauben, soll einer der frühen Theologen gesagt haben. Doch Zweifeln schmerzte.

Auch ich hatte meine Zweifel: Wenn es nun in deren Welt wirklich so war und ist, wie sie es glaubten? Wenn vielleicht ihre Welt letztlich eine Scheibe war oder, wenn schon eine Kugel, so eine, die im Zentrum des Universums stand? Wenn in ihrer Welt alles, was in der Bibel stand, genauso geschehen war, wie es festgehalten wurde?

Wenn mein Blick über die Rheinebene schweifte, diese weitgehend unberührte, wilde Sumpflandschaft, wo die Menschen in schäbigen Dörfern hausten, die alle paar Jahre vom Hochwasser weggeschwemmt wurden, wenn ich das Kloster St. Michael betrat und den monotonen Gesang der

Mönche hörte, oder wenn ich durch das Neckartal ritt und vergeblich nach Anzeichen einer Stadt wie Heidelberg suchte, dann zweifelte ich an allem, selbst an meinem Verstand. Wie die Dinge wirklich sind, so meinte schon der Philisoph Platon, kann niemand mit Sicherheit sagen: Wir sehen nur deren Schein, deren Schatten. Ich aber war mir nicht einmal sicher, deren Schatten zu sehen.

Tag 716, 4. Juni 1039, bis Tag 755, 13. Juli 1039

Kurz nach dem Pfingstfest erschien ein Herold in Hendesham, der verkündete, der Kaiser des Römischen Reiches, König des Ostfrankenreiches, Burgunds und Italiens, Konrad der Salier, sei verstorben. Alle seine Untertanen, ob Mann oder Frau, Kind oder Greis, frei oder unfrei, reich oder arm, alle seien angehalten, für sein Seelenheil zu beten. Später erfuhren wir, Konrad war jäh beim Pfingstgelage zusammengebrochen, nachdem es ihm die Tage zuvor noch einmal recht gut gegangen war. Rodrigo fabulierte erneut von *»non potuit mingere«,* was alsbald überall die Runde machte. Gewiss war der arme Mann letztlich an Nierenversagen gestorben, entweder infolge eines Blasensteins oder einer Prostatavergrößerung, eine Erkrankung, die in meiner Zeit kaum der Rede wert gewesen wäre. Mit Schaudern dachte ich daran, was mich selbst noch alles ereilen konnte in einer Welt, wo Ärzte außer Aderlass, Schwitzbädern und Einläufen keine Heilmittel kannten und auch die Kräuterfrauen allenfalls hustenstillende Sude aufsetzen, aber nichts gegen eine echte Lungenentzündung ausrichten konnten.

Wie vorhergesagt, wurde Herzog Heinrich bald schon als König ausgerufen. Der wievielte Heinrich es in der Chronologie der ostfränkisch-deutschen Könige war, blieb mir verschlossen. *Die Anderen* zählten ihre Heinriche, Konrade oder Ottos damals nicht – die Durchnummerierung war wohl eine Erfindung späterer Zeiten.

Der verstobene Kaiser Konrad wurde schließlich am 3. Juli, am 745. Tag nach meiner Ankunft bei *den Anderen*, im Dom zu Speyer beigesetzt. Bereits am Tag zuvor war sein Leichnam eingetroffen. Ich vernahm dies leider zu spät, denn ich hätte mir den Trauerzug, der sehr prächtig gewesen sein soll, gern angeschaut. So aber kam ich erst zur eigentlichen Beisetzung nach Spirum. Es herrschte großer Andrang auf dem Platz vor dem Kirchengebäude. Unzähliges Volk aus der Umgebung hatte sich eingefunden, um dem Kaiser das letzte Geleit zu geben. Manche der

Trauergäste sollen die ganze Nacht mit Kerzen in den Händen vor dem Dom gestanden und ununterbrochen gebetet und gesungen haben. In den Dom selbst durfte das gemeine Volk noch nicht hinein. Das Innere der Kirche war zunächst nur der Familie des Verstorbenen, den Adligen, den Herzögen und Rittern, den Äbten und Bischöfen, vorbehalten. So blieb auch ich auf dem Vorplatz stehen und wartete, was geschehen würde. Da trat ein Mönch an mich heran und fragte, ob ich nicht jener Rodolfo sei, der Gesandte einer anderen Welt. Ich bejahte, worauf der Mönch mich aufforderte, ihm in den Dom zu folgen. Kein Geringerer als der Abt Reginbald hatte angeordnet, mich an den offenen Sarg des Verstorbenen zu geleiten, sobald man meiner ansichtig werde. Wie gewünscht betrat ich den Dom. Die Stimmung war feierlich, aber auch etwas unheimlich. Mönche hatten einen leisen, eintönigen Gesang angestimmt, mehr ein rhythmisches Murmeln denn ein richtiges Singen. Dieses Geräusch, zusammen mit den üppig qualmenden Weihrauchfässern, versetze mich regelrecht in Trance.

Der steinerne, noch offene Sarg war vor dem Altar aufgebaut. Einige Kerzen waren darum gestellt, manche von ihnen im Luftzug schon erloschen. Da es Tag war, war es nicht dunkel in der Kirche, so dass der Tote gut zu erkennen war. Er war in einen Purpurmantel mit einem Hermelinkragen gekleidet. Auf dem Kopf trug er eine Krone, die etwas verrutscht war und das linke Auge halb bedeckte. In die gefalteten Hände hatten sie ihm einen Rosenkranz gelegt, neben ihn sein Schwert, das Zepter und den Reichsapfel. Die königlichen Insignien, so konnte ich später sehen, wurden vor dem Schließen des Sarges herausgenommen; nur der Rosenkranz sollte bei dem Toten bleiben.

Man erlaubte mir schließlich, an den Sarg zu treten. Da lag er nun, der einst so mächtige, ja gefürchtete König dreier Reiche und Kaiser des Weströmischen Reiches, oder, wie es später heißen sollte, des »Heiligen Römischen Reiches«. Ich wunderte mich, wie gut er noch aussah, obwohl sein Tod schon gut einen Monat zurücklag. Vermutlich hatten sie den Leichnam einbalsamiert, so dass die Verwesung – trotz des Sommerwetters – noch nicht weit fortgeschritten war.

Wie ich so dastand und auf den Toten starrte, legte sich plötzlich eine Hand auf meine Schulter. Es war Reginbald.

»Freund und Bruder Rodolfo«, sprach er mich an. »Alles ist vergänglich – jegliche Macht und Herrlichkeit außer der Macht und Herrlichkeit Gottes. Wollt Ihr wissen, was auf der Grabkrone Konrads geschrieben steht? *Pacis arator et urbis benefactor*: ein Landmann des Friedens und Wohltäter der Stadt Roms. Ihr solltet es in Euren Aufzeichnungen notieren. Als solcher soll er in Erinnerung bleiben: ein Friedensstifter und Wohltäter.«

Ich nickte. Von einem Friedensstifter schien mir der Mann allerdings weit entfernt: Die Kriegszüge gegen seine eigenen Familienangehörigen, Feldzüge gegen die Ungarn, Slawen und in Italien, der Befehl, die Stadt Mailand für alle Zeiten zu belagern, bis sie fiele. Heißt es aber nicht *»de mortibus nihil nisi bene«* – über die Toten nur Gutes? Hatte ich das Recht über einen Mann zu urteilen, der nichts weiter war als nur ein Kind seiner Zeit?

Ich wandte mich ab, denn hinter mir hatten sich weitere Trauergäste eingefunden, die an den Sarg treten wollten. Es waren pfauenartig herausgeputzte Stutzer, die sich als Gesandte des Oströmischen Kaisers entpuppten, darunter. In nicht einmal einem Monat hatte sich der Tod Konrads bis Konstantinopel herumgesprochen.

Ich stellte mich in eine der hinteren Reihen zu den Trauergästen im Dom und beobachtete all die Edlen und Großen des Reiches und der angrenzenden Länder, die nun erschienen, um dem Herrscher aus dem Haus der Salier ihre letzte Aufwartung zu machen. Es waren fast nur Männer; gelegentlich tauchten auch einige Nonnen, vermutlich Äbtissinnen, und tief verschleierte Adelsfrauen auf. Schließlich ließen sie das gemeine Volk in den Dom, damit sich auch dieses von seinem Herrscher verabschieden konnte. Mir war, als sei die Trauer der einfachen Leute aufrichtiger als die der Edlen. Irgendwann, nach einer schier endlos langen Zeit – mir taten vom langen Stehen schon die Füße und der Rücken weh – verstummte der Mönchsgesang und ein Pfaffe mittleren Alters trat vor den Sarg und leierte eine Lobeslitanei auf den Verstorbenen herunter. Ich verstand nur wenig, da der Mann die meiste Zeit auf Latein sprach.

Wenn er ins Fränkische wechselte, so in einen Dialekt, der mir fremd war. Später erfuhr ich, er hieße Wipo, sei der Hauskaplan Konrads gewesen, gleichzeitig einer seiner vielen Ratgeber und sein Schreiber – denn Konrad, ich hatte es schon einmal erwähnt – war des Schreibens nicht mächtig gewesen.

Schließlich wurde der Sarg verschlossen. Die Gemeinde betete ein Vaterunser, ehe die Mönche wieder mit ihrem schaurigen Gesang begannen. Wieder schwenkten die Laienbrüder Weihrauchgefäße. Zunächst segnete Wipo, nach ihm Reginbald und schließlich weitere Äbte und Bischöfe den Sarg. Dieser wurde von den Laienbrüdern hochgehoben und den Edlen des Reiches übergeben, die ihn zur Gruft trugen. Ich aber verließ den Dom, ich musste an die frische Luft. Draußen blendete mich die tief stehende Sonne. Ich blickte von den Stufen des Doms auf die schmalen Gassen, niedrigen und schäbigen Häuser der Stadt und die Zelte der Handwerker, die immer noch mit dem nicht gänzlich vollendeten Bauwerk beschäftigt waren und die sich jetzt unter die Trauernden auf dem Platz gemischt hatten. Wie erbärmlich kam mir der Flecken Spirum vor, aus dem später einmal die Stadt Speyer erwachsen sollte, die sich mit einem »Weltkulturerbe« schmücken durfte, jenem Dom, den ich gerade verließ.

Pferd hatte vor dem Stadttor geduldig gewartet. Erst als ich das Tier bestieg, merkte ich, dass ich es nicht festgebunden hatte. Doch mein Reittier war derart brav und geduldig, es hätte sich niemals ohne mich entfernt. Und zu stehlen hätte es eh niemand gewagt, da auf Pferdediebstahl sehr hohe Strafen standen, in der Regel der Galgen oder gar das Rad. Ich ritt aus der Stadt, so schnell es ging.

In jenen Tagen war es sehr heiß. Die Flüsse hatten infolge geringer Niederschläge Niedrigwasser. Der mangelnde Regen war natürlich schlecht für die Landwirtschaft, aber gut für die Gesundheit, schließlich gab es wenige Stechmücken. Immer wieder hörte ich vom Sumpffieber, das nicht nur in Italien, sondern inzwischen auch in den Orten entlang des Rheins in Erscheinung trat. Da ich wusste, wie es übertragen wurde, tat ich alles nur Denkbare, um mich vor Stechmücken zu schützen. Ich verhängte mein Fenster mit einem dünnen Tuch, das mir wie Seide erschien und das ich für einen horrenden Preis auf dem Markt in Spirum erstanden hatte. Auch ließ ich stets ein Feuer in meinem Herd lodern, selbst bei der größten Hitze. Ich legte feuchtes Holz auf, damit es richtig qualmte. Das brachte mir den Spott *der Anderen* ein. Einmal fragte mich Traudel allen Ernstes, ob ich Speck in meiner Butze räucherte, da meine Kleider nach Rauch rochen. Ein anderes Mal lästerte Ingbert, ich sei wohl in meiner Welt eher ein Köhler gewesen denn ein Gaukler. Hilda nannte mich scherzeshalber einen »Rußwurm«. Doch was hätte es für einen Sinn gehabt, ihnen zu erklären, was es mit den Stechmücken auf sich hatte? Arnulf hatte es schon nicht verstanden – und er war immerhin um ein Verstehen bemüht.

In den besagten Julitagen herrschte, wie schon erwähnt, anfangs eine große, trockene Hitze, die im Verlauf des Monats von einer schlimmen Schwüle abgelöst wurde. Immer wieder brauten sich Gewitterwolken über dem Land zusammen. Zu Regengüssen kam es aber nur selten und wenn, dann fiel gerade so viel Wasser, dass die Ernte auf den Feldern nicht gänzlich vertrocknete. Allenthalben sprachen sie von einem schlechten Jahr. Nein, von einer Hungersnot sei man weit entfernt. Trotzdem befürchtete man, sich im kommenden Winter einschränken zu müssen.

So war es nicht weiter verwunderlich, dass Gerüchte umgingen, irgendetwas stimme nicht mit dem Westfränkischen Herzogtum. Weiter im Norden, im Lotharingiens, aber auch im Herzogtum Schwaben habe es viel mehr geregnet als hier. Von einem Fluch zu sprechen, wagte niemand. Wenn ich allerdings die Leute auf das anhaltend trockene Wetter ansprach, wichen sie so seltsam aus, maulten, ich, als ein vielgereister Gelehrter und Mensch, der die Zukunft vorhersagen könne, würde schon wissen, warum die Witterung so sei, wie sie nun einmal war.

Die Trockenheit hatte im Übrigen dafür gesorgt, dass meine Bemühungen, einen Gemüsegarten anzulegen, gescheitert waren. Die Samen, die ich an jenem Tag, als ich in Lauresham gewesen war, ins Wasser gelegt hatte, hatte ich vergessen zu sähen. Als ich wieder nach ihnen schaute, war das Wasser verdunstet; die Samen erneut vertrocknet. Ich legte sie trotzdem in die Erde. Es keimte nichts.

Es war am Donnerstag, den 12. Juli, den 754. Tag seit meiner Ankunft, als ich mich nach einiger Zeit wieder auf den Weg zur Schreibstube im St.-Michaelskloster begab. Ich hoffte, in den Mauern der Abtei Abkühlung vor der Hitze des Tages zu finden. Auf dem Weg durch den Ort sah ich einige Frauen am Waschhaus. Sie hatten Holzbottiche aufgestellt, in denen eine dunkle Brühe schwappte. Sie sah ungesund aus und roch streng.

Ich musste seltsam geschaut haben, denn die Frauen kicherten und tuschelten. Da sah ich Traudel. Sie war gerade dabei, eine Stoffbahn in einen der Bottiche einzutauchen.

»Oh, Meister Rodolfo«, sprach sie mich an, »Ihr macht ein so neugieriges Gesicht, als hättet Ihr noch nie Frauen beim Färben gesehen.«

»Färben? Ich dachte, Ihr seid beim Wäschewaschen?«, antwortete ich.

»Aha, und da dachtet Ihr, das dunkle Wasser rühre vom Schmutz unserer Wäsche«, lachte Traudel. Die anderen Frauen lachten ebenso. Ich stieg vom Pferd, um die Zuber näher zu betrachten.

»Die dunkelblaue Farbe rührt von einer Pflanze, der Färberwaid«, erklärte Traudel. »Damit färben wir unsere Tücher dunkelblau. Es ist die am einfachsten herzustellende Farbe – und vielleicht auch die schönste. Außer Purpur vielleicht, aber diese Farbe gebührt den Königen und Herzögen.«

Ich hatte von einer solchen Pflanze noch nie gehört, war umso mehr verwundert, als sie mich darauf hinwiesen, sie sei das Kraut, das überall auf den Hängen zwischen den Weinstöcken wuchs und gelb blühte. Aus den Pflanzen werde ein Extrakt gewonnen. Sie zeigten mir ein paar faustgroße, gräulich-grüne Ballen, die man ein paar Tage in Wasser und den Urin von Tieren legte; daraus entwickle sich der gewünschte Farbstoff. Nun war mir klar, wieso so viele Frauen blaue Mäntel und Umhänge trugen. Die Farbe war nichts Besonderes!

Traudel bestätigte meine Vermutung: Die Waidballen seien im Sommer überall auf den Märkten für wenige Heller zu bekommen. Im

Bachlenz erzeuge man sie sogar selbst. Einer der Knechte widme sich in den Monaten Juni und Juli nahezu nur der Herstellung des Farbstoffes.

»Wollt Ihr nicht einmal wieder zum Nachtessen kommen?«, fragte Traudel auf einmal ganz unvermittelt. Ich glaubte in ihrem Blick ein wenig Sehnsucht zu erkennen. Bevor ich etwas erwidern konnte, fuhr sie fort: »Wisset, Eure Gesellschaft haben wir immer sehr genossen. Eure Berichte aus der künftigen Zeit, sie waren uns ein Vergnügen. Mit uns meine ich meinen Vater, meinen Bruder, meine Vettern ... überhaupt alle Leute vom Bachlenz. Kommt und erzählet uns, wie Ihr in Eurer Zeit die Stoffe färbt. Wie ich weiß, habt ihr ganz andere Farben als wir; für diese wird es gewiss auch Pflanzen oder Mineralien geben, oder nicht?«

»Oh, ich weiß zu wenig über die Färbekunst«, gestand ich, »will aber der Einladung gern folgen. Wenn ich heute Abend zurückkehre, mache ich bei Euch Halt. Einverstanden?«

»Ja. Nur will ich darauf hinweisen, dass Luifried weiterhin kränkelt. Er hustet ununterbrochen.«

»Ich weiß«, sagte ich. »Es wird mich nicht stören, wenn er zugegen ist. Und Gundi? Geht es ihr wenigstens gut?«

»Bis jetzt ja. Ich hoffe, sie bleibt verschont. Die Schwindsucht geht seit geraumer Zeit durch das Land und rafft viele Menschen dahin.«

»Haltet die Kinder voneinander fern, so gut es geht«, riet ich. »Die Krankheit wird durch Anhusten übertragen, gewissermaßen über die Luft.«

Traudel schaute mich mit traurigen Augen an. »Aber ich kann doch die Kinder nicht trennen. Sie sind Geschwister und haben sich so gern.« Sie seufzte und fügte leise hinzu, da es die anderen Frauen wohl nicht hören sollten: »Wenn ich nur noch weitere Kinder bekommen könnte. Ich hätte mir längst wieder einen Mann genommen.«

Dann wandte sie sich ab, sagte, sie wolle mich nicht länger aufhalten und widmete sich wieder ihren Stoffen. Ich saß auf und ritt weiter den Berg hinauf, in Richtung Kloster.

Die Stimmung im Kloster war seltsam angespannt. Die Mönche wollten nicht so recht mit mir reden. Mir schien, als sei ihnen meine Anwesenheit unlieb. Beim gemeinsamen Mittagsmahl sah ich am anderen Ende

Einhard sitzen, der lange Zeit nicht gesehen worden war. Ich wusste nichts über seinen Verbleib in den letzten Wochen und es war mir auch nicht danach, zu fragen. Nun hockte er wieder zwischen seinen Brüdern in trauter Einigkeit, als sei er nie weg gewesen. Er seinerseits tat, als sähe er mich nicht. Nur einmal war es, als schiele er zu mir herüber. Als ich seinem Blick begegnete, wandte er sich rasch ab.

Ich verließ das Kloster kurz vor der Vesper. Es war noch taghell, als ich den Berg hinunterritt. Alles schien friedlich. Eine Drossel sang in einem Baum am Ortseingang zu Hendesham. Ansonsten war alles still. Die Frauen hatten den Waschplatz bereits verlassen. Die Zuber waren mit Holzplatten abgedeckt. Die frisch gefärbten Tücher hingen an Leinen quer über den Waschplatz gespannt. In den benachbarten Häusern waren die Fensterläden teilweise schon geschlossen, auch war niemand in den Vorgärten zu sehen, was mich verwunderte, denn normalerweise blieben die Leute auf den Beinen, bis es dunkel wurde und der Nachtrat zum Schlafengehen aufforderte.

Als ich an den Zubern vorbeiritt, trat plötzlich eine vermummte Gestalt hinter einem Gebüsch hervor. Es war eindeutig ein Mann, wenngleich er sich einen Schleier nach Frauenart um den Kopf gebunden hatte.

»Vom Gaul!«, brüllte er und stellte sich mir in den Weg. Sogleich kamen weitere Gestalten hinter den Sträuchern und zwischen den Häusern hervor, einige mit Knüppeln bewaffnet, andere mit Steinen. Ich zog unverzüglich mein Schwert und versuchte, Pferd an dem Kerl vorbei zu lenken, der mir den Weg versperrte. Mein Tier dachte gar nicht daran, auszuweichen. Es bäumte sich wiehernd auf und brach mit beiden Vorderhufen auf den Mann hernieder. Dieser, wohl überrascht über die Reaktion des Reittiers, wich zu Seite, stolperte und versuchte sich an einem der Zuber abzustützen. Dabei polterte der Holzdeckel herunter und der Kerl griff unfreiwillig in die Brühe. Ich war über Pferds Aufbäumen genauso überrascht wie der Wegelagerer und konnte mich kaum im Sattel halten. Die anderen Burschen waren ebenso erschrocken. Auch sie wichen zurück, zumal Pferd nun nach hinten ausschlug. Eine der Gestalten versuchte noch, mit seinem Knüppel nach meinem Reittier zu schlagen, traf jedoch nur meinen rechten Fuß. Pferd bäumte sich nochmals auf. Ich, der ich mich nun mit der linken Hand fest an seine Mähne klammerte, haute gleichzeitig mit dem Schwert nach dem Angreifer, traf ihn aber nicht. Ein Stein kam geflogen, verfehlte zum Glück sein Ziel. Da öffnete sich einer der Fensterläden in einem Haus weiter unten in der Gasse. Ich hörte jemanden schreien. Weitere Fenster und auch einige Türen gingen auf. Für einen Augenblick war ich mir nicht im Klaren, ob diese Leute nicht mit den Wegelagerern gemeinsame Sache machten und nun auch über mich herfallen würden. In der Tat schienen ein paar der Männer unschlüssig. Da erschienen auch Frauen, kreischend und zeternd, so dass nun auch die Männer brüllten, was wiederum die Vermummten in die Flucht trieb. Alles dauerte nicht länger als eine halbe Minute.

»Ruft den Vogt!«, hörte ich jemanden sagen. Jemand anderes verlangte nach dem Nachtwächter.

»Verdammtes Gesindel!«, schimpften die Frauen. »Wegelagerer, mitten im Ort, das hat es noch nie gegeben!«

Ich steckte mein Sax wieder in die Scheide und ritt langsam weiter.

»Beruhigt euch!«, redete ich auf die Leute ein. »Es ist ja nichts passiert.«

Ein Mann, den ich als den Schmied des Ortes kannte, schloss zu mir auf. »Herr Rodolfo, wir werden alles tun, das Gesindel aus dem Land zu treiben«, sprach er. »Das sind keine Leute aus dem Rheingau, glaubet mir. Es muss fahrendes Volk sein ...«

»Ja, gewiss«, antwortete ich. »Ihr solltet den Ort endlich mit einer Mauer und mit Stadttoren befestigen. Dann kann das Gesindel nicht herein.«

»Aber wir sind doch keine Stadt«, entschuldigte sich der Schmied. »Ein Dorf darf sich nicht befestigen.«

Wir waren inzwischen vor dem Bachlenz angelangt. Wir – das waren außer dem Schmied und mir selbst fast die ganze Bevölkerung des Ortes. Überall kamen sie aus den Häusern und ihren Gärten zusammengelaufen. Vor dem Bachlenz standen Ingbert und einige seiner Knechte und Mägde.

»Was ist denn los?«, fragte Ingbert. »Das war ja ein Geschrei, als sei eine Feuersbrunst ausgebrochen.«

»Ich werde es gleich berichten«, sagte ich, während ich in den Hof einritt. Als ich aus dem Sattel stieg und auftrat, fuhr mir der Schmerz in den rechten Fuß, so dass ich einknickte.

»Ihr seid verletzt?«, fragte Ingbert besorgt. Hinter mir schwallten die Leute, die mir in den Hof gefolgt waren: »Überfall am helllichten Tag!« »Gesindel!« »Räuber!« »Muss fahrendes Volk sein ...« »Sie wollten Herrn Rodolfo berauben.«

Hilda und Traudel kamen aus dem Haus gelaufen, auch sie mit besorgter Miene.

»Kommt herein!«, sagte Ingert. »Um den Gaul kümmert sich einer meiner Männer. Ist er verletzt? Nein? Aber Ihr, Meister Rodolfo, Ihr hinkt.«

»Nicht der Rede wert«, wehrte ich ab.

Wir betraten die Schankstube. Die Meute blieb derweil im Hof. Ich ließ mich auf einen der Stühle fallen und massierte mein Bein.

»Lasset mich danach schauen«, bat Hilda. Ich wehrte abermals ab.

»Was ist denn nun geschehen?«, fragte Ingbert.

Ich berichtete in knappen Worten, was mir widerfahren war. »Wenn ihr mich fragt«, schloss ich, »so waren das keine Strauchdiebe, sondern Leute aus dem Ort oder der Nachbarschaft. Es war seltsam, dass alle Häuser um den Waschplatz verrammelt waren und niemand auf der Straße zu sehen war. Die Leute, zumindest einige von ihnen, wussten wohl Bescheid. Man hatte es unmittelbar auf mich abgesehen.«

Ingbert schaute mich verstört an. »Wie könnt Ihr das behaupten? Das ist eine ungeheuerliche Beschuldigung ...«

»Ich behaupte nichts«, beschwichtigte ich und lenkte ein, »ich vermute, man wollte mir einen Schrecken einjagen, mehr sicher nicht. Die Leute aus unserem Dorf würden niemals das Gastrecht verletzen und mir ernsthaft schaden wollen.«

»Aber warum einen Schrecken einjagen?«, fragte Ingbert. »Wem soll daran gelegen sein?«

Mir wurde heiß und kalt zugleich. Ganz gleich, was die Ursache für den Überfall gewesen sein mochte, ich musste aufpassen, Ingbert und die Seinen nicht zu beleidigen. Ich hatte das Bedürfnis, den Bachlenz so schnell es ging zu verlassen. Mehr noch, ich wäre am liebsten sogleich gänzlich aus dem Rheingau verschwunden. Aber ich wusste: Eine überstürzte Flucht würde alles nur schlimmer machen.

Traudel kam mir glücklicherweise zu Hilfe:

»Ich kann verstehen, wie sehr Meister Rodolfo verwirrt ist und wie ihn schlimme Gedanken plagen. Könnte es nicht sein, dass es Männer aus Dossenham waren, die den gerichteten Hanno rächen wollten?«

Ingbert zuckte mit den Schultern: »Denen aus Dossenham mag man einiges zutrauen, fürwahr. Trotzdem denke ich eher, es sind Strauchdiebe gewesen, die sich durch die Lande schlagen. Hoffe, sie lassen sich nicht wieder blicken! Nun sollten wir endlich zum Essen schreiten. Hilda, sag den Mägden, sie sollen auftischen! Ich habe Hunger.«

»Seid Ihr denn von Eurem Zahnschmerz geheilt?«, fragte ich, nicht zuletzt, um von den Geschehnissen abzulenken.

Er öffnete seinen Mund und fuhrwerkte mit dem Finger darin herum.

»Da«, sagte er, ohne den Mund zu schließen, »an dieser Stelle, da saß der Übeltäter. Jetzt ist er draußen mitsamt dem vermaledeiten Zahnwurm und alles ist wieder gut. Ich habe noch genügend Stumpen im Maul, um einen Braten zu verspeisen.« Er lachte, wie es seine Art war.

Als ich mich nach dem Mahl zum Gehen wandte, bat mich Traudel, zu bleiben und im Bachlenz zu übernachten. Das Gesindel könne schließlich immer noch dort draußen herumlungern und einen weiteren Überfall planen.

»Ich weiß mich zu wehren«, sagte ich. »Außerdem hat mein Reittier bewiesen, dass mit ihm nicht zu spaßen ist. Nein, ich fürchte mich nicht und gehe zurück in mein Domizil.«

»Ihr solltet Geleitschutz anfordern«, bat Traudel nochmals, »und einen Wächter für Eure Klause bestellen.«

»Ich denke darüber nach«, sagte ich. An der Tür fiel mir schließlich noch etwas ein: »Übrigens, einer der Gesellen ist mit einem Arm in einen der Bottiche mit der Farbe eingebrochen. Ihr müsstet also nur jemanden suchen, der einen blauen Arm hat oder dessen Gewand einen blauen Ärmel aufweist.«

Ingbert schaute plötzlich sehr verblüfft drein. Er fing sich sogleich und sagte mit einem gezwungenen Lachen:

»Einen blauen Ärmel, oha, wisset: Die Fahrenden kleiden sich immer in sehr bunten Gewändern, mal mit einem, mal mit beiden Ärmeln oder Hosenbeinen anders gefärbt als der Rest der Bekleidung. Da werden wir gewiss mehr als ein Dutzend solcher Kerle finden.«

Unvermittelt wünschte er mir eine gute Nacht, wandte sich ab und verließ die Schankstube durch eine andere Tür. Ich aber ging rasch hinaus, wollte nicht, dass Traudel nochmals auf mich einredete, bestieg Pferd und ritt, so schnell es die Dunkelheit zuließ, zum Dorf hinaus, zurück zu meiner Bleibe.

Die Nacht verlief ruhig. Vorsorglich hatte ich meine Tür von innen verrammelt und auch die Fensterläden verschlossen. Es war schwül. Wie so oft fand ich keinen Schlaf.

Wo bin ich? Ist das nicht die Königstraße in Stuttgart? Die Sonne steht hoch, es herrscht viel Gedränge und Geschiebe: ein Mann im dunklen Anzug, ein junger Bursche in zerschlissenen Klamotten, eine junge Frau mit grünen Haaren und einem auffallenden Piercing an der Nase, eine ältere Frau mit Kopftuch, ein Dutzend lärmende Schüler, eine Gruppe nicht minder lärmender Rentner. Ein Straßenmusiker versucht sich an einer Ziehharmonika. An einer anderen Ecke steht eine junge Dame und geigt. Es klingt virtuos, ich werfe ihr einen Euro in das Kästchen vor ihren Füßen. Ein Kind weint, weil ihm sein Eis heruntergefallen ist, Stadttauben fliegen auf, berittene Polizei überquert den Schlossplatz, eine aufgetakelte Dame auf Stöckelschuhen führt ein spindeldürres Hündchen spazieren, ein Geschäftsmann schwätzt in sein Handy – überhaupt all die Handys, Smartphones, Tabletts ... Zwei Jugendliche flitzen auf ihren Skateboards vorbei, rammen die Rentnerin, die sich an ihrem Rollator festklammert. Frauen schleppen Einkaufstaschen, Männer Aktenköfferchen, Touristen ziehen Trolleys hinter sich her. Ich höre Wortfetzen der Passanten: »Der Spinner kann bleiben, wo er ist« – »Qu'est-ce qu'on a fait au bon dieu« – »Die Steuererklärung« – »Glioblastomzellen hat er gesagt« – »Dort hanne, bei Pferdle und Äffle« – »What about a cup of coffee« – »Im Mittelalter war hier ein Sumpf«. Ein Typ streift im Vorbeigehen meinen linken Arm. Hat er nicht soeben versucht, nach meinem Geldbeutel zu greifen? Vergeblich, denn ich ziehe meinen Sax. Pferd wiehert und bäumt sich auf.

Ein Traum. Ich muss doch gegen Morgen eingeschlafen sein. Ein verrückter Traum, fürwahr! Wie kann ich mit einem mittelalterlichen Schwert bewaffnet durch die Königstraße in Stuttgart laufen, oder bin ich gar geritten? Schön wäre es doch, wieder einmal die Stuttgarter Fußgängerzone entlangzuschlendern. Wann war ich das letzte Mal dort gewesen? Eine Woche vor dem Tag Null? Mir kam die Arnulf-Klett-Passage in den Sinn, die die Königstraße mit dem Bahnhof verband. Der Name Arnulf war also auch in späteren Zeiten noch gebräuchlich. Arnulf – ja, ich sollte ihm meine Aufwartung machen und ihm vom Überfall berichten. Vielleicht wusste er, wer dahinterstecken konnte. Wenn ich überhaupt jemandem vertrauen konnte, dann ihm. Ingberts Reaktion jedenfalls, als ich den blauen Ärmel erwähnte, hatte mich verunsichert. Nicht, dass ich der Meinung war, er hätte mit den Gesellen gemeinsame Sache gemacht, doch er schien zu ahnen, wer in die Sache verwickelt war und hatte Angst, diese Person könne sich durch eine blau gefärbte Hand verraten.

Also stand ich auf, zog mich an und fuhr mir kurz mit einem nassen Lappen übers Gesicht. Ich hatte mich inzwischen an die Gepflogenheiten *der Anderen* gewöhnt, mich allenfalls einmal die Woche richtig zu waschen. Ich ordnete meine Haare und verließ die Hütte. Es versprach erneut ein warmer Frühsommertag zu werden. Ohne zu frühstücken sattelte ich Pferd und machte mich auf den Weg nach Neienham.

Ich fand Arnulf im Kreise seiner Familie beim Morgenmahl. Er begrüßte mich überschwänglich:

»Bruder! So früh schon unterwegs? Komm, setz dich zu uns! Du siehst nicht gut aus, hast wohl noch nichts gegessen. Wir haben frischen Ziegenkäse und Dinkelbrot. Willst du auch etwas Milch? Oder lieber gleich ein kräftiges Bier?«

Ich ließ mir einen Becher Milch einschenken und nahm von seinem Käse und dem frisch gebackenen Brot, das verführerisch duftete.

»Du weißt, was gestern Nachmittag geschehen ist?«, fragte ich ihn frei heraus.

»Einer meiner Knechte kam spät aus Hendesham zurück und erzählte es uns«, gab Arnulf zur Antwort. »Das ist eine böse Sache. Was mir vor allem nicht gefällt, ist, dass der junge Dietwolf heute, schon vor dem Morgengrauen, mit der Fähre über den Neckar gesetzt haben soll, nachdem er eines seiner Gewänder verbrannt hat. Wer macht so etwas ohne Not?«

»Der junge Dietwolf?«, entfuhr es mir. »Ist er nicht nach Ostern erneut in den Krieg gezogen?«

»Gewiss«, antwortete Arnulf. »Er zog wieder über die Alpen, in der Hoffnung, die Belagerung Mediolanums werde fortgesetzt. Wegen des Todes des Kaisers kam es nicht dazu. Darüber muss Dietwolf sehr enttäuscht gewesen sein. Vielleicht war ihm danach, seinen Unmut an irgendjemandem auszulassen?«

Elsbeth mischte sich ein: »Die Leute glauben eben, Euch hätte der Teufel geschickt. Deshalb haben sie Euch aufgelauert.«

Arnulf wiegelte ab. »So weit würde ich nicht gehen«, sagte er. »Es war dieser verrückte Hanno, der immer vom Teufel sprach. Andere sehen in dir nur einen unwillkommenen Eindringling. Sie fühlen sich unsicher, fürchten, du könntest zu großen Einfluss gewinnen. Schließlich kanntest du den verstorbenen Kaiser, kennst seinen Sohn, unseren neuen König, verkehrst mit Bischof Reginbald und – nun ja, bist auch mit mir befreundet.«

»Gerade das will was heißen«, stichelte Elsbeth. Arnulf überhörte die Bemerkung.

»Mach dir keine Sorgen«, fuhr er an mich gewandt fort. »Die Burschen haben gemerkt, dass sie es mit dir nicht leicht haben. Sie werden es kein zweites Mal wagen.«

»Ich verstehe ja den Argwohn«, hakte ich ein. »Aber Dietwolf? Nein, ich kann es nicht glauben. Er war mir sicher nicht wohl gesonnen, aber dass er mir schaden wollte ...«

»Sein jähes Verschwinden deute ich jedenfalls als Schuldgeständnis«, brummte Arnulf. »Hätte man ihn überführt, wer weiß, welche Strafe ihm das Gericht auferlegt hätte. Es ist besser so.«

Wir schwiegen eine Weile, niemand wusste mehr so recht, was er zu diesem Vorfall sagen sollte.

»Es ist vielleicht besser«, begann ich schließlich, »ich verlasse den Rheingau ebenso. Dietwolf war ja nicht allein. Es waren mindestens vier

Burschen, die mir aufgelauert haben. Ich habe wohl inzwischen zu viele Feinde hier.«

»Eine erneute Pilgerreise?«, fragte Arnulf. »Du willst wieder pilgern?«

»Unterstehe dich, auch nur daran zu denken!«, fuhr ihn Elsbeth an.

»Um Christi willen«, antwortete er brüsk, »habe ich gesagt, ich wolle ihn begleiten? Du weißt genau, dass mir als *centenarius* nur eine Pilgerreise im Leben zusteht. Keine Angst, ich lasse den Gutshof nicht nochmals in deiner Obhut ..., obwohl du ihn ja bestens verwaltet hast.«

»Wobei ich mich gleichzeitig um die Kinder kümmern musste. Vergiss das nicht! So etwas kann man mir nur einmal abverlangen.«

»Habe ich es etwa?«, schimpfte er. Bevor sie weiter streiten konnten, sagte ich so ruhig, ich es konnte: »Habt keine Angst. Ich beabsichtige nicht, Arnulf noch einmal mitzunehmen. Es kann sein, dass ich überhaupt nicht mehr zurückkomme. Jedenfalls gedenke ich, sehr weit zu reisen.«

»Doch nicht etwa über den Atlantik in dieses legendäre ... Ach, wie nanntest du es?«

»Amerika? Vielleicht. Ich könnte nach Norden reisen, zu den Normannen, und mich von ihnen hinübernehmen lassen zu ihren Siedlungen in Grönland und Weinland. Oder ich wende mich nach Osten, nach Byzanz, nach Jerusalem, Bagdad, Persien, die Seidenstraße entlang nach China. So weit, wie ich eben komme.«

Arnulf nickte anerkennend. Im gleichen Moment verfinsterte sich seine Miene: »Was aber geschieht in der Zeit deiner Abwesenheit mit deinem *vehiculum*? Willst du es hier stehen lassen, damit sie es dir zerstören? Du kannst nicht verlangen, dass es der Vogt jahrelang bewachen lässt.«

»Das *vehiculum* ist mir gleichgültig. Es nutzt mir hier eh nichts. Nein, ich werde dem Vogt sagen, sie können mit dem Fahrzeug machen, was sie wollen. Zerstören, wegtragen, was auch immer. Mir liegt nichts mehr daran.«

»Wann wirst du aufbrechen?«, fragte Arnulf.

»Ich weiß es noch nicht. Vielleicht schon in wenigen Tagen.«

»Gut, Bruder, wir werden uns jedenfalls in Schweigen hüllen und niemandem etwas von deinen Plänen verraten. Wenn es so weit ist, verkünde, du gingest auf Pilgerfahrt nach Jerusalem, ganz gleich, wohin du dich in Wirklichkeit wenden magst. Damit werden sie dich in guter Erinnerung behalten, als einen wahren Christen.«

Ich dankte ihm für den Ratschlag, verabschiedete mich und ging hinaus. Er folgte mir vor die Tür.

»Schade, ich hätte dich gern begleitet«, sagte er, als er sicher war, dass ihn seine Frau nicht mehr hören konnte. »Aber wer weiß ... Sag mir auf jeden Fall rechtzeitig Bescheid, bevor du aufbrichst. Ansonsten ... psst.« Er legte den Zeigefinder auf den geschlossenen Mund und lachte mich mit seinen verschmitzten Augen an.

Tag 756, 14. Juli 1039, bis Tag 763, 21. Juli 1039

Meine Reispläne hielt ich allen anderen gegenüber geheim. Vielmehr tat ich so, als wollte ich mich für immer in Hendesham einrichten. Bei meinem nächsten Besuch im Bachlenz deutete ich an, ich wolle meine Einsiedelei aufgeben und in den Ort ziehen.

»Das trifft sich sehr gut«, freute sich Ingbert. »Vielleicht werdet Ihr mit Ländereien belehnt oder gar zum Herrn der Burg ernannt, die in der Ebene vor dem Dorf errichtet werden soll. Überlasset Eure Butze und das *vehiculum* der Wildnis und werdet ein echter Franke!«

»Mag sein, Herr Rodolfo möchte eher in das Kloster eintreten«, glaubte Hilda zu wissen. »Er hält sich dort in letzter Zeit immer wieder auf. Auch scheint er mir nicht an eine Heirat zu denken. Er wäre der ideale Mönch und bringt es gewiss eines Tages zum Abt.«

»Nein, nein«, wehrte ich ab. »Ich strebe weder nach einem weltlichen noch kirchlichen Amt. Ich will lediglich der Einsiedelei den Rücken kehren.«

»Weder weltliches noch kirchliches Amt?«, scherzte Ingbert. »Sicher, er ist und bleibt ein Gaukler! Nichts anderes will er auch künftig sein.« Dabei lachte er und haute mir vor Übermut mit der Hand auf die Schulter.

Hilda schüttelte den Kopf und ich tat so, als freute ich mich mit ihm.

Da es weiterhin sehr schwül war, zögerte ich die Abreise hinaus. Am 20. Juli geschah jedoch etwas Merkwürdiges, was mich veranlasste, alle anderen Pläne vorerst aufzugeben und in meiner Klause zu verharren. Ein schweres Gewitter war gegen Abend aufgezogen. Ich war gerade vom Kloster zurückgekommen, hatte es gerade noch geschafft, Pferd in den Stall zu führen und zu versorgen, da prasselte ein starker Hagel nieder. Wie immer, wenn es gewitterte, verbrachte ich die Zeit in meinem Auto. Ich bekam auf einmal Lust, wieder eine meiner CDs einzulegen und schaltete den Player an. Wie schon erwähnt, war dieser grundsätzlich auf den Radio-Modus eingestellt. Erst beim Einlegen einer CD sprang er auf das Wiedergabegerät um. Im gleichen Augenblick, als ich das Gerät einschaltete, entlud sich ein gewaltiger Blitz über dem Hügel. Es krachte in den Lautsprechern und ich hörte – oder glaubte zumindest zu hören »... für Baden-Württemberg und Rheinland-Pfalz ...«

Ich erschrak. Fantasierte ich? War da wirklich eine Stimme gewesen? Die Stimme einer Radiomoderatorin, die den Wetterbericht ankündigte? Es krachte erneut, als sei ein Sender schlecht eingestellt und ich hörte nochmals kurz die Stimme: »... für Freitag den Neunten ...« Danach wurde es wieder still. Dafür aber rumpelte draußen der Donner. Der Regen, vermischt mit vereinzelten Hagelkörnern, klatschte weiter auf das Autodach. Die Uhr auf dem Display, die all die zwei Jahre, seit ich im elften Jahrhundert gestrandet war, auf 18 Uhr 10 gestanden hatte, war um eine Minute vorgerückt. Sie zeigte 18 Uhr 11! Was hatte das zu bedeuten? War ich für den Bruchteil einer Minute zurück in meiner Zeit, in meiner Welt gewesen? Hatte die elektrische Entladung die Diskontinuität zwischen den Welten wieder aufgebrochen? Mehr noch: War inzwischen bei mir Zuhause nicht mehr als eine Minute verstrichen?

Wie ein Karnickel auf die Schlange, so starrte ich auf das Display. Einige Minuten verstrichen, doch die Uhr ging nicht mehr weiter. Die Zeit war wieder eingefroren, wie all die Wochen und Monate zuvor.

Ich verspürte starke Kopfschmerzen. Lag das am Wetter oder an der vermeintlichen Diskontinuität? Ich hatte noch zwei Kopfschmerztabletten bei mir. Ich war sehr sparsam mit ihnen umgegangen und nach der Erfahrung mit der Pille, die ich im kaiserlichen Heer geschluckt hatte, nahm ich meine Tabletten nur noch heimlich ein. Nun, da das Gewitter um mich herumtobte und mir der Kopf brummte, als hätten sich Wespen darin eingenistet, dachte ich, dass nun ein solcher Moment sei. Ich schluckte eine der Tabletten.

Nun blieb mir noch eine, nur noch eine einzige! Damit war auch diese Brücke in meine Welt abgebrochen. Aber vielleicht spielte das ja keine Rolle mehr? Vielleicht kam es nochmals zu einer Entladung und das Tor zwischen den Welten öffnete sich? Vielleicht bestand die Möglichkeit, durch dieses Tor hindurchzufahren? Ich startete den Motor – wie gewohnt sprang er sofort an – und wartete auf den nächsten Blitz. Aber es geschah nichts mehr. Das Gewitter zog ab. Nach ein paar Minuten schaltete ich den Motor wieder aus.

Am Tag darauf, Samstag, den 21. Juli, hielt die gewittrige Wetterlage an, was mich in eine kaum beschreibbare Nervosität versetzte. Es hatte nach dem Regen am Vortag keine Abkühlung gegeben. Ich kam mir vor wie in den Tropen. Ich erledigte am Vormittag einige Besorgungen im Bauernhof am Hellenbach und setzte ich mich danach wieder in den Wagen. Dort schrieb ich zunächst jene Zeilen, die ich meinen ganzen Aufzeichnungen voranstellen wollte, jenes Vorwort also, das ein etwaiger Leser als Erstes zu Gesicht bekommen sollte. Danach versorgte ich Pferd, das unruhig hin und her trampelte. Entweder hatte es Angst vor dem erneut heraufziehenden Gewitter oder es wollte sich einfach nur bewegen. Denn, wenn ich es recht bedachte, war kaum ein Tag in all den zurückliegenden Monaten vergangen, an dem ich nicht mit ihm unterwegs gewesen war.

Ich blieb in meinem Wagen. Ich wollte *die* Chance, *meine* Chance, nicht verpassen!

Ich nahm Trinkwasser und etwas zu essen mit hinein, schließlich auch meinen Sax und all die Gegenstände, die mir wichtig erschienen, ganz gleich ob aus meiner Welt oder aus der *der Anderen*: meine Digitalkamera (auf der immer noch die Fotos von Reginbald und dem Michaeliskloster gespeichert sein mussten), mein Handy, mein Fernglas, die Aktentasche und den Beutel, den ich mir hatte machen lassen, einige Kleidungsstücke, Münzen aus den verschiedenen Ländern, die ich bereist hatte, meine Jakobsmuschel, Tusche, Federkiel, all die Blätter, die ich beschrieben hatte. Am Leib trug ich das, was ich anhatte, als es mich zu *den Anderen* verschlug: mein T-Shirt, die Trainingshose, meine Turnschuhe.

Wie am Tag zuvor wartete ich wieder vergebens.

Tag 764, 22. Juli 1039 – Tag 0, 9. Juli 2010?

Es ist der frühe Nachmittag des 22. Juli 1039 und es braut sich schon wieder ein Gewitter zusammen. Der Himmel ist schwarz. Obwohl es noch Nachmittag ist, ist es bereits so finster, dass ich im Wagen die Innenbeleuchtung anschalten muss, um zu schreiben. Den Anderen *gefällt das Wetter natürlich gar nicht. Vorgestern soll der Hagel viele Rebstöcke in den Weinbergen bei Handschuhsheim zerschlagen haben. Ich aber freue mich über das Unwetter, und hoffe auf einen gewaltigen Blitzschlag, direkt auf meinen Wagen!*

Jetzt kommen mir Bedenken: Warum soll ich eigentlich fliehen? Ist diese Welt nicht inzwischen auch meine geworden? Sollte ich nicht vielleicht besser hierbleiben und mich Traudel und ihrer Kinder annehmen? Luitfried kränkelt immer mehr, ich könnte ihn vielleicht mit den verbliebenen Antibiotika heilen. Ich müsste es heimlich anstellen, sonst würden sie mir wieder Teufelswerk nachsagen, wie damals, nach der Einnahme einer Pille im kaiserlichen Heer.

Und: Wenn ich nun so einfach verschwinde, was wird dann aus Pferd? In meine Welt kann ich es nicht mitnehmen.

Wirre Gedanken gehen mir durch den Kopf. Wenn ich nun aber heute noch nach Hause käme, zu meiner Frau, meiner Mutter, was würden sie sagen – so, wie ich aussehe? Seit drei Tagen habe ich mich nicht rasiert und gewaschen, meine Haare sind seit Wochen nicht geschnitten worden, meine Kleidung ist zerschlissen, der Wagen verbeult. Was würden sie sagen, wenn ich ihnen erzähle, ich habe an einem einzigen Nachmittag ganze zwei Jahre in der Vergangenheit verbracht? Würden sie mir glauben, selbst wenn ich die Fotos und Gegenstände wie den Sax oder die Münzen zeigen könnte?

Was spielte das alles für eine Rolle? Ich würde wieder nach Hause kommen! Der Spuk wäre vorbei. Ich würde Miriam um den Hals fallen und ihr sagen, der Blitz habe in den Wagen eingeschlagen. Das würde fürs Erste mein Aussehen erklären. Dann würde ich eine Dusche nehmen – eine richtige Dusche mit warmem Wasser, mit Seife und Shampoo. Ich würde mich rasieren, frisch ankleiden, etwas zu Abend essen. Und schließlich würde ich erzählen, was mir wirklich passiert war. Zwischendurch würde ich meine Mutter anrufen und ihr sagen, dass ich erst morgen kommen könne, die Tabletten vorbei-

bringen. Und am Ende des Tages würde ich mich in meinem Bett ausstrecken ... in meinem eigenen sauberen Bett, ohne Wanzen und Flöhe ...

Soeben hat es wieder geblitzt. Und es war deutlich zu hören »... der Ausläufer eines atlantischen Tiefdruckgebiets bringt feuchtwarme Luft ...« Die Uhr rückt wieder eine Minute weiter.

Es donnert gewaltig. Um mich herum starker Regen, ich sehe kaum noch bis zur Ebene. Was sind das für Lichter dort unten? Nein, eine Sinnestäuschung ... der schreckliche Kopfschmerz ... Meine Schrift ist kaum noch lesbar ... Der Motor läuft ... Wenn es jetzt nochmals ... soeben fällt das Tuschetöpfchen herunter und ergießt sich auf dem Boden vor dem Beifahrersitz, ich kann nicht mehr lange schreiben, habe keine Ersatztusche im Auto.

Die Uhr zeigt 18.14 Uhr. Es kracht erneut in den Lautsprechern. In der Rheinebene wieder Lichter; Lichter, die sich bewegen. Jetzt müsste ich ... vielleicht die allerletzte Chan...

Zu Hause – Tag 0, 9. Juli 2010 und folgende Tage

Ich weiß nicht mehr, wie ich es geschafft habe, auf nur drei Reifen und dem nackten vierten Felgen den steilen und holprigen Weg hinunter nach Handschuhsheim zu fahren. Fakt ist, dass ich irgendwie bis zur Tankstelle am Ortsausgang gekommen bin. Dort stellte ich fest, dass nicht nur der Reifen hinüber war, sondern nun auch der Felgen. Außerdem war der Wagen rundherum verbeult, da ich beim Abwärtsfahren immer wieder an einen Zaun oder eine Mauer gestoßen war. So schnell war es also nichts mit der Heimfahrt, der Dusche, der Umarmung meiner Frau und dem Schlaf im eigenen Bett. Erst musste der ADAC verständig werden; der Wagen wurde abgeschleppt, ich fuhr mit dem Taxi nach Hause.

In der Tat war es weiterhin der 9. Juli 2010. Gleich nachdem ich den ADAC verständigt hatte, rief ich zu Hause an und stotterte, der Blitz hätte in den Wagen eingeschlagen und das Fahrzeug sei defekt. Miriam war entsetzt. Sie riet mir, unbedingt sofort einen Arzt aufzusuchen. Ein elektrischer Schlag, selbst im Faraday'schen Käfig könne zu Herzrhythmusstörungen führen. Ich tat dies als Panikmache ab. Nach allem, was ich erlebt hatte, erschien mir das als Lappalie. Ich wollte nur noch nach Hause!

Am Montag darauf ging ich tatsächlich zum Arzt. Ich hatte nichts am Herz, doch dafür stellte man später einen seltenen Darmparasiten fest. Ob ich in einem tropischen Land gewesen sei, fragte mich der Doktor. Solche Parasiten gäbe es jedenfalls nur dort, nicht in Mitteleuropa.

Was nun den Wahrheitsgehalt meiner Geschichte anging, so kam es wie befürchtet. Ganz vorsichtig erzählte ich zunäfchst nur meiner Frau, was mir widerfahren war. Sie tat so, als würde sie mir glauben. Zumindest konnte sie sich nicht erklären, wie ich so schnell zu einem mittelalterlichen Schwert, zu den Fotos von Reginbald und den Klosteranlagen oder auch zu meinen Aufzeichnungen gekommen war. Später ließ sie durchblicken, ich könnte dies alles in aller Heimlichkeit vorbereitet haben. Nur das demolierte Auto passte nicht so ganz in ihre Erklärung. Warum sollte ich den Wagen zerstört haben? Nur um meine Schilderung glaubwürdiger zu machen?

Ein paar Tage später legte ich meine Aufzeichnungen meinen Töchtern vor. Sie lasen sie mit Interesse. Überzeugt, dass die Geschichte wahr sein könnte, waren sie nicht.

Bei einem Kaffeekränzchen mit den Töchtern und ihren Angetrauten, etwa einen Monat nach meiner Rückkehr, wurde mir jedenfalls der Kopf gewaschen.

»Weißt du«, begann meine Frau, »allein wie du ausgesehen hast, als du vom Garten zurückgekommen bist, ist das noch lange kein Beweis für ein Abenteuer in der Vergangenheit. Der Schock durch den Blitzschlag ... Außerdem waren deine Haare eh reif für den Friseur und ob du dich an diesem Tag rasiert hast, weiß ich nicht.«

Meine Tochter Marianne wiederum war der Ansicht, die Schilderungen seien generell wenig nachvollziehbar. »Papa, du hast schon immer eine gute Fantasie gehabt, aber hier gehst du zu weit«, spottete sie. »Du trittst viel zu souverän auf. Dein Verhalten, das du schilderst, als du in die Vergangenheit geschleudert wirst, ist nicht glaubwürdig. Ein normaler Mensch würde da in viel stärkere Panik geraten und sich erst einmal im Wald verstecken. Du aber trittst ganz seelenruhig diesen Anderen entgegen und unterhältst dich mit ihnen wie mit altbekannten Nachbarn. Nee, ich finde deine Story nicht überzeugend. Außerdem jammerst du zu viel über den nicht vorhandenen Kaffee und zeigst zu wenig wirkliches Heimweh. Also, ich an deiner Stelle, ich wäre vor Heimweh wahnsinnig geworden. Ob mir irgendjemand Kaffee eingeschenkt hätte, das wäre mir völlig egal gewesen.«

»Ja«, setzte meine Frau nach, »und die seltsame Zurückhaltung gegenüber dem anderen Geschlecht. Ich weiß zwar, dass du kein Schürzenjäger bist, aber, wenn ich mir vorstelle, ein Mann im besten Alter gerät wirklich tausend Jahre in die Vergangenheit zurück, ohne die Chance zu sehen, wieder in die Gegenwart zu kommen – lebt ein solcher Mann wirklich zwei Jahre lang keusch wie ein Mönch? Entweder hast du uns etwas verheimlicht oder an der Story ist nichts dran.«

»Genau«, lästerte Marianne, »er wird uns etwas verheimlicht haben. Mit der Traudel wird er vielleicht doch mehr gemacht haben als nur getanzt. Oder die Spanierin hat nicht nach Knoblauch, sondern Orangenblüten gerochen. Wer weiß?«

Alle lachten, ich aber versuchte mich zu rechtfertigen: »Ihr versteht nicht, welchem Stress ich ausgesetzt war. Unter starkem Stress geht die Hormonproduktion zurück ...«

Jetzt lachten sie noch mehr. Einer der Schwiegersöhne murmelte schmunzelnd *»positio especiale«*, was der andere Schwiegersohn aufgriff mit dem Kommentar: »Sicher in jedem Badehaus verfügbar.«

»Genau«, lästerte Marianne, »fragen wir Rodrigo oder Arnulf!«

»Jetzt reicht es aber!«, entfuhr es mir. »Ihr müsst mir ja nicht jede Einzelheit glauben. Überzeugen euch wenigsten die mitgebrachten Gegenstände?«

Nun meldete sich meine Tochter Petra zu Wort. Grinsend sagte sie: »Kaum. So ein Zeug bekommst du heutzutage auf jedem Mittelaltermarkt oder bei Ebay. Und die Fotos – nun ja, die kann man leicht mit einem guten Bildbearbeitungsprogramm erstellen. Der Typ, den du als den Abt ausgibst, erinnert mich übrigens an deinen Kollegen Neuenburger. Der mag in ein Gewand geschlüpft sein ...«

»Ich merke, es ist sinnlos«, stöhnte ich. Trotzdem wagte ich eine letzte Verteidigung: »Aber das Pergament, auf dem ich mit Tusche und Federkiel geschrieben habe: Glaubt ihr wirklich, ich würde mich hinsetzen und mit solch altertümlichem Werkzeug einen derart langen Text schreiben, wenn ich nicht dazu gezwungen wäre? Das wäre doch absurd!«

»Klar Papa«, entgegnete Petra, wobei sie weiterhin grinste, »so etwas macht man nicht freiwillig. Ich kann mir vorstellen, wie das auf die Gelenke gegangen ist. In diesem Punkt glaube ich deinen Aufzeichnungen. Vor allem frage ich mich, wann du das alles geschrieben hast. Das schüttelt man nicht so aus dem Ärmel.«

»Na ja«, hakte meine Frau ein, »er hat in den letzten Wochen abends sehr lange in seinem Arbeitszimmer gesessen und an irgendetwas gearbeitet, was er mir nicht zeigen wollte. Das wird wohl diese Geschichte gewesen sein.«

»Mhm«, griff Marianne den Faden auf, »und dann traf ihn zufällig der Blitz und er dachte, das ist die Gelegenheit, die zuvor bei Ebay ersteigerten Utensilien und seine Pergamentblätter hervorzuzaubern, so dass alle glauben mögen, seine Geschichte sei wirklich so passiert.«

Ich fühlte mich erledigt. Mit hochrotem Kopf saß ich da und sagte kein Wort mehr. Nicht einmal Abwinken, wie es Arnulf immer so gut hinbekommen hatte, konnte ich.

Fortan gab ich meine Geschichte als Fantasyroman aus. Das elfte Jahrhundert ließ mir aber keine Ruhe: Ich stellte Nachforschungen über diese Zeit an. Vor allem wollte ich herausfinden, ob es einen Ingbert, eine Traudel oder einen Arnulf gegeben hatte. Erwartungsgemäß wurde ich nicht fündig. Immerhin: Der Abt und Bischof von Speyer, Reginbald von Dillingen, hat wirklich gelebt. Auch Hermann von Reichenau, Kaiser Konrad, Herzog Heinrich, Gunhild von Dänemark, Sulayman bin Hudi – sie stehen in den Geschichtsbüchern. Aber was bedeutet das schon?

Was nun meine Kenntnisse der Sprache des elften Jahrhunderts betrifft, so habe ich diese einem Altphilologen an der Universität Heidelberg demonstriert.

Und was sagte er dazu? »Mein lieber Herr Andres, ich weiß nicht, wo Sie diese Sprachkenntnisse herhaben. Sie ähneln meiner Meinung nach weder dem Alt- noch dem Mittelhochdeutschen. Welche Quellen haben Sie dieser Sprache zu Grunde gelegt?«

Ich kam ins Schwitzen. Wenn schon die nächsten Familienangehörigen nicht glauben wollten, was mir widerfahren war, wie sollte ich das einem Universitätsprofessor plausibel machen?

»Bisher unbekannte Quellen«, redete ich mich heraus. »Ich wollte nur wissen, ob diese Quellen zuverlässig sind. Anscheinend sind Sie es nicht.«

»Schade«, sagte er daraufhin. »Es klingt jedenfalls interessant. Es könnte eine Art Übergang zwischen Alt- und Mittelhochdeutsch mit rheinfränkischem Mundarteinschlag sein. Wo haben Sie diese Unterlagen gefunden? Bringen Sie doch die Unterlagen her. Wir lassen sie genauer prüfen.«

Ich bedankte mich für sein Entgegenkommen, ließ mich aber bei ihm nicht wieder blicken.

Je länger der 9. Juli 2010 zurückliegt, desto mehr erscheinen mir die zwei Jahre, die ich zwischen 18 Uhr 10 und 18 Uhr 13 in der Welt *der Anderen* verbringen musste, selbst wie ein Hirngespinst, das durch den Blitzschlag hervorgerufen worden war. Vielleicht war es ja wirklich nichts anderes als ein (Tag)Traum. Wobei es schon sehr seltsam war, dass ich in diesem (Tag)Traum mitunter den Eindruck hatte, ich träumte von meinem Leben im 21. Jahrhundert. Und um alles noch verworrener zu machen, träume ich heute ab und zu, ich sei zurück im elften Jahrhundert in Hendesham: Ich sehe sie Luitfried beerdigen, der keine sieben Jahre alt geworden war, erfahre, dass Dietwolf in einer Schlacht gefallen ist, höre den bösartigen Mönch Einhard gegen Juden und Mauren hetzen und Arnulf mit seiner Frau streiten. Manchmal sehe ich auch Traudel vor mir und bereue, mit ihr nur einen einzigen Tanz gewagt zu haben und nicht mehr. Und ich sitze auf einmal wieder auf dem Rücken von Pferd, tätschle seinen Nacken und entschuldige mich bei ihm, ihm keinen richtigen Namen gegeben zu haben. Ich erblicke den Dom zu Speyer, der immer noch eine Baustelle ist und in dem sie nun auch Reginbald zu Grabe tragen oder ich wandle durch Saraqusta und höre den Ruf des Muezzins. Dann schrecke ich auf – und bin ein jedes Mal erleichtert, dass es wieder nur ein Traum war.

Aber, was ist ein Traum und was ist Wirklichkeit?

Spurensuche

Zeittafel

997:
Die Truppen des Kalifats von Córdoba unter dem Feldherrn Muhammad ibn Abi Amir (al-Manzur bin Ilah, Almansor) erobern und plündern Santiago de Compostela.

1000:
Leif Erikson erreicht die Küste Amerikas.

1024:
Der Salier Konrad (II) wird von den Adligen des ostfränkischen (deutsch-römischen) Reichs zum König gewählt.

1026, 1027, 1033:
Konrad II wird König von Italien, römischer Kaiser und König von Burgund.

1037:
Rückeroberung von Santiago de Compostela durch die Christen.

1038:
Italienfeldzug Kaiser Konrads u.a. gegen die Stadt Mailand, der aufgrund des Ausbruchs einer Seuche erfolglos abgebrochen werden muss.

Heinrich, Sohn Kaiser Konrads und seit 1028 Mitkönig im Ostfrankenreich, bekommt die Königswürde von Burgund übertragen.

1039:
Tod Kaiser Konrads II; sein Sohn Heinrich (III) ist nun alleiniger ostfränkischer König.

Poppo, der spätere Papst Damasus II, wird Bischof von Brixen.

Sulaymán ibn Hud, Herrscher des Taifa (muslimisches Kleinkönigreich) Lérida übernimmt auch die Herrschaft des Taifa Saraqusta (im Roman geschieht dies abweichend von den historischen Gegebenheiten bereits im Jahr 1038).

1045:
Heinrich III wird zum Kaiser gekrönt.

wird in der Geschichtsschreibung noch dem Frühmittelalter zugerechnet. Die Gesellschaft im christlichen Europa war eine vorwiegend bäuerliche mit einer festen Ständeordnung (Adelige, freie Bauern, Ritter, unfreie Bauern, Handwerker usw.). Städte spielten in Europa noch keine große Rolle. Die größten Städte waren Konstantinopel und Córdoba, beide mit jeweils einer halben Million Einwohner, gefolgt von weiteren Städten im maurischen Spanien wie Sevilla oder Saragossa, einigen italienischen Städten wie Mailand, schließlich Kiew, London und Paris. Die beiden Letzteren zählten zum damaligen Zeitpunkt allenfalls 50.000 Einwohner. Auf dem Gebiet des heutigen Deutschlands war Köln die größte Stadt, in der im Frühmittelalter nicht mehr als 30.000 Menschen gelebt haben mochten. Nicht viel mehr Einwohner hatte Rom, obwohl in dieser Stadt der Papst residierte.

Nach dem Untergang des Westgoten- und Vandalenreiches, deren Bewohner mehrheitlich dem arianischen Glauben angehört hatten, sowie dem Übertritt der Skandinavier und Ungarn zur katholischen Kirche, war der Katholizismus im christlichen Europa die vorherrschende Weltanschauung. Die Abspaltung der Ostkirche bahnte sich zwar an, war aber noch nicht vollzogen. Hinzu kam die weltliche Macht der katholischen Kirche, die unter anderem auf die vielen Grundstückschenkungen durch die freien Bauern und Adeligen seit dem siebten Jahrhundert zurückzuführen war.

Erste Erschütterungen der päpstlichen Macht in Westeuropa zeigten sich erst später im so genannten Investiturstreit und im zwölften Jahrhundert mit der Bewegung der Katharer; Konflikte, bei denen die Kirche noch jedes Mal als Sieger hervorging.

Die Menschen der damaligen Zeit hielten ihre Gesellschaftsordnung für gottgewollt und stellten sie nicht in Frage. Die gesellschaftliche Stellung war von Geburt an festgelegt. Ein Aufstieg in eine höhere Gesellschaftsklasse war so gut wie unmöglich. Der einzige Ausweg war der Eintritt in ein

Kloster. Söldnerheere, die verarmte Bauern aufnehmen und alimentieren konnten, gab es, wie in späteren Zeiten, noch nicht.

Die Klöster waren nicht nur Orte des geistlichen Lebens, sondern auch solche, in denen Handwerk und Wissenschaft gepflegt wurden. Allerdings konzentrierte sich die Wissenschaft auf die Wiedergabe und Interpretation von schon vorhandenen Kenntnissen, nicht auf die Erforschung von Neuem. Ein Gelehrter wie Hermann der Lahme stellte gewiss eine Ausnahme dar.

Lesen und schreiben konnten die wenigsten Menschen der damaligen Zeit. Selbst Adelige waren dessen oft nicht mächtig. Inwieweit die Mönche in den Klöstern alle lesen und schreiben konnten, ist umstritten. Es wird durchaus für möglich gehalten, dass manche Mönche, die Bücher kopierten, nicht wussten, was sie schrieben, sondern nur die Buchstaben abmalten.

Gaukler, Narren, Possenreißer, Akrobaten und Tierbändiger stellten eine besondere Gruppe dar. Sie galten einerseits als frei, hatten andererseits keine Rechte und waren davon abhängig, auf Jahrmärkten, bei Feierlichkeiten oder an den Höfen der Adeligen Kost und Logis zu erstreiten. In der Regel zogen sie ohne festen Wohnsitz durchs Land und konnten von der jeweiligen Obrigkeit jederzeit vertrieben werden. Auch galt ihr Besitzt keineswegs als geschützt. Allerdings dürften sie kaum viel ihr Eigen genannt haben. Dass Rodolfo immer wieder als Gaukler bezeichnet wird, zeigt, dass seine gesellschaftliche Stellung als »freier Franke« immer wieder in Frage gestellt wird.

Ein deutsches Reich gab es damals noch nicht. Das Gebiet des heutigen Deutschlands nannte sich Ostfrankenreich (*imperium francorum orientalis*). Eine Hauptstadt oder ein Regierungssitz bestand in diesem Reich nicht. Vielmehr zogen die Könige, wie schon zur Zeit der Karolinger, von Burg zu Burg beziehungsweise von Kloster zu Kloster und hielten an verschiedenen Orten Versammlungen oder auch Gericht ab. Die Könige des Ostfrankenreichs waren zudem König von Italien und seit Konrad II auch König von Burgund. Außerdem wurden sie vom Papst zum weströmischen Kaiser gekrönt. Das Reich, das sie beherrschten, lässt sich durchaus als eine Großmacht bezeichnen.

Nach der Abwehr der Ungarneinfälle unter Konrads Vorgängern und Konrads Sieg über seine Rivalen aus der eigenen Familie, konnte sein Reich als weitgehend befriedet angesehen werden. Lediglich mit den italienischen Städten und Machthabern gab es weiterhin Konflikte; nördlich der Alpen herrschte in der Mitte des elften Jahrhunderts Frieden. Dazu kam ein recht mildes Klima, welches für gute Ernten sorgte und somit für eine relative Zufriedenheit der Menschen in Mittel- und Nordeuropa. Ich erlaube mir deshalb die Behauptung, die Zeit des späten Frühmittelalters war »die Ruhe vor dem Sturm« – die Kreuzzüge, die Glaubenskriege, die Hexenverfolgung, die Kleine Eiszeit und die damit verbundenen Hungersnöte sowie die großen Seuchen wie die Pest lagen noch in ferner Zukunft. Insofern ähnelte die Zeit ein wenig dem Jahr 2010: Auch, wenn dieses Jahr keineswegs ohne Konflikte war, war es verglichen mit den kommenden Jahren in Europa ruhig: Die schlimmsten Auswirkungen der Finanzkrise schienen überwunden, der Syrienkonflikt hatte noch nicht zu kriegerischen Auseinandersetzungen geführt, der Terrorismus des Islamischen Staats hatte kaum Bedeutung, die große Flüchtlingswelle nach Europa war noch nicht angerollt und die Rechtspopulisten hatten nicht den Zulauf wie in den Jahren danach.

Zur Sprache im Ostfrankenreich im elften Jahrhundert

Sprachforscher setzen das Jahr 1050 als Grenze zwischen dem Althochdeutschen und dem Mittelhochdeutschen an. Dies bezieht sich jedoch nur auf die Schriftsprache. Inwieweit die Umgangssprache in den Jahren 1037 bis 1039 im damaligen Rheingau eher noch dem Althochdeutschen oder schon dem Mittelhochdeutschen zuzurechnen ist, kann ich nicht beurteilen. Ich vermute eher einen fließenden Übergang zwischen den beiden Sprachepochen und lasse deshalb im letzten Kapitel den Altphilologen der Universität Heidelberg rätseln, welche Sprache der Protagonist der Geschichte benutzt. Weiterhin gehen die Sprachwissenschaftler davon aus, dass es ein einheitliches Althochdeutsch in der Umgangssprache gar nicht gegeben hat, sondern dieses – ähnlich den heutigen Dialekten – in verschiedenen Gegenden unterschiedlich geklungen haben muss. Die wenigen althochdeutschen Begriffe, die ich in der Geschichte zitiere, sind dem Lexikon von Gerhard Köbler beziehungsweise dessen online-Ausgabe entnommen, ohne Anspruch, dass die Menschen im damaligen Rheingau wirklich diese Ausdrücke gebraucht haben.

Atlantiküberquerungen im elften Jahrhundert bzw. Mittelalter

Es ist bewiesen, dass die Wikinger über Island und Grönland nach Nordamerika kamen und in Neufundland mindestens eine Siedlung errichteten. Es gilt ebenfalls als wahrscheinlich, dass baskische Fischer bereits vor Kolumbus auf ähnlichem Weg bis zur Küste Neufundlands gekommen sind, um dort Kabeljaue zu fangen, zu trocknen und als »Stockfische« nach Europa zu bringen (vgl. Hans-Otto Meissner: Kundschafter am St.-Lorenz-Strom, erstes Kapitel). Ob die Basken auch in wärmere Gegenden, vielleicht sogar bis zur Karibik vorgedrungen sein könnten, ist jedoch nicht belegt und reine Dichtung.

Die Bergstraße und das Rheintal

Der im ersten Kapitel beschriebene Garten an der Bergstraße bei Heidelberg existiert tatsächlich. Die Beschreibung des Weges stimmt mit der Wirklichkeit überein. Von dort hat man einen guten Blick auf die Rheinebene, genauso wie es in der Geschichte wiedergegeben ist. Spaziergängern aber sei gesagt, dass der Weg, der zu den dortigen Gärten führt, eine Sackgasse ist und man von dort nicht in den angrenzenden Wald gelangt.

Das Hellenbachtal und die verschollene Siedlung

Am Ausgang des Hellenbachtals, an der Grenze zwischen Heidelberg und Dossenheim, gab es im Frühmittelalter tatsächlich einige Gehöfte. Der Ort wird in den Urkunden der damaligen Zeit als Hillenbach oder eben Hellenbach (heller Bach, nicht Höllenbach) erwähnt. Die Siedlung wurde aus unbekannten Gründen im 13. Jahrhundert aufgegeben und der Gemarkung Handschuhsheim zugeschlagen.

Heidelberg/Handschuhsheim

Der Ort wurde erstmals im Lorscher Codex 765 erwähnt. Besiedelt war die Gegend schon viele Jahrhunderte zuvor: Auf dem Heiligenberg (Aberinsberg) befand sich eine Fliehburg der Kelten, später besaßen hier die Römer einige Gutshöfe, die in der Alemannenzeit (viertes/fünftes Jahrhundert) und nach deren Vertreibung durch die Franken von Letzteren weiterbewirtschaftet wurden.

Handschuhsheim soll, so schätzt der Heimatforscher Derwein, bereits im achten Jahrhundert einige hundert Einwohner gehabt haben. Auch im elften Jahrhundert wird die Zahl der Bewohner des Ortes nicht geringer gewesen sein.

Die Herkunft des Namens ist nicht geklärt. Die Benennung nach einem Kleidungstück soll laut Derwein im Frühmittelalter nicht unüblich gewesen sein. Da die Bewohner Handschuhsheims ihren Ort bis heute »Hendesse« nennen, ist anzunehmen, dass sie ihn früher ähnlich genannt haben.

Auch wenn der Ort schon im Frühmittelalter Bedeutung besaß, war er flächenmäßig sehr klein. Er erstreckte sich entlang der heutigen Mühltalstraße und den kleinen, von ihr abzweigenden Seitengassen (Löbinggasse, Rolloßweg, Amselgasse). Durch den Ort lief der Mühlbach, der in den 1960er Jahren gänzlich unter die Straßen verlegt wurde. An der Kreuzung Mühltalstraße/Rolloßweg/Waldweg befindet sich heute ein kleines Stauwasserbecken. In dieser Gegend wurden mindestens seit dem Frühmittelalter Wassermühlen betrieben. Man spricht deshalb vom »Siebenmühlental«, obwohl es zeitweise neun Mühlen gewesen sein sollen. Von den Mühlen sind noch einige Fundamente und Mauern in den modernen Häusern zu finden. Die Mühlen stellten nach und nach bis zu Beginn des 20. Jahrhunderts ihren Betrieb ein. In der Geschichte habe ich den öffentlichen Waschplatz an die Stelle verlegt, wo sich heute das Staubecken befindet.

Die Tiefburg, das heutige Wahrzeichen Handschuhsheims, wurde erst im 13. Jahrhundert erbaut. Im elften Jahrhundert mögen sich dort noch Wiesen oder Felder befunden haben. Handschuhsheim erstreckte sich nach Süden bis zur heutigen Vituskirche, nach Norden bis zur Kreuzung Mühltalstraße / Zum Steinberg. Dort ist ein Stadttor aus dem Spätmittelalter bezeugt sowie ein Platz, an dem Gericht gehalten worden sein soll. Im elften Jahrhundert besaß der Ort mit großer Wahrscheinlichkeit keine Stadtmauer und keine Tore. Die Größe der bebauten Flächen änderte sich bis in das 19. Jahrhundert so gut wie nicht, denn der Ort hatte im Lauf der Geschichte immer wieder Plünderungen und Brandschatzungen zu erleiden, wobei die Bevölkerung entweder vertrieben oder nahezu gänzlich niedergemacht wurde. Vor allem der Dreißigjährige Krieg und der Pfälzer Erbfolgekrieg wüteten unter der Zivilbevölkerung. Erst ab dem späten 19. Jahrhundert begann Handschuhsheim zu wachsen. 1903 wurde es Heidelberg – das selbst erst im 13. Jahrhundert gegründet worden ist – eingemeindet. Es ist heute, nach der erst im 21. Jahrhundert gebauten »Bahnstadt«, mit rund 17.000 Einwohnern der zweitgrößte Stadtteil Heidelbergs.

Die Vituskirche beziehungsweise Kirche St. Nazarius

Da die Kirche ursprünglich am Ortsrand lag, ist anzunehmen, dass sie zunächst von einem Adligen oder einflussreichen freien Franken auf dessen Grund errichtet worden war. 774 wird sie erstmals urkundlich erwähnt, als sie dem Kloster Lorsch überschrieben wurde. Sie war zunächst dem Patron von Lorsch, dem Hl. Nazarius geweiht. Es gibt allerdings nur noch einige Mauerreste aus dieser Zeit. Im späteren 11. Jahrhundert erfolgte ein romanischer und im 15. Jahrhundert ein gotischer Umbau. Von der romanischen Bauperiode sind noch Säulen im Innenraum und die Fenster an der Südseite erhalten.

An der West- und Südwand befinden sich Fresken aus dem 15. Jahrhundert, die 1961 freigelegt wurden.

Nachdem der Einfluss des Klosters Lorsch im 13. Jahrhundert mehr und mehr erlosch, kam die Kirchengemeinde zum Erzbistum Mainz und wurde dem Hl. Vitus und dem Hl. Georg zugesprochen.

Der Bachlenz

Diese Herberge ist reine Fantasie. Zwar gab es in Handschuhsheim ein Wirtshaus zum Bachlenz in der Mühltalstraße, doch wurde es erst im 19. Jahrhundert erbaut. Das stattliche Gebäude hatte einen großen Tanzsaal, später, in den 1960ern waren ein Kino und bis in die 1970er eine Diskothek darin untergebracht. Heute dient es als Wohnhaus. Allerdings muss es auch im Mittelalter in Handschuhsheim eine oder mehrere Herbergen und/oder Schenken gegeben haben. Denn die Handwerker, Pilger, Händler mussten ja irgendwo untergekommen sein. Leider gibt es darüber keine Quellen. Es erschien mir reizvoll, die fiktive Herberge nach Handschuhsheims räumlich größter Gaststätte des 19. und 20. Jahrhunderts zu benennen.

Neuenheim

Hier befand sich zur Römerzeit ein kleines Heerlager, außerdem sind römische Villen am Berghang nachgewiesen und ein Mithrasheiligtum. Eine Holzbrücke überspannte zur Römerzeit den Neckar, darüber verlief eine der wichtigen Heerstraßen der Römer Richtung Ladenburg.

In fränkischer Zeit bis ins Mittelalter befanden sich hier weiterhin große Gehöfte sowie Fischerhütten am Neckar. Der Ort wurde ebenfalls 765 erstmals im Lorscher Codex erwähnt. Er wurde bereits 1891 nach Heidelberg eingemeindet. Er zählt heute rund 13.000 Einwohner. Auf seiner Gemarkung befindet sich ein Großteil der Heidelberger Universität. Aus dem Mittelalter ist nur noch ein Turm der damaligen Dorfkirche (Alte Johanneskriche) erhalten.

Der Neckar

Im Frühmittelalter gab es mit großer Wahrscheinlichkeit keine Brücke über den Neckar. Eine solche wurde erst nach der Gründung der Stadt Heidelberg notwendig und dort, wo sich heute noch die so genannte »Alte Brücke« befindet, errichtet. Wer über den Fluss wollte, musste eine Fähre nehmen. Im Neckar gab es zu dieser Zeit oberhalb Heidelbergs Stromschnellen, die »Hackteufel«. Der Name deutet darauf hin, dass dort mitunter Schiffe zwischen die Felsen gelangten und zerhackt wurden. Die Wege entlang des Flusses dienten auch als Treidelwege, das heißt für Tiere (Ochsen, Pferde, Esel), die Lastenkähne zogen.

Heidelberg

Weder die Stadt noch das Schloss existierten im elften Jahrhundert. Erwähnt wurde Heidelberg erstmals 1196. Ein Vorgängerbau des heutigen Schlosses ist ebenfalls aus dem 13. Jahrhundert belegt. Die Gegend war auch deshalb lange nicht bewohnt, da sie – wohl wegen der häufigen Nebel entlang des Neckars – als verwunschen galt. Ausgeschlossen werden kann allerdings nicht, dass schon vor dem 12. Jahrhundert vereinzelt Fischer, Köhler oder Waldbauern dort ihre Behausungen hatten.

Der Heiligenberg, das Kloster St. Michael

Auf diesem Berg hatten Römer ein Heiligtum für den Gott Merkur errichtet. Im neunten Jahrhundert wurde über dem römischen Tempel mit dem Bau des Benediktinerklosters St. Michael begonnen. Urkundlich erwähnt wurde der Berg als »Aberinsberg« im Jahr 882, als er dem Kloster Lorsch überschrieben wurde. Der heutige Name »Heiligenberg« (korrekt eigentlich »Allerheiligenberg«) taucht erst im 13. Jahrhundert auf.

Die Klosteranlage, deren Grundmauern heute noch zu sehen sind, wurde im frühen elften Jahrhundert eben unter jenem Abt Reginbald erbaut, der in der Geschichte auftritt. Der Berg und das Kloster gingen im 13. Jahrhundert an das Bistum Mainz über. Wie viele Mönche zur Glanzzeit des Klosters dort gelebt haben mögen, ist nicht bekannt. Aufgrund der Größe der Anlage kann man von mehreren Dutzend ausgehen. In der Reformationszeit verlor das Kloster mehr und mehr an Bedeutung. So soll der letzte Bewohner des Klosters um die Mitte des 16. Jahrhunderts ein Eselknecht gewesen sein. Das Kloster verfiel in der Folgezeit. Seine Steine wurden abgetragen und für den Bau von Häusern verwendet.

Es muss davon ausgegangen werden, dass der Bau des Klosters den Bewohnern Handschuhsheims einen gewissen Wohlstand gebracht hat: Die Baumeister und Handwerker (Steinmetze, Zimmerer usw.) müssen irgendwo ihre Hütten aufgeschlagen haben. Möglicherweise stammten einige von ihnen aus dem Ort selbst oder wohnten zeitweise dort.

Ladenburg

war bereits eine bedeutende Stadt in der Römerzeit. Hervorgegangen ist sie aus einem Kastell zur Bewachung der rechtsrheinischen Straße des Römischen Reichs. In der Blütezeit im frühen dritten Jahrhundert besaß sie verschiedene Tempel, ein Theater, Thermen und ein Forum mit einer Marktbasilika. Außerdem gab es in unmittelbarer Nähe einen Hafen am

Rhein. Auch nach der Römerzeit blieb die Stadt von Bedeutung. Ab dem zehnten Jahrhundert ist eine Stadtbefestigung nachgewiesen. Im elften Jahrhundert unterstand die Stadt beziehungsweise die »Grafschaft zu Lobdengau« dem Bischof von Worms.

Das heutige Ladenburg zeigt in der Altstadt noch die mittelalterlichen Straßenverläufe. Reste der Stadtmauern folgen noch den römischen Wehrmauern. Die ältesten Wohngebäude stammen aus dem 15. Jahrhundert, drei noch gut erhaltene Stadttürme aus dem 13. Jahrhundert. Die heutige St. Gallus-Kirche, das Wahrzeichen der Stadt, wurde zwischen dem 13. und 15. Jahrhundert erbaut, besitzt aber eine Krypta aus dem elften Jahrhundert. Ladenburg nennt sich selbst die »älteste rechtsrheinische Stadt Deutschlands«.

Lorsch

Das Kloster Lorsch (Lauresham) wurde 764 gegründet. Durch Schenkungen der Adligen und der freien Grundbesitzer wurde das Kloster mit der Zeit immer mächtiger. Seine Besitztümer erstreckten sich über große Gebiete in der Rheinebene, weit in den Odenwald hinein und das Neckartal entlang, ja sogar bis ins Elsass und nach Lothringen. Viele Orte sind in den Schenkungsurkunden an das Kloster Lorsch (im Lorscher Codex) erstmals urkundlich erwähnt, so auch Handschuhsheim, dessen erste Schenkung bereits ein Jahr nach der Klostergründung erfolgte. Das Kloster hatte in der Zeit seiner größten Machtentfaltung (10. bis 12. Jahrhundert) eine eigene Gerichtsbarkeit und ein eigenes Markt- und Münzrecht.

Aus der Zeit des Früh- und Hochmittelalters ist lediglich ein Gebäudeteil der Klosteranlage vollständig erhalten: die im neunten Jahrhundert erbaute »Torhalle«, auch »Königshalle« genannt. Deren ursprüngliche Funktion ist nicht eindeutig bekannt. Möglicherweise diente sie tatsächlich als Empfangshalle, eventuell auch zeitweise als Aufbewahrungsort von Reliquien, als Gerichtsaal oder als Bibliothek.

Neben der Torhalle sind von der Abtei nur noch Reste der Basilika und der Klostermauer vorhanden.

Zusammen mit einer nachgebauten Zehntscheuer und dem »Freilichtlabor Lauresham«, einer rekonstruierten karolingischen Siedlung, ist das Kloster Lorsch eine große Touristenattraktion.

Das Kloster Lorsch wurde bereits 1991 in die Liste des Weltkulturerbes der UNESCO aufgenommen.

Speyer

war im elften Jahrhundert wohl noch keine große Siedlung, allerdings wuchs ihre Bedeutung mit dem Bau des Doms, für den Kaiser Konrad II im Jahr 1027 selbst den Grundstein gelegt haben soll. Der Dom sollte den älteren Dom in Hildesheim an Größe übertreffen, wohl auch, um den Machtanspruch des salischen Königshauses im Süden seines Reiches zu bekräftigen. Dass der Dom aber nicht in Mainz oder Worms, wo es bereits größere Kirchenbauten gab, errichtet wurde, sondern in Speyer, mag daran gelegen haben, dass die Bischöfe der genannten Städte mit dem salischen Königshaus nicht in allen Punkten konformgingen. Reginbald von Dillingen, bis 1033 Abt des Klosters Lorsch, wurde Bischof von Speyer und war somit maßgeblich für die Verwirklichung des Gebäudes verantwortlich.

Weder zu Lebzeiten Konrads II noch zu der seines Sohnes Heinrich III wurde der Dom vollendet. Die Fertigstellung erfolgte erst unter Heinrich IV im Jahr 1061. In den folgenden Jahrhunderten erhielt der Dom immer wieder Umbauten, unter anderem eine barocke Fassade.

In der Gruft des Doms befinden sich neben dem Grab Konrads II die Gräber dreier weiterer deutsch-römischer Kaiser, vier deutsch-römischer Könige, fünf Bischöfe sowie dreier Gemahlinnen der Kaiser, darunter auch Konrads Frau Gisela.

Der Speyerer Dom ist seit 1981 Weltkulturerbe der UNESCO.

Die Stadt Speyer selbst erhielt im Jahr 1111 das Stadtrecht. Eine Stadtmauer ist seit dem zehnten Jahrhundert nachgewiesen, von der nur noch wenige Reste vorhanden sind. Von den über siebzig Türmen, die Speyer im Hochmittelalter gehabt haben soll, steht heute nur noch das »Altpörtel« aus dem 13. Jahrhundert. Die meisten Gebäude der Altstadt stammen aus dem 18. bis 20. Jahrhundert. Die Stadt zählt heute um die 50.000 Einwohner, das heißt gut 50-mal mehr als zur Zeit Bischof Reginbalds.

Wiesloch

Bei diesem Ort südlich von Heidelberg und im Nachbarort Nussloch befanden sich seit dem ersten Jahrhundert bis ins Jahr 1954 Gruben, in denen Blei-Zink-Silber-Erze unter Tage abgebaut wurden. Heute deuten noch Einsturzlöcher in den Wäldern auf die ehemaligen Schächte hin. Bei einem etwa fünf Kilometer langen Bergbau-Rundweg am Kobelsberg bei Wiesloch kann man sich über die Abbaumethoden und Lebensweisen der Bergleute früherer Zeiten informieren.

Ottmarsheim, Elsass

Die dortige Abteikirche stammt aus der ersten Hälfte des 11. Jahrhunderts und wurde nach dem Vorbild der Aachener Pfalzkapelle (Teil des Aachener Doms) erbaut. Die Kirche gilt als eine der bedeutendsten Bauten der Romanik.

Kloster Reichenau

Das Benediktinerkloster auf der Insel Reichenau wurde bereits im Jahr 724 gegründet. Auf der Insel wurden im Mittelalter gleich drei Sakralbauten errichtet, nämlich die Kirchen St. Georg und St. Peter und Paul sowie das Benediktinerkloster und Münster St. Maria und Markus. Der Gelehrte Heinrich der Lahme hielt sich vermutlich in diesem Benediktinerkloster auf. Alle drei Anlagen sind beispielhaft für die früh- und hochmittelalterliche Klosterarchitektur. Vor allem die Kirche St. Georg zeichnet sich durch Wandbilder aus dem Jahr 1000 aus, die die acht Wunder Jesu darstellen. Die Kirchen sind seit dem Jahr 2001 Weltkulturerbe der UNESCO.

Troia,

der Ort, bei dem das kaiserliche Heer gelagert hatte, ist eine Kleinstadt in der Provinz Foggia/Apulien. Sie liegt auf einer Bergkuppe, die circa 50 Meter aus der Ebene herausragt und hat mit teils engen Gassen, kleinen Plätzen und einer romanischen Kathedrale aus dem 12. Jahrhundert einen typisch süditalienischen Charme. Aus der Zeit, in der der Roman spielt, ist vermutlich nichts mehr erhalten.

Capua

ist eine Stadt in der Provinz Campana in Süditalien. Bereits in der Antike gab es eine Stadt mit diesem Namen, die aber im Zuge der Völkerwanderung zerstört und an anderer Stelle wiederaufgebaut wurde. Doch auch dort, wo das antike Capua lag, gibt es heute wieder eine Stadt mit dem Namen Santa Maria Capua Vetere, unter anderem mit den Resten eines großen Amphitheaters.

Das Capua im Roman wurde als »Capua nova« im neunten Jahrhundert von den Langobarden errichtet. Zur Zeit, in der Kaiser Konrad II mit dem dortigen Herrscher, dem Gandalfen, um die Vorherrschaft stritt, stand bereits der Dom Santo Stefano, ein imposantes Bauwerk, bei dem heute noch große Teile aus dem Frühmittelalter zu besichtigen sind, insbesondere der Campanile aus der Langobardenzeit. Auch die Brücke über den Fluss Volturno stand schon – beziehungsweise noch, denn sie lässt sich bis in die Römerzeit zurückdatieren. Das Brückentor, von dem heute nur noch rudimentäre Reste zweier Türme zu sehen sind, wurde allerdings erst unter Kaiser Friedrich II im 13. Jahrhundert errichtet.

Saragossa, Zaragoza, Saraqusta

sind Synonyme für die schon in der Römerzeit gegründete Stadt am Ebro namens »Caesaraugusta«. Aus der Römerzeit sind unter anderem Reste der Stadtmauer, des Amphitheaters, der Hafenanlagen und des Forums erhalten. Unter dem Forum lassen sich noch Reste der Abwasserkanäle besichtigen. Die Stadt soll im zweiten und dritten Jahrhundert bereits die Ausmaße der heutigen Altstadt besessen haben. Die Straßenzüge folgen bis heute denen aus der Römerzeit.

Die römischen Gebäude wurden in der Westgoten- und späteren maurischen Zeit abgetragen beziehungsweise überbaut. Im elften Jahrhundert wird, außer den Straßenzügen, wohl nichts mehr an die Römerzeit erinnert haben. Allerdings war die Stadt auch unter muslimischer Herrschaft sehr bedeutend und neben Córdoba vermutlich die größte Stadt auf der iberischen Halbinsel.

Der von den muslimischen Herrschern errichtete Palast, die *Aljafería*, diente nach der Reconquista den Königen von Aragón als Schloss und ist heute teils ein Museum und teils Sitz des Regionalparlaments der Provinz Aragón.

Der Palast präsentiert sich, nach umfangreicher Rekonstruktion im letzten Jahrhundert, weitgehend wie zur Maurenzeit. Bedeutend ist auch der »Turm des Troubadurs«, dessen Untergeschoss auf ein Gebäude des neunten Jahrhunderts zurückgeht. Ebenfalls historisch und architektonisch bedeutend sind eine kleine Privatmoschee des Herrschers mit nach Mekka ausgerichteter Gebetsnische und der »Goldene Saal« mit noch teilweise original erhaltenen maurischen Ornamenten.

Weitere Gebäude aus der Maurenzeit sind nicht erhalten. Ein Turm am nördlichen Rand der Altstadt, der heute noch den Namen »*Torreón de la Zuda*« (Zuda ist die Bezeichnung für einen maurischen Palast) trägt, deutet darauf hin, dass hier die maurischen Herrscher residiert haben, bevor sie die *Aljafería* errichten ließen. Der Turm stammt allerdings aus dem 16. Jahrhundert und beherbergt heute ein Hotel. Die Kathedrale »Salvador en su Epifanía de Zaragoza«, im Volksmund »La Seo« genannt, steht am gleichen Platz, an dem sich einst die »Weiße Moschee« erhob, ein Gebäude, das seinen Namen von der weißen Marmorfassade erhielt. Da die »Weiße Moschee« nach Mekka ausgerichtet war, folgte sie als einziges Gebäude nicht dem römischen Straßenverlauf, und somit weicht auch der Grundriss der Kathedrale La Seo vom ursprünglichen Straßenverlauf ab.

Die Stadt hatte in der Römerzeit vermutlich 20.000 Einwohner, in der Maurenzeit mindestens genauso viele, vermutlich aber das Doppelte. Heute leben im Ballungsraum Saragossa über 600.000 Menschen.

Berschin, Walter & Hellmann, Martin: Hermann der Lahme: Gelehrter und Dichter (1013-1054) (Reichenauer Texte und Bilder). Mattes Vlg; 3. Auflage, 2013.

Büscher, Tobias: Galicien & Jakobsweg. DuMont Reisetaschenbuch, 2004.

Clot, André: Das maurische Spanien: 800 Jahre islamische Hochkultur in Al Andalus. Patmos, 2004

Derwein, Herbert: Handschuhsheim und seine Geschichte. Gunderjahn, 2. Aufl. 1997.

Geo Epoche, Nr. 35: Die Welt im Jahr 1000. Gruner + Jahr AG, Hamburg, 2009.

Hawking, Stephen W.: Eine kurze Geschichte der Zeit. Rowolth Taschenbuch, 1991. (Original »A brief history of time«, 1988).

Köbler, Gerhard: Wörterbuch des althochdeutschen Sprachschatzes, 1352 S., Schöningh Paderborn, 1999. Auch online verfügbar als Altdeutsches Wörterbuch, 6. Auflage, 2014, (www.koeblergerhard.de/ahd/ahd.html, letzter Aufruf 1. Juni 2017).

Meissner, Hans-Otto: Kundschafter am St.-Lorenz-Strom. Buchgemeinschafts-Ausgabe, Bertelsmann, Gütersloh, 1970.

Möller, Lenelotte & Ammerich, Hans: Die Salier: 1024-1125 (marixwissen), marix verlag, 2015.

Regesten-Datenbank der Akademie der Wissenschaften und Literatur: http://www.regesta-imperii.de/ letzter Aufruf 23. Dezember 2016).

Wolfram, Herwig: Konrad II (990 – 1039) Kaiser dreier Reiche. C.H.Beck, 2000.

Zierer, Otto: Bild der Jahrhunderte. Neuntes Buch. 900 – 1100 n. Chr. Bertelsmann Lesering, 1952.

Zierer, Otto: Geschichte Indiens und des Islams. Zweiter Band: Kaiser und Kalifen, 700 – 1500 n. Chr. Bertelsmann Lesering, 1956.

Tod einer Hofdame

1193:
Das Jahr, in dem Richard Löwenherz im Deutschen Reich gefangen gehalten wird:

Es war still in Regensburg. Wie jede Nacht. Nur etwas war anders. Unter der Steinernen Brücke lag der Leichnam einer jungen Frau …

Mord oder Selbstmord? Der Tod ihrer Schwester bringt Aleydis dazu, sich gegen alle Konventionen aufzulehnen. Doch wer glaubt schon einer Hofdame, die dem Bischof widerspricht? Verbissen versucht sie, auf eigene Faust zu beweisen, dass es kein Selbstmord war. Die Suche nach dem Täter führt sie zu Richard Löwenherz, der ihr seine Unterstützung anbietet. Doch Aleydis ist misstrauisch. Interessiert er sich wirklich für ihr Anliegen, oder will der König von England nur die leeren Tage seiner zermürbenden Ehrenhaft füllen? Hin- und hergerissen zwischen Wahrheit und Lügen übersieht sie den Schatten, der ihr unbemerkt folgt …

Print: 978-3-945025-64-2, 14,90 €
eBook: 978-3-945025-65-9, 9,99 €